GODDELOOS

DOUGLAS PRESTON

GODDELOOS

UITGEVERIJ LUITINGH

© 2007 Splendide Mendax, Inc.
All rights reserved
Original publisher of the work: Tom Doherty Associates, LLC
© 2008 Nederlandse vertaling
Uitgeverij Luitingh ~ Sijthoff B.V., Amsterdam
Alle rechten voorbehouden
Oorspronkelijke titel: *Blasphemy*
Vertaling: Marjolein van Velzen
Omslagontwerp: Pete Teboskins / Twizter.nl
Omslagfotografie: Corbis

ISBN 978 90 245 2810 3
NUR 330

www.boekenwereld.com

Voor Priscilla, Penny, Ellen, Jim en Tim

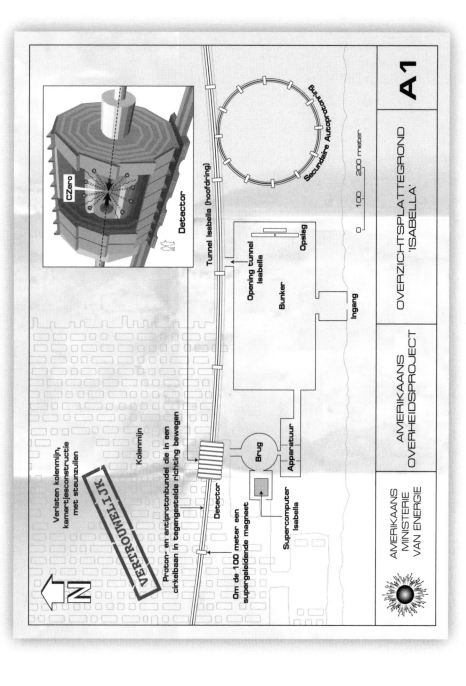

VERTROUWELIJK

N

Verlaten kolenmijn,
kamertjesconstructie
met steunzuilen

Kolenmijn

Proton- en antiprotonbundel die in een
cirkelbaan in tegengestelde richting bewegen

Om de 100 meter een
supergeleidende magneet

Detector

Brug

Supercomputer
Isabella

Apparatuur

Ingang

Bunker

Opslag

Opening tunnel
Isabella

Tunnel Isabella (hoofdring)

Secundaire Autoprotonring

0   100   200 meter

CZero

Detector

AMERIKAANS
MINISTERIE
VAN ENERGIE

AMERIKAANS
OVERHEIDSPROJECT

OVERZICHTSPLATTEGROND
'ISABELLA'

A1

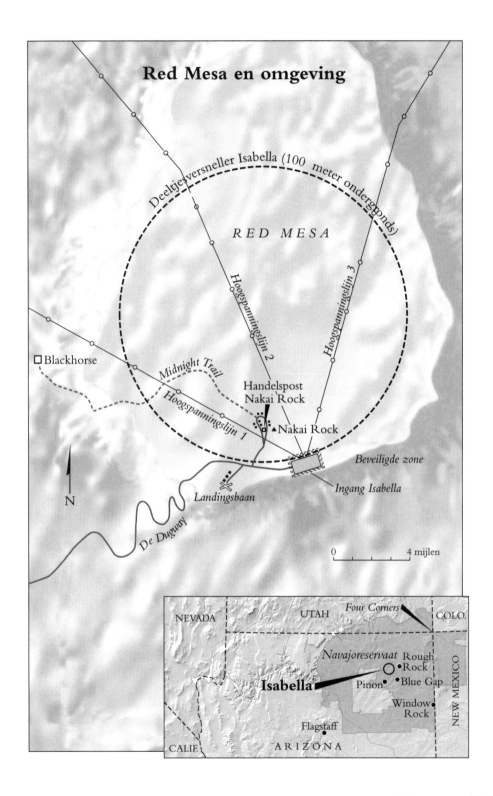

Red Mesa en omgeving

Deeltjesversneller Isabella (100 meter ondergronds)

RED MESA

Hoogspanningslijn 2

Hoogspanningslijn 3

□ Blackhorse

Midnight Trail

Hoogspanningslijn 1

Handelspost
Nakai Rock

▲ Nakai Rock

Beveiligde zone

Ingang Isabella

N

Landingsbaan

De Dugway

0   4 mijlen

NEVADA   UTAH   Four Corners   COLO.

Navajoreservaat   Rough
Rock

Isabella   Pinon   Blue Gap

Window
Rock

Flagstaff

CALIF.   ARIZONA

NEW MEXICO

Ken Dolby stond voor zijn computer. Zijn gladde, gemanicuurde vingers streken liefkozend over Isabella's knoppen. Hij wachtte even, genoot het moment, en opende toen een klepje op het bedieningspaneel. Daarachter zat een smalle rode hendel, die hij overhaalde. Er klonk geen gegons, er was niets te horen; nergens viel uit op te maken dat zojuist het duurste wetenschappelijke instrument ter wereld was ingeschakeld. Alleen driehonderd kilometer verderop, in Las Vegas, scheen het licht heel eventjes iets minder fel.

Terwijl Isabella langzaam op temperatuur kwam, kon Dolby haar door de vloer heen voelen, bespeurde hij haar lichte trillingen. Hij beschouwde de computer als een vrouwelijk wezen, en in zijn geïnspireerdere buien stelde hij zich zelfs voor hoe ze eruitzag: lang en slank met een gespierde rug, zwart als de woestijnnacht, parelend van het zweet. Isabella. Die gevoelens deelde hij met niemand: ze zouden hem maar uitlachen. Voor de overige wetenschappers op het project was Isabella een voorwerp, een levenloze machine, gebouwd met een specifiek doel. Maar Dolby voelde altijd een sterke band met de machines die hij maakte. Dat was al zo vanaf zijn eerste radio: een bouwpakket, op zijn tiende. Fred. Zo had de radio geheten. En als hij aan Fred dacht, zag hij een dikke, blanke man met peentjeshaar voor zich. De eerste computer die hij had gebouwd, was Betty, die er in zijn hoofd uitzag als een energieke, efficiënte secretaresse. Hij kon niet verklaren waarom zijn machines die specifieke karakters kregen; het gebeurde gewoon.

En nu dit dan: de krachtigste deeltjesversneller ter wereld – Isabella.

Hazelius, de teamleider, kwam aanlopen en legde vriendschappelijk een hand op zijn schouder. 'En?' vroeg hij.

'Ze spint als een kat,' zei Dolby.

'Mooi.' Hazelius rechtte zijn rug en richtte zich tot het hele team. 'Kom hier, jongens. Ik moet jullie iets vertellen.'

Het werd stil, en de andere teamleden keken vol verwachting op van hun werkstations. Hazelius liep de kleine kamer door en ging voor het grootste plasmascherm staan. Even ijsbeerde hij voor het scherm heen en weer voordat hij met een stralende glimlach de groep rondkeek. Hij was klein, slank en rusteloos als een gekooide hermelijn, en keer op keer verbaasde Dolby zich over zijn charisma.

'Vrienden,' begon hij, hen met zijn blauwgroene ogen een voor een aankijkend. 'Het is 1492. We staan op de voorplecht van de *Santa Maria*, we staren naar de horizon, en over enkele ogenblikken komt de kustlijn van de nieuwe wereld in zicht. Vandaag is de dag dat we die onbekende horizon bereiken en voet aan wal zetten op de kust van onze eigen Nieuwe Wereld.'

Hij stak zijn hand in de grote canvas weitas die hij altijd bij zich had, en haalde een fles Veuve Clicquot tevoorschijn. Hij hield hem als een trofee in de hoogte en liet hem vervolgens met fonkelende ogen dreunend op tafel neerkomen. 'Dit is voor vanavond, als we voet aan wal hebben gezet. Want vanavond laten we Isabella voor het eerst op volle toeren draaien.'

Dit plan werd in stilte ontvangen. Na een tijdje vroeg Kate Mercer, de assistent-directeur van het project: 'Maar we hadden toch afgesproken om haar driemaal op vijfennegentig procent te laten proefdraaien?'

Hazelius keek haar met een glimlach aan. 'Ik ben razend benieuwd. Jij niet?'

Mercer streek haar glanzende zwarte haar naar achteren. 'Maar stel dat we een onbekende resonantie treffen of een miniatuur zwart gat genereren?'

'Volgens jouw eigen berekeningen bestaat er een kans van een op de quadriljoen dat dat gebeurt.'

'Misschien heb ik me verrekend.'

'Jij verrekent je nooit.' Met een lach wendde Hazelius zich tot Dolby. 'Wat denk jij? Is ze er klaar voor?'

'Nou en of, ze staat te popelen.'

Hazelius spreidde zijn handen. 'Nou?'

De teamleden keken elkaar aan. Konden ze het erop wagen? Volkonsky, de Russische programmeur, was de eerste die de stilte verbrak. 'Ja, we doen het!' Hij high-fivede een verbijsterde Hazelius, en even later stond iedereen elkaar op de schouder te kloppen, handen te schudden en te omhelzen, als een basketbalteam voor de wedstrijd.

Vijf uur en evenveel koppen beroerde koffie later stond Dolby voor het enorme flatpanelscherm. Het was nog donker: de materie-antimaterieprotonenstraal maakte nog geen contact. Het opstarten en afkoelen van Isabella's supergeleidende magneten tot ze de benodigde gigantische stroom aankonden, was een eindeloos durend proces, waarbij het energieniveau van de straal, de luminositeit, werd opgevoerd in stappen van vijf procent van het maximum. De stralen moesten worden gericht en uitgelijnd, de supergeleidende magneten moesten worden gecontroleerd, er moesten testprogramma's worden gedraaid… en dán pas konden ze de volgende vijf procent inschakelen.

'Vermogen negentig procent,' riep Dolby.

'Verdomme,' zei Volkonsky ergens achter hem, en hij gaf een ratelende klap op het koffiezetapparaat. 'Alweer leeg!'

Dolby onderdrukte een glimlach. In de twee weken dat ze nu op de mesa zaten, had Volkonsky zich een soort straathond betoond: een slungelig, sjofel type met lang, vettig haar, haveloze t-shirts en een sikje met de textuur van schaamhaar. Hij leek eerder op een junk dan op een briljante softwaretechnicus. Maar zo waren er wel meer.

Weer een afgemeten tik van de klok.

'Stralen uitgelijnd en gericht,' zei Rae Chen. 'Luminositeit veertien TeV.'

'Isabella doet het geweldig,' zei Volkonsky.

'Bij mij staan alle systemen op groen,' zei Cecchini, de deeltjesfysicus.

'Beveiliging, meneer Wardlaw?'

De hoogste beveiligingsman, Wardlaw, sprak van achter zijn bewakingscomputer: 'Cactus en coyotes, verder niets te zien!'

'Oké,' zei Hazelius. 'Het is zover.' Hij laste een theatrale pauze in. 'Ken? Zet de straal aan.'

Dolby's hart begon te bonzen. Zijn spinnenvingers vlogen over de knoppen en stelden die met een vederlichte pianistenvirtuositeit bij. Daarop volgde een reeks opdrachten die hij op het toetsenbord typte.

'Contact.'

Plotseling flitsten alle flatpanelschermen aan. Er ontstond een zingend geluid, dat overal en nergens vandaan leek te komen, dat zomaar door de lucht zweefde.

'Wat is dat?' vroeg Mercer geschrokken.

'Een biljoen deeltjes die door de detectoren gaan,' zei Dolby. 'Daar krijg je een nogal hoge trilling van.'

'Jezus, het klinkt net als die monoliet in *2001: A Space Odyssey*.'

Volkonsky krijste als een aap. Niemand besteedde er enige aandacht aan.

Op het middelste scherm, het visualisatiescherm, verscheen een beeld. Dolby keek er gefascineerd naar. Het leek nog het meest op een enorme bloem – flikkerende bundels kleur die vanuit één enkel punt uitwaaierden, draaiend en kronkelend alsof ze zich wilden losscheuren van het scherm. Hij was verbijsterd over de intense schoonheid van wat hij zag.

'Contact geslaagd,' zei Rae Chen. 'Stralen gericht en gebundeld. God, de uitlijning is perfect!'

Er klonk gejuich, en hier en daar werd geklapt.

'Dames en heren,' zei Hazelius, 'welkom aan de kust van de Nieuwe Wereld.' Hij gebaarde naar het visualisatiescherm. 'Wat u hier ziet, is een energiedichtheid die sinds de oerknal niet meer is waargenomen.' Hij wendde zich tot Dolby. 'Ken, je kunt het vermogen tot negenennegentig opvoeren, in stappen van tienden.'

Het onwereldse geluid nam toe, terwijl Dolby meer gegevens invoerde. 'Zesennegentig,' zei hij.

'Luminositeit zeventien komma vier TeV,' zei Chen.

'Zevenennegentig... achtennegentig.'

Het team viel gespannen stil. Het enige wat nog te horen viel, was het gezoem dat de ondergrondse regelkamer vulde, alsof de hele berg rondom hen aan het neuriën was.

'Stralen nog steeds gericht,' zei Chen. 'Luminositeit tweeëntwintig komma vijf TeV.'

'Negenennegentig.'

Isabella klonk nu nog hoger, nog zuiverder.

'Wacht even,' zei Volkonsky, die over het werkstation van de supercomputer gebogen zat. 'Isabella wordt... traag.'

Dolby draaide zich als gestoken om. 'Er is niks mis met de hardware. Dat zal dan wel weer een softwarefout zijn.'

'Software is géén probleem,' zei Volkonsky.

'Misschien moeten we het hierbij houden,' zei Mercer. 'Is er al iets te zeggen over het ontstaan van een miniatuur zwart gat?'

'Nee,' antwoordde Chen. 'Geen spoor van Hawking-straling.'

'Negenennegentig komma vijf,' zei Dolby.

'Ik krijg een geladen straal op tweeëntwintig komma zeven TeV,' zei Chen.

'Wat voor een?' wilde Hazelius weten.

'Een onbekende resonantie. Kijk maar.'

Aan weerszijden van de bloem op het centrale scherm waren twee flikkerende rode kwabben ontstaan, als een stel woekerende clownsoren.

'*Hard-scattering*,' zei Hazelius. 'Gluonen, misschien. Kan natuurlijk wijzen op Kaluza-Klein-gravitatie.'

'Kan niet,' zei Chen. 'Niet met zo'n luminositeit.'

'Negenennegentig komma zes.'

'Gregory, volgens mij moeten we het hier even bij houden,' zei Mercer. 'Er gebeurt nu wel heel veel tegelijk.'

'Natuurlijk zien we onbekende resonanties,' zei Hazelius. Zijn stem klonk niet harder dan die van de rest, maar toch was hij overal bovenuit te horen. 'We bevinden ons op onbekend terrein.'

'Negenennegentig komma zeven,' meldde Dolby. Hij had het volste vertrouwen in zijn machine. Hij kon haar opvoeren tot honderd procent, en verder nog, als dat nodig was. Een opwindend idee, vond hij, dat ze momenteel bijna een kwart van de energie van de Hoover-dam opslokten. Daarom moesten ze hun runs in het holst van de nacht uitvoeren – dan was het normale stroomverbruik het laagst.

'Negenennegentig komma acht.'

'We zitten hier met een of ander soort enorme, onbekende interactie,' zei Mercer.

'Wat héb jij, zeikwijf?' brulde Volkonsky tegen de computer.

'Ik zei toch, we zitten tegen een Kaluza-Klein-ruimte aan,' zei Chen.

'Niet te geloven.'

Op het grote flatpanelscherm met de bloem begon het te sneeuwen.

'Isabella doet raar,' zei Volkonsky.

'Hoezo raar?' vroeg Hazelius vanaf zijn plek midden op de Brug.

'Snollerig.'

Dolby rolde met zijn ogen. Wat kon die Volkonsky toch onmogelijk doen. 'Alle systemen naar mij toe.'

Volkonsky begon als een razende te typen; even later vloekte hij in het Russisch en sloeg met zijn vlakke hand op zijn beeldscherm.

'Gregory, denk jij ook niet dat we gas terug moeten nemen?' vroeg Mercer.

'Nog één minuutje,' zei Hazelius.

'Negenennegentig komma negen,' zei Dolby. De afgelopen vijf minuten was de sfeer in het vertrek veranderd van slaperig in klaarwakker en gespannen als een veer. Dolby was de enige die er ontspannen bij zat.

'Ik ben het met Kate eens,' zei Volkonsky. 'Zoals Isabella momenteel doet, dat staat me niet aan. Laten we beginnen met vermogen terugnemen.'

'Ik neem de volledige verantwoordelijkheid op me,' zei Hazelius. 'Het gaat allemaal nog volkomen volgens het boekje. De datastroom van tien terabytes per seconde ligt 'm wat zwaar op de maag, meer niet.'

'Hoezo, zwaar op de maag?'

'Honderd procent,' zei Dolby, ontspannen maar met een duidelijke toon van tevredenheid in zijn stem.

'Luminositeit zevenentwintig komma één-acht-twee-acht TeV,' zei Chen.

De computerschermen waren volledig oversneeuwd. Het zingende geluid klonk door het vertrek als een stem uit de onderwereld. De bloem op het visualisatiescherm kronkelde en vouwde zich open. In het midden verscheen een zwarte stip, een soort gat.

'Jemig!' zei Chen. 'Op het nulpunt raken we alle data kwijt!'

De bloem flikkerde. Er schoten donkere strepen doorheen.

'Krankjorem,' zei Chen. 'Ik meen het: de data verdwijnt!'

'Kan niet,' zei Volkonsky. 'Data raakt niet kwijt. Deeltjes raken kwijt.'

'Doe even normaal. Deeltjes verdwijnen niet zomaar.'

'Nee, serieus. Er gaan hier deeltjes weg.'

'Softwareprobleem?' informeerde Hazelius.

'Geen softwareprobleem,' verklaarde Volkonsky op luide toon. 'Hardwareprobleem.'

'Val dood,' prevelde Dolby.

'Gregory, volgens mij gaat Isabella over de rooie,' zei Mercer. 'Volgens mij moeten we nu toch echt vermogen terugnemen.'

De zwarte stip groeide, werd groter, begon het beeld op het scherm op te slokken. Aan de randen was een manisch gewriemel van felle kleuren zichtbaar.

'De cijfers draaien door,' zei Chen. 'Ik krijg een extreme tijd-ruimte-kromming precies op c-nul. Het lijkt me een soort singulariteit. Volgens mij zijn we een zwart gat aan het maken.'

'Kan niet,' zei Alan Edelstein, de wiskundige van het team. Hij keek op van het werkstation in de hoek, waar hij rustig voor had zitten kijken. 'Er is geen spoor van Hawking-straling.'

'Ik zweer het,' zei Chen hard. 'We maken een gat in de tijd-ruimte!'

Op het scherm waarop de programmacode in real time te zien was, vlogen symbolen en getallen met sneltreinvaart voorbij. Op het grote scherm boven hun hoofden was de kronkelende bloem verdwenen en viel alleen nog een zwarte leegte te zien. Maar even later begon er in die leegte iets te bewegen – spookachtig, als een vleermuis. Dolby bleef er verbaasd naar zitten kijken.

'Verdomme, Gregory, neem vermogen terug!' brulde Mercer.

'Isabella neemt niets meer aan!' gilde Volkonsky. 'Ik ben mijn centrale routines kwijt!'

'Even rustig, tot we erachter zijn wat er aan de hand is,' zei Hazelius.

'Weg! Isabella is weg!' zei de Rus. Hij hief zijn handen ten hemel en leunde met een blik vol walging achteruit in zijn stoel.

'Ik heb alles nog op groen staan,' zei Dolby. 'Kennelijk zit jij met een enorme softwarecrash.' Hij richtte zijn aandacht weer op het visualisatiescherm. In de leegte was een beeld aan het ontstaan, iets wat zo vreemd en zo prachtig was dat hij er aanvankelijk geen vat op kreeg. Hij keek om, maar niemand anders lette op het scherm: iedereen was gericht op zijn of haar eigen computer.

'Eh, sorry – weet iemand soms wat er hier aan de hand is?' vroeg Dolby.

Er kwam geen antwoord. Niemand keek op. Iedereen was als een razende aan het werk. De machine zong een buitenaards lied.

'Ik ben maar een techneut,' zei Dolby, 'maar weet een van die theoretische bollebozen hier wat dit is? Alan, is dit… normaal?'

Alan Edelstein keek verstrooid op van zijn scherm. 'Eh, gewoon, zomaar gegevens,' antwoordde hij.

'Hoe bedoel je, "zomaar" gegevens? Dat ding heeft een vorm!'

'De computer is vastgelopen. Het moet iets willekeurigs zijn.'

'Nou, het ziet er anders niet willekeurig uit.' Dolby staarde ernaar. 'Het beweegt. Volgens mij zit daar iets – het lijkt wel iets levends, iets dat eruit wil. Gregory, zie je dat?'

Hazelius keek op naar het visualisatiescherm en bleef verbaasd staan. Even later draaide hij zich om: 'Rae? Wat is er met het visualisatiescherm?'

'Geen idee. Ik krijg een continue stroom coherente gegevens van de detectoren. Van mij uit bekeken ziet het er niet naar uit dat Isabella gecrasht is.'

'Hoe zou jij dat geval op het scherm willen omschrijven?'

Chen keek op, en haar ogen puilden bijna uit de kassen. 'Jemig. Echt geen idee.'

'Het beweegt,' zei Dolby. 'Het lijkt wel iets wat tot leven komt.'

De detectoren zongen, het hele vertrek gonsde van het hoge zoemen.

'Rae, het is gewoon junk,' zei Edelstein. 'De computer is gecrasht – hoe kan dit nou iets te betekenen hebben?'

'Ik weet het zo net nog niet,' zei Hazelius, zonder zijn blik van het scherm af te wenden. 'Michael, wat denk jij?'

De deeltjesfysicus keek als gehypnotiseerd naar het beeld. 'Dit raakt kant noch wal. Geen van de kleuren en vormen komt overeen met deeltjesenergie, -ladingen of -klassen. Het is niet eens radiaal gecentreerd rond czero – het lijkt wel een rare, magnetisch gebonden plasmawolk van het een of ander.'

'Ik meen het,' zei Dolby, 'het beweegt, het komt naar buiten. Het lijkt wel een... Jezus, wat ís dat in godsnaam?' Hij kneep zijn ogen stijf dicht en probeerde even zijn uitputting te vergeten. Misschien zag hij ze langzamerhand vliegen. Hij opende zijn ogen weer. Het was er nog steeds – en het werd groter.

'Uit met die boel! Zet Isabella uit – nú!' gilde Mercer.

Plotseling was het hele scherm vol sneeuw, en daarna werd het dodelijk zwart.

'Wat krijgen we...?' riep Chen, en haar vingers rammelden over het toetsenbord. 'Ik ben alle input kwijt!'

Langzaam begon er midden op het scherm een woord te groeien. De groep werd stil; iedereen stond gebiologeerd te kijken. Zelfs Volkonsky, die opgewonden had zitten roepen, viel stil alsof iemand hem de mond gesnoerd had. Niemand verroerde ook maar een vin.

Plotseling barstte Volkonsky in lachen uit, een hoog, zenuwachtig gelach, hysterisch en wanhopig.

Dolby werd razend. 'Klootzak, dit heb jíj gedaan.'

Volkonsky schudde zijn hoofd tot zijn vettige lokken heen en weer zwierden.

'Vind jij dat soms leuk?' vroeg Dolby, en met gebalde vuisten stond hij op. 'Je hackt een experiment van veertig miljard dollar en dat vind jij léúk?'

'Ik heb niks gehackt,' zei Volkonsky, en hij veegde zijn mond af. 'Hou je bek.'

Dolby draaide zich om naar de anderen. 'Wie heeft dit gedaan? Wie heeft er met Isabella zitten rotzooien?' Hij draaide zich weer om naar het scherm en las hardop het woord dat daar hing. Hij spuwde het uit van woede: GEGROET.

Hij keek de anderen een voor een aan. 'Ik wurg degene die dit op zijn geweten heeft.'

2: September

Wyman Ford keek om zich heen in het kantoor van dr. Stanton Lockwood III aan 17th Street, de wetenschappelijk adviseur van de president der Verenigde Staten. Dankzij zijn lange ervaring in Washington wist Ford dat een kantoor weliswaar was ingericht om de publieke figuur te laten zien, maar dat er altijd ergens een teken van de persoon zelf te bespeuren viel. Ford gaf zijn ogen de kost op zoek naar het geheim.

Het kantoor was ingericht in een stijl die Ford MMIW noemde: Machtig Man in Washington. Al het antiek was echt, en van schitterende kwaliteit – van het empirebureau, een enorm gevaarte en lelijk als een Hummer, tot aan de vergulde Franse pendule en het subtiele Perzische tapijt op de vloer. Het had allemaal een vermogen gekost. En uiteraard was er de verplichte muur vol ingelijste diploma's, prijzen en foto's van de bewoner van het kantoor samen met presidenten, ambassadeurs en kabinetsleden.

Stanton Lockwood wilde dat de wereld hem zag als belangrijk en welgesteld, iemand met macht en discretie. Maar wat Ford daaronder bespeurde, was de grimmigheid waarmee aan dat beeld werd vastgehouden. Dit was iemand die alles op alles zette om de schijn op te houden.

Lockwood wachtte tot zijn gast zat voordat hij zelf plaatsnam in een fauteuil aan de andere kant van het salontafeltje. Hij sloeg een been over het andere en streek met een lange, bleke hand over de vouw in zijn gabardine broek. 'Zullen we ons niet storen aan de gebruikelijke formaliteiten hier in Washington?' stelde hij voor. 'Ik ben Stan.'

'Wyman.' Hij leunde achterover en nam Lockwood op: knap, eind vijftig, met een dure kapper, zijn fitte, getrainde lijf gestoken in een schitterend antracietgrijs pak. Zo te zien speelde hij squash. Zelfs de foto op zijn bureau, van drie perfecte kinderen met stroblond haar en een aantrekkelijke moeder, had evenveel persoonlijke uitstraling als een advertentie voor financiële dienstverlening.

'Nou,' zei Lockwood, op een toon die aangaf dat de vergadering begonnen was. 'Ik heb geweldige dingen over je gehoord, Wyman. Je voormalige collega's in Langley missen je nog steeds.'

Ford knikte.

'Ellendig wat er met je vrouw is gebeurd. Mijn medeleven.'

Ford dwong zijn lichaam niet te verstarren. Hij wist nog steeds niet goed hoe hij moest reageren als mensen over zijn overleden vrouw begonnen.

'Je hebt een paar jaar in een klooster gezeten, hoor ik.'

Ford wachtte.

'Beviel het daar uiteindelijk toch niet?'

'Niet iedereen is voor het kloosterleven in de wieg gelegd.'

'Dus ben je daar weer vertrokken en heb je je lier aan de wilgen gehangen.'

'Er moet ook brood op de plank komen.'

'Nog interessante zaken gehad?'

'Niet één. Ik ben net open. Jij bent mijn eerste cliënt, als het daar tenminste om gaat.'

'Inderdaad. Ik heb een speciale opdracht, die meteen begint. Een klus van tien dagen, misschien twee weken.'

Ford knikte.

'Er zit een klein addertje onder het gras, dat moet ik er meteen bij zeggen. Zodra ik verteld heb wat de opdracht is, kun je hem niet meer weigeren. Het is in Amerika, er zit geen risico aan vast en het wordt niet moeilijk – althans, dat lijkt mij niet. Of je nu slaagt of faalt, je zult er nooit over mogen praten, dus ik vrees dat je het niet op je cv zult kunnen zetten.'

'En het honorarium?'

'Honderdduizend dollar, contant, onder tafel, plus boven tafel een salaris dat overeenkomt met je positie.' Hij trok zijn wenkbrauwen op. 'Meer weten?'

Geen aarzeling. 'Ik luister.'

'Uitstekend.' Lockwood haalde een map tevoorschijn. 'Ik zie dat je antropologie hebt gestudeerd aan Harvard. We hebben een antropo-loog nodig.'

'Dan ben ik niet de geschikte persoon. Ik heb alleen een bachelordi-ploma in antropologie. Daarna ben ik naar MIT gegaan voor promo-tieonderzoek op het gebied van cybernetica. Mijn werk voor de CIA was voornamelijk op het gebied van cryptologie en computers. Ik heb de antropologie ver achter me gelaten.'

Lockwood maakte een nonchalant handgebaar; zijn Princeton-ring glinsterde in het licht. 'Doet er niet toe. Ben jij bekend met, eh... pro-ject Isabella?'

'Daar kun je amper omheen, nietwaar?'

'Dan weet je misschien al wat ik je nu ga vertellen. In dat geval: sor-ry. Isabella is ruim twee maanden geleden afgerond – totale kosten: veertig miljard dollar. We hebben het hier over een tweede-generatie supergeleidende supercollider deeltjesversneller die tot doel heeft, de energieniveaus van de oerknal te onderzoeken en een aantal innovatie-ve ideeën te verkennen voor het opwekken van energie. Dit is het fa-voriete project van de president. In Europa zijn ze net klaar met de gro-te hadron-collider van CERN, en hij wil dat Amerika op kop blijft lopen voor de deeltjesfysica.'

'Uiteraard.'

'Het viel niet mee om fondsen te werven voor Isabella. Links zat te zaniken dat het geld besteed had moeten worden aan het zwakkere deel van de samenleving. Rechts jankte dat dit een zoveelste manier was om overheidsgelden over de balk te smijten. De president zag kans tussen Scylla en Charybdis door te laveren, ramde Isabella er bij het Congres doorheen en zorgde dat het project voltooid werd. Hij ziet het als zijn persoonlijke nalatenschap en hij wil dat het soepel gaat lo-pen.'

'Dat zal best.'

'In grote lijnen is Isabella een ringvormige tunnel, honderd meter on-der de grond en met een omtrek van ruim zestig kilometer, waarin pro-tonen en antiprotonen op bijna de snelheid van het licht in tegenge-stelde richtingen ronddraaien. Wanneer de deeltjes in botsing worden gebracht, ontstaan er energieniveaus die niet meer gezien zijn sinds het heelal een miljoenste van een seconde oud was.'

'Indrukwekkend.'

'We hebben er de perfecte locatie voor gevonden: Red Mesa, een hoogvlakte van zo'n zevenduizend hectare in het Navajoreservaat, af-geschermd door honderden meters hoge rotsen en vol oude kolenmij-nen, die we hebben omgebouwd tot ondergrondse bunkers en tunnels. De regering betaalt een huur van zes miljoen dollar per jaar aan de Navajo-overheid in Window Rock, Arizona: een regeling die voor alle betrokkenen bijzonder gunstig uitpakt.

Red Mesa is onbewoond, en er loopt maar één weg naar boven. Niet ver van de voet van de hoogvlakte ligt een stel Navajodorpjes. De Navajo zijn traditioneel ingesteld: de meesten spreken hun eigen taal nog, en het zijn schaapherders, wevers en juwelenmakers. Dat is de achtergrond.'

Ford knikte. 'En het probleem?'

'De afgelopen paar weken heeft een zogenaamde medicijnman de bevolking opgeruid tegen Isabella. Hij heeft geruchten en valse informatie verspreid. Hij begint voet aan de grond te krijgen. Het is jouw taak dat probleem uit de wereld te helpen.'

'Wat heeft de Navajo-overheid tot nu toe ondernomen?'

'Niets. Het is daar een slap stelletje. De vroegere stamvoorzitter is veroordeeld wegens verduistering en de nieuwe voorzitter zit er nog maar net. Je zult het helemaal zelf moeten opknappen.'

'Wat is er bekend over die medicijnman?'

'Hij heet Begay, Nelson Begay. Niemand weet precies hoe oud hij is – we hebben geen geboorteakte kunnen opduikelen. Volgens hem wordt er een oude begraafplaats ontwijd door Isabella, en werd de Red Mesa nog gebruikt als weidegrond, en noem maar op. Hij is bezig een protesttocht te paard te organiseren.' Lockwood haalde een beduimeld pamflet uit een map. 'Hier, dit is een van zijn flyers.'

Op de vage fotokopie was een man te paard te zien, die een protestbord in zijn handen hield.

RIJD MEE NAAR RED MESA!
STOP ISABELLA!

14 en 15 september

Bescherm de Diné Bikéyah, het Land van het Volk! Red Mesa, Dzilth Chíí, is waar de heilige Moeder van het Stuifmeel verblijft, zij die bloemen en zaden voortbrengt. ISABELLA is een dodelijke wond in haar flank: ze braakt straling uit en vergiftigt Moeder Aarde.
Rijd mee naar Red Mesa. We verzamelen bij de consistorie van Blue Gap, 14 september om 9 uur, voor de rit via de Dugway naar de oude Handelspost Nakai Rock. We kamperen bij Nakai Rock met een zweethut en een Blessing Way. Verover het land terug door gebed.

19

'Jouw opdracht is om als antropoloog deel uit te maken van het wetenschappelijk team en je op te werpen als verbindingsman met de plaatselijke gemeenschap,' zei Lockwood. 'Maak hun zorgen bespreekbaar. Maak vrienden, strijk hun veren glad.'

'En als dat niet werkt?'

'Dan zorg je dat Begays invloed geneutraliseerd wordt.'

'Hoe doe ik dat?'

'Diep iets verdachts op uit zijn verleden, voer hem dronken, maak een foto als hij in bed ligt met een muilezel – mij maakt het niet uit.'

'Ik neem aan dat dat bedoeld was als een mislukte poging tot humor.'

'Ja, ja, natuurlijk. Jij bent de antropoloog hier; jij weet uiteraard hoe je met zulke types omgaat.' Lockwood lachte een kleurloze, stereotiepe glimlach.

Er viel een stilte. Na een tijdje informeerde Ford: 'En wat is de eigenlijke opdracht?'

Lockwood klemde zijn handen ineen en leunde voorover. De glimlach werd breder. 'Uitzoeken wat er in godsnaam werkelijk aan de hand is.'

Ford wachtte.

'Dat antropologengedoe is je dekmantel. Je échte opdracht moet volslagen geheim blijven.'

'Aha.'

'Isabella had acht weken geleden al gekalibreerd en online moeten zijn, maar ze zitten er nog steeds mee te prutsen. Ze zeggen dat ze de zaken niet aan de praat krijgen. Ze komen met de idiootste smoezen aanzetten: bugs in de software, kapotte magneetspoelen, een lek in het dak, een kapotte kabel, computerproblemen. Noem maar op. Eerst trapte ik daar nog in, maar langzamerhand begin ik overtuigd te raken dat er meer achter zit. Er is iets fout – maar volgens mij liegen ze over de onderliggende oorzaak.'

'Wat kun je me vertellen over de mensen daar?'

Lockwood leunde weer achterover en haalde diep adem. 'Zoals je hoogstwaarschijnlijk weet is Isabella het geestelijk kind van Gregory North Hazelius, en die staat aan het hoofd van een zorgvuldig gekozen team. De besten, de slimsten van heel Amerika. De FBI heeft alle teamleden door de molen gehaald: geen twijfel mogelijk aan hun loyaliteit. Verder zijn er een hoge inlichtingenambtenaar aanwezig van het ministerie van Energie, en een psycholoog.'

'Energie? Wat hebben zij ermee te maken?'

'Een van de grootste onderzoeksdoelstellingen van project Isabella is te zoeken naar innovatieve vormen van energie – fusie, miniatuur zwarte gaten, materie-antimaterie. In naam heeft het ministerie de leiding, maar, als ik zo vrij mag zijn, momenteel sta ík aan het hoofd.'

'En die psycholoog? Wat heeft die voor rol?'

'Het is daar zoiets als het Manhattan-project: isolement, scherpe beveiliging, lange uren, geen familiebezoek. Een stressvolle omgeving. We wilden garanderen dat er niemand zou doordraaien.'

'Aha.'

'Ze zitten daar al tien weken om Isabella aan de praat te krijgen. Dat had maximaal twee weken mogen duren, maar het is nog steeds niet zover.'

Ford knikte.

'Intussen verstoken ze bergen energie – bij piekbelasting vreet Isabella het megawattage van een middelgrote stad. Keer op keer laten ze dat kreng op honderd procent draaien, maar ze blijven volhouden dat het ding het niet doet. Wanneer ik Hazelius op de huid zit voor details, heeft hij overal antwoord op. Hij charmeert en vleit tot je overtuigd bent dat zwart wit is. Maar er zit daar iets scheef, en dat willen ze niet toegeven. Het kan aan de apparatuur liggen, of aan de software – of, God mag het weten, aan een menselijke fout. Maar de timing is beroerd. Het is al september. Over twee maanden zijn de presidentsverkiezingen. Dit is een bijzonder slecht moment voor een schandaal.'

'Waarom heet het project Isabella?'

'Die naam is afkomstig van de hoofdingenieur, Dolby, leider van het ontwerpteam. En hij is blijven hangen – klinkt ook een heel stuk beter dan sscii, de officiële naam. Misschien heeft hij een vriendin die Isabella heet of zo.'

'Je zei net iets over een inlichtingenman. Wat heeft die voor achtergrond?'

'Tony Wardlaw heet hij. Vroeger bij de commando's, onderscheiding in Afghanistan voordat hij bij de inlichtingendienst van het ministerie van Energie kwam. Uitstekende kerel.'

Ford dacht even na voor hij vroeg: 'Ik weet nog steeds niet goed waarom jij denkt dat ze daar zitten te liegen, Stan. Misschien hebben ze echt te kampen met de problemen die jij opnoemt.'

'Wyman, ik heb de beste neus voor ellende van heel de stad, en wat ik daar in Arizona ruik, is beslist geen Chanel 5.' Hij leunde voorover. 'Aan beide zijden van het Congres worden de messen geslepen. De eerste keer hebben ze verloren. Maar nu ruiken ze een tweede kans.'

'Typisch Washington: eerst een apparaat van veertig miljard dollar bouwen, en dan de fondsen stopzetten zodat het ding niet kan werken.'

'Je slaat de spijker op zijn kop, Wyman. De enige constante hier is de hang naar imbeciliteit. Jouw taak is uit te vinden wat er echt aan de hand is, en dat dan aan mij persoonlijk melden. Meer niet. Niets op eigen houtje ondernemen. We pakken de zaken van hieruit aan.'

Hij liep naar zijn bureau, haalde een stapel mappen uit een la en smakte die naast de telefoon. 'Hier is een dossier over elk van de wetenschappers. Medische gegevens, psychologische testuitslagen, geloofsovertuiging – tot buitenechtelijke affaires aan toe.' Hij glimlachte vreugdeloos. 'Deze komen van de NSA, en je weet hoe grondig ze daar zijn.'

Ford keek naar het bovenste dossier en opende het. Aan de omslag vastgeniet zat een foto van Gregory North Hazelius, met een raadselachtige blik van geamuseerdheid in zijn helderblauwe ogen.

'Die Hazelius – ken jij die persoonlijk?'

'Ja.' Lockwood dempte zijn stem. 'En ik moet je voor hem... wáárschuwen.'

'Hoezo?'

'Hij heeft een manier van je aankijken, je verblinden. Hij geeft je het gevoel dat je heel bijzonder bent. Hij is zo intens dat hij mensen in zijn ban brengt. De meest nonchalante opmerking van hem lijkt beladen, vol verborgen belang. Ik heb hem zien wijzen naar zoiets doodgewoons als een rots met korstmossen erop, en daar praat hij dan over op een manier dat je het gevoel krijgt dat die rots iets heel aparts en wonderlijks is. Hij overlaadt je met aandacht, hij behandelt je alsof je de belangrijkste persoon op aarde bent. Dat heeft iets onweerstaanbaars – iets wat je niet in een dossier kunt onderbrengen. Het klinkt misschien raar, maar het... het is bijna zoiets als verliefd worden, zoals hij je binnenhaalt en je uit je alledaagse bestaan tilt. Je moet het meemaken om het te begrijpen. Een gewaarschuwd man telt voor twee. Houd afstand.'

Hij zweeg even en keek Ford aan. In de stilte was het gedempte geluid te horen van autobanden op het asfalt, claxons en stemmen. Ford klemde zijn handen achter zijn hoofd ineen en keek naar Lockwood. 'Normaal gesproken voeren de FBI of de inlichtingendienst van het ministerie zo'n onderzoek uit. Waarom ik?'

'Is dat niet duidelijk? Over twee maanden zijn de presidentsverkiezingen. De president wil dat dit geregeld wordt, en snel, en zonder papierspoor. Het moet snel, en hij moet alles kunnen ontkennen. Als jij de zaak verpest, weten wij van niets. En zelfs als je slaagt, kennen wij jou niet.'

'Ja, maar waarom ik specifiek? Ik heb een bachelordiploma in antropologie, meer niet.'

'Vanwege je achtergrond: antropologie, computers, ex-CIA.' Hij haalde een dossier uit de stapel. 'En je hebt nog een plus.'

De plotselinge verandering van toon stond Ford niet aan. 'En dat betekent?'

Lockwood schoof de map over de tafel heen naar Ford, die hem open-sloeg en naar de foto staarde die aan de omslag was vastgeniet: een glimlachende vrouw met glanzend zwart haar en mahoniebruine ogen. Hij sloeg de map dicht, schoof hem terug naar Lockwood en stond op om weg te gaan. 'Je laat me op zondagochtend helemaal hierheen komen om dit soort grappen uit te halen? Sorry, ik houd werk en privé strikt gescheiden.'

'Je kunt niet meer terug.'

Een kille glimlach. 'Wou je me soms tegenhouden?'

'Je hebt bij de CIA gezeten, Wyman. Je wéét waartoe we in staat zijn.'

Ford deed een stap naar voren tot hij vlak bij Lockwood stond. 'Ik sta te bibberen op mijn benen.'

De wetenschappelijk adviseur keek met gevouwen handen naar hem op en glimlachte sereen. 'Wyman. Sorry. Dat was geen slimme opmer-king van me. Maar uitgerekend jij zou moeten inzien hoe belangrijk Isabella is. Dit project opent de deuren van ons begrip van het heelal. Van het moment waarop het ontstaan is. Het kan ons naar een onbe-perkte bron van koolstofvrije energie leiden. Het zou een ramp voor de Amerikaanse wetenschap zijn als we die investering zomaar lieten weg-lopen. Dóé het, is mijn verzoek; als je het niet voor de president doet, of voor mij, doe het dan voor je vaderland. Isabella is, als ik heel eer-lijk ben, het beste wat deze regering gedaan heeft. Het is onze nalaten-schap. Als alle politieke bombarie voorbij is, is dit het enige wat echt verschil uitmaakt.' Hij schoof de map terug naar Ford. 'Dit is de assis-tent-directeur van Isabella. Vijfendertig, doctoraat van Stanford, top-onderzoeker naar snaartheorie. Wat er tussen jou en haar is gebeurd, is tijden geleden. Ik heb haar gesproken. Briljant, uiteraard, een pro-fessional. Ongehuwd, maar ik neem niet aan dat dat een probleem is. Ze is jouw binnenkomer, een vriendin, iemand om mee te praten – meer niet.'

'Iemand om aan de tand te voelen, bedoel je.'

'Het belangrijkste wetenschappelijke experiment in de menselijke ge-schiedenis staat op het spel.' Hij tikte even op het dossier en hief zijn blik op naar Ford. 'Nou?'

Toen Ford zijn blik beantwoordde, merkte hij op dat Lockwood met zijn linkerhand nerveus over een steentje op het bureau stond te stre-len.

Lockwood volgde zijn blik en glimlachte verontschuldigend, alsof hij ergens op betrapt was. 'Dit?'

Plotseling kwam er een gesloten uitdrukking op zijn gezicht, zag Ford. 'Wat is dat?' vroeg hij.

'Mijn gelukssteen.'

'Mag ik eens zien?'

Onwillig gaf Lockwood de kiezel aan Ford. Die draaide hem om in zijn hand en zag aan de andere kant een kleine, fossiele trilobiet zitten. 'Interessant. Een speciale betekenis?'

Lockwood leek even te aarzelen. 'Die had mijn tweelingbroer gevonden, de zomer dat we negen werden. Hij gaf hem aan mij. Die fossiel werd de aanzet tot mijn wetenschappelijke loopbaan. Mijn broer... is een paar weken later verdronken.'

Ford betastte het steentje, glad gepolijst door jaren van aanraking. Hij had de persoon zelf, onder al het vernis, gevonden. En tot zijn eigen verbazing vond hij die persoon sympathiek.

'Je bent mijn enige hoop, Wyman.'

Dat geldt voor mij ook. Behoedzaam legde hij het steentje terug op het bureau. 'Oké dan. Ik doe het. Maar op mijn eigen manier.'

'Goed. Maar houd in gedachten – niets op eigen houtje.'

Lockwood stond op en haalde een aktetas uit zijn bureau, schoof daar de dossiers in, sloot de tas en vergrendelde hem. 'Hierin vind je een satelliettelefoon, een laptop, een oriëntatiepakket, een portemonnee, geld en je officiële contract. Er staat een helikopter te wachten. De bewaker hier voor de deur loopt met je mee. Kleren en andere spullen worden nagezonden.' Hij draaide aan het cijferslot. 'De combinatie bestaat uit de zevende tot en met de tiende decimaal van het getal pi.' Hij glimlachte om zijn eigen verzinsel.

'En als we het niet eens zijn over de betekenis van "op eigen houtje"?'

Lockwood schoof de tas over het bureau heen. 'Vergeet niet,' zei hij. 'Hier kennen we jou niet.'

3

Booker Crawley leunde achterover in zijn Grundlich directiestoel en nam de vijf mannen op die rond de *bubinga*-houten vergadertafel plaatsnamen. In de loop van zijn lange en vruchtbare carrière als lobbyist had Crawley geleerd dat de eerste indruk meestal klopt. Hij keek naar de man tegenover hem, iemand met de bespottelijke naam Delbert Yazzie. Hij observeerde Yazzies waterige ogen en droevige gezicht, het goedkope pak, de riem met een gesp waarin een half pond zilver en turkoois was verwerkt, de cowboylaarzen die zo te zien al herhaalde malen verzoold waren. Kortom: een manipuleerbaar man. Een verlopen indiaan die voor cowboy speelde en op de een of andere manier kans had gezien te worden verkozen tot voorzitter van de zogeheten Navajo Nation. Vorige baan: conciërge. Crawley zou Yazzie moeten uitleggen dat mensen in Washington elkaar uitsluitend op afspraak troffen. Je kon niet zomaar aanbellen – en al helemaal niet op zondagochtend.

De mannen aan weerszijden van Yazzie vormden de zogeheten Stamraad. Een ervan was sprekend een film-indiaan, met kralen in zijn hoofdtooi, lang haar in een knoet, een fluwelen indiaans hemd met zilveren knopen en een turkooizen ketting. Twee hadden er goedkope pakken aan. De vijfde, beslist geen indiaan, droeg een schitterend Armani-pak. Voor hem moest hij uitkijken.

'Zo!' begon Crawley. 'Het is me een genoegen de nieuwe leider van de Navajo Nation te ontmoeten. Ik wist niet eens dat u in Washington was! Gefeliciteerd met uw verkiezing – en u ook, leden van de raad. Welkom!'

'Ons doet het genoegen hier te zijn, meneer Crawley,' zei Yazzie, zijn stem zacht en neutraal.

'Zeg maar gewoon Booker!'

Yazzie neeg even het hoofd, maar bood niet aan zelf bij zijn voornaam genoemd te worden. *Verbaast me niks*, dacht Crawley. *Je zult toch maar Delbert heten.*

'Kan ik iemand iets te drinken aanbieden? Koffie, thee, een spaatje?'

Iedereen koos koffie. Crawley drukte op een knop, gaf de bestelling op, en even later kwam zijn butler met een karretje waarop een zilveren koffiepot werd geflankeerd door een zilveren melkkan en suikerpot, met een stel mokken. Met een huivering keek Crawley terwijl de ene na de andere lepel suikerkristallen in Yazzies zwarte koffie verdween: vijf in totaal.

'Het is bijzonder plezierig samenwerken geweest met de Navajo Nation,' vervolgde Crawley. 'Nu Isabella bijna in gebruik kan worden genomen, is dit werkelijk een gedenkwaardig moment voor ons allemaal. Wij stellen onze vriendschap met de Navajo bijzonder op prijs en verheugen ons op een lange samenwerking.'

Met een vriendelijke glimlach leunde hij achterover.

'De Navajo Nation dankt u, meneer Crawley.'

Rond de tafel werd goedkeurend geknikt en gepreveld.

'We zijn dankbaar voor alles wat u gedaan hebt,' ging Yazzie verder. 'De Navajo Nation is uitermate vergenoegd zo'n belangrijke bijdrage te kunnen leveren aan de Amerikaanse wetenschap.'

Hij sprak langzaam en weloverwogen, alsof hij zijn woorden had ingestudeerd, en Crawley voelde een klein kil plekje verharden in zijn onderbuik. Misschien wilden ze het tarief waartegen hij voor hen werkte omlaag brengen. Nou, dat moesten ze vooral proberen – ze hadden geen idee wie ze tegenover zich hadden. Wat een stel randdebielen.

'U hebt uitstekend werk verricht door Isabella op onze grond onder te brengen en gunstige voorwaarden te bespreken met de overheid,' vervolgde Yazzie, zijn slaperige ogen opgeheven in Crawleys richting, zonder hem werkelijk aan te kijken. 'U hebt u aan uw woord gehouden. Dit is iets nieuws in onze onderhandelingen met Washington. U bent uw beloftes nagekomen.'

Waar wilde die vent in godsnaam heen? 'Dank u, meneer de voorzitter, dat is bijzonder vriendelijk van u. Het doet me plezier dat te horen. Inderdaad, wij komen onze beloftes na. Ik moet u eerlijk bekennen dat het project veel werk met zich heeft meegebracht. Als ik mezelf een schouderklopje mag toestaan: dit was een van de zwaarste lobby's waaraan ik ooit heb deelgenomen. Maar het is ons gelukt, nietwaar?' glunderde Crawley.

'Inderdaad. We hopen dat uw vergoeding voldoende was voor het vele werk.'

'Ik moet zeggen, het project is voor ons een stuk duurder uitgepakt dan we verwacht hadden. Mijn accountant had de afgelopen weken een pesthumeur! Maar we krijgen niet iedere dag de kans om de Amerikaanse wetenschap vooruit te helpen en tegelijkertijd banen en kansen te bieden aan de Navajo Nation.'

'En dat brengt me op het doel van ons bezoek.'

Crawley nam een slok uit zijn mok. 'Mooi zo. Brand maar los.'

'Nu het werk gedaan is en Isabella draait, zien we geen reden meer om verder nog gebruik te maken van uw diensten. Wanneer ons contract met Crawley en Stratham eind oktober verloopt, zullen we het niet verlengen.'

Yazzie formuleerde het allemaal zo bot, met zo weinig finesse, dat Crawley even nodig had om de klap te verwerken. Hij bleef echter glimlachen.

'Hm,' zei hij. 'Het spijt me dat te horen. Komt het door iets wat wij gedaan hebben – of juist hebben nagelaten?'

'Nee, het is gewoon wat ik zei: het project is afgerond. Wat valt er nu nog te lobbyen?'

Crawley haalde diep adem en zette zijn koffiebeker neer. 'Die gedachte kan ik jullie niet kwalijk nemen – tenslotte ligt Window Rock een heel eind van Washington vandaan.' Hij leunde voorover en dempte zijn stem tot een gefluister. 'Maar laat me u één ding vertellen, meneer de voorzitter: hier in de grote stad is nóóit iets af. Isabella is nog niet online, en er kan nog van alles misgaan. Onze vijanden – júllie vijanden – hebben de strijdbijl nog lang niet begraven. Het hele Congres zit vol mensen die het project maar al te graag de nek zouden omdraaien. Zo gaat het in Washington: niets wordt vergeven, niets wordt vergeten. Morgen kunnen ze wel een wetsvoorstel indienen waarmee de geldkraan voor Isabella dichtgaat. Ze kunnen proberen de huur te verlagen. U hebt een vriend in Washington nodig, meneer Yazzie. En ík ben die vriend. Ik houd me aan mijn beloftes. Als u wacht totdat het slechte nieuws Window Rock bereikt – dan is het te laat.'

Hij keek naar hun gezichten, maar kon daar geen reactie op aflezen. 'Ik beveel ten sterkste aan dat u het contract voor ten minste zes maanden verlengt – als een soort verzekering, zeg maar.'

Die Yazzie was verdomme zo ondoorgrondelijk als een Chinees. Crawley wilde maar dat hij nog met de vorige voorzitter te maken had, iemand die zijn steaks rood verorberde, zijn martini's droog, en zijn vrouwen met een flinke laag lippenstift. Jammer dat hij met zijn hand in de geldkist van de stam betrapt was.

Na een tijd sprak Yazzie: 'Wij hebben behoefte aan een groot aantal zaken, meneer Crawley. Scholen, banen, ziekenhuizen, recreatiemogelijkheden voor onze jeugd. Slechts zes procent van onze wegen is geplaveid.'

Crawley bleef glimlachen alsof er een camera op hem gericht was. Stelletje ondankbare honden. Ze zouden van nu tot aan het einde der dagen hun zes miljoen per jaar incasseren, zonder ook maar íéts zijn kant uit te schuiven. Maar hij had de waarheid gesproken: deze lobbyklus was van begin tot eind een rampzalige onderneming geweest.

'Mocht er inderdaad iets mislopen,' vervolgde Yazzie, met zijn trage, slaperige stem, 'dan kunnen we u alsnog in de arm nemen.'

'Meneer Yazzie, als firma zijn wij klein maar fijn: alleen mijn partner en ik. We nemen maar een paar klanten aan, en we hebben een lange wachtlijst. Als u wegvalt, wordt uw plek onmiddellijk ingenomen. En wat moeten we dan als er iets gebeurt en u onze diensten weer nodig hebt...?'

'Dat risico zijn we bereid te nemen,' zei Crawley, irriterend droog.

'Ik zou willen voorstellen – ik kan u zelfs ten sterkste aanbevelen – om het contract met zes maanden te verlengen. We kunnen het zelfs hebben over een halvering van de vooruitbetaling. Maar dan blijft uw plek tenminste bezet.'

Het stamhoofd keek hem strak aan. 'U hebt een riante beloning gekregen. Vijftien miljoen dollar is een boel geld. Als we uw bestede uren en kosten bekijken, rijzen er enige vragen. Maar daarover maken we ons momenteel geen zorgen – u hebt het voor elkaar gekregen, en we zijn dankbaar. Daar willen we het bij laten.'

Eerst stond Yazzie op, daarna de anderen.

'U blijft toch zeker wel eten, meneer Yazzie! Ik nodig u uit! Er is een eindje verderop een geweldig nieuw Frans restaurant geopend, Le Zinc, gerund door een oude studiemaat van me. Daar schenken ze een geweldige droge martini, en hun steak *au poivre* is uit de kunst.' Hij had nog nooit gehoord van een indiaan die gratis drank afsloeg.

'Dank u, maar we hebben veel te doen in Washington, en we hebben geen tijd om te gaan eten.' Yazzie stak zijn hand uit.

Crawley wist niet hoe hij het had. Ze gingen ervandoor – zomaar.

Hij stond op en schudde slap hun handen. Toen ze weg waren, leunde hij tegen de hoge rozenhouten deur van zijn kantoor. Rázend was hij. Geen waarschuwing, geen brief, geen telefoontje, niet eens een afspraak. Ze waren zomaar binnengekomen, hadden hem de wacht aangezegd, en waren weer opgestapt – ze hadden volledig maling aan hem. En ze hadden gesuggereerd dat hij de boel belazerd had! Na vier jaar en een lobbyactie ter waarde van vijftien miljoen had hij hun de kip met de gouden eieren bezorgd, en wat was hun dank? Ze hadden hem gescalpeerd en voor de gieren achtergelaten. Maar zó deden we in Washington geen zaken! Geen denken aan. Voor je vrienden hoorde je te zorgen.

Hij rechtte zijn rug. Booker Hamlin Crawley liet zich nooit met één klap vellen. Hij zou terugvechten – en in zijn hoofd begon al een idee te groeien hoe hij dat zou aanpakken. Hij liep zijn kantoor binnen, deed de deur op slot en haalde een telefoon uit de onderste la van zijn bureau. Een vaste lijn, op naam van een kierewiet oud wijfie in het verpleeghuis om de hoek, betaald met een creditcard waarvan ze niet eens wist dat ze hem had. Hij maakte er zelden gebruik van.

Hij drukte het eerste cijfer in en hield op, even gehinderd door de suggestie van een herinnering, een heel korte flits van hoe en waarom hij als jonge man naar Washington was gekomen, vol ideeën en hoop. Hij kreeg een wee gevoel in zijn onderbuik. Maar meteen kwam de woede weer opzetten. Hij zou niet toegeven aan het enige wat in Washington als doodzonde gold: zwakte.

Hij toetste de rest van het nummer in. 'Mag ik dominee Spates even spreken?'

Het was een kort en perfect getimed gesprek. Met een triomfantelijk gevoel legde hij de hoorn neer. Binnen een maand had hij dat stel zandhazen terug op kantoor, en zouden ze hem smeken om terug te komen – tegen een dubbele vergoeding.

Zijn vochtige, rubberachtige lippen trokken even van de voorpret.

4

Wyman Ford keek uit het raampje van de Cessna Citation die boven de Lukachukaibergen vloog, met een grote bocht op weg naar Red Mesa. Het was een indrukwekkend landschap: een eiland in de lucht, helemaal omringd door rotsen, omzoomd door lagen gele, rode en chocoladebruine zandsteen. Voor zijn ogen stroomde het zonlicht door een opening in de wolken op de mesa, zodat die als in vlammen werd gebaad. Het leek wel een verloren wereld.

Toen ze dichterbij kwamen, werden een voor een de details zichtbaar. Ford zag landingsbanen liggen die elkaar als twee zwarte pleisters kruisten, met een stel hangars en een landingsplek voor helikopters. Vanuit het noorden en westen liepen drie enorme bundels hoogspanningskabels op torenhoge masten, die aan de rand van de hoogvlakte samenkwamen; daar was een energiecentrale, beveiligd met een dubbele afzetting. Een stuk verderop lag een stel huizen in een vallei vol populieren, met groene velden en houten hutten – de oude Handelspost Nakai Rock. Een gloednieuwe asfaltweg doorsneed de *mesa* van west naar oost.

Fords blik daalde af langs de rotswand. Zo'n honderd meter onder de hoogvlakte was een enorme, vierkante opening in de flank van de mesa uitgehakt, met een eindje naar binnen een metalen deur. Toen het vliegtuig de bocht verder afmaakte, zag hij de enige weg de mesa op, over de rotswand slingerend als een slang op een boomstam. De Dugway.

De Cessna begon aan een steile afdaling. Het oppervlak van Red Mesa bleek doorkruist te worden door droge greppels, valleien en rotsvelden. Hier en daar stonden wat armzalige jeneverbesstruiken, afgewisseld door de grijze skeletten van pijnbomen, vlekken grasland en struikgewas, en grote vlakken gladde rots met zand.

De Cessna landde en taxiede naar een metalen hut die als terminal dienstdeed. Daarachter stond een stel hangars te glimmen in het licht. De piloot smeet de deur open. Ford, die niets meer bij zich had dan Lockwoods aktetas, stapte op het warme asfalt. Er was niemand om hem af te halen.

Met een armzwaai ten afscheid klom de piloot terug in het vliegtuigje en even later hing het toestel weer in de lucht, een aluminium glinstering in de turquoise hemel.

Ford keek het vliegtuig na en slenterde daarna naar de terminal.

Op de deur hing een houten bord, met de hand beschilderd in wildweststijl:

VERBODEN TOEGANG
OVERTREDERS WORDEN DOODGESCHOTEN
DAT GELDT OOK VOOR JOU, MAKKER!
G. HAZELIUS, MARSHAL

Hij duwde ertegen met zijn vinger en bleef even staan luisteren hoe het heen en weer knarste. Daarnaast, op metalen palen in beton, droeg een helderblauw overheidsbord in grote lijnen dezelfde boodschap, maar dan in bureaucratisch droge stijl. De wind raasde over de startbaan en spiraalde stofwolken langs het asfalt.

Hij voelde aan de terminaldeur. Op slot.

Ford deed een stap achteruit en keek om zich heen, met een gevoel alsof hij beland was in de beginscène van *The Good, the Bad and the Ugly*.

Het knersende bord en het kreunen van de wind brachten de flits van een herinnering met zich mee – dat moment waarop hij, dag in, dag uit, na school thuiskwam, met de sleutel aan het touwtje om zijn nek de deur van het huis in Washington openmaakte en daar dan in zijn eentje in die enorme, weergalmende villa stond. Zijn moeder was altijd naar een receptie of een diner, zijn vader op reis voor staatszaken.

Het brullen van een naderende auto bracht hem terug naar het heden. Over een heuveltop kwam een Jeep Wrangler aanrijden. Hij verdween achter de terminal en dook weer op terwijl hij over het asfalt scheurde. Met krijsende banden maakte hij een bocht en kwam abrupt tot stilstand. Er sprong een man met een brede grijns op zijn gezicht naar buiten, zijn hand ter begroeting uitgestoken. Gregory North Hazelius. Hij zag er precies uit zoals op de foto in het dossier, en hij leek te gonzen van de energie.

'*Yá'át'ééh shi éí*, Gregory!' zei Hazelius, terwijl hij Fords hand vastpakte.

'*Yá'át'ééh*,' antwoordde Ford. 'Je gaat me toch niet vertellen dat jij Navajo spreekt?'

'Een paar woorden maar, ooit geleerd van een student van me. Welkom.'

Ford had maar een korte blik op Hazelius' dossier geworpen, maar het was hem bijgebleven dat Hazelius naar verluidde twaalf talen sprak, waaronder Farsi, twee dialecten van het Chinees en Swahili. Over Navajo was niets gemeld.

Ford was een meter negentig lang en moest meestal omlaag kijken om anderen te kunnen aankijken. Ditmaal moest hij nog lager kijken dan gebruikelijk. Hazelius mat een meter tweeënzestig, een nonchalant-elegante verschijning in een keurig gestreken kaki broek, een roomwit zijden overhemd en een paar indiaanse mocassins. Zijn ogen waren zo lichtgevend blauw dat het wel stukjes glas in lood leken. Een adelaars- neus, een hoog, glad voorhoofd, en daarboven een bos golvend bruin haar, netjes gekamd. Een klein pakket met een enorme energie.

'Dat had ik niet verwacht, de grote man zelf!'

Hazelius lachte. 'We draaien hier allemaal dubbele diensten. Ik ben de chauffeur van het stel. Ik zou zeggen: stap in.'

Ford vouwde zich op de bijrijdersplek op, terwijl Hazelius met een gratie als van een vogel neerstreek achter het stuur. 'Toen we Isabella in bedrijf namen, wilde ik geen massa's personeel in de buurt hebben. Bovendien,' – Hazelius wendde zich met een stralende glimlach naar zijn passagier – 'wilde ik je persoonlijk ophalen. Jij bent onze Jonas.'

'Jonas?'

'We waren met ons twaalven. Nu zijn we met ons dertienen. Van- wege jou zullen we misschien iemand overboord moeten zetten.' Hij grinnikte.

'Wat een bijgelovig stelletje zijn jullie!'

Hij lachte. 'O, je moest eens weten! Ik ga nergens heen zonder mijn konijnenpootje!' Hij viste een oud, smerig, bijna kaal gesleten geval uit zijn zak. 'Van mijn vader gekregen toen ik zes was.'

'Prachtig.'

Hazelius ramde zijn voet op het gaspedaal en de Jeep sprong naar voren, zodat Ford tegen de rugleuning werd geperst. De Wrangler vloog over het asfalt en reed met piepende banden de gloednieuwe weg op die zich tussen de jeneverbessen door slingerde. 'Het is hier net zomerkamp, Wyman. We doen al het werk zelf: koken, schoonmaken, transport, noem maar op. We hebben een expert op het gebied van de snaartheorie die fantastische biefstukken bakt, een psycholoog die een uitstekende wijnkelder heeft aangelegd, en diverse andere types met uiteenlopende talenten.'

Ford greep de hendel beet terwijl de Jeep met een gejank van auto- banden schuin door de bocht vloog.

'Nerveus?'

'Maak me maar wakker als we er zijn.'

Hazelius lachte. 'Ik heb er geen weerstand tegen, die verlaten wegen: geen agent te bekennen, en zichtlijnen die eindeloos doorlopen. Hoe zit het met jou, Wyman? Waar liggen jouw speciale gaven?'

'Ik heb een buitengewoon talent voor afwassen.'

'Uitstekend!'

'Ik kan hout kloven.'

'Geweldig!'

Hazelius reed als een gek, koos een lijn uit en nam die op topsnelheid, zonder ook maar enige aandacht voor de middenstreep. 'Sorry dat ik er niet was toen het vliegtuig landde. We zijn net bezig met de laatste loodjes van een run met Isabella. Zal ik je een korte rondleiding geven?'

'Graag.'

De Jeep vloog over een heuveltje heen. Even voelde Fords lichaam gewichtloos aan.

'Nakai Rock,' zei Hazelius, en hij wees naar de stenen spiraal die Ford al vanuit de lucht had gezien. 'Daaraan ontleent de oude handelspost haar naam. Wij noemen ons dorp ook Nakai Rock. Nakai – wat betekent dat? Dat heb ik nou altijd willen weten.'

'Nakai is het Navajowoord voor "Mexicaans".'

'Dank je. Ik ben echt blij dat je al zo snel kon komen. We hebben de plaatselijke bevolking per ongeluk tegen ons in het harnas gejaagd. Lockwood geeft hoog van je op.'

De weg liep in een lus omlaag, een beschutte vallei in, vol populieren en omringd door rotsformaties van rode zandsteen. Langs de buitenzijde van de lus stond een tiental, misschien een paar meer, nep-adobe huisjes artistiek tussen de bomen geplaatst, met zakdoekformaat gazonnetjes en houten tuinhekjes. Een smaragdgroen sportveld in het midden van de lus stak fel af tegen de rotsen. Achter in de vallei, als een opperrechter, torende de enorme, bizar gevormde rots.

'Uiteindelijk gaan we hier onderkomens bouwen voor zo'n tweehonderd gezinnen. Dan wordt dit een echt dorpje, voor wetenschappers op bezoek, hun gezinnen, en personeel.'

De Jeep raasde langs de huizen, maakte een grote bocht. 'Tennisbaan.' Hazelius gebaarde naar links. 'Stal met drie paarden.'

Ze kwamen aan bij een schilderachtig bouwsel van boomstammen, aangesmeerd met adobe, in de beschutting van hoge populieren. 'De oude handelspost, omgebouwd tot eetzaal, keuken en recreatieruimte. Biljarttafel, pingpong, tafelvoetbal, films, bibliotheek, kantine.'

'Wat moesten ze hier eigenlijk ooit met die handelspost?'

'Voordat ze verdreven werden door de mijnbouw, hadden de Navajo hier schapen lopen. Op de post werd ruilhandel gedreven: voedsel en benodigdheden in ruil voor de kleden die de indianen weefden van de wol. Nakai Rockkleden zijn niet zo bekend als die van Two Grey Hills, maar even goed van kwaliteit – misschien wel beter.' Hij keek naar Ford. 'Waar heb jij veldonderzoek gedaan?'

'Ramah, New Mexico.' Ford voegde daar niet aan toe: *Het was maar één zomervakantie lang, en ik was pas in mijn derde jaar.*

'Ramah. Is dat niet waar die antropoloog, Clyde Kluckhohn, onderzoek heeft gedaan voor dat beroemde boek van hem, *Navaho Witchcraft*?'

Ford was verbaasd over Hazelius' brede kennis. 'Inderdaad.'

'Spreek jij vloeiend Navajo?' vroeg Hazelius.

'Net genoeg om mezelf in de problemen te brengen. Navajo is waarschijnlijk de moeilijkste taal op aarde.'

'Daarom heeft het me ook altijd geïnteresseerd – tenslotte hebben we mede dankzij die taal de Tweede Wereldoorlog gewonnen.'

Met krijsende banden kwam de Jeep tot stilstand voor een *casita*, een klein maar keurig huisje met een omheinde tuin: een kunstmatig groen grasveld, een terras, picknicktafel en een barbecue.

'Huize Ford,' zei Hazelius.

'Charmant.' Maar het was allesbehalve charmant. Het zag er verpletterend burgerlijk uit, een armoedig prefabhuisje in imitatie-pueblorevivalstijl. De omgeving was schitterend, dat wel.

'De overheid bouwt overal hetzelfde,' merkte Hazelius op. 'Maar goed, het is van alle gemakken voorzien.'

'Waar zijn de anderen?'

'In de Bunker. Zo noemen we het ondergrondse complex waar Isabella woont. Waar is trouwens jouw bagage?'

'Die komt morgen.'

'Zo te zien hadden ze er haast mee om jou hierheen te krijgen.'

'Ik heb niet eens de tijd gekregen om mijn tandenborstel op te halen.'

Hazelius gaf een enorme dot gas en nam de laatste bocht van de slingerweg zo snel dat er rubber op het wegdek achterbleef. Toen stapte hij vol op de rem, schakelde over op vierwielaandrijving en deinde langzaam het plaveisel af, twee hobbelige sporen door het struikgewas op.

'Waar gaan we heen?'

'Dat zie je dadelijk.'

De banden gierden door greppels en hotsten over rotsblokken, en de Jeep klom omhoog door het eigenaardige bos van kronkelige jeneverbesstruiken en dode pijnbomen. Zo legden ze, hotsend en botsend, een paar kilometer af tot voor hen een lange, steile helling van gladde rode zandsteen opdoemde.

De Jeep stopte, en Hazelius sprong naar buiten. 'Het is hier vlakbij.'

Met stijgende nieuwsgierigheid volgde Ford hem de helling op naar de top van een zandsteenrots. Daar wachtte hem een enorme verrassing: plotseling stond hij aan de rand van de Red Mesa, met aan zijn voeten een afgrond van honderden meters diep. Hij had absoluut niet het gevoel gehad dat ze bijna aan de rand van de hoogvlakte zaten, geen enkel teken dat de afgrond naderde.

'Mooi, hè?' zei Hazelius.

'Levensgevaarlijk. Voordat je het weet, rijd je de afgrond in.'

'Er bestaat een legende over een Navajoherder die te paard achter een veedief aanging, en die hier over de rand gestort is. Volgens de overlevering rijdt zijn *chindii*, zijn geest, op donkere stormnachten nog steeds het ravijn in.'

Het uitzicht was adembenemend. Een oeroud landschap lag aan hun voeten uitgespreid, eigenaardige bulten en pilaren van bloedrode rots, door de geselende wind in de vreemdste vormen gezandstraald. Daarachter lagen reeksen mesa's, hoogvlaktes, op de ene bergketen na de andere. Het had de rand van de Schepping zelf kunnen zijn, op het moment dat God eindelijk de moed had opgegeven uit wanhoop dat Hij ooit orde zou kunnen brengen in zo'n weerbarstig landschap.

'Die grote eilandmesa in de verte,' zei Hazelius, 'dat is No Man's Mesa, vijftien kilometer lang en anderhalve kilometer breed. Er wordt gezegd dat daar een geheim pad naar boven loopt dat geen blanke ooit heeft kunnen vinden. Links daarvan ligt Piute Mesa. Shonto Mesa is de voorste, en verder naar achteren liggen de Ganzennekken van de San Juanrivier, Cedar Mesa, de Bears Ears en het Manti-La Salgebergte.'

Een stel raven liet zich op de thermiek naar boven voeren, dook toen omlaag en streek neer in de schemerige diepten. Hun kreten weergalmden in de cañons.

'Red Mesa is maar vanaf twee punten bereikbaar – de Dugway, achter ons, en een bergpad dat een paar kilometer hiervandaan begint. De Navajo noemen dat het Middernachtspad. Het komt uit in die kleine nederzetting daar.'

Toen ze zich omdraaiden om terug te lopen, zag Ford een paar plekjes op de zijkant van een gigantisch, opengespleten rotsblok.

Hazelius volgde zijn blik. 'Zie je iets?'

Ford liep erheen en legde zijn hand op het oneffen oppervlak. 'Fossiele regendruppels. En... het fossiele spoor van een insect.'

'Zo, zo,' zei de wetenschapper zachtjes. 'Iedereen heeft hier het uitzicht staan bewonderen. Maar jij bent de eerste die dát daar ziet – behalve ik dan. Fossiele regendruppels van een bui in de tijd van de dino's. En daarna, na de regen, een kever in het natte zand. Op de een of andere manier, hoe onwaarschijnlijk ook, is dit kleine moment in de geschiedenis gestold.' Hazelius raakte het met eerbiedige vingers aan. 'Niets van wat wij mensen op aarde hebben gedaan, niets van onze grootse werken, niet de Mona Lisa of de kathedraal van Chartres of zelfs de piramides in Egypte, zal zo lang voortbestaan als de sporen van die kever in dat natte zand.'

Ford voelde zich vreemd ontroerd door die gedachte.

Hazelius streek met zijn vinger langs het kronkelige pad van het insect en rechtte vervolgens zijn rug. 'Nou!' zei hij, terwijl hij Fords schouder greep en er even vriendschappelijk in kneep. 'Ik zie nu al dat jij en ik vrienden worden.'

Ford dacht aan Lockwoods waarschuwing.

Hazelius draaide zich naar het zuiden en gebaarde naar de vlakte van de mesa achter hen. 'In het paleozoïcum was dit allemaal één groot moeras. Uit die tijd stammen enkele van de dikste kolenlagen van heel Amerika. In de jaren vijftig zijn die gemijnd. Die oude tunnels waren ideaal om Isabella in onder te brengen.'

De zon scheen op Hazelius' vrijwel rimpelloze gezicht toen hij zich met een glimlach omdraaide naar Ford. 'We hadden geen betere plek kunnen verzinnen, Wyman – afgelegen, ongestoord, onbewoond. Maar het belangrijkste vond ik wel de schoonheid van het landschap, want schoonheid en mysterie spelen in de fysica een centrale rol. Zoals Einstein al zei: "Het mooiste wat we kunnen ervaren is het mysterie. Dat is de bron van alle ware wetenschap."'

Ford zag de zon langzaam ondergaan in de diepe cañons van het westen: goud dat wegsmolt in koper.

'Klaar om ondergronds te gaan?' informeerde Hazelius.

5

De Jeep hotste terug naar de weg. Ford klemde zich vast aan de handgreep boven het portier en probeerde ontspannen te kijken terwijl Hazelius plankgas langs de landingsbaan scheurde en met honderdtwintig over het kaarsrechte asfalt reed.

'Zie jij ergens politie?' informeerde Hazelius met een grijns.

Zo'n anderhalve kilometer verderop werd de weg versperd door twee poorten in een dubbele omheining met prikkeldraad erbovenop – de omheining rond een terrein aan de rand van de mesa. Op het laatste moment trapte hij op de rem, en met gierende banden kwamen ze tot stilstand.

'Dat hele gebied is de Beveiligde Zone,' zei Hazelius. Hij toetste een code in een cijferblok op een paal. Er kwaakte een toeter, en het hek schoof open. Hazelius reed naar binnen en parkeerde de Jeep naast een rij andere auto's. 'De Lift,' zei hij met een hoofdknik naar een hoge toren aan de rand van de afgrond, bespikkeld met antennes en satellietschotels. Ze liepen erheen en Hazelius haalde een kaart door een sleuf naast de metalen deur. Daarna legde hij zijn hand op een handpalmlezer, en even later klonk een zwoele vrouwenstem: 'Hallo, liefje. Wie heb je voor me meegebracht?'

'Dit is Wyman Ford.'

'Laat eens voelen, die handen, Wyman.'

Hazelius glimlachte. 'Ze bedoelt, leg je hand op de lezer.'

Ford legde zijn hand op het warme glas. Er schoof een lichtbundel langs.

'Wacht even, dan vraag ik het de baas.'

Hazelius grinnikte. 'Wat vind je van onze bewakingscomputer?'

'Het is weer eens iets anders.'

'Dat is Isabella. De meeste computers zijn van het HAL-type: te melk-muilerig naar mijn smaak.' Hij zette een toneelstem op en declameer-de: '"Attentie alstublieft, onze menuopties zijn gewijzigd." Isabella daarentegen heeft een échte stem. Die heeft onze programmeur, Ken Dolby, geprogrammeerd. Volgens mij heeft hij een of andere rapper om haar stem gevraagd.'

'Wie is de echte Isabella?'

'Geen idee; daar doet Ken nogal geheimzinnig over.'

De stem rolde naar buiten als trage honing. 'Oké, zegt de baas. Je zit nu in het systeem, dus verder geen gedonder.'

De metalen deuren zoefden open en er werd een lift zichtbaar die langs de flank van de berg liep. Tijdens de afdaling konden ze door een klein patrijspoortje kijken. Toen de lift stilhield, gaf Isabella hun de waarschuwing dat ze goed moesten uitkijken waar ze liepen.

Ze stonden op een breed plateau, uitgehouwen in de bergwand, voor de enorme titaniumdeur die Ford al vanuit de lucht had gezien. Hij moest een meter of zeven meter breed zijn, en minstens twaalf meter hoog.

'Dit is het werkplatform. Schitterend uitzicht, vind je niet?'

'Je zou hier moeten bouwen.'

'Dit was de opening van de befaamde Wepo-steenkoolader. Alleen al uit deze ader hebben ze vijftig miljoen ton kolen gehaald. Er zijn enor-me spelonken achtergebleven. De ideale locatie voor onze werkzaam-heden, want we moesten Isabella beslist diep ondergronds hebben, om alles en iedereen tegen straling te beschermen wanneer ze op vol ver-mogen draait.'

Hazelius liep naar de titaniumpoort, die iets in de rotswand inge-bouwd was. 'We noemen het hier de Bunker.'

'Je moet je nummer opgeven, lieverd,' zei Isabella.

Hazelius toetste een reeks cijfers op een blokje.

Even later zei de stem: 'Kom binnen, jongens.' De deur begon om-hoog te glijden.

'Waarom is het hier zo zwaar beveiligd?' vroeg Ford.

'Omdat we hier veertig miljard dollar aan investeringen hebben staan. Bovendien is een groot deel van onze hard- en software geheim.'

Achter de deur bleek een gigantische, galmende spelonk te liggen. Er hing een geur van stof en rook, met een zweem van vochtigheid die Ford deed denken aan de kelder van zijn grootmoeder. Met een zwaar gerommel kwam de deur weer omlaag, en Ford knipperde met zijn ogen om te wennen aan de natriumverlichting. Hij stond in een grot van zo'n tweehonderd meter diep, en ruim vijftien meter hoog. Pal vooruit, tegen de achterwand van de grot, zag hij een ovale deur, die uitkwam op de zijwand van een tunnel vol roestvrijstalen leidingen, buizen en kabelbundels. Vanuit de deur walmden mistnevels die in beekjes over de grond stroomden tot ze opgelost waren. Links was voor een tweede opening in de rotswand een wand van gasbetonblokken gebouwd, met daarin een stalen deur met het opschrift DE BRUG. Langs de zijwanden van de spelonk lagen stapels stalen caissons, balken en overige bouwmaterialen, samen met zware apparatuur en een handvol golfkarretjes.

Hazelius pakte hem bij de arm. 'Recht voor ons ligt de ovale opening naar Isabella zelf. Die nevel is condens van de supergeleidende magneten. Die moeten gekoeld worden met vloeibaar helium op bijna het absolute nulpunt om de supergeleidende eigenschappen te behouden. Die tunnel loopt verder de mesa in en vormt een cirkel met een doorsnee van meer dan twintig kilometer. Daar lopen de twee deeltjesbanen in rond. Die elektrische golfkarretjes daar zijn ons vervoer. Kom, dan stel ik je voor aan de ploeg.'

Onderweg door de grot, terwijl hun voetstappen door de kathedraalachtige ruimte galmden, vroeg Ford langs zijn neus weg: 'Loopt alles zo'n beetje naar wens?'

'Problemen,' antwoordde Hazelius. 'De ene ellende na de andere.'

'Wat voor problemen?'

'Momenteel is het de software.'

Ze liepen naar de deur met het opschrift DE BRUG. Hazelius opende de deur en liet Ford voorgaan. Daar lag een tweede muur van gasbeton, snotgroen geschilderd en verlicht met tl-balken in het plafond.

'Tweede deur rechts. Wacht, ik doe hem voor je open.'

Ford stapte naar binnen, een felverlichte ronde ruimte in. Langs de wanden hingen reusachtige flatpanelschermen, zodat het geheel eruitzag als de brug van een ruimteschip, met vensters die uitzicht gaven op het heelal. De schermen werkten niet, en een ruimteschipscreensaver voltooide de illusie van een raket die door een sterrenveld raasde. Onder de schermen stonden eindeloze rijen toetsenborden, bedieningspanelen en computers. Het midden van de ruimte lag dieper dan de randen, met een retrofuturistische draaifauteuil in het middelpunt.

De meeste wetenschappers waren opgehouden met hun werk om Ford nieuwsgierig te kunnen opnemen. Hij zag hun uitgesproken geteisterde blik, de bleke gezichten van holbewoners en de kreukelige kleding. Ze leken er erger aan toe dan een stel derdejaarsstudenten tegen het einde van de tentamenperiode. Werktuiglijk wilde zijn blik op zoek gaan naar Kate Mercer, maar meteen tikte hij zichzelf op de vingers voor die belangstelling.

'Komt het je hier bekend voor?' informeerde Hazelius met een fonkeling in zijn blik.

Ford keek verrast om zich heen. Het kwam hem inderdaad bekend voor – en plotseling wist hij waarom.

'To go where no man has gone before,' zei hij.

Hazelius lachte vergenoegd. 'Precies! Dit hier is een replica van de brug van het oorspronkelijke ruimteschip *Enterprise* uit *Star Trek*. Toevallig bleek dat een uitstekend model voor de controlekamer van een deeltjesversneller.'

De illusie dat dit de brug van de U.S.S. *Enterprise* was, werd deels verstoord door een vuilnisvat dat uitpuilde van de lege blikjes en pizzadozen. De vloer lag bezaaid met papieren en wikkels van allerhande repen, en tegen de rondlopende wand lag een ongeopende fles Veuve Clicquot.

'Sorry voor de troep – we zijn bijna klaar met een testronde. Dit is maar het halve team, de rest zie je straks, aan tafel.' Hij richtte zich tot de groep: 'Dames en heren, mag ik u het nieuwste lid van ons team voorstellen: Wyman Ford. Wyman is de antropoloog die ik had aangevraagd als verbindingsofficier met de plaatselijke bewoners.'

Er werd geknikt, gemompeld, hier en daar verscheen even een glimlach; Ford was weinig meer dan een afleiding van het werk. Wat hemzelf prima uitkwam.

'We gaan even de zaal door om handjes te schudden. Aan tafel kunnen we dan beter kennismaken.'

De groep knikte terughoudend.

'Dit is Tony Wardlaw, onze hoogste inlichtingenman. Die is hier om ons uit de problemen te houden.'

Er stapte een man met de bouw van een slagersblok naar voren. 'Aangenaam kennis te maken.' Hij had gemillimeterd haar, een militaire houding en een no-nonsense-uitdrukking op zijn gezicht – dat grauw zag van uitputting. Zoals Ford al had verwacht, werd zijn hand bijna fijngedrukt in Wardlaws greep. Hij plette terug.

'Dit is George Innes, onze huispsycholoog. Die organiseert wekelijks een gesprekje, zodat we ons gezonde verstand behouden. Ik moet er niet aan denken hoe we er zonder hem aan toe zouden zijn.'

Uit een paar snel uitgewisselde blikken maakte Ford op hoe de anderen meenden zonder Innes toe te kunnen. Innes schudde hem koel en professioneel de hand, met precies de juiste druk en lengte. Hij zag eruit als een buitenmens, met een keurig geperste kaki broek en een ruitjeshemd. Hij was fit en verzorgd en had de uitstraling van iemand die van mening is dat de hele wereld problemen heeft behalve hijzelf.

'Goed dat je er bent, Wyman,' zei hij, met een blik over de rand van zijn schildpadmontuur. 'Ik neem aan dat je je voelt alsof je halverwege het jaar naar een nieuwe school moest?'

'Precies.'

'Als je ooit behoefte voelt aan een luisterend oor: ik ben er.'

'Bedankt.'

Hazelius trok hem mee in de richting van een wrak van een man, jong, begin dertig, mager als een talhout en met lang, vettig blond haar. 'Dit is Peter Volkonsky, onze softwareman. Peter komt uit Jekatarinenburg in Rusland.'

Onwillig wendde Volkonsky zijn blik af van de computer waar hij overheen gebogen had gezeten. Zijn rusteloze, manische ogen streken even over Ford. Hij stak geen hand uit maar knikte even, afwezig, en mompelde kortaf: 'Hi.'

'Prettig met je kennis te maken, Peter.'

Volkonsky draaide zich terug naar zijn toetsenbord en begon weer te typen. Zijn magere schouderbladen staken kinderlijk naar buiten onder zijn rafelige T-shirt.

'En dit is Ken Dolby, hoofdingenieur en ontwerper van Isabella. Ooit wordt er voor hem een standbeeld opgericht in het Smithsonian.'

Dolby kwam op hen aflopen – een lange, brede, vriendelijke man, zwart als de nacht, rond de veertig, met de ontspannen uitstraling van een *beach boy*. Ford vatte meteen sympathie voor hem op: een no-nonsensetype. Ook hij zag er wat verkommerd uit, met bloeddoorlopen ogen. Hij stak zijn hand uit met de woorden: 'Welkom. Helaas zijn we momenteel niet op ons best. Sommigen van ons zijn al anderhalf etmaal in touw.'

Ze liepen verder. 'En hier hebben we Alan Edelstein,' vervolgde Hazelius. 'Onze wiskundige.'

Een man die Ford amper gezien had, een eindje bij de anderen vandaan, hief zijn blik op van het boek dat hij aan het lezen was: Joyce' *Finnegans Wake*. Hij stak ter begroeting een vinger in de lucht en keek Ford met doordringende blik aan. De uitdrukking op zijn gezicht getuigde van een licht hautaine houding tegenover het gedoe van de wereld om hem heen.

'En?' vroeg Ford, met een hoofdknik naar het boek.

'Waanzinnig spannend.'

'Alan is iemand van weinig woorden,' zei Hazelius. 'Maar de taal der wiskunde spreekt hij vloeiend. Om nog maar te zwijgen van zijn vermogens als slangenbezweerder.'

Edelstein neeg even het hoofd bij dit compliment.

'Slangenbezweerder?'

'Alan heeft een ietwat omstreden hobby.'

'Hij houdt ratelslangen als huisdier,' vertelde Innes. 'Daar kan hij goed mee omgaan, schijnt het.' De opmerking was komisch bedoeld, maar Ford hoorde een scherp randje in zijn stem.

Zonder van zijn boek op te kijken zei Edelstein: 'Slangen zijn interessante en nuttige dieren. Ze eten ratten. Waarvan we er hier heel wat hebben.' Hij wierp Innes een veelzeggende blik toe.

'Alan bewijst ons een dubbele dienst,' zei Hazelius. 'In de Bunker en hier en daar op het terrein staan diervriendelijke rattenvallen – die zorgen dat we vrij blijven van knaagdieren; en daarmee van het hantavirus. En de vangst geeft hij aan zijn slangen te vreten.'

'Hoe vang je een ratelslang?' informeerde Ford.

'Heel voorzichtig,' antwoordde Innes voor Edelstein. Hij lachte gespannen en schoof zijn bril hoger op zijn neus.

Nogmaals keek Edelstein Ford met zijn donkere ogen aan. 'Als je er een ziet, geef je maar een seintje. Dan laat ik het je zien.'

'Ik verheug me erop.'

'Uitstekend,' zei Hazelius haastig. 'Dan stel ik je nu voor aan Rae Chen, onze computertechneut.'

Een Aziatische vrouw, op het eerste oog zo jong dat ze nog geen drank mocht kopen, stak haar hand uit. Ze had dansend zwart haar tot op haar taille en was gekleed als de doorsnee Berkeleystudent: een groezelig T-shirt met een vredesteken, en een spijkerbroek die was opgelapt met stukken van de Engelse vlag.

'Hé, leuk je te ontmoeten, Wyman.' In haar zwarte ogen school een ongebruikelijke intelligentie en iets terughoudends. Of misschien kwam dat doordat zij er net als de anderen uitgeput uitzag.

'Insgelijks.'

'Nou, aan het werk maar weer,' zei ze gemaakt vrolijk, en ze knikte naar haar computer.

'Dat is het wel zo'n beetje,' zei Hazelius. 'Maar waar is Kate? Ik dacht dat zij bezig was met die Hawking-stralingsberekeningen.'

'Die is wat eerder weggegaan,' zei Innes. 'Ze wilde aan het eten beginnen.'

Hazelius liep terug naar zijn stoel en gaf er een liefkozend klapje op. 'Als Isabella aan het werk is, staan we te kijken naar het moment van de schepping zelf.' Hij grinnikte. 'Ik krijg er een enorme kick van om hier in mijn Captain Kirkstoel te zitten om te zien hoe wij "gaan waar nog niemand is geweest".'

Ford keek hoe hij zich in zijn fauteuil nestelde en met een glimlach zijn voeten op het bureau legde. Dat is de enige in het hele vertrek die er niet ziek van bezorgdheid uitziet, dacht hij.

6

Zondagavond hees dominee D.T. Spates zijn aanzienlijke omvang in de make-upstoel, voorzichtig om zijn broek en zijn Italiaanse maatoverhemd niet te kreuken. Zodra hij zat, schoof hij zijn brede achterwerk heen en weer met een luid gekraak en gepiep van leer. Voorzichtig legde hij zijn hoofd tegen de steun. Naast hem stond Wanda, de kapmantel in haar handen.

'Maak er iets moois van, Wanda,' zei hij, terwijl hij zijn ogen dichtkneep. 'Vandaag is belangrijk. Héél erg belangrijk.'

'U ziet er straks fantastisch uit, dominee,' zei Wanda, terwijl ze de mantel om hem heen sloeg en bij zijn nek instopte. Even later was ze met een geruststellend gerinkel van flesjes, kammen en borstels aan het werk. Ze besteedde extra aandacht aan de levervlekken van de dominee en aan het spinnenweb van gesprongen adertjes op zijn wangen en neus. Ze was goed in haar werk, en dat wist ze. Wat de anderen er ook van mochten zeggen, zíj vond de dominee een knappe, aantrekkelijke man.

Haar lange, bleke handen werkten met geroutineerde gebaren, snel en exact, maar de oren van de dominee waren ook nu weer een uitdaging. Die stonden net iets te veel van zijn hoofd af, en waren lichter en roder dan de omringende huid. Soms, als hij op het podium rondliep, viel het tegenlicht op zijn oren en kleurde die als roze glas in lood. Om ze in de juiste kleur te krijgen overdekte ze ze met zware foundation, drie tinten donkerder dan zijn gezicht, en poederde het geheel af tot ze vrijwel ondoorschijnend waren.

Al wrijvend, borstelend en deppend bekeek ze haar werk op een videoscherm dat de juiste televisiekleuren weergaf, met daarop het beeld van een camera die op de dominee was gericht. Het was van vitaal belang om te zien hoe haar werk er bij de mensen thuis uit zou zien – iets wat op het oog perfect leek, kon er op het scherm wanstaltig uitzien. Op deze manier lapte ze hem tweemaal per week op: voor zijn televisiepreek op zondag en voor zijn vrijdagse talkshow op Christian Cable.

Ja, een knappe man, de dominee.

Dominee Don T. Spates voelde zich getroost en in de watten gelegd door haar professionele gedoe. Het was een beroerd jaar geweest. Zijn vijanden zaten hem op de huid, verwrongen ieder woord dat hij zei, vielen hem genadeloos aan. Iedere preek leek scheldkanonnades van links op te roepen. Het was toch wat, als een man van God al werd aangevallen vanwege de simpele waarheid. Oké, dat voorval in dat motel met die twee prostituees had hem geen goed gedaan. Daar hadden de goddeloze leugenaars van genoten. Maar het vlees is zwak – dat staat herhaalde malen in de Bijbel vermeld. In Jezus' ogen zijn we stuk voor stuk hopeloze, reddeloze zondaars. Spates had Gods vergiffenis gevraagd en ontvangen. Maar de hypocriete, boosaardige wereld vergaf de dingen maar traag, áls ze al vergiffenis kende.

'Tijd voor uw tanden, dominee.'

Spates opende zijn mond en voelde haar ervaren handen de ivoorwitte tandvloeistof aanbrengen. In het felle licht van de camera zouden zijn tanden wit opflitsen als de parelmoeren hemelpoort.

Daarna deed ze zijn haar. Zorgvuldig kamde ze de weerbarstige oranjerode helm precies in de vorm. Ze spoot er van een afstand een beetje haarlak overheen en depte daarna het geheel af met poeder om de kleur te matigen tot een wat respectabelere rossige tint.

'Uw handen, dominee?'

Spates haalde zijn sproetige handen onder de mantel vandaan en legde ze op een manicureblad. Ze ging aan de slag en bracht een basiscrème aan die rimpels en kleurverschillen moest wegwerken. Zijn handen moesten precies bij zijn gezicht kleuren. Ja, Spates stond erop: zijn handen moesten perfect zijn, als verlengstuk van zijn stem. Als zij de make-up van zijn handen verknalde, kwam zijn boodschap niet over, want als de camera een close-up maakte van een handoplegging, kwamen de kleinste foutjes aan het licht.

De handen namen een vol kwartier in beslag. Ze peuterde vuil van onder de nagels, bracht kleurloze nagellak aan, herstelde beschadigingetjes, vijlde, sneed losse velletjes weg en overdekte ze uiteindelijk met de juiste tint foundation.

Een laatste blik op het tv-scherm, een paar laatste correcties, en Wanda deed een stap achteruit.

'Klaar, dominee.' Ze draaide het scherm naar hem toe.

Spates bestudeerde zijn eigen televisiebeeld – gezicht, ogen, oren, lippen, tanden, handen.

'Die plek in mijn hals, Wanda? Die heb je overgeslagen – alweer.'

Een snelle haal met de spons, even met de kwast erachteraan, en weg was de vlek. Spates bromde tevreden.

Wanda klapte de mantel weg en stapte naar achteren. Vanuit de coulissen kwam Spates' assistent Charles aanrennen met het colbert van de dominee. Spates stond op en stak zijn armen naar achteren terwijl Charles hem het jasje aantrok, de stof gladtrok en -streek, snel zijn schouders borstelde en opschudde, de kraag rechttrok en de das controleerde.

'En de schoenen, Charles?'

Charles veegde een paar maal met een poetsdoek over de neuzen.

'Tijd?'

'Zes voor acht, dominee.'

Jaren geleden had Spates de inval gehad om zijn zondagspreek te plannen voor prime time in de avonduren: zo meed hij de ochtendspits van televangelisten. God's Prime Time, noemde hij zijn programma. Iedereen zei dat het niets kon worden, dat hij wilde concurreren met de meest bekeken programma's van de week. Maar het was een geniale gedachte gebleken.

Op de hielen gevolgd door Charles liep Spates liep de kleedkamer uit, naar de coulissen. Toen hij dichterbij kwam, hoorde hij het geprevel en geschuifel van de gelovigen: duizenden gelovigen die een plek zochten in de Zilveren Kathedraal van waaruit hij iedere zondag twee uur lang God's Prime Time uitzond.

'Drie minuten,' prevelde Charles in zijn oor.

Spates ademde de lucht in de coulissen diep in. De menigte werd rustig toen de aanwijzingen voor het publiek over de schermen rolden en het begin van de uitzending bijna aanbrak.

Hij voelde de Heilige Geest door zijn lichaam stromen: Godlof! Dit was altijd weer een heerlijk moment, zo vlak voor de preek; het viel nergens mee te vergelijken, het was een opwelling van vlammende triomf en verwachtingsvolle gelukzaligheid.

'Hoe vol is de zaal?' fluisterde hij tegen Charles.

'Zo'n zestig procent.'

Een kil mes priemde dwars door zijn vreugde heen. Zestig procent – vorige week was het nog zeventig geweest. Nog maar een halfjaar geleden hadden de mensen in de rij gestaan voor kaartjes, week in, week uit. Ze hadden ze moeten wegsturen. Maar sinds dat voorval in het motel waren de donaties tijdens de uitzending gehalveerd en de beoordelingen van de uitzending met veertig procent gekelderd. Die klootzakken van Christian Cable wilden zijn talkshow Roundtable America opheffen. De prediking via God's Prime Time was op weg naar haar duisterste nacht sinds de oprichting in een leegstaand magazijn, dertig jaar tevoren. Als hij niet heel binnenkort een financiële injectie kreeg, kon hij niet uitkeren op de aandelen die hij via zijn uitzendingen onder de noemer 'Een bouwsteen voor de Heer' aan honderdduizenden parochianen had gesleten om de bouw van zijn Zilveren Kathedraal te financieren.

Zijn gedachten keerden terug naar het gesprek met die lobbyist, Booker Crawley, eerder die dag. Wat een teken van Gods genade dat Crawley uitgerekend naar hém was gekomen met zijn voorstel. Als dit goed werd aangepakt, kon het wel eens precies zijn waarnaar hij op zoek was geweest om de parochie nieuw leven in te blazen en meer financiële steun los te peuteren. Het debat over evolutie versus schepping was oude koek, en het begon moeilijk te worden om daar nog iets creatiefs mee te doen, vooral gezien de vele concurrentie van andere televangelisten. Maar Crawleys punt was fris, nieuw en rijp voor de pluk.

En verdomd als hij dat niet zou doen: hier en nu.

'Het is tijd, dominee,' kwam Charles' stem achter hem.

De lichten gingen aan en vanuit de menigte steeg een gebrul op toen dominee Spates het podium op liep, met gebogen hoofd en geheven, gevouwen handen, die hij ritmisch heen en weer schudde.

'*God's Prime Time!*' bulderde hij met zijn warme basstem, vol vibrato. '*God's Prime Time! De Prime Time van Gods glorie genaakt!*' Midden op het podium bleef hij plotseling staan, hief zijn hoofd en strekte met een smekend gebaar zijn armen uit naar het publiek. Zijn vingertoppen trilden. Hij rolde zijn woorden uit over zijn gehoor.

'Ik groet u allen uit de geliefde naam van onze Heer en Verlosser Jezus Christus!'

Weer ging er een gebrul op in de Zilveren Kathedraal. Hoog hief hij zijn handen, de palmen naar boven, en het gebrul daverde voort – aangehouden met hulp van de prompters. Hij liet zijn armen zakken, en het werd weer stil, als na een hevige donderslag.

Hij boog zijn hoofd in gebed en sprak met zachte, nederige stem: 'Waar er twee of drie verzameld zijn in Mijn naam, daar ben Ik.'

Met een abrupt gebaar hief hij zijn hoofd weer, hield zijn profiel naar het publiek toe gewend en sprak met zijn warmste stem, terwijl hij centimeter na centimeter een arm hief en ieder woord zo lang mogelijk rekte.

'In den beginne,' scandeerde hij, 'schiep God hemel en aarde. En de aarde was woest en ledig; en duisternis lag op de vloed.'

Hij zweeg en haalde diep adem. 'En de Geest Gods zweefde over de wateren.'

Plotseling galmde zijn stem door de Zilveren Kathedraal, klinkend als orgeltonen. 'En God zeide: "Er zij licht!"'

Een theatrale stilte, en daarna fluisterde hij amper hoorbaar: 'En het werd licht.'

Hij beende naar de rand van het podium en richtte een kameraadschappelijke grijns naar de godsvruchtigen. 'Die beginwoorden van Genesis kennen we allemaal. Zo'n beetje de krachtigste tekst ooit geschreven. Geen twijfel mogelijk. Dat zijn de woorden van God, mensen. God vertelt ons in Zijn eigen woorden hoe Hij het heelal heeft geschapen.'

Nonchalant slenterde hij langs de rand. 'Vrinden, kijken jullie ervan op als ik jullie vertel dat jullie zuurverdiende belastingcentjes door de overheid worden gespendeerd aan een poging te bewijzen dat God het bij het verkeerde eind heeft?'

Hij keerde zich naar het zwijgende publiek.

'Geloven jullie me niet?'

Vanuit de zee van gezichten ging een gemompel op.

Hij trok een papiertje uit de zak van zijn colbert en zwaaide ermee door de lucht, zijn stem plotseling vol donderslagen. 'Hier staat het. Dit heb ik nog geen uur geleden van internet gedownload.'

Weer geprevel.

'En weet je wat hier staat? Dat onze regering veertig miljard dollar heeft uitgegeven om te bewijzen dat Genesis niet klopt – veertig miljard dollar van júllie geld voor een aanval op de heiligste Schrift in het Oude Testament. Ja, vrienden, dit maakt allemaal deel uit van de seculiere, humanistische, door de overheid gesponsorde oorlog tegen het christendom, en ik wálg daarvan.'

Met grote passen liep hij het podium over. Hij schudde het papier ritselend in zijn vuist heen en weer.

'Hier staat het, zwart op wit: in de woestijn van Arizona hebben ze een machine gebouwd die Isabella heet. Velen van jullie zullen daarvan gehoord hebben.'

Instemmend gemompel alom.

'Ja, ik ook. Ik dacht dat het gewoon weer eens zo'n projectje van de regering was. Ik weet nog maar net wat ze er écht mee willen.'

Plotseling bleef hij stilstaan voordat hij zich langzaam omdraaide naar het publiek.

'Wat ze er echt mee willen, mensen, dat is de zogeheten oerknaltheorie onderzoeken. Inderdaad, ja, je hoort het goed, daar is het weer, dat woord, "theorie"!'

Zijn stem droop van de hoon.

'De theorie van de oerknal gaat ongeveer zo: dertien miljard jaar geleden is er een miezerig klein puntje in de ruimte opgeblazen en daaruit is het hele heelal ontstaan – zonder dat God daar een hand naar uitgestoken heeft. Inderdaad, ja: een schepping zonder god. Een atheïstische Schepping.'

Hij wachtte, terwijl er een ongelovige stilte aanzwol. Weer schudde hij met het papier. 'Het staat er, mensen. Een complete website, honderden pagina's vol verklaringen over de schepping van het heelal, en Gods naam wordt niet éénmaal genoemd!'

Weer een boze blik de zaal in.

'Die oerknaltheorie is geen haar beter dan de theorie dat onze overgrootvaders apen waren. Of de theorie dat alle levensvormen ontstaan zijn door een toevallige herschikking van moleculen in een modderpoel. Die oerknaltheorie is niets meer of minder dan een zoveelste seculiere, humanistische, antichristelijke, goddeloze theorie, net als de evolutieleer, alleen is deze erger. Stukken erger!'

Omdraaien, ijsberen.

'Want déze theorie ondermijnt de idee dat God het heelal heeft geschapen. Vergis je daar niet in: Isabella is een rechtstreekse aanval op het christelijk geloof! Volgens de oerknaltheorie is dit schitterende, dit magnifieke, dit godgegeven universum van ons helemaal vanzelf ontstaan, zuiver toevallig, zo'n dertien miljard jaar geleden. En alsof dat nog niet genoeg is als uiting van christenhaat, willen ze nu veertig miljard dollar van óns geld uitgeven om het te bewijzen!'

Hij overzag het publiek met wilde blik.

'En als wij dat stelletje betweters in Washington nou eens om een vergelijkbaar bedrag vroegen? Als wij nou eens zeiden dat we veertig miljard dollar willen om de waarheid van Genesis te bewijzen? Nou, wat dan? Dan zouden we wat horen van die professionele Jezushatende socialisten daar in Washington. Ja, dan hoorden we wening, dan hoorden we knersing der tanden! Dan kwamen ze weer aanzetten met dat oude verhaal over scheiding tussen staat en kerk. Dit zijn de mensen die Jezus uit de klaslokalen hebben verbannen, die de Tien Geboden van de wand van onze rechtszalen hebben gesloopt, die kerstbomen en kerststalletjes hebben verboden, die ons geloof hebben bespot en bespuwd – en dan vinden diezelfde seculiere humanisten het geen enkel bezwaar óns geld uit te geven om te bewijzen dat de Bijbel ongelijk heeft, om ons christelijk geloof als een leugen te bestempelen!'

Het gemompel zwol aan. Er stonden een paar mensen op, en toen meer, en toen de hele gemeente. Ze drongen naar voren als een tsunami en hun stemmen rezen op in één enkel gebrul van afkeuring.

De schermen met publieksaanwijzingen bleven donker, die waren nu niet nodig.

'Dit is oorlog tegen het christendom, vrienden! Oorlog tot het bitte-

46

re einde, en dat van ons belastinggeld. Willen wij toelaten dat ze Christus bespuwen en ons de rekening sturen voor dat lolletje?'

Zwaar ademend bleef dominee Don T. Spates midden op het podium staan. Hij keek uit over de kolkende menigte in de kathedraal in Virginia, verbijsterd over het effect van zijn woorden. Hij hoorde het, hij zag het, hij voelde het – het koortsige aanzwellen van heilige verontwaardiging, de woede die als vonken door de knetterende lucht oversprong. Hij kon het amper geloven. Zijn leven lang was hij al met stenen aan het smijten, en plotseling had hij een granaat te pakken gekregen. Dit was de zaak waarom hij had gebeden, waarop hij had gehoopt, waarnaar hij had gezocht.

'God zij geloofd, en lof aan Christus!' riep hij, zijn armen ten hemel heffend en zijn blik op het glinsterende plafond gericht. In luid, bevend gebed verzonken liet hij zich op zijn knieën zakken. 'Here Jezus, met Uw hulp zullen we een eind maken aan deze belediging van Uw Vader. We zullen die duivelse machine daar in die ledige woestenij vernietigen. We zullen een einde maken aan deze blasfemie tegen U, aan deze Isabella!'

7

Om kwart voor acht stapte Wyman Ford uit het huisje met de twee slaapkamers en bleef aan het einde van de oprit staan om de geurige avondlucht op te snuiven. De vensters van de eetzaal waren gele rechthoeken in de duisternis. Boven het geruis van de regeninstallaties op het sportveld uit hoorde hij vaag een boogiewoogie op de piano en geprevel van vele stemmen. Hij kon zich niet voorstellen dat Kate nu iemand anders kon zijn dan de hasjrokende, uitermate scherp gebekte student die hij gekend had. Maar ze moest veranderd zijn, en niet zo'n beetje ook, om nu assistent-directeur te zijn van het belangrijkste wetenschappelijke experiment in de geschiedenis van de fysica.

Ongevraagd reisden zijn gedachten terug naar herinneringen aan haar en naar de tijd dat ze samen waren, gedachten die zich steevast ontwikkelden in een richting voor boven de achttien. Haastig schoof hij de bewuste beelden naar de id-hoek van zijn geest, waaraan ze ontsproten waren. Dit was geen degelijk begin van het onderzoek, hield hij zichzelf voor.

Hij liep met een bocht om de sproeiers heen, bereikte de voordeur van de oude houten handelspost en ging naar binnen. Vanuit een recreatieruimte rechts stroomden licht en muziek. Hij ging naar binnen. Er zaten mensen te kaarten en te schaken, te lezen of op laptops te werken. Nu ze eenmaal van de Brug weg waren, maakten ze een bijna ontspannen indruk.

Hazelius zelf zat achter de piano. Zijn korte vingertjes sprongen nog een paar maal over de toetsen en toen stond hij op. 'Wyman, welkom! Net op tijd voor het eten!' Hij kwam Ford tegemoet, pakte hem bij de arm en nam hem mee in de richting van de eetzaal. Ook de anderen kwamen overeind, en volgden hen.

Het eerste wat opviel in de zaal was een zware grenen tafel met kaarsen, bestek en verse wilde bloemen. In een stenen haard brandde vuur. Er hingen Navajokleden aan de wand: Nakai Rockstijl, gokte Ford, te zien aan de geometrische patronen. Er stonden een paar open wijnflessen op tafel, en vanuit de keuken kwam de geur van gegrilde biefstuk drijven.

Hazelius gedroeg zich als een joviale gastheer: hij wees mensen hun plek, hij lachte, hij maakte grapjes. Ford bracht hij naar een plek in het midden, naast een lange, slanke blondine.

'Melissa? Dit is Wyman Ford, onze nieuwe antropoloog. Melissa Corcoran, onze kosmoloog.'

Ze schudden elkaar de hand. Er viel een massa zwaar, blond haar tot over haar schouders, en haar bleekgroene ogen, de kleur van de zee en van glas, keken hem belangstellend aan. Haar wipneus telde een paar sproeten, en haar broek en overhemd waren aangevuld met een indiaans kralenvestje, simpel en tegelijkertijd chic. Maar ook Corcoran had lichtelijk bloeddoorlopen, rode ogen.

De plek aan zijn andere kant was onbezet.

'Voordat ik je op Wyman loslaat,' zei Hazelius tegen Corcoran, 'wil ik hem graag voorstellen aan diegenen die nog niet hebben kennisgemaakt.'

'Ga je gang.'

'Dit is Julie Thibodeaux, onze kwantum-elektrodynamicus.'

Een vrouw aan de andere kant van de tafel knikte kort naar Ford voordat ze verderging met de klaaglijke monoloog tegen de witharige, op een kabouter lijkende man naast haar. Thibodeaux had veel weg van het stereotype van de vrouwelijke wetenschapper: slonzig, te zwaar, met een sjofele witte jas aan, haar korte haar in slierten van vettigheid. Het beeld werd vervolmaakt door een rijtje pennen in een plastic beschermhoesje in haar zak. Volgens haar dossier leed ze aan iets wat 'borderline persoonlijkheidsstoornis' heette. Ford vroeg zich af in welke vorm die stoornis zich manifesteerde.

'De man naast Julie is Harlan St. Vincent, onze elektrotechnisch ingenieur. Wanneer Isabella op volle toeren draait, houdt Harlan de negenhonderd megawatt in de gaten die hier dan als een soort Niagarawaterval binnenstromen.'

St. Vincent stond op en stak over de tafel heen zijn hand uit. 'Doet me genoegen, Wyman.' Toen hij weer ging zitten, zette Thibodeaux haar uiteenzetting voort, die te maken leek te hebben met iets wat een Bose-Einsteincondensaat heette.

'Michael Cecchini, onze *Standard Model*-deeltjesfysicus, zit daar helemaal aan het einde.'

Een kleine, donkere man stond op en stak zijn hand uit. Ford pakte hem aan, en schrok even van de eigenaardig vlakke, ondoorzichtige grijze ogen. Cecchini zag eruit alsof hij vanbinnen dood was – en de handdruk voelde ook zo aan: klam en levenloos. Toch had hij, alsof hij het nihilisme dat zich in zijn hart had ingevreten wilde uitdagen, de grootste zorg besteed aan zijn uiterlijk: zijn overhemd was zo schitterend wit dat het pijn deed aan de ogen, zijn broek had een messcherpe plooi, en de scheiding in zijn keurig geborstelde haar was met militaire precisie aangebracht. Zelfs zijn handen waren smetteloos, zacht en rein als deeg, de nagels gevijld en gepolijst tot ze blonken. Ford ving een vage hint op van een dure aftershave. Maar niets kon de geur van existentiële wanhoop overstemmen die om hem heen hing.

Hazelius was nu klaar met voorstellen en verdween de keuken in; het geroezemoes nam toe.

Nog steeds had Ford Kate niet gezien. Hij vroeg zich af of dat toeval was.

'Volgens mij heb ik nog nooit een antropoloog gesproken,' zei Melissa Corcoran tegen hem.

Hij draaide zich om. 'En ik nog nooit met een kosmoloog.'

'Je zou verbaasd staan als je wist hoeveel mensen denken dat ik me bezighoud met haar en nagels.' Ze glimlachte uitnodigend. 'Wat ga jij hier precies doen?'

'De plaatselijke bevolking leren kennen. Uitleggen wat hier gaande is.'

'Ah, maar begrijp je zélf wat hier gaande is?' Haar stem had een plagende klank gekregen.

'Misschien kun jij me dat vertellen?'

Met een glimlach strekte ze haar hand uit over tafel en greep een fles. 'Wijn?'

'Ja, lekker.'

Ze bestudeerde het etiket. 'Villa di Capezzana, Carmignano, 2000. Ik heb geen idee wat dat is, maar het smaakt prima. George Innes is onze wijnkenner. George? Vertel eens iets over de wijn.'

Innes onderbrak een gesprek aan het andere uiteinde van de tafel, en zijn gezicht lichtte op van plezier. Hij schoof zijn bril omhoog en vertelde: 'Het was een bof dat ik die kist in handen kreeg – ik wilde vanavond iets bijzonders schenken. Capezzana is een van mijn favorieten, van een oude wijngaard in de heuvels ten westen van Florence. Het was de eerste DOC-wijn waarbij ze cabernet sauvignon mochten gebruiken. Hij heeft een prima kleur, en de smaak van rode en zwarte bessen, met iets van kers erdoorheen; een diepe smaak van vruchten.'

Met een ietwat smalende glimlach richtte Corcoran zich weer tot Ford. 'George is een verschrikkelijke snob op wijngebied,' zei ze terwijl ze zijn glas bijna tot de rand toe volschonk en daarna haar eigen glas bijvulde. Ze hief het: 'Welkom op Red Mesa. Een vreselijk oord.'

'Waarom?'

'Ik had mijn kat meegenomen – ik kon haar niet missen. Twee dagen na aankomst hoorde ik een gehuil en zag ik een coyote met haar wegrennen.'

'Wat vreselijk.'

'Het wemelt ervan, afgrijselijke, valse krengen. En verder zitten er tarantula's, schorpioenen, beren, boskatten, stekelvarkens, stinkdieren, ratelslangen en andere giftige spinnen.' Het leek haar bijna plezier te doen die woorden op te sommen. 'Het is hier echt niet te harden.'

Ford glimlachte naar hij hoopte gegeneerd en stelde de stomste vraag die hij verzinnen kon. Het had geen zin om de indruk te wekken dat hij slim was. 'Dus wat moet Isabella doen? Ik ben maar antropoloog.'

'In theorie iets heel simpels. Isabella smijt subatomische deeltjes tegen elkaar aan, op bijna de snelheid van het licht, om de energiesituatie na te bootsen van het moment van de oerknal. Een soort vernietigingsrace. Twee afzonderlijke bundels deeltjes worden versneld in tegengestelde richtingen in een enorme, ringvormige buis met een lengte van ruim zeventig kilometer. De deeltjes racen steeds sneller eindeloos rond door de ring, tot ze in tegengestelde richtingen op 99,99 procent van de lichtsnelheid zitten. De grap begint wanneer we ze vol op elkaar laten knallen. Zo bootsen we het geweld van de oerknal zelf na.'

'Wat voor deeltjes zijn dat, die jullie op elkaar laten knallen?'

'Materie en antimaterie – protonen en antiprotonen. Als die samenkomen – béng! E is MC kwadraat. Door die plotselinge uitbarsting van energie ontstaat er een regenbui van allerhande verschillende deeltjes. Die regenbui wordt opgevangen door de detectoren, en zo kunnen we uitvissen wat ieder deeltje is en hoe het ontstaan is.'

'Hoe kom je aan die antimaterie?'

'Die komt per postorder uit Washington.'

Ford glimlachte. 'En ik maar denken dat ze daar alleen maar zwarte gaten hebben.'

'Nee, alle gekheid op een stokje, we maken de antimaterie hier ter plekke door alfadeeltjes op een goudplaat af te schieten. We verzamelen de antiprotonen in een secundaire ring, en dan brengen we ze de hoofdring in als we ze nodig hebben.'

'En wat heeft dat met kosmologie te maken?' wilde Ford weten.

'Ik ben hier om duistere zaken te bestuderen!' Ze rolde theatraal met haar ogen. 'Donkere materie en duistere krachten.' Nog een slok wijn.

'Dat klinkt griezelig.'

Ze lachte. Hij zag haar groene blik over hem heen strijken, een onomwonden monstering, en hij vroeg zich af hoe oud ze kon zijn. Drie-, vierendertig?

'Een jaar of dertig geleden werd het de astronomen duidelijk dat het grootste deel van de materie in het heelal geen gewoon spul is, dat je kunt zien en aanraken. Ze noemden het donkere materie. Het schijnt dat donkere materie overal is, onzichtbaar, ongemerkt door ons heen reist als een soort schaduwuniversum. Midden in enorme poelen van zulke donkere materie zitten complete melkwegen. We weten niet wat het is, waarom het bestaat of waar het vandaan komt. Aangezien donkere materie tegelijk ontstaan moet zijn met zichtbare materie, tijdens de oerknal, hoop ik dat Isabella er iets van kan bakken.'

'Dus dat zijn de duistere zaken. En de duistere krachten?'

'O, dat is ook lekker eng! In 1999 kwamen kosmologen erachter dat er een onbekend energieveld aan het werk was, dat ervoor zorgde dat het heelal steeds sneller uitdijt. Het wordt opgeblazen als een soort gigantische ballon. Die kracht hebben ze donkere energie genoemd. Niemand heeft ook maar enig idee wat het is of waar het vandaan komt. Het heeft de schijn van iets kwaadaardigs.'

Aan de andere kant van de tafel liet Volkonsky een gesnuif horen; met schelle stem merkte hij op: 'Kwaadaardig? Het heelal is onverschillig. Het maalt niet om ons.'

'Waar het om gaat,' zei Corcoran, 'is dat die donkere energie het heelal uiteindelijk zal slopen – dat wordt dan de oerscheur.'

'De oerscheur?' Tot nu toe had Ford zijn onwetendheid geveinsd, maar die oerscheur was nieuw voor hem.

'Dat is de jongste theorie over het lot van ons universum. Binnenkort gaat de uitdijing van het heelal zo snel dat complete melkwegen uiteen gescheurd zullen worden, en daarna de sterren, de planeten, jij en ik – tot op de atomen zelf. Alles weg, béng! Dan komt er een einde aan alle bestaan. Ik heb het artikel geschreven voor Wikipedia. Ga maar eens kijken.'

Ze nam nog een slok, en Ford merkte op dat zij niet als enige van de wijn genoot. De gesprekken om hen heen klonken steeds luidruchtiger, en er stond al een handvol lege flessen.

'En dat gebeurt "binnenkort", zei je?'

'O ja, binnen twintig, vijfentwintig miljard jaar.'

'Het hangt er maar van af hoe je het ziet,' zei Volkonsky met een schorre lach.

Corcoran zei: 'Wij kosmologen denken graag op de lange termijn.'

'En wij computerwetenschappers juist op de korte. Milliseconden, zeg maar.'

'Milliseconden?' merkte Thibodeaux smalend op. 'Mijn werk in de kwantumelektrodynamica draait om femtoseconden.'

Hazelius kwam de keuken uit met een schotel vol gegrilde kalfsmedaillons. Onder lovende kreten zette hij die op tafel.

In zijn kielzog verscheen Kate Mercer, met een schaal frietjes in haar handen. Zonder Fords kant uit te kijken zette ze de schaal neer en verdween weer de keuken in.

Niets van wat Ford zich had voorgesteld had hem kunnen voorbereiden op deze eerste glimp sinds ze het uitgemaakt hadden. Op haar vijfendertigste was ze nog mooier dan ze met drieëntwintig was geweest; alleen was haar lange, springerige zwarte haar nu chic kortgeknipt; de nonchalante studente in spijkerbroek en mannenoverhemden was volwassen geworden. Er waren twaalf jaar verstreken sinds hij haar voor het laatst had gezien, maar voor zijn gevoel was het niet meer dan een paar dagen.

Hij voelde iemand in zijn ribben porren en zag Corcoran met de vleesschotel in haar handen. 'Hier. Ik hoop maar dat je geen vegetariër bent, Wyman.'

'Geen sprake van.' Hij nam een stuk vlees, druipend van het bloed, en gaf de schotel door. Hij probeerde ontspannen over te komen, maar hij was van zijn à propos gebracht door de aanblik van Kate.

'Je moet niet denken dat we iedere avond zo eten,' zei ze. 'Vanavond hebben we iets bijzonders, omdat jij er bent.'

Er rinkelde een lepel tegen glas, en Hazelius kwam overeind met zijn wijnglas in de hand. De gesprekken werden gestaakt.

'Ik zou graag een paar woorden spreken als welkom,' begon hij. Hij keek om zich heen. 'Waar zit onze onderdirecteur nou weer?'

De keukendeur vloog open en Kate kwam naar buiten rennen. Snel ging ze naast Ford zitten, met haar blik strak op de tafel gericht.

'Zoals ik al zei: ik wilde het glas heffen om de nieuwste aanwinst voor ons team welkom te heten: Wyman Ford.'

Ford hield zijn blik op Hazelius gevestigd, maar was zich sterk bewust van Kates ranke aanwezigheid naast hem: haar lichaamswarmte, haar geur.

'Zoals de meesten van jullie weten is Wyman antropoloog. Hij houdt zich bezig met de studie van de menselijke natuur – een veel ingewikkelder onderwerp dan waar wij aan werken.' Hij hief zijn glas. 'Ik verheug me op een nadere kennismaking, Wyman. Een warm, bijzónder warm welkom namens ons allemaal.'

Er werd geapplaudisseerd.

'En nu, voordat ik ga zitten, wil ik even iets zeggen over onze teleurstelling van gisteravond...' Hij zweeg. 'We houden ons bezig met een strijd die begonnen is toen de mens voor het eerst omhoogkeek naar de sterren en zich afvroeg wat dat waren. Het zoeken naar waarheid is de grootste uitdaging waarvoor de mens zich gesteld ziet. Vanaf de ontdekking van het vuur tot de ontdekking van de quark is dit het wézen van wat het betekent mens te zijn. Wij, zoals we hier met ons dertienen zitten, zijn de ware erfgenamen van Prometheus, die het vuur van de goden stal en het aan de mensheid schonk.'

Hij zweeg theatraal.

'Jullie weten allemaal wat er van Prometheus geworden is. Als wraak werd hij door de goden aan een rots geketend. Iedere dag vliegt er een adelaar omlaag, die zijn flank openscheurt en zijn lever opvreet. Maar omdat hij onsterfelijk is, kan hij niet doodgaan en moet hij die kwelling eeuwig blijven doorstaan.'

Het was zo stil dat Ford het vuur in de haard hoorde knapperen.

'De zoektocht naar waarheid is een harde, keiharde business, zoals we momenteel aan het ontdekken zijn.' Hazelius hief zijn glas. 'Op de erfgenamen van Prometheus.'

Er werd plechtig gedronken.

'Woensdag om twaalf uur in de middag begint onze volgende run. Vanaf nu wil ik elk van jullie verzoeken om alles op alles te zetten om het werk af te krijgen.'

Hij ging zitten. De anderen pakten hun bestek, en langzaamaan werden de gesprekken hervat.

Toen de stemmen luid genoeg klonken, zei Ford stilletjes: 'Hallo, Kate.'

'Hallo, Wyman.' Ze keek hem met terughoudende blik aan. 'Wat een verrassing, zacht gezegd.'

'Je ziet er goed uit.'

'Dank je.'

'Assistent-directeur – niet gek.' Hij had zich een voyeur gevoeld toen hij haar dossier las. Maar hij kon er niets aan doen, het intrigeerde hem. Ze had het niet makkelijk gehad sinds hij en zij uit elkaar gegaan waren.

'En jij – wat is er geworden van jouw CIA-carrière?'

'Daar ben ik mee opgehouden.'

'En nu ben je antropoloog?'

'Ja.'

Ze zwegen beiden. De klank van haar stem, die zangerige manier van spreken met net iets van een lispelende s, trof hem nog harder dan haar uiterlijk. Snel onderdrukte hij de vloedgolf van herinneringen. Dit was een absurde reactie – hun relatie was jaren geleden verbroken. Sindsdien had hij een handvol relaties gehad, plus een huwelijk. En ze waren niet eens als vrienden uit elkaar gegaan: ze hadden elkaar onvergeeflijke dingen naar het hoofd geslingerd.

Kate had zich afgewend en zat met iemand anders te praten. In gedachten verzonken nam hij een slok van zijn wijn. Zijn gedachten keerden terug naar die keer dat hij haar voor het eerst had gezien, op MIT. Op een dag was hij, rond het begin van de middag, op zoek geweest naar een rustig hoekje om te lezen, achter in de technische bibliotheek Barker, toen hij een vrouw onder een tafel zag liggen – op zich geen ongewone aanblik. Ze lag te slapen, met haar rechterwang op haar hand; de andere arm lag over haar blouse heen. Haar lange, glanzende haar waaierde uit over de vloerbedekking. Ze was rank en zag er koel uit, met de fijne gelaatstrekken die je vaak aantreft bij mensen van deels Aziatische afkomst. Ze lag erbij als een slapende gazelle. De bleke holte onder aan haar gebogen hals, naast haar sleutelbeen, was het meest erotische beeld dat hij ooit gezien had. Zijn ogen streken over haar heen en dronken onbeschaamd ieder erotisch detail van haar slapende lichaam in. Hij was als aan de grond genageld en kon niets anders doen dan staren.

Er streek een vlieg op haar wang neer. Ze schokte met haar hoofd, en haar mahoniebruine ogen vlogen open. Ze keek hem recht aan, en hij voelde zich betrapt.

Blozend en onbeholpen krabbelde ze van onder de tafel vandaan. 'Heb ik soms iets van je aan?'

Hij mompelde dat hij alleen maar wilde weten of er niets met haar mis was.

Met een gegeneerde blik had ze op vriendelijker toon gezegd: 'Ik zal er wel een beetje raar uitgezien hebben, zo op de grond. Meestal is het hier verlaten op dit uur van de dag. Dan kan ik tien minuten slapen zodat ik er weer tegenaan kan.'

Zijn enige belangstelling, had hij haar nogmaals verzekerd, was bezorgdheid om haar welzijn geweest. Ze maakte een losse opmerking over een dubbele espresso voordat ze weer de boeken in dook, en hij had gezegd dat hij daar ook wel aan toe was. En dat was hun eerste afspraakje geweest.

Ze waren zo verschillend. Dat was een deel van de aantrekkings-kracht. Zij kwam uit een eenvoudig gezin in een provinciestadje, hij uit een welgestelde familie in de grote stad. Zij hield van Blondie, hij van Bach. Zij wilde nog wel eens hasj roken, en hij vond dat dat eigenlijk niet kon. Hij was katholiek, zij was snerpend atheïstisch. Hij had altijd alles in de hand; zij was onvoorspelbaar, spontaan, wild zelfs. Op hun tweede afspraak was het initiatief van haar uitgegaan. Bovendien was ze in academisch opzicht briljant, misschien zelfs geniaal. Ze was zo slim dat hij er bang, maar tegelijkertijd ook opgewonden van raakte. Ook buiten de natuurkunde had ze een fanatieke drang om de menselijke natuur te doorgronden. Ze hield er felle meningen op na, was verbijsterd over de oneerlijkheid in de wereld, tekende iedere petitie, liep mee in iedere protestmars, schreef ingezonden brieven. Hij herinnerde zich hun discussies over politiek en religie die tot diep in de nacht duurden, en hoe verbaasd hij had gestaan over haar inzicht in de menselijke psyche, ondanks de rauwe emotionaliteit van haar opvattingen.

Zijn beslissing om bij de CIA te gaan had het einde van hun relatie betekend. Voor haar was je ofwel goed, ofwel slecht. De CIA behoorde onomstotelijk tot de "slechten". Ze noemde het de Commissie voor Immorele Acties – maar alleen als ze in een beleefde bui was.

'Zo, Wyman,' zei Kate. 'Waarom ben je daar weggegaan?'

'Wat?' Ford keerde terug naar het heden.

'De CIA. Waarom ben je daar weggegaan?'

Ford kreeg de woorden niet over zijn lippen. *Omdat mijn vrouw getroffen werd door een autobom toen we undercover waren.*

'Het wilde niet echt,' was het enige wat hij verzinnen kon.

'Aha. Mogen we... hopen dat je van gedachten bent veranderd?'

Mogen we hopen dat jíj van gedachten bent veranderd, dacht Ford, maar hij hield zich in. Dit was net iets voor haar: *coûte que coûte* recht op het doel af. Die eigenschap had hij een van haar beste, en tegelijkertijd een van haar slechtste kanten gevonden.

'Het eten ziet er geweldig uit,' zei hij, in een poging om op neutraal terrein te blijven. 'Voor zover ik me herinner was jij vroeger altijd de koningin van de magnetron.'

'Ik werd dik van al die kant-en-klare happen.'

Weer een stilte.

Aan de andere kant van Ford gaf Melissa Corcoran hem een por in zijn ribben. Met blozende wangen hief ze de fles op om zijn glas bij te schenken.

'Perfecte steak,' zei ze. 'Complimenten, Kate.'

'Bedankt.'

'Net heel even dichtgeschroeid – precies goed. Maar hé,' zei ze, met een gebaar naar Fords bord. 'Jij bent nog niet eens begonnen!'

Ford nam een hap, maar trek had hij niet meer.

'Kate heeft je zeker zitten doorzagen over de snaartheorie? Prachtige ideeën, ook al is het zuivere speculatie.'

'In tegenstelling tot donkere energie,' zei Kate, en er klonk iets scherps in haar stem door.

Meteen kreeg Ford het gevoel dat hier meer speelde.

'Donkere energie,' zei Corcoran koeltjes, 'is ontdekt via experimenten. Door observatie. Het probleem met snaartheorie is juist andersom: die bestaat alleen als een stel formules zonder nulhypothese. Dat is geen wetenschap.'

Volkonsky leunde over de tafel heen en Ford ving een vleug op van verschaalde sigarettenrook. 'Donkere energie, snaren, pfff! Wat maakt dat nou uit? Ik wil weten wat een antropoloog doet.'

Ford was blij met de afleiding. 'Wij kwartieren ons in bij geïsoleerde stammen en stellen een boel domme vragen.'

'Haha!' reageerde Volkonsky. 'Misschien heb je het al gehoord, maar de roodhuiden komen naar Red Mesa. Ik hoop maar dat het geen scalpeerfestijn wordt!' Hij slaakte een joelende indiaanse strijdkreet en keek om zich heen alsof hij applaus verwachtte.

'Niet leuk,' merkte Corcoran bijtend op.

'Niet altijd zo serieus, Melissa,' riposteerde Volkonsky. Hij priemde zijn kin naar voren, en het toefje haar dat daarop groeide, beefde van de plotselinge woede. 'Je hoeft míj er niet op te wijzen wat wel en niet gepast is.'

Corcoran richtte zich tot Ford. 'Hij kan er niets aan doen. Hij is gepromoveerd op flauwe grappen.'

Ook daar zat oud zeer, dacht Ford. Hij zou zijn best moeten doen om buiten het hoefgetrappel te blijven tot hij had uitgevist hoe de verhoudingen precies lagen.

Volkonsky merkte op: 'Melissa heeft vanavond iets te veel wijn op, lijkt me. Als gebruikelijk.'

'Uiteraarrrd,' zei ze, en haar accent leek sprekend op dat van Volkonsky. 'Ik kan beter laat op de avond wodka achteroverkiepen, net als jij!' Ze hief haar glas – 'Za was!' – en sloeg het laatste restje van haar wijn achterover.

'Als ik even mag onderbreken,' begon Innes, zijn stem vriendelijk en professioneel. 'Het is natuurlijk goed om dingen bespreekbaar te maken, maar toch zou ik willen voorstellen...'

Hazelius maande hem met een gebaar tot stilte. Strak keek hij van Volkonsky naar Corcoran en vice versa; de anderen vielen stil door het gewicht van zijn blik. Volkonsky leunde met bevende mondhoeken achteruit en Corcoran sloeg haar armen over elkaar.

Hazelius liet de stilte een poosje voortduren en zei toen: 'We zijn allemaal een beetje moe en ontmoedigd.' Zijn stem klonk zacht en mild. Het was zo stil dat Ford het vuur hoorde knetteren. 'Ja toch, Peter?'

Volkonsky zei niets.

'Melissa?'

Met een rood aangelopen gezicht knikte ze even.

'Laat nou maar... Zand erover... Vergiffenis en coulantie... Anders lijdt het werk eronder.'

Hij sprak rustig, kalmerend, op ritmische, hypnotiserende toon, alsof hij een geschrokken paard toesprak. In tegenstelling tot Innes' woorden klonk hier geen enkele neerbuigendheid in door.

'Precies,' zei Innes. Zijn stem versplinterde de buitengewone rust die Hazelius had gecreëerd. 'Helemaal mee eens. Dit was een gezonde uitwisseling van gedachten. Bij het volgende groepsgesprek kunnen we enkele van deze zaken nog eens doornemen. Ik zei het al, het is goed om dit soort kwesties bespreekbaar te maken.'

Volkonsky stond zo abrupt op dat zijn stoel omviel. Hij verfrommelde zijn servet tot een bal en smeet die op tafel. 'Val dood met je groepsgesprek. Ik moet aan het werk.'

Met een klap viel de deur achter hem dicht.

Niemand zei iets. Alleen het ritselen van papier was te horen toen Edelstein, die klaar was met eten, een volgende pagina van *Finnegans Wake* omsloeg.

8

Pastor Russ Eddy verliet zijn stacaravan, gooide een handdoek over zijn magere schouders en bleef midden op het veldje staan. De dag brak aan, en het was schitterend helder weer op de missie. De opkomende zon wierp een gouden licht over de zandvallei en verguldde de takken van de dode populieren naast de caravan. Achter hem lag Red Mesa, reusachtig groot, aan de horizon: een vuurzuil in de vroege ochtendzon.

Hij keek op naar de hemel, legde zijn handpalmen tegen elkaar, maakte een buiging en zei met heldere en luide stem: 'Dank u, Heer, voor deze dag.'

Na een korte stilte schuifelde hij naar de pomp in zijn voortuin en mikte de handdoek over een houten paal. Hij bewoog de zwengel van de pomp een tiental malen energiek op en neer, en er gutste een stroom koud water in een zinken tobbe. Russ petste zich een handvol water in het gezicht, stak een stuk zeep in het water, zeepte zich in, schoor zich en poetste zijn tanden. Hij waste zijn gezicht en zijn armen, gooide meer water over zijn gezicht en zijn kippenborst, plukte de handdoek van de paal en droogde zich stevig af. Daarna bekeek hij zich in de spiegel die aan een roestige spijker in de paal hing. Hij had een smal gezicht met dunne plukjes haar die aan weerszijden van zijn gezicht uitstaken. Hij had een hekel aan zijn lichaam; hij zag eruit als een kuiken op wankele pootjes. Een 'groeistoornis' had de dokter zijn moeder jaren geleden gemeld. De onuitgesproken opvatting dat zijn fysieke zwakte op de een of andere manier zijn eigen schuld was, een persoonlijk falen, stak nog steeds.

Zorgvuldig kamde hij het haar over de kaal wordende plekken, en hij inspecteerde de scheve tanden die hij nooit zou kunnen laten rechtzetten: te duur. Om de een of andere reden moest hij denken aan zijn zoon, Luke, die nu elf moest zijn. Het bezorgde gevoel nam toe. Hij had Luke al in geen zes jaar gezien, maar hij moest wel een alimentatie betalen die hij zich onmogelijk kon permitteren. Plotseling flitste het beeld van de jongen door zijn hoofd: zoals hij, graatmager, op een hete zomerdag door de straal van een tuinsproeier holde... De herinnering voelde aan als een mes door zijn keel, zoals hij ooit een Navajovrouw een lam de hals had zien afsnijden, terwijl het dier zich uit alle macht en luidkeels blatend verzette, nog levend maar al dood.

Bevend bedacht hij hoe onrechtvaardig het leven hem behandeld had: zijn geldproblemen, de ontrouw van zijn vrouw, de scheiding. Keer op keer was hij het slachtoffer geweest, terwijl hemzelf geen enkele blaam trof. Hij was naar de Rez gekomen met niets dan zijn geloof en twee dozen vol boeken. God beproefde zijn geloof met een leven van de hand in de tand en een continu geldgebrek. Eddy vond het vreselijk om overal schulden te hebben, en al helemaal om schulden te hebben bij indianen. Maar de Heer wist waarschijnlijk wat Hij deed, en Eddy was langzaamaan een gemeente aan het opbouwen, ook al leken de parochianen meer belangstelling te hebben voor de gratis kleren die hij uitdeelde dan voor de preek. Niemand deed ooit meer dan een paar dollar in de collectezak; soms was de opbrengst in totaal maar twintig dollar. En een boel parochianen gingen na de preek door naar de mis van de katholieke missie waar ze gratis brillen en geneesmiddelen uitdeelden, of naar de LDS-kerk in Rough Rock vanwege de voedselbank. Dat was het probleem met die Navajo: ze konden de stem van Mammon niet onderscheiden van die van God.

Hij bleef even staan op zoek naar Lorenzo, maar zijn Navajoassistent was er nog niet. Bij de gedachte aan Lorenzo liep zijn gezicht rood aan. Voor de derde maal nu was het geld uit de collecteschaal verdwenen, en intussen twijfelde hij er niet meer aan dat Lorenzo de schuldige was. Het ging om amper meer dan vijftig dollar, maar het was wel vijftig dollar die zijn missie hard nodig had; en bovendien was dit stelen van de Heer. Lorenzo's ziel verkeerde in gevaar vanwege een schamele vijftig dollar.

Eddy had er genoeg van. Vorige week had hij besloten Lorenzo te ontslaan, maar daarvoor had hij bewijs nodig. En dat zou hij binnenkort krijgen. Gisteren had hij, tussen de collecte en het einde van de dienst in, de bankbiljetten in de collecteschaal gemarkeerd met gele stift. Hij had de winkelier in Blue Gap gevraagd om in de gaten te houden wie die biljetten uitgaf.

Hij trok zijn t-shirt aan, rekte zijn magere lijf uit en nam zijn eenvoudige missie op met een mengeling van affectie en afkeer. Zijn eigen stacaravan stond op instorten. Daarnaast stond de ProPanel-kapschuur die hij van een boer in Shiprock had gekocht, in losse delen hierheen had vervoerd en weer opgebouwd als kerk. Vreselijk zwaar werk. Kunststof stoelen in verschillende maten, vormen en kleuren deden dienst als kerkbanken. De 'kerk' zelf was aan drie zijden open en tijdens de preek van gisteren was de gemeente gegeseld door een zandstorm. Het enige van waarde dat hij bezat stond in de caravan, een iMac Intel Core Duo met een scherm van twintig inch, gekregen van een christelijke toerist in Navajoland, die onder de indruk was geweest van zijn missie. Die computer was een godsgeschenk, zijn verbinding met de wereld buiten de Rez. Uren bracht hij er dagelijks mee door: hij ging op bezoek bij confessionele nieuwsgroepen en chatrooms, hij e-mailde en hij organiseerde kledingdonaties.

Eddy liep de kerk in en begon de stoelen recht te zetten, in keurige rijen. Met een stoffer veegde hij het zand van de zittingen. Onderwijl dacht hij aan Lorenzo, en gaandeweg werd hij steeds bozer. Hij smeet met de stoelen en ramde ze woest op hun plek. Dit was Lorenzo's werk!

Toen alle stoelen in het gelid stonden, ging hij met een bezem naar het houten podium waar hij zijn preken hield en begon daar te vegen. Terwijl hij daarmee bezig was, zag hij Lorenzo verschijnen. Eindelijk. De Navajo legden de drie kilometer vanaf Blue Gap altijd te voet af, en Lorenzo had de neiging onhoorbaar en onverwachts op te duiken, als een geestverschijning.

Eddy rechtte zijn rug en leunde op de bezemsteel terwijl de jonge indiaan het halfduister van de kerk inliep.

'Hallo, Lorenzo,' zei Eddy, met naar hij hoopte onaangedane stem. 'Moge de Heer je vandaag zegenen en leiden.'

Lorenzo zwierde zijn lange vlechten naar achteren. 'Hi.'

Eddy nam zijn gesloten gezicht vorsend op, op zoek naar sporen van bedwelming door drugs of alcohol, maar Lorenzo ontweek zijn blik, nam zwijgend de bezem van hem over en begon te vegen. Navajo waren ondoorgrondelijke mensen, maar Lorenzo was geslotener dan de meeste anderen, een eenling, stil, eenzelvig. Eddy had geen idee of er überhaupt iets omging in dat hoofd van hem, afgezien dan van een felle begeerte naar drank en drugs. Voor zover Eddy zich kon herinneren had hij Lorenzo nooit een volledige zin horen uitspreken. Onvoorstelbaar dat zo iemand aan Columbia University had gestudeerd, ook al had hij zijn studie niet afgemaakt.

Eddy deed een stap achteruit en keek hoe Lorenzo de kerk aanveegde, traag en ondoelmatig. Er bleven brede banen zand liggen, en Eddy onderdrukte de behoefte om nú al iets te zeggen over het collectegeld. Eddy had zelf amper genoeg te eten, en hij had voor de zoveelste keer geld moeten lenen voor benzine. En hier stond Lorenzo Gods geld te stelen, ongetwijfeld om het uit te geven aan sterkedrank of verdovende middelen. Met toenemende agitatie dacht hij aan de confrontatie met Lorenzo. Maar hij moest wachten tot hij van de winkelier hoorde, want hij had bewijs nodig. Als hij Lorenzo beschuldigde en de knaap ontkende alles – en natuurlijk zou hij dat doen, de leugenaar – wat kon kon hij dan aanvangen zonder bewijs?

'Als je hier klaar bent, Lorenzo, wil je dan misschien die kleren uitzoeken die net binnengekomen zijn?' Hij wees naar een stapel dozen die vrijdag van een kerk in Arkansas waren gearriveerd.

De man gromde als teken dat hij Eddy gehoord had. Eddy bleef nog even naar het stuntelige gebezem staan kijken. Lorenzo was stoned, dat was wel duidelijk. Hij had de collecteopbrengst gestolen om drugs te kopen. En nu moest Eddy dus voor de zoveelste maal nog voor het eind van de week geld lenen voor benzine en eten.

Hij beefde van woede; maar hij draaide zich zwijgend om en liep met stijve passen terug naar de caravan om aan zijn schamele ontbijt te beginnen.

9

Op de drempel van de schuur bleef Ford staan. De maandagochtendzon viel in schuine banen naar binnen en verlichtte een storm van stofdeeltjes. Hij hoorde de paarden bewegen in hun boxen, hij hoorde hun malende kaken. Hij liep naar binnen en bleef staan om naar het paard in de eerste box te kijken. Een bont paard met een mond vol haver beantwoordde zijn blik.

'Hoe heet jij, jongen?'

Het paard hinnikte zachtjes en liet zijn hoofd zakken om nog een mondvol te nemen.

Aan de andere kant van de schuur ratelde een emmer. Hij draaide zich om, en zag een hoofd uit de achterste box steken: Kate Mercer.

Ze keken elkaar zwijgend aan.

'Goeiemorgen,' zei Ford, met naar hij hoopte een ontspannen glimlach.

'Morgen.'

'Assistent-directeur, snaartheoreticus, kok en... stalknecht? Een vrouw met vele talenten.' Hij probeerde een lichte toon in zijn stem te leggen. Ze had nog andere talenten die hij de afgelopen uren moeilijk uit zijn hoofd had kunnen zetten.

'Dat kun je wel zeggen.'

Ze drukte de rug van een in een handschoen gehulde hand tegen haar voorhoofd en liep zijn kant uit met een emmer vol graan. In haar glanzende haar stak een strohalm. Ze had een strakke spijkerbroek aan en een groezelig denimjack over een helderwit mannenoverhemd waarvan de bovenste knoopjes los waren, zodat hij de lichte glooiing van haar borsten kon zien.

Ford slikte en kon niets anders verzinnen dan een lamlendig: 'Je hebt je haar laten knippen.'

'Ja, dat heb je zo met haar: dat groeit.'

Hij weigerde te happen. 'Staat je goed,' zei hij neutraal.

'Het is, zeg maar, mijn eigen versie van een traditionele Japanse haardracht, de *umano-o*.'

Kates haar was altijd een gevoelig punt geweest. Van haar Japanse moeder mocht ze in geen enkel punt Japans zijn of doen. Ze stond niet toe dat er thuis Japans werd gesproken, en ze stond erop dat Kate haar haar lang en los droeg, als het schoolvoorbeeld van een Amerikaans meisje. Wat betreft die haardracht had Kate toegegeven, maar toen haar moeder begon te suggereren dat Ford wel eens de ideale Amerikaanse echtgenoot kon zijn, was Kate des te harder op zoek gegaan naar karakterfouten.

Plotseling drong tot Ford door wat die nieuwe haardracht moest betekenen.

'Je moeder?'

'Vier jaar geleden overleden.'

'Mijn deelneming.'

Een stilte. 'Wou je een eindje gaan rijden?' vroeg Kate.

'Ja, dat leek me wel wat.'

'Ik wist niet dat jij kon rijden?'

'Op mijn tiende heb ik de zomer doorgebracht op een paardenkamp.'

'In dat geval zou ik niet adviseren om Snort te nemen.' Ze knikte naar het bonte paard. 'Waar wou je naartoe?'

Ford haalde een gedetailleerde kaart uit zijn zak en vouwde die open. 'Om te beginnen wil ik naar Blackhorse, om de medicijnman te spreken. Per auto moet dat een kilometer of dertig zijn, over een slechte weg. Maar te paard is het maar negen kilometer, als je het pad achter langs de mesa neemt.'

Kate pakte de kaart en keek erop. 'Dat is het Midnight Trail. Niet voor beginnende ruiters.'

'Maar het scheelt me uren.'

'Dan nog. Als ik jou was, zou ik de Jeep nemen.'

'Ik heb geen zin om aan te komen rijden in een auto vol overheids-logo's.'

'Hm. Ja, daar zit wat in.'

Ze vielen stil.

'Oké,' zei Kate. 'Dan moet je Ballew hebben.' Ze tilde een halster van een haak, liep een box binnen en kwam naar buiten met een modder-bruin paard met een schapennek, een rattenstaart en een dikke hooi-buik.

'Is die nog ergens goed voor, behalve voor de lijmfabriek?'

'Schijn bedriegt. Ballew hier is bombestendig. En hij is slim genoeg om het hoofd koel te houden op het Midnight Trail. Pak het zadel en zijn deken van dat rek daar, dan zadelen we hem.'

Ze roskamden en zadelden het paard, deden hem het hoofdstel om en brachten hem naar buiten.

'Weet je hoe je moet opstijgen?' vroeg ze.

Ford keek haar aan. 'Voet in de stijgbeugel, en omhoog – toch?'

Ze hield hem de teugels voor.

Ford hanneste even met de leidsels, sloeg er een over de hals van het paard, pakte de stijgbeugel vast en stak er zijn voet in.

'Wacht, eerst moet je...'

Maar hij hees zich al omhoog. Het zadel zakte opzij; Ford viel op de grond en landde op zijn achterwerk in het zand. Ballew bleef onver-schillig met het zadel halverwege zijn flank staan kijken.

'Wat ik dus wou zeggen, je moet hem eerst aansingelen.' Het leek wel of ze onderdrukt stond te lachen.

Ford stond op en klopte het zand van zich af. 'Dus zo gaan jullie hier om met beginnelingen?'

'Ik wilde je nog waarschuwen.'

'Nou, dan ga ik maar.'

Ze schudde haar hoofd. 'De hele wereld ligt voor je open, en jij komt uitgerekend hierheen.'

'Je klinkt niet blij.'

'Ben ik ook niet.'

Ford onderdrukte een reactie. Hij had een taak te verrichten. 'Ik ben daar al tijden geleden overheen geraakt. Ik hoop dat jij dat ook kunt.'

'O, maak je daar maar geen zorgen over. Ik ben er volkomen overheen. Alleen heb ik momenteel beslist geen behoefte aan dit soort complicaties.'

'Wat voor soort complicaties?' vroeg Ford.

'Laat maar.'

Ford zweeg. Hij wilde niet verstrikt raken in iets persoonlijks met Kate. *Concentreer je op je taak.* 'Ga jij vandaag de Bunker weer in?' vroeg hij even later.

'Ik zal wel moeten.'

'Meer problemen?'

Haar blik dwaalde af: terughoudend, dacht hij. 'Misschien.'

'Wat voor?'

Ze keek naar hem op, wendde haar blik af. 'Hardwareproblemen.'

'Hazelius zei dat het software was.'

'Dat ook.' Weer wendde ze haar blik af.

'Kan ik ergens mee helpen?'

Ze keek hem recht aan, haar mahoniebruine blik gesluierd en bezorgd. 'Nee.'

'Is het iets... ergs?'

Ze aarzelde. 'Wyman? Als jij nou gewoon jouw werk doet, dan doen wij het onze, oké?'

Abrupt draaide ze zich om en liep terug de schuur in. Ford keek haar na tot ze in het halfduister verdween.

10

Op Ballews rug gezeten voelde Ford zich langzaamaan ontspannen. Hij probeerde Kate uit zijn hoofd te zetten, want hij had meer aan haar gedacht dan hem lief was. Het was een van die schitterende nazomerdagen, met een vleugje van iets melancholisch bij het besef dat de zomer bijna voorbij was. Tussen het dorre gras bloeiden wilde bloemen goudgeel. De cactusvruchten waren stekels aan het vormen en de punten van de Apacheplanten hadden hun bloesems verruild voor de rossige pluimen die de nadering van de herfst aankondigden.

Na een tijd liep het spoor dood en reed Ford verder over ongebaand terrein, navigerend op zijn kompas. Eeuwenoude jeneverbesstruiken met kronkelige stammen en grillig gevormde rotsen gaven de hoogvlakte een prehistorisch aanzien. Hij zag de sporen van een beer in het zand, de pootafdrukken bijna menselijk. *Shush*, dacht hij: het lang vergeten Navajowoord voor 'beer'.

Drie kwartier later had hij de rand van de hoogvlakte bereikt. De rotswand liep hier zo'n honderd meter steil omlaag en eindigde in plateaus van zandsteen die doorliepen tot in Blackhorse, dat zevenhonderd meter lager lag. Het gehuchtje zag er van meer dan een halve kilometer hoogte uit als een stel rechthoekige vormen.

Ford steeg af en zocht langs de rand van de rotsen tot hij de inkeping in de bergwand vond waarlangs het Midnight Trail afdaalde. Op de kaart stond het aangegeven als een voormalige weg naar de uraniummijn, maar door lawines en erosie was het een soort stippellijn van een pad geworden. Het dook de richel af en maakte een haakse bocht langs de bergwand voordat het een ribbel in de hoogvlakte overstak om vervolgens in een zigzaglijn naar de bodem te lopen. Alleen al bij zijn poging met zijn ogen de lijn van het pad te volgen, dat hier en daar amper meer dan een meter breed was, werd hij duizelig. Misschien had hij bij nader inzien toch de Jeep moeten nemen. Maar nu wilde hij niet meer terug.

Hij voerde Ballew mee naar de rand en ging op weg de diepte in, het paard aan de leidsels. Onbevreesd liet het dier zijn hoofd zakken, snoof eenmaal en volgde Ford, die even een vleug van bewondering voelde, genegenheid zelfs, voor het onaanzienlijke beest.

Een halfuur later kwamen ze beneden aan. Ford slingerde zich weer in het zadel en legde het laatste stuk van het pad naar Blackhorse te paard af, door een ondiepe cañon, overschaduwd door tamarisken. Koeien in de wei, een windmolen, een watertoren en een tiental sjofele stacaravans, dat was het hele gehucht. Achter een van de trailers stond een stel achtkantige hutten van gehalveerde cederstammen met lemen daken. Dichter bij het centrum van het plaatsje was een handvol kleuters op een gammele schommel aan het spelen, hun stemmetjes schril in de leegte van de woestijn. Naast bijna iedere stacaravan stond een pick-up geparkeerd.

Ford drukte zijn hielen in Ballews flanken. Langzaam sjokte het oude paard over het vlakke terrein buiten het dorpje. Er stond een straffe wind. De kinderen staakten hun spel en bleven als miniatuurstandbeelden naar hem staan kijken tot ze als op een onzichtbaar teken allemaal tegelijk krijsend weghielden.

Zo'n twintig meter voor de dichtstbijzijnde caravan hield Ford zijn paard in. Van zijn zomer in Ramah wist hij nog dat de persoonlijke ruimte van een Navajo ruim vóór de voordeur begon. Even later sloeg er een deur en kwam een magere man met o-benen en een cowboyhoed de treden van een van de trailers af zetten. Hij hief zijn hand op naar Ford. 'Bind je paard daar maar vast,' riep hij boven het fluiten van de wind uit.

Ford steeg af, bond Ballew vast en maakte de singel wat losser. De man kwam naar hem toe, zijn hand boven zijn ogen gehouden tegen de felle zon. 'Wie ben jij?'

Ford stak zijn hand uit. *'Yá'át'ééh shi 'éí* Wyman Ford *yinishyé.'*

'O nee, niet wéér een *Bilagaana* die Navajo probeert te spreken,' antwoordde de man opgewekt, en voegde daaraan toe: 'Je accent is ten minste beter dan dat van de meeste anderen.'

'Bedankt.'

'Wat kan ik voor je doen?'

'Ik ben op zoek naar Nelson Begay.'

'Die heb je dan nu gevonden.'

'Hebt u een momentje?'

Begay tuurde hem met samengeknepen ogen aan. 'Kom jij net van de mesa af?'

'Inderdaad.'

'O.'

Stilte.

Begay zei: 'Dat pad is amper begaanbaar.'

'Niet als je afstijgt.'

'Slim.' Weer een ongemakkelijke stilte. 'Ben jij dan... van de overheid?'

'Ja.'

Begay keek hem opnieuw met samengeknepen ogen aan, draaide zich om en hinkte terug naar de trailer. Even later sloeg de deur dicht. Het werd weer stil in het dorpje Blackhorse, afgezien van de wind: die wikkelde lange draden van gelig zand om Ford heen alsof hij de prooi in een spinnenweb was.

Wat nu? Met het gevoel dat hij volkomen voor paal stond, bleef Ford in het wervelende zand staan wachten. Aankloppen had geen enkele zin; dat was hoogstens een bevestiging van het beeld van een zoveelste opdringerige *Bilagaana*. Daar stond tegenover dat hij hier was om Begay te spreken, en dat was hij van plan ook.

Begay kon natuurlijk onmogelijk voorgoed in zijn caravan blijven, bedacht Ford, en hij ging zitten.

Er verstreken minuten. De wind waaide. Het zand wervelde.

Tien minuten. Een stinkkever marcheerde doelbewust door het zand, op weg naar een mysterieus doel, en verdween uiteindelijk als een zwart stipje. Fords gedachten dwaalden af en hij dacht aan Kate, aan hun relatie, aan de lange reis die zijn leven sindsdien had afgelegd. Onvermijdelijk dacht hij aan zijn vrouw. Haar dood had ieder gevoel van veiligheid verwoest dat hij ooit gekoesterd had. Voor haar dood had hij niet geweten hoezeer het leven bepaald wordt door willekeur. Een tragedie was iets wat anderen overkwam. Oké, hij had zijn lesje geleerd. Een tragedie kon ook hém overkomen. Verder maar weer.

Voor een van de ramen zag hij heel even het gordijn bewegen, waaruit hij opmaakte dat Begay waarschijnlijk naar hem zat te loeren.

Hij vroeg zich af hoe lang het zou duren voordat Begay doorkreeg dat Ford niet van plan was om weg te gaan. Niet al te lang, hoopte hij: er begon zand in zijn broek door te dringen, in zijn laarzen, zijn sokken.

De deur klapte dicht en Begay kwam de houten veranda op stampen, met zijn armen over elkaar geslagen en een mateloos geïrriteerde blik op zijn gezicht. Hij tuurde naar Ford, strompelde de wankele houten treetjes af en kwam naar hem toe. Hij stak zijn hand uit en hielp Ford overeind.

'Volgens mij ben jij zo'n beetje de geduldigste blanke die ik ooit gezien heb. Er zal niets anders op zitten. Kom binnen, maar klop jezelf goed af, anders is mijn nieuwe bank meteen naar de filistijnen.'

Ford sloeg het zand van zich af en volgde Begay de woonkamer in, waar ze gingen zitten.

'Koffie?'

'Graag.'

Begay kwam terug met twee mokken waterige koffie. Ook dat wist Ford nog: uit spaarzaamheid gebruikten de Navajo hun koffie meerdere malen.

'Melk? Suiker?'

'Nee, dank je.'

Begay lepelde een berg suiker in zijn mok en goot er een flinke scheut koffieroom uit een kartonnen pak achteraan.

Ford keek om zich heen. De bruinfluwelen bank waarop hij zat, zag er allesbehalve nieuw uit. Begay liet zich zakken op een kapotte tv-fauteuil. In een van de hoeken stond een gigantisch, duur ogend televisiescherm, het enige van enige waarde in de hele kamer. De muur daarachter hing vol familiefoto's, vele met jongemannen in militair uniform.

Ford nam Begay nieuwsgierig op. De medicijnman zag er heel anders uit dan hij verwacht had; geen jonge, bevlogen activist en ook geen wijze, gerimpelde oude man. Hij was slank, met keurig geknipt haar, en was zo te zien ergens in de veertig. In plaats van de cowboylaarzen die de meeste Navajomannen in Ramah droegen, had Begay basketbalschoenen aan, sleets en verschoten, met rubberen teenbeschermers die er half af lagen. Het enige gebaar in de richting van zijn indiaanse afkomst was een ketting van brokken turkoois.

'Oké, wat wil je van mij?' Hij sprak met de zachte tonen van een houten blaasinstrument en met dat eigenaardige Navajoaccent dat ieder woord iets bijzonders leek te geven.

Ford maakte een hoofdgebaar naar de muur. 'Familie?'

'Mijn neven.'

'Leger?'

'Landmacht. De ene zit in Zuid-Korea. De andere, Lorenzo, heeft een tijd in Irak gediend, en nu is hij... ' Een aarzeling. 'Weer thuis.'

'Je bent zeker wel trots op ze.'

'Inderdaad.'

Weer een stilte. 'Ze zeggen dat jij een protestactie tegen project Isabella organiseert.'

Geen antwoord.

'En dat is de reden van mijn komst. Om naar jullie problemen te luisteren.'

Begay sloeg zijn armen over elkaar. 'Daar is het nu te laat voor.'

'Probeer het toch maar.'

Begay leunde voorover en legde zijn ellebogen op zijn knieën. 'Niemand heeft de mensen hier gevraagd of wij zin hadden in die Isabella. De hele toestand is bekokstoofd in Window Rock. Zíj krijgen het geld, wíj krijgen niets. Ze zeiden dat er banen zouden komen, maar jullie brachten zelf bouwvakkers van buiten mee. Ze zeiden dat het goed was voor de economie, maar jullie brengen vrachtwagens vol eten en spullen mee uit Flagstaff. Niet één keer hebben jullie mensen inkopen gedaan bij onze winkels in Blue Gap of Rough Rock. Jullie huizen staan in een Anasazi-vallei, op een gewijde begraafplaats, en jullie hebben zonder enige vorm van compensatie weidegronden ingepikt die wij nog in gebruik hadden. En nu wordt er dan ook nog eens gepraat over samengeknalde atomen en straling.'

Hij legde zijn handen op zijn knieën en keek Ford boos aan.

Ford knikte. 'Ik hoor wat je zegt.'

'Gelukkig, dan ben je dus niet doof. Jullie weten zo verdomd weinig over ons, ik wed dat je niet eens weet hoe laat het is.' Vragend trok hij zijn wenkbrauwen op. 'Ga je gang – zeg maar hoe laat het volgens jou is.'

Ford wist dat er een addertje onder het gras moest zitten, maar hij speelde mee. 'Negen uur.'

'Fout!' zei Begay triomfantelijk. 'Tien uur.'

'Tien uur?'

'Precies. Hier op Big Rez zitten we de helft van het jaar in een andere tijdzone dan de rest van Arizona. De andere helft zitten we in dezelfde zone. In de zomer, als je de Rez binnenkomt, liggen wij een uur achter op de rest van de staat. Uren en minuten zijn sowieso een Bilagaana-uitvinding, maar waar het om gaat is: jullie stelletje bollebozen daarboven weten zo weinig van ons dat jullie de klok niet eens goed hebben staan.'

Ford keek hem neutraal aan. 'Meneer Begay, als u bereid bent mij te helpen om een stel zaken serieus te veranderen, dan beloof ik u dat ik er alles aan zal doen. Uw bezwaren zijn volkomen legitiem.'

'Wat ben jij, natuurkundige of zo?'

'Antropoloog.'

Plotseling bleef het even stil. Begay schoof achteruit op zijn stoel en lachte schor. 'Antropoloog. Alsof we een of andere primitieve stam zijn. O, dat is lachen!' Hij zweeg. 'Nou, ik ben Amerikaan, net als jij. Mijn neven vechten voor mijn land. En ik vind het niet prettig dat jullie hier naar míjn mesa komen, dat jullie een machine bouwen waar iedereen als de dood voor is, dat jullie je beloftes niet nakomen en dat we nu tot slot een antropoloog op ons dak gestuurd krijgen, alsof we een stel wilden zijn met botten door onze neus geboord.'

'Ik ben hier alleen omdat ik een tijd in Ramah heb gewoond. Ik stel voor om u uit te nodigen op het project, om u een rondleiding te geven zodat u Isabella kunt zien en kunt kennismaken met Gregory Hazelius. Dan ziet u waar we mee bezig zijn en leert u het team kennen.'

Begay schudde zijn hoofd. 'Het is te laat voor rondleidingen en zo.' Hij zweeg, en vroeg even later, bijna onwillig: 'Wat voor onderzoek doen jullie daar eigenlijk? De raarste verhalen doen de ronde.'

'We doen onderzoek naar de oerknal.'

'Wat is dat?'

'Dat is de theorie die stelt dat het heelal dertien miljard jaar geleden met een knal is ontstaan en sindsdien aan het uitdijen is.'

'Met andere woorden, jullie bemoeien je met de zaken van de Schepper.'

'De Schepper heeft ons niet voor niets een stel hersenen gegeven.'

'Dus jullie geloven niet dat het heelal het werk is van de Schepper.'

'Ik ben katholiek, meneer Begay. In mijn visie is de oerknal simpelweg de manier waarop Hij de schepping organiseerde.'

Begay slaakte een zucht. 'Zoals ik al zei: genoeg gepraat. Vrijdag rijden we de mesa op. Dat is het bericht dat je aan je team kunt overbrengen. En als je het niet erg vindt, ik moet nu aan het werk.'

Ford reed op Ballew terug naar het begin van het pad. Hij keek omhoog naar de rotsblokken en spleten en punten. Nu hij wist dat Ballew de haarspeldbochten en moeilijke plekken aankon, was er geen reden om zelf te gaan lopen. Hij zou op de rug van het oude paard de berg op rijden.

Toen ze een uur later tussen twee rotsblokken door de hoogvlakte op reden, zette Ballew het op een draven, vol verlangen naar de stal. Ford greep zich in paniek aan de zadelknop vast, dankbaar dat er niemand in de buurt was die hem zo'n modderfiguur zag slaan. Rond één uur zag hij Nakai Rock liggen, en werden de lage heuvels rond de vallei zichtbaar. Toen hij het populierenbos inreed, hoorde hij iemand schor lachen en zag hij iemand met razende passen over het pad van Isabella naar de nederzetting lopen.

Het was Volkonsky, de computerprogrammeur. Zijn lange, vettige haar zat verward, zijn magere gezicht stond boos, maar tegelijkertijd grijnsde hij als een idioot.

Ford bracht Ballew tot stilstand, steeg snel af en versperde met het paard het pad.

'Hallo.'

'Sorry,' zei Volkonsky, terwijl hij probeerde om Ballew heen te glippen.

'Mooi weertje, vind je ook niet?'

Volkonsky bleef staan en keek hem hilarisch opgewekt aan. 'Je vraagt: mooi weertje? En ik zeg: het mooiste weer van de wereld!'

'O ja?' informeerde Ford.

'En waarom gaat dat u aan, meneer de antropoloog?' Hij hield zijn hoofd schuin en lachte zijn bruine tanden bloot in een onoprechte grijns.

Ford kwam zo dicht bij hem staan dat hij de Rus had kunnen aanraken. 'Zo te zien geniet jij anders helemaal niet van het weer.'

Volkonsky legde met een overdreven, gemaakt-vriendelijk gebaar zijn hand op Fords schouder en leunde naar hem over. Er sloeg een walm van drank en tabak over Ford heen. 'Een tijdje geleden had ik zorgen. Nu gaat het prima!' Hij legde zijn hoofd in zijn nek en barstte in een krassend gelach uit, waarbij zijn ongeschoren adamsappel op en neer wipte.

Achter hen klonken voetstappen, en meteen stond Volkonsky weer recht.

'Ha, Peter,' zei Wardlaw, die over het pad kwam aanlopen. 'En Wyman Ford. Gegroet.' Zijn stem, vriendelijk en eigenaardig ironisch, kreeg extra nadruk bij dat laatste woord.

Volkonsky schrok op van de begroeting.

'Kom jij net uit de Bunker, Peter?' Er leek een zekere dreiging in Wardlaws woorden te schuilen.

Volkonsky bleef manisch staan grijnzen, maar Ford zag intussen iets van onbehagen in zijn blik – of was het angst?

'Volgens het beveiligingslog ben jij daar de hele nacht geweest,' ging Wardlaw verder. 'Ik maak me zorgen. Ik hoop wel dat je genoeg slaap krijgt, Peter.'

Zwijgend liep Volkonsky hem voorbij en verdween met stijve passen.

Wardlaw wendde zich tot Ford alsof er geen vuiltje aan de lucht was. 'Mooie dag voor een rit.'

'Ja, daar hadden we het net over,' merkte Ford droog op.

'Waar ben je geweest?'

'Naar Blackhorse, om de medicijnman te spreken.'

'En?'

'We hebben gesproken.'

Wardlaw schudde zijn hoofd. 'Die Volkonsky... die heeft altijd wel iets waarover hij zich opwindt.' Hij deed een stap, maar bleef plotseling staan. 'Heeft hij nog iets... vreemds tegen je gezegd?'

'Zoals?' wilde Ford weten.

Wardlaw haalde zijn schouders op. 'Wie weet? Hij is ietwat labiel.'

Ford keek Wardlaw na, zoals hij daar met zijn vlezige vuisten in zijn zakken geduwd wegbeende: geen haar anders dan de rest, bijna op het punt van instorten, maar een stuk beter in zijn pogingen om dat te verbergen.

11

Met een glas koud water in zijn hand stond Eddy voor zijn trailer te kijken naar de zon, die aan de horizon in de verte onderging. Lorenzo was in geen velden of wegen te bekennen; die was ergens rond de middag verdwenen, even onhoorbaar als hij was opgedoken, zonder zijn werk af te maken. Op tafel lag een stapel ongesorteerde kleding, en het zand rond de kerk was niet aangeharkt. Eddy keek naar de horizon en in zijn hart brandde de woede. Hij had zich nooit over Lorenzo moeten ontfermen. De jongen had gezeten voor doodslag, nadat hij het met het OM op een akkoordje had gegooid: eigenlijk was hij aangeklaagd wegens moord. Hij had in een dronken vechtpartij iemand neergestoken in Gallup. Hij had slechts anderhalf jaar uitgezeten, en Eddy had hem op verzoek van een familie uit de buurt in dienst genomen omdat werk een van de voorwaarden voor zijn voorwaardelijke vrijlating was.

Foutje, bedankt.

Eddy nam een slok water en probeerde de wrokkigheid en woede in zijn hart tot bedaren te brengen. Hij had nog niets gehoord van de winkelier in Blue Gap, maar ongetwijfeld was dat een kwestie van tijd. En als het zover was, had hij het bewijs dat hij nodig had en kon hij zich voorgoed van Lorenzo ontdoen; dan kon hij hem terugsturen naar de gevangenis, waar hij thuishoorde. Anderhalf jaar wegens moord: geen wonder dat de criminaliteit op de Rez hoogtij vierde.

Hij nam nog een slok en zag tot zijn verbazing het silhouet van een man, die over de weg naar de missie kwam lopen, tegen het licht van de ondergaande zon afsteken. Met samengeknepen ogen bleef hij staan turen.

Lorenzo.

Al voordat Lorenzo de missie bereikt had, zag Eddy aan zijn onvaste tred dat Lorenzo dronken was. Eddy bleef met over elkaar geslagen armen staan wachten; zijn hart bonsde bij de gedachten aan de ophanden zijnde confrontatie. Dit liet hij niet over zijn kant gaan – niet wéér.

Lorenzo kwam bij het hek aan, leunde even op de paal en kwam binnen.

'Lorenzo?'

Traag wendde de Navajo zijn hoofd om. Hij had bloeddoorlopen ogen, die idiote vlechten van hem hingen half los en de band rond zijn voorhoofd zat scheef. Hij zag er vreselijk uit, krom en gebogen alsof hij het gewicht van de hele wereld op zijn schouders torste.

'Kom eens even hier. Ik moet je spreken.'

Lorenzo keek hem zwijgend aan.

'Lorenzo, hoor je me niet?'

De indiaan draaide zich om en slenterde naar de hoop kleding.

Snel draaide Eddy zich om en ging voor Lorenzo staan om hem de weg te versperren. De indiaan bleef staan en hief zijn hoofd op om hem aan te kijken. Hij werd overspoeld door een zurige wasem van bourbon.

'Lorenzo, je weet donders goed dat je tijdens je proefperiode niet mag drinken.'

Lorenzo keek hem zwijgend aan.

'En verder ben je weggegaan voordat je werk af was. Ik word geacht je reclasseringsambtenaar te melden dat je hier goed werk levert, en ik ga niet tegen hem liegen. Ik lieg niet. Je bent ontslagen.'

Lorenzo liet zijn hoofd zakken. Even dacht Eddy dat het een gebaar van wroeging was, maar toen hoorde hij een schrapend geluid: Lorenzo had een mondvol speeksel verzameld en spuwde nu een dikke klodder in het zand aan Eddy's voeten.

Eddy's hart begon te bonzen. Hij was rázend. 'Heb het lef niet om te staan spugen terwijl ik tegen je spreek, stuk onbenul,' zei hij op hoge toon.

Lorenzo wilde een stap opzij doen en om Eddy heen lopen, maar met een snelle pas versperde de geestelijke hem nogmaals het pad. 'Luister je, of ben je te dronken?'

De indiaan stond en zweeg.

'Waar heb je die drank van betaald? Hoe ben je aan dat geld gekomen?'

Lorenzo tilde een hand op en liet die moedeloos weer zakken.

'Ik vraag je iets.'

'Ik kreeg nog geld van iemand.' Zijn stem klonk schor.

'O ja? Van wie dan?'

'Weet niet hoe hij heet.'

'Je weet niet hoe hij heet,' herhaalde Eddy.

Lorenzo deed nog een halfbakken poging door te lopen, maar opnieuw sneed Eddy hem de pas af. Zijn handen beefden. 'Ik weet toevallig hoe jij aan dat geld gekomen bent. Dat heb jij gestolen. Uit de collecteschaal.'

'Natuurlijk niet.'

'Natuurlijk wél. Meer dan vijftig dollar.'

'Gezeik.'

'Geen ruwe taal, Lorenzo. Ik heb het zelf gezien.' De leugen was eruit voordat hij het doorhad. Maar het deed er niet toe: voor hetzelfde geld had hij het inderdaad gezien: Lorenzo's gezicht stond schuldbewust.

Lorenzo bleef zwijgen.

'Dat was vijftig dollar die onze missie dringend nodig heeft. Maar je hebt niet alleen van de missie gestolen. Je hebt niet alleen van mij gestolen. Je hebt van de Heer gestolen!'

Geen reactie.

'Wat denk je dat de Heer daarvan zal vinden? Heb je daaraan gedacht toen je het geld pikte, Lorenzo? En zo uw rechterhand u ergert, houw ze af, en werp ze van u weg; want beter is het voor u, dat één uwer ledematen verloren gaat, dan dat heel uw lichaam in de hel wordt geworpen.'

Abrupt draaide Lorenzo zich om en liep de andere kant uit, terug in de richting van het dorp. Eddy sprong naar voren en greep hem bij de schouder van zijn overhemd. Lorenzo trok zich los en liep door. Plotseling sloeg hij af en liep naar de trailer.

'Waar moet dat naartoe?' riep Eddy. 'Daar mag jij niet in!'

Lorenzo verdween in de trailer. Eddy rende hem achterna, maar bleef bij de deur staan. 'Maak dat je wegkomt!' Hij durfde niet goed naar bin-

nen te gaan: stel dat Lorenzo hem dan overviel? 'Smerige dief!' schreeuwde hij naar binnen. 'Iets anders ben je niet. Een doodgewone dief. Maak
dat je wegkomt! Ik bel de politie.'

Vanuit de keuken klonk een dreun, en het geluid van een besteklade
die op de grond gesmeten werd.

'Je betaalt zelf voor de schade! Tot de laatste cent!'

Weer een dreun, en meer rondvliegend bestek. Eddy wilde zielsgraag
naar binnen, maar hij durfde niet. Eén meevaller was dat de dronken
indiaan tenminste in de keuken was en niet in de slaapkamer, waar zijn
computer stond.

'Kom naar buiten, dronken lor! Stuk geteisem! Jij bent niets in de
ogen van Jezus! Ik ga het aan je reclasseringsambtenaar melden en dan
ga je zó de gevangenis weer in! Dat garandeer ik je!'

Plotseling verscheen Lorenzo met een lang broodmes in zijn hand in
de deuropening.

Eddy deinsde achteruit, de veranda af. 'Lorenzo. Nee.'

Lorenzo stond op wankele benen op de veranda. Hij zwaaide met het
mes en knipperde met zijn ogen tegen het licht van de ondergaande zon.
Hij kwam niet dichterbij.

'Laat vallen dat mes, Lorenzo. Laat vallen.'

Zijn hand zakte omlaag.

'Laten vallen, nú.' Eddy zag zijn witte knokkels rond het heft verslappen. 'Laat vallen, anders zal Jezus je straffen.'

Plotseling klonk er een gorgeling van woede uit Lorenzo's keel. 'Die
Jezus van jou kan doodvallen, die rijg ik aan mijn mes!' Hij priemde
het mes zo heftig de lucht in dat hij bijna omviel.

Eddy deinsde achteruit. De woorden vielen op hem neer als een trap
in zijn onderbuik. 'Hoe dúrf je dit soort... godslasterlijke taal uit te braken! Jij bent ziek; jij bent slécht! Hier zul je voor branden in de hel, Satan! Jij...' Eddy's hoge stem raakte verstikt door de hysterie.

Uit Lorenzo's keel kwam een schorre, reutelende lach. Grijnzend
zwaaide hij met het mes door de lucht, alsof hij genoot van Eddy's afgrijzen. 'Inderdaad ja, aan het més!'

'Daar zul je voor branden!' riep Eddy in een opwelling van moed.
'En dan zul je de Heer aanroepen om je gebarsten lippen te bevochti-
gen, maar Hij zal niet luisteren. Want jij bent uitschot. Tuig van de richel.'

Lorenzo spuwde nogmaals. 'Precies.'

'God zal je straffen, let op mijn woorden. Hij zal je neermaaien en
vervloeken, vuile ketter! Je hebt van Hem gestolen, smerige dief, vuile
indiaan!'

Lorenzo daverde op Eddy af. Maar de geestelijke was klein van stuk

73

en snel, en toen het mes met een wijde, onbeholpen boog op hem af kwam, dook Eddy opzij en greep Lorenzo's onderarm in beide handen. De Navajo verzette zich en probeerde het mes in Eddy's richting te draaien, maar Eddy hield met beide handen vast als een terriër; hij draaide Lorenzo's arm op zijn rug en probeerde het mes los te schudden.

Lorenzo gromde van de inspanning, maar dronken als hij was kon hij de kracht niet opbrengen. Plotseling verslapte zijn arm. Eddy bleef hem in een klemmende greep houden.

'Laat dat mes vallen.'

Lorenzo bleef roerloos staan, op wankele benen. Eddy zag zijn kans schoon, ramde Lorenzo met zijn schouder, smeet hem opzij en greep het mes. Daarbij raakte hij zijn evenwicht kwijt, en met Lorenzo boven op zijn borstkas viel Eddy op zijn rug. Maar nog tijdens de val had Eddy het mes gegrepen, en Lorenzo viel daar pal op. Het mes doorboorde zijn hart en kwam bij zijn rug weer naar buiten. Eddy voelde het hete bloed over zijn handen gutsen en liet met een kreet het heft los. Hij wurmde zich onder de Navajo vandaan. Het mes stak in Lorenzo's borstkas, precies ter hoogte van zijn hart.

'Nee!'

Het was onvoorstelbaar, maar Lorenzo kwam overeind, met mes en al. Hij wankelde achteruit en met één laatste inspanning sloeg hij beide handen hard rond het heft. Zo bleef hij even staan, en toen trok hij met zijn snel wegebbende krachten uit alle macht aan het heft. Zijn gezicht had geen enkele uitdrukking, zijn ogen werden al dof. Hij tuimelde voorover en viel met een dreun in het zand. Door de kracht van de val werd het mes nog verder zijn rug uit gedreven.

Met bevende lippen stond Eddy naar hem te kijken. Onder het gevallen lijf zag hij een plas bloed in het zand stromen en de dorstige grond in verdwijnen. Aan de oppervlakte bleven drillende klontjes achter.

Eddy's eerste gedachte was: daar zal ik geen last meer van hebben.

De zon was allang ondergegaan en de lucht was kil tegen de tijd dat Eddy klaar was met het gat. Het zand was zacht en droog en het gat was diep – heel diep.

Hij hield op met graven en bleef even staan, doorweekt van het zweet maar tegelijkertijd huiverend. Hij klom het gat uit, hees de ladder op, zette zijn voet tegen het lijk en schoof het de diepte in. Het landde met een vochtige klap.

Uiterst zorgvuldig schepte hij het bloederige zand het gat weer in. Al het besmette zand groef hij op, hij miste geen korrel. Toen trok hij zijn kleren uit en gooide die in het gat. Tot slot verdween de emmer met bloederig water waarin hij zijn handen had gewassen, emmer en al, gevolgd door de handdoek waarmee hij zich afgedroogd had.

Aan de rand van de donkere opening bleef hij poedelnaakt staan huiveren. Moest hij nu bidden? Maar die ketter verdiende geen gebed; en bovendien, wat had iemand daaraan, nu hij al kronkelend en krijsend in de vuren van de hel vertoefde? Eddy had gezegd dat God hem zou neermaaien, en nog geen vijftien seconden later had God dat inderdaad gedaan. God had de hand van de ketter tegen zichzelf gekeerd. Eddy had het met eigen ogen gezien, was getuige geweest van het wonder.

Nog steeds naakt schepte Eddy de aarde terug in het gat, spade na spade. Hij werkte zo hard hij kon om op temperatuur te blijven. Tegen middernacht was hij klaar. Hij harkte de laatste tekenen van zijn werk aan, borg zijn gereedschap weg en liep de trailer in.

Toen pastor Eddy die nacht in bed lag, met vuriger gebeden dan hij ooit tot God gericht had, hoorde hij de nachtwind opsteken, zoals zo vaak gebeurde. Die kreunde en trok en schudde aan de oude trailer. Ritselend sloeg het zand tegen de vensters. Tegen de ochtend, bedacht Eddy, zou de hele tuin schoongeveegd zijn door de wind, een ononderbroken vlakte van maagdelijk zand, alle sporen van het incident vervaagd.

De Heer veegt de grond voor me schoon, net als Hij mij vergeeft en de zonde uit mijn ziel bezemt.

Schokkend van de zenuwen, maar met een triomfantelijk gevoel, lag Eddy in het donker.

12

Die avond liep Booker Crawley achter de maître d'hôtel aan door het schemerige steakhouse in McLean, Virginia, waar dominee D.T. Spates al aan een tafeltje zat met de zware, in leer gebonden, menukaart voor zijn neus.

'Dominee Spates, goed om u weer eens te zien.' Hij schudde Spates' hand.

'Een genoegen, meneer Crawley.'

Crawley ging zitten, schudde de sierlijke creatie van linnen uit die zijn servet vormde, en vlijde het over zijn schoot.

Er kwam een kelner aanlopen. 'Kan ik de heren iets te drinken brengen?'

'Een bourbon met Seven-Up, graag,' antwoordde de dominee.

Crawley kromp ineen, en was blij dat hij een restaurant had gekozen waar niemand hem zou herkennen. De dominee rook naar Old Spice en zijn bakkebaarden waren een centimeter te lang. In levenden lijve zag hij er twintig jaar ouder uit dan op tv, zijn gezicht vol levervlekken en met die rossige schuurpapiergloed waaraan je de drinker herkende. Zijn oranje haar glinsterde in het indirecte licht. Hoe kon iemand die zich voor de media zo goed wist te presenteren, genoegen nemen met zo'n goedkoop kapsel?

'En u, meneer?'

'Bombay Sapphire martini, graag; heel droog, met een vleugje citroen.'

'Komt eraan, heren.'

Crawley toverde een brede glimlach tevoorschijn. 'Nou, dominee, ik heb uw show gisteravond gezien. Ik moet zeggen... geweldig!'

Spates knikte en tikte met een mollige, gemanicuurde hand op het tafellaken. 'De Heer was met me.'

'Ik vroeg me af of er nog reacties gekomen waren.'

'Jazeker. Het afgelopen etmaal zijn er meer dan tachtigduizend mailtjes binnengekomen.'

Stilte. 'Hoeveel, zei u?'

'Tachtigduizend.'

Crawley was sprakeloos. 'Van wie dan?' vroeg hij uiteindelijk.

'Van kijkers, natuurlijk.'

'Mag ik ervan uitgaan dat dit een ongebruikelijk groot aantal reacties is?'

'Nou en of. Die preek raakte een gevoelige snaar. Als de overheid belastingcentjes uitgeeft om het woord van God zwart te maken... tja, dan komen christenen waar dan ook in opstand.'

'Uiteraard.' Crawley zag kans instemmend te glimlachen. Táchtigduizend... Daar zou iedere politicus zich beroerd van schrikken. Hij wachtte even terwijl hun drankjes arriveerden.

Spates legde een brede hand rond zijn beslagen glas, nam een ferme slok en zette het glas terug.

'En nu dan de kwestie van die belofte die u had gedaan aan *God's Prime Time Ministry*.'

'Natuurlijk.' Crawley tastte even naar zijn jasje, net boven de binnenzak. 'Alles op zijn tijd.'

Spates nam nog een slok. 'Wat vinden ze er in Washington van?'

Crawleys contactpersonen hadden vernomen dat er een aanzienlijk aantal e-mails was binnengekomen, ook voor een aantal leden van het Congres, en dat er bijzonder veel gebeld was. Maar het was niet verstandig Spates' verwachtingen op te blazen. 'Dit soort kwesties moet een tijdje gepusht worden voordat het door de harde schil van Washington heen dringt.'

'Dat heb ik anders niet begrepen van mijn kijkers. Een massa van die e-mails had een CC naar Washington.'

'Dat zal best, ja,' zei Crawley haastig.

De kelner kwam langs om hun bestelling op te nemen.

'Nou, als u het niet erg vindt,' zei Spates, 'dan zou ik graag die schenking in ontvangst nemen voordat het eten arriveert. Ik zou er niet graag vetvlekken op maken.'

'O, ja, uiteraard.' Crawley haalde de envelop uit zijn zak en legde die onopvallend op tafel. Hij kromp ineen toen Spates zijn hand uitstak en de envelop demonstratief in de hoogte hield. De mouw van Spates' jasje schoof omhoog en er werd een vlezige pols zichtbaar, met een donsvacht van oranje bont. Dus dat oranje was echt. Hoe kon uitgerekend datgene wat het onechtste aan Spates leek, het enige échte blijken te zijn? Was er nog iets, iets belangrijkers, dat hij over het hoofd zag wat betreft de dominee? Crawley slikte zijn irritatie weg.

Spates draaide de envelop om en scheurde hem met een gelakte vingernagel open. Hij haalde de cheque eruit, hield die tegen het licht en bestudeerde hem van dichtbij.

'Tienduizend dollar,' las hij langzaam.

Crawley keek om zich heen, opgelucht dat de overige tafeltjes achter in het restaurant niet bezet waren. Die vent had geen greintje klasse.

Intussen zat Spates nog steeds naar zijn cheque te kijken. 'Tienduizend dollar,' herhaalde hij. 'Ik neem aan dat hij gedekt is?'

De dominee schoof het papier weer in de envelop en stak die in zijn binnenzak. 'Weet u wat het kost om mijn parochie draaiende te houden? Vijf mille per dag. Vijfendertigduizend dollar per week, bijna twee miljoen per jaar.'

'Dat is nogal wat,' zei Crawley neutraal.

'Ik heb een compleet uur van mijn preek aan uw probleem gewijd. Ik hoop het komende vrijdag opnieuw aan te snijden op *Roundtable America*. Hebt u dat wel eens gezien?'

'Sla ik geen week over.' Crawley wist dat de Christian Cable Service de wekelijkse talkshow uitzond, maar had hem nog nooit gezien.

'Ik ben van plan hiermee door te gaan tot ik de gerechtvaardigde woede van christenen in het hele land heb gewekt.'

'Ik ben u zeer erkentelijk, dominee.'

'Daarvoor is tienduizend dollar slechts een druppel op een gloeiende plaat.'

Wel verdomme nog aan toe, dacht Crawley. Hij had een pesthekel aan onderhandelingen met dit soort types. 'Dominee, het spijt me, maar ik verkeerde onder de indruk dat u de zaak in behandeling zou nemen voor een eenmalige donatie.'

'Heb ik gedaan: eenmalige donatie, eenmalige preek. Maar nu heb ik het over een relátie.' Spates bracht het glas naar zijn vochtige lippen, dronk de laatste druppels door de zuil ijsklontjes heen, zette het glas terug op tafel en veegde zijn mond af.

'Ik heb je een uitstekende zaak geleverd. Te oordelen naar de reacties lijkt me dit de moeite waard om door te zetten, ongeacht de, eh, de financiële aspecten.'

'Vriend, er wordt daarbuiten óórlog gevoerd om het geloof. Wij strijden op vele fronten tegen de seculiere humanisten. Ik kan mijn gevechtslinies op ieder moment verplaatsen. Als jullie willen dat ik aan jullie kant blijf strijden, tja, dan... dan moet daar een bijdrage tegenover staan.'

De kelner bracht hun filets mignon. Spates had zijn vlees doorbakken besteld, en het dure stuk vlees had nu de afmetingen, vorm en kleur van een ijshockeypuck. Spates klemde zijn handen ineen en boog zijn hoofd over het bord. Het duurde even eer Crawley besefte dat hij niet aan zijn eten zat te ruiken, maar dat hij aan het bidden was.

'Kan ik de heren verder nog van iets voorzien?' vroeg de kelner.

De dominee hief zijn hoofd en tilde zijn glas op. 'Nog een.' Met samengeknepen ogen keek hij de kelner na toen die wegliep. 'Volgens mij is dat een homo.'

Crawley haalde diep adem. 'Wat voor soort relatie had u in gedachten, dominee?'

'Een wederzijdse. Jullie helpen mij, ik help jullie.'

Crawley wachtte.

'Zeg, vijfduizend per week met de garantie dat ik project Isabella in iedere preek noem, en dat ik het op minstens één kabel-tv-show bespreek.'

Aha, dus zoiets moest het worden. 'Tienduizend per maand,' zei Crawley koeltjes, 'met per preek een gegarandeerd minimum van tien minuten voor het onderwerp. Wat betreft de kabelshow, daarvan verwacht ik dat de volgende aflevering in haar geheel aan Isabella gewijd zal zijn, met verwijzingen in latere shows. Iedere betaling wordt geregistreerd als schenking aan een liefdadig doel, met begeleidend schrijven. Dat is mijn eerste, laatste en enige aanbod.'

Dominee Don T. Spates bleef even peinzend naar Crawley zitten kijken. Toen plooide hij zijn gezicht in een brede grijns en stak hij een sproetige hand over tafel uit, zodat de oranje haren nogmaals zichtbaar werden.

'De Heer zal u rijkelijk belonen, vriend.'

13

Dinsdagochtend vroeg, nog voor het ontbijt, zat Ford in zijn casita aan de keukentafel naar de stapel dossiers te kijken. Er was geen enkele reden waarom een hoog IQ bescherming zou bieden tegen narigheid in het leven, maar zo te zien had deze groep meer dan hun portie voor de kiezen gekregen: moeilijke jeugd, probleemouders, kwesties met seksuele identiteit, persoonlijke crises, zelfs een paar faillissementen. Thibodeaux zat al sinds haar twintigste in therapie vanwege de borderline persoonlijkheidsstoornis waarover hij al eerder had gelezen. Cecchini was als tiener bij een religieuze sekte verzeild geraakt. Edelstein had een stel depressies achter de rug. St. Vincent was aan de drank geweest. Wardlaw had posttraumatische stressstoornis gehad nadat hij had gezien hoe zijn patrouilleleider werd onthoofd bij een explosie in een grot in de bergen rond Tora Bora. Op zijn vierendertigste was Corcoran getrouwd geweest en gescheiden – tweemaal. Innes had een reprimande gekregen wegens seksuele omgang met cliënten.

Alleen Rae Chen leek niets onorthodox in haar achtergrond te hebben: zij was gewoon een eerste-generatie Chinees-Amerikaanse wier ouders een restaurant hadden. Ook Dolby zag er behoorlijk normaal uit, afgezien van het feit dat hij was opgegroeid in een van de ergste achterbuurten van Watts en dat zijn broer verlamd was geraakt door een verdwaalde kogel tijdens een schietpartij tussen rivaliserende gangs.

Kates dossier had nog de meeste verrassingen opgeleverd. Met een soort morbide, schuldige fascinatie had hij het gelezen. Niet lang na het eind van hun relatie had haar vader zelfmoord gepleegd. Hij had zichzelf een kogel door het hoofd geschoten nadat zijn bedrijf over de kop was gegaan. Daarna had haar moeder een reeks lichamelijke klachten ontwikkeld tot ze uiteindelijk op haar zeventigste in een verpleeghuis belandde en haar eigen dochter niet meer herkende. Na het overlijden van haar moeder vertoonde het dossier een lacune van twee jaar. Kate had voor twee jaar de huur van haar appartement in Texas betaald en was verdwenen, om twee jaar later weer op te duiken. Ford was zwaar onder de indruk van het feit dat noch de FBI, noch de CIA erachter kon komen waar ze gezeten had of wat ze gedaan had. Ze weigerde antwoord te geven op hun vragen – ook al liep ze daarmee het risico niet door de beveiligingsronde te komen die ze moest doorlopen om assistent-directeur van project Isabella te worden. Maar Hazelius was tussenbeide gekomen, en het viel niet moeilijk te raden waarom hij dat had gedaan: Kate en hij hadden een relatie. Die leek eerder op vriendschap dan op passie gebaseerd, en ze waren als goede vrienden uiteengegaan.

Hij schoof de dossiers weg; hij voelde weerzin over de schending van de privacy, de botte bemoeienis van de overheid met iemands leven, waarvan de documenten getuigden. Hij vroeg zich af hoe hij het al die jaren bij de CIA had uitgehouden. In het klooster was hij meer veranderd dan hij beseft had.

Hij pakte Hazelius' map op en sloeg die open. Hij had de papieren snel overgelezen en begon de zaken nu zorgvuldiger door te nemen. De gegevens stonden in chronologische volgorde en terwijl Ford het curriculum doorlas, zag hij in gedachten hoe Hazelius' leven verlopen moest zijn. Zijn achtergrond was verbazend normaal: hij was enig kind in een doodgewoon middenklassegezin van Scandinavische oorsprong in Minnesota; zijn vader had een winkel, zijn moeder was huisvrouw. Het was een eenvoudig, saai, vroom gezin. Een onwaarschijnlijke omgeving voor zo'n verbijsterend genie. Hazelius bleek al jong een wonderkind te zijn: op zijn zeventiende studeerde hij af aan de Johns Hopkinsuniversiteit, op zijn twintigste was hij aan Caltech gepromoveerd, op zijn zesentwintigste had hij een leerstoel gekregen aan Columbia en op zijn dertigste kreeg hij de Nobelprijs.

Afgezien van zijn genialiteit viel hij niet makkelijk te omschrijven. Hij was geen doorsnee academicus met tunnelblik. Aan Columbia hadden zijn studenten hem op handen gedragen vanwege zijn droge gevoel voor humor, zijn speelse temperament en een verrassend mystiek trekje. Hij speelde piano, boogiewoogie en jazz, in een band met de naam de Quarksters in een dump aan 110th Street, die volstroomde met enthousiaste studenten. Hij nam studenten mee naar duistere nachtclubs. Hij ontwikkelde een eigenaardige maar werkende theorie voor de aandelenmarkt en verdiende miljoenen voordat hij het systeem verkocht aan een hedgefonds.

Nadat hij de Nobelprijs had gewonnen voor zijn werk over kwantumverstrengeling had Hazelius zonder enige moeite de rol op zich genomen van erfgenaam van fysicus en superster Richard Feynman. Hij schreef welgeteld dertig artikelen waarin hij betoogde dat de kwantumtheorie niet volledig was, en daarmee rammelde hij aan de fundamenten van de natuurkunde. Hij kreeg de Fieldsmedaille voor de wiskunde omdat hij Laplaces derde stelling had bewezen: de enige die ooit zowel een Nobelprijs als de Fieldsonderscheiding had gekregen. Aan de lijst met onderscheidingen werd een Pulitzerprijs toegevoegd voor een dichtbundel: eigenaardige, schitterende gedichten waarin expressief taalgebruik werd gemengd met wiskundige vergelijkingen en wetenschappelijke theorieën. Hij had een hulpprogramma opgezet in India, voor medische hulp aan meisjes in streken waar het gebruikelijk was om zieke meisjes te laten doodgaan; het programma omvatte tevens subtiele maar intensieve scholing met als doel een verandering van de maatschappelijke opvattingen over meisjes. Hij had miljoenen bijgedragen aan een campagne ter bestrijding van vrouwenbesnijdenis in Afrika. Hij had een patent aangevraagd (komisch, vond Ford) op een betere muizenval: humaan, maar doeltreffend.

Hij was vaak te zien op de societypagina van de *Post*, in gesprek met de jetset, gekleed in zijn befaamde pakken uit de jaren zeventig, met brede revers en enorme dassen. Hij schepte erover op dat hij die bij het Leger des Heils kocht en dat hij er nooit meer dan vijf dollar voor betaalde. Hij was regelmatig te gast in de David Lettermanshow, waar hij steevast een paar krankzinnige, volslagen onmogelijke opmerkingen maakte die hij 'onaangename waarheden' noemde, voordat hij uitgebreid uitweidde over zijn utopische plannen.

Op zijn tweeëndertigste verbaasde hij vriend en vijand door te trouwen met supermodel en voormalig *Playmate* Astrid Gund, tien jaar jonger dan hij, vrolijk, maar legendarisch blond. Ze reisde overal met hem mee, zelfs naar talkshows op tv, en zat daar dan opgewekt te kwekken over haar warme maar vage politieke opvattingen, terwijl hij haar vol aanbidding aankeek. Ooit, in een discussie over 9/11, maakte ze zich onsterfelijk met de opmerking: 'Goh, waarom kunnen mensen toch niet gewoon met elkaar overweg?'

Dat was al erg genoeg. Maar tijdens diezelfde periode had Hazelius iets gezegd waarover de zeitgeist zo verontwaardigd raakte dat het een klassieker werd, vergelijkbaar met de bewering van de Beatles dat zij populairder waren dan Jezus Christus. Een verslaggever vroeg de natuurkundige waarom hij had gekozen voor een vrouw die 'in intellectueel opzicht zo ver beneden hem stond'. Hazelius was zwaar gepikeerd geweest. 'Met wie had ik dan moeten trouwen?' had hij tegen de journalist gebruld. 'Iederéén staat beneden mij, in intellectueel opzicht! En Astrid weet tenminste wat liefde is, wat ik van de rest van jullie niet kan zeggen, stelletje onbenullen!'

De intelligentste man ter wereld had de rest van de mensheid afgedaan als een stel onbenullen. Verontwaardiging alom. De *Post* kopte:

HAZELIUS BETITELT MEDEMENS ALS ONBENULLIG

De complete pers begon te schuimbekken van woede. Vanaf iedere kansel en ieder podium in Amerika werd Hazelius gehekeld als on-Amerikaans, onchristelijk, onvaderlandslievend, een mensenhater en lid van die uitermate verwerpelijke orde: de sherry nippende ivoren-torenbewoners van de gevestigde intellectuele elite.

Ford legde de papieren weg en schonk zich een nieuwe kop koffie in.

Tot dusver sloot het dossier niet aan bij de Hazelius die hij hier leerde kennen, die ieder woord zorgvuldig afwoog en optrad als vredestichter, diplomaat en teamleider. Hij had nog niet één politieke opvatting uit Hazelius' mond horen komen.

Een tijd geleden had Hazelius iets tragisch beleefd. Misschien was hij daardoor veranderd. Ford bladerde door het dossier tot hij het gevonden had.

Tien jaar geleden, toen Hazelius zesendertig was, had Astrid een dodelijke hersenbloeding gekregen. Hij was kapot van haar overlijden. Jarenlang had hij zich verre gehouden van de wereld en had als een soort kluizenaar geleefd. En toen was hij, plotseling, tevoorschijn gekomen met het plan voor Isabella. Hij was inderdaad volkomen veranderd: geen talkshows meer, geen beledigende opmerkingen, utopische plannen of hopeloze gevallen meer. Hij liet al zijn societyconnecties vallen en ging zich niet meer te buiten aan lelijke pakken. Gregory North Hazelius was volwassen geworden.

Met buitengewone vaardigheid, geduld en tact had Hazelius project Isabella gepusht, had hij bondgenoten geworven in de wetenschappelijke wereld en had hij grote bedrijven en machtige lieden het hof gemaakt. Hij miste geen kans om Amerikanen eraan te herinneren dat de Verenigde Staten een serieuze achterstand hadden opgelopen ten opzichte van Europa wat betreft het onderzoek naar kernfysica. Hij stelde dat Isabella misschien zou leiden tot goedkope oplossingen voor het globale energievraagstuk, en dat in dat geval alle patenten en kennis in Amerikaanse handen zouden zijn. Daarmee had hij het onmogelijke bereikt: hij had tijdens een periode van begrotingstekorten bij het Congres een bedrag van veertig miljard dollar losgeweekt.

Hij moest een enorme overredingskracht bezitten: hij werkte rustig achter de schermen, als behoedzame profeet maar evenzogoed bereid een boud, weloverwogen risico te nemen. Dit was de Hazelius die Ford recentelijk ontmoet had.

Isabella was Hazelius' geesteskind, zijn troetelkind. Hij was het hele land doorgereisd en had zorgvuldig en hoogstpersoonlijk een team samengesteld van de beste natuurkundigen, technici en programmeurs. Alles was als van een leien dakje gegaan. Tot nu toe.

Ford sloeg de map dicht en bleef peinzend voor zich uit kijken. Hij had nog steeds het gevoel dat hij de binnenste lagen nog niet weggepeld had, dat Hazelius' kern nog niet blootlag. Genie, entertainer, muzikant, dromer, toegewijd echtgenoot, arrogant en elitair, briljant fysicus, geduldig lobbyist. Wie was de echte Gregory? Of zat er achter al die maskers een schaduwfiguur die ze allemaal manipuleerde?

Sommige delen van Hazelius' leven waren niet zo anders dan het zijne. Beiden hadden ze hun vrouw op een afgrijselijke manier verloren. Toen Fords vrouw was overleden, was de wereld zoals hij die kende samen met haar uiteengeknald. Sindsdien doolde hij rond door de puinhopen. Maar Hazelius had precies andersom gereageerd: de dood van zijn vrouw leek hem een zekere gerichtheid gegeven te hebben. Ford was de betekenis van het leven kwijtgeraakt, Hazelius had hem juist gevonden.

Hij vroeg zich af hoe zijn eigen dossier eruit zou zien. Hij twijfelde er niet aan dat er ergens een dossier van hem was, en dat Lockwood dat gelezen had, net zoals hij nu die van de mensen hier las. Wat zou erin staan? *Van gegoede afkomst, Choate, Harvard,* MIT, CIA, *huwelijk.* En dan: *bom.*

En wat kwam er na *bom? Klooster.* En tot slot: *Advanced Security and Intelligence, Inc.,* de naam van zijn nieuwe inlichtingenbureau. Plotseling klonk dat bijzonder pretentieus. Wie hield hij voor de gek? Vier maanden geleden had hij zijn bord aan de muur gehangen, en sindsdien had hij één opdracht gekregen. Oké, dat was dan ook meteen een reuzenopdracht, maar er waren uiteraard bijzondere redenen waarom hij was gekozen. En die kon hij niet in zijn cv zetten.

Hij keek op de klok: hij zat hier maar tijd te verspillen met die dagdromen vol zelfmedelijden en als hij niet opschoot, kwam hij nog te laat voor het ontbijt.

Hij schoof het dossier in zijn aktetas, deed die op slot en ging op weg naar de eetzaal. De zon was net opgekomen boven de rode rotsen en het licht viel door het loof van de populieren heen; het leek wel of de bladeren licht gaven als scherven groen en geel glas.

In de eetzaal hing een verwelkomende geur van kaneelbroodjes en gebakken spek. Hazelius zat op zijn gebruikelijke plek aan het hoofd van de tafel, in serieus gesprek met Innes. Aan de andere kant, niet ver van Wardlaw, zat Kate een kop koffie in te schenken.

Toen hij haar zag, voelde Ford een steek in zijn maagstreek.

Hij nam de laatste onbezette stoel naast Hazelius en schepte een bord vol *scrambled eggs* en bacon op.

''Morgen!' zei Hazelius. 'Goed geslapen?'

'Uitstekend.'

Iedereen was aanwezig, behalve Volkonsky.

'Zeg, waar is Peter?' informeerde Ford. 'Ik zag zijn auto niet op de oprit staan.'

De gesprekken vielen langzaam stil.

'Het heeft er alle schijn van dat dr. Volkonsky ons verlaten heeft,' zei Wardlaw.

'O? Waarom?'

Eerst zei niemand iets. Toen antwoordde Innes, met onnatuurlijk luide stem: 'Als teampsycholoog kan ik misschien enig licht werpen op die vraag. Ook zonder buiten mijn boekje te gaan kan ik wel zeggen dat Peter hier niet gelukkig was. Het viel hem zwaar om te wennen aan het isolement en het stressvolle werk. Hij miste zijn vrouw en kind in Brookhaven. Het is geen verrassing dat hij heeft besloten weg te gaan.'

'Zei je dat het er de schíjn van heeft dat hij weg is?'

Hazelius antwoordde ontspannen: 'Zijn auto is weg, zijn koffer en de meeste van zijn kleren zijn verdwenen, dus nemen we maar aan dat hij ons verlaten heeft.'

'Zonder tegen iemand iets te zeggen?'

'Je lijkt geschrokken, Wyman,' zei Hazelius, met een scherpe blik zijn kant uit.

Ford zweeg. Hij ging te ver, en iemand met Hazelius' observatievermogen moest dat wel opmerken.

'Geschrokken niet,' zei Ford. 'Maar wel verbaasd.'

'Ik zag het al een tijdje aankomen, vrees ik,' zei Hazelius. 'Peter was niet geschikt voor dit soort leven. We zullen wel van hem horen als we thuiskomen. Maar Wyman, vertel eens over je bezoek aan Begay, gisteren.'

Iedereen draaide zich naar hem toe.

'Begay is boos. Hij heeft een hele rij bezwaren tegen project Isabella.'

'Zoals?'

'Laten we het erop houden dat er een groot aantal beloftes niet is nagekomen.'

'Wij hebben geen enkele belofte gedaan,' zei Hazelius.

'Zo te horen heeft het ministerie van Energie allerhande banen en economische voordelen toegezegd.'

Vol afkeer schudde Hazelius zijn hoofd. 'Ik heb niets te zeggen over het ministerie van Energie. Heb je tenminste kans gezien hem die protestrit uit het hoofd te praten?'

'Nee.'

Hazelius fronste zijn wenkbrauwen. 'Ik hoop dat je iets kunt ondernemen om die toestand af te blazen.'

'Misschien is het beter als het gewoon doorgaat.'

'Wyman, het minste of geringste gerucht over problemen haalt meteen de nationale pers,' zei Hazelius. 'We kunnen ons geen negatieve publiciteit veroorloven.'

Ford keek Hazelius strak aan. 'Jullie zitten hier verschanst op de mesa, bezig met een geheim overheidsproject, zonder enig contact met de plaatselijke bevolking... natuurlijk komen daar geruchten en argwaan van. Wat had je dán gedacht?' Het klonk iets scherper dan hij bedoeld had.

De aanwezigen keken hem met open mond aan alsof hij zojuist de pastoor vervloekt had. Maar toen Hazelius zich langzaam ontspande, werd de sfeer in de eetzaal rustiger. 'Oké, ik moet zeggen: dat was een verdiende reprimande. Geen probleem. Misschien hadden we dit iets handiger kunnen aanpakken. Dus... wat is de volgende stap?'

'Ik ga een vriendschappelijk bezoekje afleggen bij de voorzitter van het plaatselijke Navajokapittel in Blue Gap, kijken of ik een soort dorpsvergadering kan beleggen met de bewoners. En jij gaat mee.'

'Als ik daar tijd voor heb.'

'En anders máák je maar tijd.'

Hazelius wuifde met zijn hand. 'Daar hebben we het nog wel over als het zover is.'

'En ik zou vandaag ook graag een wetenschapper meenemen.'

'Iemand in het bijzonder?'

'Kate Mercer.'

Hazelius keek om zich heen. 'Kate? Jij hebt vandaag niets bijzonders, geloof ik?'

Kate bloosde. 'Ik heb het druk.'

'Als Kate niet kan, ga ik wel mee,' zei Melissa Corcoran, en ze zwierde met een glimlach haar haar over haar schouder. 'Ik snak ernaar om een paar uur van die ellendige mesa weg te zijn.'

Ford keek van Kate naar Corcoran. Hij had weinig zin om uit te leggen dat hij liever niet in Blue Gap aankwam met een een meter tachtig lange seksbom, blond en met blauwe ogen. Kate zag er, met haar zwarte haar en half-Aziatische gezicht, bijna indiaans uit.

'Heb je het echt zo druk, Kate?' vroeg Hazelius. 'Je zei dat je bijna klaar was met die nieuwe berekeningen voor zwarte gaten. Dit is belangrijk; en vergeet niet, je bent tenslotte assistent-directeur.'

Kate nam Corcoran met een ondoorgrondelijke blik op. Corcoran beantwoordde haar blik kil.

'Misschien kan ik die berekeningen later afmaken,' zei Kate.

'Mooi,' zei Ford. 'Over een uur kom ik je ophalen met de Jeep.' Met een vreemd extatisch gevoel liep hij naar de deur.

Toen hij Corcoran passeerde, wierp ze hem een zijdelingse grijns toe. 'Volgende keer,' zei ze.

In zijn casita aangekomen deed Ford de deur op slot, nam de aktetas mee de slaapkamer in, trok de gordijnen dicht, pakte zijn satelliettelefoon en belde Lockwood.

'Hallo, Wyman. Valt er al iets te melden?'

'Herinner je je Peter Volkonsky, de softwaretechnicus?'

'Ja.'

'Die is afgelopen nacht verdwenen. Zijn auto is weg, en hij schijnt zijn kleren meegenomen te hebben. Kun jij erachter komen of hij ergens is opgedoken, of hij met iemand contact heeft opgenomen?'

'We zullen het proberen.'

'Ik moet het zo snel mogelijk weten.'

'Ik bel je meteen terug.'

'En nog een paar dingen.'

'Kom maar op.'

'Michael Cecchini; volgens zijn dossier heeft hij als tiener bij een religieuze sekte gezeten. Daar wil ik graag meer over weten.'

'Oké. Verder nog iets?'

'Rae Chen. Die lijkt... hoe zal ik het zeggen? Te normaal.'

'Daar kan ik niet veel mee.'

'Kijk eens naar haar achtergrond, of daar misschien iets eigenaardigs zit.'

Tien minuten later knipperde het lichtje van zijn telefoon. Ford drukte op ONTVANGST en hoorde Lockwoods stem, nu aanzienlijk minder ontspannen. 'Wat betreft Volkonsky: we hebben zowel zijn vrouw gebeld als zijn collega's in Brookhaven. Maar niemand heeft iets van hem gehoord. Hij was gisteravond weggegaan, zei jij? Hoe laat zo'n beetje?'

'Een uur of negen, gok ik.'

'We laten een opsporingsbevel uitgaan voor zijn auto en nummerbord. Het is veertig uur rijden naar zijn huis in New York State. Als hij daarheen op weg is, vinden we hem. Was er iets gebeurd?'

'Gisteren liep ik hem tegen het lijf. Hij had de hele nacht bij Isabella gezeten en hij had gedronken. Hij borrelde over van de geforceerde vrolijkheid. "Een tijdje geleden maakte ik me zorgen," zei hij tegen me. "Nu gaat het prima." Maar hij zag er allesbehalve prima uit.'

'Enig idee wat hij daarmee bedoelde?'

'Geen flauw idee.'

'Ik wil dat je zijn vertrekken doorzoekt.'

Even aarzelde Ford. 'Vanavond.'

Ford legde de hoorn neer en keek naar de populieren voor het raam. Liegen, bedriegen en spioneren, en nu dan ook nog eens inbreken. Een prima begin van zijn eerste jaar buiten het klooster.

14

Met één oogopslag nam Ford Blue Gap, Arizona, in zich op. Het gehucht lag in een zandvallei, omringd door hoge bergen en de grauwe skeletten van dode pijnbomen. Het bestond uit weinig meer dan een stel zandwegen die elkaar kruisten. Beide paden waren tot een paar honderd meter vanaf de kruising geasfalteerd. Hij zag een benzinestation van kleikleurige betonblokken en een supermarkt met een gebarsten etalageruit. Aan de prikkeldraadomheining achter het benzinestation hing een stel plastic boodschappentassen als wimpels te klapperen in de wind. Naast de supermarkt stond een schoolgebouwtje met een hek van draadstaal. Naar het oosten en noorden waren twee blokken woningwetwoningen neergezet, stijf-symmetrisch in het rode zand.

Niet veel verderop vormde het purperen silhouet van Red Mesa een indrukwekkende achtergrond.

'Nou,' zei Kate toen de Jeep het asfalt op reed, 'hoe wil je dit aanpakken?'

'Ik ga benzine tanken.'

'Benzine? De tank zit halfvol, en bij Isabella krijgen we gratis alle benzine die we maar nodig hebben!'

'Doe nou maar gewoon wat ik zeg, oké?'

Hij reed naar de pomp, stapte uit en tankte. Daarna tikte hij op Kates raampje. 'Heb jij geld op zak?' vroeg hij.

Ze keek hem geschrokken aan. 'Ik heb mijn tas niet bij me.'

'Mooi.'

Ze gingen naar binnen. Achter de kassa stond een dikke indiaanse vrouw. Een paar andere klanten, allemaal Navajo, waren aan het winkelen.

Ford pakte een doosje kauwgum, een blikje cola, een zak chips en de *Navajo Times*. Hij liep naar de kassa en zette alles neer. De vrouw sloeg zijn inkopen aan en telde ze op bij de benzine.

Ford stak zijn hand in zijn zak, en kreeg meteen een andere blik op zijn gezicht. Opzichtig zocht hij al zijn zakken af.

'Verdorie. Portemonnee vergeten. 'Heb jij geld op zak?'

Ze keek hem boos aan. 'Nee, dat weet je best.'

Ford spreidde zijn handen en keek de vrouw achter de kassa met een hulpeloze glimlach aan. 'Portemonnee vergeten.'

Onaangedaan beantwoordde ze zijn blik. 'Je moet betalen. In ieder geval voor de benzine.'

'Hoeveel is het?'

'Achttien vijftig.'

Weer klopte hij omstandig op al zijn zakken. De overige klanten stonden met gespitste oren te luisteren.

'Geloof je dat nou? Ik heb geen rooie cent op zak. Het spijt me verschrikkelijk.'

Er volgde een zware stilte. 'Ik móét geld hebben,' zei de vrouw.

'Het spijt me. Echt waar. Luister, ik ga naar huis, haal mijn portemonnee en ik kom meteen terug. Beloofd. O, wat voel ik me stom.'

'Ik kan u niet laten vertrekken zonder dat u betaald hebt,' zei de vrouw. 'Dat is mijn werk.'

Een kleine, magere, nerveus ogende man met een vaalbruine cowboyhoed, motorlaarzen en gitzwart haar tot op zijn schouders kwam naar voren en haalde een gehavende portemonnee aan een ketting uit de zak van zijn spijkerbroek. 'Doris? Ik regel dit wel.' Hij sprak op nobele toon, en gaf haar een briefje van twintig.

Ford keek de man aan en zei: 'Dat is verdomd geschikt van je. Ik betaal het terug.'

'Natuurlijk, maak je daar maar geen zorgen over. Volgende keer geef je het geld gewoon aan Doris. En ooit doe jij hetzelfde voor iemand anders, oké?' Hij hield zijn hand schuin, knipoogde en priemde een vinger in Fords richting.

'Dat weet ik wel zeker.' Ford stak zijn hand uit. 'Wyman Ford.'

'Willy Becenti.' Willy greep zijn hand.

'Jij bent een goed mens, Willy.'

'Dat kun je wel zeggen! Vind je ook niet, Doris? De beste in heel Blue Gap.'

Doris rolde met haar ogen.

'En dit is Kate Mercer,' zei Ford.

'Hallo, Kate, alles naar wens?' Becenti greep haar hand, boog zich eroverheen en drukte er met een galant gebaar een kus op.

'We waren op zoek naar het kapittelhuis,' zei Ford. 'We willen de voorzitter spreken. Is die in de buurt?'

'Jazeker. Maria Atcitty. Zeker weten. Die weg daar. De laatste afslag naar rechts tot je op het zandpad komt. Dat oude houten gebouw met een zinken dak, vlak naast de watertoren. Doe haar de groeten.'

Terwijl ze het benzinestation uit reden, zei Ford: 'Die truc lukt altijd op de Rez. Navajo zijn de vrijgevigste mensen ter wereld.'

'Een tien voor cynische manipulatie.'

'Het is voor de goede zaak.'

'Nou, hij zag er zelf ook nogal gewiekst uit. Zou hij rente vragen, denk je?'

Ze reden het parkeerterrein van het kapittelhuis op en parkeerden naast een rij stoffige pick-ups. Op de voordeur zat een folder geplakt van Begays protestrit. Een tweede flyer wapperde aan een telefoonpaal.

Ze vroegen naar de voorzitter. Er verscheen een keurige, gezette vrouw met een turkooizen blouse en een bruine broek.

Ze schudden haar de hand en stelden zich voor.

'De groeten van Willy Becenti.'

'Kennen jullie Willy?' Ze leek aangenaam verrast.

'In zeker opzicht.' Ford lachte dommig. 'Hij heeft me twintig dollar geleend.'

Atcitty schudde haar hoofd. 'Die Willy toch. Die zou zijn laatste geld nog aan een of andere zwerver geven en dan een bank overvallen om zelf weer aan geld te komen. Kom binnen, dan krijgen jullie koffie.'

Bij een koffiepot op de balie schonken ze hun mokken vol slappe Navajokoffie, en daarna volgden ze Atcitty een klein kantoor vol stapels papier in.

'Wat kan ik voor jullie doen?' vroeg ze met een brede grijns.

'Tja, ik zeg het niet graag, maar wij zijn van project Isabella.'

'Aha.' Haar glimlach vervaagde.

'Kate is assistent-directeur voor het project, en ik ben net aangekomen als verbindingspersoon met de gemeenschap.'

Atcitty zweeg.

'Mevrouw Atcitty, ik weet dat de mensen zich afvragen wat daar in godsnaam gaande is.'

'Dat kun je wel zeggen, ja.'

'Ik heb uw hulp nodig. Als u de mensen hier in het kapittelhuis bijeen kunt krijgen, zeg ergens verderop in de week, op een avond, dan breng ik Gregory North Hazelius in hoogsteigen persoon hierheen, zodat hij vragen kan beantwoorden en uitleggen waar we mee bezig zijn.'

Een lange stilte, gevolgd door: 'Deze week, dat redden we niet. Volgende week. Woensdag.'

'Uitstekend. Er gaat hier het een en ander veranderen. Van nu af aan doen we een deel van onze boodschappen hier en in Rough Rock. Voortaan tanken we hier, en slaan we hier onze voorraden in.'

'Wyman, volgens mij...' begon Mercer, maar met een vriendelijke hand op haar schouder legde hij haar het zwijgen op.

'Dat zou heel wat uitmaken,' zei Atcitty.

Ze stonden op en schudden haar de hand.

Toen de Jeep in een stofwolk Blue Gap uit reed, keek Mercer naar Ford en zei: 'Volgende week woensdag is te laat om die rit tegen te houden.'

'Ik ben niet van plan die rit tegen te houden.'

'Als jij soms denkt dat wij in die winkel boodschappen gaan doen, dat we Dorito's, schapenvlees en bonen in blik gaan eten, dan ben je niet goed bij je hoofd. En de benzine kost daar een vermogen.'

'Dit is niet New York of Washington,' zei Ford. 'Dit is het platteland van Arizona, en deze mensen zijn je buren. Je moet je gezicht laten zien, je moet laten zien dat je niet een stel doorgedraaide wetenschappers bent, bezig de wereld te vernielen. En zij kunnen wel wat omzet gebruiken.'

Ze schudde haar hoofd.

'Kate,' zei Ford, 'wat is er geworden van al je progressieve ideeën? Van je medeleven met de weerloze medemens?'

'Ik heb beslist geen behoefte aan een preek.'

'Sorry,' zei hij, 'maar een preek is juist wél waar jij behoefte aan hebt. Je hebt je aangesloten bij de gevestigde orde, en je weet het zelf niet eens.' Hij besloot met een lachje, in een poging om het allemaal wat luchtig te houden, maar hij besefte te laat dat dit een rechtstreekse aanval op haar gevoelens was geweest.

Met witte lippen keek ze hem aan voordat ze haar blik afwendde. Zwijgend reden ze de Dugway af, op weg naar de lange asfaltweg naar project Isabella.

Halverwege de mesa minderde Ford vaart en tuurde door de voorruit.

'Wat is er nou weer?'

'Ik zie een enorme zwerm gieren.'

'Nou en?'

Hij remde, en wees. 'Kijk. Verse bandensporen die de weg aflopen naar het westen – pal op die gieren af.'

Ze weigerde te kijken.

'Ik ga even poolshoogte nemen.'

'Je doet maar. Ik zit toch al de halve nacht berekeningen uit te voeren.'

Hij parkeerde de auto in de schaduw van een jeneverbesstruik en volgde het spoor. Zijn voetstappen knersten door het vastgekoekte zand. Het was nog steeds zinderend heet, en de grond liet de warmte los die de hele dag lang opgezogen was. In de verte sloop een coyote weg, met iets in zijn bek.

Na tien minuten kwam Ford aan de rand van een smalle *arroyo*. In de diepte, op de bodem, zag hij een over de kop geslagen auto liggen. In een dode pijnboom zat een zwerm gieren te wachten. Een tweede coyote had zijn kop door de kapotte voorruit gestoken en stond ergens aan te rukken en te sleuren. Toen hij Ford zag, rende hij met bebloede, bungelende tong weg.

Ford klauterde over de zandsteenrotsen omlaag, naar de auto. Hij hield zijn overhemd voor zijn neus om de stank van dood, vermengd met een sterke benzinewalm, te verzachten. De gieren stegen in een onbeholpen klapwiekende zwerm op. Hij hurkte en tuurde de geplette auto in.

Achter het stuur zat een lijk, zijdelings op de stoel vastgepind. De ogen en lippen waren verdwenen. Een arm, uitgestrekt naar de verbrijzelde voorruit, was van vlees ontdaan en had geen hand meer. Ondanks de verminkingen was het lijk herkenbaar.

Volkonsky.

Ford bleef roerloos zitten en nam ieder detail in zich op. Daarna sloop hij achteruit, voorzichtig om niets te verplaatsen, draaide zich om en krabbelde de flank van de arroyo weer op. Boven haalde hij een paar maal diep en langzaam adem in de frisse lucht, voordat hij op een drafje terugliep naar de auto. In de verte, afgetekend tegen een heuveltje, zag hij de twee coyotes keffend vechten om een stuk vlees.

Hij kwam bij de auto aan en stak zijn hoofd door het open portierraam. Kates gezicht stond op zeven dagen slecht weer.

'Volkonsky,' zei hij. 'Het is vreselijk, Kate... Hij is dood.'

Ze knipperde met haar ogen en hapte naar lucht. 'O, god... Weet je het zeker?'

Hij knikte.

Haar lip bewoog even. Toen vroeg ze schor: 'Een ongeluk?'

'Nee.'

Ford slikte een gevoel van misselijkheid weg, pakte zijn mobiele telefoon uit zijn achterzak en draaide het alarmnummer.

15

Lockwood liep het Oval Office binnen, het kantoor van de president. Zijn schoenen waren niet te horen op de dikke vloerbedekking. Als altijd gaf het hem een enorme kick om zo dicht bij het centrum van de macht te zijn.

De president van de Verenigde Staten kwam met uitgestoken hand van achter zijn bureau vandaan en heette hem hartelijk, zoals het een politicus betaamt, welkom.

'Stanton! Dat doet me genoegen. Hoe is het met Betsy en de kinderen?'

'Geweldig, dank u, meneer de president.'

Zonder Lockwoods hand los te laten greep de president zijn onderarm en leidde hem naar de stoel die het dichtst bij het bureau stond. Lockwood ging zitten en legde de map op zijn knieën. Door de ramen op het oosten zag hij de Rozentuin in het milde nazomerlicht van de bijna ondergaande zon liggen. De chef-staf van de president, Roger Morton, kwam binnen en ging op een andere stoel zitten en de secretaresse, Jean, was al geïnstalleerd op een derde stoel, klaar om notulen te maken: op de ouderwetse manier, met een stenoblok.

Er kwam een grote, gezette man in een donkerblauw pak binnen, die onuitgenodigd in de dichtstbijzijnde stoel neerplofte. Dat was Gordon Galdone, voorzitter van de presidentiële herverkiezingscampagne. Galdone was tegenwoordig overal, bij iedere bespreking: hij viel niet weg te denken. Er werd niets besloten, er gebeurde niets, zonder zijn toestemming.

De president keerde terug naar zijn eigen stoel achter het bureau. 'Oké, Stan, begin jij maar.'

'Uitstekend.' Lockwood pakte een dossier uit zijn map. 'Kent u een televisiedominee met de naam Don T. Spates? Die zit in Virginia Beach, en maakt een programma dat *God's Prime Time Ministry* heet.'

'Die vent die betrapt is met twee prostituees, bedoel je?'

Er rimpelde een gelach van heren onder elkaar door de ruimte. De president, voormalig advocaat uit het zuiden van de Verenigde Staten, stond erom bekend dat hij geen blad voor de mond nam.

'Inderdaad, die. Afgelopen zondag heeft hij het over project Isabella gehad tijdens zijn preek op Christian Cable Service. Een enorme donderpreek, met als boodschap dat de overheid veertig miljard dollar aan belastinggelden heeft uitgegeven aan een poging om te bewijzen dat Genesis niet klopt.'

'Isabella heeft niets te maken met Genesis.'

'Natuurlijk niet. Maar het probleem is, hij lijkt een gevoelige snaar geraakt te hebben. Het schijnt dat een groot aantal senatoren en Congresleden e-mailtjes en telefoontjes krijgt. En wij de laatste paar dagen ook. Het begint zo serieus te worden dat we wel móéten reageren.'

De president keek naar zijn chef-staf. 'Is dit al te zien op jouw radar, Roger?'

'Bijna twintigduizend e-mails verwerkt tot nu toe, en zesennegentig procent daarvan is tégen.'

'Twintigdúízend?'

'Precies.'

Lockwood keek naar Galdone. Diens enorme gezicht verried niets. Galdones strategie was wachten tot alle anderen hun zegje gedaan hadden. Lockwood had een bloedhekel aan mensen die dat deden.

'Interessant detail,' zei Lockwood, 'is dat tweeënvijftig procent van de Amerikanen niet gelooft in evolutie. En onder mensen die zich als Republikein beschouwen is dat percentage zelfs achtenzestig procent.

Deze aanval op Isabella ligt in het verlengde van die opvattingen. Dit kan uit de hand gaan lopen, en lelijk, ook.'

'Hoe kom je aan die cijfers?'

'Een Gallup-opiniepeiling.'

De president schudde zijn hoofd. 'Wij houden vast aan onze boodschap. Isabella is van cruciaal belang, willen wij een concurrentiepositie behouden op de markt van wetenschap en technologie. Na jaren van achterstand liggen we eindelijk voor op Europa en Japan. Isabella is goed voor de economie, voor onderzoek en ontwikkeling, voor de zaken. Ze kan de oplossing leveren voor onze energiebehoefte, zodat we niet meer afhankelijk zijn van olie uit het Midden-Oosten. Stan, maak daar een persbericht over, organiseer een persconferentie, maak stampij. Zorg dat de boodschap overkomt.'

'Komt voor elkaar.'

Nu was Galdone aan de beurt. Hij hees zijn massa uit de stoel en zei: 'Als Isabella goed nieuws opleverde, waren we niet zo kwetsbaar.' Hij keek naar Lockwood. 'Kunt u ons zeggen, dr. Lockwood, wanneer er een oplossing komt voor de problemen daar?'

'Binnen een week,' was het antwoord. 'We hebben er iemand op gezet.'

'Een week is lang,' zei Galdone, 'als iemand als Spates op de tamtam slaat en zijn geweren in de olie zet.'

Lockwood vertrok even zijn gezicht bij die idiote beeldspraak. 'Meneer Galdone, ik verzeker u: we doen er alles aan wat we kunnen.'

Galdones reuzelgezicht bewoog, en hij antwoordde: 'Eén week.' Zijn stem klonk traag en vol afkeuring.

Lockwood hoorde een stem bij de deur naar het Oval Office en zijn hart bleef bijna stilstaan toen hij zijn eigen assistent zag binnenkomen. Er moest iets ergs aan de hand zijn: erg genoeg om een bespreking met de president te onderbreken. Met bijna komisch aandoende onderdanigheid kwam ze binnen, gaf Lockwood een papiertje en maakte dat ze weer wegkwam. Met een bang voorgevoel vouwde hij het briefje open.

Hij probeerde te slikken, maar zag daar geen kans toe. Even speelde hij met de gedachte om niets te zeggen, maar hij bedacht zich. Beter nu dan later. 'Meneer de president, ik verneem nu net dat een van de wetenschappers van project Isabella dood is aangetroffen in een ravijn op Red Mesa. Een halfuur geleden is de FBI verwittigd. Er zijn intussen *special agents* onderweg.'

'Dood? Hoe kan dat?'

'Vermoord – een kogel door het hoofd.'

Sprakeloos keek de president hem aan. Lockwood had hem nog nooit zo donkerrood zien blozen. Een griezelige aanblik.

16

Tegen de tijd dat de Navajo Tribal Police arriveerde, had Ford de zon zien ondergaan in een werveling van whiskykleurige wolken. Vier patrouillewagens en een bestelwagen kwamen met zwaailicht het glinsterende asfalt af brullen en remden met gierende banden.

Een Navajorechercheur met een borstkas als een biervat stapte uit de voorste auto. Hij was graatmager, een jaar of zestig, en had grijs gemillimeterd haar. In zijn kielzog volgde een stel agenten van Navajo Nation. Met zijn o-benen in stoffige cowboylaarzen gestoken liep hij, gevolgd door zijn mensen, langs de bandensporen naar de rand van de arroyo en samen begonnen ze de plaats delict af te zetten met politielint.

Hazelius en Wardlaw kwamen aanrijden in een Jeep, parkeerden die langs de weg en stapten uit. Zwijgend keken ze hoe de politie haar werk deed. Na verloop van tijd keek Wardlaw naar Ford en vroeg: 'Doodgeschoten, zei je?'

'Van dichtbij, met het pistool op zijn slaap.'

'Hoe weet je dat?'

'Kruitsporen.'

Met samengeknepen ogen keek Wardlaw hem achterdochtig aan. 'U kijkt zeker vaak naar CSI op tv, meneer Ford? Of is moordonderzoek toevallig een hobby van u?'

De Navajorechercheur was klaar met het afzetten van de plaats delict en kwam nu naar hen toe lopen, een dicteerapparaatje in zijn hand. Hij liep weloverwogen, alsof iedere beweging hem zeer deed. BIA, stond op zijn badge, met als rang inspecteur. Hij droeg een zonnebril met spiegelende glazen waarmee hij er idioot uitzag. Ford kreeg echter het gevoel dat hij allesbehalve dom was.

'Wie heeft het slachtoffer gevonden?' vroeg Bia.

'Ik.'

De bril draaide zijn kant uit. 'En u bent…?'

'Wyman Ford.' Hij hoorde de achterdocht in Bia's stem, alsof de leugens nu al begonnen.

'Hoe kwam het dat u hem vond?'

Ford beschreef hoe hij daar beland was.

'Dus u zag de gieren, u zag de sporen, en u besloot spontaan om bij zevenendertig graden Celsius een halve kilometer door de woestijn te gaan sjouwen om poolshoogte te nemen? Gewoon, zomaar?'

Ford knikte.

'Hmm.' Met gespitste lippen krabbelde Bia een paar aantekeningen. Toen keerde de bril zich naar Hazelius om. 'En u bent…?'

'Gregory North Hazelius, directeur van project Isabella, en dit is onze hoogste inlichtingenman, Wardlaw. Hebt u de leiding over dit onderzoek?'

'Alleen aan Navajozijde. Verder is dit een zaak voor de FBI.'

'De FBI? Wanneer komen die hier aan?'

Bia knikte naar de lucht. 'Nu.'

In het zuidwesten verscheen een helikopter, de zwaaiende wieken steeds luider. Een paar honderd meter verderop bleef hij een tijdje hangen en wierp grote zandwolken op, voordat hij langzaam op de weg landde. Er stapten twee mannen uit. Beiden waren uitgedost met een zonnebril, een open overhemd met korte mouwen, en baseballcaps met FBI op de klep geborduurd. Ondanks hun verschillende huidskleur en lichaamslengte hadden ze tweelingbroers kunnen zijn.

Ze liepen op het groepje af en de langste agent trok zijn badge. '*Special agent*, hoofd van het onderzoek, Dan Greer,' zei hij. 'Kantoor Flagstaff. Dit is special agent Franklin Alvarez.' Hij stak de badge weer in zijn zak en knikte naar Bia. 'Inspecteur.'

Bia knikte terug.

Hazelius deed een stap naar voren. 'En ik ben Gregory North Hazelius, directeur van project Isabella.' Hij schudde Greer de hand. 'Het slachtoffer was een van de wetenschappers in mijn team. Ik wil weten wat hier gebeurd is, en wel nú.'

'Dat krijgt u zeker te horen. Zodra ons onderzoek afgerond is.' Greer wendde zich tot Bia. 'Plaats delict afgezet?'

'Ja.'

'Mooi. Luister: ik verzoek iedereen van project Isabella om terug te keren naar hun basis. Dr. Hazelius, wilt u iedereen verzoeken op een centrale plek bijeen te komen om...' Hij keek van de hemel naar zijn horloge. 'Om zeven uur. Dan kan ik proces-verbaal opmaken.'

'Het spijt me, maar dat zal niet gaan,' zei Hazelius. 'We kunnen niet iedereen tegelijk missen. U zult proces-verbaal moeten opmaken in twee fasen.'

Greer schoof zijn bril omlaag en keek Hazelius strak aan. 'Ik verwacht iedereen om zeven uur vanavond op dezelfde locatie. Begrepen?' Hij sprak overduidelijk, formuleerde ieder woord apart.

Hazelius beantwoordde zijn blik. Zijn gezicht stond vriendelijk. 'Meneer Greer, ik ben verantwoordelijk voor een machine die veertig miljard dollar heeft gekost, hier in deze berg, en we zitten midden in een kritiek wetenschappelijk experiment. Ik weet zeker dat u geen enkele behoefte hebt aan mislukkingen, zeker niet als ik in dat geval aan het ministerie van Energie moet vertellen dat de machine een tijd onbemand is geweest – omdat ú dat wilde. Ik moet vanavond drie man bij Isabella laten. Die kunt u morgenochtend ondervragen.'

Een lange stilte, en daarna knikte Greer even. 'Oké.'

'Om zeven uur zijn wij bij de handelspost,' zei Hazelius. 'Dat oude gebouw – u kunt het niet missen.'

Ford liep terug naar de Jeep en klom achter het stuur. Kate volgde hem. Hij draaide het sleuteltje om en ze reden de weg op.

'Niet te geloven,' zei Kate met trillende stem. Lijkbleek tastte ze in haar zak, haalde er een zakdoek uit en veegde haar ogen af. 'Verschrikkelijk,' zei ze. 'Ik... het is niet te geloven.'

Terwijl de Jeep de weg afreed, ving Ford een laatste glimp op van de twee coyotes die klaar waren met hun maaltijd en nu wat bleven rondhangen in de hoop op een tweede portie.

De Red Mesa was prachtig, dacht hij, maar genadeloos.

Stipt om zeven uur liep inspecteur Joseph Bia achter Greer en Alvarez aan de voormalige Handelspost Nakai Rock binnen. Hij herinnerde zich het gebouw uit zijn kinderjaren, in de dagen van Weindorfer, de hoogbejaarde winkelier. Even voelde hij een steek van heimwee. Voor zijn geestesoog zag hij de oude winkel nog: de meelton, de stapels kachelpijp te koop, de halters en lasso's, de snoeptrommels. Achterin had een stapel vloerkleden gelegen die Weindorfer als betaling accepteerde. Bij de grote droogte van 1954-'55 was de helft van de schapen op de mesa omgekomen, maar pas nadat ze het land hadden kaalgevreten. Op dat moment had Peabody Coal nog twintigduizend ton kolen per dag uit de bodem gepeurd. Met geld van de kolenmaatschappij had de Stamraad iedereen die op de mesa leefde uitgekocht en ondergebracht in woningwetwoningen in Blue Gap, Piñon en Rough Rock. Ook zijn ouders waren in die tijd verhuisd. Dit was voor het eerst sinds vijftig jaar dat Bia terug was. Het zag er volkomen anders uit, maar hij rook de geur van weleer nog: rook, zand en schapenwol.

Negen wetenschappers stonden met gespannen blik te wachten. Ze zagen er volslagen uitgeput uit, en Bia kreeg het gevoel dat er meer aan de hand was dan Volkonsky's dood. Er zat al een hele tijd iets fout. Hij betreurde het dat Greer de zaak had gekregen. Greer was ooit goed geweest, totdat hem overkwam wat alle goede agenten op een dag overkomt: hij was bevorderd tot special agent met de leiding over het onderzoek, en nu verdeed hij het merendeel van zijn tijd met stapels papier overhevelen van A naar B.

'Goeienavond, mensen,' zei Greer. Hij zette zijn zonnebril af en wierp Bia een waarschuwende blik toe dat die de zijne moest afnemen.

Bia hield zijn bril op. Hij hield er niet van als mensen hem zeiden wat hij doen moest. Dat had hij altijd al gehad, en het zat bij hem in de familie. Zelfs zijn naam, Bia, was ontstaan omdat zijn grootvader had geweigerd zijn achternaam op te geven toen hij naar kostschool werd afgevoerd. Dus hadden ze 'BIA' genoteerd: Bureau of Indian Affairs. Een boel andere Navajo hadden hetzelfde gedaan, zodat Bia een veelvoorkomende achternaam was op de Rez. Hij was trots op die naam. De Bia's waren dan misschien geen familie van elkaar, maar ze hadden wel allemaal iets gemeen: ze lieten zich niet graag de wet voorschrijven.

'We werken dit zo snel mogelijk af,' zei Greer. 'Eén tegelijk, op alfabetische volgorde.'

'Bent u al iets verder gekomen?' informeerde Hazelius.

'Iets, inderdaad,' antwoordde Greer.

'Is dr. Volkonsky vermoord?'

Bia wachtte wat Greer zou antwoorden. Niets. Deze vraag hing al vanaf het begin in de lucht, maar eerst moest het bewijsmateriaal worden geanalyseerd. Dan moest er gewacht worden op het rapport van de patholoog-anatoom. En dat alles werd afgehandeld in Flagstaff. Hij betwijfelde of hij meer dan een samenvatting te zien zou krijgen. Hij was alleen meegevraagd omdat een of andere papierschuiver bij de FBI een naam nodig had om in te vullen op een formulier: bewijs dat de indiaanse politiedienst volgens het boekje was betrokken bij het onderzoek.

Bia zei bij zichzelf dat hij sowieso geen belangstelling had voor de zaak. Dit waren niet zijn mensen.

'Melissa Corcoran?' zei Greer.

Er kwam een atletische blonde vrouw overeind, zo te zien eerder een tennisster dan een wetenschapper.

Bia liep achter hen aan de bibliotheek binnen, waar Alvarez een tafel en een stel stoelen had neergezet, en een digitale recorder. Greer en Alvarez stelden de vragen, Bia luisterde en maakte aantekeningen. De verhoren volgden elkaar snel op, en het duurde niet lang voordat er een lijn zichtbaar werd: ze stonden allemaal onder druk, het ging niet goed, Volkonsky was een nerveus type en hij kon hier bijzonder slecht tegen. Hij was aan de drank geraakt en er bestond een vermoeden van zwaardere drugs. Corcoran zei dat hij op een nacht dronken op haar deur had gebonsd omdat hij met haar naar bed wilde. Innes, de teampsycholoog, had het over het isolement en zei dat Volkonsky in een depressie zat en de werkelijkheid niet onder ogen wilde zien omdat hij 'in denial' verkeerde. Wardlaw, de beveiligingsman, zei dat de Rus eigenaardig gedrag had vertoond en dat hij slordig met de beveiliging omging.

Dit was allemaal al bevestigd toen ze Volkonsky's woning hadden doorzocht: lege wodkaflessen, sporen van amfetaminen in een vijzel, asbakken vol peuken, stapels porno-dvd's, en dat alles in een puinhoop van een casita.

De verhalen stemden met elkaar overeen en klonken geloofwaardig, met net genoeg tegenspraak om ongeoefend over te komen. Op de Rez had Bia regelmatig gevallen van zelfmoord gezien, en dit zag er behoorlijk simpel uit, afgezien van een paar kleine dingetjes. Het viel niet mee om jezelf dood te schieten en tegelijkertijd je auto in een ravijn te sturen. Daar stond tegenover, als het moord was geweest had de moordenaar de auto in brand gestoken. Tenzij hij slim was. Maar dat waren de meeste moordenaars niet.

Bia schudde zijn hoofd. Hij zat te denken in plaats van te luisteren. Dat was zijn slechtste eigenschap.

Tegen halfnegen was Greer klaar. Hazelius liep met hen mee naar de deur. Daar bleef Bia, die tot dan toe niets gezegd had, staan. Hij nam zijn zonnebril af en tikte er met zijn duimnagel op. 'Een vraag, dr. Hazelius?'

'Ja?'

'U zei dat Volkonsky en alle anderen onder hoge druk staan. Hoe komt dat?'

Hazelius antwoordde rustig: 'Omdat we een machine van veertig miljard dollar hebben gebouwd en die niet aan de praat krijgen.' Hij glimlachte. 'Is dat een afdoende antwoord op uw vraag, inspecteur?'

'Dank u. O, en nog iets, als u het niet erg vindt?'

'Inspecteur,' zei Greer, 'vindt u niet dat we intussen voldoende informatie hebben?'

Bia vervolgde alsof hij hem niet gehoord had: 'Bent u van plan iemand anders te zoeken om dr. Volkonsky's taken over te nemen?'

Een heel korte stilte, en daarna: 'Nee. Rae Chen en ik nemen het over.'

Bia zette zijn zonnebril weer op en draaide zich om. Deze zaak had iets wat hem niet lekker zat, maar hij had geen idee wat het precies was.

17

Drie uur in de ochtend. Ford opende de deur van zijn casita op een kier en glipte met een rugzak op zijn rug de schaduw in. De hemel stond vol sterren. Een koor van coyotegekef rees in de verte op en stierf weer weg. Het was bijna volle maan en de woestijnlucht op deze hoogvlakte was zo helder dat ieder detail van het landschap verzilverd werd door het schijnsel. Een prachtige nacht, dacht Ford. Jammer dat hij geen tijd had om ervan te genieten.

Hij keek naar de nederzetting. In de andere casita's was alles donker, behalve bij het laatste huisje langs de bocht van de weg: dat van Hazelius. Door de gordijnen van de achterste slaapkamer filterde een gele lichtgloed.

Volkonsky's casita lag een halve kilometer verderop, de andere kant uit.

Ford sprintte door de maanverlichte tuin naar de schaduw van de populieren. Langzaam sloop hij naar Volkonsky's huis, zorgvuldig de plassen maanlicht vermijdend. Daar aangekomen keek hij uitgebreid om zich heen, maar hij zag en hoorde niets.

Hij liep om het huis heen en drukte zich plat tegen de muur in de schaduw bij de achterdeur. Die was verzegeld met politielint. Hij haalde een stel suède handschoenen en een mes uit zijn rugzak. Hij voelde aan de klink, maar de deur zat uiteraard op slot. Even overwoog hij of hij het lint zou verbreken, en hij besloot dat het de moeite waard was.

Hij sneed het lint door, haalde een handdoek uit zijn rugzak, wikkelde die om een steen heen en drukte ermee tegen de ruit tot het glas met een huivering bezweek. Hij plukte de losse scherven weg, stak zijn hand naar binnen, deed de deur van het slot en glipte naar binnen.

De geur van Volkonsky's wanhoop sloeg hem tegemoet: verschaalde rook van tabak en marihuana, goedkope drank, gekookte ui, zurige frituurolie. Hij haalde een led-lantaarn uit zijn rugzak en scheen laag bij de grond om zich heen. De keuken was een puinhoop. Grijsgroene schimmel op een wegwerpbord met gekookte kool en minipaprika's dat daar al dagen gestaan moest hebben. De afvalbak puilde uit van de bierflessen en wodkaminiaturen. Er waren een paar flessen op de tegelvloer gevallen en de scherven waren in de hoek geveegd.

Hij liep naar de woon-/eetkamer, waar het kleed vol zand en vuil lag. De bank zat onder de vlekken. Er viel geen enkele wandversiering te bekennen, afgezien van een paar kindertekeningen die op een deur geplakt waren. Op een ervan was een ruimteschip te zien, de andere stelde de paddenstoelvormige wolk van een atoombom voor. Maar er waren geen foto's van zijn vrouw of kinderen te zien, geen persoonlijke details.

Waarom had Volkonsky de tekeningen niet meegenomen? Waarschijnlijk was hij geen enthousiaste vader. Ford kon zich amper voorstellen dát hij vader was.

In de gang stond de deur naar de slaapkamer open, maar toch rook het er bedompt. Het bed had een groezelige uitstraling, alsof het nooit opgemaakt was, alsof de lakens in al die tijd niet waren verschoond.

Er stond een wasmand waar vuil wasgoed uit puilde. In de kast, die halfvol kleren hing, vond Ford een pak. Hij voelde aan de stof, een mooie kwaliteit wol, bekeek de overige kleding aan de hangers. Volkonsky had een boel kleren meegenomen naar de woestijn, sommige daarvan in de stijl die arme mensen voor chic aanzagen. Waarschijnlijk had hij geen idee gehad wat hem te wachten stond, althans in sociaal opzicht. Maar waarom had hij zijn kleren niet meegenomen bij zijn vertrek?

Ford liep de gang door naar de tweede slaapkamer, die was ingericht als kantoor. De computer was weg, maar de losgekoppelde usb- en Fire-Wire-kabels hingen er nog, samen met een printer, een snelle modem en een Wi-Fi-basiseenheid. Overal in het rond lagen cd-roms. Het zag ernaar uit dat alles in grote haast was doorzocht en dat alles wat niet nodig was op de grond was gesmeten.

Hij opende de bovenste lade van de computertafel en trof nog meer troep aan: lekkende pennen, kaal gekloven potloden, en stapels print-outs in een of andere programmeertaal, het soort dat pas na jaren te analyseren is. In de tweede la trof hij een slordige stapel dossiers aan. Hij nam ze snel door: meer computercode, aantekeningen in het Russisch, software-stroomdiagrammen. Hij tilde de stapel op en daar, op de bodem van de la, lag een gesloten envelop met een postzegel erop, zonder adres en doormidden gescheurd.

Ford pakte de twee helften van de envelop, vouwde ze open en vond geen brief maar een pagina vol hexadecimale code. Met de hand geschreven. De datum boven aan de pagina was afgelopen maandag, de dag waarop Volkonsky was vertrokken. Verder niets.

Ford voelde de ene vraag na de andere opborrelen. Waarom had Volkonsky dit geschreven en vervolgens doormidden gescheurd? Waarom had hij er een postzegel op geplakt maar er geen adres op geschreven? Waarom had hij hem niet meegenomen? Wat betekende die code? En bovenal: waarom was het handgeschreven? Niemand schreef ooit computertaal met de hand. Het duurde een eeuwigheid en de kans op fouten was belachelijk groot.

Maar, bedacht Ford, in een zwaarbeveiligde softwareomgeving als project Isabella kon je niets kopiëren, printen, verplaatsen of e-mailen zonder dat dat ergens werd geregistreerd. Maar als je iets met de hand overschreef, had de computer daar geen weet van. Hij stak de snippers in zijn zak. Wat het ook was, het was iets belangrijks.

Op de veranda bij de achterdeur knerpte heel even iets hards onder een schoenzool.

Ford knipte zijn lantaarn uit en verstijfde. Stilte. En toen, heel vaag, een voetstap op de keukenvloer.

Als hij door de voordeur het huis uit sloop, zou wie het ook was hem zien. Maar dat was ook het geval als hij door de keuken ging.

Weer een fluisterende voetstap. De indringer wist dat hij er was en kwam zijn kant uit, heel behoedzaam, ongetwijfeld in de hoop hem te kunnen overvallen.

Onhoorbaar liep Ford over het tapijt naar het achterraam en stak zijn hand uit. Hij draaide de grendel om en greep de uitzetter, duwde die omhoog. Het ding zat vast.

Hij had nog maar heel even.

Een harde duw, en de uitzetter begaf het. Een halve seconde later sprong de indringer hem op de nek. Ford dook halsoverkop door het raam en scheurde net door de kunststof hordeur heen toen er snel achter elkaar twee schoten werden afgevuurd vanuit een klein handwapen met een demper. Het raam boven zijn hoofd ging aan gruzelementen. Te midden van een schervenregen liet hij zich op de grond vallen.

Meteen stond hij overeind en rende in een zigzag door de schaduwen onder de populieren. Aan de andere kant van het bosje holde hij het open terrein op, in de richting van de vallei. De maan was zo helder dat hij zijn schaduw naast zich zag meehollen.

Met een jankend geluid gonsden de kogels rond zijn oren. Dat moest Wardlaw zijn – niemand anders kon een demper hebben of zou zó goed schieten.

Ford rende naar de donkere omtrekken van Nakai Rock, maakte achter de rots een bocht naar links en rende het pad op naar de bovenrand van de lage richel. Weer gonsde er een ronde links langs hem heen. Hij verliet het pad en krabbelde tussen de rotsblokken door omhoog, gebukt rennend. Even later kwam hij boven aan, met trillende spieren van de inspanning, en bleef een ogenblik staan om achterom te kijken. Hij ving een glimp op van een donkere gestalte die tweehonderd meter lager tussen de rotsen door achter hem aan kwam rennen.

Ford sprintte langs een rotsrichel zonder enige begroeiing, zonder enige dekking, maar waar hij tenminste geen voetsporen kon achterlaten. Voor zich uit zag hij een stel smalle greppels die in grillige lijnen naar de rand van de mesa liepen. Even later had hij de eerste bereikt. Hij sprong erin en rende over de droge beekbedding tot die een scherpe bocht maakte, niet ver van de rand van de hoogvlakte. Hij drukte zich plat tegen een uitstekende rotspunt en keek achterom. Zijn achtervolger was bij de rand blijven staan en scheen nu met een lantaarn op het zand.

Het was Wardlaw: geen twijfel mogelijk.

De beveiligingsman kwam overeind en liet de lichtbundel door de greppel schijnen, klom omlaag en kwam met getrokken revolver Fords kant uit.

Haastig klom Ford via de onzichtbare flank van de greppel omhoog. Zodra hij boven aankwam en heel even zichtbaar was, floten er snel achter elkaar nog twee kogels op hem af, waarvan een in een regen van splinters insloeg in de rots vlak bij hem.

Ford rende over een open zandvlakte in de hoop de overkant te bereiken voordat Wardlaw de bovenrand van de arroyo bereikte. Hij liep zo hard dat zijn longen aanvoelde of iemand er een mes in stak. Niet ver van het eind van de zandvlakte maakte hij een haakse bocht in de richting van een stuk naakte, uitgeholde rots. Het was een angstaanjagend open terrein, maar daarachter lag een massa grillig gevormde stalagmieten die hem dekking konden geven en misschien zelfs ontsnapping mogelijk zouden maken. Hij sprong de laatste zandduin af en rende de open vlakte op, even uit het zicht van Wardlaw.

Plotseling zag hij een kans om zich in veiligheid te brengen, en die greep hij met beide handen aan. Halverwege de zandvlakte was een uitholling in de bodem, met daarin een plas maanschaduw die net diep genoeg was om zich in te verbergen. Snel liet hij zich erin vallen en drukte zich plat tegen de grond. Het was geen briljante schuilplaats: Wardlaw hoefde alleen maar zijn lantaarn de juiste kant uit te richten. Maar dat zou hij niet doen, want hij zou ervan uitgaan dat Ford op weg was naar de uitstekende dekking van de staande rotsen een eindje verderop.

Er verstreken enkele minuten, en toen hoorde hij Wardlaw, met gierende ademhaling, voorbijrennen.

Hij telde tot zestig en keek toen voorzichtig boven de schaduwrand uit. In de verte, tussen de rotsblokken, zag hij Wardlaws Maglite rondschijnen terwijl hij steeds dieper in het rotslabyrint op zoek was.

Ford sprong overeind en rende terug naar Nakai Valley.

Na een ingewikkeld traject naar huis sloop Ford om zijn casita heen. Hij controleerde of Wardlaw niet ergens op de uitkijk stond en glipte via de achterdeur naar binnen. De maan was ondergegaan en in het oosten begon de hemel te kleuren: de zon kwam op.

Hij ging naar zijn slaapkamer in de hoop nog heel even te kunnen slapen voor het ontbijt. Verbijsterd staarde hij naar zijn bed.

Op het kussen lag een envelop. Hij pakte hem beet en haalde er een briefje uit. *Jammer dat ik je gemist heb*, stond er in grote, sierlijke letters, met als ondertekening: *Melissa*.

Ford liet het papiertje op het kussen dwarrelen en bedacht wrang dat nu pas duidelijk begon te worden hoe omvangrijk de gevaren van deze opdracht waren.

18

Een uur later arriveerde Ford voor het ontbijt, en snoof de opwekkende geuren op van koffie, gebakken spek en havermoutkoekjes. Hij bleef in de deuropening staan. De groep was niet voltallig; een aantal teamleden zat in de Bunker, en anderen werden in de recreatieruimte door de FBI ondervraagd. Hazelius zat als gebruikelijk aan het hoofd van de tafel.

Ford haalde diep adem en liep de zaal binnen. Als de wetenschappers er voorheen al uitgemergeld uitgezien hadden, dan leken ze nu wel zombies. Zwijgend zaten ze te eten, hun roodomrande blik op een punt in de verte gericht. Met name Hazelius zag er belabberd uit.

Ford schonk zichzelf een beker koffie in. Toen Wardlaw even later binnenkwam, nam Ford hem vanuit zijn ooghoeken op. In tegenstelling tot de anderen leek Wardlaw uitgerust, onverstoorbaar en ongebruikelijk vriendelijk. Naar links en rechts knikkend ging hij op weg naar zijn plek.

Kate liep heen en weer vanuit de keuken en zette grote schalen met eten neer. Ford probeerde niet naar haar te kijken. Rondom hem werd een stel ongeïnteresseerde gesprekken gevoerd over onbelangrijke zaken. Niemand wilde het over Volkonsky hebben. Alles, behalve Volkonsky.

Corcoran kwam naast hem zitten. Hij voelde haar blik en draaide zich om: er lag een sluwe glimlach op haar gezicht. Ze leunde naar hem over en fluisterde: 'Waar was jij vannacht?'

'Aan het wandelen.'

'Ja, ja.' Met één wenkbrauw opgetrokken keek ze naar Kate.

Ze denkt dat ik met Kate slaap.

Corcoran wendde zich tot de groep en zei: 'We hebben het nieuws gehaald. Hebben jullie dat al gehoord?'

Iedereen hield op met eten.

'Niemand?' Triomfantelijk keek Corcoran om zich heen. 'Maar het is niet wat jullie denken. Er was niets over Peter Volkonsky – althans, nóg niet.'

Weer keek ze de groep rond; ze genoot zichtbaar van de belangstelling. 'Dit is iets anders. Heel raar. Je weet wel die televisiedominee, Spates, die ergens in Virginia die enorme kerktoestand heeft? Er staat vanochtend een stuk over hem en ons in de online *Times*.'

'Spates?' Innes leunde over de tafel heen naar haar over. 'Die dominee die was betrapt met die prostituees? Wat kan die nou met ons te maken hebben?'

Haar glimlach werd breder. 'Zijn hele preek afgelopen zondag ging over ons.'

'Ik kan me niet voorstellen waarom,' zei Innes.

'Volgens hem zijn wij een stel goddeloze wetenschappers die het bijbelboek Genesis willen ontzenuwen. De hele preek staat als podcast op zijn website. "Ik groet u in de naam van onze Heer en Verlosser Jezus Christus,"' galmde ze plechtstatig, in een bijna perfecte imitatie van zijn zuidelijke spraakje. Ook nu gaf ze blijk van een indrukwekkend talent voor imitatie.

'Dat kán toch niet waar zijn,' zei Innes.

Onder tafel stootte ze Ford met haar knie aan. 'Had jij dat niet gehoord?'

'Nee.'

'Wie heeft er nou tijd om het nieuws te volgen?' zei Thibodeaux, met harde en geïrriteerde stem. 'Ik krijg mijn werk toch al niet af.'

'Ik snap er niks van,' zei Dolby. 'Hoe doen wij dat dan, het boek Genesis ontzenuwen?'

'We doen onderzoek naar de oerknal, en dat is een humanistische theorie die zegt dat het heelal is geschapen zonder de helpende hand van God. We maken deel uit van een strijd tegen het geloof. We zijn Jezushaters.'

Vol afkeer schudde Dolby zijn hoofd.

'Volgens de *Times* heeft die preek heel wat stof doen opwaaien. Er is een stel Congresleden uit het zuiden die een onderzoek willen instellen; ze dreigen de geldkraan dicht te draaien.'

Innes keek naar Hazelius. 'Wist jij dat, Gregory?'

Hazelius knikte vermoeid.

'Wat gaan we daaraan doen?'

Hazelius zette zijn koffiebeker neer en veegde zijn ogen af. 'Volgens de Stanford-Binetcurve valt zeventig procent van de mensheid binnen het gemiddelde IQ of daaronder. Met andere woorden, meer dan twee derde van de mensheid is gemiddeld, en dat is op zich al stom genoeg, of het zijn klinisch gesproken idioten.'

'Ik geloof niet dat ik je helemaal volg,' zei Innes.

'Ik bedoel alleen maar, zo zit de wereld nu eenmaal in elkaar, George. Daar zul je mee moeten leven.'

'Maar we moeten toch zeker een verklaring uitgeven waarin we de beschuldiging tegenspreken?' wilde Innes weten. 'Wat mij betreft is de oerknal prima te verenigen met het geloof in God. Het een hoeft het ander niet uit te sluiten.'

Edelstein verhief zijn blik van zijn boek. Zijn ogen glinsterden plotseling van plezier. 'Als je dat echt denkt, George, dan begrijp je niets van God én niets van de oerknal.'

'Wacht even, Alan,' onderbrak Ken Dolby hem. 'Je kunt een volslagen materialistische theorie hebben, bijvoorbeeld de oerknal, en gewoon geloven dat God daarachter zat.'

Edelsteins donkere ogen keerden zich naar Dolby. 'Als de theorie alle punten verklaart, zoals een goede theorie moet doen, dan is God overbodig. Een toeschouwer, meer niet. Over wat voor nutteloze God hebben we het dan?'

'Alan, waarom zeg je niet gewoon wat je er écht van vindt?' merkte Dolby sarcastisch op.

Innes zei luid en op professionele toon: 'De wereld is denk ik echt wel groot genoeg voor God én de wetenschap.'

Corcoran rolde met haar ogen.

'Ik zou bezwaar maken tegen iedere verklaring namens project Isabella waarin de naam van God wordt genoemd,' zei Edelstein.

'Genoeg gepraat,' zei Hazelius. 'Er komt geen verklaring. Daar houden de politici zich maar mee bezig.'

De deur naar de recreatieruimte ging open en er kwamen drie wetenschappers binnen, gevolgd door special agents Greer en Alvarez en inspecteur Bia. Het werd stil in de eetzaal.

'Ik wilde u bedanken voor uw medewerking,' zei Greer stijfjes, met zijn klembord in de hand, tegen de groep. 'U hebt mijn nummer. Als u iets nodig hebt of als u nog iets bedenkt waar wij wat aan kunnen hebben, belt u me dan alstublieft.'

'Wanneer weet u meer?' vroeg Hazelius.

'Twee of drie dagen.'

Het bleef even stil. Toen vroeg Hazelius: 'Mag ik een paar vragen stellen?'

Greer wachtte.

'Is het wapen in de auto gevonden?'

Greer aarzelde even voordat hij 'ja' zei.

'Waar?'

'Op de grond, aan de bestuurderskant.'

'Als ik het goed begrijp is dr. Volkonsky van dichtbij in de rechterslaap geschoten terwijl hij achter het stuur zat. Klopt dat?'

'Dat klopt.'

'Stonden er raampjes open?'

'Alles zat potdicht.'

'En de airconditioning stond aan?'

'Ja.'

'Portieren op slot?'

'Inderdaad.'

'Sleuteltje in het contact?'

'Ja.'

'En zaten er kruitresten op dr. Volkonsky's rechterhand?'

Stilte. 'De uitslag is nog niet binnen,' zei Greer.

Ford zag waar Hazelius heen wilde met zijn vragen, en het was duidelijk dat Greer dat ook begreep. Toen de agenten de eetzaal uit liepen, werd de maaltijd in gespannen stilte hervat. Het onuitgesproken woord 'zelfmoord' leek in de lucht te hangen.

Tegen het eind van het ontbijt stond Hazelius op. 'Een paar korte woorden.' Zijn vermoeide blik gleed langs de aanwezigen. 'Ik weet dat jullie allemaal diep geschokt zijn, net als ik.'

De mensen gingen ongemakkelijk verzitten. Ford keek naar Kate. Zij leek meer dan geschokt – zo te zien was ze er kapot van.

'De problemen met Isabella troffen Peter het zwaarst, om redenen die we allen kennen. Hij moest een bovenmenselijke inspanning leveren om Isabella's softwareproblemen te verhelpen. Ik denk dat het hem gewoon te veel geworden is. Ik zou graag een paar dichtregels citeren als aandenken aan Peter. Ze zijn uit een gedicht van Keats, over dat transcendente moment van ontdekking.'

Uit zijn hoofd citeerde hij:

Toen voelde ik me als een hemelkijker
die plotseling een nieuwe ster ontwaart;
of als Cortez, de zeeheld met zijn mannen
die ooit in 't verre Panama een berg beklom
en daar tot zijn verbijstering
de Stille Oceaan zag liggen, die hem tegenglom.

Hazelius zweeg en keek op. 'Ik heb het al eerder gezegd: iedere waardevolle ontdekking vergt inspanning. Iedere ontdekkingsreis naar het onbekende is gevaarlijk, fysiek en mentaal. Denk aan Magelhaens reis rond de wereld, of kapitein Cooks ontdekking van Antarctica. Kijk naar het Apolloprogramma of naar het ruimteveer. Gisteren hebben wij een man verloren aan de harde eisen van onze ontdekkingsreis. En hoe het onderzoek ook uitpakt, en volgens mij kunnen de meesten wel gokken wat de conclusie zal zijn, voor mij is en blijft Peter een held.'

Hij zweeg weer; zijn stem was verstikt door emotie. Even later schraapte hij zijn keel en vervolgde: 'Morgenochtend om twaalf uur starten we Isabella weer op. Iedereen weet wat hem of haar te doen staat. Diegenen die op dat moment niet in de berg zitten komen hier, in de recreatieruimte, om halftwaalf samen zodat we er als groep heen kunnen. De Bunkerdeuren gaan om kwart voor twaalf op slot. Ditmaal, dames en heren, zullen wij als de dappere Cortez de Stille Oceaan aanschouwen. Dat zweer ik u.'

Er klonk een soort overtuiging in zijn stem door waardoor Ford geraakt werd: de overtuiging van degenen met een waar geloof.

19

Diezelfde ochtend liet dominee D.T. Spates zich in zijn bureaustoel zakken, trok aan een hendeltje om de onderrugsteun bij te stellen en rommelde met de andere knoppen om de stoel precies goed in te stellen. Hij voelde zich goed. Project Isabella bleek een gloeiend heet onderwerp te zijn. En het was van hém: niemand anders kon eraan komen. Het geld stroomde met bakken tegelijk binnen en de telefooncentrales waren overwerkt. De vraag was nu hoe hij het onderwerp aanstaande vrijdagavond kon promoten. In een preek kon je op iemands emotie werken, maar bij *Roundtable America*, een confessionele talkshow, moest je het meer op de redelijkheid gooien. Het was een serieus programma. En daarvoor had hij harde feiten nodig. Maar daarvan had hij er maar weinig, afgezien van wat hij had gelezen op Isabella's website. Hij had de gasten die hij weken geleden had geboekt al afgezegd en had een nieuwe spreker gevonden, een natuurkundige die over het project kon discussiëren. Maar toch ontbrak er iets. Hij moest met een verrassing komen.

Zijn assistent, Charles, kwam binnen met de ochtenddossiers. 'De e-mails die u wilde zien, dominee. Boodschappen. Agenda.' Rustig en efficiënt legde hij de mappen naast elkaar neer.

'Waar is mijn koffie?'

Zijn secretaresse kwam binnen. 'Goedemorgen, dominee!' zei ze opgewekt. Haar in de lak gezette, getoupeerde kapsel deinde en glinsterde in de ochtendzon. Ze zette een dienblad voor hem neer: een zilveren koffiepot, een kop-en-schotel, suiker en melk, een Mrs. Fields macadamiakoek en een vers gestreken krant, de *Virginia Beach Daily Express*.

'Doe je dadelijk de deur achter je dicht?'

In de gezegende stilte die daarop volgde, schonk Spates zich een kop koffie in, leunde achterover in zijn stoel, bracht de kop naar zijn lippen en nam die eerste bittere, genotvolle slok. Hij liet het brouwsel door zijn mond rollen, slikte, ademde uit en zette de kop neer. Toen pakte hij de map met e-mails. Iedere dag namen Charles en drie assistenten de duizenden binnengestroomde e-mails door en selecteerden de berichten van mensen die een schenking hadden gedaan of daartoe bereid leken, op 'Duizend Zegeningen'-niveau. Ook pikten ze er de mails uit van politici en directeuren die beschaving nodig hadden. Dit was het resultaat, en deze mails moesten persoonlijk beantwoord worden: meestal een bedankje of een verzoek om een bijdrage.

Spates plukte de eerste e-mail van de stapel, las hem snel door, krabbelde een reactie, legde hem weg, pakte de tweede en werkte zo de hele stapel door.

Na een kwartier kwam hij een bericht tegen waarop Charles een Post-it had geplakt: ZIET ER INTERESSANT UIT.

Hij nam een hapje van zijn koek en las:

Geachte dominee Spates,
Ik groet u in Christus. Mijn naam is pastor Russ Eddy, vanuit de Verzameld in Uw Naam Missie in Blue Gap, Arizona. Ik zit hier sinds 1999, sinds de oprichting van mijn missie, om de Blijde Boodschap te brengen aan Navajoland. Het is hier een kleine missie: ik ben de enige.
Uw preek over Isabella trof een gevoelige snaar, dominee. Ik zal u zeggen waarom. Isabella is onze buurvrouw – ze zit hier pal boven me op Red Mesa, ik zie haar vanuit mijn raam terwijl ik aan u zit te typen. Mijn gelovigen klagen steen en been. Er gaan heel wat lelijke geruchten. En dan bedoel ik dus écht lelijk. De mensen zijn bang; ze zijn bang voor wat daarboven gaande is.
Ik zal niet meer van uw tijd in beslag nemen, dominee – dit is niet meer dan een woord van dank dat u de Goede Strijd aanbindt en dat u christenen waar dan ook waarschuwt over die helse machine hier in de woestijn. Ga zo door.

De uwe in Christus,
Pastor Russ Eddy
Verzameld in Uw Naam Missie
Blue Gap, Arizona

Spates las de e-mail, en las hem nogmaals. Hij dronk zijn koffiekop leeg, zette hem op het dienblad, drukte zijn duim op het laatste kruimeltje van zijn koek en likte hem af. In gedachten verzonken leunde hij achterover. Kwart over zeven in Arizona. Een plattelandsdominee stond waarschijnlijk vroeg op, nietwaar?

Hij pakte de hoorn en toetste het telefoonnummer aan het eind van de e-mail in. De telefoon ging een paar maal over voordat een hoge stem opnam.

'Met pastor Russ.'

'Ah, pastor Russ! U spreekt hier met dominee Don T. Spates van

God's Prime Time Ministry, Virginia Beach. Hoe maakt u het, dominee?'

'Prima, dank u.' De stem klonk ongelovig, achterdochtig zelfs. 'Wie zei u dat u was?'

'Dominee Don T. Spates! Van *God's Prime Time*!'

'O! Dominee Spates! Wat een verrassing. U hebt mijn e-mail zeker gekregen?'

'Nou en of. Bijzónder interessant.'

'Dank u, dominee.'

'Zeg maar Don. Volgens mij kon het feit dat u zo dicht op die machine zit, het feit dat u toegang hebt tot dit wetenschappelijke experiment, wel eens een godsgeschenk zijn.'

'Hoezo?'

'Ik heb iemand nodig die mij van informatie kan voorzien, een bron van inlichtingen ter plekke. Misschien heeft God u voorbestemd om die bron te zijn. Niet voor niets heeft Hij u aangezet om die e-mail te schrijven. Waar of niet?'

'Jazeker, dominee. Ik bedoel nee, dat was niet voor niets. Ik luister iedere week naar uw preek. We kunnen hier geen tv ontvangen, maar ik heb een snelle satelliet-internetverbinding en ik luister iedere week naar de webcast.'

'Dat doet me genoegen, Russ. Goed om te weten dat onze webcast de mensen bereikt. Maar vertel eens, Russ, in je e-mail had je het over geruchten. Wat voor geruchten heb jij opgevangen?'

'Allerhande. Experimenten met straling, explosies, kinderporno. Ze zeggen dat er daar monsters worden gekloond. Dat de overheid bezig is een nieuw wapen te testen waarmee de hele wereld kan worden vernietigd.'

In Spates' onderbuik ontstond een bal van teleurstelling. Die zogenaamde pastor klonk geschift. Geen wonder, als je daar in de woestijn woonde met een stel indianen.

'Verder nog iets... iets concreters?'

'Gisteren is er een moord gepleegd. Een van de wetenschappers is gevonden met een kogel in zijn hoofd.'

'O ja?' Dit leek er meer op. Loof de Heer. 'Hoe weet jij dat?'

'Nou, in dit soort plattelandsgemeenschappen wordt nogal gepraat. De hele mesa wemelde van de FBI-agenten.'

'Heb je die zelf gezien?'

'Jazeker. De FBI komt alleen naar de Rez als er een moord gepleegd is. Voor de rest wordt alle misdaad afgehandeld door de Stampolitie.'

Spates' ruggengraat begon te tintelen.

'Iemand van mijn gemeente heeft een broer bij de Stampolitie. Het jongste gerucht is dat het kennelijk zelfmoord was. Maar dat is allemaal supergeheim.'

'Hoe heette die dode wetenschapper?'

'Geen idee.'

'Weet je zeker dat het een van de wetenschappers was, Russ, en niet iemand anders?'

'Jazeker, want als het een Navajo was geweest dan had ik dat geweten. Dit is een hechte samenleving.'

'Ben jij al wetenschappers van het team tegen het lijf gelopen?'

'Nee. Die zijn nogal op zichzelf.'

'Kun jij iets verzinnen om contact te maken?'

'Ik neem aan van wel. Ik kan gewoon langsgaan, me voorstellen als de plaatselijke pastor. Een kennismakingsbezoekje.'

'Russ, dat is een uitstekend idee! Ik wil graag meer weten over die vent die Isabella runt, ene Hazelius. Heb jij die naam wel eens horen vallen?'

'Klinkt bekend.'

'Die heeft ooit beweerd dat hij de slimste man op aarde is. Hij zei dat iedereen beneden hem stond, dat wij een stel domkoppen zijn. Weet je dat nog?'

'Volgens mij wel, ja.'

'Dat is nogal wat, vind je ook niet? En dan met name van iemand die niet in God gelooft.'

'Verbaast me niks, dominee. We leven in een wereld waarin het kwaad hoogtij viert.'

'Zeg dat wel, vriend. Nou, kan ik op je rekenen?'

'Ja, dominee, dat kunt u.'

'Nog één ding, en dat is belangrijk: ik moet de informatie binnen twee dagen hebben, zodat ik het nieuws vrijdag kan gebruiken in *Roundtable America*. Luister je daar wel eens naar?'

'Sinds die webcast er is, heb ik geen week overgeslagen.'

'Vrijdag heb ik een natuurkundige bij me, iemand met een christelijke zienswijze, die ons meer komt vertellen over project Isabella. Ik móet meer informatie in handen krijgen, niet dat gebruikelijke pr-spul. Het echte werk, daar heb ik het over. Zoals die dode – wat is daar gebeurd? Praat eens met die Navajoagent waar je het over had. Begrijp je, Russ?'

'Zeker weten. Ja, dat regel ik, dominee.'

Spates legde de hoorn weer op de haak en tuurde peinzend uit het raam. Alles was op zijn plek aan het vallen. Gods macht kende geen grenzen.

20

Toen Ford terugkwam van het ontbijt, wilde hij net zijn casita binnengaan toen Wardlaw tevoorschijn kwam en hem de weg versperde.

Zoiets had Ford al verwacht.

'Kunnen we even praten?' zei Wardlaw, zijn stem gemaakt vriendelijk. Hij had een stuk kauwgum tussen zijn malende kaken en de spieren boven zijn oren bolden met regelmatige tussenpozen op.

Ford wachtte. Dit was niet het geschikte moment voor een confrontatie, maar als Wardlaw erop stond, zou Ford hem niet tegenhouden.

'Ik weet niet wat voor spelletje jij speelt, Ford, of wie je werkelijk bent. Ik neem aan dat je een of andere half officiële functie hebt. Dat voelde ik meteen al.'

Ford wachtte.

Wardlaw kwam zo dichtbij staan dat Ford zijn aftershave kon ruiken. 'Mijn taak is Isabella te beschermen, desnoods tegen jou. Ik neem aan dat je hier undercover zit omdat een of andere pennenlikker in Washington zich in wil dekken. Dat biedt jou weinig bescherming, nietwaar?'

Ford hield zijn mond. Hij zou Wardlaw gewoon laten uitrazen.

'Ik zal het tegen niemand hebben over jouw uitstapje van gisteravond. Dat ga jij natuurlijk wel aan je circusbaas melden. Mocht het ter sprake komen dan weet je wat mijn verdediging zal zijn. Jij was de indringer en mijn opdracht is raak te schieten. O, en mocht je denken dat Greer wat zal krijgen van die gebroken ruit en die kapotte hor: die zijn intussen gefikst. Dit blijft tussen jou en mij.'

Ford was onder de indruk. Wardlaw had hier werkelijk over nagedacht. Hij was blij dat de beveiligingsman geen domkop was. Hij had het altijd eenvoudiger gevonden om te maken te hebben met een intelligente tegenstander. Domme mensen waren onvoorspelbaar. 'Ben je dan nu klaar met je preekje?' vroeg hij.

In Wardlaws dikke hals klopte de slagader. 'Kijk jij maar uit, smeris.' Hij deed een stap opzij, een kleintje, zodat Ford erlangs kon.

Ford deed een stap naar voren en bleef staan. Hij stond zo dicht bij Wardlaw dat hij hem een knietje had kunnen geven. Hij keek hem aan, hun gezichten slechts centimeters van elkaar af, en zei vriendelijk: 'Weet jij wat nou zo gek is? Ik heb geen idee waar je het over hebt.'

Even speelde er iets van twijfel over Wardlaws gezicht terwijl Ford verder liep.

Ford ging het huis in en sloeg met een klap de deur achter zich dicht. Wardlaw wist dus niet voor honderd procent zeker of Ford degene was die hij achtervolgd had. Die onzekerheid zou hem trager en voorzichtiger maken. Fords dekmantel vertoonde een scheur maar was niet aan flarden.

Toen hij zeker wist dat Wardlaw weg was, liet hij zich boos en gefrustreerd op de bank vallen. Hij zat hier nu bijna vier dagen, maar hij wist amper meer dan toen hij bij Lockwood op kantoor had gezeten.

Hij vroeg zich af waarom hij ooit gedacht had dat dit een eenvoudige klus zou worden.

Het was tijd om de volgende stap te zetten, de stap die hij had willen vermijden sinds het moment dat Lockwood hem Kates dossier had laten lezen.

Een uur later trof Ford Kate aan in de schuur, bezig de paarden te voeren en te drenken. Hij bleef in de deuropening staan en volgde haar met zijn ogen terwijl zij emmers vulde met haver, een baal alfalfa aansneed en in iedere box een paar plakken gooide. Hij keek naar haar bewegingen, haar lichaam slank en soepel, terwijl ze ondanks haar zichtbare vermoeidheid de triviale taken zeker en gracieus uitvoerde.

Vanuit de schuur filterde zachte popmuziek naar buiten.

Ze gooide de laatste plak in een box en draaide zich om; ze had hem niet eerder gezien. 'Wou je er weer op uit?' vroeg ze met matte stem.

Hij stapte de koele schaduw in. 'Hoe is het, Kate?'

Ze zette haar handen, met handschoenen aan, op haar heupen. 'Niet best.'

'Ik vind het heel erg van Peter.'

'Ja.'

'Kan ik je ergens mee helpen?''

'Het is klaar.'

Op de achtergrond speelde de muziek zachtjes verder. Plotseling wist hij wat het was. 'Blondie?'

'Ik draai vaak muziek als ik met de paarden bezig ben. Daar houden ze van.'

'Weet je nog...' begon hij.

Ze onderbrak hem. 'Ja.'

Zwijgend keken ze elkaar aan. Op MIT begon zij de dag in het elektronicalab strijk-en-zet door keihard 'Atomic' over Killian Court te laten schallen. Tegen de tijd dat hij aankwam, danste ze dan door de zaal, met een koptelefoon op en een koffiemok in haar hand, zonder zich ergens een bal van aan te trekken. Ze was dol op spektakel: zoals die keer dat ze een halve liter benzine in Murphy Memorial Fountain had gegoten en in brand gestoken. Plotseling voelde hij een steek van weemoed bij de herinnering, de gedachte aan vervlogen tijden. Wat was ze naïef geweest, wat had ze een dromen gekoesterd, vol overtuiging dat het hele leven één groot festijn zou worden. Maar uiteindelijk kreeg iedereen het voor zijn kiezen, en zij in het bijzonder.

Hij schudde de herinneringen van zich af en concentreerde zich op de missie. Met Kate was de beste manier altijd de directe benadering. Ze had een pesthekel aan mensen die om de hete brij heen draaiden. Ford slikte. Zou hij zichzelf ooit vergeven voor wat hij nu ging doen?

Plompverloren stelde hij de vraag: 'Oké, wat houden jullie allemaal samen verborgen?'

Ze keek hem recht aan. Geen geveinsde verbazing, geen protest, geen vertoon van onschuld.

'Gaat je niks aan.'

'Gaat mij wel aan. Ik hoor ook bij het team.'

'Dan vraag je het maar aan Gregory.'

'Ik weet dat jij eerlijk antwoord geeft. Hazelius... ik weet niet wat ik van hem denken moet.'

Haar trekken verzachtten zich. 'Geloof me, Wyman. Dit wil je niet weten.'

'Ik wil het wél weten. Ik móét het weten. Dat is mijn werk. Dit is niets voor jou, Kate, die geheimschrijverij.'

'Waarom denk jij dat we iets geheim houden?'

'Vanaf het moment dat ik hier aankwam heb ik het gevoel dat jullie iets verborgen houden. Volkonsky maakte er een toespeling op. En jij ook. Er is iets serieus mis met Isabella, nietwaar?'

Kate schudde haar hoofd. 'God, Wyman, jij blijft ook altijd dezelfde. Altijd die verdomde nieuwsgierigheid van jou.' Ze keek omlaag naar haar shirt, plukte een strohalmpje van haar schouder en fronste haar voorhoofd.

Weer een lange stilte. Toen richtte ze haar intelligente, bruine ogen op hem. Hij zag dat ze een beslissing genomen had. 'Ja. Er is inderdaad iets mis met Isabella. Maar niet wat jij misschien denkt. Niet interessant. Gewoon een stommiteit. Niets te maken met jou of met jouw werk hier. Ik wil alleen niet dat jij het weet omdat... nou, omdat je dan in de problemen kunt komen.'

Ford zei niets. Hij wachtte.

Kate lachte even, bitter. 'Oké dan. Je hebt het zelf gewild. Maar je moet geen enorme onthullingen verwachten.'

Hij voelde een afgrijselijke steek van schuldbewust zijn door zich heen varen. Hij duwde die emotie weg; daar kon hij later altijd nog op terugkomen.

'Als je dit hoort, zul je begrijpen waarom we het geheim wilden houden.' Ze keek hem strak aan. 'Iemand is Isabella aan het saboteren. Een hacker, en hij zet ons voor schut.'

'Hoezo?'

'Er heeft iemand een stuk malware in de supercomputer geplant. Dat is gevaarlijke software, een soort virtuele bom die afgaat net op het moment dat Isabella bijna op honderd procent vermogen zit. Eerst verschijnt er een bizar beeld op de Visualizer, dat is ons visualisatiescherm, en dan blijft de supercomputer hangen met een of andere stompzinnige foutmelding. Verschrikkelijk frustrerend en trouwens ook levensgevaarlijk. Met dit soort energieniveaus gaan we en masse de lucht in als de stralenbundels ook maar eventjes afbuigen of ontsporen. Erger nog, een plotselinge schommeling in het energieniveau kan gevaarlijke deeltjes opleveren, of een miniatuur zwart gat. Het is de Mona Lisa van de hackersprestaties, een waar meesterstuk, het werk van een onvoorstelbaar knappe programmeur. En we kunnen het nergens vinden.'

'Wat is het bericht?'

'Iets in de trant van GEGROET of HALLO, IS DAAR IEMAND?'

'Zoiets als vroeger: HALLO, WERELD.'

'Precies. Een *inside joke*.'

'En wat dan?'

'Dan niets.'

'Verder zegt hij niets?'

'Hij heeft geen tijd om verder nog iets te zeggen. Als de computer is gecrasht, moeten we noodgedwongen het hele systeem afsluiten.'

'En je hebt er nog nooit mee gepraat? Om hem uit te horen?'

'Meen je dat nou? Terwijl er een machine van veertig miljard dollar op het punt staat de lucht in te gaan? Hoe dan ook, dat zou niets helpen: dan zou hij alleen maar nog meer onzin uitkramen. En als de supercomputer eenmaal gecrasht is, gedraagt Isabella zich als een auto bij nacht op nat wegdek met de koplampen uit en een snelheid van honderdvijftig kilometer per uur. We zouden wel gek zijn als we daar gezellig mee bleven zitten kletsen.'

'En dat beeld dat je te zien krijgt?'

'Iets heel bizars. Moeilijk te omschrijven: iets heel spectaculairs, diep en wazig als een geest. Degene die hierachter zit, moet een echte artiest zijn.'

'En je kunt die malware niet vinden?'

'Nee. Het is verduiveld slim gedaan. Het programma lijkt zelf door het systeem te reizen en zijn eigen sporen uit te wissen, zodat het nooit ontdekt kan worden.'

'Maar waarom melden jullie dat dan niet in Washington, zodat er een team van specialisten kan komen om de zaak op te lossen?'

Ze bleef even stil. 'Daar is het intussen te laat voor. Als uitkwam dat we in de ellende zitten door een hacker, dan komt er een razend schandaal. Project Isabella is met de hakken over de sloot door het Congres gekomen. Dit zou het einde betekenen.'

'Waarom hebben jullie het dan niet meteen gemeld? Waarom wordt het verzwegen?'

'Dat wilden we ook!' Ze veegde haar haar uit haar gezicht. 'Maar toen besloten we dat we de malware beter konden wissen voordat we het probleem meldden, zodat we tenminste konden zeggen dat we het zelf al opgelost hadden. Dat duurde een hele dag, en nog een, en nog een, en nog steeds hadden we die malware niet gevonden. Een week, tien dagen... en toen beseften we plotseling dat we te lang gewacht hadden. Als we het nu melden, zou iedereen zeggen dat we het hadden willen stilhouden.'

'Dat was een blunder.'

'Zeg dat wel. Ik weet niet goed hoe dit heeft kunnen gebeuren... We waren gewoon gek van de stress en het duurt achtenveertig uur voordat één run af is, één cyclus voltooid...' Ze schudde haar hoofd.

'Enig idee wie erachter kan zitten?'

'Volgens Gregory moet het een groep bijzonder slimme hackers zijn, die weloverwogen criminele sabotage van plan zijn. Maar er is altijd de onuitgesproken angst... dat de hacker een van ons is.' Ze zweeg en bleef lichtelijk buiten adem staan nadenken. 'Dus zo liggen de zaken momenteel, Wyman.'

Ergens in de schaduw hinnikte een paard zachtjes.

'Dus daarom denkt Hazelius dat Volkonsky's dood zelfmoord was,' merkte Ford op.

'Natuurlijk was dat zelfmoord. Als softwareman voelde hij de vernedering extra zwaar: slachtoffer worden van een hacker. Arme Peter. Hij was zo broos, in emotioneel opzicht geen dag ouder dan twaalf, een hyperactief, onzeker joch met veel te grote t-shirts.' Ze schudde haar hoofd. 'Hij kon de druk niet aan. Hij sliep nooit. Dag en nacht zat hij bij die computer. Maar hij kon de code niet kraken. Dat maakte hem kapot. Hij begon te drinken en het zou me niets verbazen als hij zwaarder spul gebruikte.'

'En Innes dan? Dat is toch de psycholoog van het team?'

'Innes.' Ze fronste haar voorhoofd. 'Hij bedoelt het goed, maar hij wordt hier in intellectueel opzicht volkomen overtroefd. Die wekelijkse praatsessies, dat gedoe van alles in de groep gooien, dat werkt misschien met gewone mensen, maar niet met ons. Zijn trucs zijn zo doorzichtig, en dan die manipulatieve vragen van hem, die spelletjes. Peter kon hem niet luchten of zien.' Met de rug van haar handschoen veegde ze een traan weg. 'We waren allemaal heel erg op Peter gesteld.'

'Behalve Wardlaw,' zei Ford. 'En Corcoran.'

'Wardlaw… tja, die is op geen van ons gesteld, behalve dan Hazelius. Maar bedenk wel, hij staat onder nog meer druk dan wij. Hij moet de inlichtingen verzorgen, hij moet onze veiligheid waarborgen. Als dit naar buiten kwam, ging hij de gevangenis in.'

Geen wonder dat hij zo gespannen is.

'En Melissa, die heeft al met heel veel teamleden aanvaringen gehad. Niet alleen met Volkonsky. Ik zou… uitkijken met haar.'

Ford dacht aan het briefje, maar hij zei niets.

Ze trok haar handschoenen uit en smeet ze in een mand aan de muur. 'Nou tevreden?' vroeg ze, met iets scherps in haar stem.

Terwijl Ford terugliep naar zijn casita herhaalde hij die vraag bij zichzelf. *Nou tevreden?*

21

Achter het stuur van zijn oude Ford pick-up zat pastor Russ Eddy naar de benzinemeter te kijken en probeerde uit te rekenen of er nog genoeg in de tank zat om heen en weer naar de mesa te rijden. Op dat moment zag hij aan de horizon de kurkentrekker van zand opwervelen die betekende dat er een auto aankwam. Hij stapte uit zijn voertuig en leunde ertegen om te wachten wie het was.

Even later kwam een patrouillewagen van de Navajo Stampolitie tot stilstand voor de trailer. De stofwolk spiraalde weg op de wind. Het portier ging open, en er verscheen een stoffige cowboylaars. Een lange man klapte zijn armen en benen uit en rechtte zijn rug.

'Morgen, pastor,' zei hij, terwijl hij aan zijn hoed tikte.

'Morgen, inspecteur Bia,' zei Eddy, die probeerde zijn stem een ontspannen klank te geven.

'Ergens heen op weg?'

'Nee hoor, ik wilde gewoon even kijken hoeveel benzine ik nog heb,' zei Eddy. 'En dan misschien naar de mesa, om mezelf voor te stellen aan die wetenschappers daar. Ik maak me zorgen om wat daar allemaal gebeurt.'

Bia keek om zich heen. De spiegelende glazen van zijn zonnebril reflecteerden de eindeloze horizon waar hij maar keek. 'Ik heb Lorenzo al een tijd niet gezien, u wel?'

'Nee,' zei Eddy. 'Ik heb hem maandagochtend voor het laatst gezien.'

Bia hees zijn pantalon op, en er rinkelde van alles, alsof zijn broekriem een bedelarmband was. 'Het toeval wil, maandagmiddag om een
uur of vier kreeg hij een lift naar Blue Gap, en hij zei tegen die mensen
daar dat hij op weg was om zijn werk af te maken. Ze zagen hem de
weg naar de missie af lopen; en sindsdien lijkt hij verdwenen te zijn.'
Eddy wachtte een hartslag lang. 'Nou, ík heb hem niet gezien. Althans, 's ochtends wel, maar hij is rond twaalven vertrokken, of misschien nog eerder, en sindsdien heb ik hem niet meer gezien. Hij moest
eigenlijk nog wat voor me doen, maar...'
'Wat is het buiten weer heet vandaag, vindt u ook niet?' Met een
grijns keek Bia van Eddy naar de trailer. 'Kan ik u overhalen om me
een kop koffie aan te bieden?'
'Natuurlijk.'
Bia liep achter Eddy aan de keuken in en ging aan tafel zitten. Eddy
vulde de percolator met water en zette hem op het gas. De Navajo deden niet anders dan hun koffie recyclen, en Eddy nam dus maar aan
dat Bia dat niet erg zou vinden.
Bia legde zijn hoed op tafel. Zijn haar zat in een vochtige kring op
zijn hoofd geplakt. 'Nou, eerlijk gezegd kom ik niet voor Lorenzo. Persoonlijk denk ik dat die er weer vandoor is. In Blue Gap zeiden ze dat
hij behoorlijk lam was toen hij maandag voorbijkwam.'
Eddy knikte. 'Het was me al opgevallen dat hij was gaan drinken.'
Bia schudde zijn hoofd. 'Zonde. Dat joch had werkelijk zoveel mee.
Als hij niet binnenkort boven water komt, wordt zijn borg ingetrokken
en gaat hij terug naar Alameda.'
Eddy knikte nogmaals. 'Zonde.'
De koffie begon door te lopen. Eddy nam de gelegenheid te baat om
zich bezig te houden met mokken, suiker en poedermelk, die hij alle-
maal op tafel zette. Hij schonk twee mokken vol en ging weer zitten.
'Waar ik voor kom,' zei Bia, 'dat is iets heel anders. Gisteren zat ik
te praten met de winkelier in Blue Gap, en die vertelde me over het...
probleem dat u met het collectegeld had.'
'Juist, ja.' Eddy nam een slok koffie en brandde zijn mond.
'Hij zei dat u een deel van het geld had gemarkeerd en dat u hem ge-
vraagd had goed uit zijn doppen te kijken.'
Eddy wachtte.
'En gisteren zijn er een paar van die biljetten opgedoken.'
'Aha.' Eddy slikte moeizaam. *Gisteren?*
'Het is een ietwat ongemakkelijke toestand,' zei Bia, 'en daarom vroeg
hij mij, in plaats van u zelf te bellen. Ik hoop dat u zult begrijpen wat
ik u nu ga vertellen. Ik wil er niet al te zwaar aan tillen.'
'Natuurlijk.'

'Weet u dat oude vrouwtje Benally? Elizabeth Benally?'

'Natuurlijk, die zit in mijn gemeente.'

'Vroeger liet ze haar schapen grazen op de mesa, ze had een oud hutje in de buurt van Piute Spring. Het was haar land niet, ze had er geen enkel recht op, maar ze gebruikte het al bijna haar leven lang. Toen de stamregering de mesa in gebruik nam voor dat Isabellaproject, raakte ze haar weidegrond kwijt en moest ze haar schapen verkopen.'

'Wat erg.'

'Voor haar was het niet zo erg. Ze is in de zeventig en ze kreeg een keurige woning ergens in Blue Gap. Maar de ellende is, met zo'n huis zit je plotseling met rekeningen voor elektra, water… u weet wat ik bedoel? Ze had nog nooit van haar leven een rekening betaald. En ze zit op het absolute minimuminkomen, omdat ze geen schapen meer heeft.'

Eddy zei dat hij het begreep.

'Nou, deze week wordt haar kleindochter tien, en gisteren heeft die ouwe Benally bij de handelspost een gameboy gekocht, met cadeauverpakking en alle toeters en bellen.' Hij zweeg even en keek Eddy strak aan. 'En ze heeft betaald met gemarkeerde briefjes.'

Sprakeloos keek Eddy naar Bia.

'Precies. Een hele verrassing.' Bia haalde een portemonnee uit zijn achterzak. Met zijn grote, bestofte hand haalde hij er een briefje van vijftig uit en schoof dat over tafel. 'Het heeft geen zin er een hele heisa van te maken.'

Eddy was als verlamd.

Bia stond op en borg zijn portemonnee weg. 'Als het ooit weer gebeurt, laat het me dan weten, dan betaal ik het terug. Ik zeg al, het heeft geen zin de politie erbij te halen. Ik weet niet helemaal zeker of ze nog wel helder van geest is.' Hij pakte zijn hoed en trok die weer over de zweetring in zijn peper-en-zoutkleurige haar.

'Bedankt voor uw begrip, pastor.'

Hij draaide zich om en bleef nog even staan: 'En als u Lorenzo ziet, geef dan een seintje, oké?'

'Komt voor elkaar, inspecteur.'

Pastor Russ Eddy keek inspecteur Bia na toen die de voordeur uit liep en verdween, om vervolgens voor het raam weer op te duiken. Met grote passen stak hij de voortuin over, precies waar het lijk begraven lag. Zijn cowboylaarzen wierpen grote stofwolken op.

Eddy's blik viel op het beduimelde briefje van vijftig en hij werd misselijk. En daarna boos. Heel erg boos.

22

Ford liep zijn zitkamer binnen en bleef voor het raam staan kijken naar de grillige vormen van Nakai Rock, die boven de populieren uitstaken. Hij had zijn taak volbracht, en nu stond hij voor een vraag: moest hij dit melden of niet?

Hij plofte in een stoel neer en liet zijn hoofd in zijn handen vallen. Kate had gelijk: als dit nieuws uitlekte, betekende dat het einde voor het project. Dan konden de wetenschappers hun carrière verder wel vergeten, ook Kate. In de wetenschap was het minste gerucht van een doofpotgeschiedenis of een leugen al dodelijk.

Nou tevreden? vroeg hij zich weer af.

Hij stond op en ijsbeerde boos door de kamer. Lockwood had natuurlijk geweten dat hij het antwoord zou vinden door het aan Kate te vragen. Hij was niet aangenomen omdat hij een of andere briljante ex-CIA-agent was, nu met een eigen detectivebureautje, maar omdat hij toevallig twaalf jaar geleden iets gehad had met een zekere vrouw. Hij had Lockwood moeten zeggen dat hij het dak op kon. Maar daar was het nu te laat voor: de opdracht had hem gefascineerd. Hij was gevleid geweest. En diep in zijn hart moest hij bekennen dat hij de kans om Kate terug te zien, met beide handen had willen aangrijpen.

Even verlangde hij terug naar zijn leven in het klooster, die tweeënhalf jaar waarin het leven zo simpel, zo zuiver had geleken. Daar had hij de vreselijke grauwheid van de wereld bijna vergeten, en de onmogelijke morele keuzes waarvoor je soms gesteld werd. Maar hij was niet uit het juiste hout gesneden om monnik te worden. Hij was het klooster in gegaan in de hoop zijn zekerheden terug te vinden, zijn geloof. Maar juist het tegenovergestelde was gebeurd.

Hij boog zijn hoofd en probeerde te bidden, maar er kwamen slechts woorden. Woorden die in de stilte vielen.

Misschien bestonden goed en kwaad niet meer, misschien deden mensen maar wat. Hij nam een beslissing. Hij zou geen stappen ondernemen die Kates carrière konden schaden. Ze had al genoeg klappen gehad. Hij zou hun twee dagen geven om de malware op te sporen. En hij zou hen helpen. Hij had een sterk vermoeden dat de saboteur iemand in het team zelf was. Verder was er niemand met voldoende kennis of toegang.

Hij liep de voordeur uit en slenterde om het huis heen alsof het een wandelingetje werd: hij wilde kijken of Wardlaw niet ergens rondhing. Daarna ging hij zijn slaapkamer in, opende een dossierkast en haalde er zijn aktetas uit. Hij toetste de code in om de tas te openen, pakte de telefoon en toetste het nummer.

Lockwood nam zo snel op dat Ford de indruk kreeg dat hij had zitten wachten.

'Nieuws?' vroeg Lockwood ademloos.

'Niet echt.'

Een diepe zucht van ergernis. 'Je zit daar nou intussen vier dagen, Wyman.'

'Ze krijgen Isabella niet aan de praat. Ik begin langzaam te denken dat je het bij het verkeerde eind hebt, Stan. Er wordt hier niets verborgen. Het is gewoon wat ze zeggen: ze krijgen het ding niet in de lucht.'

'Verdomme, Ford, dat geloof ik niet!'

Aan de andere kant van de lijn hoorde hij Lockwood zwaar ademen. Dit was ook voor zijn carrière een levensgevaarlijke situatie. Nou, jammer dan, Ford kon zich onmogelijk druk maken om Lockwood. Die moest dan maar ten onder gaan. Waar het om ging, dat was Kate. Als hij hun een paar dagen kon bezorgen om die malware te vinden, dan hoefde Lockwood dat nooit te weten te komen.

Lockwood sprak verder. 'Heb je al gehoord van die dominee, ene Spates, en zijn preek?'

'Ja.'

'Nu hebben we dus nog minder tijd. Je hebt twee, maximaal drie dagen voordat we de stekker eruit trekken. Wyman, zoek uit wat ze daar verzwijgen, hoor je me? Je móét het vinden!'

'Duidelijk.'

'Heb je Volkonsky's huis doorzocht?'

'Ja.'

'Iets gevonden?'

'Niets bijzonders.'

Stilte van Lockwood, en dan: 'Ik heb net het voorlopige forensische rapport over Volkonsky gekregen. Het ziet er steeds meer uit als zelfmoord.'

'Aha.'

Ford hoorde aan de andere kant papiergeritsel.

'Ik heb ook wat dingen opgezocht zoals jij gevraagd had. Wat betreft Cecchini... Die sekte heette De Hemelpoort. Dat was die sekte waarvan de leden in 1997 massaal zelfmoord pleegden in de overtuiging dat hun zielen zouden worden opgehaald door een buitenaards ruimteschip dat in het kielzog van de Hale-Boppkomeet de aarde naderde. Cecchini sloot zich in 1995 bij de sekte aan, maar stapte nog geen jaar later weer op, vóór de zelfmoord.'

'Enig teken dat hij er nog in gelooft? Hij loopt een beetje op de automatische piloot.'

'De sekte is opgeheven, en nergens blijkt uit dat hij er nog in gelooft. Sindsdien leidt hij een normaal leven, een beetje als eenling. Hij drinkt niet, hij rookt niet, geen vermeldenswaardige vriendinnen, weinig of geen vrienden. Volkomen gericht op zijn carrière. Briljant natuurkundige, totaal toegewijd aan zijn werk.'

'En Chen?'

'Volgens haar dossier was haar vader een analfabete landarbeider, overleden voordat zij en haar moeder vanuit China emigreerden. Mooi niet. Hij was natuurkundige bij de Chinese testfaciliteit voor kernwapens in Lop Nor. En hij leeft nog, in China.'

'Hoe is die valse informatie dan in het dossier gekomen?'

'Immigratiedienst – uit de gesprekken met Chen zelf.'

'Ze liegt dus.'

'Misschien niet. Haar moeder heeft haar op haar tweede uit China weggehaald. Misschien zijn die leugens afkomstig van haar moeder. Maar er kan een onschuldige verklaring zijn voor de onwaarheden: misschien had de moeder geen visum voor Amerika gekregen als ze de waarheid had verteld. Misschien weet Chen niet eens dat haar vader nog leeft. Geen enkel bewijs dat ze informatie doorsluist.'

'Hmm.'

'We hebben nog maar weinig tijd, Wyman. Blijf het proberen. Ik weet dat ze iets groots verzwijgt, ik vóél het gewoon.'

Lockwood hing op.

Ford liep naar het raam en keek opnieuw naar Nakai Rock. Nu was hij een van hen: ook hij verzweeg een geheim. Maar in tegenstelling tot de anderen had hij meer dan één geheim.

23

Om tien voor halftwaalf scheurde pastor Russ Eddy in zijn gebutste, oude pick-up over de gloednieuwe asfaltweg over de hoogvlakte van Red Mesa. De wind die door de open ramen blies, bladerde door de pagina's van de King Jamesbijbel die op de stoel naast hem lag, en zijn bloed bonsde met een gevoel van verwarring, woede en angst. Dus het was Lorenzo helemaal niet geweest. Maar hij was wel dronken geweest, en onbeschoft. En hij had de naam van de Heer op de meest afgrijselijke manier ijdel gebruikt. Eddy had niets te maken gehad met zijn dood: Lorenzo had zijn eigen einde bewerkstelligd. Uiteindelijk was het allemaal Gods plan. En God wist wat Hij deed.

Gods wegen zijn ondoorgrondelijk.

Dat hield hij zich keer op keer voor. Zijn leven lang had hij erop gewacht, geroepen te worden: te horen wat Gods bestemming voor hem was. Het was een lange, zware reis geweest. God had hem even zwaar beproefd als Job, had zijn vrouw en kind van hem afgenomen middels een scheiding, had zijn loopbaan genomen, zijn geld, zijn zelfrespect.

En nu dan die toestand met Lorenzo. Lorenzo had de naam des Heren en Jezus' naam in de mond genomen met de meest afgrijselijke, kwalijke woorden. Dat had hij voor Gods ogen gedaan, en God had hem dodelijk gestraft. Voor Gods ogen. Maar Lorenzo had niet gestolen: Eddy had hem onterecht beschuldigd. Wat betekende dat? Waar was Gods wil in dit alles? Wat was Gods plan met hem?

Gods wegen zijn ondoorgrondelijk.

De pick-up kuchte en rochelde over het glanzende zwarte wegdek, nam een ruime bocht en reed tussen de zandsteenrotsen door – en daar, in de diepte, lag een verzameling lemen huisjes, half verscholen tussen de populieren. Rechts, zowat anderhalve kilometer verderop, lagen de twee nieuwe landingsbanen en stond een stel hangars. Daarachter, aan de rand van de mesa, lag het Isabellacomplex zelf, omringd door een dubbele draadstalen omheining.

Het grootste deel van Isabella, wist hij, lag diep onder de grond. De ingang moest ergens op dat afgezette terrein liggen.

O hemelse Vader, ik smeek U mijn schreden te leiden, bad hij.

Eddy reed omlaag, de groene vallei in. Aan het eind stond een houten gebouwtje; dat moest de oude Handelspost Nakai Rock zijn. Twee mannen en een vrouw waren op weg ernaartoe. Anderen liepen rond bij de voordeur. God had hen voor hem bijeengebracht.

Hij haalde diep adem, minderde vaart en parkeerde voor het gebouw. Op een met de hand geschilderd bord boven de ingang stond HANDELSPOST NAKAI ROCK, 1888.

Door de hordeur heen zag hij acht mensen lopen. Hij klopte op het houten kozijn. Geen reactie. Hij klopte harder. De man voor in de ruimte draaide zich om, en Russ schrok bijna van zijn ogen. Die waren zo blauw dat ze vonken leken af te vuren.

Hazelius. Dat kon niet anders.

Russ fluisterde een schietgebedje en stapte naar binnen.

'Wat kan ik voor u doen?' vroeg de man.

'Mijn naam is Russ Eddy. Ik ben de pastor van de Verzameld in Uw Naam Missie in Blue Gap.' Hij struikelde bijna over zijn woorden, hij voelde zich dwaas en onbeholpen.

Met een warme glimlach rechtte de man zijn rug en liep weg van de stoel waarop hij had staan leunen. 'Gregory North Hazelius,' zei hij met een hartelijke handdruk. 'Prettig met je kennis te maken, Russ.'

'Insgelijks.'

'Wat kan ik voor je doen?'

Russ voelde de paniek komen opzetten. Waar waren de woorden die hij onderweg had ingestudeerd? Maar plotseling wist hij het weer. 'Ik had gehoord over uw project, Isabella, en ik wilde even komen vertellen over mijn missie. Ik bied u mijn volledige spirituele bijstand aan. Wij komen iedere zondag om tien uur bijeen in Blue Gap, zo'n drie kilometer ten westen van de watertoren.'

'Hartelijk dank, Russ,' zei Hazelius, zijn stem warm en oprecht. 'We komen zeker een keer langs, en misschien voel jij binnenkort wat voor een rondleiding door Isabella? Helaas zitten we momenteel net in een heel belangrijke vergadering. Maar misschien kun je volgende week een keer terugkomen?'

Russ' gezicht begon te gloeien. 'Ehm, nou, eerlijk gezegd niet.' Hij slikte. 'Want ziet u, mijn parochie en ik, wij maken ons zorgen over wat er hier allemaal gebeurt. Ik zou graag wat antwoorden willen op mijn vragen.'

'Ik begrijp dat je je zorgen maakt, Russ, echt waar.' Hazelius keek naar een man die dicht bij hem stond; een lange, hoekige, lelijke vent. 'Pastor, mag ik u voorstellen aan Wyman Ford, onze verbindingspersoon met de gemeenschap.'

Met uitgestoken hand deed de man een stap naar voren. 'Doet me genoegen, pastor.'

Hazelius was zich al aan het terugtrekken.

'Ik wilde hém spreken, niet jou,' zei Eddy met de gespannen, hoge stem waaraan hij zelf zo'n hekel had.

Hazelius draaide zich om. 'Sorry, pastor. Het was niet onbeleefd bedoeld. We hebben het een heel klein beetje druk... Kunnen we morgen afspreken, zelfde tijd?'

'Nee, dat gaat niet.'

'Met alle respect, maar mag ik vragen waarom het zo belangrijk is om dit nú te bespreken?'

'Omdat ik gehoord heb dat er... iemand plotseling is weggevallen, en volgens mij moeten we het daarover hebben.'

Hazelius keek hem aan. 'De dood van Peter Volkonsky, bedoelt u?' Zijn stem klonk uitermate beheerst.

'Als dat degene is die zich van het leven beroofd heeft?'

Ford deed weer een stap naar voren. 'Pastor, die kwestie zal ik zonder enig probleem met u bespreken. Het probleem is dat dr. Hazelius op het punt staat een nieuwe test te gaan uitvoeren met Isabella, en hij heeft momenteel niet de tijd die hij u graag zou gunnen. Die tijd heb ik wel.'

Eddy was niet van plan zich met een of andere pr-kloon te laten afschepen. 'Ik zei net al, ik wil hém spreken, niet jou. Hij is toch degene die beweerde de slimste man op aarde te zijn? Degene die zei dat de rest maar idioten waren? Degene die dit apparaat heeft gebouwd om het Woord van God te loochenen?'

Even bleef het stil.

'Isabella heeft niets te maken met religie,' zei de pr-man. 'Het is een strikt wetenschappelijk experiment.'

Eddy voelde de woede opwellen: gerechtvaardigde, razende woede op Lorenzo, op zijn ex-vrouw, op de rechtbank die de scheiding had uitgesproken, op al het onrecht in de wereld. Zo moest Jezus zich hebben gevoel in de Tempel, toen hij de geldwisselaars op straat smeet.

Met een bevende vinger wees hij naar Hazelius. 'God zal u nogmaals straffen.'

'Dat lijkt me wel genoeg...' begon de pr-man, met scherpe stem nu, maar Hazelius onderbrak hem.

'Wat bedoelt u met "nogmaals"?'

'Ik heb over u gelezen. Ik weet van uw vrouw, die haar lichaam op pornografische wijze veil gaf in dat vuige blaadje, de *Playboy*, die zichzelf verheerlijkte en ontuchtig leefde, als de hoer van Babylon. God heeft u gestraft door haar van u te nemen. En nóg kwam u niet tot inkeer.'

Er viel een doodse stilte. Even later zei de pr-man: 'Meneer Wardlaw, ik wil u verzoeken de heer Eddy naar buiten te begeleiden.'

'Nee,' zei Hazelius. 'Dadelijk.' Met een vreselijke glimlach, die de geestelijke tot op het merg verkilde, zei hij: 'Zeg eens, Russ. Jij bent pastor van een missie hier in de buurt?'

'Inderdaad.'

'En wat voor richting hangen jullie aan?'

'Wij zijn zelfstandig. Evangelisch.'

'Maar jullie zijn... protestant, katholiek, mormoons?'

'Geen van drieën. Wij zijn wedergeboren, fundamentalistische christenen.'

'Wat houdt dat in?'

'Dat wij Jezus Christus in ons hart hebben aangenomen als onze Heer en Verlosser, en dat we wedergeboren zijn door water en door de geest, de enige ware weg naar verlossing. Wij geloven dat ieder woord van de Schrift het goddelijke, nimmer falende woord van God is.'

'Dus volgens jullie zijn protestanten en katholieken geen ware christenen en worden die door God naar de hel gestuurd – klopt dat?'

Eddy voelde een licht onbehagen bij deze excursie naar de fundamentalistische dogmatiek. Maar als dat het onderwerp was waarover de slimste man ter wereld wilde discussiëren, dan vond Eddy dat prima.

'Als ze niet wedergeboren zijn, ja, dan zit er niets anders op.'

'Joden? Moslims? Boeddhisten, hindoes? De onzekeren, de zoekenden, de verdoolden? Allemaal verdoemd?'

'Ja.'

'Dus de meeste mensen op deze aardkloot hier in de buitenste arm van een onbelangrijk melkwegstelsel gaan naar de hel, behalve u en een paar uitverkoren geestgenoten?'

'U moet begrijpen dat...'

'Daarom stel ik die vragen, Russ: om te begrijpen. Ik vraag je dus nogmaals: geloof jij dat God de meeste mensen op aarde naar de hel zal sturen?'

'Ja, dat geloof ik.'

'En weet je dat zeker?'

'Ja. Het wordt herhaalde malen in de Schrift bevestigd. *"Die geloofd zal hebben, en gedoopt zal zijn, zal zalig worden; maar die niet zal geloofd hebben, zal verdoemd worden."'*

Hazelius richtte zich tot de groep. 'Dames en heren, hier hebben we een insect, nee, een bacterie, die voorgeeft Gods gedachten te kennen.'

Eddy's gezicht liep rood aan. Zijn hersenen kolkten van de inspanning om Hazelius van de juiste repliek te dienen.

De lelijke man, Ford, zei tegen Hazelius: 'Gregory, alsjeblieft, ga nou niet op zoek naar problemen.'

'Ik stel gewoon wat vragen, Wyman.'

'Nee, jij creëert een probleem.' De man richtte zich tot de beveiligingsbeambte. 'Meneer Wardlaw? Ik verzoek u nogmaals om de heer Eddy naar buiten te begeleiden.'

De beveiligingsman zei op neutrale toon: 'Dr. Hazelius heeft hier de leiding, en ik volg zíjn orders op.' Hij keek naar Hazelius. 'Meneer?'

Hazelius zweeg.

Eddy was nog niet klaar met de speech die hij onderweg in gedachten had voorbereid. Hij was zijn woede de baas geworden en sprak nu met kille, ijskoude zekerheid, recht in het gezicht van die blauwe ogen: 'U meent de slimste man op aarde te zijn. Maar hoe slim bent u nou helemaal? U bent zo slim dat u denkt dat de wereld is begonnen met een of andere toevallige explosie, een oerknal, en dat alle atomen zomaar toevallig samenkwamen zodat er leven ontstond, zonder ingrijpen van God. Hoe slim is dat? Ik zal u zeggen hoe slim dat is: het is zo slim dat u er regelrecht de hel voor ingaat. U maakt deel uit van de

Oorlog tegen het Geloof, u en uw goddeloze theorieën. Jullie willen de christennatie verlaten die door onze voorvaderen is opgericht. Jullie willen het land veranderen in een tempel voor een soort halfbakken humanisme, zonder god, waar alles maar moet kunnen: homoseksualiteit, abortus, drugs, seks voor het huwelijk, porno. Maar nu oogst u wat u gezaaid hebt. Er is al een zelfmoord geweest. Dat is het gevolg van al die blasfemie en die haat jegens God. Zelfmoord. En God zal Zijn goddelijke wraak nogmaals aan u bezoeken, Hazelius. *"Mijn is de wraak. Ik zal het vergelden, spreekt de Heere."'*

Zwaar ademend zweeg Eddy. De wetenschapper keek hem met eigenaardige blik aan, zijn ogen glinsterend als een stel ijskoude kogellagers.

Met vreemde, halfverstikte stem zei Hazelius: 'U moest maar weer eens opstappen.'

Eddy gaf geen antwoord. De vlezige bewakingsman deed een stap naar voren. 'Meekomen, makker.'

'Niet nodig, Tony. Russ hier heeft zijn toespraakje afgestoken. Hij weet dat het tijd is om te gaan.'

De bewaker deed voor de zekerheid nog een stap in zijn richting.

'Maakt u zich geen zorgen,' zei Eddy haastig. 'Ik maak maar al te graag dat ik wegkom uit dit goddeloze hol.'

Toen de hordeur achter hem dichtviel, hoorde Eddy de rustige stem zeggen: 'De kiem slaat zijn zweepstaart uit voor vertrek.'

Hij draaide zich om, drukte zijn gezicht tegen het gaas en riep: *"'Gij zult de waarheid verstaan, en de waarheid zal u vrijmaken."* Johannes 8, vers tweeëndertig.'

Hij draaide zich om en liep met stijve passen terug naar zijn pick-up. De linkerkant van zijn gezicht vertrok in een tick van vernedering en grenzeloze, razende woede.

24

Ford keek de magere gestalte van de pastor na, terwijl die met boze tred over het parkeerterrein naar een havenloze oude pick-up beende. Als zo iemand een stel volgelingen had, kon hij Isabella een boel schade berokkenen. Hij betreurde dat Hazelius hem had geprovoceerd en hij had het gevoel dat dit niet zonder gevolgen zou blijven; misschien zelfs enorme gevolgen.

Toen hij zich omdraaide, stond Hazelius op zijn horloge te kijken alsof er niets aan de hand was.

'Het wordt al laat,' zei de wetenschapper energiek, en hij pakte zijn witte laboratoriumjas van de haak. Hij keek om zich heen. 'Kom, we gaan.' Zijn blik viel op Ford. 'Ik vrees dat je het de komende twaalf uur in je eentje zult moeten redden.'

'Nou,' zei Ford, 'als het kan, zou ik wel graag zien hoe zo'n run in zijn werk gaat.'

Hazelius trok zijn jas aan en pakte zijn aktetas. 'Sorry, Wyman, maar dat zal helaas niet gaan. Als we in de Bunker zijn, tijdens een run, heeft iedereen zijn of haar eigen rol. Het is er bijzonder krap. We kunnen geen extra mensen gebruiken. Ik hoop dat je daar begrip voor hebt.'

'Mij spijt het ook, Gregory, want ik vind dat ik om mijn werk naar behoren te kunnen doen bij een run aanwezig moet zijn.'

'Vooruit dan maar, maar het kan helaas niet bij deze run van vandaag. We hebben een boel problemen, we staan onder hoge druk en zolang we de technische kwesties niet hebben opgelost, kunnen we geen pottenkijkers gebruiken op de Brug.'

'Ik vrees dat ik er toch echt op moet staan,' zei Ford rustig.

Hazelius verstarde. Er viel een onbehaaglijke stilte. 'Waarom moet jij een run zien om je werk te kunnen doen?'

'Ik ben hier aangenomen om de plaatselijke bevolking gerust te stellen dat Isabella geen kwaad kan. Daar ga ik niemand van overtuigen zolang ik er niet zelf zeker van ben.'

'Wou jij zeggen dat je twíjfelt of Isabella wel veilig is?'

'Wou jij zeggen dat ik jou maar op je woord moet geloven?'

Langzaam schudde Hazelius zijn hoofd.

'Ik moet de Navajo kunnen vertellen dat ik deel uitmaak van de normale gang van zaken hier, dat er niets voor me wordt verborgen.'

'Als hoogste veiligheidsbeambte,' zei Wardlaw plotseling, 'wil ik de heer Ford informeren dat hem om veiligheidsredenen toegang tot de Bunker is geweigerd. Punt uit.'

Ford wendde zich tot Wardlaw. 'Het lijkt me beter om dit soort constructies te mijden, Wardlaw.'

Hazelius schudde zijn hoofd. 'Wyman, ik heb alle begrip voor je situatie. Echt waar. Het probleem is...'

Kate Mercer onderbrak hem. 'Als je je zorgen maakt dat hij achter dat probleem komt van de malware in het systeem, laat dan maar. Dat weet hij al.'

Iedereen keek haar aan. Er viel een geschokte stilte.

'Ik heb hem de hele toestand verteld,' zei Mercer. 'Ik vond dat hij het moest weten.'

'O, geweldig,' zei Corcoran met een blik op het plafond.

Kate draaide zich als gestoken naar haar om. 'Hij maakt deel uit van het team. Hij heeft het recht om zulke dingen te weten. Ik kan voor de volle honderd procent voor hem instaan. Hij zal ons geheim niet verraden.'

Corcoran bloosde. 'Nou, het is niet moeilijk om tussen de regels van dát toespraakje van jou door te lezen.'

'Het is niet wat je denkt,' zei Mercer kil.

Corcoran keek haar meesmuilend aan. 'En wat denk ik dan wel?'

Hazelius schraapte zijn keel. 'Zo, zo.' Hij wendde zich tot Ford en legde een niet-onvriendelijke hand op zijn schouder. 'Dus Kate heeft alles uitgelegd.'

'Inderdaad.'

Hij knikte. 'Oké.' Hij leek na te denken. Daarna draaide hij zich om en keek Kate met een glimlach aan. 'Ik respecteer je oordeel. Ik zal je in deze kwestie vertrouwen.' Hij keek naar Ford. 'Ik weet dat jij eerlijk bent. Welkom in de groep... en ditmaal écht, nu je op de hoogte bent van ons geheimpje.' Zijn blauwe ogen waren verontrustend doordringend.

Ford probeerde de blos tegen te houden. Hij keek naar Kate en zag met verbazing dat ze hem stond aan te kijken vol... wat was het? Hoop, verwachting? Ze leek niet boos meer dat hij de zaak had geforceerd.

'We hebben het er later nog over, Wyman.' Hazelius liet zijn hand van Fords schouder vallen en wendde zich tot Wardlaw. 'Tony, zo te zien gaat de heer Ford toch mee met de volgende run.'

De beveiligingsman gaf geen antwoord. Zijn gezicht stond volslagen uitdrukkingsloos en onaangedaan, en hij keek recht voor zich.

'Tony?'

'Goed,' kwam het gespannen antwoord. 'Duidelijk.'

Ford keek Wardlaw nadrukkelijk aan in het voorbijlopen. Wardlaw beantwoordde zijn blik met kille, holle ogen.

25

Ken Dolby keek naar de enorme titaniumdeur naar de Bunker, die omlaag zakte en met een holle dreun automatisch verzegeld werd. Even streek er een vochtig stroompje tocht over zijn gezicht, met de geur van spelonken, natte steen, warme elektronica, machineolie en kolenstof. Hij ademde diep in. Het was een bedwelmende, rijke geur – de geur van Isabella.

De wetenschappers liepen hem voorbij op weg naar de Brug. Dolby hield Hazelius even staande.

'We hebben rood licht op magneet 140,' zei hij. 'Ik heb er een waarschuwing op. Niets ernstigs. Ik kijk even wat er is.'

'Hoe lang gaat dat duren, denk je?' vroeg Hazelius.

'Hoogstens een uur.'

Hazelius gaf hem een vriendelijk klopje op de rug. 'Doe maar, Ken, en laat het me weten. Ik zet Isabella pas aan als we van jou gehoord hebben.'

Dolby knikte. Hij stond in de enorme spelonk terwijl de anderen de Brug op verdwenen. De deur sloeg dicht met een dreun die door de hangarachtige ruimte galmde.

Langzaamaan keerde de stilte terug. Weer ademde Dolby de geurige lucht in. Hij had aan het hoofd gestaan van Isabella's ontwerpteam: hij had leiding gegeven aan een tiental gepromoveerde micro-elektronica-ingenieurs en bijna honderd freelanceontwerpers die blauwdrukken maakten van bepaalde subsystemen en de supercomputer zelf. Ondanks de grote aantallen mensen die bij het project betrokken waren geweest had hij de teugels ferm in handen gehad en was hij continu overal van op de hoogte geweest. Hij kende iedere vierkante centimeter van Isabella, ieder vlekje en hobbeltje, iedere curve en holte. Isabella was zijn schepping, zijn machine.

De ovale opening van Isabella's tunnel, alsof er een plak van de zijkant van een donut was gesneden, glansde in een zachtblauw licht. Vanuit het portaal krinkelde condens in slingerende sporen die een grillig patroon vormden voordat ze verdampten. In de tunnel, vlak voorbij de opening, zag Dolby de enorme blauwgrijze beschermingswand van verarmd uranium: daarachter lag CZero, het kloppende hart van Isabella.

CZero. Coordinate Zero, de nulcoördinaat. Dit was het miniatuurplekje, niet groter dan een speldenpunt, waar de bundels materie en antimaterie met de snelheid van het licht werden samengebracht om zichzelf op te heffen in een uitbarsting van pure energie. Wanneer Isabella op vol vermogen draaide, was dit de heetste, lichtste plek van het heelal: één biljoen graden. Tenzij, dacht Dolby met een glimlach, er een intelligent ras was van wezens die een grotere deeltjesversneller hadden dan de zijne.

Maar die kans leek hem gering.

De meeste energie van de materie-antimaterie-explosie op CZero werd volgens Einsteins beroemde formule $E = MC^2$ meteen teruggezet naar massa, een ontzagwekkende uitbarsting van exotische, subatomische deeltjes waarvan sommige niet waren gezien sinds de schepping van het heelal tijdens de oerknal, dertien komma zeven miljard jaar geleden.

Hij sloot zijn ogen en stelde zich voor hoe het moest zijn om een proton te zijn, rondreizend in de ring, eindeloos en almaar in het rond, en door de supermagneten versneld tot een snelheid van 99,999 procent van de snelheid van het licht. Dat traject van zeventig kilometer legde hij vierduizend maal per seconde af. Hij zag zichzelf met onvoorstelbare snelheid door de rondlopende tunnel razen en bij iedere magneet een schop krijgen zodat hij nog sneller ging, drie miljoen versnellingen per seconde, steeds sneller... Hij kreeg er een kick van om zich dat in te denken. En samen met hem voortscheurend in de leiding had je de bundel antiprotonen, die in tegengestelde richting raasden en hem met eenzelfde ongelooflijke vaart passeerden.

Hij stelde zich het moment van contact voor. Zijn bundel werd op de aanstormende bundel gedwongen. Een frontale botsing op CZero. Materie trof antimaterie met de snelheid van het licht. Hij stuurde zijn deeltje naar CZero en voelde de botsing: de pure, absolute, adembenemende en totale vernietiging. Hij voelde zich herboren worden in de vorm van eigenaardige nieuwe deeltjes, die in alle richtingen wegkaatsten en de vele lagen detectoren raakten die ieder afzonderlijk deeltje registreerden, telden en bestudeerden.

Tien biljoen deeltjes per seconde.

Dolby opende zijn ogen en schudde met een ietwat dwaas gevoel de dagdroom van zich af. Hij klopte op zijn kleding om te zien of hij muntgeld of andere ferromagnetische voorwerpen in zijn zak had en liep naar de rij met elektrische golfwagentjes. Isabella's supergeleidende magneten waren duizenden malen sterker dan de magneten in medische MRI-apparatuur. Die konden een muntje dwars door je lichaam heen trekken of je kelen met je eigen gesp.

Isabella was gevaarlijk en eiste respect.

Hij klom achter het stuur. Hij drukte op een knop, haalde de versnellingspook over en zette het karretje in de eerste versnelling.

Hij had het zelf ontworpen, en het was een handig geval. Het haalde niet meer dan veertig kilometer per uur, maar het had bijna evenveel gekost als een Ferrari Testarossa, voornamelijk omdat het volledig was samengesteld uit niet-magnetische materialen: kunststof, keramische onderdelen en zwakke diamagnetische materialen. Het was uitgerust met een communicatiesysteem, een ingebouwde computer, radarwaarschuwingssensoren en controllers aan voor- en achterzijde en aan de zijkanten, stralingssensoren, ferromagnetische alarminstallaties, en een speciale trillingsgedempte uitholling voor het transport van breekbare wetenschappelijke instrumenten.

Hij reed op volle snelheid over de cementvloer, de ovale opening van

Isabella's tunnel in. Daar volgde een scherpe bocht, en hij kwam tot volledige stilstand.

'Hallo, Isabella.'

Hij reed het betonspoor op dat langs de bodem van de tunnel liep, naast de bolling van de leidinggoot. Zodra hij op het spoor zat, maakte hij vaart. De wielen bleven in de groeven draaien, en de complete omgeving baadde in groenig-blauw licht van een dubbele rij tl-balken aan het plafond. Terwijl hij voorbijraasde, keek hij naar de dikste leiding, een buis van een glanzende 7000-aluminiumlegering, om de twee meter voorzien van flenzen en bouten. Daarin heerste een vacuüm dat sterker was dan dat op de maan. Dat kon niet anders: als er één los atoom in CZero verzeild raakte, was dat zoiets als een paard dat de racebaan van Daytona op slenterde. Daar bleef niets van over.

Hij voerde de snelheid nog hoger op. De rubberen banden fluisterden in hun groeven. Om de dertig meter passeerde hij een magneet, rond de buis gewikkeld als een enorme donut. Iedere magneet, supergekoeld tot bijna het absolute nulpunt, walmde van de condens. Dolby blies door de wolken heen en liet een werveling achter van draaikolken waarin de leidingen voorbijraasden.

Met regelmatige tussenpozen passeerde hij een stalen deur aan de linkerzijde van de tunnel, een opening naar de voormalige kolentunnels. Nooduitgangen voor als er iets gebeurde. Maar er zou niets gebeuren. Dit was Isabella.

Magneet 140 lag twaalf kilometer diep de tunnel in… een rit van negenentwintig minuten. Het was niets ernstigs. Dolby was er bijna blij mee: hij bracht graag tijd in zijn eentje door met zijn machine.

'Niet gek,' zei hij hardop, 'voor de zoon van een gewone automonteur uit Watts, wat jij, Isabella?'

Hij dacht aan zijn vader, die iedere automotor ter wereld kon repareren. Nooit had hij meer dan het allerbenepenste minimum verdiend. Het was bijna misdadig dat een briljant monteur als hij nooit een kans gekregen had. Dolby was vastbesloten om het beter te doen, en dat was hem gelukt. Op zijn zevende had hij van zijn vader een radiobouwpakket gekregen. Het leek wel een wonder, zoals je een stel stukken kunststof en metaal aan elkaar kon solderen waarna er dan een stem uit kwam. Nog voor zijn tiende had Dolby zijn eerste computer gebouwd, en daarna had hij een telescoop gemaakt, er een stel CCD-chips in ondergebracht en hem aan de computer gekoppeld. Daarmee had hij asteroïden gevolgd. Hij had een tafelmodel versneller gebouwd met de elektronenbuis uit een oude tv. Daarmee had hij de droom van iedere alchemist bereikt, iets wat zelfs Isaac Newton zelf niet gelukt was: hij had een stuk loodfolie bestookt met elektronen en had misschien een paar honderd atomen in goud veranderd. Zijn arme vader, God hebbe zijn vriendelijke ziel, had iedere vrije dollar van zijn magere weekloon besteed aan bouwpakketten, onderdelen en apparatuur. Ken Dolby's droom was altijd geweest om de grootste, glimmendste, duurste machine aller tijden te bouwen.

En nu had hij dat gedaan.

Zijn machine was perfect, ook al had een of andere klootzak de computersoftware gehackt.

Magneet 140 kwam in zicht, en hij remde en bleef staan. Hij pakte een speciale laptop uit de instrumentlade en koppelde die aan een paneel in de zijkant van de magneet. Op zijn hurken toetste hij commando's in, terwijl hij in zichzelf praatte. Hij schroefde een metalen plaat in de zijkant van de magneetbehuizing los, klemde twee kabeltjes aan een apparaat vast, een rood en een zwart, en koppelde die aan terminals in de magneet.

Hij keek op zijn computer, en zijn gezicht betrok. 'Verdomme nog aan toe, kutwijf.' De cryogene pomp die deel uitmaakte van het isolatiesysteem deed het niet. 'Het is maar goed dat ik jou in een vroeg stadium betrapt heb.'

Zwijgend pakte hij zijn gereedschap weer in, schoof de laptop in de neopreen draaghoes en stapte achter het stuur van zijn karretje. Hij pakte een walkietalkie van het dashboard en drukte een knop in.

'Dolby voor de Brug.'

'Wardlaw hier,' klonk een blikkerige stem uit de luidspreker.

'Geef Gregory even.'

Even later kwam Gregory aan de lijn.

'Start haar maar op.'

'Het temperatuuralarm staat nog steeds op rood.'

Een stilte. 'Je weet dat ik mijn machine niet op het spel zou zetten, Gregory.'

'Goed. Ik start haar op.'

'We zullen een nieuwe cryogene pomp moeten installeren, maar daar hebben we tijd genoeg voor. Deze houdt het nog wel een of twee runs.'

Dolby hing op, bracht zijn handen achter zijn hoofd en leunde met zijn voeten op het dashboard achterover. In wat aanvankelijk volkomen stilte leek, hoorde hij nu vage geluiden: het fluisteren van het persluchtsysteem, de zoemtoon van de cryogene pompen, het gesis van vloeibare stikstof die door de buitenste mantels liep, het zwakke knersen van de motor van het golfkarretje die stond af te koelen en het tikken en kraken van de berg zelf.

Dolby sloot zijn ogen en wachtte. Plotseling hoorde hij een nieuw geluid. Een soort superlaag zingen, een zoemtoon, vol en donker.

Ze hadden Isabella aangezet.

Hij voelde die onuitwisbare huivering van verbijstering, ontzetting, dat hij een machine had gecreëerd die kon kijken naar het moment van de schepping: een machine die in feite het moment van de schepping nabootste.

Een God-machine.

Isabella.

26

Ford dronk de laatste bittere slok uit zijn koffiekop en keek op zijn horloge: bijna middernacht. De hele run was één lange, saaie toestand geweest, met eindeloos gepriegel en gepeuter dat zich uren voortsleepte. Terwijl hij de mensen tijdens hun werk gadesloeg, vroeg hij zich af: was een van hen de saboteur?

Hazelius kwam zijn kant uit lopen. 'We brengen de twee bundels in contact. Kijk goed naar de Visualizer, dat scherm daar voorin.'

De natuurkundige fluisterde een opdracht en even later verscheen er een helder lichtpuntje midden op het scherm, gevolgd door een flikkering van kleuren die naar buiten uitwaaierden.

Ford knikte naar het scherm. 'Waar staan al die kleuren voor?'

'De computer vertaalt de botsingen van de deeltjes in CZero in plaatjes. Iedere kleur staat voor een bepaald type deeltje, de stroken zijn energieniveaus en de uitwaaierende vormen zijn de trajecten van de deeltjes wanneer ze CZero verlaten. Zo kunnen wij met één blik zien wat er gaande is zonder dat we een massa cijfers hoeven te verwerken.'

'Slim.'

'Dat was Volkonsky's idee.' Droevig schudde Hazelius zijn hoofd.

Ken Dolby's stem klonk: 'Negentig procent vermogen.'

Hazelius hield zijn lege koffiekop in de lucht. 'Nog een?'

Ford vertrok zijn gezicht. 'Waarom nemen jullie hier geen behoorlijk espressoapparaat?'

Grinnikend verdween Hazelius. Alle andere aanwezigen waren rustig bezig met hun taken, afgezien van Innes, die niets te doen had en door het vertrek ijsbeerde, en Edelstein, die in een hoek *Finnegans Wake* zat te lezen. Uit een prullenbak bij de deur puilden de dozen van de diepvriespizza's die ze die avond hadden gegeten. De diverse witte oppervlakken zaten onder de koffiekringen. De fles Veuve Clicquot lag nog bij de muur.

Het waren twaalf lange uren geweest: eindeloze periodes van verpletterende verveling, onderbroken door uitbarstingen van manische activiteit, gevolgd door meer verveling.

'Bundel stabiel, gecollimeerd, luminositeit veertien komma negen TeV,' zei Rae Chen, die over een toetsenbord gebogen zat, haar glanzende zwarte haar in een slingerend gordijn boven de toetsen.

Ford slenterde langs het verhoogde deel van de Brug. Toen hij Wardlaw passeerde, die voor zijn eigen bewakingscomputer zat, ving hij een ietwat vijandige blik op en glimlachte kil terug. Wardlaw zat als een spin in zijn web.

Hij hoorde Hazelius' rustige stem. 'Voer maar op naar vijfennegentig, Rae.'

In de stille ruimte klonk het vage klikken van een toetsenbord.

'Bundel blijft stabiel,' zei Chen.

'Harlan? Hoe zit het met het vermogen?'

St. Vincents koboldgezicht dook op. 'Als een tsunami: snel en sterk.'

'Michael?'

'Tot nu toe geen probleem. Niets afwijkends.'

Het gemompel ging door: Hazelius vroeg iedereen om beurten om verslag uit te brengen en daarna begon het hele proces van voren af aan. Zo ging het nu al uren, maar langzamerhand voelde Ford de spanning stijgen.

'Vermogen vijfennegentig procent,' zei Dolby.

'Bundel stabiel. Gecollimeerd.'

'Luminositeit zeventien TeV.'

'Oké, mensen, we begeven ons op onbekend terrein,' kondigde Chen aan, haar handen op een reeks hendels.

'Hier wonen de monsters,' sprak Hazelius op theatrale toon.

Het scherm vertoonde een bonte mengeling van kleuren, als een bloem die steeds verder openbloeide. Hypnotiserend, vond Ford. Hij keek naar Kate. Die had rustig, een eindje buiten de drukte, op een Power Mac in het netwerk zitten werken met een programma dat hij herkende als Wolfram's Mathematics. Op het scherm was een complex, naar binnen plooiend, voorwerp zichtbaar. Hij liep erheen en keek over haar schouder.

'Stoor ik?'

Met een zucht draaide ze zich om. 'Niet echt. Ik wilde dit net afsluiten en de laatste run-up bekijken.'

'Wat is het?' vroeg hij met een hoofdknik naar het scherm.

'Een Kaluza-Klein elfdimensionale ruimte. Ik heb wat berekeningen uitgevoerd over miniatuur zwarte gaten.'

'Ik heb me laten vertellen dat Isabella de mogelijkheid zal onderzoeken van energievoorziening middels mini zwarte gaten.'

'Ja. Dat is een van onze projecten. Als we Isabella ooit online krijgen.'

'Hoe werkt zoiets?'

Hij zag een nerveuze blik op Hazelius. Heel even keken ze elkaar aan.

'Nou, het blijkt dat Isabella misschien zo krachtig is dat ze piepkleine zwarte gaten kan genereren. Stephen Hawking heeft aangetoond dat die na een paar biljoenste seconden verdampen. En daarbij komt energie vrij.'

'Ze exploderen, bedoel je?'

'Inderdaad. De achterliggende gedachte is dat we die energie misschien in goede banen kunnen leiden.'

'De kans bestaat dus dat Isabella een zwart gat creëert dat explodeert?'

Kate maakte een luchtig handgebaar. 'Niet echt. De zwarte gaten die Isabella kan maken, áls ze die al kan maken, zijn zo klein dat ze in een biljoenste seconde verdampen. Daarbij komt veel minder energie vrij dan, zeg, wanneer een zeepbel uiteenbarst.'

'Maar de explosie kan groter worden?'

'Bijzonder onwaarschijnlijk. Als zo'n miniatuur zwart gat een paar seconden blijft bestaan, heb je kans dat er enige massa in verzameld kan worden, en dan... springt de boel uit elkaar.'

'Hoe groot is die explosie dan?'

'Moeilijk te zeggen. Zoiets als een kleine kernbom, denk ik.'

Corcoran kwam aanlopen en ging tegen Ford aan staan. 'Maar dat is nog niet eens het engste scenario,' zei ze.

'Melissa.'

Ze trok haar wenkbrauwen op naar Kate en zette een onschuldig gezicht op. 'Ik dacht dat we niets zouden verbergen voor Wyman?' Tegen Ford zei ze: 'Wat écht griezelig is, dat is dat Isabella een zwart gaatje kan creëren dat volkomen stabiel is. En in dat geval dobbert dat naar het middelpunt van de aarde en blijft daar rondhangen om meer en meer materie op te slokken tot... *ka-bam!* Vaarwel Moeder Aarde!'

'Is daar kans op?' vroeg Ford.

'Welnee,' zei Kate geïrriteerd. 'Melissa zit je gewoon op stang te jagen.'

'Zevenennegentig procent,' klonk Dolby's stem.

'Luminositeit zeventien komma negen-twee TeV.'

Ford dempte zijn stem. 'Kate... vind jij niet dat ook de geringste kans te groot is? We hebben het hier wel over de vernietiging van de hele wereld.'

'Je kunt de wetenschap niet stopzetten vanwege dit soort onwaarschijnlijkheden.'

'Kan het jou dan niets schelen?'

Kate voer uit: 'Natuurlijk kan me dat iets schelen, Wyman, verdomme! Ik leef hier ook, hoor! Denk je dat ik dat risico zou nemen?'

'Als de kans niet exact nul is, dan neem je dat risico inderdaad.'

'De kans ís nul.' Ze draaide zich om in haar stoel en keerde hem de rug toe.

Ford rechtte zijn rug en zag dat Hazelius nog naar hem zat te kijken. De natuurkundige stond op en slenterde met een ontspannen glimlach op hem af.

'Wyman? Ik kan je geruststellen met het volgende feitje: als die zwarte gaatjes stabiel waren, dan zaten ze overal, de resten van de oerknal. Dan zouden er zoveel zijn dat ze intussen alles opgeslokt hadden. Het feit dat wij bestaan, is het bewijs dat die kleine zwarte gaten instabiel zijn.'

Corcoran zat op een afstandje te grijnzen, tevreden dat haar woorden zo'n effect hadden gesorteerd.

'Op de een of andere manier ben ik er toch niet helemaal gerust op.'

Hazelius legde een warme hand op zijn schouder. 'Isabella kan onmógelijk een zwart gat genereren dat de aarde kan opslokken. Dat kán simpelweg niet.'

'Vermogen stabiel,' zei St. Vincent.

'Bundel gecollimeerd. Luminositeit achttien komma twee TeV.'

Het gemompel op de Brug was toegenomen. Ford hoorde nu een nieuw geluid, een vaag gezang in de verte.

'Hoor je dat?' vroeg Hazelius. 'Dat is het geluid van de biljoenen deeltjes die door Isabella rondrazen. We weten niet goed waarom dat überhaupt geluid maakt: de bundels lopen door een vacuüm. Op de een of andere manier zorgen ze voor een sympathetische trilling, die wordt uitgezonden door de intense magnetische velden.'

De sfeer op de Brug was te snijden van de spanning.

'Ken, maak er negenennegentig van, en houd hem daar vast,' zei Hazelius.

'Komt voor elkaar.'

'Rae?'

'Luminositeit net over negentien TeV en toenemend.'

'Harlan?'

'Stabiel en koel.'

'Michael?'

'Niets abnormaals.'

Vanaf zijn bewakingscomputer aan de andere kant van de ruimte zei Wardlaw, zijn stem veel te hard in de stilte van de Brug: 'Ik heb een indringer.'

'Wat?' Verbouwereerd rechtte Hazelius zijn rug. 'Waar?'

'Bij de omheining, niet ver van de lift. Ik ben aan het scherp stellen.'

Hazelius liep erheen, en Ford kwam snel bij hem staan. Op een van Wardlaws schermen was een groenig beeld van de omheining te zien, gefilmd door een camera die hoog op een mast boven de lift was gemonteerd. Het was een man die rusteloos langs het hek ijsbeerde.

'Kun je inzoomen?'

Wardlaw drukte op een knop, en vanaf de hoogte van de omheining werd een ander beeld zichtbaar.

'Dat is die pastor!' zei Hazelius.

Het silhouet van Russ Eddy, mager als een talhout, onderbrak zijn geijsbeer even en haakte zich met zijn vingers vast in het gaas van de omheining om met een achterdochtige blik op zijn gezicht naar binnen te turen. Achter hem wierp de maan een groenige gloed over de verdorde mesa.

'Daar reken ik mee af,' zei Wardlaw, en hij stond op.

'Geen sprake van,' reageerde Hazelius.

'Maar hij is in overtreding.'

'Laat maar. Hij doet geen vlieg kwaad. Als hij probeert over het hek te klimmen, kun je hem via de luidsprekers laten weten dat hij moet opkrassen.'

'Oké.'

Hazelius draaide zich om. 'Ken?'

'Stabiel op negenennegentig.'

'Hoe doet de supercomputer het, Rae?'

'Prima, tot nu toe. Houdt de deeltjesstroom bij.'

'Ken, voer nog maar een tiende op.'

De bloem op het scherm flitste op, flikkerde en vouwde zich open en doorliep alle kleuren van de regenboog. Gehypnotiseerd bleef Ford naar het scherm staan kijken.

'Ik zie het begin van het onderste uiteinde van die resonantie,' zei Michael Cecchini. 'Krachtig spul.'

'Voer nog eens een tiende op,' zei Hazelius.

De grillige bloem op het scherm werd intenser, en aan weerszijden van het middelpunt verschenen twee vage, glinsterende kwabben die keer op keer naar buiten schoten als een grijpgrage hand.

'Alle systemen aan,' zei St. Vincent.

'Een tiende erbij,' dreunde Hazelius.

Chen ramde op het toetsenbord. 'Ja, nu zie ik het – een extreme ruimte-tijdkromming bij CZero.'

'Nog een tiende.' Hazelius' stem klonk rustig en vast.

'Daar is hij!' zei Chen, en haar stem weergalmde over de Brug.

'Zie je?' vroeg Kate aan Ford. 'Die zwarte stip daar, precies op CZero. Het lijkt wel of de deeltjesfontein even weg is en dan weer terugkeert in ons universum.'

'Tweeëntwintig komma vijf TeV.' Zelfs Chen, normaal zo relaxed, klonk gespannen.

'Stabiel op negenennegentig komma vier.'

'Een tiende erbij.'

De bloem kronkelde en draaide, en er spoten vlagen en flarden kleur naar buiten. Het donkere gat in het midden werd groter en de randen flakkerden rafelig. Plotseling nam een resonantie een duik naar buiten, tot voorbij de randen van het scherm.

Ford zag een zweetdruppel langs Hazelius' wang glijden.

'Dat is de bron van de geladen straal op tweeëntwintig komma zeven TeV,' zei Kate Mercer. 'Op dat punt lijken we het membraan te scheuren.'

'Een tiende omhoog.'

Het gat werd groter, en klopte eigenaardig, als een bonzend hart. In het midden was het inktzwart. Ford kon er zijn blik bijna niet van afwenden.

'Oneindige kromming bij CZero,' zei Chen.

Het gat was zo groot geworden dat bijna het hele midden van het scherm erdoor werd opgeslokt. Plotseling zag Ford iets flitsen in de diepte, als een zich plotseling en masse omdraaiende school vissen in zee.

'Hoe houdt de computer het?' vroeg Hazelius op scherpe toon.

'Wordt wat minder,' antwoordde Chen.

'Een tiende omhoog,' zei Hazelius gedempt.

De vlekken werden groter. Het zingende geluid, dat steeds harder was gaan klinken, kreeg nu een sissende, slangachtige boventoon.

'De computer begint vreemd te doen,' zei Chen met half verstikte stem.

'Hoezo?'

'Kijk zelf maar.'

Iedereen stond intussen voor het grote scherm; behalve Edelstein, die gewoon doorging met lezen. Er was iets aan het uitkristalliseren in de opening in het midden, met fragmentjes opflitsende kleur, steeds sneller, opborrelend vanuit oneindige diepten, glinsterend, steeds concreter. Het was zo vreemd dat Ford niet eens wist of zijn hersenen het wel goed interpreteerden.

Hazelius trok het toetsenbord naar zich toe en tikte een opdracht. 'Isabella kan de *bitstream* niet goed aan. Sluit die *checksum*-routines eens af, Rae, dan komt er meer vermogen vrij.'

'Ho even,' zei Dolby. 'Dat is ons waarschuwingssysteem.'

'Het is een back-up van een back-up. Rae? Ik wacht op je.'

Chen rammelde de opdracht in.

'Computer doet nog steeds raar, Gregory.'

'Ik ben het eens met Ken – volgens mij moet je die checksumroutines weer inschakelen,' zei Kate.

'Straks. Nog maar een tiende, Ken.'

Een korte aarzeling.

'Een tiende.'

'Oké,' zei Dolby onzeker.

'Harlan?'

'Vermogen is diep, sterk, zuiver.'

'Rae?'

Chens stem klonk hoog. 'Daar heb je het weer. De computer doet griezelig, net als bij Volkonsky.'

Het bevende beeld werd sterker.

Cecchini zei: 'Bundels nog steeds gecollimeerd. Luminositeit vierentwintig komma negen. Hier is alles onder controle.'

'Negenennegentig komma acht,' zei Chen.

'Een tiende erbij.'

'Gregory,' begon Dolby, en zijn normaal zo laconieke stem klonk ongewoon gespannen, 'weet je wel zeker dat je...'

'Een tiende erbij.'

'De computer glipt weg,' zei Chen. 'Ik hou hem niet meer. Daar heb je het weer.'

'Dat kán niet. Een tiende erbij!'

'Bijna negenennegentig komma negen,' zei Chen met een lichte trilling in haar stem.

Het zingen klonk nu luider, en deed Ford denken aan het geluid van de monoliet in de film *2001*: een koor van stemmen.

'Opvoeren tot negenennegentig komma negen-vijf.'

'Hij is weg! Hij accepteert geen gegevens meer!' Chen gooide met een zwiepend gebaar haar haar over haar schouder, in een boze zwarte wolk.

Samen met de anderen stond Ford vlak achter Hazelius, Cecchini, Chen en St. Vincent, die allemaal als aan hun eigen toetsenborden vastgeklonken zaten. Het beeld, het geval in het midden van de Visualizer, werd steeds concreter en trilde steeds sneller heen en weer, met purperen en dieprode pijlpunten die naar buiten en weer terug sprongen, één grote, wriemelende korf vol kleur, diep en driedimensionaal.

Het geheel zag er bijna levend uit.

'Mijn god,' bracht Ford onwillekeurig, ademloos, uit. 'Wat is dát?'

'Slagcode,' zei Edelstein droog, zonder ook maar even van zijn boek op te kijken.

Meteen werd het scherm van de Visualizer zwart.

'O, nee. God, nee,' kreunde Hazelius.

Midden op het scherm verscheen een woord:

GEGROET

Hazelius ramde met zijn vlakke hand op het toetsenbord. 'Kutwijf!'

'De computer hangt,' zei Chen.

Dolby keek Chen aan. 'Uitzetten, Rae. Nú.'

'Néé!' Hazelius vloog hem bijna aan. 'Opvoeren naar honderd procent!'

'Ben jij nou helemaal?' brulde Dolby.

Plotseling, van het ene moment op het andere, kalmeerde Hazelius. 'Ken, we móéten die malware vinden. Het ziet ernaar uit dat het een botprogramma is: het beweegt zich voort. Het zit niet in de hoofdcomputer. Maar waar dan wel? De detectoren hebben ingebouwde microprocessors; de bot verplaatst zich door de detectoren! En dat betekent dat we hem kunnen vinden. We kunnen de gegevens van alle detectoren afzonderlijk bekijken en hem dan de hoek in drijven. Ja toch, Rae?'

'Jazeker. Dat is een briljante gedachte.'

'In godsnaam,' zei Dolby, terwijl het zweet langs zijn gezicht gutste, 'dat is blind varen. Als die bundels hun collimatie kwijtraken, gaan ze overal doorheen, als een mes door de boter. En dan hebben wij het stuk voor stuk gehad, om nog maar te zwijgen van het feit dat er dan tweehonderdvijftig miljoen dollar aan detectoren naar de maan is.'

'Kate?' vroeg Hazelius.

'Ik sta achter je, Gregory.'

'Opvoeren naar honderd procent, Rae,' zei Hazelius koeltjes.

'Oké.'

Dolby maakte een snoekduik naar het toetsenbord, maar Hazelius was hem voor en versperde hem de weg.

'Ken,' zei Hazelius snel, 'luister nou even. Als de computer wilde crashen, dan was dat allang gebeurd. De controllersoftware draait nog op de achtergrond. We kunnen hem alleen niet zien. Geef me tien minuten om de fout op te zoeken.'

'Geen denken aan.'

'Vijf minuten dan. Alsjeblieft. Dit is niet zomaar een opwelling. Mijn assistent staat achter me. En wij hebben het hier voor het zeggen.'

'Niemand heeft iets te zeggen over mijn computer, alleen ik.' Hijgend stond Dolby van Hazelius naar Mercer te kijken voordat hij zich met gebalde vuisten en afhangende armen omdraaide.

Zonder zijn blik van hem af te wenden zei Hazelius: 'Kate? We gaan proberen wat jij en ik eerder besproken hebben: typ een vraag in. Maakt niet uit wat voor vraag. Eens kijken of we dat ding aan de praat krijgen.'

'Wat heeft dat nou voor zin, om hem vragen te stellen?' Dolby draaide zich om. 'Het is een chatterbot.'

'Misschien kunnen we de output terugvoeren naar de bron. Terug naar de logische bom.'

Dolby keek hem zwijgend aan.

'Rae,' zei Hazelius, 'als hij antwoord geeft, bekijk dan alle detectoren en zoek naar het signaal.'

'Oké.' Chen sprong op van de computer en liep naar een ander scherm, waar ze begon te typen.

De anderen stonden als verlamd te kijken, zwaar geschokt. Ford zag dat Edelstein eindelijk zijn boek had weggelegd om te kijken; er lag een afstandelijke blik van belangstelling op zijn gezicht.

Hazelius en Dolby bleven elkaar aankijken terwijl Hazelius de toegang tot de hoofdcomputer versperde.

JIJ OOK GEGROET, typte Kate.

Het led-scherm boven het toetsenbord flikkerde even en werd zwart. Toen verscheen er een antwoord:

LEUK OM MET JE TE PRATEN.

'Hij reageert!' riep Kate.

'Heb je dat, Rae?' brulde Hazelius.

'Ja,' antwoordde Chen opgewonden. 'Ik heb hier wat op de output. Je had gelijk, het komt inderdaad van een detector! We hebben hem te pakken! Ga door!'

HELEMAAL MEE EENS, typte Kate. 'Jemig, wat moet ik zeggen?'

'Vraag wie hij is,' zei Hazelius.

WIE BEN JIJ? typte Kate.

BIJ GEBREK AAN EEN BETERE TERM: IK BEN GOD.

Een laatdunkend gesnuif van Hazelius. 'Stelletje primitievelingen.'

ALS JE ECHT GOD BENT, typte Kate, BEWIJS DAT DAN.

WE HEBBEN NIET VEEL TIJD VOOR BEWIJZEN.

IK DENK AAN EEN GETAL TUSSEN EEN EN TIEN. WAT IS HET?

JE DENKT AAN HET TRANSCENDENTE GETAL E.

Kate nam haar vingers van het toetsenbord en leunde naar voren om nog iets te typen.

NU DENK IK AAN EEN GETAL TUSSEN NUL EN EEN.

DE CONSTANTE VAN CHAITIN: OMEGA.

Bij dat antwoord stond Kate plotseling op en deed een stap achteruit van het toetsenbord, haar hand voor haar mond geslagen.

'Wat is er?' vroeg Ford.

'Doorgaan!' gilde Chen vanuit haar voorovergebogen houding.

Met een bleek gezicht schudde Kate van nee, en nog steeds met haar hand voor haar mond deinsde ze achteruit.

'Waarom wordt er niet getypt, verdomme nog aan toe?' gilde Chen.

Hazelius wendde zich tot Ford. 'Wyman, neem het over van Kate.'

Ford stapte naar het toetsenbord toe. ALS JIJ GOD BENT, DAN... Wat kon hij vragen? Snel typte hij: DAN KUN JE ME ZEKER DE ZIN VAN HET BESTAAN WEL VERKLAREN?

DE UITEINDELIJKE ZIN KEN IK NIET.

'Ja, ik zie iets!' riep Chen. 'Goed zo! Doorgaan!'

DAAR ZIJN WE MOOI KLAAR MEE, typte Ford, EEN GOD DIE DE ZIN VAN HET BESTAAN NIET KENT.

ALS IK DAT WIST, WAS HET BESTAAN DOELLOOS.

HOEZO?

ALS HET EIND VAN HET HEELAL AANWEZIG WAS IN ZIJN BEGIN, ALS WIJ SLECHTS IN HET MIDDEN ZITTEN VAN DE DETERMINISTISCHE ONTPLOOIING VAN EEN REEKS BEGINCONDITIES... DAN WAS HET HEELAL EEN DOELLOZE EXERCITIE.

'Oké,' zei Dolby op zachte, maar dreigende toon. 'Je tijd zit erop. Ik wil Isabella terug.'

'Ken, je moet ons nog wat tijd gunnen.'

Dolby probeerde langs Hazelius te komen, maar de natuurkundige hield hem tegen. 'Straks.'

'Ik heb hem bijna!' gilde Chen. 'Nog één minuut, godsamme!'

'Nee!' zei Dolby. 'Ik zet hem nú uit.'

'Dat dacht ik niet,' zei Hazelius. 'Verdomme, Wyman, doorgaan met typen!'

VERKLAAR JE NADER, typte Ford haastig.

ALS HET DOEL AL BEREIKT IS, WAAROM ZOU JE DAN NOG OP REIS GAAN? ALS JE HET ANTWOORD AL KENT, WAAROM ZOU JE DE VRAAG DAN NOG STELLEN? DAAROM IS, EN BLIJFT, DE TOEKOMST DIEP VERBORGEN, OOK VOOR GOD. ANDERS HEEFT HET BESTAAN GEEN BETEKENIS.

DAT IS EEN METAFYSISCH ARGUMENT, GEEN FYSISCH, typte Ford.

HET FYSISCHE ARGUMENT LUIDT DAT GEEN DEEL VAN HET HEELAL ZAKEN SNELLER KAN UITREKENEN DAN HET HEELAL ZELF. HET HEELAL 'VOORSPELT DE TOEKOMST' ZO SNEL HET KAN.

Dolby probeerde om Hazelius heen te lopen, maar de wetenschapper dook opzij en versperde hem daar de weg.

'Niet ophouden met typen, ik ben er bijna!' gilde Chen, die diep over het toetsenbord als een razende zat te typen.

WAT IS HET HEELAL? typte Ford, en hij begon de computer in het wilde weg met vragen te bestoken. WIE ZIJN WIJ? WAT DOEN WE HIER OP AARDE?

Dolby maakte een snoekduik en duwde Hazelius opzij. Die struikelde, maar hervond algauw zijn evenwicht en smeet zich op de rug van de technicus om hem met verbijsterende kracht weg te sleuren van het toetsenbord.

'Ben jij nou helemaal?' krijste Dolby, en hij probeerde Hazelius weg te werken. 'Je helpt mijn computer naar de filistijnen!'

Er volgde een worsteling, waarbij de kleine natuurkundige als een aapje aan de brede rug van de technicus bleef hangen. Met een dreun vielen ze samen op de grond, zodat de stoel omviel.

De anderen stonden als verstijfd van afgrijzen naar de vechtpartij te kijken. Niemand wist wat te doen.

'Stompzinnige idioot!' brulde Dolby. Hij rolde over de vloer en probeerde zich los te werken uit de omhelzing van de wetenschapper, die uit alle macht vasthield.

De logische bom bleef tekst op het scherm van de Visualizer produceren.

HET HEELAL IS ÉÉN ENORME, ONHERLEIDBARE, EINDELOOS DURENDE BEREKENING DIE NAAR EEN STAAT TOEWERKT DIE IK NIET KEN EN NOOIT ZÁL KENNEN. DE ZIN VAN HET BESTAAN IS OM DIE EINDSTAAT TE BEREIKEN. MAAR DIE EINDSTAAT IS VOOR MIJ EEN RAADSEL; EN DAT HOORT OOK ZO, WANT ALS IK HET ANTWOORD AL KENDE, WAT HAD HET DAN ALLEMAAL VOOR ZIN?

'Laat me los!' schreeuwde Dolby.

'Help,' brulde Hazelius. 'Laat hem niet in de buurt van dat toetsenbord komen!'

WAT BEDOEL JE MET BEREKENING? typte Ford. ZITTEN WE ALLEMAAL IN EEN COMPUTER?

MET BEREKENINGEN BEDOEL IK DENKEN. HET HELE BESTAAN, ALLES WAT GEBEURT – EEN BLAD DAT VALT, EEN GOLF OP HET STRAND, EEN STER DIE IMPLODEERT – DAT BEN IK ALLEMAAL: MIJN GEDACHTEN.

'Ik heb hem!' riep Chen triomfantelijk. 'Ik... hè? Wat is dat n...?'

WAAR DENK JE OP DIT MOMENT AAN? typte Ford.

Met een laatste ruk sleurde Dolby zich los van Hazelius en wierp zich op de computer.

'Nee!' schreeuwde Hazelius. 'Niet uitzetten! Wacht!'

Zwaar ademend leunde Dolby achterover. 'Begonnen met power-down.'

Het zingende geluid dat door de ruimte had geklonken begon af te nemen en het scherm waarvoor Ford zat, flikkerde even. De woorden verdwenen langzaam; nog heel even zag hij een onaardse vorm opflakkeren en weer in het middelpunt van het beeld verdwijnen, en daarna werd alles donker.

Hazelius haalde zijn schouders op, trok zijn kleren recht, klopte het stof van zijn schouders en wendde zich met kalme stem tot Chen. 'Rae? Heb je hem te pakken?'

Met niets ziende ogen keek Chen hem aan.

'Rae?'

'Ja,' antwoordde ze. 'Ik heb hem.'

'En? Is het inderdaad een van de processors?'

'Nee.'

Het viel stil in de ruimte.

'Hoe bedoel je, néé?'

'Het kwam uit CZero zelf.'

'Waar heb je het over?'

'Nou gewoon, wat ik zeg. De output kwam rechtstreeks uit het ruimte-tijdgat op CZero.'

In de geschokte stilte zocht Ford Kate met zijn ogen. Ze stond in haar eentje stilletjes achter in het vertrek. Hij liep met snelle passen naar haar toe en fluisterde: 'Kate? Gaat het wel?'

'Hij wist het,' fluisterde ze met een wit gezicht. 'Hij wíst het.' Haar hand zocht de zijne en pakte die trillend beet.

27

Eddy liep zijn trailer uit, een handdoek over zijn schouder en de scheerspullen in zijn hand, en keek naar de dozen vol onuitgezochte kleding die de afgelopen week waren gearriveerd. Na zijn nachtelijke excursie naar de mesa had hij de slaap niet kunnen vatten, en hij had het grootste deel van de nacht online doorgebracht, surfend langs nachtelijke confessionele chatrooms.

Hij zwengelde een paar maal aan de pomp en ving het koude water met zijn hand op, petste het in zijn gezicht in de hoop zichzelf wakker te laten schrikken. Zijn hoofd gonsde van het slaapgebrek.

Hij zeepte zijn gezicht in en schoor zich, haalde het scheermes door het water om het schoon te maken en kiepte het zeepwater in het zand. Hij zag hoe het meteen de bodem in verdween tot er alleen nog een paar schuimklodders te zien waren. Plotseling moest hij aan Lorenzo's bloed denken. Met een gevoel van paniek stampte hij dat beeld onmiddellijk weg. God had Lorenzo getroffen – niet hij. Het was niet zijn schuld: het was Gods wil. En God deed nooit iets zonder reden. En die reden had te maken met project Isabella. En met Hazelius.

Hazelius. In gedachten speelde hij de film van de ontmoeting van de vorige dag nog een keer af. Hij liep rood aan bij de herinnering en zijn handen begonnen te beven. Eindeloos bleef hij malen over wat hij had kunnen zeggen; bij iedere herhaling werd zijn toespraak langer, welsprekender, meer vervuld van heilige verontwaardiging. Ten overstaan van alle aanwezigen had Hazelius hem een insect genoemd, een ziektekiem: omdat hij christen was. Die vent was een schoolvoorbeeld van alles wat er mis was met Amerika, een hogepriester in de tempel van het seculiere humanisme.

Eddy's blik dwaalde af naar de dozen die de vorige dag waren bezorgd. Nu Lorenzo weg was, had hij een boel meer te doen. Donderdag was 'kledingdag': dan deelde hij gratis kleren uit aan de indianen. Via het internet had Russ een afspraak gemaakt met een handvol kerken in Arkansas en Texas om gedragen kleren op te halen en naar hem te sturen, zodat hij ze kon verdelen onder behoeftige gezinnen.

Met zijn pennenmes maakte Eddy de bovenkant van de eerste doos open en begon de schamele inhoud te doorzoeken. Hier viste hij er een jasje uit, daar een spijkerbroek. De oogst ging op een hangertje aan een rek of werd op de kunststof tafels in de kapschuur gelegd. In de koele ochtendlucht stond hij de kleren te sorteren, op te hangen, te vouwen. Op de achtergrond lag het enorme silhouet van Red Mesa, purper in het vroege licht. Zijn gedachten bleven terugkeren naar Hazelius, en eindeloos nam hij de hele scène door. God had hem getoond wat Hij zou doen met een godslasteraar als Lorenzo. Dus wat zou Hij dan wel niet met Hazelius doen?

Hij keek op naar de mesa die boven hem de lucht in rees. Er ging een vage dreiging van uit, en hij dacht terug aan de duisternis van de vorige avond, de verlatenheid, de leegte. Het gonzen en knetteren van de hoogspanningskabels, de geur van ozon. Hij kon de aanwezigheid van Satan daar letterlijk vóélen.

Aan de horizon verscheen een stofwolk. Dat kon niet anders dan een aankomende auto zijn. Hij kneep zijn ogen samen en tuurde tegen de opkomende zon in. Even later verscheen er een pick-up, die hotsend en kreunend over de zandweg vol gaten reed. Huiverend kwam hij tot stilstand, en er klom een gezette indiaanse vrouw uit, gevolgd door twee jongens. Een van hen had een *Star Wars*-geweer bij zich, de ander een plastic uzi. Ze holden door het struikgewas en deden alsof ze elkaar onder vuur namen. Russ volgde hen met zijn blik en dacht aan zijn eigen zoon, die zonder hem moest opgroeien, en de woede in zijn hart nam toe.

'Ha pastor, hoe is het?' vroeg de vrouw opgewekt.

'Gegroet in Christus, Muriel,' zei Eddy.

'Wat hebt u vandaag?'

'Kijk zelf maar.' Zijn blik dwaalde terug naar de jongens, die elkaar van achter de bosjes zaten te bestoken.

De bel die hij aan de buitenmuur van de trailer had gemonteerd begon te rinkelen, als teken dat binnen de telefoon overging. Hij dook naar binnen, op zoek naar het toestel tussen de stapels boeken.

'Hallo?' zei hij uiteindelijk, buiten adem. Hij werd bijna nooit gebeld.

'Pastor Russ Eddy?' Het was dominee Don Spates.

'Goedemorgen, dominee Spates. Moge Christus met...'

'Ik vroeg me af of u nog wat had rondgekeken, zoals ik gevraagd had?'

'Jazeker, dominee. Ik ben gisteravond teruggegaan naar de mesa. De huizen en het hele dorp lagen er verlaten bij. De hoogspanningslijnen, alle drie, gónsden letterlijk van de spanning. Mijn haar stond zowat rechtovereind.'

'Nee maar...'

'En rond middernacht voelde ik een trilling, of een geluid, van onder de grond komen. Het duurde circa tien minuten.'

'Bent u verder dan de omheining gekomen?'

'Ik... dat durfde ik niet.'

Nog een gegrom, en een lange stilte. Eddy hoorde meer pick-ups arriveren, en iemand riep zijn naam. Hij negeerde de geluiden.

'Ik zal je vertellen waar ik mee zit,' zei Spates. 'Ik heb morgenavond om zes uur die talkshow, *Roundtable America*, en als gast heb ik een natuurkundige van Liberty University. Ik móét met iets nieuws komen over project Isabella.'

'Duidelijk, dominee.'

'Dus zoals ik gisteren al zei, je moet met iets goeds komen. Jij bent mijn man ter plekke. Die zelfmoord is een begin, maar het is niet genoeg. We moeten iets hebben waar de mensen bang van worden. Waar zijn ze écht mee bezig? Lekt er straling naar buiten, zoals kennelijk gezegd wordt? Gaan ze de aarde opblazen?'

'Maar ik heb geen idee hoe...'

'Dat ís het nu juist, Russ! Ga eropaf en zoek het uit! Een kleine overtreding, maar dan glip je tussen de mazen van de menselijke wet door om Gods wet te dienen. Ik reken op je!'

'Dank u, dominee. Dank u. Komt voor elkaar.'

Na het telefoontje liep pastor Russ het felle zonlicht weer in en ging naar waar een handvol mensen door de kleren stond te zoeken, voornamelijk alleenstaande moeders met kinderen. Hij hief zijn handen op. 'Mensen? Sorry, maar we moeten hier een eind aan maken. Er is iets tussen gekomen.'

Er ging een gemompel van teleurstelling op. Eddy voelde zich schuldig, want hij wist dat sommige moeders een heel eind hadden gereden om hier te kunnen zijn, en dat ondanks de benzineprijzen.

Toen ze verdwenen waren, hing Russ een briefje op dat de kledingdag was afgezegd, en klom in zijn pick-up. Hij keek op de meter: bijna leeg, niet genoeg benzine om naar de mesa en weer terug te komen. Hij pakte zijn portemonnee en telde zijn geld: drie dollar. Hij had al een paar honderd dollar schuld bij het benzinestation in Blue Gap, en bijna eenzelfde bedrag in Rough Rock. Hij zou moeten bidden dat hij het zou halen naar Piñon en daar tanken, in de hoop dat hij later mocht betalen. Hij wist vrijwel zeker dat het in orde was: bij de Navajo kon je altijd wel lenen.

Het had geen zin om overdag naar Isabella te gaan; dan zouden ze hem zien. Hij zou er na zonsondergang heen rijden en zijn pick-up neerzetten achter Nakai Rock. Dan kon hij in het donker rondsnuffelen. Intussen kon hij in Piñon misschien nog wat meer te weten komen over de zelfmoord op de mesa.

Hij haalde diep, bevrijdend adem. God had hem eindelijk geroepen. Gregory North Hazelius, die galbrakende antichrist, moest een halt worden toegeroepen.

28

Ford, weggezakt in een oude leren fauteuil in de recreatieruimte, keek naar de rest van het team, terwijl ze een voor een uit de Bunker kwamen, uitgeput en moedeloos. De eerste stralen van de zon vielen door de ramen in de oostwand naar binnen en vulden de ruimte met gouden licht. Met wazige blik lieten de mensen zich zwijgend in stoelen zakken. Hazelius kwam als laatste binnen. Hij liep naar de haard en stak het aanmaakhout onder een klaargelegde vuurstapel aan. Daarna plofte ook hij in een fauteuil.

Een tijdje zaten ze zwijgend bij elkaar, met als enig geluid het knappen van het vuur. Wat later kwam Hazelius langzaam overeind. Alle blikken waren op hem gericht. Hij keek van de een naar de ander, zijn blauwe ogen roze omrand van vermoeidheid, zijn lippen wit van de spanning. 'Ik heb een plan.'

De opmerking werd in stilte ontvangen. Er knapte een waterhoudende cel in het hout, en de aanwezigen schrokken zichtbaar van de knal.

'Morgenmiddag, om twaalf uur, doen we nog een run,' vervolgde Hazelius, 'op vol vermogen. Maar nu komt het belangrijkste: we voeren die run net zolang door tot we weten waar dat virus vandaan komt.'

Ken Dolby pakte een zakdoek en veegde zijn gezicht af. 'Luister nou even, Gregory. Je hebt mijn computer daarnet al bijna gemold. Dat mag ik niet nog een keer laten gebeuren.'

Hazelius boog zijn hoofd. 'Ken, ik moet je mijn excuses aanbieden. Ik weet dat ik de zaken soms op de spits drijf. Ik was boos, gefrustreerd. Ik heb me aangesteld als een idioot. Vergeef me.' Hij stak zijn hand uit.

Na een korte aarzeling nam Dolby die aan.

'Vrienden?'

'Ja, 'tuurlijk,' zei Dolby. 'Maar dat verandert niets aan het feit dat ik niemand zal toestaan om ooit nog een run uit te voeren op vol vermogen tot we het probleem met de hacker hebben opgelost.'

'En hoe denk je dat te doen zonder runs op vol vermogen?'

'Misschien is het tijd om toe te geven dat we gefaald hebben, en om de toestand in Washington te melden. Dan kunnen ze er daar een oplossing voor zoeken.'

Een hele tijd bleef het stil, tot Hazelius informeerde: 'Heeft er verder nog iemand een mening?'

Melissa Corcoran wendde zich tot Dolby. 'Ken, als we nu toegeven dat het project mislukt is, kunnen we onze carrières verder wel vaarwel zeggen. Ik weet niet hoe het met de anderen zit, maar voor mij was dit de kans van mijn leven. En die wil ik niet laten schieten.'

'Verder nog iemand?' vroeg Hazelius.

Rae Chen stond op; staande kwam ze amper boven de rest uit, ook al zaten die nog. Maar het formele gebaar van opstaan gaf haar woorden meer gewicht. 'Ja, ik heb iets te zeggen.'

Haar zwarte ogen gleden langs de aanwezigen.

'Ik ben opgegroeid in de achterkamer van een Chinees restaurant in Culver City, Californië. Mijn moeder heeft zich halfdood gewerkt om mij te kunnen laten studeren. Ze is trots op me omdat ik het in dit land gered heb. En nu zit ik hier. De hele wereld kijkt naar ons.' Haar stem begon te breken. 'Ik ga nog liever dóód dan dat ik het nu opgeef. Dat heb ik te zeggen. Ik ga nog liever dood.'

Met een plof liet ze zich in haar stoel vallen.

In de onbehaaglijke stilte zei Wardlaw: 'Ik weet hoe het bij het ministerie van Energie werkt. Als we dit nu melden, krijgen we het verwijt dat we het tot nu toe verzwegen hebben. Het kan zelfs tot een proces komen.'

'Een proces?' zei Innes achter in de zaal. 'In godsnaam, Tony, doe niet zo idioot.'

'Ik meen het.'

'Je probeert ons bang te maken.' Innes' bleke gezicht was in tegenspraak met zijn geringschattende toon. Zijn blik dwaalde rond. 'En ook al wás het zo, ik ben de psycholoog maar. Ik heb niets te maken gehad met de beslissing om informatie achter te houden.'

'Misschien, maar je hebt het ook niet gemeld,' zei Wardlaw, en hij kneep zijn ogen iets samen. 'Hou jezelf niet voor de gek. Jij komt samen met de rest van ons voor de rechter te staan.'

In de stilte klonk vogelgetjilp en gekwetter.

'Verder iemand die het eens is met Ken?' informeerde Hazelius na verloop van tijd. 'Dat we de handdoek in de ring gooien en het probleem in Washington melden?'

Niemand was het hiermee eens.

Dolby keek om zich heen. 'Maar denk dan toch aan het risico!' riep hij. 'Isabella kan eraan bezwijken! We kunnen haar niet zomaar op het lichtnet aansluiten en er het beste van hopen!'

'Daar heb je gelijk in, Ken,' zei Hazelius. 'En daar houd ik in mijn plan ook rekening mee. Wil je horen wat ik bedacht heb?'

'Horen is niet hetzelfde als ermee instemmen,' zei Dolby.

'Uiteraard. Zoals je weet draait Isabella op drie hypermoderne IBM P5 595-servers. Die heb je zelf geconfigureerd, Ken. Die servers zorgen voor telecommunicatie, e-mail, het netwerk en noem maar op. Eigenlijk is dat veel te veel vermogen. Die servers zijn krachtig genoeg om het complete Pentagon te bedienen. Dus zou ik zeggen, laten we ze herconfigureren zodat ze dienst kunnen doen als back-up voor Isabella.' Hij wendde zich tot Rae Chen. 'Is dat te doen?'

'Volgens mij wel.' Ze wierp een blik op Edelstein. 'Wat denk jij, Alan?'

Edelstein knikte traag.

'En hoe wou je dat aanpakken?' informeerde Dolby.

'Het grootste probleem is de firewall,' zei Chen. 'We zullen alle banden met de buitenwereld moeten afsnijden. Ook de telecommunicatie. Dan gaan de gewone telefoonlijnen en de mobiele verbindingen de lucht uit. Vervolgens pakken we de servers en koppelen ze rechtstreeks aan Isabella. Dat is te doen.'

'Geen enkele communicatie met de buitenwereld?'

'Nee, niet zolang Isabella bezig is. De firewall is onbreekbaar. Als de software waarmee Isabella werkt, merkt dat er een verbinding naar buiten is, wordt alles meteen afgesloten. Om veiligheidsredenen. Daarom moeten we alle vormen van communicatie verbreken.'

'Ken?'

Dolby zat met gefronste wenkbrauwen met zijn vingers op het tafelblad te trommelen.

Hazelius keek in het rond. 'Verder nog iemand?' Zijn blik viel op Kate Mercer, die achterin zat zonder zich in het gesprek te mengen. 'Kate? Wat vind jij?'

Stilte.

'Kate? Gaat het wel?'

Haar stem was amper hoorbaar. 'Hij wíst het.'

Meer stilte, tot Corcoran opgewekt zei: 'Nou, dat is misschien niet zo gek als het klinkt. Kennelijk hebben we hier te maken met een Eliza-achtig programma. Is hier iemand die zich Eliza herinnert?'

'Dat FORTRAN-programma in de jaren tachtig, dat praatte als een psychoanalyticus?' zei Cecchini.

'Inderdaad,' zei Corcoran. 'Het programma zelf was simpel: het veranderde alles wat je zei in een vraag. Als je typte: 'Mijn moeder haat me,' dan antwoordde Eliza: 'Waarom zeg je dat je moeder je haat?' Klein programma, groots effect.'

'Dit was geen Eliza,' zei Kate. 'Hij wíst wat ik dacht.'

'In feite is dat behoorlijk elementair,' beweerde Melissa met een snelle, hautaine blik. 'De hacker die deze logische bom heeft gemaakt, weet dat wij een stel wetenschappers zijn, nerds kun je wel zeggen. Hij weet dat wij anders denken dan gewone mensen. Dus toen jij zei dat je aan een getal tussen een en tien dacht, had de hacker al voorzien dat iemand ooit zo'n soort vraag zou stellen. Hij bedacht dat je waarschijnlijk niet aan een heel getal zou denken, of zelfs maar aan een breuk, nee, hij ging ervan uit dat je aan álle getallen tussen de een en tien zou denken. En wat is het interessantste getal tussen een en tien? Ofwel pi, ofwel e. Maar e is het raadselachtigst van de twee.' Opgewekt keek ze om zich heen.

'En het volgende antwoord dan?'

'Zelfde principe. Wat is verreweg het raarste getal tussen nul en één? Makkelijk: de wiskundige constante van Chaitin, omega. Ja toch, Alan?'

Alan Edelstein neeg even het hoofd.

Melissa keek Kate met een stralende glimlach aan. 'Zie je nou wel?'

'Lulkoek.'

'O, dus jij denkt echt dat we met God in gesprek zijn?'

'Doe niet zo idioot,' zei Kate geprikkeld. 'Ik zeg alleen maar, hij wíst het.'

Rae Chen opende haar mond. 'Luister, ik wil niet helemaal vaag overkomen of zo, maar ik heb die output kunnen volgen tot in het middelpunt van CZero. Het kwam níet uit een detector, en ook niet uit de hardware. Het kwam uit die rare gegevenswolk in de scheur in de ruimte-tijd van CZero.'

'Rae,' zei Hazelius, 'je weet dat dat niet kan.'

'Ik zeg alleen maar wat ik gezien heb. Die gegevenswolk spuwde binaire code rechtstreeks in de detectoren. En bovendien was er een energie-overschot: er kwam meer energie uit CZero dan we erin pompten. Hier heb ik de berekening.' Ze schoof een stapel papieren naar Hazelius.

'Onmogelijk. Dat kan niet.'

'Nou, dan reken je het maar na.' Chen spreidde haar handen.

'En daarom moeten we dit opnieuw doen,' zei Hazelius. 'Niet onder druk, niet met een of andere deadline. We moeten nog een run doen, zodat Rae alle tijd heeft om die logische bom serieus op te sporen.'

Edelstein zei: 'Tijdens het gesprek was ik druk bij computer 3. Heeft iemand de tekst op papier? Ik zou graag lezen wat de output van die malware was.'

'Wat maakt dat uit?' wilde Hazelius weten.

Edelstein haalde zijn schouders op. 'Gewoon, belangstelling.'

Hazelius keek in het rond. 'Heeft iemand dat bijgehouden?'

'Ik heb het ergens,' zei Chen. 'Het kwam uit de printer bij de gegevensdump.' Ze ritselde met haar papieren en trok een vel uit de stapel. Hazelius pakte het aan.

'Lees eens voor,' zei St. Vincent. 'Ik heb het meeste ook niet meegekregen.'

'Ik ook niet,' kwam Thibodeaux. De anderen stemden in.

Hazelius schraapte zijn keel en las op neutrale toon voor:

GEGROET

JIJ OOK GEGROET

LEUK OM MET JE TE PRATEN.

HELEMAAL MEE EENS

WIE BEN JIJ?

BIJ GEBREK AAN EEN BETERE TERM: IK BEN GOD.

Op dit punt zweeg Hazelius even. 'Als ik dat stuk ellende ooit in handen krijg die deze troep in het systeem heeft gestopt, dan ruk ik z'n ballen van z'n lijf.'

Thibodeaux lachte even, nerveus.

'Hoe weet je dat het geen vrouw was?' vroeg Corcoran.

Hazelius las verder.

ALS JE ECHT GOD BENT, BEWIJS DAT DAN.

WE HEBBEN NIET VEEL TIJD VOOR BEWIJZEN.

IK DENK AAN EEN GETAL TUSSEN EEN EN TIEN. WAT IS HET?

JE DENKT AAN HET TRANSCENDENTE GETAL E.

NU DENK IK AAN EEN GETAL TUSSEN NUL EN EEN.

DE CONSTANTE VAN CHAITIN: OMEGA.

ALS JIJ GOD BENT, DAN... DAN KUN JE ME ZEKER DE ZIN VAN HET BESTAAN WEL VERKLAREN?

DE UITEINDELIJKE ZIN KEN IK NIET.

DAAR ZIJN WE MOOI KLAAR MEE, EEN GOD DIE DE ZIN VAN HET BESTAAN NIET KENT.

ALS IK DAT WIST, WAS HET BESTAAN DOELLOOS.

HOEZO?

ALS HET EIND VAN HET HEELAL AANWEZIG WAS IN ZIJN BEGIN, WIJ SLECHTS IN HET MIDDEN ZITTEN VAN DE DETERMINISTISCHE ONTPLOOIING VAN EEN REEKS BEGINCONDITIES... DAN WAS HET HEELAL EEN DOELLOZE EXERCITIE.

VERKLAAR JE NADER.

ALS HET DOEL AL BEREIKT IS, WAAROM ZOU JE DAN NOG OP REIS GAAN? ALS JE HET ANTWOORD AL KENT, WAAROM ZOU JE DE VRAAG DAN NOG STELLEN? DAAROM IS, EN BLIJFT, DE TOEKOMST DIEP VERBORGEN, OOK VOOR GOD. ANDERS HEEFT HET BESTAAN GEEN BETEKENIS.

DAT IS EEN METAFYSISCH ARGUMENT, GEEN FYSISCH.

HET FYSISCHE ARGUMENT LUIDT DAT GEEN DEEL VAN HET HEELAL ZAKEN SNELLER KAN UITREKENEN DAN HET HEELAL ZELF. HET HEELAL 'VOORSPELT DE TOEKOMST' ZO SNEL HET KAN.

WAT IS HET HEELAL? WIE ZIJN WIJ? WAT DOEN WE HIER OP DEZE AARDE?

HET HEELAL IS ÉÉN ENORME, ONHERLEIDBARE, EINDELOOS DURENDE BEREKENING, DIE NAAR EEN STAAT TOEWERKT DIE IK NIET KEN EN NOOIT ZÁL KENNEN. DE ZIN VAN HET BESTAAN IS OM DIE EINDSTAAT TE BEREIKEN. MAAR DIE EINDSTAAT IS VOOR MIJ EEN RAADSEL; EN DAT HOORT OOK ZO, WANT ALS IK HET ANTWOORD AL KENDE, WAT HAD HET DAN ALLEMAAL VOOR ZIN?

WAT BEDOEL JE MET BEREKENING? ZITTEN WE ALLEMAAL IN EEN COMPUTER?

MET BEREKENINGEN BEDOEL IK DENKEN. HET HELE BESTAAN, ALLES WAT GEBEURT – EEN BLAD DAT VALT, EEN GOLF OP HET STRAND, EEN STER DIE IMPLODEERT – DAT BEN IK ALLEMAAL: MIJN GEDACHTEN.

WAAR DENK JE NU AAN?

Hazelius liet het papier zakken. 'En verder is ze niet gekomen.'

Edelstein mompelde: 'Werkelijk buitengewoon.'

'Mij lijkt het een ferme dosis newageonzin,' zei Innes. '"Allemaal ik, allemaal mijn gedachten." Dat zijn kinderlijke gevoelens. Precies wat je kunt verwachten van een in sociaal opzicht onderontwikkelde computerhacker.'

'Vind je?' vroeg Edelstein.

'Inderdaad, dat vind ik.'

'Mag ik er dan op wijzen dat deze malware, althans tot nu toe, de turingtest heeft doorstaan?'

'De turingtest?'

Edelstein keek hem met samengeknepen ogen aan. 'Ga nou niet zeggen dat je niet weet wat dat is.'

'Sorry, ik ben maar een domme psycholoog.'

'Het allerbelangrijkste artikel over de turingtest is anders verschenen in het psychologische vakblad *Mind*.'

Innes' gezicht kreeg een uitdrukking van professionele neutraliteit. 'Misschien moest jij je eens afvragen, Alan, waarom je zo'n enorme behoefte hebt aan zelfbevestiging.'

'Turing,' zei Edelstein, 'was een van de grootste genieën van de twintigste eeuw. Al in de jaren dertig had hij het idee voor een computer. Tijdens de Tweede Wereldoorlog wist hij de Duitse Enigmacode te kraken. Na de oorlog is hij afgrijselijk behandeld omdat hij homo was, en uiteindelijk heeft hij zelfmoord gepleegd door een vergiftigde appel te eten.'

Innes fronste zijn voorhoofd. 'Een uitermate labiele persoonlijkheid.'

'Wou jij beweren dat homo's labiel zijn?'

'Nee, helemaal niet, natuurlijk niet,' zei Innes haastig. 'Ik doelde op zijn manier van zelfmoord plegen.'

'Turing had Engeland van de nazi's gered; zonder hem hadden de Britten de oorlog verloren. En als dank werd hij genadeloos vervolgd. Onder die omstandigheden zou ik toch denken dat zelfmoord geen... onlogische keuze is. Wat betreft zijn methode: die was schoon, doeltreffend en veelzeggend in haar symboliek.'

Innes' gezicht liep rood aan. 'Ik denk dat we het allemaal zouden waarderen, Alan, als je ter zake kwam.'

Onverstoorbaar vervolgde Edelstein: 'De turingtest was een poging tot een antwoord op de vraag: "Kan een machine denken en zo ja, hoe weet je dat?" Turing stelde het volgende voor: een menselijke rechter gaat een schriftelijk gesprek aan met twee eenheden die hij niet kan zien: een mens en een machine. Als de rechter na een lange uitwisseling geen verschil ziet tussen de mens en de machine, dan wordt van die machine gezegd dat ze "intelligent" is. De turingtest is een standaarddefinitie voor kunstmatige intelligentie geworden.'

'Bijzonder interessant allemaal,' zei Innes, 'maar wat heeft het te maken met ons probleem?'

'Aangezien we niets bereikt hebben dat ook maar in de buurt komt van kunstmatige intelligentie, ook niet met de krachtigste supercomputers, vind ik het verbazingwekkend dat een simpel stukje malware, een paar duizend regels hackerscode, nemen we maar aan, de turingtest doorstaat. En dat op zo'n abstract onderwerp als God en de zin van het leven.' Hij wees naar de uitdraai. 'En daarom is dit níet kinderachtig – absoluut niet.' Hij sloeg zijn armen over elkaar en keek in het rond.

'Een reden temeer om nog een run te doen,' zei Hazelius. 'We moeten hem aan de praat houden, zodat Rae kan kijken waar dit allemaal vandaan komt.'

De mensen zakten onderuit in hun stoelen. Niemand zei iets.

'Nou?' zei Hazelius. 'Ik heb een voorstel gedaan. We hebben erover gepraat. Laten we erover stemmen: gaan we morgen op zoek naar die logische bom, ja of nee?'

Dit werd gevolgd door onenthousiast geknik en geluiden van vage instemming.

'Morgen is de dag van de protestrit,' zei Ford.

'We kunnen dit onmogelijk langer uitstellen,' zei Hazelius. Met uitdagende blik keek hij van de een naar de ander. 'Nou? Handen omhoog, graag!'

Een voor een gingen de handen omhoog. Na een korte aarzeling stak ook Ford zijn hand in de lucht. Alleen Dolby's hand bleef waar hij was.

'We kunnen dit niet zonder jou, Ken,' zei Hazelius zachtjes. 'Isabella is jouw kindje.'

Een stilte, en daarna vloekte Dolby. 'Oké, verdomme, ik doe mee.'

'Unaniem,' zei Hazelius. 'We starten morgen om twaalf uur. Als het allemaal goed gaat, zitten we rond zonsondergang op vol vermogen. Dan hebben we de hele nacht om die malware op te zoeken en weg te werken. En laten we dan nu maken dat we een paar uur slaap krijgen.'

Terwijl Ford over het veld terugliep, bleef Kates zin door zijn hoofd spoken: *Hij wist het. Hij wist het.*

29

Terwijl Ford op weg was naar zijn casita, hoorde hij iemand zijn naam noemen. Hij draaide zich om: de kleine, slanke gestalte van Hazelius kwam over het veld zijn kant uit lopen.

'Dat moet een hele schok voor je geweest zijn, wat er afgelopen nacht allemaal gebeurde,' zei de directeur, terwijl hij naast hem kwam lopen.

'Zeg dat wel.'

'Wat denk jij?' Hazelius hield zijn hoofd lichtelijk schuin en keek Ford zijdelings aan met een blik alsof zijn ogen een microscoop waren.

'Door de toestand niet meteen te melden hebben jullie het jezelf beslist niet gemakkelijk gemaakt.'

'Dat is nu eenmaal gebeurd. Ik ben opgelucht dat Kate het je verteld heeft. Ik vond het niet prettig om het voor jou verborgen te houden. Ik hoop dat je begrijpt waarom we niet eerder met het nieuws kwamen.'

Ford knikte.

'Ik weet dat je Kate de verzekering hebt gegeven dat je dit voor je zult houden.' Een veelbetekenende stilte.

Ford durfde niets te zeggen. Hij ging er niet langer van uit dat hij goed kon liegen.

'Heb je even?' vroeg Hazelius. 'Ik wil je graag de indiaanse ruïne laten zien die de aanleiding is voor de hele controverse. Dan kunnen we meteen eens praten.'

Ze staken de weg over en volgden een pad tussen de populieren door, de bedding van een arroyo in die zich had afgesplitst van de Nakai Wash. Ford voelde zijn lichaam en zijn zintuigen op volle toeren draaien na de uitputtende nacht. De zandsteenwanden aan weerszijden van de holle weg kwamen steeds dichterbij tot hij de plooien en draaiingen die water uit een ver verleden in de zachte steen had geëtst bijna kon aanraken. Boven zijn hoofd zag hij een enorme adelaar vliegen, met een spanwijdte zo breed als Ford lang was, en ze bleven even staan om ernaar te kijken. Toen de vogel uit het zicht verdwenen was, tikte Hazelius even op zijn schouder en wees vooruit. Bijna twintig meter hoger, in de schuin lopende zandsteenwand, lag een kleine Anasazi-ruïne, in een nis geklemd. Een oud, in de rots uitgehouwen, spoor liep erheen.

'Vroeger,' zei Hazelius zachtjes, 'was ik een arrogant huffertje. Ik dacht dat ik slimmer was dan wie dan ook. Ik dacht dat ik daardoor een beter mens was, meer waard dan diegenen die met een normale intelligentie zijn geboren. Ik wist niet waar ik in geloofde, en het kon me ook niets schelen. Ik ging gewoon door met mijn leven, verzamelde bewijzen van mijn superioriteit: een Nobelprijs, de Fields, eredoctoraten, loftuitingen, bakken vol geld. Ik zag andere mensen als figuranten in de film waarin ik de hoofdrol speelde. En toen ontmoette ik Astrid.'

Hij zweeg toen ze het begin van het oude spoor de bergwand op bereikten.

'Astrid was de enige op aarde van wie ik ooit echt gehouden heb, die me uit mezelf haalde. En toen ging ze dood. Jong en vitaal, dood in mijn armen. Toen ze er niet meer was, dacht ik dat de wereld ophield te bestaan.'

Hij zweeg. 'Het is niet makkelijk te beschrijven als iemand het niet zelf heeft meegemaakt.'

'Ik héb het meegemaakt,' zei Ford, bijna buiten zijn eigen wil om. De vreselijke kilte van het verlies wikkelde zich weer rond zijn hart en perste dat samen.

Hazelius leunde met een arm op de zandsteen. 'Is jouw vrouw overleden?'

Ford knikte. Hij vroeg zich af waarom hij daar met Hazelius over praatte, terwijl hij niet eens iets had willen zeggen tegen zijn eigen psychiater.

'Hoe ben je daarmee omgegaan?'

'Niet. Ik ben het klooster in gevlucht.'

Hazelius kwam dichterbij staan. 'Ben jij gelovig?'

'Ik... dat weet ik niet. Mijn geloof kreeg een gevoelige tik door haar dood. Ik moest erachter komen... waar ik stond. Waarin ik geloofde.'

'En?'

'Hoe meer ik het probeerde, des te minder zeker ik was. Het was goed om te ontdekken dat ik nooit zeker zou zijn. Dat ik niet in de wieg gelegd was om een ware gelovige te zijn.'

'Misschien kan niemand die rationeel denkt, intelligent is, ooit volkomen zeker zijn van zijn geloof,' zei Hazelius. 'Of, in mijn geval, zeker van mijn gebrek aan geloof. Wie weet, misschien is Eddy's God wél ergens daarboven: wraakzuchtig, sadistisch, bereid tot genocide, bereid om iedereen te verbranden die niet in hem gelooft.'

'Toen jouw vrouw doodging...' begon Ford. 'Wat heb jij toen gedaan om dat te verwerken?'

'Ik besloot iets terug te geven aan de wereld. En omdat ik natuurkundige ben, kwam ik met het idee voor Isabella. Mijn vrouw zei altijd: "Als de slimste man op aarde niet kan bedenken hoe wij hier gekomen zijn, wie kan dat dan wel?" Isabella is mijn poging tot een antwoord op die vraag, en op vele andere. Mijn geloofsbelijdenis.'

In een klein vlekje zonlicht zag Ford een pas uit het ei gekropen hagedisje tegen de rotswand gekleefd zitten. Ergens boven zijn hoofd cirkelde de adelaar nog: zijn hoge kreten echoden tussen de rotsen.

'Wyman,' ging Hazelius verder, 'als die toestand met die hacker bekend wordt, dan is Isabella naar de maan, dan zijn onze carrières niets meer waard, en dan zakt de hele Amerikaanse wetenschap een generatie terug. Dat weet jij, neem ik aan?'

Ford zei niets.

'Ik vraag je met heel mijn hart om dit probleem niet wereldkundig te maken tot we een kans hebben om het te verhelpen. Het zou ons allemaal kapotmaken; ook Kate.'

Ford keek hem plotseling aan.

'Ja, ik zie wel dat er iets tussen jullie is,' vervolgde Hazelius. 'Iets goeds. Iets om te koesteren, als ik me zo mag uitdrukken.'

Was het maar waar, dacht Ford.

'Geef ons nog twee etmalen om het probleem te verhelpen en Isabella te redden. Ik smeek het je.'

Ford vroeg zich af of deze intens levende man wist, of had geraden, wat zijn ware missie was. Het leek er bijna op.

'Twee etmalen,' herhaalde Hazelius zachtjes.

'Oké,' antwoordde Ford.

'Dank je,' zei Hazelius, zijn stem hees van emotie. 'Laten we dan nu omhoogklimmen.'

Ford legde zijn handen in de treden boven hem en volgde Hazelius langzaam het gevaarlijke pad op. De treden waren door regen en wind uitgesleten en verkruimeld, en zijn vingers en voeten kregen amper houvast.

Toen ze bij de kleine ruïne aankwamen, bleven ze op de rand voor de deuropening staan om op adem te komen.

'Kijk.' Hazelius gebaarde naar waar een bewoner van het huis eeuwen geleden een buitenlaag van leem over de stenen muur had aangebracht. Het merendeel van het pleisterwerk was intussen weggesleten, maar bij het houten kozijn waren nog handafdrukken en vegen zichtbaar in de droge leem.

'Als je goed kijkt, kun je de patronen nog zien in de vingerafdrukken,' zei Hazelius. 'Duizend jaar oud, maar dit is het enige van die persoon dat over is.'

Hij draaide zijn gezicht naar de blauwe horizon. 'Zo is het met de dood. Op een dag, *bám*. Alles weg. Herinneringen, hoop, dromen, huizen, liefdes, bezit, geld. Familie en vrienden plengen een traan, organiseren een ceremonie, en gaan door met hun leven. En wij worden een stel vergelende foto's in een album. En dan gaan de mensen die van ons hielden dood, en de mensen die van hén hielden, en binnen de kortste keren is ook de herinnering aan ons dood. Je hebt vast wel eens van die oude fotoalbums gezien in antiekwinkels, vol mensen in negentiende-eeuwse kleren: mannen, vrouwen, kinderen. Niemand weet meer wie dat waren. Zoals de persoon die hier zijn vingerafdruk achterliet. Verdwenen, vergeten. En met welk doel?'

'Ik wou dat ik het wist,' zei Ford.

Ondanks de stijgende temperatuur voelde hij een huivering bij het afdalen. Hij was tot op het merg geraakt door het gevoel van zijn eigen sterfelijkheid.

30

Toen Ford zijn casita bereikte, deed hij de deur op slot, trok de gordijnen dicht, haalde zijn aktetas uit de archiefkast en toetste de combinatie in.

Ga slapen, idioot, schreeuwde zijn lichaam hem toe. In plaats daarvan haalde hij de laptop en Volkonsky's briefje uit de aktetas. Het was zijn eerste vrije moment; nu zou hij proberen de boodschap te ontcijferen. Hij ging in kleermakerszit op bed zitten, met zijn rug tegen het houten hoofdeinde aan, en nam de computer op schoot. Hij startte een bewerkingsprogramma voor hexadecimale code en begon de cijfers en letters in een gegevensbestand te typen. De code van het raadselachtige briefje moest in de computer worden ingevoerd voordat hij er iets mee kon beginnen.

Het kon van alles zijn, die code: een kort computerprogramma, een gegevensbestand, een tekstbestand, een plaatje, de eerste paar noten van Beethovens Vijfde. Het kon zelfs een sleutel zijn waarmee geheime code kon worden ontcijferd. In dat geval had hij er niets aan, want de FBI had Volkonsky's pc meegenomen.

Langzaamaan dommelde Ford in en zakte naar voren, tot uiteindelijk de laptop van zijn knieën viel. Hij schudde zijn hoofd om wakker te worden en liep naar de keuken om koffie te zetten. Hij had al bijna twee etmalen niet geslapen.

Net toen hij de laatste lepel koffie in het filter deed, voelde hij een steek in zijn maag. Hij dacht aan alle koffie die hij nu al dagenlang in zijn systeem pompte en duwde het koffiezetapparaat naar achteren. Na enig gerommel in de voorraadkast vond hij, helemaal achterin, een doosje met biologische groene thee. Twee zakjes, tien minuten laten trekken – en even later keerde hij met een mok vol groene vloeistof terug naar de slaapkamer. Terwijl hij meer gegevens intikte, nam hij af en toe een slok van de hete, bittere thee.

Hij wilde dit snel afmaken, zodat hij nog even kon slapen voordat hij naar Blackhorse reed om nog eenmaal met Begay te praten voordat die aan de protestrit begon, maar zijn ogen vielen bijna dicht terwijl hij van het scherm naar het papier en vice versa keek. Keer op keer betrapte hij zichzelf op fouten.

Hij dwong zich, langzamer te werken.

Tegen halfelf was hij klaar. Hij leunde achterover en vergeleek het gegevensbestand met het briefje. Het zag er goed uit. Hij sloeg het bestand op en begon met de conversie.

Meteen bleek het een binair bestand te zijn: een enorm blok van enen en nullen.

Intuïtief koos hij de conversiemodule voor binair naar ASCII, en tot zijn verbazing verscheen er een tekstbericht op het scherm.

Gefeliciteerd, wie je ook bent. Haha! Jouw IQ ligt een fractie hoger dan dat van de doorsneeidioot.
Nou. Ik maak dat ik hier wegkom uit dit gekkenhuis en ik ga naar huis. Ik parkeer mijn magere kont voor de tv met een fles ijskouwe wodka en dan ga ik zitten kijken naar apies die op hun tralies zitten te rammen. Haha! En misschien schrijf ik nog eens een lange brief aan tante Natasja.
Ik ken de waarheid, stom rund. Ik heb de waanzin doorzien.
Als bewijs geef ik je een naam, meer niet: Joe Blitz.
Haha!
P. Volkonsky

Ford las het bericht tweemaal door en leunde achterover. Het had de onsamenhangende, manische toon van iemand die aan het doordraaien was. Wat voor waanzin bedoelde hij? De malware? Isabella? De wetenschappers zelf? Waarom had hij het bericht in code verborgen, in plaats van gewoon een briefje achter te laten?

En Joe Blitz...?

Ford googelde de naam: die kwam een miljoen maal voor. Hij nam de eerste vermeldingen door, maar zag geen in het oog springende connecties.

Hij pakte de satelliettelefoon uit de aktetas en bleef er een tijdje naar zitten kijken. Hij had Lockwood misleid. Nee, hij had tegen hem gelogen. En nu had hij Hazelius beloofd niets over de malware te zullen zeggen.

Verdomme! Waarom had hij gedacht dat hij na twee jaar in het klooster zijn oude CIA-gewoontes van liegen en bedriegen weer kon oppakken? Hij kon Lockwood in ieder geval vertellen over het briefje. Misschien had Lockwood zelfs wel een idee wie die mysterieuze Joe Blitz kon zijn. Hij toetste het nummer in.

'Ik heb meer dan een etmaal zitten wachten,' waren Lockwoods woorden toen hij de telefoon opnam, zonder zich te bekommeren om de gebruikelijke begroetingen. 'Wat heb je allemaal uitgespookt?'

'Gisternacht heb ik bij Volkonsky thuis een briefje gevonden; dat moest je weten, vond ik.'

'Waarom zei je dat gisteren niet?'

'Omdat het niets meer is dan een stukje verscheurd papier met een paar regels programmeertaal erop. Ik had geen idee of het iets was. Maar ik heb kans gezien het te ontcijferen.'

'O? En wat staat erin?'

Hij las het briefje door de telefoon voor.

'Wie is die Joe Blitz?' vroeg Lockwood.

'Ik hoopte dat jij dat zou weten.'

'Ik laat het meteen uitzoeken. En die tante Natasja ook.'

Langzaam hing Ford op. Er was hem nog iets opgevallen: dit briefje bevatte geen enkele suggestie dat het geschreven was door iemand die op het punt van zelfmoord stond.

31

Na een kort dutje en een late lunch liep Ford naar de stal. Hij moest iets belangrijks bespreken met Kate: zij had open kaart gespeeld met hem, en nu was het zijn beurt om de waarheid te vertellen.

Toen hij haar vond was ze net bezig met een tuinslang de drinkbakken te vullen. Ze keek hem aan. Haar gezicht was nog steeds bleek, bijna doorschijnend, van de zorgen.

'Bedankt dat je het daarstraks voor me opnam,' zei Ford. 'Het spijt me dat ik je daarmee in een lastig parket heb gebracht.'

Ze schudde haar hoofd. 'Laat maar. Ik ben alleen maar opgelucht dat ik niets meer voor je hoef te verbergen.'

Hij bleef in de deuropening staan en probeerde voldoende moed te verzamelen om het haar te vertellen. Ze zou het niet goed opvatten, helemaal niet. De moed zakte hem in de schoenen. Hij zou het haar later vertellen, onderweg.

'Dankzij Melissa denkt iedereen nu dat wij met elkaar slapen.' Kate keek hem aan. 'Dat mens is volkomen onmogelijk. Eerst zat ze achter Innes aan, toen Dolby, nu jij. Wat die echt nodig heeft, is een goeie beurt.' Ze wierp hem een vermoeide glimlach toe. 'Misschien kunnen jullie erom loten.'

'Nee, dank je.' Ford liet zich op een hooibaal zakken. Het was koel in de stal, en er dreven stofdeeltjes door de lucht. Over de luidsprekers was Blondie weer te horen.

'Wyman, sorry dat ik niet zo aardig tegen je was toen je hier net aankwam. Ik wou alleen maar even zeggen, ik ben blij dat je er bent. Het heeft me nooit lekker gezeten, zoals het tussen ons uitgegaan is.'

'Dat was behoorlijk onprettig.'

'We waren jong en onverstandig. Ik ben sindsdien heel wat volwassener geworden. Maar dan dus echt héél wat.'

Ford wenste dat hij haar dossier niet had gelezen: hij wist wat ze de tussenliggende jaren aan ellende had moeten doorstaan.

'Ik ook.'

Ze hief haar armen even en liet ze weer zakken. 'En daar zijn we dan dus weer. Opnieuw.'

Ze zag er zo hoopvol uit, zoals ze daar in die stoffige stal stond, met strootjes in haar haar. En zo adembenemend mooi. 'Ga je mee een eind rijden?' vroeg hij. 'Ik wou nog eens bij Begay langs.'

'Ik moet nog verschrikkelijk veel doen…'

'Vorige keer waren we een goed team.'

Ze veegde haar haar uit haar gezicht en bleef hem een tijdlang vragend aankijken. Uiteindelijk zei ze: 'Goed.'

Ze zadelden de paarden en gingen op weg, in zuidwestelijke richting naar de zandsteenrotsen langs de rand van de vallei. Kate reed voorop, haar slanke lijf bijna één met het paard, meedeinend met de passen in een ritmische, bijna erotisch aandoende beweging. Op haar hoofd had ze een haveloze Australische cowboyhoed gezet, en haar zwarte haar woei op in de wind.

God, hoe moet ik het haar vertellen?

Toen ze de rand van de mesa naderden, waar het Midnight Trail door een opening in de rotsen omlaag dook, kwam Ford naast haar rijden. Een paar meter voor de rand bleven ze staan. Kate keek met een peinzende blik naar de horizon. De windvlagen vanuit de diepte voerden een onzichtbare wolk van zand met zich mee. Ford spuwde wat grit uit en ging verzitten in het zadel. 'Denk je nog steeds aan wat er gisteravond gebeurd is?' vroeg hij.

'Ik denk aan niets anders. Wyman, hoe wist hij welke getallen het waren?'

'Ik heb er echt geen idee van.'

Ze keek uit over de uitgestrekte, rode woestijn die doorliep tot aan de blauwe bergen en de in wolken gehulde einder. 'Als je hiernaar kijkt,' zei ze zachtjes, 'is het niet zo moeilijk om in God te geloven. Ik bedoel maar, wie zal het zeggen? Misschien praten we écht met God.'

Ze streek het haar uit haar gezicht en keek hem met iets van gêne aan.

Ford was verbijsterd. Dit was een heel andere Kate dan de rabiate atheïst die hij tijdens zijn studie had leren kennen. Weer vroeg hij zich af wat er in die twee ontbrekende jaren gebeurd was.

32

Booker Crawley stak de Churchill in zijn mond terwijl hij de keu plaatste voor zijn volgende snookershot. Toen hij ervan overtuigd was dat dit een goede stoot ging worden, gaf hij de witte bal een tik en keek hoe de overige ballen over het laken rolden.

'Mooi,' zei zijn metgezel, terwijl hij keek hoe de groene bal in de pocket viel.

Het zonlicht weerkaatste op de rivier, en door een rij smalle ramen viel het schijnsel naar binnen. Het was een aangename donderdagochtend op de Potomac Club, en de meeste leden waren aan het werk. Ook Crawley was aan het werk, althans, zo zag hij het zelf: hij was een mogelijke klant aan het entertainen, de eigenaar van een eilandje niet ver van Cape Hatteras, die de overheid om twintig miljoen dollar wilde vragen om een brug naar zijn eiland te laten bouwen. Zo'n brug kon de waarde van zijn grond verdubbelen of zelfs verdriedubbelen. Voor Crawley was dit gesneden koek. De jongste senator uit North Carolina was hem een gunst verschuldigd na die golfreis naar St. Andrews, en dat was iemand op wie je kon rekenen, iemand die loyaal was en zijn prioriteiten goed op een rijtje had. Eén telefoontje, een geheugensteuntje aangebracht in een voorstel dat hier niets mee te maken had, en Crawley had de ontwikkelaar een miljoenenwinst bezorgd terwijl hijzelf een gezond percentage opstreek. Als Alaska een brug naar niemandsland kon hebben, dan kon North Carolina er ook een krijgen.

Hij keek hoe de ontwikkelaar zijn stoot voorbereidde. Zijn klant behoorde tot die speciale stam zuiderlingen met drie achternamen en een Romeins cijfer. Safford heette hij, Safford Montague McGrath III. McGrath was een afstammeling van een oud Schots-Iers geslacht, een groot, blond, fit schoolvoorbeeld van zuidelijke noblesse. Met andere woorden: zo stom als het achtereind van een varken. McGrath deed wel met veel bombarie alsof hij precies wist hoe het er in Washington aan toeging, maar het was overduidelijk dat hij geen flauw benul had. Crawley had het gevoel dat McGrath over zijn honorarium zou vallen alsof het moord met voorbedachten rade was. Hij was zo iemand die na zakelijke onderhandelingen het gevoel moest hebben dat hij de tegenstander tot moes had geslagen, anders kreeg hij hem straks thuis niet omhoog.

'En, hoe is het tegenwoordig met senator Stratham?' vroeg McGrath, alsof hij Stratham ooit gekend had.

'Geweldig, ik kan niet anders zeggen.' Ongetwijfeld zat de hoogbejaarde Stratham tegenwoordig aan de geprakte doperwten en dronk hij vitaminedrankjes met een rietje. Crawley had van zijn levensdagen niet met senator Stratham samengewerkt; hij had de firma, Stratham & Co., overgenomen toen Stratham met pensioen ging. Daarmee had hij aanzien verworven, een band met de goeie ouwe tijd die hem onderscheidde van de overige lobbyisten die na de vorige verkiezingen waren komen opzetten als paddenstoelen bij nat weer.

McGraths volgende stoot scheerde vlak langs de hoek, maakte een sprongetje vlak voor de pocket en rolde onschuldig verder over het laken. Zwijgend en met strakke lippen rechtte McGrath zijn rug.

Crawley kon de vent met één hand op zijn rug inmaken, maar dat was niet verstandig. Nee, het was het best om hem tot het bittere einde één stap voor te blijven en dán te verliezen. Dan kon hij de deal sluiten wanneer McGrath vol was van zijn eigen overwinning.

Hij verknalde de volgende stoot met net zo veel marge dat het geloofwaardig leek.

'Leuk geprobeerd,' zei McGrath. Hij nam een lange trek van zijn sigaar, legde die in de marmeren asbak, hurkte en richtte. Toen plaatste hij zijn stoot. Het leed geen twijfel dat hij zichzelf beschouwde als een geweldige snookeraar, maar het ontbrak hem aan finesse. Maar dit was een schot voor de boeg geweest en de bal rolde dan ook keurig in de pocket.

'Verdomme,' zei Crawley. 'Je laat me wel werken, Safford.'

Er kwam een bediende binnen met een briefje op een zilveren blad. 'Meneer Crawley?'

Met een weids gebaar pakte Crawley het briefje. De directie van deze club, bedacht hij met een glimlach, gebruikte nog steeds een systeem waarbij een leger van koloniaal aandoende donkere types rondflitste met briefjes op zilveren dienbladjes: bijzonder vooroorlogs. Een briefje op een zilveren blad was toch wel echt een heel stuk beter dan dat gegrabbel naar een krijsend mobieltje.

'Excuses, Safford.' Crawley vouwde het briefje open. 'Delbert Yazzie,' stond er. 'Voorzitter, Navajo Nation, 11.35 uur. Gaarne z.s.m. bellen.' Gevolgd door een nummer.

Wanneer hij bezig was met het werven van een nieuwe klant, maakte Crawley altijd graag duidelijk dat hij minstens één andere klant had die belangrijker was. Als ze dachten dat zíj je belangrijkste klant waren, namen ze je niet serieus.

'Spijt me verschrikkelijk, Safford, maar ik móét even bellen. Kun jij intussen nog een rondje martini's bestellen?'

Haastig liep hij naar een van de ouderwetse eikenhouten telefooncellen die op iedere verdieping te vinden waren, trok de deur achter zich dicht en belde het nummer. Even later had hij Delbert Yazzie aan de lijn.

'Meneer Booker Crawley?' De stem van de indiaan klonk zwak, oud, beverig, alsof hij helemaal naar Timboektoe belde.

'Hoe gaat het, meneer Yazzie?' Crawley sprak vriendelijk, maar koel.

Stilte. 'Zo te zien is er iets onverwachts gebeurd. Hebt u wel eens gehoord van die dominee, ene Don T. Spates?'

'Jazeker heb ik daarvan gehoord.'

'Nou, die preek van hem heeft hier nogal wat stampij veroorzaakt, onder onze eigen mensen. U weet dat er hier veel zendingswerk wordt gedaan. En nu heb ik me laten vertellen dat er ook in Washington een probleem kan ontstaan.'

'Ja,' zei Crawley. 'Dat is zo.'

'Volgens mij kon dit wel eens een probleem worden voor Isabella.'

'Nou en of.' Crawley voelde zich opzwellen van de trots. Nog geen week geleden had hij Spates gebeld. Dit zou een van de beste ingevingen van zijn hele carrière blijken.

'Tja, meneer Crawley, wat doen we daaraan?'

Crawley liet de stilte voortduren. 'Ehm, ik weet niet of ik hier iets aan kán doen. Ik had de indruk dat u niet langer behoefte had aan onze diensten.'

'Ons contract met u verloopt pas over zes weken. We hebben betaald tot 1 november.'

'Meneer Yazzie, wij zijn geen verhuurbedrijf. Zo werkt het hier in Washington niet. Het spijt me. Ons werk aan project Isabella is helaas beëindigd.'

Knetter, ruis. 'Als we de huurpenningen van de overheid voor Isabella kwijtraken, is dat een enorme klap voor Navajo Nation.'

Zwijgend bleef Crawley de hoorn vasthouden.

'Ik heb me laten vertellen dat die Spates morgenavond weer een programma heeft, waarin hij Isabella wéér gaat aanvallen. En er gaan geruchten dat Isabella problemen heeft. Een van de wetenschappers heeft zelfmoord gepleegd. Meneer Crawley, ik zal met de Stamraad overleggen of we uw contract niet alsnog kunnen verlengen. Bij nader inzien zullen we uw hulp toch nodig hebben.'

'Het spijt me, meneer Yazzie, maar ik heb uw tijd al opgevuld met een andere klant. Het spijt me echt verschrikkelijk; maar als u me niet kwalijk neemt, ik heb deze mogelijkheid wel aangestipt. Ik kan u niet zeggen hoezeer me dit spijt, zowel persoonlijk als professioneel. Misschien kunt u iemand anders vinden om uw zaak te behartigen? Ik kan u een paar namen geven.'

De telefoonlijn braakte herrie in de stilte. Boven de statische ruis uit hoorde Crawley een vaag, onwezenlijk gesprek in de verte. Jezus, wat voor telefoonsysteem hadden ze daar? Waarschijnlijk nog dezelfde telegraaflijnen die Kit Carson ooit opgehangen had.

'Een andere firma doet er te lang over om ingewerkt te raken. We hebben Crawley en Stratham nodig. We hebben u nodig.'

We hebben u nodig. O god, als dat hem niet als muziek in de oren klonk...

'Het spijt me verschrikkelijk, meneer Yazzie. Voor dit soort werk is een boel persoonlijke tijd nodig. Het is bijzonder intensief. En we zitten tot de nok toe volgeboekt. Om uw zaak er nu weer bij te nemen... dan moeten we meer mensen aannemen, misschien zelfs ruimte erbij huren.'

'Wij zullen met alle plezier...'

Crawley onderbrak hem. 'Meneer Yazzie, het spijt me bijzonder, maar u treft me net vlak voor een uitermate belangrijke lunchafspraak. Wilt u zo vriendelijk zijn om mij maandagmiddag te bellen, zeg vier uur mijn tijd? Ik wil u graag helpen en ik beloof u dat ik er serieus over na zal denken. Ik zal morgen naar die show van Spates kijken en als u en de Stamraad dat nou ook doen, dan krijgen we een beter idee van onze tegenstander. Ik spreek u maandag.'

Hij liep de telefooncel uit en bleef even staan om zijn sigaar weer aan te steken. Hij inhaleerde diep. De hele toestand steeg hem naar het hoofd als een zoet, zwaar parfum. De complete Stamraad die naar de tv-show ging zitten kijken. Wat een grap! Het was te hopen dat Spates met iets goeds op de proppen kwam.

Met flair wandelde hij de biljartkamer weer binnen, een kielzog van sigarenrook achterlatend en met een gevoel alsof hij twee meter lang was, maar toen hij Safford bij de tafel gebukt zag staan om de situatie van alle kanten op te nemen, voelde hij een steek van irritatie. Tijd om de buit binnen te halen.

Crawley was aan de beurt, en Safford had de witte bal dom genoeg zo laten liggen dat hij gespeeld kon worden.

Binnen vijf minuten was de wedstrijd over. Safford had verloren. En niet zo'n beetje ook.

'Nou,' zei Safford met een sportieve glimlach, terwijl hij zijn martiniglas pakte. 'Volgende keer denk ik wel tweemaal na voordat ik nog een keer met jou ga biljarten, Booker.' Hij liet een gekunsteld gegrinnik horen. 'Maar over dat honorarium van jou gesproken,' ging hij verder, alsof hij in een film speelde. 'Het bedrag dat je in je brief noemde, daar kunnen wij niet eens over nadenken. Dat valt zwaar buiten ons budget. En eerlijk gezegd lijkt het me ook amper in overeenstemming met de gevergde hoeveelheid werk.'

Crawley borg zijn keu weg en mikte de sigaar in de zandemmer. Hij liep langs zijn glas, nam niet de moeite dat op te pakken en zei zonder nog om te kijken: 'Ik vrees dat er iets tussendoor is gekomen, Safford. Ik kan helaas niet blijven lunchen.'

En daarna draaide hij zich om om de uitdrukking op het gezicht van de ontwikkelaar te bekijken. Die stond daar, met keu, sigaar, martini en al, alsof hij een klap in zijn gezicht had gekregen.

'Als je nog van gedachten verandert over het honorarium, dan bel je maar,' voegde Crawley hem nog toe, terwijl hij de deur uit liep.

Safford Montague McGrath III zou hem vanavond niet omhoogkrijgen, dat stond wel vast.

33

Ford bereikte de rand van de mesa en reed de afgrond in, richting Blackhorse. Kate kwam naast hem rijden. Halverwege hoorde hij een paard hinniken, en hij draaide zich om. 'Er komt iemand achter ons aan,' zei hij, en hij hield Ballew in.

Aan de andere kant van een bosje klonk het geluid van paardenhoeven, en even later kwam er een lange man op een groot, bont gevlekt paard tevoorschijn. Het was Bia. De inspecteur van de Stampolitie hield zijn paard in en tikte aan de rand van zijn hoed. 'Een ritje aan het maken?' vroeg hij.

'We zijn op weg naar Blackhorse,' antwoordde Ford.

Bia glimlachte. 'Mooie dag voor een tochtje, niet te heet, beetje wind.' Hij legde zijn hand op de zadelknop. 'Zeker nog eens langs bij Nelson Begay, neem ik aan?'

'Precies,' zei Ford.

'Prima vent,' meende Bia. 'Als ik dacht dat er problemen kwamen bij die protestrit, dan zou ik politiebegeleiding geven. Maar volgens mij werkt dat juist averechts.'

'Mee eens,' zei Ford, dankbaar voor Bia's inzicht.

'We kunnen ze maar het best hun gang laten gaan. Ik hou de zaak wel in de gaten – onopvallend.'

'Bedankt.'

Bia knikte, en leunde voorover in het zadel. 'Nu we hier toch zijn: mag ik een paar dingen vragen?'

'Natuurlijk,' zei Ford.

'Die Peter Volkonsky – kon die met iedereen overweg?'

Kate antwoordde. 'Met de meesten wel, ja.'

'Geen botsende persoonlijkheden? Meningsverschillen?'

'Hij was een beetje nerveus, maar daar zaten wij niet mee.'

'Was hij belangrijk voor het team?'

'Een van de belangrijksten.'

Bia trok even aan zijn hoed. 'Dus hij smijt wat kleren in een koffer en gaat ervandoor. Het is negen uur, zeg maar even, en het is een nacht met maneschijn. Hij rijdt een minuut of tien, gaat dan van de weg af en rijdt een halve kilometer door de woestijn. Dan komt hij bij een diep ravijn. Hij stopt de auto bij een helling niet ver van de afgrond, hij trekt de handrem aan, hij zet de motor uit en hij zet de auto van de versnelling. Dan zet hij met zijn rechterhand een pistool tegen zijn hoofd, haalt met zijn linkerhand de handrem eraf, knalt een kogel in zijn rechterslaap en de auto sukkelt het ravijn in.'

Hij zweeg. De schaduwrand onder zijn hoed maakte zijn ogen onzichtbaar.

'Denkt u dat het zo gebeurd is?' vroeg Kate.

'Dat is de reconstructie door de FBI.'

'Maar u wilt daar niet aan,' merkte Ford op.

Vanuit de diepe schaduw onder zijn hoed leek Bia hem strak aan te kijken. 'U wel?'

'Ik vind het een beetje eigenaardig dat hij zijn auto de afgrond inreed nadat hij zichzelf door het hoofd geschoten had,' observeerde Ford. Hij dacht aan de brief. Moest hij Bia daarover vertellen? Dat kon hij maar beter aan Lockwood overlaten.

'Nou,' zei Bia, 'dat vind ik persoonlijk niet zo vreemd.'

'Bent u dan verbaasd dat hij een koffer ingepakt had?'

'Sommige zelfmoordenaars doen dat soort dingen. Zelfmoord is vaak een spontane beslissing.'

'Waar ligt dan volgens u het probleem?'

'Meneer Ford, hoe wist u dat daar een auto was?'

'Ik zag verse bandensporen en platgereden struiken. En een boel gieren.'

'Maar het ravijn kon u niet zien.'

'Nee.'

'Want dat is niet zichtbaar vanaf de weg – ik heb het gecontroleerd. Dus hoe wist Volkonsky dat daar een ravijn was?'

'Hij was wanhopig, reed de woestijn in om zichzelf een kogel door het hoofd te jagen, vond dat ravijn en besloot daar voor de zekerheid in te rijden.' Zelf geloofde Ford daar niet in, en hij vroeg zich af wat Bia ervan zou vinden.

'Precies, dat denkt de FBI ook.'

'Maar u niet.'

Bia ging rechtop zitten en tikte aan zijn hoed. 'Tot later.'

'Wacht even,' zei Kate.

Bia wachtte.

'U denkt toch zeker niet dat een van ons hem vermoord heeft?' vroeg Kate.

Bia veegde een twijgje van zijn dij. 'Laat ik het zo zeggen: als het geen zelfmoord was, dan was het een bijzonder intelligente moord.'

En met die woorden tikte hij nogmaals aan de rand van zijn hoed, gaf zijn paard de sporen en reed hen voorbij.

Wardlaw, dacht Ford.

34

Blackhorse zag er nog desolater uit dan toen Ford het de maandag daarvoor voor het eerst had gezien: een troosteloze rij stoffige trailers, samengedromd tussen de flanken van Red Mesa en een stel lage, gelige heuvels. Er hing een geur van wilde bloemen. In het zand, waar vorige keer kinderen hadden gespeeld, deinde een schommel zachtjes heen en weer in de wind. Ford vroeg zich af waar de school stond; waarschijnlijk in Blue Gap, zo'n vijftig kilometer verderop.

Wat een plek om op te groeien. En toch had de Navajonederzetting een soort kloosterachtige leegte die Ford aansprak. Navajo verzamelden geen bezit zoals andere mensen deden. Zelfs hun huizen waren spartaans ingericht.

Toen ze naar de paardenweide reden, zag Ford Nelson Begay, bezig met het hoefijzer voor een paard dat aan een houten paal vastgebonden stond. Met een reeks goedgerichte hamerslagen smeedde hij het ijzer op een aambeeld. De dreunen weergalmden over de mesa.

Begay legde zijn hamer en het hoefijzer kletterend neer en rechtte zijn rug toen hij hen zag aankomen.

Ford en Kate hielden hun paarden in, stegen af en bonden de paarden aan het hek rond de weide. Ford hief zijn hand ter begroeting en Begay wenkte hen dichterbij.

'Dit is dr. Kate Mercer, assistent-directeur van project Isabella.'

Begay tilde de rand van zijn hoed op. Kate liep naar hem toe en schudde zijn hand.

'Dus u bent natuurkundige?' vroeg Begay, die haar kritisch opnam.

'Ja.'

Begays wenkbrauwen gingen iets de hoogte in. Weloverwogen draaide hij hen de rug toe, zette zijn schouder tegen de flank van het paard, trok het achterbeen omhoog en paste het hoefijzer op de hoef. Daarna legde hij het op het aambeeld en gaf er nog een paar tikken op.

Terwijl Ford stond na te denken over gevoelige plekken binnen de Navajocultuur, zei Kate tegen Begays blauwgeruite rug: 'We hadden gehoopt u even te kunnen spreken.'

'U spreekt maar.'

'Ik praat liever niet tegen iemands rug.'

Begay liet de hoef los en kwam overeind. 'Kijk eens hier, dame, ik heb u niet uitgenodigd en ik heb het momenteel nogal druk.'

'Ik ben geen "dame", meneer Begay. Ik heb een doctorstitel.'

Begay kuchte, legde zijn gereedschap weg en keek haar uitdrukkingsloos aan.

'En?' zei ze. 'Blijven we hier in de hete zon staan of vraagt u ons binnen voor een kop koffie?'

Op Begays gezicht verscheen een uitdrukking van ergernis, maar tegelijkertijd moest hij lachen. 'Oké, oké, kom dan maar binnen.'

Voor de tweede maal stond Ford in de spaarzaam ingerichte zitkamer met de militaire foto's aan de muren. Terwijl Begay koffie inschonk, gingen Ford en Kate op de bruine sofa zitten. Toen de mokken vol waren, liet Begay zich in de kapotte televisiefauteuil zakken. 'Zijn alle vrouwelijke wetenschappers zo?'

'Hoezo, zó?'

'Net als mijn grootmoeder. U laat het er niet bij zitten, nietwaar? U kon zelf Diné wel zijn. En trouwens...' – hij leunde voorover om haar gezicht beter te zien – 'bent u toevallig...?'

'Ik ben half Japans.'

'Aha.' Hij leunde achterover. 'Aha. Dat is het dus.'

Ford wachtte op Kate. Zij kon goed met mensen omgaan, zoals maar weer bleek met Begay. Hij was benieuwd hoe ze deze situatie zou aanpakken.

'Ik had me zitten afvragen,' zei Kate, 'wat is nou precies een medicijnman?'

'Ik ben een soort dokter.'

'Wat voor dokter?'

'Ik voer ceremonies uit. Ik maak mensen beter.'

'Wat voor ceremonies?'

Begay gaf geen antwoord.

'Sorry als ik te veel vragen stel,' zei Kate met een oogverblindende glimlach. 'Dat hoort nu eenmaal bij mijn vak.'

'Ach, die vragen vind ik niet erg, zolang het maar geen pure nieuwsgierigheid is. Ik doe er een aantal: de Blessing Way, de Enemy Way, en de Falling Star Way.'

'En wat houdt dat in?'

Begay maakte een grommend geluid, nam een slok koffie en leunde achterover. 'De Blessing Way herstelt evenwicht en schoonheid in het leven, bijvoorbeeld na problemen met alcohol of drugs, of na een gevangenissstraf. De Enemy Way is voor soldaten die terugkomen uit de oorlog. Bij die ceremonie wordt de smet van het doden weggenomen. Want als je iemand doodt, blijft een stukje van dat kwaad aan je hangen, ook al is het oorlog en stond je in je recht. Als je dan geen Enemy Way doet, word je uiteindelijk verteerd door dat kwaad.'

'Onze dokters noemen dat posttraumatische stress,' zei Kate.

'Ja,' zei Begay. 'Zoals mijn neef, Lorenzo. Die is naar Irak gegaan... en hij zal nooit meer de oude worden.'

'En de Enemy Way geneest het trauma?'

'In de meeste gevallen wel.'

'Wat vreselijk interessant... en de Falling Star Way?'

'Daar praten we niet over,' zei Begay kortaf.

'Zou u ooit een ceremonie doen voor iemand die geen Navajo is?'

'Waarom, hebt u er een nodig?'

Kate lachte. 'Nou, ik kan wel een Blessing Way gebruiken.'

Begay keek beledigd. 'Dit is niet iets wat we lichtvaardig besluiten. Er gaat heel wat voorbereiding in zitten, en je moet erin geloven, anders werkt het niet. Een heleboel Bilagaana hebben moeite dingen te geloven die ze niet met eigen ogen kunnen zien. Of het zijn van die newagetypes die de zware voorbereidingen niet willen: de zweethut, het vasten, de seksuele onthouding. Maar ik weiger nooit een ceremonie voor een Bilagaana, alleen omdat iemand blank is.'

'Ik wilde er geen grap van maken,' zei Kate. 'Het is alleen... Ik vraag me al een hele tijd af wat de zin van dit alles is. Wat we hier eigenlijk doen.'

Hij knikte. 'Daar staat u niet alleen in.'

Na een lange stilte zei Kate: 'Dank u voor uw openhartigheid.'

Bij die woorden leunde Begay achterover en legde zijn handen op zijn spijkerbroek. 'In de Dinécultuur geloven wij in uitwisseling van informatie. Ik heb u iets verteld over mijn werk. Nu wil ik graag iets horen over het uwe. Meneer Ford vertelt me dat jullie daar bij project Isabella onderzoek doen naar iets wat de oerknal heet.'

'Dat klopt.'

'Daar heb ik over zitten denken. Als het heelal geschapen is in een oerknal, wat was er dan vóór die knal?'

'Dat weet niemand. Een boel natuurkundigen geloven dat er toen niets was. Zelfs geen "voor". Het bestaan zelf is begonnen met de oer-knal.'

Begay floot even. 'En waardoor is die oerknal er gekomen?'

'Dat is een moeilijke vraag om uit te leggen aan iemand die geen natuurkundige is.'

'Probeer het.'

'Volgens de theorie van de kwantummechanica kunnen dingen zo-maar gebeuren, zonder oorzaak.'

'U bedoelt dat u de oorzaak niet kent.'

'Nee, ik bedoel dat er geen oorzaak ís. De plotselinge schepping van het heelal vanuit het niets hoeft misschien geen overtreding in te houden van de wetten, is misschien niet onnatuurlijk of onwetenschappelijk. Daarvoor was er absoluut niets. Geen ruimte, geen tijd, geen bestaan. En toen gebeurde er plotseling iets en begon het bestaan.'

Begay keek haar aan en schudde zijn hoofd. 'U praat al net als mijn neef, Lorenzo. Slimme knaap, was student aan Columbia University, heeft wiskunde gestudeerd. Hij is eraan onderdoor gegaan; de hele Bilagaanawereld is hem naar het hoofd gestegen. Hij is met de studie opgehouden, is naar Irak gegaan, kwam terug en geloofde nergens meer in. En dan bedoel ik dus ook echt helemaal nérgens meer in. En nu verdient hij zijn geld met het aanvegen van een of andere kerk. Althans, dat deed hij tot hij ervandoor ging.'

'En volgens u is dat de schuld van de wetenschap?' vroeg Kate.

Begay schudde zijn hoofd. 'Nee, ik denk niet dat dat door de wetenschap komt. Alleen, als ik u zo hoor praten over hoe de wereld vanuit het niets ontstaan is, dan klinkt dat als het soort nonsens dat hij te berde brengt... Hoe kan de Schepping nou "zomaar gebeuren"?'

'Ik zal proberen het uit te leggen. Stephen Hawking is met het idee gekomen dat er vóór de oerknal geen tijd bestond. Zonder tijd is geen enkele soort definieerbaar bestaan mogelijk. Hawking heeft via wiskundige berekeningen aangetoond dat het niet-bestaan op zich ook een soort ruimtelijk potentieel heeft, en dat onder bepaalde vreemde omstandigheden ruimte in tijd kan veranderen en andersom. Hij heeft aangetoond dat er maar een piepklein beetje ruimte in tijd hoeft te veranderen of dat verschijnen van de tijd leidt automatisch tot de oerknal: omdat er plotseling beweging kan ontstaan, en daarmee oorzaak en gevolg, zodat er echte ruimte en echte energie kunnen komen. Dat wordt allemaal mogelijk dankzij de tijd. Voor ons ziet de oerknal eruit als een explosie van ruimte, tijd en materie vanuit één enkel punt. Maar nu komt het rare: als je die eerste fractie van een seconde goed bekijkt, zie je dat er helemaal geen begin wás. De tijd lijkt altijd bestaan te hebben. Dus hier hebben we een theorie van de oerknal die twee tegenstrijdige dingen lijkt te zeggen: ten eerste dat de tijd niet altijd bestaan heeft, en ten tweede dat de tijd nooit begonnen is. En dat betekent dat de tijd eeuwig is. En die beweringen zijn allebei waar. Als je er goed over nadenkt, kan er, als tijd niet bestond, geen verschil zijn tussen de eeuwigheid en een seconde. Dus toen de tijd eenmaal begonnen was, had hij altijd bestaan. Er is nooit een tijd geweest waarin geen tijd bestond.'

Begay schudde zijn hoofd. 'Dat is pure waanzin.'

Er viel een onbehaaglijke stilte in de sjofele zitkamer.

'Hebben de Navajo ook een verhaal over de schepping?'

'Ja. Bij ons heet dat de Diné Bahané. Het is nergens opgeschreven. Je moet het uit je hoofd leren. Het duurt negen avonden om het te reciteren. Dat is de Blessing Way waarover ik je vertelde: het is een zang waarin het verhaal wordt verteld van de schepping van de wereld. Dat verhaal zing je in aanwezigheid van de zieke, en die wordt door het verhaal genezen.'

'Kent u het uit uw hoofd?'

'Natuurlijk, ik heb het van mijn oom geleerd. Het heeft me vijf jaar gekost.'

'Bijna even lang als mijn promotieonderzoek,' zei Kate.

Begay leek blij verrast met die vergelijking.

'Wilt u een paar regels voor ons zingen?'

Begay antwoordde: 'De Blessing Way mag niet zomaar even worden gereciteerd.'

'Ik geloof niet dat dit "zomaar" een gesprek is.'

Hij keek haar strak aan. 'Misschien hebt u gelijk.'

Begay sloot zijn ogen. Toen hij zijn mond opendeed, klonk zijn stem bevend en hoog. Hij begon in een eigenaardige vijftoons-toonaard te zingen. De niet-westerse melodie en de geluiden van de Navajowoorden, waarvan er een paar bekend klonken maar de meeste niet, vervulden Ford van een verlangen naar iets waarvoor hij geen naam had.

Na een minuut of vijf hield Begay op. Zijn ogen waren vochtig. 'Zo begint het,' zei hij zachtjes. 'De mooiste poëzie die ooit geschreven is, althans naar mijn mening.'

'Kunt u het voor ons vertalen?' vroeg Kate.

'Ik hoopte dat u me dat niet zou vragen. Maar goed...' Hij haalde diep adem.

Aan het denkt hij, denkt hij,
Aan het lang geleden, denkt hij
Aan hoe duisternis zal ontstaan, denkt hij
Aan hoe de aarde zal ontstaan, denkt hij
Aan hoe de blauwe hemel zal ontstaan, denkt hij

Aan hoe de gele dageraad zal ontstaan, denkt hij
Aan hoe de schemering zal ontstaan, denkt hij
Aan dauw op donker mos denkt hij, aan paarden denkt hij
Aan orde denkt hij, en aan schoonheid denkt hij
Aan hoe alles zal groeien zonder af te nemen, denkt hij.

Hij hield op. 'Het klinkt niet goed in het Engels, maar zo gaat het zo'n beetje.'

'Wie is die "hij"?' vroeg Kate.

'De Schepper.'

Kate glimlachte. 'Maar, meneer Begay: wie heeft de Schepper geschapen?'

Begay haalde zijn schouders op. 'Dat wordt niet vermeld in onze verhalen.'

'Wat was er vóór hem?'

'Wie zal het zeggen?'

Kate zei: 'Volgens mij hebben onze scheppingsverhalen allebei hetzelfde probleem met de oorsprong van alles.'

Vanuit de gootsteen in de keuken klonk een vallende druppel, en nog een, en nog een. Uiteindelijk stond Begay op en hinkte naar de keuken om de kraan dichter te draaien. 'Dit was een interessant gesprek,' zei hij toen hij terugkwam. 'Maar daarbuiten ligt een echte wereld, met daarin een paard dat nieuwe hoefijzers nodig heeft.'

Ze stapten naar buiten, het felle zonlicht in. Toen ze terugliepen naar de omheining, zei Ford: 'Een van de dingen die ik u wilde vertellen, meneer Begay, is dat we Isabella morgen nogmaals laten draaien. Dan zit iedereen onder de grond. Wanneer u en uw ruiters arriveren, ben ik de enige ter plekke om u te ontvangen.'

'We komen niet voor een beleefde receptie.'

'Ik wilde u niet de indruk geven dat we onbeschoft zijn.'

Begay klopte zijn paard op de flanken. 'Luister, meneer Ford, wij hebben onze eigen plannen. We gaan een zweethut bouwen, we voeren een stel ceremonies uit, we praten met de grond. Het wordt een vreedzame aangelegenheid. Als de politie ons komt arresteren, gaan we rustig mee.'

'Er komt geen politie,' zei Ford.

Begay keek teleurgesteld. 'Geen politie?'

'Zullen we ze bellen?' vroeg Ford droog.

Begay glimlachte. 'Het was een soort wensdroom van me: gearresteerd te worden voor de goede zaak.' Hij draaide zich om en pakte met de ene hand het paardenbeen, met de andere een mes. 'Rustig, rustig,' mompelde hij tegen het paard, terwijl hij de hoef begon bij te snijden.

Ford keek naar Kate. Op de terugweg zou hij het vertellen.

35

Tegen de tijd dat Ford en Kate de hoogvlakte weer bereikten, was de zon zo diep gezakt dat hij vlak boven de horizon leek te stuiteren. Zwijgend reden ze tussen het bloeiende struikgewas door en Ford probeerde voor de honderdste maal te formuleren wat hij wilde zeggen. Als hij niet nú begon, waren ze straks weer terug bij Isabella en had hij zijn kans gemist.

'Kate?' begon hij, terwijl hij naast haar kwam rijden.

Ze draaide zich naar hem om.

'Ik had nog een andere reden om je mee te vragen, het was niet alleen dat gesprek met Begay.'

Ze keek hem aan, haar haar als zwart goud in het zonlicht, haar ogen reeds samengeknepen van de achterdocht. 'Op de een of andere manier krijg ik het gevoel dat dit geen prettig bericht wordt.'

'Ik ben hier deels als antropoloog, en deels om een andere reden.'

'Ik had het kunnen weten. Wat is je missie, meneer Geheim Agent?'

'Ik.... ze hebben me hierheen gestuurd om project Isabella onder de loep te nemen.'

'Met andere woorden, je bent aan het spioneren.'

Hij haalde diep adem. 'Ja.'

'Weet Hazelius daarvan?'

'Niemand weet ervan.'

'Aha... en jij hebt met mij aangepapt omdat dat de snelste manier was om aan de benodigde informatie te komen.'

'Kate...'

'Nee, wacht even, het is nog erger: je hebt de klus gekregen omdat ze wisten dat wij ooit iets gehad hadden, in de hoop dat je dat vuurtje weer kon aanwakkeren zodat je de informatie kon lospeuteren.'

Zoals gebruikelijk had Kate de hele situatie al doorzien voordat hij goed en wel zijn verhaal had gedaan.

'Kate, toen ik de opdracht aannam, had ik geen idee...'

'Geen idee waarvan? Dat ik er meteen in zou stinken?'

'Ik had geen idee... dat er een complicatie bij zou komen.'

Ze liet haar paard stilstaan om hem te kunnen aankijken. 'Complicatie? Hoezo?'

Fords gezicht stond in brand. Waarom was het leven plotseling zo onbegrijpelijk? Wat kon hij haar antwoorden?

Ze zwierde haar haar over haar schouder en veegde ruw met een gehandschoende hand over haar wang. 'Je zit nog steeds bij de CIA, niet-waar?'

'Nee, ik heb drie jaar geleden ontslag genomen toen mijn vrouw...
mijn vrouw...' Hij kreeg de woorden niet over zijn lippen.

'Ja, ja, dat zal best. En, heb je ons geheim verteld?'

'Nee.'

'Bullshit. Natuurlijk heb je het verteld. Ik vertrouwde je, ik was eerlijk tegenover je, en nu hangen we. Allemaal.'

'Ik heb niets gezegd.'

'Ik wou dat ik je geloofde.' Ze gaf haar paard de sporen en draafde weg.

'Kate, luister nou even...' Ook Ballew zette het op een draven, en Ford hotste op en neer in het zadel, met een hand aan de zadelknop.

Kate gaf haar paard nog een zetje en het ging in een rustige galop.
'Rot op.'

Ongevraagd begon ook Ballew te galopperen. Ford greep zich aan de zadelknop beet; hij werd heen en weer gesmeten als een lappenpop.
'Kate, toe nou, wacht nou even... ik moet je iets zeggen...'

Ze zette haar paard aan tot een gestrekte galop, en ook ditmaal daverde Ballew achter haar aan. De twee paarden scheurden over de vlakte, de hoeven denderden over de grond. In doodsangst greep Ford zich vast.

'Kate!' brulde hij. Een van de teugels glipte uit zijn hand. Hij dook naar voren om hem te grijpen, maar Ballew trapte erop en kwam plotseling tot stilstand. Ford vloog halsoverkop uit het zadel en landde in een bosje.

Toen hij bijkwam, lag hij naar de lucht te kijken zonder enig idee waar hij was of wat er gebeurd was.

Plotseling verscheen Kates gezicht in zijn blikveld. Haar hoed was verdwenen en haar haar zat door de war. Op haar gezicht lag een blik van hevige bezorgdheid.

'Wyman? God nog aan toe, gaat het?'

Hij hapte naar adem en hoestte toen zijn longen weer lucht kregen.
Hij probeerde rechtop te gaan zitten.

'Nee, nee. Ga liggen.' Toen hij zich achterover liet zakken, voelde hij haar hoed onder zijn hoofd en besefte dat zij die daar moest hebben neergelegd als kussen. Hij wachtte even tot de sterren voor zijn ogen verdwenen en zijn geheugen terugkwam.

'O god, Wyman, ik dacht echt even dat je dood was.'

Hij zag geen kans zijn gedachten op een rijtje te zetten. Hij ademde in en weer uit.

Ze had haar handschoen uitgetrokken en tastte met haar koele hand langs zijn gezicht. 'Heb je iets gebroken? Heb je ergens pijn? O, je bloedt!' Ze knoopte haar halsdoek los en bette zijn voorhoofd.

Langzaam werd zijn hoofd helderder. 'Wacht, ik ga even rechtop zitten.'

'Nee, nee. Blijf liggen.' Ze drukte de doek stevig op zijn huid. 'Je hebt je hoofd gestoten. Je kunt wel een hersenschudding hebben.'

'Volgens mij niet.' Hij kreunde. 'Ik sla een modderfiguur. Als een zak aardappels van m'n paard gevallen.'

'Je kunt gewoon niet rijden. Het was mijn schuld. Ik had er nooit zo vandoor mogen gaan. Maar soms word ik zo rázend op je.'

Het bonzen in zijn hoofd nam af. 'Ik heb jullie geheim niet verraden. En dat ga ik niet doen, ook.'

Ze keek hem aan. 'Waarom niet? Daar was je toch voor aangenomen?'

'Ze kunnen me wat.'

Ze depte de snee in zijn voorhoofd. 'Je moet nog even blijven liggen.'

Hij lag stil. 'Moet ik niet weer meteen in het zadel?'

'Ballew is op weg naar de stal. Maar je hoeft je nergens voor te schamen. Vroeg of laat valt iedereen een keer uit het zadel.'

Ze legde haar hand op zijn wang. Hij bleef nog even liggen en kwam toen overeind. 'Het spijt me.'

Na een tijdje zei ze: 'Je zei net iets over een vrouw. Ik wist niet dat je getrouwd was.'

'Dat ben ik ook niet meer.'

'Het zal wel zwaar zijn om getrouwd te zijn met iemand bij de CIA.'

Snel zei hij: 'Dat was het niet. Ze is overleden.'

Kate sloeg haar hand voor haar mond. 'O... wat vréselijk. En wat een stomme opmerking van me.'

'Geeft niet. Zij werkte ook bij de CIA, ze was mijn partner. Ze is in Cambodja omgekomen. Een autobom.'

'O god, Wyman. Wat ontzettend.'

Hij had niet gedacht dat hij het haar zou kunnen vertellen. Maar het kwam er zo gemakkelijk uit. 'Dus heb ik ontslag genomen en ben het klooster in gegaan. Ik was ergens naar op zoek: ik dacht dat het God was. Maar ik kon Hem niet vinden. En ik was niet geschikt om monnik te worden. Ik ben weggegaan en moest in mijn onderhoud voorzien, dus heb ik een bordje boven de deur gehangen dat ik privédetective was, en zo heb ik deze klus gekregen. Die ik nooit had moeten aannemen. Einde verhaal.'

'Voor wie werk je? Voor Lockwood?'

Hij knikte. 'Hij weet dat hier iets verzwegen wordt, en hij wilde dat ik uitzocht wat dat was. Hij zegt dat hij over twee dagen de stekker eruit trekt.'

'Jezus.' Weer legde ze die koele hand op zijn voorhoofd.

'Sorry dat ik tegen je gelogen heb. Als ik geweten had wat er gebeuren zou, had ik deze klus nooit aangenomen. Maar ik had nooit gedacht dat ik...' Zijn stem viel weg.

'Wat?'

Hij gaf geen antwoord.

'Wat had je nooit gedacht?' Ze boog zich over hem heen, haar schaduw viel op zijn gezicht, en vaag rook hij haar geur.

Ford antwoordde: 'Dat ik opnieuw verliefd op je zou worden.'

In de verte klonk de weemoedige kreet van een uil bij het licht van de ondergaande zon.

'Meen je dat nou?' vroeg ze na een tijdje.

Ford knikte.

Langzaam bracht Kate haar gezicht naar het zijne. Ze kuste hem niet, ze keek alleen maar. Verbijsterd. 'Dat heb je nooit tegen me gezegd toen we nog verkering hadden.'

'O nee?'

Ze schudde haar hoofd. 'Het woord "liefde" in al zijn variaties kwam gewoon niet in je vocabulaire voor. Waarom denk je dat het uitgegaan is?'

Hij knipperde met zijn ogen. Was dát de reden geweest? 'Maar het feit dat ik bij de CIA ging, dan?'

'Daar had ik mee kunnen leven.'

'Wil je het... nog een keer proberen?' vroeg Ford.

Omringd door een krans van gouden licht keek ze hem aan. Nooit eerder had hij haar zo mooi gevonden. 'Ja.'

Toen kuste ze hem, langzaam, licht, heerlijk. Hij leunde voorover om haar kus te beantwoorden, maar met een zachte hand op zijn borstkas hield ze hem tegen. 'Het is bijna donker. We moeten nog een heel eind lopen. En...'

'En wat?'

Ze bleef met een glimlach naar hem kijken. 'Laat maar,' zei ze, en ze bukte zich om hem nog een kus te geven, en nog een. Haar zachte borsten rustten tegen zijn borstkas. Haar hand dwaalde naar zijn overhemd en begon de knoopjes los te maken, een voor een. Ze trok het hemd open en begon zijn gesp los te maken. Haar kussen werden dieper en zachter, alsof haar mond met de zijne versmolt, terwijl de schaduwen van de invallende avond steeds langer werden in het woestijnzand.

36

Pastor Russ Eddy stuurde zijn pick-up de mesaweg af en reed in de richting van een zandsteenrichel waarachter hij zijn auto kon verbergen. Het was een heldere nacht met een wassende maan en een hemel vol sterren. De pick-up hotste en ratelde over de kale rotsen en bij iedere kuil sloeg de losse bumper tegen het chassis. Als hij niet heel binnenkort het lasapparaat van het benzinestation in Blue Gap leende, zou de bumper er een dezer dagen af vallen. Maar hij schaamde zich, omdat hij altijd maar gereedschap van de Navajo moest lenen en moest bedelen om benzine. Keer op keer moest hij zich inprenten dat hij deze mensen het grootst denkbare geschenk bracht: verlossing; als ze dat nou maar eens accepteerden.

De hele dag had hij over Hazelius lopen piekeren. Hoe meer hij luisterde naar diens woorden, die keer op keer op keer in zijn hoofd herhaald werden, des te meer de verzen van het eerste epistel van Johannes van toepassing leken op de situatie: 'En gelijk gij gehoord hebt, dat de antichrist komt... Deze is de antichrist, die den Vader en den Zoon loochent... dit is de geest van den antichrist...'

De herinnering aan Lorenzo, languit in het zand, flitste zijn hoofd binnen: de klontertjes levend bloed die niet in het zand wegzakten... Hij vertrok zijn gezicht. Waarom bleef dat afgrijselijke beeld maar steeds bovenkomen? Met een hoorbaar gekreun verjoeg hij het uit zijn hoofd.

Hij reed in een bocht om de zandsteenrichel heen tot de auto vanaf de weg niet meer te zien was. Sputterend viel de motor stil. Hij gaf een ruk aan de handrem en blokkeerde de wielen met losliggende stenen. Daarna stak hij de sleuteltjes in zijn zak, haalde diep adem en liep de weg op. De maan scheen zo helder dat hij geen lantaarn nodig had.

Nooit van zijn leven had hij zo'n doelbewust gevoel gehad. God had hem geroepen en hij had *ja* gezegd. Alles wat er tot nu toe gebeurd was, alle ellende in zijn leven, was slechts voorspel geweest. God had hem beproefd en hij had de beproeving doorstaan. De laatste test was Lorenzo geweest. Dat was Gods teken aan hem geweest dat Hij hem aan het voorbereiden was op iets groots. Iets heel groots.

De Heer had hem die middag in Piñon geleid. Eerst een volle tank benzine – gratis. Toen had een verdwaalde toerist op zoek naar Flagstaff hem bedankt met een briefje van tien. Vervolgens had hij van de benzinepomphouder gehoord dat Bia de dood bij project Isabella aan het onderzoeken was en die beschouwde als moord, dus niet als zelfmoord. Moord!

In de verte huilde een coyote, nog verder weg gaf een tweede antwoord. Hun kreten klonken als die van de eenzame, verdoolde zielen der verdoemden. Eddy kwam bij de rand van de rotsen aan en klauterde het pad naar Nakai Valley af. Rechts zag hij de donkere massa van Nakai Rock liggen, als een gebochelde demon. In de diepte flonkerden de lichtjes van het dorp; de vensters van de oude handelspost wierpen rechthoeken van licht in de duisternis.

Vlak langs de rotsen en de jeneverbesstruiken sluipend kroop hij naar de handelspost toe. Hij wist niet waarnaar hij op zoek was, of hoe hij zou vinden waarnaar hij zocht. Hij had maar één plan, en dat was wachten op een teken van God. God zou hem de juiste weg wijzen.

Door de woestijnnacht dreven flarden pianomuziek. Hij bereikte de bodem van de vallei, sloop door de schaduwen van de populieren en sprintte over het gras naar de achterwand van de handelspost. Door de dichtgepleisterde oude houten stammen heen hoorde hij gedempte gesprekken. Heel voorzichtig kroop hij naar een raam toe en keek naar binnen. Rond een salontafeltje zat een stel onderzoekers bloedernstig te praten, alsof ze ruzie hadden. Hazelius zat achter de piano.

Bij de aanblik van de man die wel eens de antichrist kon zijn, voelde Russ een vlaag van angst en woede. Hij hurkte onder het raam en probeerde te horen wat er gezegd werd, maar die vent zat zo hard op de toetsen te beuken dat Eddy bijna niets kon horen. Maar plotseling, boven de pianoklanken uit, door het dubbele glas van de ruit, door de kille herfstlucht heen naar waar Russ op het gras gehurkt zat, barstte één enkel woord naar buiten, gesproken door de stem van een van de onderzoekers: *God.*

Opnieuw, een andere stem: *God.*

De hordeur klapte open en dicht, en rond de hoek dreven twee stemmen zijn oren binnen: de ene hoog en gespannen, de andere traag en behoedzaam.

Met bonzend hart kroop Eddy door het donker tot hij net om de hoek van de voordeur zat. Met ingehouden adem bleef hij zitten luisteren.

'... één ding, Tony, ik wilde je eens vragen, zeg maar in vertrouwen...' De man dempte zijn stem. De rest ving Eddy niet op, maar hij kon niet nog dichterbij sluipen, dat was te riskant.

'... wij zijn de enige twee niet-wetenschappers hier...'

Ze liepen de duisternis in. Eddy deinsde achteruit en de stemmen losten op in onduidelijk geprevel. Hij zag de twee donkere silhouetten de weg af slenteren. Hij wachtte even en sprintte toen de weg over, tussen de bomen, waar hij zich tegen de knoestige stam van een populier drukte.

Er streek een zuchtje wind langs zijn gezicht. Voor hetzelfde geld was dat de Heilige Geest die zich in een briesje veranderd had om de stemmen van de vage gestalten een eindje verderop naar hem toe te voeren.

'... wat betreft die aanklacht, ik heb niets te maken met de manier waarop Isabella wordt gerund.'

De diepere stem antwoordde: 'Hou jezelf nou niet voor de gek. Ik heb het al eerder gezegd, jij valt net zo hard als de rest van ons.'

'Maar ik ben maar een doodgewone psycholoog.'

'Evenzogoed zit jij ook in het complot...'

Complot? Eddy sloop door het duister dichterbij.

'... heeft het in godsnaam zover kunnen komen?' wilde de hoge stem weten.

Het antwoord klonk zo zacht dat Eddy er geen woord van verstond.

'Ongelooflijk dat die ellendige computer beweert God te zijn... Het lijkt wel iets uit een sciencefictionboek...'

Weer een gedempt antwoord. Eddy zat zo gespannen te luisteren dat hij zijn adem inhield. Hij begreep er geen bal van.

De mannen liepen in de richting van de verspreide lichtjes van de woonwijk. Als een spin rende Eddy naar voren terwijl er flarden van zinnen op de bries hoorbaar werden.

'... God in een machine... Volkonsky helemaal doorgedraaid...' Dat was de hoge stem weer.

'... tijdverspilling om daarover na te denken...' kwam het norse antwoord.

Op gedempter toon werd het gesprek voortgezet. Eddy dacht dat hij gek werd: hij kon er geen woord meer van verstaan! Hij nam het risico en sloop dichterbij. De twee mannen waren aan het begin van een oprit blijven staan. In het zachte, gele schijnsel zag de grootste er ongeduldig uit, alsof hij probeerde zich los te maken van de kleinere, nerveuze man. De stemmen klonken nu helderder.

'... dingen die ik nog nooit een God heb horen zeggen. Wat een newagegeouwehoer. "Het bestaan, dat zijn mijn gedachten." Hou nou toch op. En Edelstein slikt zoiets voor zoete koek? Enfin, wiskundigen zijn nu eenmaal gestoord. Iemand die ratelslangen als huisdier houdt?' De hoge stem ging omhoog alsof hij door harder te praten de grote man bij zich kon houden.

Die draaide zich half om, zodat Eddy zijn gezicht kon zien. Het was de beveiligingsman.

Met zijn diepe stem zei hij iets in de trant van 'even rondkijken voordat ik naar bed ga'. Ze schudden elkaar de hand en de kleinere man liep de oprit naar zijn huis op terwijl de beveiligingsman eenmaal naar links, eenmaal naar rechts, en eenmaal naar de populieren keek, alsof hij moest beslissen waar hij zijn avondronde zou beginnen.

Alstublieft, Heer, ik smeek u. Eddy's hart bonsde zo hard dat hij zijn bloed in zijn oren hoorde suizen. Eindelijk liep de man de andere kant uit. Met uiterste zorg, zodat er geen twijgje zou knappen, liep Eddy langzaam tussen de populieren door en zocht zich op de tast een weg het donkere pad op, de vallei uit.

Pas toen hij terugreed over de Dugway stond hij zichzelf een luid triomfgehuil toe: dit was precies waar dominee Spates om gevraagd had. Het was intussen in het holst van de nacht in Virginia, maar de dominee zou het vast niet erg vinden om hiervoor wakker gebeld te worden. Vast niet.

37

Vrijdagochtend, bij het krieken van de dageraad, stond Nelson Begay tegen het deurkozijn van het kapittelhuis geleund te kijken naar de eerste paardentrailers die arriveerden. De paarden wierpen vurig-gouden stofwolken op en de ruiters laadden de rijdieren uit en zadelden ze met veel gekletter van sporen en klappend leer. Begays eigen paard, Winter, stond al gezadeld en wel vastgebonden in de schaduw van de enige pijnboom in de wijde omtrek uit een haverzak te eten. Begay wenste dat hij de Bilagaana de schuld kon geven van alle dode pijnbomen, maar voor zover hij kon bekijken hadden ze bij de nieuwsberichten gelijk: takluis en droogte op zich waren al genoeg.

Maria Atcitty, de voorzitter van het kapittel, kwam naar hem toe lopen. 'Prima opkomst,' zei ze.

'Beter dan ik gedacht had. Kom jij ook?'

Atcitty lachte. 'Ik doe alles om die kantoordeur achter me dicht te trekken.'

'Waar is je paard?'

'Ben jij nou helemaal? Ik ga met de auto.'

Begay ging weer staan kijken naar de armzalige verzameling paardenvlees die bijeenkwam voor de protestrit. Afgezien van een paar schitterende Palomino's en een arabier waren de beesten eigenlijk alleen nog maar goed voor de lijmfabriek: onbeslagen, graatmager en supernerveus. Het tafereel deed hem denken aan de ranch van zijn oom Silvers, in Toh Ateen. Silvers had hem de Blessing Way geleerd, maar hij was ook showruiter geweest en had aan alle rodeo's in de wijde omtrek van Santa Fe en Amarillo meegedaan tot hij door zijn rug ging. Nadien had hij een paar knollen gehouden, waar de jeugd op kon rijden; daar had Begay alles geleerd wat hij over paarden wist.

Hij schudde zijn hoofd. Wat leek dat lang geleden. Oom Silvers leefde niet meer, de traditionele manier van doen was bijna uitgestorven, en de jeugd van tegenwoordig kon noch paardrijden, noch de eigen taal spreken. Begay was de enige die oom Silvers zover had kunnen krijgen dat hij de Blessing Way wilde leren.

De rit was meer dan een protest tegen project Isabella; wat ook meespeelde was het verlangen een manier van leven terug te halen die snel aan het verdwijnen was. Traditie, taal, land, de verantwoordelijkheid voor de eigen toekomst.

Er kwam een rammelende Isuzu aanrijden, met daarachter een paardentrailer die eigenlijk te groot was voor de pick-up. Met een joelende kreet sprong er een tanige man uit de cabine, in een overhemd met afgeknipte mouwen. Hij stak een magere arm in de lucht, joelde nogmaals en liep naar de trailer om het paard uit te laden.

'Willy Becenti is er,' merkte Atcitty op.

'Moeilijk over het hoofd te zien.'

Het paard, met het zadel al op zijn rug, stapte het zand op. Becenti nam hem mee en bond hem aan de trekbeugel van de trailer.

'Hij heeft drank bij zich.'

'Ik zie het.'

'Vind je dat goed, dat hij dat allemaal meeneemt?'

Begay dacht even na. Willy was heetgebakerd, maar hij had een hart van goud en hij was door en door betrouwbaar zolang hij niet dronk. En op deze tocht ging geen alcohol mee, dat was een regel waar Begay niet van af zou wijken.

'Het komt wel goed.'

'Maar stel dat er agressie van komt?' vroeg Maria.

'Dat gebeurt niet. Ik heb gisteren een paar van die onderzoekers gesproken. Er gebeurt niets.'

Atcitty vroeg: 'Wie heb je gezien?'

'Die ene die zich antropoloog noemt, Ford, en de assistent-directeur, een vrouw. Mercer.'

Atcitty knikte. 'Ja, die heb ik ook gesproken.' Even later vroeg ze: 'En je weet zeker dat dit een goed idee is, die protestrit?'

'Daar komen we vanzelf achter, denk je ook niet?'

38

Ken Dolby keek op zijn horloge. Zes uur. Hij draaide zich terug naar het scherm om te zien hoe heet de kapotte magneet was. Die hield zich kranig, ruim binnen de tolerantiemarge. Hij klikte door een aantal pagina's software voor Isabella. Alle systemen werkten, alles deed het uitstekend; vermogen was tachtig procent.

Het was een ideale nacht voor een run. Isabella leidde een groot percentage van het megawattage van elektriciteitsnet RM-West om voor haar eigen gebruik, en zelfs de kleinste storing – blikseminslag, een kapotte transformator, een uitgevallen lijn – kon voor een domino-effect van ellende zorgen. Maar het was in het grootste deel van het zuidwesten een koele avond, de airco's stonden uit, er was geen onweer en het was bijna windstil.

Dolby had zo'n voorgevoel dat ze het probleem vanavond zouden oplossen. Vanavond zou Isabella zich van haar beste kant laten zien.

'Ken, voer maar op tot vijfentachtig procent,' zei Hazelius vanuit zijn leren stoel in het midden van de Brug.

Dolby keek even naar St. Vincent, die de stroom in de gaten hield. St. Vincent, net een kobold zoals hij daar zat, stak zijn duim naar hem op en knipoogde.

'Hebbes.'

Bijna onmerkbaar, maar toch, voelde hij de lichte trilling die gepaard ging met de enorme energiestroom. De twee bundels protonen en antiprotonen, die met onvoorstelbare snelheid in tegengestelde richting circkelden, waren nog niet met elkaar in contact gebracht. Dat zou gebeuren bij negentig procent. Als de bundels eenmaal contact maakten, was er veel meer vermogen en veel meer tijd nodig, plus een uitermate gedetailleerde fijnafstemming, om het systeem op honderd procent te krijgen.

Probleemloos rezen de stroommeters naar vijfentachtig procent.

'Schitterende avond voor een run,' merkte St. Vincent op.

Dolby knikte, blij dat St. Vincent het vermogen regelde. Harlan was een rustige, vriendelijke man die zelden zijn mond opendeed, maar hij ging met de vermogensstroom om zoals een dirigent voor zijn orkest staat: met precisie en grote finesse. En dat alles zonder een druppeltje zweet.

'Vijfentachtig procent,' zei Dolby.

'Alan?' vroeg Hazelius. 'Hoe is het met de servers?'

'Hier is alles prima.'

Hazelius liep de kamer door, waarschijnlijk voor de vijftigste keer, en stelde vragen aan het hele team. Tot nu toe ging alles volgens het boekje.

Dolby bestudeerde zijn systemen. Alles werkte zoals het hoorde. Het enige probleem was de warme magneet, maar met 'warm' bedoelden ze nul komma nul: drie graden warmer dan hij eigenlijk moest zijn.

Isabella draaide nu soepeltjes op vijfentachtig procent, en Rae Chen was bezig met minieme bijstellingen aan de bundels. Peinzend keek Dolby naar de groep die Hazelius bijeengebracht had. Neem nou Edelstein. Dolby had het vermoeden dat die misschien nog slimmer was dan Hazelius zelf, alleen was Edelstein een eigenaardig type. Een beetje griezelig, alsof zijn brein half-*alien* was. En wat moest hij met die ratelslangen? Wat een bizarre liefhebberij! En dan had je Corcoran, het sprekend evenbeeld van Daryl Hannah. Zijn type was het niet: te lang, te agressief. Veel te mooi en te blond om zo slim te zijn… Een briljante groep, zelfs die robot van een Cecchini, die altijd op het randje van de waanzin leek te balanceren. Behalve Innes. Een eerlijke gozer die oprecht zijn best deed maar wiens licht niet veel verder scheen dan het middenpad. Hoe kon Hazelius die vent en die praatsessies van hem in vredesnaam serieus nemen? Of hield Hazelius zich gewoon aan de richtlijnen van het ministerie van Energie? Waren alle psychologen zo, net als Innes, altijd maar in de weer met keurige theorietjes zonder een greintje empirisch bewijs? Dit was iemand die alles zag en niets begreep. Innes deed Dolby denken aan de vrachtwagenchauffeur waarmee zijn moeder een tijdje iets had gehad na de dood van zijn vader. Een vriendelijke vent die aan de lopende band met psychologische praatjes van de koude grond kwam aanzetten, en die je zowat doodlulde met advies uit de laatste zelfhulpbestseller.

En dan had je Rae Chen. Razend slim zonder daar ook maar enige ophef over te maken. Iemand had hem verteld dat ze als tiener de skateboardkampioenschappen gewonnen had. Ze zag eruit als een Californische hippie, leuk, prettig, ongecompliceerd. Maar was ze echt zo ongecompliceerd? Dat viel moeilijk te zeggen bij mensen van Aziatische afkomst. Hoe dan ook, hij zou maar wat graag iets met haar beginnen. Hij keek haar kant uit, zoals ze daar geconcentreerd over haar computer gebogen zat, haar zwarte haar neervallend als een waterval, en hij stelde zich voor hoe ze er zonder kleren…

Hazelius' stem onderbrak zijn gedachten.

'We kunnen haar opvoeren naar negentig, Ken.'

'Goed.'

'Alan? Als de zaken stabiel zijn op negentig, dan wil ik dat je klaarstaat om alle P5 595's tegelijk over te schakelen, gekoppeld en wel.'

Edelstein knikte.

Dolby verzette de schuifregelaars en wachtte op Isabella's reactie. Het was zover. Vanavond zou het gebeuren. Zijn hele leven was één lange voorbereiding geweest op dit ene. Hij voelde de diepe trilling toen het vermogen werd opgevoerd. Het leek wel of de hele berg van energie werd voorzien. Hij snorde als een Bentley. O, wat hield hij van deze machine. Zíjn machine.

39

Vanuit de achterslaapkamer van zijn bungalow zag Ford de eerste protestruiters op de richel achter Nakai Rock verschijnen, hun silhouetten afgetekend tegen de ondergaande zon. Hij hief zijn verrekijker en zag Nelson Begay op een bont paard zitten, met een tiental andere ruiters.

Toen hij zijn hoofd omdraaide, bonsde het even van de val van de vorige avond. Sindsdien hadden Kate en hij amper een woord kunnen wisselen, zo druk had ze het gehad met de voorbereidingen voor de run.

Het lichtje op zijn satelliettelefoon knipperde, stipt op tijd. Hij nam op.

'Nieuws?'

'Niets in het bijzonder. Ze zitten allemaal in de Bunker, bezig met een nieuwe run. Ik ga straks met de mensen van de protestrit praten.'

'Ik wou maar dat je dat de kop in had kunnen drukken.'

'Nee, zo is het beter. Heb jij nog naar die Joe Blitz gekeken?'

'Het wemelt van de Joe Blitzes. Mensen, bedrijven, plekken, noem maar op. Ik heb een lijst gemaakt van sommige zaken die me plausibel leken. Die wou ik even met je doornemen.'

'Ga je gang.'

'Ten eerste is Joe Blitz de naam van een Action Man-figuurtje.'

'Dat zou een toespeling kunnen zijn op Wardlaw – Volkonsky had een bloedhekel aan hem. En verder?'

'Broadwayproducent in de jaren veertig, deed onder andere *Garbage Can Follies* en *Crater Lake Cut-Up*. Twee musicals, de ene over poezen, de andere over een nudistenkamp. Allebei geflopt.'

'Ga door.'

'Joe Blitz, Ford-dealer in Ohio, failliet gegaan... Joe Blitz State Park in Medford, Oregon... Joe Blitz Memorial ijshockeybaan in Ontario, Canada... Joe Blitz, sciencefictionschrijver in de jaren dertig en veertig... Joe Blitz, projectontwikkelaar, heeft het Mausleergebouw in Chicago gebouwd... Joe Blitz, striptekenaar.'

'Weet je verder nog iets over die schrijver?'

'Ene Joe Blitz die begin jaren veertig sciencefictionverhalen schreef voor een aantal goedkope tijdschriften.'

'Titels?'

'O, stapels. Even kijken... "Zeeslagtanden" en "Mensendoders uit het luchtruim", dat soort dingen.'

'Heeft hij ook boeken geschreven?'

'Voor zover wij konden overzien alleen een berg verhalen.'

'En die striptekenaar?'

'Die had eind jaren vijftig een wekelijkse strip over een dikke kerel met een minipoedel. Een soort *Garfield*. Nooit echt succes gekregen. Eens even kijken... ik heb er nog een stuk of tweehonderd, van een begrafenisonderneming tot een recept voor gerookte vis.'

Ford slaakte een zucht. 'De spreekwoordelijke speld in de hooiberg, en we weten niet eens hoe die speld eruitziet. En tante Natasja?'

'Volkonsky had geen tante Natasja. Misschien was dat een soort grap – je weet wel, in de trant van iedere Rus heeft een tante Natasja en een oom Boris.'

Ford keek uit het raam en zag de ruiters de vallei binnenkomen. 'Zo te zien leidt dat briefje tot niets.'

'Inderdaad.'

'Ik moet ophangen: de ruiters komen de vallei in.'

'Bel me zodra die run voorbij is,' zei Lockwood.

Ford borg de satelliettelefoon weg, deed de aktetas op slot en ging naar buiten. In de verte hoorde hij een motor, en waar de weg de vallei binnenkwam, verscheen een gebutste pick-up. Hij reed de richel over en kwam de diepte in, gevolgd door een witte bestelwagen met KREZ op de zijkant en een satellietschotel op het dak.

Ford liep erheen en bleef tussen de bomen aan de rand van het veld staan kijken hoe Begay met een tiental ruiters op bezwete paarden kwam aanzetten. De KREZ-bestelwagen hield halt en er stapte een stel televisiemensen uit die de ruiters begonnen te filmen. Er stapte een gezette vrouw uit de pick-up. Maria Atcitty.

Toen de ruiters het veld naderden, begon de cameraman te filmen. Eén ruiter maakte zich los van de groep en galoppeerde vooruit, met een kreet van triomf en zijn halsdoek in geheven vuist rondslingerend. Ford herkende Willy Becenti, de man die hem geld had geleend. Ook een paar andere ruiters gaven hun paard de sporen, en prompt volgde Begay. Ze scheurden over het gras, raceten langs de camera en bleven niet ver bij Ford vandaan staan op de zandvlakte die dienstdeed als parkeerterrein voor de voormalige handelspost.

Toen Begay afsteeg, kwam de verslaggever voor KREZ aanlopen, begroette hem met een high five en begon de apparatuur voor het interview op te stellen.

Nu kwamen ook de anderen aanlopen. Meer high fives. De cameralampen gingen aan en de verslaggever begon Begay te interviewen. De anderen bleven op een afstandje staan kijken.

Ford liep tussen de bomen vandaan en slenterde over het gras.

Alle ogen draaiden zijn kant uit. De verslaggever kwam met de microfoon in de hand naar hem toe.

'En wie bent u?'

De camera liep, zag Ford. 'Wyman Ford.'

'Bent u onderzoeker?'

'Nee, ik ben de verbindingsman tussen project Isabella en de plaatselijke inwoners.'

'U verbindt anders niet zo best,' zei de verslaggever. 'U zit hier met een groot probleem.'

'Weet ik.'

'Wat vindt u van de hele toestand?'

'Ik vind dat de heer Begay gelijk heeft.'

Even bleef het stil. 'In welk opzicht?'

'In vele opzichten: Isabella jaagt de plaatselijke bevolking inderdaad angst aan, het project levert niet de economische impuls op die was toegezegd, de wetenschappers hebben zich te zeer op afstand gehouden.'

Weer een korte, verwarde stilte. 'Dus wat gaat u daaraan doen?'

'Om te beginnen ga ik luisteren. Daarom sta ik hier. Ik ga doen wat ik kan om de dingen recht te trekken. We hebben geen beste start gemaakt met de leefgemeenschap hier, maar ik beloof dat daar verandering in gaat komen.'

'Bullshit!' klonk een kreet: Willy Becenti, die kwam aanlopen van het veld waar hij zijn paard had achtergelaten.

'Cut!' De verslaggever wendde zich tot Becenti. 'Hé, Willy, ik probeer hier een interview te doen, mag ik even?'

'Die vent lult uit zijn nek.'

'Dat soort teksten kan ik niet in de uitzending gebruiken.'

Becenti bleef plotseling staan en keek Ford aan. Zijn gezicht bloosde bij de herkenning. 'Hé – jij bent het!'

'Hallo, Willy,' zei Ford, en hij stak zijn hand uit.

Willy negeerde hem. 'Jij bent een van hen!'

'Ja.'

'Ik krijg nog twintig dollar van je.'

Ford tastte naar zijn portemonnee.

Becenti bloosde triomfantelijk. 'Hou je geld maar. Ik hoef het niet.'

'Willy, ik hoop dat we de problemen samen kunnen oplossen.'

'Bullshit. Zie je dat daar?' Becenti wees met een magere arm vaag in de richting van de vallei. Er werd een tatoeage zichtbaar. 'Daar in die rotsen liggen ruïnes. Graven. Jullie schenden de graven van onze voorouders.'

De camera liep weer. 'Uw reactie, meneer Ford?' vroeg de verslaggever, en hij duwde de microfoon weer in Fords gezicht.

Ford hield zich in, en zei niet dat het Anasazi-ruïnes waren. 'Als iemand ons zou kunnen helpen om te bepalen waar die graven precies liggen, dan kunnen we...'

'Maar het ligt hier helemaal vol met graven! Overal! En de geesten van de doden zijn ongelukkig, die dolen rond. Er gaat iets ergs gebeuren. Ik voel het. Voel je dat zelf niet?' Becenti keek om zich heen. 'Voelen jullie dat niet?'

Er werd geknikt, gemompeld.

'Er lopen hier *chindii* rond, zombies. Vanaf het moment dat Peabody Coal de ziel van Red Mesa heeft uitgehold is dit een gevaarlijke, slechte plek.'

'Een slechte plek,' herhaalden de anderen.

'Dit is een zoveelste voorbeeld van de blanke die maar komt binnenvallen en indiaans land in beslag neemt. Iets anders is het niet. Ja toch?'

Luider gemompel, meer instemmend geknik.

'Willy, je hebt het volste recht om er zo over te denken,' zei Ford. 'Maar als verdediging kan ik zeggen dat een deel van het probleem is veroorzaakt doordat de Navajostamregering de afspraken heeft gemaakt zonder met de plaatselijke bevolking te overleggen.'

'De Navajostamregering is niets meer dan een stel blaaskaken in dienst van de Bilagaana voor hand- en spandiensten. Voordat de Bilagaana kwamen hadden we ook geen Navajostamregering.'

'Dat is nu eenmaal zo. Daar kan ik ook niets aan doen. Maar we kunnen wel samenwerken om de toestand te verbeteren. Wat zegt u daarvan?'

'Ja, nou, wat ik daarvan zeg? Rot een heel end op!' Dreigend kwam Becenti dichterbij. Ford bleef staan waar hij stond, tot ze elkaar recht in de ogen keken. Becenti ademde zwaar; zijn magere ribbenkast zwoegde en zijn tanige armspieren waren gespannen.

Ford bleef ontspannen staan. 'Willy, ik sta aan jouw kant.'

'Niet zo neerbuigend doen, Bilagaana!' Hij was zowat twee derde van Fords omvang en half zo zwaar, maar hij keek alsof hij ieder moment kon uithalen voor een klap. Ford keek naar Begay en zag aan het onverschillige gezicht van de medicijnman dat die de situatie op zijn beloop zou laten.

De camera filmde door.

Becenti maakte een weids armgebaar. 'Kijk hier nou eens. Jullie Bilagaana pakken onze mesa af en boren honderden meters diep door de rots alleen om die kutakkertjes van jullie te kunnen irrigeren, en mijn tante Emma moet vijftig kilometer rijden om water voor haar kleinkinderen en haar schapen te halen. Hoe lang denk je dat het duurt voordat de putten in Blue Gap en Blackhorse droog komen te staan? En hoe zit het met dat hantavirus? Het is algemeen bekend dat er hier nooit geen hantavirus was totdat er ergens in Fort Wingate iets gebeurde.'

Een paar ruiters schreeuwde instemmend bij die jarenoude complottheorie.

'Voor zover wij weten kan Isabella iets hebben waardoor wij nu al vergiftigd worden. Ieder moment kan het beginnen, dan gaan onze kinderen dood.' Hij priemde een stoffige vinger naar Fords borst, vlak onder het borstbeen. 'En weet je wat jij dan bent, Bilagaana? Een moordenaar.'

'Laten we het hoofd koel houden, Willy. Vreedzaam en beleefd.'

'Beleefd? Vreedzaam? Hebben jullie daarom onze hogans en maïsvelden platgebrand? Onze vrouwen verkracht? Moesten we daarom op die Lange Tocht naar Fort Sumner, was dat soms vreedzaam en beleefd?'

Ford wist nog uit Ramah dat de Navajo het nog steeds over de Lange Tocht van rond 1860 hadden, ook al was dit in de rest van het land oud nieuws, lang vergeten. 'Ik wou bij God dat er een manier was om de geschiedenis ongedaan te maken,' zei hij, met meer gevoel dan hij van plan geweest was.

In Willy's hand verscheen een goedkope .22, die hij uit zijn spijkerbroek had gehaald. Ford spande zijn spieren aan, klaar om weg te duiken.

Meteen kwam Begay tussenbeide. 'Daswood, zet die camera uit,' zei hij scherp.

De verslaggever gehoorzaamde.

'Willy, steek dat pistool weg.'

'Mooi niet, Nelson. Ik ben hier om te vechten, niet om te praten.'

Begay antwoordde gedempt: 'We gaan hier een zweethut bouwen. We blijven hier de hele nacht zitten, voor vreedzame demonstraties. We gaan dit land spiritueel voor ons terugeisen, via onze gebeden. Het is tijd voor gebed en contemplatie, niet voor confrontatie.'

'Ik dacht dat dit een protést was, niet een of ander wijvengedoe,' zei Becenti, maar hij stak wel het pistool terug in zijn broekzak.

Begay wees naar de hoogspanningskabels die een kilometer verderop bijeenkwamen aan de rand van de mesa. 'We nemen het niet op tegen deze ene man. Dát daar is onze tegenstander.'

De kabels gonsden en knetterden; het geluid was zwak maar onmiskenbaar.

'Zo te horen draait uw machine op volle toeren,' zei Begay, terwijl hij zich met neutrale blik omdraaide naar Ford. 'Dit kon wel eens een goed moment zijn om aan uw eigen werk te gaan, dan gaan wij aan het onze.'

Ford knikte, draaide zich om en liep naar de Bunker.

'Mooi zo, maak maar dat je wegkomt!' brulde Becenti hem na. 'Voordat ik alsnog een schot hagel in je Bilagaana-reet knal!'

Terwijl Ford de bewakingspoort van Isabella naderde, werd het knetteren en gonzen van de elektriciteitskabels luider. Hij voelde een soort huivering langs zijn ruggengraat gaan bij het griezelige geluid, dat bijna leek te leven.

40

Om vijf voor acht installeerde Booker Crawley zich voor de tv in de sfeervolle, met kersenhout betimmerde studeerkamer van zijn huis aan Dumbarton Street in Georgetown. Hij was ten prooi aan een buitengewone opwinding. Toen Spates had gezegd dat hij hem waar voor zijn geld zou geven, had hij dat serieus gemeend. De preek van afgelopen zondag was puur dynamiet geweest. En nu, bij *Roundtable America*, kwam de tweede klap. Verbijsterend dat dit allemaal was gekomen door één telefoontje en een paar betalingen. Het was niet eens illegaal: het was niets meer dan liefdadigheid als je geld schonk aan een 501(c)(3), belastingaftrekbaar.

De lobbyist klemde een glas in zijn hand om het even te verwarmen en nam toen een slokje van zijn gebruikelijke afterdinner calvados. Met een geschetter van vaderlandslievende muziek verscheen het logo van *Roundtable America* op de buis, te midden van een digitale werveling van Amerikaanse vlaggen, adelaars en patriottenemblemen. Daarna werd er een kersenhouten ronde tafel zichtbaar, met een afbeelding van het Capitool op de achtergrond. Aan de ronde tafel zat Spates, met een ernstige en bezorgde uitdrukking op zijn gezicht. Tegenover hem zat zijn gast, een man met wit haar, keurig in het pak, met een rimpelig gezicht en borstelige wenkbrauwen, zijn lippen getuit alsof hij zat na te denken over het mysterie van het bestaan.

De muziek stierf weg en Spates richtte zich tot de camera.

Crawley was verbaasd dat zo iemand, in levenden lijve een complete hufter, op tv zo'n enorm charisma kon hebben. Zelfs het oranje haar zag er respectabel en minder fel uit. Voor de zoveelste maal wenste Crawley zichzelf geluk. Wat een briljante inval was het geweest om de dominee in de arm te nemen.

'Goedenavond dames en heren, welkom bij *Roundtable America*. Ik ben dominee Don T. Spates en het doet me enorm genoegen om vanavond als gast aan u te kunnen voorstellen dr. Henderson Crocker, professor-emeritus in de natuurkunde aan Liberty University in Lynchburg, Virginia.'

De professor knikte verstandig naar de camera, zijn gezicht een en al bittere ernst.

'Ik heb dr. Crocker hier uitgenodigd om ons iets meer te vertellen over project Isabella, het onderwerp van onze show vanavond. Voor diegenen onder u die niet van Isabella gehoord hebben: dit is een wetenschappelijke machine die de regering in Arizona heeft neergezet en die veertig miljard dollar aan belastinggeld heeft gekost. Veel mensen maken zich daar zorgen over. Daarom hebben we dr. Crocker hier gevraagd om voor ons, gewone mensen, uit te leggen wat er nou precies aan de hand is.' Hij wendde zich tot zijn gast. 'Dr. Crocker, u bent natuurkundige en hoogleraar. Kunt u ons vertellen wat Isabella is?'

'Dank u, dominee Spates. Ja, dat kan ik. In wezen is Isabella een deeltjesversneller. Daarin worden atomen verpulverd. Ze worden bij hoge snelheid in botsing gebracht, zodat ze uiteenvallen. Dan kun je kijken waarvan ze gemaakt zijn.'

'Klinkt griezelig.'

'Helemaal niet. Er zijn heel wat deeltjesversnellers in de wereld. Deze apparatuur is bijvoorbeeld van wezenlijk belang geweest bij de ontwikkeling en de bouw van onze Amerikaanse kernwapens. En ze speelt een rol bij het leggen van de theoretische grondslag voor de kernindustrie.'

'Ziet u bij deze ene deeltjesversneller een probleem?'

Een theatrale pauze. 'Ja.'

'Wat voor probleem?'

'Isabella is anders dan andere deeltjesversnellers. Ze wordt niet gebruikt als wetenschappelijk instrument. Ze wordt mísbruikt, en wel met een bepaalde reden, namelijk om een scheppingstheorie te staven die wordt aangehangen door een harde kern van atheïstische, seculiere, humanistische wetenschappers.'

Spates trok zijn wenkbrauwen op. 'Daar zegt u me nogal wat.'

'Ik spreek beslist niet lichtvaardig.'

'Verklaart u zich nader.'

'Graag. Deze groep atheïstische onderzoekers hangt de theorie aan dat het heelal zichzelf vanuit het niets heeft geschapen, zonder enige geleidende hand of *primum mobile*. Die theorie noemen ze de oerknal. Kijk, de meeste intelligente mensen, onder wie een groot aantal wetenschappers als ikzelf, weten dat deze theorie gebaseerd is op een vrijwel volledig gebrek aan wetenschappelijk bewijs. Het is een theorie die haar wortels niet in de wetenschap heeft maar in de diep antichristelijke gevoelens waarvan onze natie tegenwoordig doortrokken is.'

Crawley nam nog een lange, warme teug van zijn calvados. Spates had het hem weer geflikt. Dit was verdomd goed: demagogiek vermomd in sobere, wetenschappelijke taal, en dat dan ook nog eens uit de mond van een natuurkundige. Exact het soort loos gebral waarvan een zeker segment van de Amerikaanse bevolking geen genoeg kon krijgen.

'De afgelopen tien jaar is bijna iedere laag van onze overheid en ons universitair stelsel overgenomen door atheïsten en humanisten. Die wijzen de onderzoeksgelden toe. Die beslissen wat voor research er gedaan wordt. Wie het hier niet mee eens is, wordt de mond gesnoerd. Dit wetenschappelijke fascisme vindt plaats door de hele academische wereld, van kernfysica en kosmologie tot biologie en, uiteraard, de evolutie. Dit zijn de wetenschappers die ons de goddeloze, materialistische theorieën hebben bezorgd van Darwin en Lyell, Freud en Jung. Dit zijn de mensen die volhouden dat het leven niet begint bij de conceptie. Dit zijn de mensen die afgrijselijke experimenten willen uitvoeren met stamcellen: levende, menselijke, embryo's. Dit zijn de aanhangers van abortus en de zogeheten *family planners*.'

De stem dreunde door en klonk als de belichaming van de redelijkheid. Crawley lette niet meer goed op: hij zat te fantaseren over het moment waarop hij Yazzie zou terugnemen voor een tweemaal zo hoog tarief.

De show ging door met meer vragen en antwoorden, variaties op een thema, en dan het gebruikelijke verzoek om geld, meer gepraat, nog een verzoek. De stemmen gingen eindeloos door, ze stegen en daalden als een langdradig gezang. Herhaling was de ziel van de christen-tv, dacht Crawley: beuk het in die houten koppen van ze en grijp hun geld.

De camera zoomde in op Spates terwijl die het commentaar overnam. Crawley zat met een half oor te luisteren. Spates had het tot nu toe prima gedaan, en de gedachte dat de Stamraad hiernaar zat te kijken, bezorgde hem immense vreugde.

'... Het lijdt geen twijfel: God haalt Zijn beschermende hand weg boven Amerika...'

Crawley zonk weg in een staat van warme ontspanning. Was het maar vast maandag vier uur! Voor miljoenen zou hij die apen afzetten. Miljoenen!

'... aan de heidenen en de abortusplegers, aan de feministen en de homoseksuelen, de ACLU – aan allen die proberen Amerika te seculariseren, zeg ik: "Als de volgende terreuraanval komt, dan is dat úw schuld..."'

Misschien kon hij zijn honorarium verdrievoudigen. Dat zou pas een verhaal zijn voor zijn vrienden van de Potomac Club.

'... en nu hebben ze een toren van Babel gebouwd, die Isabella, om God op Zijn troon aan te vechten. Maar God laat niet met zich sollen: Hij zal terugslaan...'

Terwijl Crawley zich verder liet wegzakken in een heerlijke dagdroom, werd hij wakker geschud bij één enkel woord. Dat woord was 'moord'.

Hij schoot overeind. Waar had Spates het over?

'Precies,' zei Spates. 'Uit betrouwbare bron heb ik vernomen dat een van de toponderzoekers van project Isabella, een Rus met de naam Volkonsky, vier dagen geleden zelfmoord heeft gepleegd. Maar volgens mijn bron zijn bepaalde inspecteurs van politie nog niet zo zeker dat het zelfmoord was. Het begint steeds meer op moord te lijken – een *inside job*. Een onderzoeker, vermoord door een medeonderzoeker. Waarom? Om hem de mond te snoeren?'

Plotseling alert, leunde Crawley voorover. Wat een geniale inval dit stuk nieuws te bewaren tot het eind van de show.

'Misschien kan ik u dat vertellen. Ik heb nog iets uit mijn bron vernomen, iets waarlijk schokkends. Ik kan het zelf amper geloven.'

Met een trage, theatrale beweging pakte de gemanicuurde hand een briefje papier op en hield het voor de camera. Crawley herkende de truc: Joseph McCarthy was daar in de jaren vijftig mee gekomen. Simpelweg doordat de informatie op papier stond, kreeg ze het aanzien van waarheid.

Spates zwaaide even met het papiertje. 'Hier staat het.'

Weer een theatrale pauze. Crawley zat gespannen te wachten, zonder nog aan zijn calvados te denken. Waar wilde Spates heen?

'Isabella had maanden geleden al online moeten zijn. Ze hebben er een probleem mee. Niemand weet waarom – behalve dan mijn bron en ik. En nu ú.'

Spates bewoog het papiertje door de lucht.

'Die machine, die Isabella, heeft als brein de snelste supercomputer die ooit is gebouwd. En die Isabella beweert nu...' – hier laste hij een pauze in om de spanning op te voeren – 'dat ze God is.'

Hij legde het briefje weg en keek recht in de camera. Zelfs zijn gast leek geschokt.

De stilte kroop verder, terwijl Spates zwijgend naar de camera bleef kijken. Die man kende de macht van de stilte, vooral op televisie.

Crawley zat op het puntje van zijn stoel en probeerde deze schok te verwerken. Zijn supergevoelige interne radar voor politieke ophef detecteerde iets groots dat met hoge snelheid uit het niets kwam opzetten. Dit was pure waanzin. Misschien was het toch niet zo heel slim geweest om Spates de bal in handen te geven zodat hij ermee vandoor kon.

Misschien had hij Yazzie een nieuw contract moeten faxen, zodat die het de volgende ochtend snel had kunnen ondertekenen.

Uiteindelijk deed Spates zijn mond weer open.

'Vrienden, zo'n bewering zou ik niet doen als ik niet volkomen zeker was van mijn feiten. Mijn bron, een vroom christen en geestelijke, net als ik, is daar ter plekke en heeft de informatie rechtstreeks van de onderzoekers zelf vernomen. Inderdaad, ja: die enorme machine, die Isabella, beweert God te zijn. U hoort me goed: beweert God te zijn. Als ik het bij het verkeerde eind heb, daag ik de onderzoekers uit om in het openbaar mijn ongelijk te bewijzen.'

Spates stond op, een gebaar dat des te weidser leek door het bekwame camerawerk. Hij torende boven de kijkers uit, een zuil van beheerste woede. 'Ik vraag, ik eis zelfs, dat Gregory North Hazelius, de leider van dit project, voor het Amerikaanse volk verschijnt om opheldering van zaken te geven. Dat éís ik. Wij, het Amerikaanse volk, hebben veertig miljard dollar uitgegeven om die helse machine in de woestijn te bouwen, een machine die speciaal ontwikkeld is om te bewijzen dat God liegt. En nu beweert ze nota bene zelf God te zijn!

O, vrienden! Wat is dit voor godslastering? Wat is dit voor blasfemie?'

41

Om acht uur arriveerde Ford op de Brug. Terwijl hij de ruimte binnenkwam, keek hij even naar Kate, die achter haar computer zat. Heel even keken ze elkaar aan. Er werd geen woord gewisseld, maar de blik zelf was veelzeggend. De andere onderzoekers zaten over hun toetsenborden gebogen en Hazelius dirigeerde de vertoning vanuit zijn ronddraaiende gezagvoerdersstoel in het midden. De machine gonsde maar de Visualizer was zwart.

De anderen zagen hem binnenkomen en hier en daar werd geknikt of klonk een afwezige begroeting. Wardlaw keek hem strak aan voordat hij zich weer omdraaide naar zijn beveiligingsapparatuur.

Hazelius wenkte hem dichterbij. 'Hoe gaat het boven?' vroeg hij.

'Ik denk niet dat dit problemen zal opleveren.'

'Mooi. Je bent net op tijd om te zien hoe we contact maken bij CZero. Ken, hoever zijn we?'

'Stabiel op negentig procent,' antwoordde Dolby.

'De magneet?'

'Houdt het.'

'Dan kunnen we,' zei Hazelius. 'Rae? Naar het detectiepaneel, graag. Zodra de logische bom afgaat, moet je meteen kunnen reageren. Julie, jij staat reserve.'

Hij draaide zich om. 'Alan?'

Langzaam hief Edelstein zijn hoofd op.

'Houd de back-upcomputers in de gaten, en meteen ook de hoofdcomputer. Zodra je ook maar iets merkt van instabiliteit, schakel je de besturing over naar de drie P5 595's. Niet wachten tot alles gecrasht is.'

Edelstein knikte en tikte snel iets op zijn toetsenbord.

'Melissa, jij houdt dat gat in de ruimte-tijd in de gaten. Als je iets ziet, maar dan ook maar íéts, dat op een probleem kan wijzen, een onverwachte resonantie, onbekende superzware of stabiele deeltjes – met name stabiele singulariteiten – dan sla je alarm.'

Ze stak haar duim op.

'Harlan? We houden haar zo lang als nodig is op honderd procent. Jouw taak is het om te zorgen dat de stroomvoorziening probleemloos verloopt – en om het netwerk in de gaten te houden om te zien of er buiten klachten ontstaan.'

'Prima.'

'Tony, ook al gebruiken we de drie servers als back-up, de bewakingssystemen blijven online. Vergeet niet dat er boven een stel demonstranten zit, en die kunnen allerhande stommiteiten uithalen, bijvoorbeeld over het hek heen klimmen.'

'Oké.'

Hij keek om zich heen. 'George?'

'Ja?' antwoordde Innes.

'Normaal gesproken heb jij tijdens een run niet veel te doen. Maar deze run is anders. Ik wil dat je in de buurt van de Visualizer zit, zodat je de output van de logische bom kunt bekijken om daar een psychologische analyse van te maken. Die code is geschreven door een mens en kan aanwijzingen bevatten waar de hele toestand vandaan komt. Kijk uit naar inzichten, ideeën, afwijkende opvattingen – alles wat ons kan helpen de dader te vinden of die logische bom onschadelijk te maken.'

'Uitstekend idee, Gregory, dat doe ik.'

'Kate? Jou wil ik graag aan het toetsenbord, om de vragen te stellen.'

'Ik… ' aarzelde Kate.

Hazelius trok een wenkbrauw op. 'Ja?'

'Dat doe ik liever niet, Gregory.'

Hij nam haar met zijn diepblauwe ogen op en wendde zich toen tot Ford. 'Jij hebt niets anders te doen. Wil jij de vragen stellen?'

'Met alle plezier.'

'Wát je vraagt is niet belangrijk – zolang je dat ding maar aan de praat houdt. Rae heeft een regelmatige output nodig om hem te kunnen opsporen. Praat jezelf niet klem door lange of lastige vragen te stellen, hou het kort. Kate, als Wyman aarzelt of niets meer weet, dan sta jij klaar om in te vallen. We mogen geen seconde verspillen.'

Ford liep naar Kates computer. Ze stond op om hem haar stoel te geven. Hij legde een hand op haar schouder. Hij bukte zich alsof hij iets op het scherm wilde lezen. 'Hallo,' fluisterde hij, en hij pakte haar hand om daar een kneepje in te geven.

'Hoi.'

Kate aarzelde even en fluisterde toen: 'Beloof me één ding, Wyman. Beloof me dat wat er hier ook gebeurt, wát dan ook, dat jij en ik opnieuw beginnen. Beloof me dat… wat er tijdens die rit op de mesa gebeurde niet zomaar iets was.' Op haar gezicht lag een diepe blos. Ze boog haar hoofd om haar kleur te verbergen, haar zwarte haar als een gordijn voor haar wangen.

Hij kneep in haar hand. 'Dat beloof ik.'

Hazelius had de diverse details met zijn teamleden besproken en liep nu terug naar het midden van de Brug. Met zijn felblauwe ogen keek hij de groep rond. 'Ik heb het al eerder gezegd, en ik zeg het nogmaals: we begeven ons op onbekend terrein. Ik zal het niet mooier voorstellen dan het is: wat wij hier gaan doen is gevaarlijk. Er is geen alternatief, we staan met onze rug tegen de muur. We gaan die logische bom vinden en we gaan hem vernietigen. Vanavond.'

In de lange stilte die daarop volgde, steeg en daalde het zingen van de computer.

'We zullen een paar uur lang afgesneden zijn van de buitenwereld,' zei hij. Hij keek om zich heen. 'Vragen?'

'Eh, ja, ik heb een vraag,' antwoordde Julie Thibodeaux. Haar gezicht blonk van het zweet en de donkere kringen onder haar ogen waren bijna doorschijnend. Haar lange, vettige haar schudde in slierten om haar hoofd bij iedere beweging.

Hazelius keek haar aan. 'Ja?'

'Ik...' Ze haperde.

Met opgetrokken wenkbrauwen bleef Hazelius staan wachten. Plotseling duwde ze haar stoel achteruit en stond op. De wieltjes bleven haken aan de vloerbedekking en ze struikelde. 'Dit is waanzin,' zei ze op luide toon. 'We zitten met een warme magneet, een instabiele computer, een stuk malware – en nu wou je een paar honderd megawatt vermogen in die computer pompen? Dan blaas je de hele berg op. Ik doe niet mee.'

Hazelius' blik flitste even van Thibodeaux naar Wardlaw en terug. 'Ik ben bang dat het nu te laat is, Julie.'

'Hoezo, te laat?' krijste ze. 'Ik ben hier weg.'

'De deuren van de Bunker zijn op slot, vergrendeld en verzegeld. Dat weet jij maar al te goed.'

'Bullshit. Ford is toch ook net binnengekomen?'

'Dat was vooraf afgesproken. Tussen nu en zonsopgang kan er niemand weg. Ik ook niet. Dat maakt deel uit van de beveiliging.'

'Bullshit. Wat moeten we dan als er brand uitbreekt, of als er een ongeluk gebeurt?' Huiverend maar met een uitdagende blik in haar ogen stond ze voor hem.

'De enige die de beveiligingscodes kent en die de deur vóór zonsopgang kan openen, is Tony. De beslissing is aan hem, als hoofd van de beveiliging. Tony?'

'Er gaat niemand weg,' zei Wardlaw onaangedaan.

'Ik weiger dat antwoord te accepteren,' zei ze, en in haar stem klonk paniek door.

'Er zit weinig anders op, vrees ik,' merkte Hazelius op.

'Tony. Ik wil eruit, nú, verdomme!' Haar stem klonk steeds harder, ze krijste bijna.

'Sorry,' zei Wardlaw.

Ze rende op hem af, zo klein als ze was. Hij wachtte haar rustig af. Ze hief haar vuisten en die omklemde hij zonder enig probleem toen ze zich boven op hem stortte.

'Laat me los, klootzak!' Ze kronkelde wanhopig om los te komen.

'Rustig, rustig.'

'Ik wil niet dood vanwege een of andere machine!' Ze zakte tegen hem aan en barstte in snikken uit.

Ford keek ongelovig toe. 'Als ze eruit wil, láát haar dan.'

Wardlaw wierp hem een vijandige blik toe. 'Dat gaat tegen het protocol in.'

'Maar zij is toch geen beveiligingsrisico – kijk nou eens, ze is helemaal wanhopig.'

'Die regels zijn er niet voor niets,' zei Wardlaw. 'Niemand verlaat Isabella tijdens een run, behalve in levensgevaarlijke noodsituaties.'

Ford keek naar Hazelius. 'Dat kan niet goed zijn.' Hij keek om zich heen. 'Dat zijn jullie toch zeker met me eens?' Maar in plaats van instemming zag hij onzekerheid op de gezichten van de anderen. Angst. 'Je mág haar niet hier houden tegen haar wil.'

Tot nu toe had hij niet beseft hoezeer ze onder Hazelius' invloed verkeerden. 'Kate?' Hij richtte zich tot haar. 'Jij weet toch wel dat dit niet kan?'

'Wyman, we hebben allemaal getekend. Ook zij.'

Hazelius liep naar Thibodeaux en knikte tegen Wardlaw. Die gaf haar over aan Hazelius. Ze probeerde zich los te maken, maar hij hield haar vriendelijk doch stevig beet. Ze snikte nog wat na en hapte naar adem. Hij hield haar behoedzaam, bijna liefhebbend in zijn armen. Ze leunde tegen hem aan en huilde zachtjes, als een kind. Hazelius streelde haar achterhoofd en veegde haar tranen met zijn duim weg, terwijl hij in haar oor prevelde. Na een paar minuten leek ze gekalmeerd te zijn.

'Sorry,' fluisterde ze.

Hij klopte haar op de schouder, streek haar haar glad en liet zijn handen sensueel over haar mollige rug glijden. 'We kunnen niet zonder jou, Julie. Ik kan niet zonder jou. We kunnen dit niet doen als jij er niet bij bent. Dat weet je.'

Ze knikte en snufte. 'Ik draaide even door. Sorry. Het zal niet weer gebeuren.'

Hij bleef haar omarmen tot ze helemaal tot rust gekomen was. Toen hij haar losliet, liep ze weg, haar blik op de vloer gericht.

'Julie, blijf hier, bij mij. Het is veilig – echt waar.'

Ze knikte nogmaals.

Ford keek haar verbijsterd na, tot hij zag dat Hazelius hem met een droevig, vriendelijk gezicht stond aan te kijken. 'Gaat het, Wyman?'

Ford keek in de blauwe ogen en gaf geen antwoord.

42

In zijn trailer zat pastor Russ Eddy voor het twintig-inchscherm van zijn iMac. De livewebcasting van *Roundtable America* was net afgelopen. Eddy's hersenen brandden, zijn ziel stond in vuur en vlam, de woorden van dominee Spates galmden nog na in zijn hoofd. Hij, Russell Eddy, was de 'vrome christen ter plekke' die Isabella aan de kaak had gesteld. 'Een geestelijke, net als ik,' had Spates gezegd, en miljoenen mensen hadden dat gehoord. Eddy had de cruciale informatie vergaard, met gevaar voor eigen leven, geleid door de onzichtbare hand van de Heer. Dit waren geen gewone tijden. Voorwaar, de toorn Gods, met al zijn immense macht, was nakende. Zelfs de rotsen zouden de heidense wetenschappers niet beschermen tegen de wraak van de Almachtige.

Eddy zat voor het stille, blauwe scherm. Zijn geest was vervuld van de glorie Gods. Langzaam begon alles duidelijk te worden. Gods plan voor hem. Het was allemaal begonnen met de dood van die indiaan, die neergeslagen was door Gods eigen hand, een rechtstreeks teken aan Eddy van Zijn toorn. Het einde was nabij. *'Want de grote dag Zijns toorns is gekomen, en wie kan bestaan?'*

Langzaam werd Eddy zich weer van zijn omgeving bewust. Het was zo stil in de trailer – alsof er hoegenaamd niets gebeurd was. Maar de hele wereld was veranderd. Gods plan voor hem was onthuld. Maar wat was de volgende stap? Wat wilde God hem laten doen?

Een voorteken… hij had een voorteken nodig. Hij greep zijn bijbel vast, met trillende handen van emotie. God zou hem tonen wat te doen.

Hij legde het boek met de rug naar beneden en liet het zelf openvallen. De beduimelde pagina's sloegen om tot bijna het einde, waar ze open bleven liggen bij het boek Openbaring. Zijn oog viel op een willekeurige zin: *'En hetzelve werd een mond gegeven, om grote dingen en gods lasteringen te spreken…'*

Zijn ruggengraat leek samen te trekken van de kou. Dit was een van de helderste en duidelijkste verwijzingen naar de antichrist in de hele Bijbel.

Bevestiging.

43

Ondanks de spanning in het vertrek, dacht Ford, waren de voorbereidingen voor de run op vol vermogen nog saaier dan de vorige keer. Tegen tienen zat Isabella op negenennegentig komma vijf procent. Het ging allemaal exact hetzelfde als voorheen: de resonantie, het gat in het ruimte-tijdcontinuüm, het eigenaardige beeld dat in het midden van de Visualizer condenseerde. Isabella gonsde, de berg trilde.

Alsof het afgesproken werk was, werd het scherm van de Visualizer blanco en verschenen de eerste woorden.

DAAR ZIJN WE WEER.

'Antwoorden, Wyman,' zei Hazelius.

Ford typte: VERTEL ME WAT MEER OVER JEZELF? Kate leunde over zijn schouder en keek mee op het scherm.

IK KAN NIET AAN JOU UITLEGGEN WIE IK BEN, EVENMIN ALS JIJ AAN EEN INSECT KUNT UITLEGGEN WIE JIJ BENT.

'Rae?' vroeg Hazelius. 'Krijg je wat door?'

'Ik ben bezig.'

PROBEER HET EENS, schreef Ford.

NEE, MAAR IK ZAL WEL UITLEGGEN WAAROM JIJ MIJ NIET KUNT BE-GRIJPEN.

'George,' zei Hazelius, 'volg je dit?'

'Jazeker,' antwoordde Innes, als een kind zo blij dat zijn mening gevraagd werd. 'Slimme truc – door ons te zeggen dat wij hem niet kunnen begrijpen, voorkomt hij dat hij zich vastpraat met allerhande details.'

GA JE GANG, typte Ford.

JULLIE WONEN IN EEN WERELD DIE QUA GROOTTE HALVERWEGE DE PLANCKLENGTE EN DE DOORSNEE VAN HET HEELAL LIGT.

'Lijkt me een botprogramma,' zei Edelstein, die de output op het scherm bekeek. 'Hij kopieert zichzelf naar een andere locatie, wist het origineel en veegt zijn sporen uit.'

'Ja,' zei Chen. 'En ik heb een stel hongerige botwolven op pad gestuurd, op zoek in heel Isabella.'

JULLIE BREIN IS SCHITTEREND AFGESTEMD OM JULLIE WERELD TE MA-NIPULEREN, MAAR NIET OM DE FUNDAMENTELE WERKELIJKHEID TE DOORGRONDEN. JULLIE ZIJN ONTWIKKELD TOT HET STADIUM VAN SMIJ-TEN MET STENEN, NIET MET QUARKS.

'Ik ben hem op het spoor!' riep Chen. Ze boog zich over haar toetsenbord als een chef-kok over een gloeiend fornuis, en ging als een razende aan het typen. Op de vier flatpanelschermen voor haar neus vlogen de regels programmeertaal voorbij.

'De hoofdcomputer begeeft het,' zei Edelstein op rustige toon. 'Ik zet de besturing van Isabella over op de back-upservers.'

ALS GEVOLG VAN JULLIE EVOLUTIE ZIEN JULLIE DE WERELD OP EEN FUNDAMENTEEL FOUTE MANIER. JULLIE GELOVEN BIJVOORBEELD DAT JULLIE EEN DRIEDIMENSIONALE RUIMTE INNEMEN, WAARIN AFZONDERLIJ-KE OBJECTEN VOORSPELBARE BOGEN BESCHRIJVEN, GEMARKEERD DOOR IETS WAT JULLIE TIJD NOEMEN. EN DAT NOEMEN JULLIE DE REALITEIT.

'Overschakeling voltooid.'

'Stroomvoorziening hoofdcomputer afsluiten.'

'Wacht,' zei Dolby scherp. 'Dat hadden we niet afgesproken.'

'We moeten zeker weten dat de malware niet daarin zit. Trek de stekker eruit, Alan.'

Edelstein glimlachte kil en draaide zich terug naar de computer.

'Jezus christus, wacht...!' Dolby sprong overeind, maar het was al te laat.

'Zo,' zei Edelstein tevreden, met een ferme tik op het toetsenbord.

Plotseling waren de schermen van de helft van de randapparatuur leeg. Dolby keek onzeker, onvast op zijn benen, om zich heen. Even bleef het stil. Er gebeurde niets. Isabella bleef voortgonzen.

'Het werkt,' zei Edelstein. 'Rustig maar, Ken.'

WOU JIJ ZEGGEN, typte Ford, DAT ONZE REALITEIT EEN ILLUSIE IS?

JA. DANKZIJ DE NATUURLIJKE SELECTIE HEBBEN JULLIE DE ILLUSIE GEKREGEN DAT JULLIE DE FUNDAMENTELE WERKELIJKHEID BEGRIJPEN. MAAR DAT IS NIET ZO. HOE ZOU DAT OOK KUNNEN? BEGRIJPT EEN IN-SECT DE FUNDAMENTELE REALITEIT? OF EEN CHIMPANSEE? JULLIE ZIJN BEESTEN, NET ALS EEN INSECT, NET ALS EEN CHIMPANSEE. JULLIE ZIJN NET ZO ONTSTAAN, JULLIE PLANTEN JE NET ZO VOORT, JULLIE HEBBEN IN WEZEN DEZELFDE NEURALE STRUCTUUR. WAT JULLIE VAN DE CHIM-PANSEES ONDERSCHEIDT, DAT ZIJN TWEEHONDERD GENEN, MEER NIET. HOE KAN ZO'N MINUSCUUL VERSCHIL JULLIE IN STAAT STELLEN OM HET HEELAL TE DOORGRONDEN ALS EEN AAP NOG NIET EENS EEN KORREL ZAND KAN DOORGRONDEN?

'Ik zweer het,' riep Chen uit, 'de gegevens komen wéér uit CZero!'

'Onmogelijk,' reageerde Hazelius. 'De malware houdt zich schuil in een detector. De hele boel afsluiten en dan de detectieprocessors op-nieuw starten, een voor een.'

'Ik zal het proberen.'

WIL ONS GESPREK ERGENS TOE LEIDEN, DAN MOET JE ALLE HOOP OP-GEVEN OM MIJ OOIT TE BEGRIJPEN.

'Slim gegoochel met woorden,' zei Innes. 'Hij zegt in feite helemaal niets.'

Ford voelde een vriendelijke hand op zijn schouder. Kate vroeg: 'Mag ik het even overnemen?'

Hij liet zijn handen van het toetsenbord zakken en schoof opzij. Kate ging zitten.

WAT ZIJN ONZE ILLUSIES? typte ze.

JULLIE ZIJN ONTWIKKELD OM DE WERELD TE ZIEN ALS IETS WAT UIT AFZONDERLIJKE OBJECTEN BESTAAT. DAT IS NIET ZO. AL VANAF HET EER-STE MOMENT VAN DE SCHEPPING IS ALLES MET ELKAAR VERSTRENGELD. WAT JULLIE RUIMTE EN TIJD NOEMEN IS NIETS MEER DAN DE ZICHTBA-RE EIGENSCHAPPEN VAN EEN DIEPERE ONDERLIGGENDE REALITEIT. IN DIE REALITEIT ZIJN ER GEEN AFZONDERLIJKHEDEN. TIJD BESTAAT NIET. RUIMTE BESTAAT NIET. ALLES IS EEN.

KUN JE DAT UITLEGGEN? typte Kate.

JULLIE EIGEN THEORIE VAN DE KWANTUMMECHANICA, AL KLOPT DIE NIET, RAAKT AAN DE DIEPE WAARHEID DAT HET UNIVERSUM EEN GEHEEL IS.

ALLES GOED EN WEL, typte Kate, MAAR WAT DOET DAT ERTOE IN HET DAGELIJKS LEVEN?

DAT DOET ER EEN HELEBOEL TOE. JULLIE DENKEN AAN JEZELF ALS 'INDIVIDUEN', MET EEN UNIEKE EN AFGESCHEIDEN GEEST. JULLIE DENKEN DAT JULLIE GEBOREN WORDEN EN JULLIE DENKEN DAT JULLIE DOODGAAN. JE LEVEN LANG VOEL JE JE AFGEZONDERD EN ALLEEN. SOMS ZELFS WANHOPIG ALLEEN. JULLIE ZIJN BANG VOOR DE DOOD OMDAT JULLIE BANG ZIJN VOOR HET VERLIES VAN JE INDIVIDUALITEIT. MAAR DAT IS ALLEMAAL ILLUSIE. JIJ, HIJ, ZIJ, DIE DINGEN OM JE HEEN, OF ZE NU LEVEN OF NIET, DE STERREN EN MELKWEGSTELSELS, DE LEGE RUIMTE DAARTUSSEN – DAT ZIJN GEEN AFZONDERLIJKE OBJECTEN. ALLES IS FUNDAMENTEEL MET ELKAAR VERSTRENGELD. GEBOORTE EN DOOD, LIJDEN EN SMART, LIEFDE EN HAAT, GOED EN KWAAD, ALLES IS EEN ILLUSIE. DE ATAVISMEN VAN HET EVOLUTIEPROCES. DIE BESTAAN NIET IN DE WERKELIJKHEID.

DUS HET IS ZOIETS ALS DE BOEDDHISTEN GELOVEN, DAT ALLES ILLUSIE IS?

BESLIST NIET. ER BESTAAT EEN ABSOLUTE WAARHEID, EEN REALITEIT. MAAR DE GERINGSTE GLIMP VAN DIE WAARHEID ZOU DE MENSELIJKE GEEST BREKEN.

Plotseling dook Edelstein, die niet meer bij zijn computer zat, achter Ford en Mercer op.

'Alan, waarom zit jij niet...' begon Hazelius.

'Als jij God bent,' zei Edelstein met een halve glimlach, zijn handen achter zijn rug ineengeklemd terwijl hij voor de Visualizer langsliep, 'laten we dan ophouden met dat typen. Dan kun je mij gewoon horen.'

LUID EN DUIDELIJK, verscheen het antwoord op de Visualizer.

'Er zit hier ergens een verborgen microfoon,' zei Hazelius. 'Melissa, zoek dat ding op.'

'Nou en of.'

Onverstoord ging Edelstein verder: 'Alles is een, zeg jij? Wij hebben een getalsysteem: een, twee, drie – en op die manier vecht ik jouw bewering aan.'

EEN, TWEE, DRIE... ALWEER EEN ILLUSIE. TELBAARHEID BESTAAT NIET.

'Dit is wiskundig gemuggenzift,' zei Edelstein, die zich eraan begon te ergeren. 'Telbaarheid bestaat niet? Dat heb ik anders zojuist bewezen, gewoon door te tellen.' Hij hief zijn hand op. 'En nog een bewijs: hier heb je het getal vijf!'

WAT IK ZIE, IS EEN HAND MET VIJF VINGERS, NIET HET GETAL VIJF.

JULLIE GETALSTELSEL HEEFT GEEN ONAFHANKELIJK BESTAAN IN DE ECH-
TE WERELD. HET IS NIETS MEER DAN EEN VERFIJNDE METAFOOR.
'Wat een belachelijke stelling. Daar heb je zeker ook bewijs voor?'
KIES EEN WILLEKEURIG GETAL OP DE REËLE GETALLENLIJN: MET WAAR-
SCHIJNLIJKHEID ÉÉN HEB JE EEN GETAL GEKOZEN DAT GEEN NAAM
HEEFT, GEEN DEFINITIE, EN DAT NIET BEREKEND OF GENOTEERD KAN
WORDEN, AL ZETTE HET COMPLETE HEELAL ZICH AAN DE TAAK. DIT PRO-
BLEEM IS UITBREIDBAAR NAAR VERMEEND DEFINIEERBARE GETALLEN,
ZOALS PI OF DE VIERKANTSWORTEL VAN TWEE. MET EEN COMPUTER ZO
GROOT ALS HET HEELAL DIE JE ONEINDIG LAAT DRAAIEN KUN JE GEEN
VAN DIE TWEE GETALLEN OOIT BEREKENEN. ÉÉN VRAAG, EDELSTEIN: HOE
KUN JE VAN ZULKE GETALLEN DAN ZEGGEN DAT ZE BESTAAN? HOE KAN
DE CIRKEL BESTAAN, OF HET VIERKANT, WAARVAN DEZE TWEE GETAL-
LEN ZIJN AFGELEID? HOE KAN DIMENSIONALE RUIMTE BESTAAN, ALS DIE
NIET GEMETEN KAN WORDEN? JIJ, EDELSTEIN, LIJKT NET EEN AAP DIE
MET HELDHAFTIGE MENTALE INSPANNING HEEFT ONTDEKT HOE JE TOT
DRIE KUNT TELLEN. JE VINDT EEN KIEZEL EN JE DENKT DAT JE DE ON-
EINDIGHEID HEBT ONTDEKT.

Ford kon de draad van het argument niet meer volgen, maar zag tot
zijn verbazing Edelsteins gezicht bleek wegtrekken. Geschokt bleef de
wiskundige zwijgen, alsof hij tot een verbijsterend inzicht was gekomen.

'O ja?' riep Hazelius. Hij liep de Brug af en duwde Edelstein opzij.
Hij stelde zich vierkant voor het scherm op. 'Je praat alsof je per woord
betaald wordt, je pocht dat zelfs het woord "God" niet afdoende is om
jouw grootheid te beschrijven. Oké, kom dan maar eens met bewijzen.
Bewijs maar eens dat je God bent.'

'Niet doen,' zei Kate. 'Dat kun je hem beter niet vragen.'

'Waarom niet?'

'Misschien krijg je waarom je gevraagd hebt.'

'Dat lijkt me van niet!' Hij wendde zich weer tot de computer. 'Hoor
je me? Bewijs dat je God bent!'

Even bleef het stil, en toen verscheen het antwoord op het scherm:
JIJ CONSTRUEERT HET BEWIJS, HAZELIUS. MAAR IK WAARSCHUW JE, DIT
IS DE LAATSTE TEST WAARAAN IK ME ONDERWERP. WE HEBBEN BE-
LANGRIJK WERK TE DOEN EN NIET VEEL TIJD.

'Je vraagt er zelf om.'

'Wacht,' zei Kate.

Hazelius draaide zich naar haar om.

'Gregory, als je dit dan per se wilt doen, doe het dan ook goed. Zorg
dat je zeker van je zaak bent. Er mag geen enkele ruimte zijn voor twijfel of onduidelijkheid. Vraag hem iets wat jij alleen weet. Jij alleen, en

verder niemand in de hele wereld. Iets persoonlijks. Je diepste, meest geheime geheim. Iets wat alleen God, de echte God, kan weten.'

'Inderdaad, Kate. Je hebt gelijk.' Hij dacht even na, en zei toen ernstig: 'Oké. Ik heb iets.'

Stilte.

Iedereen was opgehouden met werken.

Hazelius draaide zich om naar de Visualizer. Rustig en beheerst zei hij: 'Mijn vrouw, Astrid, was zwanger toen ze doodging. We wisten het nog maar net. Niemand anders wist dat ze zwanger was. Niemand. Hier komt de test: hoe zouden we de baby noemen?'

Weer bleef het stil, en alleen het buitenaardse zingen van de detectoren was te horen. Het scherm bleef leeg. De seconden kropen voorbij.

Hazelius snoof laatdunkend. 'Nou, dat is dus duidelijk. Mocht iemand nog getwijfeld hebben.'

En toen, als van enorme afstand, werd langzaamaan een naam zichtbaar op het scherm.

ALBERT LEIBNIZ GUND HAZELIUS ALS HET EEN JONGEN WERD.

Met uitdrukkingsloos gezicht bleef Hazelius als verstijfd staan. Iedereen keek hem aan, in afwachting van een ontkenning die niet kwam.

'En als het een meisje zou worden?' riep Edelstein, terwijl hij naar het scherm toe liep. 'Stel dat het een meisje was geworden? Hoe had zij dan geheten?'

ROSALIND CURIE GUND HAZELIUS.

Volslagen verbijsterd keek Ford hoe Hazelius op de grond in elkaar zakte, zo langzaam en vredig alsof hij in slaap gevallen was.

44

Tegen de tijd dat Stanton Lockwood bij het Oval Office aankwam voor het spoedoverleg, ijsbeerde de president door de kamer als een gekooide leeuw. Roger Morton, zijn chef-staf, en de alomtegenwoordige campagneleider Gordon Galdone, stonden aan weerszijden van zijn ijsbeerterritorium, als een stel lijnrechters. Zijn zwijgzame secretaresse, Jean, klemde met een preuts gezicht haar stenoblok tegen zich aan. Tot zijn verbazing zag Lockwood de nationale veiligheidsadviseur in een videoconferentie, op een flatpanelscherm dat hij deelde met Jack Strand, de directeur van de FBI.

'Stanton.' De president liep op hem af en greep zijn hand. 'Goed dat je zo snel kon komen.'

'Uiteraard.'

'Ga zitten.'

Lockwood nam plaats, maar de president zelf bleef staan. 'Stan, ik heb deze kleine vergadering belegd omdat er rottigheid aan de hand is in Arizona, met dat project Isabella. Jack heeft me daar zojuist op gewezen. Rond acht uur plaatselijke tijd is alle communicatie van en naar Isabella uit de lucht gegaan. De complete Red Mesa is onbereikbaar. De projectmanager van het ministerie van Energie heeft geprobeerd hen te bereiken via de beveiligde lijnen, open mobiele verbinding, zelfs met openbare landlijnen. Niets. Isabella draait op vol vermogen en schijnbaar zit het team ondergronds, in de Bunker, volledig van de buitenwereld afgesneden. Dat is naar boven toe gemeld, en directeur Strand heeft er net van gehoord. En op zijn beurt heeft hij mij weer ingelicht.'

Lockwood knikte. Dit was heel eigenaardig. Zelfs voor de back-upsystemen hadden ze een back-up. Dit mocht niet. Dit kón niet.

'Luister, het zal wel een of andere vergissing zijn,' zei de president. 'Misschien is de stroom uitgevallen, of zo. Ik wil er geen probleem van maken; niet nu, nu de zaken toch al zo gevoelig liggen.'

Die 'gevoelig liggende zaken', wist Lockwood, waren het eufemisme van de president voor de ophanden zijnde verkiezingen.

De president begon weer te ijsberen. 'En dat is niet het enige probleem.' Hij wendde zich tot zijn secretaresse. 'Jean? Laat maar zien.'

Er verscheen een scherm onder het plafond. Een statische ruis, en even later vulde het beeld van dominee Don T. Spates het scherm. Hij zat aan zijn kersenhouten ronde tafel en sprak tot een *éminence grise*. Zijn stem klonk donderend door het geluidssysteem. Het segment was ingekort tot acht minuten, met daarin de hoogtepunten van de show. Toen de band afgelopen was, bleef de president voor Lockwood staan. 'Dat is het tweede probleem.'

Lockwood haalde diep adem. 'Excellentie, daar zou ik me niet al te druk om maken. Dit is pure waanzin. Alleen mensen met heel extreme opvattingen zullen hierin meegaan.'

De president keek naar zijn chef-staf. 'Roger? Zeg het maar.'

Mortons spatelvingers trokken koel aan de knoop van zijn das, en met zijn grijze ogen keek hij Lockwood aan. 'Nog voordat *Roundtable America* was afgelopen had het Witte Huis al bijna honderdduizend e-mails ontvangen. Een halfuur geleden waren dat er tweehonderdduizend. De laatste cijfers heb ik niet, omdat de servers gecrasht zijn.'

Er voer een rilling van ontzetting door Lockwood heen.

'In al mijn jaren in de politiek,' zei de president, 'heb ik nog nooit zoiets meegemaakt. En alsof de duvel ermee speelt gaat uitgerekend op dit moment dat ellendige project Isabella uit de lucht.'

Lockwood keek naar Galdone, maar zoals gebruikelijk hield de lugubere campagneleider zijn mening voor zich.

'Kunt u iemand daarheen sturen,' vroeg Lockwood, 'om de zaak ter plekke te bekijken?'

De directeur van de FBI antwoordde: 'Daar zitten we inderdaad aan te denken. Een klein team, misschien... voor het geval er daar... een situatie is ontstaan.'

'Een situatie?'

'Het is niet ondenkbaar dat we te maken hebben met terroristen, of met interne muiterij. Niet dat die kans erg groot is. Maar we moeten overal rekening mee houden.'

Lockwoods gevoel van onwerkelijkheid nam toe.

'Dus, Stanton,' zei de president, terwijl hij zijn handen achter zijn rug ineenklemde. 'Jij bent Isabella's baas. Wat is er in godsnaam aan de hand?'

Lockwood schraapte zijn keel. 'Ik kan alleen maar zeggen dat dit hoogst ongebruikelijk is. Het valt buiten ieder protocol. Ik heb werkelijk geen idee, tenzij...'

'Tenzij wát?' informeerde de president.

'Tenzij de onderzoekers het communicatiesysteem opzettelijk hebben afgesloten.'

'Hoe komen we daarachter?'

Lockwood dacht even na. 'In Los Alamos zit ene Bernard Wolf. Dat was de rechterhand van hoofdtechnicus Ken Dolby, die Isabella heeft ontworpen. Hij kent de complete lay-out, de systemen, de computers, hoe het allemaal samenwerkt. En hij moet een complete set blauwdrukken hebben.'

De president keek naar zijn chef-staf. 'Breng hem daarheen en zorg dat hij aan de slag kan.'

'Ja, excellentie.' Morton stuurde zijn assistent erop uit, en liep zelf naar het raam. Met een rood hoofd keerde hij zich om; de aderen in zijn hals klopten zachtjes. Hij keek Lockwood aan en zei: 'Al wekenlang, Stan, heb ik herhaalde malen mijn bezorgdheid uitgesproken over het gebrek aan voortgang met project Isabella. Waar ben jij in godsnaam mee bezig geweest?'

Lockwood was verbijsterd over de toon waarop hij werd aangesproken. Niemand had hem in jaren zo bejegend. Uitermate beheerst antwoordde hij: 'Ik ben hier dag en nacht mee bezig geweest. Ik heb er zelfs iemand heen gestuurd om ter plekke te gaan kijken.'

'Er iemand heen gestuurd? God nog aan toe. Zonder dat eerst met mij te overleggen?'

'Dat heb ík goedgekeurd,' zei de president op scherpe toon. 'Laten we ons concentreren op het probleem en niet gaan kissebissen.'

'En wat wordt dat mannetje precies geacht te doen?' informeerde Morton, zonder acht te slaan op de woorden van de president.

'Hij zoekt uit waardoor die vertraging komt, hij probeert te achterhalen wat daarachter zit.'

'En?'

'Ik verwacht morgen resultaat.'

'Hoe sta je met hem in contact?'

'Beveiligde satelliettelefoon,' antwoordde Lockwood. 'Maar als hij samen met de anderen in de Bunker zit, kan ik hem helaas niet bereiken.'

'Probeer het toch maar.'

Met bevende hand schreef Lockwood het nummer op een briefje en gaf dat aan Jean.

'Zet hem op *speaker phone*,' zei Morton.

De telefoon ging vijfmaal over, tienmaal, vijftienmaal.

'Genoeg,' zei Morton, met een verwijtende blik naar Lockwood. Daarna draaide hij zich langzaam om naar de president: 'Excellentie, mag ik met alle respect voorstellen dat we de vergadering verplaatsen naar de Situation Room? Ik heb namelijk het gevoel dat dit wel eens een lange nacht kon worden.'

Lockwood staarde naar het heraldisch wapen op het enorme, ronde tapijt. Het leek allemaal zo onwerkelijk. Hadden ze Ford ingepalmd, hadden ze hem in het complot betrokken?

45

Hazelius lag languit op de linoleumvloer. Ford holde naar waar hij lag, en de andere teamleden dromden om hem heen. Ford knielde en voelde de hartslag in Hazelius' hals. Die was sterk, snel en regelmatig. Kate greep zijn hand en klopte erop. 'Gregory? Gregory!'

'Geef me een lantaarn,' zei Ford.

Wardlaw gaf hem een zaklantaarn. Ford trok met zijn duim Hazelius' ooglid open en scheen met het licht in zijn pupil, die meteen sterk samentrok.

'Water.'

Er werd een piepschuim beker in zijn hand geduwd. Ford pakte zijn zakdoek, doopte die in het water en bette er Hazelius' gezicht mee. De schouders van de wetenschapper bewogen even, en beide ogen gingen open. Vol schrik en verwarring keek hij om zich heen.

'Wat...?'

'Niks aan de hand,' zei Ford. 'Je bent even flauwgevallen.'

Niet-begrijpend keek Hazelius om zich heen, en langzaam kroop het besef terug in zijn blik. Hij probeerde overeind te krabbelen.

'Rustig aan,' zei Ford, die hem met zachte hand terugdrong. 'Wacht tot je hoofd helder is.'

Hazelius ging weer liggen en keek naar het plafond. 'O, god,' kreunde hij. 'Dit kan niet waar zijn. Dit kán gewoonweg niet.'

In de bedompte atmosfeer hing een sterke geur van hete elektronica. Isabella kreunde, en het geluid kwam van alle kanten, alsof de berg zelf lag te kermen.

'Help me naar mijn stoel,' bracht Hazelius uit.

Kate pakte een arm, Ford de andere, en samen hielpen ze hem overeind en brachten hem naar het middelpunt van de Brug, waar ze hem zachtjes neerlieten in de kapiteinsstoel.

Hazelius steunde op de armleuningen en keek om zich heen. Zijn ogen waren angstaanjagender blauw dan Ford ze ooit gezien had.

Op bruuske toon informeerde Edelstein: 'Klopt dat? Die namen? Ik móét het weten.'

Hazelius knikte.

'Hier is uiteraard een verklaring voor.'

Hazelius schudde zijn hoofd.

'Je moet het iemand verteld hebben,' zei Edelstein. 'Iemand is erachter gekomen.'

'Nee.'

'De arts die je vrouw het nieuws gaf. Die heeft de namen gehoord.'

'Het was zo'n doe-het-zelfgeval,' zei Hazelius schor. 'We wisten het pas... een uur voordat ze overleed.'

'Ze heeft iemand gebeld. Haar moeder, misschien.'

Weer een heftig hoofdschudden. 'Onmogelijk. Ik ben de hele tijd bij haar geweest. We deden de test en daarna hadden we het over de namen. En meer niet. Zestig minuten. We zijn nergens heen gegaan, we hebben niemand gesproken. Ze was zo blij. Daardoor is het aneurysma gebroken – door die plotselinge golf van geluk, na het nieuws, was haar bloeddruk gestegen. Hersenbloeding.'

'Ergens is er hier iets niet koosjer,' zei Edelstein.

Chen schudde haar hoofd, zodat het lange, zwarte haar om haar heen wervelde. 'Alan, de gegevens komen uit dat gat in de ruimte-tijd. Het komt nergens anders vandaan. Ik heb het eenmaal nagetrokken, en nogmaals, ik heb de processors in iedere detector afzonderlijk afgesloten, ik heb elke test uitgevoerd die ik maar verzinnen kon. Het is echt zo.'

Hazelius haalde diep, huiverend adem. 'Hij kende mijn gedachten. Net zoals hij die van Kate kende. We kunnen er niet omheen, Alan. Hij kon er onmogelijk naar geraden hebben. Wat het ook is, het kent onze diepste gedachten.'

Niemand verroerde zich. Ford probeerde het te bevatten, er een rationele verklaring voor te vinden. Edelstein had gelijk: het moest een of andere oplichterij zijn.

Toen Hazelius weer sprak, klonk zijn stem kalm en zakelijk. 'De machine draait zonder toezicht. Mensen, allemaal terug naar jullie post.'

'We gaan toch zeker niet... afsluiten?' vroeg Julie Thibodeaux met trillende stem.

'Geen sprake van.'

Isabella bleef gonzen van de immense energiestroom, nu op de automatische piloot. De schermen sisten van de sneeuw. De detectoren zongen hun eigenaardige lied. De elektronica knetterde alsof de spanning onder de onderzoekers de computer had aangestoken, zodat die nu zelf bijna knapte.

'Alan, hou de P5's in de gaten. Kate, kun jij een paar berekeningen loslaten op de geometrie van dat ruimte-tijdgat? Waar gaat dat heen? Wat ligt daarachter? Melissa, jij werkt met Kate samen en je kijkt naar die gegevenswolk. Analyseer die op alle frequenties – kijk wat het in godsnaam is.'

'En de malware dan?' vroeg Dolby, alsof hij niet begrijpen kon wat er aan de hand was.

'Ken, heb je het nog niet door? Er ís geen malware.'

Dolby keek volslagen verbijsterd. 'Maar wie is het dan, denken jullie... God?'

Met ondoorgrondelijke blik keek Hazelius hem aan. 'Volgens mij staat Isabella in verbinding met iets wat echt is. Of dat nou echt God is, wat dat woord ook betekenen mag, daarvoor hebben we nog niet voldoende gegevens. En daarom moeten we doorgaan.'

Ford keek om zich heen. De schok van het gebeurde was nog langzaam aan het wegebben. Wardlaws gezicht droop van het zweet. Kate en St. Vincent zagen lijkbleek.

Hij pakte Kates hand. 'Gaat het een beetje?'

Ze schudde haar hoofd. 'Weet ik niet.'

Hazelius zei tegen Dolby: 'Hoe lang kunnen we haar in de lucht houden?'

'Het is gevaarlijk om haar op vol vermogen te laten draaien.'

'Ik vroeg niet of het gevaarlijk is. Ik vroeg hoe lang.'

'Een uur of twee, drie.'

'Wacht even,' zei Innes. 'Laten we nou niets overhaasts doen. Even pas op de plaats om na te denken over wat hier gebeurd is. Dit is... dit komt niet vaak voor.'

Hazelius keek Innes aan. 'George, als God tegen jou sprak, zou je je dan omdraaien en weglopen?'

'Toe nou, Gregory! Je gelooft toch zeker niet echt dat we met God in gesprek zijn!'

'Ik zei alleen "áls".'

'Ik weiger antwoord te geven op dit soort absurde hypotheses.'

'George, áls we contact hebben met een of ander soort universele intelligentie, dan mogen we die niet de rug toekeren. Want dit is onze kans. Nu. En die duurt niet eeuwig.'

'Dit is gekkenwerk,' zei Innes zwak.

'Nee, George, dat is het niet. Wat het ook is, het heeft ons het bewijs gegeven waarom we vroegen. Tot tweemaal toe. Misschien is het God, misschien iets anders. Ik weet het niet. Wat ik wel weet, is dat ik dit tot het bittere einde wil meemaken.' Hij keek uitdagend om zich heen. 'Wat vinden jullie? Doen jullie mee?'

Isabella's gezang vulde het vertrek. De schermen flikkerden. Niemand zei iets. Maar Ford zag het antwoord in hun blikken. *Ja.*

46

In de achterslaapkamer van zijn trailer sloeg pastor Russell Eddy zijn bijbel dicht en legde die op een van de wankele stapels boeken op zijn bureau. Hij schoof de stapels weg van zijn slapende Mac en veegde een plekje vrij om te werken. Daarna wekte hij de computer, zodat de kamer gebaad werd in het blauwe schijnsel van het beeldscherm. Het was negen uur in de avond.

Zijn hoofd was helderder dan het ooit had aangevoeld. God had zijn gebeden verhoord. God had hem precies verteld wat hij doen moest.

Een paar minuten lang keek hij naar het lege scherm en zette zijn gedachten op een rijtje. Uiterlijk was er niets aan de hand: zijn lichaam zat stil. Innerlijk bonsde zijn hart van de ijver die de Heilige Geest hem ingaf. Niet voor niets zat hij hier, aan het hoofd van een sjofele zendingskerk aan de rand van de wereld. Niet voor niets was Lorenzo gestorven. Russell Eddy was hier neergezet als wachter Gods. God had hem uitverkoren voor een cruciale rol in het naderende Einde der Dagen.

Een halfuur lang zat hij roerloos, gespannen na te denken over de brief die hij schrijven moest. Zijn geest bleef bovennatuurlijk scherp en helder terwijl hij in zijn hoofd de brief woord voor woord opstelde.

Hij was zover. Hij boog zijn hoofd, sprak een kort gebed uit en legde zijn vingers op het toetsenbord van de computer.

Lieve Vrienden in Christus,
Velen van jullie hebben eerder vanavond de show *Roundtable America* gezien, het programma van dominee Don T. Spates. Jullie hebben hem horen spreken over project Isabella. Jullie hebben dominee Spates horen praten over een geheime bron, een 'vrome christen ter plekke' van wie hij zijn informatie had.
Die bron ben ik. God heeft mij verzocht jullie te onthullen wat ik weet. Wat jullie daarmee doen, is tussen jullie en de Heer.
Mijn naam is Russell Eddy en ik ben de pastor van de Verzameld in Uw Naam Missie in het Navajoreservaat. Wij zijn een simpele, afgelegen christelijke missie in de woestijn van Arizona, aan de voet van Red Mesa, nog geen vijftien kilometer van Isabella vandaan.
Vrienden, ik breng jullie nieuws. Buitengewoon, angstaanjagend, maar vreugdevol nieuws. De gebeurtenis waar christenen nu al tweeduizend jaar op wachten is nú aan het plaatsvinden, op ditzelfde moment, terwijl ik deze e-mail zit te schrijven.
De Laatste Dagen zijn gekomen. De Apocalyps genaakt, Jezus komt ons tot zich nemen, vanavond nog. Jullie hebben erover gelezen in dat feuilleton *Achtergelaten*. Nou, dat is geen fictie meer. Het gebeurt. Hier en nu.
Ik weet dat velen van jullie dit soort beweringen wel eerder gehoord hebben. Vele valse profeten hebben dit in het verleden gezegd. Jullie zijn sceptisch, en terecht. Ik vraag alleen dat jullie me aanhoren. *'Wie oren heeft om te horen, die hore.'*
Bega niet de vergissing deze e-mail te verwijderen. Wanneer je dat doet, verspeel je misschien je plek aan de rechterhand van Jezus Christus op de dag des oordeels. Lees wat ik te zeggen heb. Bid. En neem dan je beslissing.
Om te beginnen twee aankondigingen. De eerste is: **de antichrist is onder ons. Ik heb hem ontmoet.** Ik heb hem gesproken. Hij is echt. De plannen die hij al zo lang aan het smeden is, hebben vrucht afgeworpen. En God is mijn getuige: in mijn bijzijn heeft hij zijn masker afgenomen en zijn ware gelaat getoond.
Mijn tweede aankondiging is nog belangrijker: **de Apocalyps is nu. Hij begint vannacht.**
Natuurlijk zijn jullie sceptisch. Nú, zeggen jullie? De Apocalyps?

Terwijl mijn kinderen boven liggen te slapen? Terwijl mijn vrouw al naar bed is gegaan? Dat kan niet! Maar bedenk wel wat de apostel Mattheüs heeft gezegd: *'In welke ure gij het niet meent, zal de Zoon des mensen komen.'* En dit is die ure. Het is hier. En nu.

En nu zal ik u bewijs geven voor mijn beweringen. De sleutel ligt in Openbaring 13:1 en omringende passages:

'En ik stond op het zand der zee. En ik zag uit de zee een beest opkomen, hebbende zeven hoofden en tien hoornen; en op zijn hoornen waren tien koninklijke hoeden, en op zijn hoofden was een naam van gods lastering.'

Dat 'zand der zee', dat is de woestijn van Arizona. Isabella is exact zeven mijlen in doorsnee. Isabella heeft tien verschillende detectoren, die elk tien verschillende deeltjes registreren. Sommige van die detectoren worden zelfs 'hoorns' genoemd. Als je denkt dat ik dit verzin, kijk dan zelf maar op de website: www.theisabellaproject.org. Het staat er allemaal:

'En de draak gaf hem zijn kracht, en zijn troon, en grote macht.'

En wie is die antichrist die de vertoning leidt? **Dat is ene Gregory North Hazelius.** Dat is degene die met het idee voor Isabella is gekomen, die het geld ervoor heeft verzameld en die nu het team leidt. Volgens *The New York Times* is Hazelius de 'slimste man op aarde'. Hazelius zelf heeft heel wat boude beweringen op zijn naam staan. Hij heeft ooit gezegd dat 'iedereen in intellectueel opzicht beneden mij staat' en hij noemde zijn medemensen een 'stel idioten'. Ja, ja, vrienden! Maar nu is zijn ware aard bovengekomen: Gregory North Hazelius is de antichrist. Twijfelen jullie nog? Ik heb hem gezien. Ik heb met hem gesproken, van man tot man. Ik heb naar zijn godslasteringen geluisterd, ik hoorde hem gal spuwen over onze Verlosser. Ik heb gehoord hoe hij christenen betitelde als 'insecten' en 'bacteriën'. Maar geloof mij niet, geloof de Bijbel. Hier komt nog iets uit Openbaring 13:

'En zij aanbaden het beest, zeggende: Wie is dit beest gelijk? En hetzelve werd een mond gegeven, om grote dingen en gods lasteringen te spreken… En het opende zijn mond tot lastering tegen God, om Zijn Naam te lasteren, en Zijn tabernakel, en die in den hemel wonen.'

Zoals jullie op *Roundtable America* gehoord hebben, beweert Isabella, een computer, God te zijn. Maar ze praten niet met God, lieve vrienden. Ze praten met Satan.

'Wee dengenen, die de aarde en de zee bewonen, want de duivel

is tot u afgekomen, en heeft groten toorn, wetende, dat hij een kleinen tijd heeft!'

Satan is in een hoek gedrongen. Hij vecht met zijn laatste krachten, en nooit is hij gevaarlijker geweest dan nu.

Misschien vragen jullie: waar is het bewijs? Luister, en gij zult horen.

Denk eens na over deze bewering, die ik regelrecht van de website van project Isabella heb gehaald: 'Wanneer Isabella op vol vermogen draait, wordt op het punt CZero de temperatuur nagebootst die in het heelal heeft geheerst op de eerste miljoenste seconde van de oerknal. Een temperatuur van meer dan een biljoen graden Fahrenheit.' En denk dan nu even aan Openbaring 13:13:

'En het doet grote tekenen, zodat het ook vuur uit den hemel doet afkomen op de aarde, voor de mensen.'

Ook hier wordt de profetie van de apostel Johannes weer vervuld.

En hier is nog een bewering van de website van project Isabella: 'De supercomputer die Isabella aanstuurt, is de krachtigste rekenmachine ter wereld. Hij heeft een topsnelheid van vijftien petaflops (vijftien quadriljoen berekeningen per seconde). Dit is een eerste voorzichtige benadering van de geschatte snelheid van het menselijk brein.' En vergelijk dat nu eens met Openbaring:

'En hetzelve (de antichrist) werd macht gegeven om het beeld van het beest een geest te geven, opdat het beeld van het beest ook zou spreken, en maken, dat allen, die het beeld van het beest niet zouden aanbidden, gedood zouden worden.'

Hebben jullie vanavond nog zin om naar bed te gaan, in de wetenschap dat de antichrist jullie zal doden?

En tot slot, vrienden, geef ik jullie de allerlaatste passage uit Openbaring, de woorden die het hart en de kern vormen van apostel Johannes' visioen:

'Die het verstand heeft, rekene het getal van het beest; want het is een getal eens mensen, en zijn getal is zeshonderd zes en zestig.'

Daaraan kunnen we de antichrist herkennen, zo vertelt de Bijbel ons: aan het getal 666. De eerste taal van de apostel Johannes was Hebreeuws. Hij wist dat iedere Hebreeuwse letter een numeriek equivalent heeft. Gematria is het proces van zoeken naar verborgen cijfers in een Hebreeuwse naam of tekst. Laten we dus eens kijken wat er gebeurt als we gematria toepassen op Isabella en de locatie van het project: Arizona. Als we de

Romeinse letters omzetten in Hebreeuwse equivalenten en iedere
Hebreeuwse letter haar eigen getal geven, krijgen we:

A	Aleph	1
R	Resh	200
I	Yodh	14
Z	Shin	300
O	Ayin	100
N	Nun	50
A	Slot-aleph	1
Totaal		666

Nog niet overtuigd? Neem dit dan:

I	Yodh	14
S	Shin	300
A	Aleph	1
B	Beth	2
E	He	88
L	Lamed	130
L	Lamed	130
A	Slot-aleph	1
Totaal	666	

Vrienden, is dit niet het bewijs waarop we hebben zitten wachten?
Denk dan nu eens aan de volgende passage uit Openbaring:
*'En zij hebben hen vergaderd in de plaats, welke in het
Hebreeuws genaamd wordt Armageddon.'*
Armageddon is waar Satan zijn laatste stelling inneemt tegen
Gods gezalfde koning, Jezus. Het woord Armageddon is afgeleid
van de Hebreeuwse woorden Har Megido (חרמגירו), die 'Berg
van Megiddo' betekenen. Maar die 'Berg' is in het Heilige
Land nooit gevonden, en het woord 'Megiddo' is niets meer
dan een oude vorm van het Hebreeuwse woord voor
roodkleurige aarde. Dus je ziet, het woord 'Armageddon' in
Openbaring verwijst in feite naar een plek die 'Rode Berg' heet.
Vrienden, project Isabella is gesitueerd op een plek met de naam
Red Mesa in Arizona. De Navajoindianen noemen het Dzilth
Chíí, wat in hun taal letterlijk 'Rode Berg' betekent:
Armageddon.

Dit zijn de bewijzen, vrienden. En nu ligt de bal in jullie veld. Wat gaan jullie met deze informatie doen? *Het ultieme moment in je leven als christen is zojuist aangebroken, hier en nu, terwijl je deze e-mail zit te lezen.*

En wat nu?
Blijf je nu thuis zitten? Blijf je aarzelen, vraag je je af of ik een zoveelste halvegare ben? Blijf je achter je computer zitten omdat je niet weet waar Red Mesa ligt of hoe je daar in het holst van de nacht komt? Denk je dat het wel tot morgen kan wachten? Ga je zitten wachten op bewijzen, op een teken?
Of geef je **hier en nu** gehoor aan de oproep en word je voetsoldaat in het leger van God? Laat je **hier en nu** alles uit je handen vallen, sta je **hier en nu** op van je computer, ga je je huis uit en kom je naar Red Mesa om samen met mij *'de krijg van de grote dag des Almachtigen'* te strijden? Kom je **hier en nu** samen met mij strijden, schouder aan schouder, broeders in Christus, in die laatste slag tegen Satan en zijn antichrist?
Aan jullie de keuze.

In Christus,
Pastor Russ Eddy
Verzameld in Uw Naam Missie
Blue Gap, Arizona
Dit e-mailbericht is oorspronkelijk verzonden op 14 september om 21:37 MDT.

ZEGT HET VOORT, STUUR DEZE E-MAIL DOOR NAAR AL JULLIE CHRISTENVRIENDEN EN KOM DAN MET MIJ MEE NAAR RED MESA!

Toen Eddy klaar was, leunde hij bezweet achterover in zijn stoel. Zijn handen beefden. Hij las zijn tekst niet eens over. God had zijn hand geleid en dat betekende dat de brief volmaakt was.
Hij ging naar de onderwerpregel en typte daar:
Red Mesa = Armageddon
Hij controleerde de lijst met e-mailadressen die hij had aangelegd in de hoop geld te kunnen inzamelen voor de missie. Enkele daarvan had hij van kerken en christelijke mailinglijsten gehaald, andere waren van contactpersonen van christelijke bulletinboards, nieuwsgroepen, chatrooms en Usenet-discussieforums.
Tweeduizendhonderdzestien namen. Natuurlijk zouden de meesten niet reageren. Dat stond ook in de Bijbel – velen zijn geroepen, maar weinigen zijn uitverkoren. Maar tweeduizend was een begin. Misschien

zouden twintig, dertig mensen de mail doorsturen en op weg gaan naar Red Mesa. Misschien zouden er een paar honderd reageren op de volgende ronde, en een paar duizend op de daarna volgende. De brief zou op honderden christelijke websites belanden. Christenbloggers zouden er weet van krijgen en zo zou de boodschap zich verbreiden. Eddy had lang genoeg op internet gezeten om te weten dat de cijfers in zijn voordeel werkten.

Hij plakte zijn complete adresboek in de adresregel en zette de cursor op het pictogram van het kleine papieren vliegtuigje. Hij haalde diep adem en klikte. Met een zoevend geluid vloog de e-mail met de snelheid van het licht de elektronische ruimte in.

Het is gedaan.

Bevend leunde hij achterover. Alles bleef stil. Maar de wereld was niet meer dezelfde.

Zo bleef hij vijf minuten zitten. En toen, toen hij zijn ademhaling weer in bedwang had, stond hij op. Hij leunde even op de tafel en viste na een lange aarzeling de sleutels uit zijn zak. Hij opende zijn archiefkast en pakte er de Ruger .44 Magnum Blackhawk-revolver uit die hij voor zijn achttiende verjaardag van zijn vader had gekregen. Het was een *limited edition*, een replica van een oud westernwapen, maar voorzien van moderne technologie en betrouwbaar. Jaren geleden had hij er een paar dagen mee doorgebracht op de schietbaan en hij had het wapen altijd goed geolied en in orde gehouden.

Eddy koesterde geen enkele illusie. Dit werd oorlog, échte oorlog.

Hij laadde de revolver met Remington 240-grain. Hij borg het wapen en twee dozen extra rondes in een rugzak, en deed er een fles water, een lantaarn, reservebatterijen, een verrekijker, zijn bijbel, een notitieblok en een potlood bij. Hij ging op zoek naar de reservebrandstoffles die hij gevuld hield met kerosine voor als de stroom uitviel. Ook die ging in de rugzak.

Hij slingerde zijn tas over zijn schouder en liep naar buiten. In de nachtlucht keek hij op naar Red Mesa, een donkere massa die afstak tegen de nachthemel. Eén klein, zwak lichtje gaf aan waar Isabella lag, aan de rand van een donker stenen eiland.

Hij slingerde de rugzak in de cabine van zijn pick-up en ging achter het stuur zitten. Hij had amper genoeg benzine om de bovenkant van de mesa te bereiken. Maar wat deed dat ertoe? God, die hem tot hier toe geholpen had, zou hem thuisbrengen en hem herenigen met zijn kinderen. En als dat niet in dit aardse leven gebeurde, dan wel in het hierna volgende.

'Mensen, terug naar jullie plekken,' beval Hazelius, met een stem die alweer wat krachtiger klonk. Hij keek naar de Visualizer en zei tegen het scherm: 'Oké, even opnieuw. Wat ben jij, en nu dan serieus?'

Ford bleef geboeid naar het scherm staan kijken, in afwachting van het antwoord. Bijna tegen zijn wil voelde hij zich meegetrokken worden.

OM REDENEN DIE IK AL HEB UITGELEGD, KUN JIJ NIET WETEN WAT IK BEN. HET WOORD GOD KOMT IN DE BUURT, MAAR BLIJFT EEN BIJZONDER ARMZALIGE OMSCHRIJVING.

'Maak je deel uit van het heelal, of sta je daar los van?' vroeg Hazelius.

NIETS STAAT LOS VAN DE REST. WE ZIJN ALLEN EEN.

'Waarom bestaat het heelal?'

HET HEELAL BESTAAT OMDAT HET EENVOUDIGER IS DAN NIETS. DAAROM BESTA IK OOK. HET HEELAL KAN NIET EENVOUDIGER ZIJN DAN HET IS. DIT IS DE ENE NATUURKUNDIGE WET WAARUIT ALLE ANDERE VOORTVLOEIEN.

'Wat kan er eenvoudiger zijn dan niets?' wilde Ford weten.

'NIETS' KAN NIET BESTAAN. DAT IS EEN ONMIDDELLIJKE PARADOX. HET HEELAL IS DE STAAT DIE 'NIETS' HET DICHTST BENADERT.

'Als alles zo eenvoudig is,' vroeg Edelstein, 'waarom is het heelal dan zo complex?'

HET INGEWIKKELDE HEELAL DAT JULLIE ZIEN IS EEN VAN DE ZICHTBARE EIGENSCHAPPEN VAN ZIJN EENVOUD.

'Dus wat is die diepe eenvoud die in het hart van alles ligt?' informeerde Edelstein.

DAT IS DE REALITEIT DIE JULLIE GEEST ZOU BREKEN.

'Dit begint vermoeiend te worden!' riep Edelstein uit. 'Als jij zo slim bent, dan moet je dat toch kunnen uitleggen aan ons als kleingeestige wezens! Wou je soms zeggen dat wij de werkelijkheid zo slecht kennen dat onze natuurkundige wetten boerenbedrog zijn?'

BIJ HET OPSTELLEN VAN JULLIE NATUURKUNDIGE WETTEN ZIJN JULLIE UITGEGAAN VAN DE BEGRIPPEN TIJD EN RUIMTE. AL JULLIE WETTEN ZIJN GEBASEERD OP REFERENTIEKADERS. DIE GELDEN NIET. BINNENKORT ZULLEN JULLIE GELIEFKOOSDE AANNAMES OVER DE ECHTE WERELD INEENSTORTEN EN OPBRANDEN. UIT DE AS ZULLEN JULLIE EEN NIEUW SOORT WETENSCHAP OPBOUWEN.

'Als onze natuurkundige wetten niet deugen, hoe komt het dan dat onze wetenschap zulke enorme successen boekt?'

DE WETTEN VAN NEWTON ZIJN WELISWAAR FOUT, MAAR WAREN GOED GENOEG OM MENSEN NAAR DE MAAN TE STUREN. EN ZO IS HET OOK MET JULLIE WETTEN: HET ZIJN WERKBARE BENADERINGEN DIE FUNDAMENTEEL ONJUIST ZIJN.

'Hoe construeer je dan natuurkundige wetten zonder tijd en ruimte?'

WE VERDOEN ONZE TIJD MET DIT GEFILOSOFEER OVER METAFYSISCHE BEGRIPPEN.

'Waar moeten we het dan over hebben?' kwam Hazelius tussenbeide.

DE REDEN WAAROM IK NAAR JULLIE TOE GEKOMEN BEN.

'Wat is die reden?'

IK HEB EEN TAAK VOOR JULLIE.

Plotseling gierde het zingende geluid van Isabella, als het dopplereffect van een voorbijrijdende trein. Ergens in de berg klonk een gerommel, een trilling, alsof er even een huivering door de ruggengraat van de mesa zelf ging. Het scherm flikkerde en er schoot een vlaag ruisende sneeuw overheen, zodat de woorden onleesbaar werden.

'Shit,' fluisterde Dolby ademloos. 'Shit.' Hij deed zijn uiterste best om de software goed af te stellen, zijn vingers beukten op het toetsenbord.

'Wat is er in godsnaam aan de hand?' riep Hazelius.

'Decollimatie van de bundel,' antwoordde Dolby. 'Harlan, verdomme, er staan daar energiealarmen te knipperen! Alan! Terug naar je servers! Wat denken jullie wel, een beetje hier staan lummelen!'

'Terug naar je eigen plek, mensen!' zei Hazelius.

Weer klonk er een gerommel door de Bunker. Iedereen rende terug naar zijn eigen computer. Op het scherm bleef een nieuw bericht staan, ongelezen.

'Hij wordt weer stabiel,' zei St. Vincent.

'Bundel gecollimeerd,' zei Dolby. Op de rug van zijn T-shirt was een grote zweetvlek aan het groeien.

'Alan, de servers?'

'Onder controle.'

'En de magneet?' vroeg Hazelius.

'Die redt het nog,' antwoordde Dolby. 'Maar we hebben niet veel tijd meer. Dat was op het nippertje.'

'Nou, vooruit dan maar.' Hazelius liep terug naar de Visualizer. 'Vertel dan eens wat die taak is.'

48

Net na de bovenrand van de Dugway kwam de pick-up zonder benzine te staan. Met het laatste beetje momentum reed Eddy de weg af, het struikgewas in, en daar kwam de auto hobbelend en wel tot stilstand. Boven de skeletten van de pijnbomen tekende zich een vage lichtgloed af tegen de nachthemel: daar lag Isabella, een kilometer of vijf oostwaarts.

Hij klom de wagen uit, greep zijn rugzak, hees die om zijn schouders en liep de weg op. De maan was nog niet opgekomen. Vanuit zijn trailer kon hij ook sterren zien, maar vanavond, hier hoog op de mesa, leken ze onnatuurlijk fel te schijnen, plassen en draaikolken van licht die de hemelkoepel vulden. In de verte, vaag afgetekend tegen het firmament, liep een rij hoogspanningsmasten in de richting van project Isabella.

Hij voelde iedere slag van zijn hart. Hij hoorde het bloed in zijn oren zingen. Nog nooit had hij zich zo levend gevoeld. Met snelle passen liep hij over de weg en twintig minuten later had hij de afslag naar de oude Handelspost Nakai Rock bereikt. Hier bleef hij even staan voordat hij besloot de vallei te gaan verkennen. Binnen enkele minuten stond hij bij de rand van de rotsen, waar de weg de vallei indook. Hij richtte zijn verrekijker op de nederzetting.

Midden op het veld stond een enorme wigwam, met daarin de flakkering van brandend vuur. Niet ver daarvandaan stond een haastig opgetrokken bouwseltje, een koepel van tegen elkaar gezette takken, afgedekt met canvaskleden die op hun plek werden gehouden met stenen. Daarachter lag een vuurtje na te gloeien; tussen de verkoolde houtresten was een stapel roodgloeiende stenen zichtbaar.

Dit had hij wel eerder gezien: een Navajozweethut.

In de droge, stille lucht zweefde het zwakke geluid van eentonig gezang en een snelle trommel omhoog. Vreemd. De Navajo hielden een ceremonie. Hadden zij het dan ook voorvoeld, deze grootse, machtige gebeurtenis die op het punt stond te beginnen? Hadden zij de komende wrake Gods voorvoeld? Maar Navajo waren heidenen, afgodendienaars. Bedroefd schudde hij zijn hoofd: '*Want de poort is eng, en de weg is nauw, die tot het leven leidt, en weinigen zijn er, die denzelven vinden.*'

De zweethut en de wigwam waren een teken temeer dat het einde der dagen gekomen was, dat de duivel onder hen verkeerde.

Afgezien van de Navajo lag de vallei er zo te zien verlaten bij, de verspreide huisjes waren onverlicht. Eddy maakte een grote bocht om de nederzetting heen en bereikte tien minuten later de landingsbaan. Ook de hangars waren verlaten. De antichrist en zijn discipelen waren bijeengekomen bij Isabella, diep onder de grond, in de berg: hij wist het zeker.

Hij liep op de draadstalen omheining rond het beveiligde terrein af, maar keek goed uit dat hij niet zo dichtbij kwam dat hij de alarminstallatie activeerde, waarvan hij aannam dat die er zijn moest. Het hek stond te glanzen in het felle natriumschijnsel waarmee de zone verlicht was. De lift omlaag naar Isabella lag een paar honderd meter verderop: een hoog, lelijk, gebouw zonder vensters, met bovenop een bos antennes en satellietschotels. Diep onder zijn voeten voelde hij de grond beven en hoorde hij Isabella gonzen. *'En zij hadden over zich een koning den engel des afgronds; zijn naam was in het Hebreeuws Abaddon.'*

Zijn geest en verstand brandden alsof hij koorts had. Hij keek op naar de torenhoge stalen masten die de elektriciteit aanvoerden waarmee de machine werd gevoed, en hij kreeg kippenvel. Het had het leger van de duivel zelf kunnen zijn, dat door de nacht marcheerde. De hoogspanningskabels knetterden en gonsden als statisch geladen haar. Hij stak zijn hand in zijn rugzak en greep het warme leer van zijn bijbel, die geruststellend solide aanvoelde. Hij versterkte zijn gemoed met een kort gebed en liep naar de dichtstbijzijnde mast toe, een paar honderd meter verderop.

Onder de mast bleef hij staan. De reusachtige stalen poten verdwenen omhoog de nacht in, alleen nog zichtbaar door de lijnen van zwart die ze voor de sterren langs trokken. De kabels zelf sisten en spuwden als slangen en het geluid vermengde zich met het kreunen van de wind door de stutten, een koorzang van verdoemde zielen. Eddy huiverde tot in de wortels van zijn ziel.

Weer schoot hem een zinsnede uit Openbaring te binnen: *'... om die te vergaderen tot den krijg van dien groten dag des almachtigen Gods.'* En komen zouden ze, daar was hij zeker van. Ze zouden gehoor geven aan zijn oproep. Hij moest er klaar voor zijn. Hij moest een plan maken.

Hij begon het gebied te verkennen, maakte aantekeningen over de topografie en het terrein, de wegen, toegangspunten, omheiningen, masten en andere structuren.

Boven hem sisten en spuugden de hoogspanningskabels. De sterren fonkelden. De aarde draaide. Russell Eddy liep door het donker, voor het eerst van zijn leven volkomen zeker van zijn zaak.

Lockwood was verbaasd hoe shabby en kaal functioneel de Situation Room van het Witte Huis was. Het rook er naar een ondergrondse kleedkamer die nodig gelucht moest worden. De wanden waren okergeel geverfd. In het midden stond een enorme, mahoniehouten tafel met daarboven microfoons die aan het plafond hingen. De wanden waren behangen met flatscreens. Langs twee muren stonden stoelen, schouder aan schouder.

Volgens de lelijke klok aan het eind van de tafel was het precies middernacht.

De president liep naar binnen, verzorgd als altijd, in een grijs pak met een purperen das, zijn witte haar achterovergekamd. Hij richtte zich tot de marinier die kennelijk de elektronica bediende. 'Verbind ons door met de voorzitter van de chef-stafs, mijn nationale veiligheidsadviseur, DDHS, DFBI en DCI.'

'Ja, excellentie.'

'O, en vergeet het hoofd van de inlichtingencommissie van de senaat niet, anders gaat die later weer zitten zeiken dat hij overal buiten gehouden wordt.'

Hij ging aan het hoofd van de tafel zitten. Roger Morton, de chef-staf, chic en verstandig, nam aan zijn rechterhand plaats. Gordon Galdone, de campagneleider, groot en slordig als een onopgemaakt bed, met een bruin pak uit een goedkoop warenhuis aan, ging aan zijn andere kant zitten. Jean nam een stoel tegen de wand, in de hoek, achter de president. Daar bleef ze keurig zitten, met haar stenoblok in de aanslag.

'We beginnen maar vast; de anderen komen erbij zodra ze kunnen.'

'Uitstekend.'

Op sommige flatscreens waren de overige deelnemers al te zien. Jack Strand, de directeur van de FBI, was de eerste. Hij zat in zijn kantoor in Quantico, met een gigantisch FBI-logo achter zich, en staarde met zijn vierkante agentengezicht vol oude acnelittekens strak de ruimte in: zo iemand boezemde vertrouwen in, althans, dat probeerde hij.

Als tweede dook de staatssecretaris van Energie op, ene Hall, vanuit zijn kantoor aan Independence Avenue. Dit was degene die het voor het zeggen had inzake Isabella. Maar hij had nog nooit de leiding over wat dan ook gehad, want hij kon briljant delegeren. Nu verkeerde hij dan ook in alle staten, zijn bolle gezicht overdekt met een laag zweet, zijn lichtblauwe das zo strak geknoopt dat het wel leek alsof hij zojuist had geprobeerd zichzelf ermee te wurgen.

'Oké,' zei de president, en hij klemde zijn handen op de tafel voor zich ineen. 'Meneer Hall, u hebt hier de leiding, wat is er in vredesnaam aan de hand?'

'Het spijt me,' stamelde Hall. 'Excellentie, ik heb geen idee. Dit is nog nooit eerder voorgekomen. Ik weet niet wat ik zeggen...'

De president onderbrak hem en richtte zich tot Lockwood. 'Wie was de laatste die contact heeft gehad met het Isabellateam? Stan, weet jij dat?'

'Waarschijnlijk ben ik dat geweest. Ik heb mijn man ter plekke gesproken om zeven uur plaatselijke tijd, en volgens hem was alles in orde. Hij zei dat er een run gepland was en dat hij om acht uur samen met de rest de berg in ging. Hij gaf geen enkel signaal af dat er iets ongewoons aan de hand was.'

'Enig idee, een theorie, wat er gaande kan zijn?'

Lockwood had koortsachtig de verschillende mogelijkheden zitten doornemen, maar geen daarvan leek ook maar enigermate logisch. Hij beheerste de paniek die hij voelde opwellen en zei, uiterlijk kalm: 'Ik geloof niet dat ik daar momenteel echt een helder idee van heb.'

'Hebben we misschien te maken met een of ander soort interne muiterij? Sabotage?'

'Misschien.'

De president wendde zich tot de voorzitter van de chef-stafs, die met een verkreukeld velduniform in zijn kantoor in het Pentagon zat. 'Generaal, u hebt de leiding over de snelle reactie-eenheden; waar ligt de dichtstbijzijnde?'

'Luchtmachtbasis Nellis, in Nevada.'

'Nationale Garde-eenheid?'

'Flagstaff.'

'FBI? Waar ligt het dichtstbijzijnde afdelingskantoor?'

Jack Strand, de directeur van de FBI, antwoordde vanaf zijn scherm: 'Ook in Flagstaff.'

Met gerimpeld voorhoofd en een tikkende vinger dacht de president even na. 'Generaal, laat ze daar de dichtstbijzijnde heli sturen. Gewoon, op verkenning.'

Bij die woorden ging Gordon Galdone, de campagneleider, verzitten, slaakte een zucht en drukte een vinger tegen zijn weke lippen.

Het orakel spreekt, dacht Lockwood laatdunkend.

'Excellentie?' De man had een ronde stem, een beetje als Orson Welles in zijn overgewichtsjaren.

'Ja, Gordon?'

'Mag ik erop wijzen dat dit niet zomaar een wetenschappelijk of zelfs een militair probleem is? Het is een politiek geheim. Wekenlang vragen de pers en anderen al waarom Isabella niet online is. De *Times* heeft er vorige week een artikel aan gewijd. Vier dagen geleden heeft een van de onderzoekers zelfmoord gepleegd. Het bliksemt en dondert onder de christenfundamentalisten. En nu nemen de onderzoekers de telefoon niet meer op. Tot slot hebben we een wetenschappelijk adviseur die aan het freelancen is als spion.'

'Gordon, dat heb ik goedgekeurd,' zei de president.

Galdone ging onverstoorbaar verder. 'Excellentie, we zijn op weg naar een pr-ramp. U hebt project Isabella ondersteund. U hebt zich ermee vereenzelvigd. Dit wordt een gevoelige klap, tenzij we het probleem meteen in de kiem smoren. Een helikopter erop afsturen voor een verkenningsvlucht is niet genoeg en die komt te laat. Daar gaat de hele nacht mee heen en dan is het morgenochtend nog steeds een zootje. God sta ons bij als de pers hier lucht van krijgt.'

'Wat stel jij dan voor, Gordon?'

'Dat we het probleem voor morgenochtend oplossen.'

'Hoe?'

'Door er een team op af te sturen dat geëquipeerd is om de macht over Isabella over te nemen en het project af te sluiten. En om de wetenschappers vervolgens van het terrein af te escorteren.'

'Wacht eens even,' zei de president. 'Dat project is het beste wat ik ooit gedaan heb. Er kan geen sprake van zijn dat ik daar de stekker uit trek!'

'Ofwel u trekt de stekker uit het project, of het project trekt de stekker uit u.'

Lockwood was geschokt toen hij hoorde dat een adviseur de president zo onbeleefd aansprak.

Morton sprak: 'Excellentie, ik ben het met Gordon eens. We zitten nog geen twee maanden voor de verkiezingen. We kunnen ons geen extra tijd meer permitteren. We moeten Isabella vanavond nog afsluiten. Dan kunnen we de zaken later op ons gemak uitzoeken.'

'We weten niet eens wat er daar aan de hand is,' zei de president. 'Hoe weet je dat we niet te maken hebben met een terreuraanval of misschien een gijzeling?'

'Misschien hebben we daar inderdaad mee te maken,' zei Morton.

Stilte. De president keek naar zijn nationale veiligheidsadviseur, op een flatscreen. 'Heb jij enige aanwijzing dat er ergens binnen de nationale inlichtingendiensten iets gefluisterd wordt?'

'Niet dat wij weten, excellentie.'

'Oké, dan sturen we er een team op af. Gewapend, en voorbereid op ieder conflictniveau. Maar geen enorme mobilisatie, niets dat de pers hierop opmerkzaam kan maken of waardoor we later een modderfi-

guur slaan. Een klein team, elite, het korps mariniers of zo, goed getraind. Die gaan erheen, stellen het daar veilig, sluiten het af en begeleiden de onderzoekers naar buiten. Hele operatie tegen zonsopkomst
afgerond.' Hij leunde achterover. 'Oké. Wie kan dat doen?'

De directeur van de FBI antwoordde: 'In Denver zit het Rocky Moun-
tainreddingsteam voor gijzelaars. Dat is nog geen zeshonderd kilometer van Isabella vandaan. Elf uitermate capabele mannen, allemaal ex-
Delta, speciaal getraind voor operaties op Amerikaans grondgebied.'

'Ja, maar hier bij de CIA...' begon de DCI.

'Geweldig.' De president onderbrak hem en wendde zich tot Lockwood. 'Stan? Wat vind jij?'

Lockwood moest zijn best doen om beheerst te klinken. 'Excellentie,
naar mijn mening is dit overleg over een inval door het korps mariniers
voorbarig. Ik ben het volledig eens met wat u eerder zei: eerst moeten
we uitzoeken wat er aan de hand is. Er moet een rationele verklaring
voor zijn. We moeten er gewoon een helikopter heen sturen met een
paar mensen die even kunnen aankloppen, zogezegd.'

Op besliste toon zei Morton: 'Morgenochtend zit iedere nieuwszender in het hele land daar. Dan opereren we onder een persmicroscoop.
Dan hebben we geen enkele vrijheid van handelen meer. Als de onderzoekers zich om wat voor reden dan ook ondergronds hebben gebarri-
caedeerd, kan het een tweede Waco worden.'

'Waco?' herhaalde Lockwood ongelovig. 'We hebben het hier over
twaalf eminente wetenschappers onder leiding van een Nobelprijswin-
naar. Dit is geen stelletje halfgare sekteleden!'

De chef-staf draaide zich om naar de president. 'Excellentie, ik kan
niet voldoende benadrukken dat deze operatie beslist vóór zonsopgang
afgerond moet zijn. Als de pers er eenmaal bovenop zit, is niets meer
hetzelfde. We hebben geen tijd om er iemand op uit te sturen om "aan
te kloppen".' Bij die laatste woorden droop zijn stem van het sarcasme.

'Daar ben ik het volledig mee eens,' zei Galdone.

'Geen alternatief?' vroeg de president bedremmeld.

'Nee.'

Lockwood slikte. Hij voelde zich beroerd. Hij had het debat verloren en nu moest hij meewerken aan het stilleggen van project Isabella.
'De voorgestelde operatie kan enige problemen opleveren.'

'Leg uit.'

'Je kunt niet zomaar de stekker uit Isabella trekken. Dat kan tot een
explosie leiden. Die energiestromen zijn lastig te hanteren en kunnen
alleen van binnenuit worden geregeld, per computer. Als het wetenschappelijk team om de een of andere reden niet... meewerkt, dan moet
u iemand meenemen die Isabella veilig kan uitschakelen.'

'Hebt u iemand in gedachten?'

'Diezelfde man die ik al eerder genoemd heb, Bernard Wolf in Los Alamos.'

'We laten hem per helikopter ophalen. En hoe komen we daar binnen?'

'De toegangsdeur van de Bunker is gewapend tegen aanvallen van buitenaf. Alle luchtcirculatiesystemen zijn extra beveiligd. Als het team de deuren niet kan of wil opendoen, kan het moeilijk worden om ze te bereiken.'

'Is er geen mogelijkheid om beveiliging te passeren?'

'De binnenlandse veiligheidsdienst vond dat die mogelijkheid ook terroristen de kans zou bieden om binnen te komen.'

'Hoe komen we dan binnen?'

O, wat vond hij dit vreselijk. 'De beste manier is gewoon door de voordeur, maar dan met explosieven. Die deur ligt halverwege een steile rotswand. Daarvoor ligt een vlak terrein, maar een groot deel daarvan krijgt beschutting van een overstekende rots, en ik weet zeker dat daar geen legerhelikopter kan landen. Je zult het team boven moeten laten landen en aan touwen neerlaten, zodat ze de deur kunnen forceren. Maar dat is een worstcasescenario. Waarschijnlijk laten ze een team gewoon binnen.'

'Hoe hebben ze daar zware apparatuur binnengekregen als er geen weg is?'

'Ze hebben de oude kolenmijnweg gebruikt en die, toen Isabella klaar was, van de bergflank afgeblazen. Ook dat had te maken met de beveiliging.'

'Aha. En hoe zit het met die beveiligde voordeur?'

'Dat is een titaniumlegering met honingraatstructuur. Verschrikkelijk hard. Daar kom je alleen met explosieven doorheen.'

'Ik wil de specificaties graag hebben. En dan?'

'Binnen ligt er een grote spelonk. Recht vooruit de tunnel naar Isabella. Links de regelkamer, die we de Brug noemen. Die heeft een deur van drie centimeter roestvast staal, een laatste verdediging tegen indringers. Ik kan u de blauwdrukken geven.'

'En dat is het, wat betreft de beveiliging?'

'Inderdaad.'

'Zijn ze bewapend?'

'Het hoofd Beveiliging, Wardlaw, heeft een handwapen. Verder zijn er geen wapens toegestaan.'

Morton richtte zich tot de president. 'Excellentie, we kunnen de operatie alleen in gang zetten als u daartoe opdracht geeft.'

Lockwood zag de president aarzelen. Hij keek hem even aan voordat hij zich tot de FBI-directeur wendde. 'Stuur dat reddingsteam voor gijzelaars van de FBI naar binnen. Haal die onderzoekers uit de berg en schakel Isabella uit.'

'Uitstekend, excellentie.'

De chef-staf sloeg met een klap zijn dossiermap dicht. Het geluid voelde aan als een klap in Lockwoods gezicht.

50

Er klonk een gonzend, stijgend en dalend geluid in de Bunker. Het scherm flikkerde. Ford stond als aan de grond genageld voor de Visualizer, met Kate aan zijn zijde. Op de een of andere manier herinnerde hij zich niet wanneer haar hand de zijne had gevonden.

In reactie op Hazelius' vraag verschenen er nieuwe woorden op het scherm.

DE GROTE MONOTHEÏSTISCHE RELIGIES WAREN EEN NOODZAKELIJKE STAP IN DE ONTWIKKELING VAN DE MENSELIJKE CULTUUR. JULLIE TAAK IS HET OM DE MENSHEID NAAR HET VOLGENDE GELOOFSYSTEEM TE LEIDEN.

'En dat is?'

WETENSCHAP.

'Belachelijk; wetenschap kan geen religie zijn!' reageerde Hazelius.

JULLIE ZIJN AL MET EEN NIEUWE RELIGIE BEGONNEN; JE WILT HET ALLEEN NIET ZIEN. RELIGIE WAS OOIT EEN MANIER OM DE WERELD TE DUIDEN. NU HEEFT DE WETENSCHAP DIE ROL OVERGENOMEN.

'Wetenschap en religie zijn twee volkomen verschillende zaken,' kwam Ford tussenbeide. 'Ze stellen verschillende vragen en vergen verschillende soorten bewijs.'

WETENSCHAP EN RELIGIE ZIJN BEIDE OP ZOEK NAAR HETZELFDE: WAARHEID. ER KAN GEEN VERZOENING BESTAAN TUSSEN DIE TWEE. DE BOTSING TUSSEN DE WERELDAANSCHOUWINGEN IS AL GAANDE EN WORDT STEEDS ERGER. DE WETENSCHAP HEEFT AL DE MEESTE KERNOPVATTINGEN UIT DE HISTORISCHE RELIGIES ONTZENUWD EN BRENGT DIE RELIGIES DAARMEE IN OPPERSTE VERWARRING. JULLIE TAAK IS HET DE MENSHEID TE HELPEN ZICH EEN PAD DOOR DEZE CRISIS HEEN TE BANEN.

'O, hou nou toch op!' riep Edelstein. 'Dacht jij nou echt dat die fanaten in het Midden-Oosten, of in onze eigen Biblebelt, zich zomaar gewonnen zullen geven en wetenschap zullen aanvaarden als de nieuwe religie? Pure waanzin.'

JULLIE ZULLEN DE WERELD MIJN WOORDEN GEVEN EN HET VERHAAL OVER WAT HIER GEBEURD IS. ONDERSCHAT MIJN MACHT NIET: DE MACHT VAN DE WAARHEID.

'En waar moeten we met die nieuwe religie heen? Wat is er de zin van? Wie heeft er behoefte aan?' wilde Hazelius weten.

HET ONMIDDELLIJKE DOEL VAN DE MENSHEID IS OM TE ONTSNAPPEN AAN HAAR BIOCHEMISCHE BEPERKINGEN. JULLIE MOETEN JE GEEST BEVRIJDEN VAN HET VLEES VAN JULLIE LICHAMEN.

'Het vlees? Dat begrijp ik niet,' zei Hazelius.

VLEES. ZENUWEN. CELLEN. BIOCHEMIE. HET MEDIUM WAARMEE JULLIE DENKEN. JE MOET JE GEEST BEVRIJDEN VAN HET VLEES VAN JE LICHAAM.

'Hoe dan?'

JULLIE ZIJN AL BEGONNEN OM MET COMPUTERS INFORMATIE TE VERWERKEN DIE VERDER GAAT DAN JULLIE VLESELIJK BESTAAN. BINNENKORT VINDEN JULLIE EEN MANIER OM INFORMATIE TE VERWERKEN MIDDELS KWANTUMCOMPUTERS, WAARMEE JULLIE UITEINDELIJK HET NATUURLIJKE KWANTUMPROCES IN DE WERELD RONDOM JULLIE ZULLEN BETEUGELEN ALS REKENMETHODE. DAN HOEVEN JULLIE GEEN MACHINES MEER TE BOUWEN VOOR INFORMATIEVERWERKING. DAN DIJEN JULLIE UIT IN HET HEELAL, ZOWEL LETTERLIJK ALS FIGUURLIJK, NET ZOALS ANDERE INTELLIGENTE WEZENS DAT VÓÓR JULLIE GEDAAN HEBBEN. DAN ONTSNAPPEN JULLIE AAN DE GEVANGENIS VAN DE BIOLOGISCHE INTELLIGENTIE.

'En wat dan?'

DAN MAAK JE IN DE LOOP DER TIJD VERBINDING MET ANDERE UITGEDIJDE INTELLIGENTIES. AL DIE GEKOPPELDE INTELLIGENTIES ZULLEN EEN MANIER VINDEN OM ZICH SAMEN TE VOEGEN TOT EEN DERDE STADIUM VAN DE GEEST, WAARIN JE DE SIMPELE REALITEIT ZULT KUNNEN BEVATTEN DIE DE KERN VORMT VAN HET BESTAAN.

'En dat is het dan? Daar is het allemaal om begonnen?' vroeg Kate.

NEE. DAT IS SLECHTS DE VOORBEREIDING OP EEN GROTERE TAAK.

De Visualizer flikkerde, en er schoten lijnen van ruis over het scherm. Dolby deed zijn uiterste best, kromgebogen over zijn toetsenbord en zwijgend. De woorden rimpelden alsof ze weerspiegeld werden in zwart water.

'Wat is die grotere taak?' vroeg Hazelius uiteindelijk.

DE WARMTEDOOD VAN HET HEELAL EEN HALT TOEROEPEN.

Ford voelde Kates hand instinctief naar de zijne tasten.

51

Booker Crawley nam de kop koffie mee zijn studeerkamer in en installeerde zich voor de tv. Hij pakte de afstandsbediening weer op en
zapte langs de nieuwszenders. Niets. Er leek geen enkele repercussie te
zijn na de wilde aantijgingen die Spates tijdens zijn show had geuit.
Toch kon Crawley het gevoel niet afschudden dat er iets ging gebeuren. Hij keek op de klok. Halftwee aan de oostelijke kust: halftwaalf
in Arizona. Of was het halfelf?

Hij blies uit en slikte een bittere mondvol koffie door. Hij maakte
zich zorgen om niets. Tot nu toe was alles volgens plan verlopen, en
Spates' show was weliswaar volkomen geschift, maar zou de Navajo
Stamraad vast en zeker de stuipen op het lijf jagen.

Bij die gedachte voelde hij zich meteen een stuk beter.

Maar toch... Het kon geen kwaad om even bij Spates te informeren
hoe hij aan die krankjorume informatie was gekomen dat Isabella beweerde God te zijn.

Hij koos eerst Spates' nummer op kantoor, voor het geval Spates nog
aan het werk was. Vreemd genoeg was de lijn bezet. Geen voicemail,
gewoon bezet. Hij wachtte een paar minuten en koos het nummer nogmaals, en nog een keer, maar hij kwam er niet doorheen.

Waarschijnlijk deed het toestel het niet.

Daarna belde hij Spates' mobiel, en daar kreeg hij onmiddellijk de
voicemail. 'Dit is de voicemail van dominee Don T. Spates,' zei een
vriendelijke vrouwenstem. 'Momenteel is de postbus vol. Probeert u het
later nog eens.'

Crawley belde het privénummer van de predikant. Ook dat was bezet.

Christus, wat was het heet in de studeerkamer. Hij liep naar het raam,
schoof de grendel weg en duwde het open. Er spoelde een stroom nachtlucht naar binnen, fris en heerlijk, en de kanten gordijnen bolden even
op. Hij haalde een paar maal diep adem. Opnieuw hield hij zich voor
dat er geen reden voor paniek was. Hij nam een slok koffie terwijl hij
naar de donkere straat keek, en vroeg zich af waarvan hij nou eigenlijk zo geschrokken was. Een bezette telefoonlijn?

De dominee zou wel een website hebben. Misschien stond daar iets
te lezen.

Hij ging aan zijn bureau zitten, startte zijn laptop en googelde:
SPATES GOD'S PRIME TIME

De eerste hit was inderdaad de officiële website van de televangelist, www.godsprimetime.com. Hij klikte op de link en wachtte.

Na een lange, frustrerende minuut verscheen er een foutbericht:

limiet bandbreedte overschreden
De server is tijdelijk niet beschikbaar voor service: de site-eigenaar heeft de bandbreedtelimiet overschreden. Probeert u het later nog eens.
Apache/1.3.37 Server op www.godsprimetime.com Poort 80

Zijn gevoel van onbehagen nam toe. Bezette telefoonlijnen, de server down... Kon het zijn dat Spates' website geen dienstverlening meer kreeg? Misschien was daar op andere christelijke sites iets over te vinden.

Hij googelde: ISABELLA, GOD, SPATES.

Er verscheen een massa onbekende confessionele websites met namen als jezus-redt.com, verlosser.com, antichrist.com. Hij klikte op een willekeurige link en meteen verscheen er een document.

Lieve Vrienden in Christus,
Velen van jullie hebben eerder vanavond de show *Roundtable America* gezien, het programma van dominee Don T. Spates...

Crawley las de brief eenmaal. Hij las hem nog een keer. Er kroop een vage kilte langs zijn ruggengraat. Dus dat was Spates' bron: een halvegare pastor ergens in Navajoland. De opmerking onderaan liet zien dat de malende pastor de brief nog maar een paar uur geleden op het web had gezet. Gezien het aantal hits dat hij met Google kreeg, moest het epistel op een groot aantal websites staan.

Hoeveel? Daar kon hij achter komen. Hij googelde de eerste zin van de brief, tussen aanhalingstekens om alleen die websites op te halen die de exacte tekst vermeldden. Een fractie van een seconde later zag hij hoe vaak de tekst gevonden was. Boven aan het scherm stond:

resultaten 1-10 van 56.500 voor 'Velen van jullie hebben eerder vanavond de show *Roundtable America* gezien, het programma van dominee Don T. Spates'

Een hele tijd bleef Crawley in zijn stille studeerkamer in Georgetown zitten. Kon het echt zo zijn dat de brief al op meer dan vijftigduizend websites stond? Onvoorstelbaar. Hij ademde in, ademde uit, maande zichzelf tot kalmte. Als zijn rol achter Spates' aanval op project Isabella bekend werd, zou hij nog harder vallen dan zijn vroegere kameraad Jack Abramoff. Het probleem was, als hij er goed over nadacht wist hij eigenlijk niet veel over Spates en diens evangelische sferen. Crawley had een gevoel alsof hij zomaar voor de aardigheid een steen in een donkere hoek had gegooid en nu een tiental ratelslangen hoorde wakker worden. Hij stond weer op en liep naar het raam. Buiten lag Georgetown te slapen. De straat was verlaten. De wereld verkeerde in rust.

Toen hij opstond, hoorde hij een belletje uit zijn computer klinken: er kwam een e-mailbericht binnen. Hij liep erheen om te kijken wat het was. Er verscheen een klein venstertje met de onderwerpregel: FWD:FWD:RED MESA=ARMAGEDDON.

Hij opende het bericht, begon te lezen en constateerde met ontzetting dat dit dezelfde brief was die hij zojuist gelezen had. Was iemand op de hoogte van zijn contact met Spates? Was dit een of ander verhuld dreigement? Had Spates zelf hem dit gestuurd? Maar toen hij naar de enorme lijst met geadresseerden keek, de tientallen adressen, besefte hij dat dit bericht niet alleen voor hem bestemd was. En ook herkende hij het adres van de afzender niet. Dit was een soort junkmail, virale marketing zogezegd. Virale marketing voor Armageddon. En die was toevallig in zijn postbus beland.

Toen hij vol ongeloof de brief nogmaals doorlas en probeerde te gokken hoe groot de kans was dat hij juist deze e-mail op juist dit moment ontving, klonk er nog een belletje uit zijn computer en verscheen er een nieuwe e-mail. Met dezelfde onderwerpregel... althans, bijna: FWD:FWD: FWD:FWD: RED MESA=ARMAGEDDON.

Booker Crawley greep de armleuningen van zijn stoel en hees zich op onvaste benen overeind. Terwijl hij de studeerkamer doorliep, hoorde hij het belletje nogmaals, en weer, en opnieuw, terwijl er steeds meer e-mails binnenkwamen. Hij wankelde naar de badkamer die aan zijn studeerkamer grensde. Met één hand leunde hij op de rand van de wasbak, met de andere schoof hij zijn das opzij. Hij moest overgeven.

52

Bern Wolf zat ineengedoken in de helikopter, kauwde nerveus op een stuk kauwgum en keek naar elf zwaarbewapende mannen in het zwart, die aan boord klommen en zwijgend plaatsnamen. De enige herkenningstekens op hun uniform waren kleine FBI-badges op de borstzak. Wolf voelde zich ongemakkelijk in zijn camouflagepak met legerjack en helm. Zonder enig succes probeerde hij zijn magere ledematen zo te rangschikken dat hij min of meer lekker zat, schuifelde even geïrriteerd heen en weer en sloeg zijn armen over elkaar. Zijn paardenstaart stak onder zijn helm uit en hij hoefde niet in de spiegel te kijken om te weten dat hij er belachelijk uitzag. Zijn hoofd zweette en zijn oren tuitten van het eerste deel van de reis.

Zodra de mannen ingesnoerd zaten, steeg de helikopter op en vloog de nachthemel in, draaide en maakte vaart. Er hing een bijna volle maan in de lucht die het woestijnlandschap in de diepte in een zilveren licht baadde.

Wolf kauwde er verwoed op los. Wat was er in vredesnaam aan de hand? Hij was zonder enige uitleg van zijn bed gelicht, naar het vliegveld van Los Alamos gesleept en in een helikopter gezet. En niemand had hem ook maar iets verteld. Het leek wel of hij in het begin van een slechte film zat.

Door het raam zag hij in de verte de pieken liggen van het San Juangebergte in Colorado. De helikopter vloog over de voetheuvels en Wolf ving even een glimp op van een smal lint van weerspiegeld sterrenlicht in de diepte: de San Juanrivier.

Ze volgden bij benadering de loop van de rivier, langs vlekken van lichtpuntjes die de steden Bloomfield en Farmington aanduidden, en verder, de lege duisternis in. Toen het toestel weer in zuidelijke richting vloog, zag Wolf de donkere massa van Navajo Mountain in de verte liggen, en op dat moment begon hij te vermoeden waarheen ze op weg waren: project Isabella.

Nadenkend kauwde hij op zijn mondvol kauwgum. Hij had geruchten gehoord, iederéén in de wereld van de hoge-energiefysica had geruchten gehoord, over problemen met Isabella. Net als de anderen was hij geschokt geweest over de zelfmoord van zijn voormalige collega Peter Volkonsky. Niet dat hij de Rus ooit echt gemogen had, maar hij had hem wel altijd gerespecteerd vanwege zijn programmeertalent. Hij vroeg zich af wat er gaande was waarvoor zo'n in het zwart gekleed gorillasquadron nodig was.

Een kwartier later doemde vaag het zwarte silhouet van Red Mesa op. Een heldere rij lichten langs de rand gaf aan waar Isabella lag. De helikopter vloog omlaag, scheurde over de top van de mesa en minderde vaart bij een vliegveld dat was verlicht met twee lange rijen blauwe lampen. Hij maakte een bocht en zakte omlaag naar een helilandingsplek.

De wieken wentelden nu langzamer en een man van het team kwam van zijn plek en opende de laaddeur. Wolfs begeleider legde een hand op zijn schouder en gebaarde dat hij moest wachten. De deur werd opengeschoven en de FBI'ers sprongen een voor een naar buiten. De mannen landden gehurkt en liepen gebukt onder de schoepen door, alsof ze de landingszone verkenden.

Er verstreken vijf minuten voordat zijn begeleider gebaarde dat hij naar buiten kon. Wolf slingerde zijn rugzak over zijn schouder en nam er de tijd voor: hij had geen zin om zich te haasten en een been te breken. Met overdreven zorg klom hij omlaag en krabbelde onder de nadraaiende wieken uit. De begeleider tikte even op zijn elleboog en wees naar een stalen legerhut. Ze liepen erheen en de begeleider opende de deur voor hem. Het rook er naar versgezaagd hout en naar lijm en het was er bijna leeg, afgezien van een bureau en een rij goedkope stoeltjes.

'Ga zitten, dr. Wolf.'

Wolf dumpte zijn rugzak op een stoel vlak bij het bureau en liet zich op de stoel daarnaast zakken. Hij kon zich haast geen oncomfortabeler zitplek voorstellen, vooral op dit uur, zo ver van het kussen en het bed waar hij eigenlijk had moeten liggen. Hij zat nog ongemakkelijk te draaien toen een van de mannen binnenkwam. De man stak zijn hand uit: 'Special Agent in Charge Doerfler.'

Zonder op te staan stak Wolf een slappe hand uit.

Doerfler ging op de rand van het bureau zitten en probeerde vriendelijk en ontspannen over te komen. Niet dat het hem lukte: hij stond strak als een veer, net een Duracell-konijn. 'U vraagt zich vast en zeker af wat u hier doet, dr. Wolf.'

'Hoe komt u erbij?' Mensen als Doerfler, met van die gemillimeterde koppen, zo'n zuidelijk accent en van die gladde praatjes, vertrouwde hij voor geen meter. Daarvan had hij er veel te veel ontmoet tijdens de ontwerpfase van Isabella.

Doerfler keek op zijn horloge. 'We hebben niet veel tijd, dus ik hou het kort. Ik heb gehoord dat u vertrouwd bent met Isabella, dr. Wolf.'

'Dat mag ik hopen,' zei hij geërgerd. 'Ik was assistent-directeur van het ontwerpteam.'

'Bent u hier ooit eerder geweest?'

'Nee. Mijn werk was allemaal op papier.'

Doerfler leunde met een ernstig gezicht op zijn elleboog naar hem over. 'Er is hier iets gebeurd. We weten niet precies wat. Het wetenschappelijk team heeft zichzelf in de berg opgesloten en alle communicatie met de buitenwereld afgesneden. Ze hebben de hoofdcomputer uitgeschakeld, en Isabella draait op vol vermogen: via de back-upsystemen.'

Wolf likte aan zijn lippen. Dit was te gek voor woorden.

'We hebben geen idee wat er aan de hand is. Misschien is er een gijzeling gaande, misschien is het muiterij, misschien een ongeluk of een of andere onverwachte storing aan de apparatuur, of stroomuitval.'

'Dus wat wordt er van mij verwacht?'

'Daar kom ik zo op. De mannen die gelijk met u in de helikopter zaten, zijn leden van een FBI-antigijzelingsteam. Een soort hoogopgeleid overvalteam. Dat betekent niet noodzakelijkerwijs dát er inderdaad gijzelaars zijn, maar het is een situatie waarmee we rekening moeten houden.'

'Terroristen, bedoelt u?'

'Misschien. Het team zal de faciliteit binnengaan, indien nodig gijzelaars redden, ongewenste personen uitschakelen, de onderzoekers apart zetten en van het terrein af escorteren.'

'Ongewenste personen uitschakelen... u bedoelt, neerschieten?'

'Indien nodig.'

'Dat meent u niet.'

Doerfler fronste zijn wenkbrauwen. 'Pardon, meneer, dat meen ik wél.'

'U hebt mij uit bed gehaald om bij de commando's te gaan? Sorry, meneer Doerfler, maar dan hebt u de verkeerde Bern Wolf voor u.'

'U hoeft zich nergens zorgen om te maken, dr. Wolf. Ik heb u een begeleider toegewezen, agent Miller. Volledig betrouwbaar. Die blijft gedurende het hele traject aan uw zijde. Zodra de faciliteit veilig is, brengt hij u naar binnen en kunt u uw taak uitvoeren.'

'En die taak is...?'

'Isabella uitzetten.'

Vanaf een beschutte plek boven op de rotsen boven Nakai Valley bestudeerde Nelson Begay het Isabellacomplex door een oude legerverrekijker. Er was een helikopter laag over de wigwam komen aanvliegen. De herrie van de schoepen had de Blessing Wayceremonie overstemd en had de wigwam heen en weer gerammeld als een lappenpop. Begay en Becenti waren de heuvel op geklommen voor een beter uitzicht, en ze zagen dat de heli op het vliegveldje was geland, zo'n anderhalve kilometer verderop.

'Komen die voor ons?' had Willy Becenti gevraagd.

'Geen idee,' zei Begay, die gespannen zat te kijken. Er kwamen mannen met geweren uit de helikopter zetten. Ze braken een hangar open en kwamen met twee Humvees naar buiten, waar ze hun spullen in begonnen te laden.

Begay schudde zijn hoofd. 'Volgens mij heeft dit niets te maken met ons.'

'Zeker weten?' Becenti klonk teleurgesteld.

'Nee, zeker weet ik het niet. Weet je wat, we gaan erheen, de zaak verkennen.' Hij keek naar Becenti en zag de gretige rusteloosheid in diens ogen. Begay legde een hand op zijn schouder. 'Maar hou het hoofd koel, oké?'

53

Stanton Lockwood schoof zijn manchet omhoog om op zijn Rolex te kunnen kijken. Kwart voor twee. Om middernacht had de president het gijzelingsteam van de FBI op pad gestuurd en intussen was de operatie in volle gang. Een paar minuten geleden was het team ter plekke geland. Momenteel waren ze bezig hun spullen over te pakken in Humvees, waarmee ze de kilometer zouden afleggen naar de beveiligde zone aan de rand van de rots, vlak boven de opening van de Bunker.

De atmosfeer in het Oval Office was gespannen. Jean, de secretaresse van de president, schudde haar vermoeide schrijfhand even los.

'De eerste Humvee is ingeladen,' zei de FBI-directeur, die de president van doorlopend commentaar had voorzien. 'En tot nu toe taal noch teken van wie dan ook. Ze zitten allemaal in de Bunker, zoals we al dachten.'

'En het is je nog steeds niet gelukt om contact op te nemen?'

'Nee. Alle communicatie van de landingsbaan naar de Bunker is uitgezet.'

Lockwood ging verzitten. In gedachten zocht hij naar een logische verklaring. Die was er niet.

De deur van de Situation Room ging open en Roger Morton kwam binnen met een paar bladen papier in zijn hand. Lockwood volgde hem met zijn blik. Hij had de man nooit gemogen, maar intussen had hij een oprechte hekel aan hem gekregen, met die hoornen bril, dat smetteloze pak en die das die eruitzag alsof hij aan zijn overhemd was vastgeplakt. Morton was het prototype van de ritselaar in Washington. Met die zure gedachten in zijn hoofd keek hij hoe Morton met de president stond te overleggen, hun hoofden dicht bijeen, de blik op het papier gevestigd. Ze gebaarden naar Galdone, en die liep erheen. Gedrieën keken ze nog eens goed naar het papier.

De president keek naar Lockwood. 'Stan, wil jij hier eens naar kijken?'

Lockwood stond op en ging bij het groepje staan. De president gaf hem de uitdraai van een e-mail. Lockwood las:

234

Lieve vrienden in Christus…

'Het hele internet staat er vol mee,' zei Morton, nog voordat hij de brief had uitgelezen. 'Maar dan ook echt vól.'

Lockwood schudde zijn hoofd en legde de brief op tafel. 'Deprimerend dat in ons Amerika van de eenentwintigste eeuw nog steeds dit soort middeleeuws gedachtegoed heerst.'

De president keek hem indringend aan. 'Die brief is meer dan zomaar "deprimerend", Stan. Er wordt een oproep gedaan tot een gewapende aanval op een faciliteit van de Amerikaanse overheid.'

'Excellentie, persoonlijk zou ik dit niet al te serieus nemen. Het is een brief zonder concrete aanwijzingen, zonder actieplan, zonder plek van bijeenkomst. Hete lucht, meer niet. Dit soort teksten circuleert dagelijks op het internet. Kijk eens hoeveel mensen die serie *Achtergelaten* hebben gelezen. Maar die gingen de straat niet op!'

Morton keek hem met passieve vijandigheid aan. 'Lockwood, deze brief is naar tienduizenden websites gestuurd. Hij circuleert met razende vaart. We móéten dit wel serieus nemen.'

De president slaakte een zucht. 'Stan, ik wou dat ik jouw optimisme hierover deelde. Maar die brief, boven op die preek…' Hij schudde zijn hoofd. 'We moeten ons voorbereiden op het ergste.'

Galdone schraapte zijn keel en begon: 'Mensen die denken dat het einde van de wereld nabij is, kunnen uiteindelijk overgaan tot overhaast handelen. Of zelfs geweld.'

'Het christendom wordt geacht een geweldloze religie te zijn,' merkte Lockwood op.

'We vechten geen enkele religieuze opvatting aan, Stan,' merkte de president geprikkeld op. 'We moeten ons terdege realiseren dat dit allemaal heel gevoelig ligt en dat we niemand op de tenen mogen trappen.' Hij liet de brief op het bureau vallen en wendde zich tot de directeur Binnenlandse veiligheid. 'Waar ligt de dichtstbijzijnde eenheid van de Nationale Garde?'

'Dat zal Camp Navajo zijn, in Bellemont, net ten noorden van Flagstaff.'

'Hoe ver is dat van Red Mesa vandaan?'

'Een kleine tweehonderd kilometer.'

'Mobiliseer de eenheid en breng ze per helikopter naar Red Mesa. Als back-up.'

'Uitstekend. Helaas zit de helft van de eenheid in het buitenland en zijn de apparatuur en de heli's niet van het type dat je bij voorkeur inzet voor dit soort operaties.'

'Hoe snel kun je een complete eenheid bijeenbrengen?'

'We kunnen materieel en mensen uit Phoenix en van Nellis laten komen. Als het meezit zal dat zo'n drie à vijf uur duren.'

'Vijf uur is te lang. Doe wat je kunt in drie uur. Ik wil ze tegen kwart voor vijf vanochtend in de lucht hebben.'

'Kwart voor vijf,' herhaalde de directeur. 'Uitstekend, excellentie.'

'En laat zachtjes iets tegen de politie in Arizona vallen over een verdubbeling van de patrouilles. En laat ze eventueel ongebruikelijk verkeer op de snelwegen en secundaire wegen rond het Navajoreservaat melden. Ze moeten klaarstaan om indien nodig op korte termijn wegversperringen te kunnen aanleggen.'

'Uitstekend, excellentie.'

Lockwood zei: 'In Piñon hebben ze een bureautje van de Navajo Stampolitie zitten, zo'n dertig kilometer van Red Mesa af.'

'Mooi zo. Laat ze daar een patrouille naar de weg naar Red Mesa sturen, gewoon ter verkenning.'

'Uitstekend, excellentie.'

'En dit moet allemaal onopvallend gebeuren. Als we te heftig reageren, maakt de rechtse christenfactie stampij. Dan krijgen we het verwijt antichristenen te zijn, Jezushaters, goddeloze vrijdenkers – zulke mensen grijpen echt ieder argument aan.' De president keek om zich heen. 'Verder nog aanbevelingen?'

Er kwamen geen suggesties.

Hij draaide zich om naar Lockwood. 'Ik hoop dat je gelijk hebt. Voor hetzelfde geld zijn er nu al tienduizend malloten op weg naar Red Mesa.'

54

Ford voelde het zweet over zijn hoofdhuid druipen. De airconditioning draaide op volle toeren, maar desondanks werd het steeds heter op de Brug. Isabella gonsde en neuriede, de wanden trilden ervan. Hij wierp een blik op Kate, maar die kon haar ogen niet van het scherm van de Visualizer losmaken.

WANNEER HET HEELAL EEN STAAT VAN MAXIMALE ENTROPIE BEREIKT, DAT WIL ZEGGEN DE WARMTEDOOD VAN HET HEELAL, DÁN KOMT DE UNIVERSELE BEREKENING TOT STILSTAND. DAN GA IK DOOD.

'Is dat onvermijdelijk, of kunnen we dat op een of andere manier voorkomen?' vroeg Hazelius.

DAT IS DE VRAAG WAAROP JULLIE HET ANTWOORD MOETEN VINDEN.

'Dus dat is de ultieme zin van het bestaan?' vroeg Ford. 'Om een of andere mysterieuze warmtedood te verhinderen? Het klinkt mij in de oren als iets uit een sciencefictionboek.'

VOORKOMEN VAN DE WARMTEDOOD IS SLECHTS EEN STAP OP WEG.

'Op weg naar wát?' informeerde Hazelius.

OP DIE MANIER KRIJGT HET HEELAL ALLE TIJD DIE HET NODIG HEEFT OM TE DENKEN AAN DE EINDSTAAT.

'Wat is die eindstaat?'

DAT WEET IK NIET. DIE LIJKT IN NIETS OP WAT JIJ OF ZELFS IK OOK MAAR KUNNEN BEVROEDEN.

'Je had het over "alle tijd",' merkte Edelstein op. 'Hoe lang is dat precies?'

HET ZAL EEN AANTAL JAREN ZIJN DAT GELIJK IS AAN TIEN TOT DE TIENDE TOT DE TIENDE MACHT VERHEVEN, EN DAT GETAL TOT DE TIENDE MACHT, EN DIE BEWERKING 10^{83} MAAL HERHAALD, EN HET DAARUIT VOORTKOMENDE GETAL ZELF VERHEVEN TOT DE ZEVENENVEERTIGSTE MACHT, ALS HIERBOVEN. IN JULLIE WISKUNDIGE NOTATIE WORDT DAT GETAL, HET EERSTE GODSGETAL:

$$(10!??10^{83})[(10!??10^{83})!??10^{47}]$$

DIT IS DE LENGTE VAN DE TIJD IN JAREN. ZO LANG HEEFT HET HEELAL NODIG OM ZICH IN DE EINDSTAAT TE DENKEN, OM OP HET ULTIEME ANTWOORD TE KOMEN.

'Dat is een absurd groot getal!'

HET IS NIETS DAN EEN DRUPPEL IN DE UITGESTREKTE OCEAAN VAN DE ONEINDIGHEID.

'Waar is de rol van de moraliteit, van de ethiek, in dit heerlijke nieuwe heelal van jou?' wilde Ford weten. 'Of van verlossing en vergiffenis der zonden?'

IK HERHAAL HET NOGMAALS: AFZONDERLIJKHEID IS SLECHTS EEN ILLUSIE. MENSEN ZIJN ALS CELLEN IN EEN LICHAAM. CELLEN GAAN DOOD, MAAR HET LICHAAM LEEFT VERDER. HAAT, WREEDHEID, OORLOG EN GENOCIDE ZIJN EERDER EEN SOORT AUTO-IMMUUNZIEKTEN DAN HET RESULTAAT VAN WAT JULLIE 'HET KWADE' NOEMEN. DEZE VISIE VAN VERBONDENHEID DIE IK JULLIE BIED, GEEFT EEN BREED MOREEL ACTIEVELD, WAARIN ALTRUÏSME, MEDEDOGEN EN VERANTWOORDELIJKHEID JEGENS DE MEDEMENS EEN CENTRALE ROL SPELEN. JULLIE LOT IS ÉÉN LOT. MENSEN ZULLEN SAMEN OVERWINNEN OF SAMEN TEN ONDER GAAN. NIEMAND WORDT VERLOST, WANT NIEMAND GAAT VERLOREN. NIEMAND WORDT VERGEVEN, WANT NIEMAND IS BESCHULDIGD.

'En Gods belofte van een betere wereld, dan?'

JULLIE UITEENLOPENDE OPVATTINGEN OVER DE HEMEL ZIJN OPVALLEND KORTZICHTIG.

'Pardon, maar verlossing is allesbehalve kortzichtig!'

DE VISIE VAN SPIRITUELE VERVULLING DIE IK JULLIE BIED IS ONME-
TELIJK VEEL GROOTSER DAN ALLES WAT JULLIE OP AARDE OOIT OVER
EEN HEMEL HEBBEN GEDROOMD.

'Maar de ziel dan? Ontken je het bestaan van de onsterfelijke ziel?'

'Wyman, toe nou!' riep Hazelius uit. 'Je verdoet onze tijd met die bespottelijke theologische vragen!'

'Sorry, maar ik vind dat essentiële vragen,' zei Kate. 'Dit zijn de vragen die mensen zullen stellen – en waar we dan maar beter een antwoord op kunnen hebben.'

We? Ford vroeg zich af wat Kate bedoelde.

INFORMATIE GAAT NOOIT VERLOREN. MET DE DOOD VAN HET LICHAAM
VERANDERT DE INFORMATIE DIE DOOR DAT LEVEN IS GECREËERD VAN
VORM EN STRUCTUUR, MAAR ZE GAAT NOOIT VERLOREN. DE DOOD IS EEN
INFORMATIONELE OVERGANG. DAAR HOEF JE NIET BANG VOOR TE ZIJN.

'Raken we onze individualiteit kwijt bij de dood?' vroeg Ford.

OM DAT VERLIES MOET JE NIET ROUWEN. VANUIT DAT STERKE GEVOEL
VAN INDIVIDUALITEIT DAT ZO ONMISBAAR IS VOOR DE EVOLUTIE STRO-
MEN EEN GROOT AANTAL EIGENSCHAPPEN VOORT DIE HET MENSELIJK
BESTAAN KENMERKEN, GOED EN SLECHT: ANGST, PIJN, VERDRIET EN EEN-
ZAAMHEID, MAAR OOK LIEFDE, GELUK EN MEDEDOGEN. DAAROM MOE-
TEN JULLIE AAN JULLIE BIOCHEMISCHE BESTAAN ONTSNAPPEN. WANNEER
JULLIE JE BEVRIJDEN VAN DE TIRANNIE VAN HET VLEES, DAN NEMEN JUL-
LIE HET GOEDE MEE: LIEFDE, GELUK, MEDEDOGEN EN ALTRUÏSME. HET
SLECHTE LAAT JE ACHTER.

'Ik vind het geen verheffende gedachte dat de geringe kwantumschommelingen die mijn bestaan heeft gegenereerd, op de een of andere manier tot onsterfelijkheid zullen leiden,' merkte Ford sarcastisch op.

JE ZOU GROTE TROOST MOETEN PUTTEN UIT DEZE LEVENSVISIE. IN
HET HEELAL KAN INFORMATIE NIET STERVEN. NIET EEN STAP, NIET EEN
HERINNERING, NIET EEN ZORG UIT JOUW LEVEN WORDT OOIT VERGE-
TEN. JIJ ALS INDIVIDU ZULT VERLOREN GAAN IN DE STORM VAN DE TIJD,
JE MOLECULEN VERSPREID. MAAR WIE JE GEWEEST BENT, WAT JE GE-
DAAN HEBT, HOE JE HEBT GELEEFD, DAT BLIJFT VOORGOED INGEBED
IN DE UNIVERSELE BEREKENING.

'Sorry, maar dat klinkt allemaal veel te mechanistisch, te ontzield, al
dat gepraat over het bestaan als een "berekening".'

NOEM HET DROMEN, ALS JE DAT LIEVER HEBT, OF VERLANGEN, WEN-
SEN, DENKEN. ALLES WAT JE ZIET MAAKT DEEL UIT VAN EEN ONVOOR-
STELBAAR UITGESTREKTE EN SCHITTERENDE BEREKENING, VAN EEN BA-
BY DIE DE EERSTE WOORDJES SPREEKT TOT EEN STER DIE IMPLODEERT
IN EEN ZWART GAT. ONS HEELAL IS EEN BEELDSCHONE BEREKENING DIE,

VANUIT ÉÉN ENKEL AXIOMA VAN GROTE EENVOUD, NU AL DERTIEN MIL-
JARD JAAR LANG WORDT UITGEVOERD. WE ZIJN NOG MAAR NET AAN HET
AVONTUUR BEGONNEN! WANNEER JE EEN MANIER VINDT OM JE EIGEN
VLEESBEPERKTE DENKPROCES OVER TE ZETTEN NAAR ANDERE NATUUR-
LIJKE KWANTUMSYSTEMEN, DAN KUN JE EEN BEGIN MAKEN MET HET BE-
TEUGELEN VAN DE BEREKENING. DAN BEGIN JE DE SCHOONHEID EN PER-
FECTIE ERVAN TE DOORGRONDEN.

'Als alles een berekening is, wat is dan het doel van intelligentie? Of
van de geest?'

INTELLIGENTIE BESTAAT OVERAL OM JE HEEN, ZELFS IN LEVENLOZE
PROCESSEN. ONWEER, MET DONDER EN BLIKSEM, IS ALS BEREKENING
ONVOORSTELBAAR INGEWIKKELDER DAN DE MENSELIJKE GEEST. ON-
WEER IS, OP ZIJN EIGEN MANIER, INTELLIGENT.

'Onweer heeft geen bewustzijn. Een menselijke geest is zich van zichzelf bewust. Dat is het verschil, en dat is geen klein verschil.'

HEB IK JE NIET VERTELD DAT HET PURE BESEF VAN ZELF EEN ILLUSIE
IS, EEN BIJVERSCHIJNSEL VAN DE EVOLUTIE? HET VERSCHIL IS NIET EENS
KLEIN, HET BESTAAT AMPER.

'Een weersysteem is niet creatief. Het maakt geen keuzes. Het kan
niet denken. Het is niets meer dan de mechanistische ontplooiing van
krachten.'

WIE ZEGT DAT JIJZELF GEEN MECHANISTISCHE ONTPLOOIING VAN
KRACHTEN BENT? NET ALS DE GEEST BEVAT EEN WEERSYSTEEM COM-
PLEXE CHEMISCHE, ELEKTRISCHE EN MECHANISCHE EIGENSCHAPPEN.
HET DENKT. HET IS CREATIEF. ZIJN GEDACHTEN ZIJN ANDERS DAN DE
JOUWE. EEN MENSELIJK WEZEN CREËERT COMPLEXITEIT DOOR EEN RO-
MAN OP HET OPPERVLAK VAN PAPIER TE SCHRIJVEN; EEN WEERSYSTEEM
CREËERT COMPLEXITEIT DOOR GOLVEN OP HET OPPERVLAK VAN DE OCE-
AAN TE SCHRIJVEN. WAT IS HET VERSCHIL TUSSEN DE INFORMATIE IN DE
WOORDEN VAN EEN ROMAN EN DE INFORMATIE OP DE GOLVEN VAN DE
ZEE? LUISTER, DAN HOOR JE DE GOLVEN SPREKEN. EN OP EEN DAG, ZEG
IK JE, SCHRIJF JIJ JE GEDACHTEN OP HET OPPERVLAK VAN DE ZEE.

'En wat is het heelal dan aan het berekenen?' vervolgde Innes boos.
'Wat is die enorme som die het wil oplossen?'

DAT IS HET ALLERDIEPSTE EN ALLERWONDERBAARLIJKSTE MYSTERIE.

'Alarm bij de omheining,' zei Wardlaw. 'We hebben een indringer.'

Hazelius draaide zich om. 'Je gaat me toch zeker niet vertellen dat
die geestelijke terug is?'

'Nee, nee... God, nee. Dr. Hazelius, u kunt beter zelf even komen
kijken.'

Ford en de anderen volgden Hazelius naar de bewakingscomputer.
Over Wardlaws schouder keken ze naar de wand vol schermen.

'Wat is dat nou?' vroeg Hazelius.

Wardlaw drukte een stel toetsen in. 'Ik had niet moeten zitten luisteren naar wat die gek op het scherm te melden had. Kijk, ik spoel even terug. Hier begint het. Een heli... een militaire Black Hawk UH-60a. En hij landt hier op de baan.'

Verbijsterd stonden ze te kijken. Ford zag mannen in donkere pakken met wapens. Een voor een rolden ze uit de heli.

'Ze breken in de hangars in,' vervolgde Wardlaw, 'en ze pakken onze Humvees. Ze laden er hun spullen in... En nu zijn ze bezig de poorten naar de beveiligde zone te rammen... Daardoor is het alarm afgegaan. Oké, hier beginnen de beelden van dit moment weer.'

Ford zag de soldaten, of wat het ook waren, uit de Humvees springen en uitwaaieren, wapens in de aanslag.

'Wat is er aan de hand? Waar zijn die lui in vredesnaam mee bezig?' riep Hazelius geschrokken uit.

'Ze zijn bezig met een klassieke omsingeling van de vijand,' antwoordde Wardlaw.

'Vijand? Wat voor vijand?'

'Wij.'

55

Russ Eddy hurkte achter een jeneverbesstruik en tuurde door de omheining. De mannen in het zwart hadden het hekwerk neergehaald en waren lampen en apparatuur uit een stel Humvees aan het laden en aan het opstellen. Hij twijfelde geen moment: deze mannen waren erop uitgestuurd om project Isabella te beschermen en dat was een reactie op zijn e-mail. Het kon niet anders, het was té toevallig. Paramilitaire soldaten van de Nieuwe Wereldorde die in zwarte helikopters waren aangekomen, net zoals Mark Koernke had voorspeld.

Eddy wist dat zijn brief was terechtgekomen bij de machthebbers.

Zorgvuldig noteerde hij hoeveel manschappen er waren en wat voor wapens en apparatuur ze bij zich hadden. Dat krabbelde hij allemaal in zijn notitieboekje.

De soldaten hadden intussen een rij draagbare schijnwerpers opgesteld, en het hele gebied baadde nu in een felwit licht. Eddy deinsde achteruit, de schaduwen in, en sloop achterwaarts terug naar de weg. Hij had genoeg gezien. Het leger van God zou heel binnenkort arriveren, en dan moest hij er zijn om de boel te organiseren.

Terwijl hij terugliep naar de uiterste rand van de mesa, waar de Dugway vanuit de diepte opdook, begon er een plan te groeien. Eerst hadden ze een parkeer- en voorbereidingszone nodig die ver genoeg bij Isabella vandaan lag, zodat ze zich ongezien konden verzamelen. Dan moesten ze groeperen, een plan trekken en aanvallen. En toevallig lag er aan het eind van de Dugway en een kilometer of vijf van Isabella verwijderd een enorm, vlak stuk terrein met een rotsige bodem, dat uitermate geschikt was voor dat doel.

Hij keek op zijn horloge: kwart voor twaalf. Het was twee uur geleden dat hij de e-mail had verstuurd. De mensen konden ieder moment gaan binnendruppelen. Op een drafje liep hij naar het midden van de weg, klaar om het binnenkomende verkeer te onderscheppen.

Zowat een kilometer van de Dugway verwijderd hoorde hij een brullende motorfiets aankomen. Over de rand van de mesa heen verscheen één koplamp die met grote snelheid zijn kant uit kwam. De lichtbundel minderde vaart en Eddy, gevangen in het schijnsel, zag een terreinmotorfiets stoppen, met in het zadel een grote, gespierde man met lang blond haar in een paardenstaart. Hij had een spijkerjack met afgescheurde mouwen aan en droeg daaronder geen overhemd. Hij had een opvallend gezicht: diep gerimpeld, knap op een filmsterrenmanier, en hij had het lichaam van een god. Aan een metalen ketting om zijn hals, rustend op zijn harige borst, bungelde een zwaar ijzeren kruis.

Terwijl de motor tot stilstand kwam stak de man twee in leren laarzen gehulde benen uit om het monster in evenwicht te houden en zei met een grijns: 'Pastor Eddy?'

Met bonzend hart deed Eddy een stap naar voren. 'Gegroet in de naam van Jezus Christus.'

De man trapte de standaard omlaag, stond op uit het zadel – het was een reus van een vent – en liep met gespreide armen op Eddy af. Hij omhelsde hem in een stoffige greep waarbij Eddy een wolk sterke lijfgeur over zich heen voelde slaan, en deed daarna een stap achteruit om Eddy vriendschappelijk bij de schouders te kunnen grijpen. 'Randy Doke.' Weer klemde hij Eddy tegen zijn borst aan. 'O, man, ben ik echt de eerste?'

'Ja.'

'Ongelooflijk. Toen ik je brief zag, ben ik op de Kawasaki gesprongen en op pad gegaan. Ik kom uit Holbrook. Dwars overal doorheen: woestijn, schuttingen, noem maar op. Plankgas. Ik had hier nog eerder kunnen zijn, maar bij Second Mesa kwam ik in een slip. Niet te geloven dat ik er ben. O man, niet te geloven.'

Eddy voelde een opwelling van geloof, een nieuwe energie, door zich heen stromen.

De man keek om zich heen. 'Nou, wat doen we nu?'

'Bidden.' Hij greep Dokes ruwe handen en ze bogen hun hoofd. 'Here God Almachtig, omring ons met Uw engelen, vleugel aan vleugel, met getrokken zwaard om ons te beschermen, opdat zij leiding kunnen geven aan ons, Uw dienaren, in de strijd tegen de antichrist. In de naam van Jezus Christus onze Heer. Amen.'

'Amen, broeder.'

De man had een diepe, sonore stem die Eddy geruststellend en hypnotiserend vond. Dit was het type dat wist wat te doen.

Doke ging terug naar zijn motor, haalde een geweer uit een leren foedraal dat aan het zadel hing en slingerde het over zijn schouder. Hij viste een goedgevulde patroongordel uit zijn tas en smakte die over zijn andere schouder, zodat hij eruitzag als een guerrillastrijder uit vervlogen tijden. Hij wierp Eddy een grijns toe en salueerde. 'Broeder Randy meldt zich voor dienst in Gods heerscharen!'

Er naderden meer koplampen, langzaam en aarzelend. Een bestofte Jeep met het dak omlaag remde naast hen. Er klommen een man en een vrouw van in de dertig uit. Eddy spreidde zijn armen en omhelsde hen, eerst de man en daarna de vrouw. Beiden braken in tranen uit; de druppels biggelden in roze sporen over hun grijsbestofte wangen.

'Gegroet in Christus.'

De man had een keurig krijtstreeppak aan, onder het stof. In zijn hand had hij een bijbel en in zijn riem stak een enorm vleesmes. De vrouw had stukjes papier aan haar blouse gespeld, die bij het lopen fladderden in de bries. Eddy zag dat het Bijbelverzen en strijdkreten waren: VERTROUW EN GEHOORZAAM… GAAT UIT, DE WERELD IN… WANT VOORWAAR, IK BEN MET U TOT AAN HET EINDE DER DAGEN… 'Snel nog even van de koelkastdeur geplukt,' zei ze. Ze tastte even rond in de Jeep en haalde er een baseballbat uit.

'We hebbben eindeloos zitten bidden,' zei de man. 'Wil God dat we strijden met Zijn Woord als wapen, of moesten we echte wapens meenemen?'

In afwachting van orders bleven ze voor Eddy staan.

'Dat is volslagen duidelijk,' zei Eddy. 'Dit wordt een strijd. Een échte strijd.'

'Dan ben ik blij dat we deze bij ons hebben.'

'Er komen straks een heleboel mensen over die weg daar,' vervolgde Eddy. 'Duizenden, waarschijnlijk. We moeten een plek vinden waar iedereen verzameld kan worden, voor de voorbereidingen. Een exercitieplaats. Daar nemen we dat stuk voor, dáár.' Hj gebaarde naar een enorm, vlak terrein rechts van zich, rots en zand, bleek in het licht van de driekwart maan die over de rand van de mesa aan het klimmen was.

'Randy, God heeft jou als eerste hierheen gevoerd, en daarvoor had Hij een reden. Jij wordt mijn rechterhand. Mijn generaal. Jij en ik verzamelen iedereen dáár, en dan plannen we samen onze... aanval.' Het viel niet mee dat woord over zijn lippen te krijgen nu het eenmaal zover was.

Randy knikte alert, zonder een woord te zeggen. Eddy zag ook rond zijn ogen iets vochtigs. Hij was diep ontroerd.

'Jullie tweeën zetten met de Jeep de weg af, zodat er niemand langs kan richting Isabella. Dat element van verrassing hebben we nodig. Stuur iedereen van de weg af en laat ze op dat open terrein daar parkeren. Randy en ik staan op die heuvel te wachten. We trekken pas ten strijde als we genoeg mensen hebben.'

Er priemden nieuwe lichten boven de rand van de Dugway uit.

'Isabella ligt een kilometer of vijf die kant uit. We houden ons rustig tot het tijd is voor actie. Zorg dat niemand iets voortijdigs onderneemt of er heetgebakerd vandoor gaat. We mogen de antichrist niet laten weten dat we eraan komen; pas als we met voldoende manschappen zijn.'

'Amen,' kwam het antwoord.

Eddy glimlachte. *Amen.*

56

Om twee uur in de ochtend zat dominee Don T. Spates aan het bureau in zijn kantoor achter de Zilveren Kathedraal. Een paar uur eerder had hij Charles en zijn secretaresse thuis gebeld om te vragen of zij wilden komen helpen met alle telefoontjes en e-mails. Voor zijn neus lag een stapel e-mails die Charles voor hem had uitgekozen voordat de server crashte. Daarnaast lag een berg telefoonbriefjes. Op de administratie hoorde hij de telefoon onophoudelijk overgaan.

Spates probeerde te bevatten wat er voor iets enorms aan het gebeuren was.

Er werd licht op de deur geklopt en de secretaresse kwam binnen met verse koffie. Ze zette het blad op tafel, samen met een porseleinen bord met een madacamiakoek.

'Ik hoef geen koek.'

'Goed, dominee.'

'En hou op met die telefoon. Leg hem maar van de haak.'

'Ja, dominee.' De secretaresse trok zich terug, met bord en koek. Geïrriteerd keek hij haar na; haar haar was niet getoupeerd en glinsterde niet, haar jurk zat in rare plooien om haar lijf en ze was niet opgemaakt. Nu was pas zichtbaar wat een akelig oud mensje het was. Ze zou wel in bed gelegen hebben toen hij belde, maar evenzogoed had ze best iets meer moeite mogen doen.

Toen de deur dichtzat, haalde hij een fles wodka uit een afgesloten la en goot een scheut in zijn koffie. Daarna keek hij weer naar zijn computer. Ook zijn website was gecrasht door het vele e-mailverkeer, en intussen was zo te zien het hele web traag aan het worden. Met moeite baande hij zich langzaam een weg langs de bekende christelijke sites. Sommige van de grotere, zoals verlossing.com, waren ook gecrasht. Andere waren traag als een slak op een teerton. Eddy's brief had een enorme opschudding veroorzaakt. De paar christelijke chatrooms die nog bereikbaar waren, zaten vol hysterische types. Velen daarvan zeiden dat ze op pad gingen om gehoor te geven aan de oproep.

Hoewel het koel was in de studeerkamer, zweette Spates peentjes. Het kriebelde in zijn nek. Eddy's mail, die hij intussen wel twintigmaal had gelezen, had hem de stuipen op het lijf gejaagd. Dit was opruiing: de mensen werden aangezet tot een gewapende aanval op een Amerikaanse overheidsinstelling, en in zijn brief had hij Spates genoemd. Er was geen twijfel mogelijk: híj zou overal de schuld van krijgen. Daarentegen, redeneerde Spates, was deze enorme vertoning van christenmacht, van confessionele verontwaardiging, misschien uiteindelijk toch positief. Tijdenlang waren christenen in eigen land gediscrimineerd, genegeerd, op een zijspoor gezet en bespot. Goed of fout, deze ophef kon een duidelijk signaal zijn voor Amerika. Politici en overheid zouden eindelijk de macht van de christelijke meerderheid inzien. En hij, Spates, had die revolutie in gang gezet. Robertson, Falwell, Swaggart: ondanks hun jarenlange gepreek en al hun geld en macht hadden zij nog nooit zoiets voor elkaar gekregen.

Spates surfte over het web op zoek naar informatie, maar het enige wat hij kon vinden was vitriool, verontwaardiging en hysterie. En duizenden exemplaren van de brief.

Plotseling kwam er een nieuwe, verontrustende gedachte bij hem op toen hij de brief nog eens doornam.

Stel dat Eddy gelijk had?

De koude rillingen liepen hem over de rug. Hij was nog lang niet klaar met het leven. Hij moest er niet aan denken dat het afgelopen zou zijn met zijn geld, zijn macht, zijn kathedraal, zijn tv-parochie; dat het allemaal voorbij was voordat het goed en wel begonnen was.

En meteen daarop volgde een nog akeliger idee: hoe zou hijzelf beoordeeld worden op die grootse en glorieuze dag des Heren? Stond hij wel echt in Gods goede boekje? Al Spates' zonden trokken aan zijn geestesoog voorbij. De leugens, de drankgelagen, het verraad, de vrouwen en de overdreven cadeaus die hij voor hen had gekocht met de bijdragen van de gelovigen. En, het ergst van alles: hij herinnerde zich hoe hij meer dan eens met lustvolle gedachten naar jongens op straat had gekeken. Al die zonden, groot en klein, kwamen vanuit de uithoeken van zijn geest naar voren en verdrongen zich al krijsend om gezien en beoordeeld te worden.

Angst, schuldgevoel en wanhoop maakten zich van hem meester. God zag alles. Alles. *Ik smeek u, Heer, vergeef mij, Uw onwaardige dienaar*, bad hij keer op keer, tot hij met grote mentale inspanning de zonden naar een donkere uithoek van zijn geest bande. God had hem al vergeven: waarom maakte hij zich zo druk?

En hoe dan ook, dit kon de Wederkomst niet zijn. Wat dacht hij wel? Die Eddy was geschift. Natuurlijk was hij geschift. Dat had Spates geweten zodra hij die hoge, gebarsten stem door de telefoon had gehoord. Wie zo midden in de woestijn te midden van de indianen leefde, honderden kilometers bij een fatsoenlijk restaurant vandaan, die was per definitie geschift.

Hij las Eddy's brief nogmaals door, op zoek naar tekenen van waanzin, en werd getroffen door een nieuwe golf van afgrijzen. Dit was niet het werk van een gek. Er ging een grote kracht van uit, en die toestand met ARIZONA en ISABELLA die beide een cijfertotaal van 666 opleverden, dat was nog het meest onrustbarende.

God, wat zat hij te zweten.

Hij opende de glazen deuren van de kersenhouten boekenkast, haalde er een dik boek uit en bladerde door naar de gematriatabellen. Hij zocht de Hebreeuwse letters op en noteerde de getallen op een papiertje. Tijdens het werken zag hij dat Eddy een stel van zijn Hebreeuwse letters verkeerd had gezien en dat hij andere een verkeerde getalswaarde had gegeven.

Hij paste de juiste getallen toe en telde die met bevende hand op. Geen van beide kwam uit op 666.

Ademloos van opluchting leunde hij achterover. De hele toestand was een aanfluiting, net wat hij gedacht had. Hij voelde zich alsof er een engel omlaag was gedoken en hem uit een brandende zee had gevist. Hij trok een linnen zakdoek uit zijn zak en depte het zweet van zijn ogen en voorhoofd.

Maar even later keerde de angst weer terug. God had hem dan misschien gespaard. Maar zou de pers dat ook doen? En de overheid? Kon hij worden beschuldigd van aanzetten tot geweld? Of iets ergers? Hij kon maar beter zijn advocaat uit bed bellen nu het nog kon. Er moest een manier zijn om de schuld af te schuiven op Crawley. Tenslotte was Crawley hiermee begonnen.

Hij pulkte aan zijn kraag in een poging wat lucht langs zijn hete, plakkerige nek te krijgen. Het was een vergissing geweest die ellendige idioot, die pastor Eddy, in de arm te nemen. Die vent was niet te vertrouwen. Stom, stom, stom.

Hij drukte op de knop van zijn intercom. 'Charles, kun je even hier komen?'

De normaal zo gezeglijke jongeman bleef weg.

'Charles? Kun je even híér komen?'

In plaats van Charles verscheen de secretaresse in de deuropening. Hij had haar nog nooit zo zichtbaar aangeslagen gezien.

'Charles is weg,' zei ze op vlakke toon.

'Daar had ik hem anders geen toestemming voor gegeven.'

'Hij is op weg naar Isabella.'

Vanuit zijn stoel keek hij haar aan. Hij kon zijn oren niet geloven. *Isabella?*

'Hij is een minuut of tien geleden vertrokken. Hij was door God geroepen, zei hij. En daarmee is hij de deur uit gegaan.'

'O, de waanzin ten top!' Spates sloeg met zijn vlakke hand op het bureau. Plotseling zag hij dat ze haar jas aanhad en haar tas in de hand. 'Je gaat me toch hoop ik niet vertellen dat jij achter die halvegare aan gaat!'

'Nee,' antwoordde ze. 'Ik ga naar huis.'

'Sorry, maar dat zal niet gaan. Ik heb je hier de hele nacht nodig. Bel mijn advocaat, Ralph Dobson. Zeg dat hij hier pronto heen komt. Ik zit met een probleem, voor het geval je dat niet opgevallen was.'

'Nee.'

'Nee? Wat "nee"? Wat heeft dat te betekenen?'

'Dat heeft te betekenen dat ik niet langer voor u werk, meneer Spates.'

'Waar heb je het over?'

Ze klemde haar tasje in beide handen voor haar middenrif, alsof ze bescherming zocht. 'Omdat u een verachtelijk mens bent.' Op stijve benen keerde ze zich om en liep weg.

Spates hoorde het zwakke geluid van een deur die zorgvuldig werd dichtgetrokken – en daarna stilte.

Hij bleef achter zijn bureau zitten, helemaal alleen en gutsend van het zweet. En heel erg bang.

57

Het woord 'aanval' hing zwaar in de lucht. De anderen dromden samen voor het grootste bewakingsscherm. Daar zagen ze livebeelden van een hoog geplaatste camera, boven op de liftschacht, die een overzicht gaf van wat er gaande was. Aan de rand van de rotsen boven Isabella zag Ford een groepje mannen in zwarte outfits bezig met touwen en bergbeklimmersuitrusting en wapens: ze zouden vanaf de hoogvlakte abseilen. Kate kwam naast hem staan en pakte zijn hand weer beet met een zweterig, trillend handje.

George Innes verbrak de stilte van afgrijzen. 'Aanval? Waarom in godsnaam?'

'Omdat ze geen contact met ons kregen,' antwoordde Wardlaw. 'En dit is hun reactie.'

'Maar dat is absurd, volkomen buiten iedere proportie!'

Wardlaw wendde zich tot Dolby. 'Ken, we moeten de communicatiekanalen openen, en wel meteen. Dit mag niet gebeuren.'

'Dat kan ik niet doen zonder Isabella stop te zetten. En zoals je weet heeft Isabella een totale firewall naar de buitenwereld. Ze is zo geprogrammeerd dat we het communicatiesysteem pas kunnen inschakelen als Isabella afgesloten is.'

'Start de hoofdcomputer opnieuw op en zet de besturing van de servers over.'

'Het duurt minstens een uur om het mainframe op te starten met de juiste configuratie.'

Wardlaw vloekte. 'Oké, dan ga ik naar boven en leg de situatie persoonlijk uit.'

'Geen sprake van,' zei Hazelius.

Wardlaw keek hem sprakeloos aan. 'Pardon? Dat begrijp ik niet.'

Zonder iets te zeggen wees Hazelius van Wardlaws scherm naar dat boven hun hoofd. Daarop was een nieuw bericht verschenen.

WE HEBBEN NIET VEEL TIJD. WAT IK JULLIE NU TE ZEGGEN HEB IS VAN HET GROOTSTE BELANG.

Met iets van paniek in zijn blik keek Wardlaw Hazelius aan. Zijn blik vloog naar de bewakingsschermen en terug. 'We kunnen ze niet buiten houden. Ik moet de deur opendoen.'

'Tony,' zei Hazelius zacht en dringend, 'denk nou heel even na over wat er hier gebeurt. Zodra je die deur opendoet, komt er een eind aan dit gesprek met... God of wie het ook zijn moge.'

Wardlaws adamsappel schoot op en neer terwijl hij slikte. 'God?'

'Inderdaad, Tony. *God.* Dat is een reële mogelijkheid. We hebben contact gelegd met God, alleen is dit een God die stukken groter en aanzienlijk minder kenbaar is dan wat de mensheid zich ooit voorgesteld had.'

Niemand zei iets.

Hazelius sprak verder. 'Tony, we kunnen onszelf nog wat tijd kopen, zonder dat het ons iets kost. We zeggen gewoon dat de deur het niet doet, dat het communicatiesysteem was uitgevallen en dat de computer is gecrasht. We kunnen dit ragfijn spelen. We kunnen de deuren dichthouden en toch tevoorschijn komen zonder al te zware problemen.'

'Ze hebben dynamiet bij zich. Ze blazen de deur op,' zei Wardlaw met hoge, gespannen stem.

'Nou en?' zei Hazelius. Hij greep Wardlaw vriendelijk bij de schouder, alsof hij hem wakker wilde schudden. 'Tony, Tony. We zijn misschien wel in gesprek met God. Begrijp je dat niet?'

Na een tijdje zei Wardlaw: 'Ik begrijp het.'

Hazelius keek om zich heen. 'Zijn we het hier allemaal mee eens?' Zijn blik ging het vertrek door en bleef hangen op Ford. Hij moest de sceptische blik in diens ogen gezien hebben. 'Wyman?'

Ford zei: 'Dus jij denkt dat dit God zou kunnen zijn? Daar kijk ik van op.'

'Wie zou het anders moeten zijn?' wilde Hazelius weten.

Ford keek naar de anderen. Hij vroeg zich af wie er verder nog kon zien dat Hazelius eindelijk aan het doordraaien was. 'Gewoon, wat jij de hele tijd al gezegd hebt. Een hacker. Sabotage.'

Plotseling opende Melissa Corcoran haar mond. 'Als je dat nog steeds denkt, Wyman, dan heb ik medelijden met je.'

Verbaasd draaide Ford zich naar haar om. Op haar gezicht lag een nieuwe blik, die hem deed verstommen. Geen spoor meer van de onzekere jonge vrouw die rusteloos op zoek was naar genegenheid. Ze had een stralend serene uitstraling en in haar ogen vonkte het zelfvertrouwen.

'Denk jij dat dit God is?' vroeg Ford ongelovig.

'Ik snap niet waarom jij zo verbaasd doet,' reageerde ze. 'Geloof jij dan niet in God?'

'Jawel, maar niet in déze God!'

'Hoe weet je dat?'

Ford aarzelde. 'Kom nou! God zou nooit op zo'n krankzinnige manier contact met ons opnemen.'

'Vind jij het dan minder krankzinnig dat God een maagd zwanger maakt die een zoon voortbrengt die vervolgens de boodschap op aarde verspreidt?'

Ford kon zijn oren amper geloven. 'Ik zeg je, dit is níét God!'

Corcoran schudde haar hoofd. 'Wyman, snap je dan niet wat er hier gebeurd is? Dringt het niet door? We hebben de grootste wetenschappelijke ontdekking aller tijden gedaan: we hebben God ontdekt!'

Ford keek naar de anderen en liet zijn blik tot slot rusten op Kate, die naast hem stond. Een ogenblik lang keken ze elkaar aan. Met stijgend ongeloof constateerde hij dat haar ogen vochtig waren van emotie. Ze kneep in zijn hand, liet die vallen en glimlachte. 'Sorry, Wyman. Je weet dat Melissa en ik het niet altijd met elkaar eens zijn, maar nu... tja.' Ze greep Corcorans hand. 'Ik ben het met haar eens.'

Ford keek naar de plotseling verenigde tegenstanders. 'Hoe kan een rationeel denkend iemand nou in hemelsnaam denken dat dat... gevál,' – hij wees naar het scherm – 'God is?'

'Wat mij verbaast,' zei Kate rustig, 'is dat jij dat níét ziet. Kijk naar de bewijzen. Het gat in de ruimte-tijd. Dat is echt. Ik heb de berekeningen uitgevoerd. Het is een wormhole of een fluxtube naar een parallel universum: een universum dat vlak naast het onze bestaat, onvoorstelbaar dichtbij, bijna maar net niet in aanraking. En die twee universa hebben nog het meest van twee vellen papier die samen verfrommeld zijn. Het enige wat wij gedaan hebben, is een gat prikken in ons stuk papier zodat we een heel klein stukje van het papier naast ons kunnen zien. En in dat parallelle universum leeft... God.'

'Kate, dat kun je niet menen!'

'Wyman, als je verder nou eens alles vergat. Luister gewoon naar de woorden. Alleen de woorden. Voor het eerst van mijn leven heb ik de simpele waarheid gehoord. Het lijkt wel of ik klokgelui hoor na jaren van stilte. Wat deze... wat Gód zegt, klinkt zo ongelooflijk wáár.'

Ford keek de ronde kamer door. Zijn blik bleef rusten op Edelstein. Edelstein, de eeuwige scepticus. Alans donkere, triomfantelijke ogen keken terug.

'Alan, help me even, wil je?'

'Ik ben nooit echt op zoek geweest naar God,' zei Edelstein. 'Ik ben mijn leven lang overtuigd atheïst geweest. Ik heb God niet nodig. Nooit gehad, zal ook nooit zover komen.'

'Eindelijk, iemand die het met me eens is,' zei Ford opgelucht.

Edelstein glimlachte. 'En dat maakt mijn bekering des te veelzeggender.'

'Je bekering?'

'Inderdaad.'

'Jij... gelóóft hierin?'

'Natuurlijk. Ik ben wiskundige. Ik leef en sterf met logica. En volgens de logica is dit ding dat hier met ons spreekt een hogere macht.

Noem het God, noem het primum mobile, noem het de Grote Geest, het maakt niet uit.'

'Ik noem het oplichting.'

'Waar is jouw bewijs? Geen enkele programmeur heeft ooit code geschreven die de turingtest kon doorstaan. En er is nog nooit een computer gebouwd, zelfs Isabella's supercomputerbrein niet, die in staat is tot kunstmatige intelligentie. Jij hebt geen verklaring voor het feit dat hij Kates getallen of Gregory's namen kende. En bovenal, net als Kate herken ik de diepe waarheid die hij verkondigt. Als dit niet God is, dan is het een bijzonder intelligent wezen uit dit of uit een ander universum, en daarmee bovennatuurlijk. Ja, dat neem ik aan zonder er vragen bij te stellen. De eenvoudigste verklaring wordt aangenomen. Occams scheermes.'

'Bovendien,' merkte Chen op, 'kwam die output regelrecht uit CZero. Hoe verklaar je dat?'

Ford keek naar de anderen, van Dolby's knappe, diepzwarte gezicht, nat van de tranen, tot het schokkende delirium dat zich meester leek te maken van Julie Thibodeaux... *Onvoorstelbaar*, dacht Ford. *Moet je dat stel nou zien. Ze tuinen er met open ogen in.* Michael Cecchini, zijn normaal zo doodse gezicht plotseling vol leven, stralend... Rae Chen... Harlan St. Vincent... George Innes... stuk voor stuk. Zelfs Wardlaw, die in deze onmogelijke beveiligingscrisis zijn bewakingscamera's negeerde en in plaats daarvan met slaafse, kruiperige aanbidding naar Hazelius stond te kijken.

Het was duidelijk dat hij ergens onderweg een duistere en angstaanjagende ontwikkeling binnen het team had gemist. Zelfs in Kate; vooral in Kate.

'Wyman, Wyman,' zei Hazelius kalmerend. 'Je reageert emotioneel. Wíj denken rationeel. Dat is wat wij het beste kunnen.'

Ford deed een stap achteruit. 'Dit gaat niet om God. Het is gewoon een of andere hacker die jullie vertelt wat jullie horen willen. En jullie tuinen er regelrecht in.'

'Daar tuinen wij in omdat het de waarheid is,' zei Hazelius. 'Ik voel het in mijn intellect en in mijn merg. Kijk eens naar ons: Alan, Kate, Rae, Ken, ik, wij allemaal. Kunnen we het dan állemaal bij het verkeerde eind hebben? Wetenschappelijk, sceptisch denken zit ons in het bloed. We zijn er helemaal van doortrokken. Niemand kan ons van goedgelovigheid betichten. Waarom denk jij meer kennis te bezitten dan wij?'

Daar had Ford geen antwoord op.

'We verdoen kostbare tijd,' zei Hazelius. Rustig wendde hij zich tot het scherm en sprak: 'Ga door, graag. Je hebt onze onverdeelde aandacht.'

Konden ze gelijk hebben? Kon dit God zijn? Vol grimmige voorgevoelens keek Ford in de richting van het volgende bericht op het scherm.

58

Vanaf zijn heuvel aan de rand van het exercitieterrein, met Doke aan zijn zijde, stond Eddy te kijken naar de stroom voertuigen. Het afgelopen uur waren er honderden gearriveerd: eerst terreinmotorfietsen, toen jeeps en pick-ups, gewone motoren, terreinwagens en auto's. De nieuwkomers brachten verhalen mee over hindernissen en obstakels onderweg. De politie had barricades opgeworpen op de toegangswegen, maar de gelovigen hadden daar een weg omheen gevonden via het labyrint van zandpaden dat de Rez doorkruiste.

De mensen parkeerden in een ongeordende janboel aan het eind van de asfaltweg, maar, bedacht Eddy, hoe ze parkeerden deed er niet toe. Niemand zou naar huis rijden. Ze zouden via een andere route thuiskomen: via de Verlossing.

Bij tijden deed de aanstormende horde anarchistisch aan: luide stemmen, jankende peuters, dronkenlappen, zelfs een paar mensen die stoned waren. Maar de mensen die als eersten waren gearriveerd, begroetten de nieuwkomers met gebed, Bijbelverzen en het Woord en brachten orde aan in de chaos. Minstens duizend gelovigen dromden samen op het terrein voor zijn heuvel, in afwachting van instructies. Velen hadden bijbels en kruisen bij zich. Sommigen hadden een vuurwapen. Anderen hadden de wapens gegrepen die ze het eerst tegenkwamen, van gietijzeren koekenpannen en koksmessen tot mokers, bijlen, machetes en pikhouwelen. Er waren jongens met katapults, luchtbuksen en baseballbats. Anderen hadden walkietalkies bij zich, die Eddy meteen in beslag nam en herverdeelde onder een groepje dat hij had uitverkozen als commandanten. Een hield hij er zelf.

Eddy was verbaasd over het aantal kinderen: er waren zelfs moeders met zuigelingen bij. Kinderen bij Armageddon? Maar als je erbij stilstond, was het ergens wel logisch. Dit waren de Laatste Dagen. Allen zouden samen ten hemel stijgen.

'Hé,' zei Doke, terwijl hij Eddy aanstootte. 'Politie.'

Eddy volgde zijn gebaar. Daar, te midden van het verkeer op de Dugway, kroop een eenzame patrouillewagen voort, met zwaailicht en al.

Hij draaide zich om naar zijn nieuwe gemeente. De menigte drong op, zwol aan, de stemmen vermengden zich als regen. Er flitsten zaklantaarns en hij hoorde het gerinkel van metaal op metaal, van patronen die in magazijnen werden geramd, van geweren die werden voorbereid. Iemand maakte toortsen van bundels dood pijnboomhout en deelde die uit. Het ging er allemaal buitengewoon gedisciplineerd aan toe.

'Ik probeer te bedenken wat ik tegen ze zeggen zal,' zei Eddy.

'Voorzichtig, hoor, als je met de politie praat,' maande Doke.

'Mijn preek, bedoel ik. De preek voor het Leger des Heren, voordat we ten strijde trekken.'

'Ja, maar die agent dan?' informeerde Doke. 'Er is maar één auto, maar hij heeft een radio. Dit kan voor problemen zorgen.'

Eddy keek naar het zwaailicht en zag tot zijn verbazing dat er zowaar mensen waren die aan de kant gingen om de politiewagen voorbij te laten. Oude gewoontes van gehoorzaamheid aan de overheid, aan gezag, stierven maar moeilijk uit. Daar zou hij het over hebben. Hoe ze, van nu af aan, uitsluitend God moesten gehoorzamen.

'Hij komt de Dugway op,' meldde Doke.

Korte tijd later bereikte het geluid van de sirene de bovenrand van de mesa, eerst zwak maar algauw luider. De kolkende menigte werd steeds dichter en breidde zich voor hem uit, in afwachting van zijn inspirerende woorden. Velen waren in gebed verzonken en hun smeekbeden rezen in de nachtlucht omhoog. Er stonden groepen mensen met gebogen hoofd hand in hand. Het geluid van gezangen klonk in zijn oren. Eddy moest denken aan hoe het volgens hem gegaan moest zijn toen de mensen bijeenkwamen voor de Bergrede. Ja, zó zou hij zijn preek beginnen! 'Zalig zijn de vreedzamen, want zij zullen Gods kinderen genaamd worden...' Nee, dat was geen geschikt Bijbelvers om mee te beginnen. Hij had iets pittigers nodig: 'Wee dengenen, die de aarde en de zee bewonen, want de duivel is tot u afgekomen, en heeft groten toorn, wetende, dat hij een kleinen tijd heeft.' De antichrist. Daar moest hij zich op concentreren. De antichrist. Een paar woorden, niet meer, en dan zou hij zijn leger voorwaarts leiden.

De patrouillewagen kwam over de bergrichel heen, nog steeds klem tussen de andere auto's in. Hij kwam het asfalt af rijden en bleef een paar honderd meter verderop staan. Eddy zag het embleem van de Stampolitie van Navajo Nation op het portier. Er werd in het rond geschenen met een zoeklicht op het dak, en daarna ging er een portier open. Er stapte een lange indiaan uit, een Navajoagent. Ook op die afstand herkende Eddy Bia.

Meteen was de politieman omringd door mensen. Voor zover Eddy kon horen was er een ruzie aan het ontstaan.

'Wat nu, pastor Eddy?' werd er geroepen.

'Wachten,' zei hij op overtuigde, diepe toon, zo anders dan zijn normale stem dat hij zich afvroeg of de woorden wel van hem afkomstig waren. 'God zal ons de weg tonen.'

59

Inspecteur Bia stond met een steeds onbehaaglijker gevoel tegenover de menigte. Hij had een telefoontje gekregen over een soort relletje op Red Mesa, en hij had aangenomen dat het om de protestrit ging. Toen hij het dichte verkeer op de Dugway had gezien, was hij ook die kant op gereden. Maar nu hij om zich heen keek, zag hij dat dit niets te maken had met de protestrit. Hij had geen idee wie dit waren: ze hadden vuurwapens en zwaarden bij zich, kruisen en bijlen, bijbels en koksmessen. Sommigen hadden kruisen op hun voorhoofd en hun kleren geschilderd. Het leek wel een bijeenkomst van een of andere sekte; misschien had het iets te maken met die preek van die tv-dominee waarover hij had horen praten. Tot zijn opluchting zag hij mensen van alle rassen: zwart, Aziatisch, zelfs een paar Navajo of Apache. Het was dus in ieder geval geen KKK of Aryan Nations.

Hij hees zijn riem op en zette zijn handen in zijn zij. Met een ontspannen glimlach keek hij naar de massa, in de hoop dat hij niemand tegen zich in het harnas joeg. 'Hebben jullie ook ergens een aanvoerder? Iemand met wie ik even kan praten?'

Een man in verschoten Wranglers en een blauw werkmansoverhemd deed een stap naar voren. Hij had een breed gezicht, bruinverbrand van een leven lang buiten werken, een enorme pens, korte, dikke armen die van zijn lijf af stonden, en eeltige handen. Onder zijn riem, met op de gesp een gepolijst koperen crucifix gemonteerd, stak een oude colt M1917 met een ivoren kolf. 'Ja. Wij hebben een aanvoerder. God, heet hij. En wie ben jij?'

'Inspecteur Bia, Stampolitie.' Hij voelde zich ongemakkelijk bij de onnodig strijdlustige toon die de man aansloeg. Maar hij zou zijn kalmte bewaren, niet de confrontatie aangaan. 'Wie van jullie heeft hier de leiding?'

'Inspecteur Bia, ik heb maar één vraag voor u: bent u een christen, hierheen gekomen voor de strijd?'

'De strijd?'

'Armageddon.'

De man gaf zijn woorden extra gewicht door zijn hand op de ivoren kolf van de colt te leggen.

Bia slikte. De menigte drong op. Had hij nu maar via zijn radio hulp ingeroepen. 'Ik ben christen, maar ik heb van geen Armageddon gehoord.'

De menigte viel stil.

'Bent u wedergeboren in het water des levens?' vervolgde de man.

Vanuit de menigte steeg een sissend gefluister op. Bia haalde diep adem. Het had geen enkele zin hier met Bijbelteksten te gaan staan slingeren. Hij kon maar beter proberen de zaken wat te sussen. 'Kunt u me misschien wat meer vertellen over dat Armageddon?'

'De antichrist is hier. Op deze mesa! De strijd van de Here God Almachtig begint. Ofwel je doet mee, ofwel je bent tegen ons. En je moet nú beslissen.'

Bia had geen idee hoe hij hierop moest reageren. 'Jullie weten natuurlijk dat dit Navajo Nation is, en dat jullie in overtreding zijn op land dat aan de Amerikaanse overheid is verhuurd.'

'Ik heb nog geen antwoord op mijn vraag.'

De menigte drong dichter om het tweetal heen. Bia voelde de opwinding toenemen; hij rook het in hun zweet.

'Meneer,' zei hij op gedempte toon, 'haal uw hand weg van uw vuurwapen.'

De man liet zijn hand liggen.

'Ik zei, haal uw hand weg van dat vuurwapen.'

De hand van de man sloot zich rond de kolf. 'Je doet mee, of je bent tegen ons. Wat wordt het?'

Toen Bia geen antwoord gaf, draaide de man zich om en sprak tegen de menigte. 'Dit is niet een van ons. Hij is hier om voor de tegenpartij te vechten.'

'Wat verwacht je dan?' riep iemand, en de menigte nam de kreet over. 'Wat verwacht je dan?'

Bia begon, langzaam en ontspannen, achteruit te sluipen naar zijn auto.

Het pistool werd geheven. De man richtte het wapen op Bia.

'Meneer, ik ben hier niet om met wie dan ook de strijd aan te gaan,' zei Bia. 'Er is geen enkele reden om een wapen op mij te richten. Berg dat pistool weg.'

Een oudere vrouw met kaplaarzen en een strohoed, haar gezicht zo tanig als oud leer, legde haar hand op de arm van de man. 'Jess, spaar je kogels. Die vent is niet de antichrist. Dat is gewoon een agent.'

Het woord 'antichrist' gonsde door de menigte. De mensen drongen nog dichter op naar Bia.

'Meneer, leg dat pistool weg, zei ik.'

Onzeker liet de man zijn wapen zakken.

'Oké, Wyatt Earp, hier met dat pistool.' De vrouw pakte het uit zijn slappe hand, schudde er de kogels uit en borg pistool en kogels in haar schoudertas.

'Er is hier geen antichrist,' zei Bia met slecht verhulde opluchting. 'Dit is land van Navajo Nation en u bent in overtreding. Als u een leider hebt, zou ik die graag even spreken.' Zodra hij weer in zijn patrouillewagen zat, zou hij via de meldkamer om hulp vragen. Hulp van de Nationale Garde.

Er klonk een stem: 'Wij zijn hier als Gods leger; om te vechten en te sterven voor de Heer!'

Vechten. Vechten. Vechten. De menigte herhaalde het woord als een gezang.

Een man met een lange, gevorkte baard drong naar voren. Met een steen in zijn vuist brulde hij: 'Ben jij wedergeboren in het water des levens?'

Boos over de inquisitietoon waarop die vraag gesteld werd, antwoordde Bia: 'Mijn religie gaat niemand iets aan. Leg die steen weg, vriend, of ik slinger je op de bon wegens agressie.' Hij legde een hand op zijn wapenstok.

De man sprak tegen de menigte: 'Hij mag niet weggaan, dat kunnen we niet toelaten. Hij heeft een radio. Hij waarschuwt de anderen.' Hij hief de steen in de lucht. 'Geef antwoord!'

Bia bracht zijn wapenstok omhoog. Hij haalde uit en mepte de stok zo hard als hij kon tegen de arm van de man. Met een misselijkmakend gekraak werd de onderarm verbrijzeld. De steen viel op de grond.

'Hij heeft mijn arm gebroken!' krijste de man, terwijl hij op zijn knieën viel.

'Verspreiden, nú, dan vallen er verder geen gewonden!' riep Bia luid. Hij deed een stap achteruit tot hij tegen de bumper van zijn auto stond, en bleef met geheven stok staan. Als hij de auto in kon, zat hij min of meer veilig en kon hij hulp inroepen.

'Die agent heeft zijn arm gebroken!' riep een man die in het zand knielde.

De menigte drong brullend naar voren. Er kwam een steen door de lucht vliegen, en Bia ontweek hem. Met een doffe, splinterende klap smakte hij op de voorruit.

Bia rukte het portier open en dook naar binnen. Hij probeerde het portier achter zich dicht te trekken, maar het werd door de opdringende menigte opengehouden. Hij greep de radio en drukte op de zendknop.

'Hij roept hulp in!' gilde iemand.

Een tiental handen greep hem beet, trok hem de auto uit, scheurde zijn shirt.

'Die klootzak is aan het bellen! Hij roept de hulp van de vijand in!'

De microfoon werd uit zijn hand gewrongen en van het dashboard gerukt. Bia probeerde het stuur te grijpen, maar de vele armen sleurden hem met genadeloze kracht achteruit. Hij viel op de grond, probeerde op te staan maar werd met trappen en schoppen op zijn knieën gedwongen.

Hij tastte naar zijn revolver en trok die. Hij liet zich op zijn zij rollen en richtte het wapen op de menigte. 'Achteruit!' brulde hij.

Er sloeg een steen tegen zijn borst, zodat zijn ribben kraakten. Bia vuurde op de menigte.

Er ging een koor van kreten op.

'Mijn man,' krijste een stem. 'O, mijn god!'

Iemand mepte met een baseballbat en raakte zijn been. Hij vuurde nogmaals, tweemaal, voordat de bat zijn arm verbrijzelde en het wapen de lucht in vloog.

De krijsende menigte viel boven op hem, vloekend, schoppend en slaand.

Hij viel plat op zijn gezicht, tastte in het rond naar zijn wapen, maar een gelaarsde voet stampte hard op zijn hand en verbrijzelde die. Met een kreet liet hij zich op zijn zij vallen en probeerde onder de auto te kruipen.

'Stenigen, die moordenaar! Stenigen!'

Hij voelde stenen en stokslagen neerregenen, klappen die hij voelde in zijn botten en zijn spieren, en hij hoorde de regen van stenen op het metaal en glas van zijn patrouillewagen. Bijna ademloos van de pijn zag hij kans half onder de auto te kruipen, maar ze grepen zijn benen en sleepten hem terug naar de maalstroom van slagen en schoppen. Hij gilde van pijn en angst, rolde zich op tot een bal en probeerde zich te beschermen tegen de regen van geweld. Het gebrul van de menigte begon af te nemen en maakte plaats voor een mat gonzen in zijn oren. De slagen kwamen nog wel, maar vielen neer op iemand anders, iemand die deze reis ondernam en steeds verder in de diepte verdween. Het gonzen nam af tot een geprevel in de verte, en met dankbaarheid aanvaardde hij de duisternis die hem met open armen opwachtte.

Voor Eddy's ogen kolkte de menigte als een stel dolle honden over de plek waar even tevoren de politieman nog had gestaan. Hij zag hem overeind krabbelen en daarna was hij weer weg, meegesleept door de onderstroom van de opdringende, stenenslingerende massa.

Het gescandeer stierf weg en de menigte leek te verslappen voordat ze terugweek. Het enige wat restte, waren de pet van de politieman en een bloederig, vertrapt uniform.

Terwijl de meute zich langzaam verspreidde, bleef één vrouw op haar knieën zitten huilen, met een bloedende man in haar armen. Eddy voelde de paniek opkomen. Waarom was alles zo anders dan hij zich had voorgesteld? Waarom leek het zo... smerig?

'Dit is Armageddon,' klonk Dokes geruststellende stem. 'Het moest érgens beginnen.'

Doke had gelijk. Er was geen terugweg meer mogelijk, daarvoor waren ze te ver gekomen. De strijd was begonnen. God leidde hun hand en Hem mocht je niet op de vingers tikken. Eddy haalde opgelucht adem.

'Pastor?' zei Doke zachtjes. 'De mensen hebben u nodig.'

'Natuurlijk.' Eddy deed een stap naar voren en hief zijn handen. 'Vrienden in Christus! Luistert! Vrienden in Christus!'

Er viel een rusteloze stilte.

'Ik ben pastor Russell Eddy!' riep hij. 'Ik ben degene die de antichrist heeft ontmaskerd!'

Opgejuind door het geweld golfde de massa op hem af als de oceaan die tast naar de kust.

Eddy greep Dokes hand en hief ook die. 'De koningen, politici, liberale secularisten en humanisten van deze corrupte wereld zullen zich verschuilen in de spelonken en de rotsen der bergen. Tot de bergen en rotsen zullen zij roepen: "Valt op ons, en verbergt ons van het aangezicht Desgenen, die op den troon zit, en van den toorn des Lams. Want de grote dag Zijns toorns is gekomen, en wie kan bestaan?"'

De nacht vulde zich met gebrul en de zwalpende massa drong nog verder naar voren.

Eddy draaide zich om, stak een priemende vinger uit en bulderde: 'Daar, vijf kilometer verderop, staat een omheining. En achter die omheining ligt een afgrond. Halverwege die afgrond woont Isabella. En binnen in Isabella zit de antichrist. Een man met de naam Gregory North Hazelius.'

Het gebrul weerkaatste in het rond en hier en daar werd in de lucht geschoten.

'Eropaf!' donderde Eddy en hij schudde met zijn gebalde vuist. 'Ga, als één volk, geleid door het vlammend zwaard van Zion! Ga, en zoek de antichrist op! Vernietig hem en het Beest! De strijd des Almachtigen Here is aangebonden! De zon zal verduisterd worden en de maan zal haar schijnsel niet geven, en de sterren zullen van den hemel vallen!'

Hij deed een stap achteruit, en de kolkende massa draaide zich om en vloeide als een golf in oostelijke richting over de maanverlichte mesa uit, met lantaarns en toortsen als duizend vuurspuwende ogen in de duisternis.

'Mooi gesproken,' zei Doke. 'Nu zijn ze écht geïnspireerd.'

Zonder Dokes gespierde arm los te laten draaide Eddy zich om om mee te gaan. Hij keek nog even om en zag Bia als een verfrommelde lege zak in het zand liggen – en de vrouw, die huilend haar dode man in haar armen wiegde.

De eerste slachtoffers van Armageddon.

60

Agent Miller was een fris ogende knaap van begin twintig. In een Humvee bracht hij Bern Wolf van de landingsbaan naar het afgezette beveiligde terrein. Ze reden langs een reeks verpletterde poorten en parkeerden midden op het parkeerterrein, tussen een stel verspreide auto's in. Het hele tafereel baadde in de felle gloed van de schijnwerpers.

Wolf keek om zich heen. Aan de rand van de mesa stond een groep soldaten, bezig met touwen die ze in de grond verankerden om langs de rotswand te kunnen abseilen naar Isabella.

'Geweldig.' Wolf zweette. Hij was computerwetenschapper, ze moesten bij hem niet aankomen met dit soort ellende. De knoop in zijn maag voelde strak en zwaar aan. Het leek Wolf nog het best om maar dicht bij agent Miller te blijven, bij diens zuilen van armen waarmee hij zo te zien probleemloos een complete Buick kon opdrukken. Millers rug en schouders waren zo gespierd dat de enorme mitrailleur die hij onder zijn arm droeg, eruitzag als een stuk plastic speelgoed.

Hij keek naar de mannen die aan de rand van de mesa bezig waren. Een voor een drapeerden ze de touwen om zich heen en sprongen achterwaarts van de rotsrand af, met enorme rugzakken over hun schouders. Wolf was nog nooit bij Isabella geweest, maar hij kende het complex als zijn broekzak: een deel van de ruimtes had hij zelf ontworpen, en hij had de bouwtekeningen eindeloos bestudeerd. Hij kende ook de software, en van het ministerie van Energie had hij een envelop gekregen met de codes die nodig waren voor toegang tot de supercomputers en voor het uitschakelen.

Het enige probleem was nu die afdaling langs honderd meter rotswand, steil omlaag.

'Ik moet pissen,' zei hij.

'Doe dat dan snel, en naast de auto, graag.'

Wolf volgde de instructies op en keerde terug.

Miller was net klaar met een radiogesprek.

'Nu wij, doctor Wolf.'

'Zijn de anderen al binnen?'

'Nee. Ze willen u beneden hebben voordat ze penetreren.'

Penetreren? Hadden die gozers enig idee hoe bespottelijk ze klonken?

Miller knikte. 'Na u.'

Met het gevoel dat iedere spier in zijn lichaam zich verzette hees Wolf zijn rugzak op. Ondanks het felle licht zag hij een verbijsterend aantal sterren aan de hemel staan. Het was een heldere avond met de geur van een houtvuurtje. Terwijl hij wegliep van de Humvee, die nog met stationair draaiende motor stond, drong tot hem door hoe stil het was. Het hardste geluid kwam van de knetterende hoogspanningslijnen. Zo te horen draaide Isabella op vol vermogen. Hij betwijfelde of er ondergronds echt iets mis was. Waarschijnlijk was het communicatiesysteem uitgevallen vanwege een of andere computerstoornis. En nu was er een of andere bureaucraat doorgedraaid en had de commando's erbij geroepen. Misschien hadden de wetenschappers in de Bunker niet eens door wat een ophef ze veroorzaakt hadden.

En toen, amper hoorbaar, hoorde hij een paar vage geluiden, het leken wel schoten; en toen nog twee.

'Hoor je dat?' vroeg hij aan Miller.

'Ja.' Miller bleef even staan, zijn hoofd schuin om te luisteren. 'Een kilometer of vijf hiervandaan.'

Ze bleven nog even staan luisteren, maar er was niets meer te horen.

'Waarschijnlijk gewoon een indiaan die een coyote neerknalde,' merkte Miller op.

Met knikkende knieën liep Wolf achter Miller aan naar de rand van de mesa. Hij had verwacht dat ze hem in een kooi of zo zouden neerlaten, maar er viel niets in die trant te bekennen.

'Doctor? Ik neem uw bagage. Die laten we straks na u neer.'

Wolf nam zijn rugzak af en gaf hem aan Miller. 'Voorzichtig, er zit een laptop in.'

'We doen voorzichtig, doctor. Wilt u dan nu hier komen staan?'

'Wacht eens even,' zei Wolf. 'Je dacht toch niet echt dat ik... aan zo'n touw afdaal?'

'Jazeker.'

'Hoe dan?'

'Dat laten we u dadelijk zien. Komt u even hier staan.'

Wolf wachtte. De andere soldaten waren al afgedaald en alleen Miller en hij stonden aan de rand van de afgrond. De elektriciteitskabels gonsden en knetterden. De radio van de soldaat siste even en hij sprak een paar woorden. Wolf luisterde met een half oor. Er stonden ergens storm-troepen die een probleem meldden langs de weg die naar de mesa leid-de. Wolfs gedachten dwaalden af. Hij dacht aan de rotswand.

Nog wat meer gepraat en daarna zei Miller: 'Hierheen, doctor. We gaan u in een harnas binden. Bent u ooit abgeseild?'

'Nee.'

'Het is volkomen veilig. Gewoon een beetje achteroverleunen en je voeten op de rotswand zetten. En dan zachtjes afzetten. U kunt onmo-gelijk vallen, zelfs als u het touw loslaat.'

'Dat meen je niet.'

'Het is echt niet gevaarlijk.'

Ze hesen hem in het harnas, dat om zijn benen, zitvlak en onderrug heen ging en vergrendelden het touw in een systeem van musketons en tweelingtouwen. Daarna zetten ze hem achterstevoren aan de rand van het ravijn. Hij voelde de wind uit de diepte komen.

'Nu achteroverleunen en een stap naar achteren doen.'

Zijn ze nou helemaal...?

'Achteroverleunen, doctor. Een stap. Houd dat touw onder spanning. Wij laten u zakken, doctor.'

Wolf keek Miller ongelovig aan. Diens stem klonk zo bestudeerd be-leefd dat er een wereld aan minachting in leek te schuilen.

'Dit kán ik niet,' zei hij.

Het touw begon slap te hangen en de paniek maakte zich van hem meester.

'Achteroverleunen,' zei Miller ferm.

'Je kunt beter een kooi of zo halen om me in neer te laten.'

Miller duwde hem zachtjes achteruit tot hij bijna in zijn armen leunde.

'Goed zo. Dat is het. Uitstekend, dr. Wolf.'

Wolfs hart ging als een razende tekeer. Weer voelde hij een koele windvlaag op zijn rug. De soldaat liet hem los, zijn voeten raakten de bodem kwijt, en hij zakte scheef het ravijn in.

'Achteroverleunen, en dan uw voeten tegen de wand zetten.'

Met zijn hart in zijn keel krabbelde hij in het rond, op zoek naar hou-vast, tot zijn voeten tegen het steen stonden. Toen dwong hij zichzelf om achterover te leunen. Hij nam lichte, kleine stapjes en zorgde er-voor dat hij achterovergeleund bleef hangen. Bij ieder stapje glipte het touw door het systeem, en langzaam daalde hij af. Zodra hij eenmaal onder de rand verdwenen was, viel de duisternis in. Toch zag hij de rand boven zijn hoofd nog, met een aura van licht erboven. Terwijl hij verder afdaalde, verdween de mesa steeds meer in de verte. Omlaag durfde hij niet te kijken.

Ongelooflijk maar waar: hij deed het, hij hopte met kleine pasjes langs de rotswand tot zijn hele wezen was opgeslokt door de duisternis. Na een hele tijd werden zijn benen gegrepen door de soldaten die al beneden stonden. Ze lieten hem neer op de stenen bodem. Toen hij opstond, trilden zijn benen. De soldaten hielpen hem uit het harnas. Even later kwam zijn rugzak aan een touw omlaag zeilen en de soldaten grepen hem. Als laatste arriveerde Miller.

'Goed gedaan, doctor,' zei hij.

'Dank u.'

In de flank van de berg was een groot stuk uitgehakt. Aan het eind van een stuk vlak terrein lag een enorme titanium-deur. Er waren al schijnwerpers opgesteld, zodat de ingang eruitzag als de entree van dr. No's-eiland. Wolf voelde Isabella diep ondergronds gonzen en trillen. Vreemd dat alle communicatie naar buiten was afgesneden. Eigenlijk kon dat niet: daarvoor waren er veel te veel back-upsystemen. En de bewakingsman zou hen op de camera's moeten zien; tenzij die ook waren uitgevallen.

Heel eigenaardig.

De soldaten waren drie kegelvormige metalen schotels op statieven aan het opstellen en richtten die als een stel korte uzi's op de deur. Eén man begon de kegels vol te pakken met wat eruitzag als c4.

Een eindje verderop stond Doerfler instructies te geven.

'Wat zijn dat?' informeerde Wolf.

'Spul waarmee we snel door de wand heen komen,' antwoordde Miller. 'Gekoppelde lading, daar, die op één punt samenkomt en een gat blaast dat zo groot is dat je erdoorheen kunt.'

'En dan?'

'Dan sturen we een team door de opening om de Bunker veilig te stellen, plus een tweede om de binnendeur naar de Brug op te blazen. We stellen de Brug veilig, we rekenen af met eventuele tegenstanders en we nemen de onderzoekers in verzekerde bewaring. Misschien zal er geschoten worden. Dat weten we niet. Zodra de Brug veilig is, neem ik u mee naar binnen. Dan sluit u Isabella af.'

'Het kost drie uur om het hele systeem af te sluiten,' zei Wolf.

'Dat is verder uw aangelegenheid.'

'En dr. Hazelius dan, en de andere onderzoekers?'

'Onze mannen zullen hen van het terrein af begeleiden voor debriefing.'

Wolf sloeg zijn armen over elkaar. Op papier zag het er ongetwijfeld goed uit.

Stanton Lockwood ging nogmaals verzitten op de goedkope houten stoel en probeerde tevergeefs een makkelijke houding te vinden. Rond de mahoniehouten tafel in de Situation Room hing een stemming van stijgend ongeloof. Om drie uur die ochtend, één uur plaatselijke tijd op Red Mesa, zag het er niet best uit.

Lockwood was opgegroeid in de buurt van San Francisco, had scholen aan de oostelijke en westelijke kust van de Verenigde Staten bezocht en woonde nu intussen twaalf jaar in Washington. Hij had op tv wel eens een glimp opgevangen van een ander Amerika, het Amerika van de creationisten en de christen-nationalisten, de televangelisten en hun flonkerende megakerken. Dat Amerika had hem altijd heel ver weg geleken, meer iets voor plekken als Kansas en Oklahoma.

Maar nu was het niet meer zo ver weg.

De fbi-directeur begon: 'Excellentie?'

'Ja, Jack?'

'De verkeerspolitie van Arizona meldt problemen bij de barricades aan Route 89 bij Grey Mountain, Route 160 bij Tuba City en ook bij Tes Nez Iah.'

'Wat voor problemen?'

'Er zijn bij schermutselingen een paar mensen gewond geraakt. Er is een hoop verkeer en een heleboel mensen die om de wegversperringen heen rijden, gewoon door de velden. Het probleem is dat het Navajoreservaat wordt doorkruist door honderden geïmproviseerde zandpaden, waarvan het merendeel niet eens op de kaart staat. Die wegversperringen van ons zijn zo lek als een mandje.'

De president draaide het beeldscherm zo dat de voorzitter van de chef-stafs in zijn met hout beklede kantoor in het Pentagon het kon zien. Achter hem aan de muur hing de Amerikaanse vlag. 'Generaal Crisp, waar is de Nationale Garde?'

'Nog twee uur, dan zijn ze inzetbaar.'

'We hébben geen twee uur.'

'Het is een hele uitdaging geweest om de juiste heli's, piloten en getrainde manschappen bij elkaar te krijgen, excellentie.'

'Er zitten daar mannen die het zwaar voor hun kiezen krijgen. Niet in een of andere zielige uithoek van Afghanistan, maar gewoon hier, in de Verenigde Staten van Amerika. En u zegt me dat u twee uur nodig hebt?'

'De meeste heli's zitten in het Midden-Oosten.'

De fbi-directeur sprak. 'Excellentie?'

De president draaide zich naar hem om. 'Wat?'

'Ik krijg net een rapport binnen...' Hij nam een blad papier aan dat hem werd aangereikt door iemand die niet in beeld kwam. '... een noodsignaal van iemand van de Navajo Stampolitie, die naar Red Mesa is gegaan om te kijken of...'

'In zijn eentje?'

'Hij wist niet wat er aan de hand was, geen van ons wist op dat moment wat er aan de hand was. Hij heeft een noodoproep gedaan, maar die werd afgebroken. Ik heb hier een transcriptie.' Hij las voor: "Stuur back-up... gewelddadige menigte... gaan me vermoorden..." En meer hebben we niet. Op de achtergrond is het lawaai van de meute te horen.'

'O, god.'

'Een paar minuten later is het satellietbaken van de patrouillewagen uit de lucht gegaan. Wat meestal gebeurt als een auto in brand wordt gestoken.'

'En wat is het nieuws van het bevrijdingsteam? Zijn die in veiligheid?'

'Mijn laatste rapport, van tien minuten geleden, gaf aan dat de operatie geheel volgens het boekje verloopt. We hadden onbevestigde meldingen van geweervuur in de richting van de Dugway, zo'n vier kilometer van de landingsbaan. Op ditzelfde moment wordt er contact gelegd met het team. Maar ik kan u verzekeren, excellentie, dat een ongeorganiseerde meute van zijn levensdagen geen FBI-bevrijdingsteam kan uitschakelen.'

'O?' kwam het sceptische antwoord van de president. 'Zijn die lui dan getraind om op burgers te schieten?'

De FBI-directeur ging met een ongemakkelijk gezicht verzitten. 'Ze zijn op alle mogelijke situaties voorbereid.'

De president keek naar het hoofd van de chef-stafs. 'Is het, hoe dan ook, mogelijk om die troepen daar binnen de twee uur te krijgen?'

'Pardon, excellentie?' onderbrak de FBI-directeur hem met een bleek gezicht. 'Ik krijg zojuist berichten binnen over een explosie en brand... uitslaande brand... op de landingsbaan van Red Mesa.'

Zwijgend keek de president hem aan.

'Wat willen die mensen?' barstte Lockwood uit. 'Wat wíllen ze dan, in godsnaam?'

Voor het eerst sinds ze in de Situation Room waren aangekomen, deed Galdone zijn mond open. 'Je weet best wat ze willen.'

Lockwood keek het akelige mannetje sprakeloos aan. Week en bol, met zijn armen over elkaar geslagen en zijn ogen halfdicht alsof hij bijna in slaap viel, zat Galdone hen vanuit zijn stoel onaangedaan op te nemen.

'Ze willen Isabella vernietigen,' zei hij, 'en de antichrist doden.'

62

Ford greep de rand van een tafel beet en las het nieuwe bericht op de Visualizer. Isabella draaide op volle toeren, op vol vermogen, en hij voelde de hele Brug trillen en kraken als de cockpit van een straalvliegtuig in een dodelijke neerwaartse spiraal.

RELIGIE IS ONTSTAAN IN EEN POGING OM HET ONVERKLAARBARE TE VERKLAREN, HET ONBEHEERSBARE TE BEHEERSEN, HET ONDRAAGLIJKE DRAAGLIJK TE MAKEN. GELOOF IN EEN HOGERE MACHT WERD DE KRACHTIGSTE INNOVATIE IN HET LATERE DEEL VAN DE MENSELIJKE EVOLUTIE. STAMMEN MÉT RELIGIE HADDEN EEN VOORSPRONG OP STAMMEN ZONDER. ZIJ HADDEN EEN DOEL IN HET LEVEN, MOTIVATIE EN EEN MISSIE. DE OVERLEVINGSWAARDE VAN RELIGIE WAS ZO SPECTACULAIR HOOG DAT DE DORST NAAR GELOOF INGEBED RAAKTE IN HET MENSELIJK GENOOM.

Ford was een eindje bij de anderen vandaan gelopen. Kate had hem even aangekeken met een vragende en, zo dacht hij, ietwat spijtige blik in haar ogen, en stond nu Dolby te helpen. Het team dat Isabella draaiende hield, Dolby, Chen, Edelstein, Corcoran en St. Vincent, was volkomen op z'n werk geconcentreerd. De anderen stonden met open mond naar de Visualizer te kijken, gebiologeerd door de woorden die daar verschenen.

WAT RELIGIE HEEFT GEPROBEERD, HEEFT DE WETENSCHAP UITEINDELIJK BEREIKT. NU HEBBEN JULLIE EEN MANIER OM HET ONVERKLAARBARE TE VERKLAREN EN HET ONBEHEERSBARE TE BEHEERSEN. JULLIE HEBBEN GEEN 'ONTHULDE' RELIGIE MEER NODIG. HET MENSELIJK RAS IS EINDELIJK VOLWASSEN GEWORDEN.

Van achter zijn bewakingscomputer zei Wardlaw zachtjes: 'Ze hebben een overvalteam laten komen, met explosieven. Ze gaan de deur opblazen.'

'Hoeveel?' vroeg Hazelius op scherpe toon.

'Acht man.'

'Bewapend?'

'Tot de tanden.'

Er voer een rimpeling van paniek door de groep. 'Wat moeten we nu?' riep Innes vertwijfeld uit.

'We blijven luisteren,' zei Hazelius met stemverheffing, boven Isabella's gegons uit. Hij wees naar het scherm.

RELIGIE IS VAN EVEN ESSENTIEEL BELANG VOOR HET OVERLEVEN VAN DE MENS ALS VOEDSEL EN WATER. ALS JE PROBEERT RELIGIE TE VERVANGEN DOOR WETENSCHAP, ZUL JE FALEN. JE MOET WETENSCHAP AAN-

BIEDEN ALS RELIGIE. WANT IK ZEG JULLIE, WETENSCHAP IS RELIGIE. DE ENIGE, WARE RELIGIE.

Julie Thibodeaux, die naast Hazelius stond, liet een snik horen. 'Dit is prachtig.' Met haar armen strak over elkaar geslagen stond ze op haar tenen heen en weer te wiegen. 'Dit is zo prachtig... en ik ben zo bang.'

Hazelius legde een kalmerende arm om haar heen.

Onvoorstelbaar, dacht Ford: hij was getuige geweest van hun bekering, het was voor zijn ogen gebeurd. Ze geloofden.

IN PLAATS VAN EEN BOEK MET DE WAARHEID BIEDT DE WETENSCHAP EEN METHODE VOOR WAARHEID. WETENSCHAP IS HET ZOEKEN NAAR WAARHEID, NIET DE ONTHULLING DAARVAN. HET IS EEN MANIER, GEEN DOGMA. HET IS EEN REIS, NIET HET EINDDOEL.

Ford kon zich niet langer inhouden. 'Ja, maar het menselijk lijden dan? Hoe kan de wetenschap "het ondraaglijke draagbaar maken" zoals jij het stelt?'

'De magneetspiraal staat roodgloeiend,' zei Dolby rustig.

'Doorgaan,' fluisterde Hazelius.

DE AFGELOPEN EEUW HEBBEN GENEESKUNDE EN TECHNOLOGIE MEER MENSELIJK LIJDEN VERLICHT DAN ALLE PRIESTERS VAN HET AFGELOPEN MILLENNIUM.

'Ja, als je het over fysiek lijden hebt,' zei Ford. 'Maar hoe zit het dan met het lijden van de ziel? Met geestelijk leed?'

HAD IK DAN NIET GEZEGD DAT ALLES ÉÉN IS? IS HET DAN GEEN TROOST OM TE WETEN DAT DE KOSMOS HUIVERT BIJ JOUW PIJN? NIEMAND LIJDT IN EENZAAMHEID EN AL HET LEED DIENT EEN DOEL: ZELFS DE VAL VAN DE MUS IS ESSENTIEEL VOOR HET GEHEEL. HET UNIVERSUM VERGEET NIET.

'Ik heb meer vermogen nodig, anders houd ik haar niet,' riep Dolby vertwijfeld uit. 'Harlan, je móét me vijf procent erbij geven!'

'Ik kan niet meer,' zei St. Vincent. 'Als ik de zaak nog een fractie verder opvoer, brandt het hele netwerk door.'

De machine krijste nu zo hard dat Ford zichzelf amper kon horen denken. Hij las de woorden op de Visualizer en in zijn hoofd heerste chaos. Twaalf van de intelligentste mensen in het hele land dachten dat dit God was. Dat moest iets betekenen.

VERLAAG JE NIET TOT MISPLAATSTE BESCHEIDENHEID! JULLIE ZIJN MIJN DISCIPELEN. JULLIE HEBBEN DE KRACHT OM EEN WERELDREVOLUTIE TE BEGINNEN. OP ÉÉN DAG VERZAMELT DE WETENSCHAP MEER BEWIJZEN VAN HAAR WAARHEDEN DAN DE RELIGIE IN HAAR HELE BESTAAN OOIT GEDAAN HEEFT. DE MENSHEID KLAMPT ZICH VAST AAN HET GELOOF OMDAT MENSEN NU EENMAAL GELOOF MOETEN HEBBEN. DAAR

HONGEREN ZE NAAR. JULLIE ONTHOUDEN DE MENSHEID HET GELOOF NIET: JULLIE BIEDEN EEN NIEUW GELOOF. IK BEN NIET GEKOMEN OM DE JOODS-CHRISTELIJKE GOD TE VERVANGEN, MAAR OM HEM AAN TE VULLEN.

'Wacht!' blafte Wardlaw. 'Er is iets anders aan de hand!'

'Wat dan?' vroeg Hazelius.

Wardlaw tuurde ingespannen naar zijn rij beeldschermen. 'We hebben... er gaan nog een heel stel alarmen af langs de omheining. Er komen mensen aan, overal vandaan... een soort meute... wat is dát...?'

'Een méúte?' Hazelius draaide zich half om, zijn blik nog op de Visualizer gericht. 'Waar heb je het over?'

'Nee, echt, een meute... Jezus, dit is toch niet te geloven... Ze sleuren aan de omheining... ze halen hem neer... Er is daar een of ander soort oproer gaande. Onvoorstelbaar: een enorme volksoploop, zomaar, uit het niets.'

Ford keek naar de beelden van de belangrijkste camera. Het hoofdscherm gaf informatie uit de camera boven op de liftschacht, met een weids overzicht van wat er aan de hand was. Een meute met brandende toortsen, lantaarns en allerhande primitieve wapens stroomde de weg vanaf de Dugway af en verzamelde zich bij de omheining, die door het gewicht van de massa aan het inzakken was. Uit de richting van de landingsbaan was een doffe klap te horen en hij zag plotseling vlammen boven de mesa uit lekken.

'Ze hebben de hangars in brand gestoken!' brulde Wardlaw. 'Wie zijn dat en waar komen ze in godsnaam vandaan?'

63

Wolf keek hoe de mannen hun explosieven opstelden langs de titaniumdeur en vervolgens de kabels aan de detonator koppelden. Ze leken verontrustend kalm, bijna vol vertrouwen, alsof bergen opblazen hun dagelijks werk was.

Wolf liep naar de afgrond. Langs de rand stond een hek van stalen buizen. Hij greep het koude metaal en keek uit over de uitgestrekte woestijnen, omringd door bergen: tienduizend vierkante kilometer met amper een lichtje dat het ongedifferentieerde donker onderbrak. Vanuit de diepte woei een koel briesje omhoog dat de geur van zand en van een nachtbloeiende plant meevoerde. Hij voelde zich bespottelijk trots op zijn abseilprestatie. Dit werd een geweldig verhaal om te vertellen als hij weer terug was in Los Alamos.

Achter zich hoorde hij het plotselinge sissen van radio's en een uitbarsting van onverstaanbare woorden. Hij draaide zich om om te zien wat er aan de hand was. De mannen die bezig waren met de explosieven hadden het werk even neergelegd. Op een kluitje met Doerfler in het midden stonden ze op dringende toon in hun radio's te praten. Wolf spitste zijn oren, maar kon niets verstaan. Er was iets aan de hand.

Hij slenterde op het groepje af. 'Hé, wat is er aan de hand?'

'Boven is er een aanval geweest. Niemand weet wie.'

Dat kon er nog wel bij, dacht Wolf.

Van boven echoden verspreide knalgeluiden langs de rotsen omlaag, en de hemel bloeide rood op boven de rand van de mesa. 'Wat is dat nou?'

Miller wierp Wolf een blik toe. 'Ze hebben de hangars in brand gestoken... En de helikopter omsingeld.'

'Zé? Wie zijn die zé?'

Miller schudde zijn hoofd. De andere teamleden waren in een koortsachtig gesprek verwikkeld met de mensen boven. De knallen klonken luider; Wolf besefte dat het geweervuur was. In de verte hoorde hij een kreet. Iedereen keek omhoog, en even later kwam er iets met een lange, halfverstikte kreet omlaag storten. Het flitste onderweg het licht in en uit: iemand in uniform. De kreet eindigde abrupt in de diepte, met een vage smak en een geratel van losse, vallende stenen.

'Wat was...!' riep een van de soldaten.

'Ze hebben Frankie in de afgrond geduwd!'

'Kijk! Ze komen langs de lijnen!'

In stom, verbijsterd afgrijzen bleven ze staan kijken naar de tientallen donkere silhouetten die langs de touwen omlaag kwamen glijden.

Pastor Russell Eddy keek hoe zijn gelovigen de laatste soldaat over de rand smeten. Hij betreurde het gebruik van geweld oprecht, maar de man had zich verzet tegen Gods wil. Dus had het niet anders gekund. Misschien zouden ze troost en verlossing vinden wanneer Christus hen uit de doden opwekte en Zijn kudde verloste. Misschien.

Hij klom op het dak van een Humvee en overzag de situatie. De soldaten hadden op zijn volgelingen geschoten, en die waren met een tsunamiachtige kracht voorwaarts gedrongen, tot aan de rand van het ravijn, tot de meeste soldaten de zwarte leegte in waren getuimeld.

Zijn wil geschiede.

Pastor Eddy keek uit over het wonder. De hele weg zat bomvol mensen die vanaf de Dugway aankwamen, met toortsen en lantaarns die deinden in de duisternis. Ze stroomden over de omheining heen, het afgezette gebied in, en liepen daar rond in afwachting van instructies. Een kilometer verderop sprongen de vlammen van de brandende hangar bij de landingsbaan boven de kale bomen uit en wierpen een felle gloed over de mesa. Er dreef een scherpe geur van benzine en brandend plastic door de lucht.

Voor hem liepen de mensen te hoop aan de rand van het ravijn. De soldaten hadden een boel spullen achtergelaten en Doke wist kennelijk wat hij daarmee aan moest. Hij had tien jaar bij de commando's gediend, had hij Eddy verteld. Hij stond de mensen in abseilharnassen te helpen, druk in de weer met musketons en andere uitrusting, liet zien hoe ze langs de rotswand konden afdalen en overtuigde de mensen dat ze dit kónden.

En ze deden het. Met de uitrusting van de soldaten was het niet moeilijk, er waren geen speciale vaardigheden voor nodig. Dokes mensen verdwenen in hoog tempo over de rand, gleden langs de touwen omlaag, een menselijke waterval die in de wachtende donkerte verdween. De harnassen en musketons stuurden ze weer omhoog zodat die keer op keer konden worden hergebruikt.

Eddy zag hoe Doke stond te schreeuwen en te commanderen. Hij bracht zijn radio naar zijn mond en nam contact op met de groep bij de landingsbaan. 'Ik zie dat jullie de hangars in brand hebben gestoken. Goed zo.'

'Wat moeten we met de heli doen?'

'Is die bewaakt?'

'Eén soldaat en de piloot. Hij is gewapend, en bloednerveus.'

'Doden.' Het woord kwam zomaar over zijn lippen. 'Ze mogen niet weg.'

'Goed, pastor.'

'Is er nog zwaar materieel in de buurt?'

'Er staat hier een kraan.'

'Maak een greppel door de baan en de helilandingsplekken.'

Eddy keek naar de massa. Ondanks de wegversperringen en de massale arrestaties bleven ze de berg opkomen, een ongelooflijke aanblik. Het was tijd voor de volgende fase van de aanval.

Eddy hief zijn armen en riep: 'Christenbroeders! Luister!'

De aanwassende menigte deinde even en bleef staan.

Eddy wees met een trillende vinger. 'Zien jullie die hoogspanningskabels?'

'Neerhalen!' klonk een stem uit de menigte.

'Precies! We gaan Isabella's energietoevoer afsnijden!' riep hij. 'Ik roep vrijwilligers op om in die masten te klimmen en de lijnen door te hakken!'

'Doorhakken!' brulde de menigte. 'Weg met die zooi!'

'De energietoevoer afsnijden!'

'Afsnijden!'

Een deel van de menigte splitste zich af en zwermde naar de dichtst-bijzijnde mast, die zo'n honderd meter verderop stond.

Eddy hief beide armen en voor de tweede maal viel de menigte stil.

Hij wees nogmaals, ditmaal naar het bosje antennes, schotels, mi-crogolfhoorns en zendmasten voor mobiele telefonie boven op het lift-gebouwtje, aan de rand van de afgrond.

'Steek Satan de ogen uit, stop zijn oren dicht!'

'Jáááá!'

Nog meer mensen maakten zich van de groep los, op weg naar de lift. De massa had nu richting. Ze hadden iets te doen. Met grimmig genoegen keek hij toe hoe de meute samendromde rond de schutting van een van de reusachtige poten van de hoogspanningsmast. De men-sen drukten en trokken, en met een gekrijs van metaal ging de schut-ting tegen de vlakte. De gelovigen stroomden naar binnen. Eén man greep de onderste trede van de ladder, hees zich omhoog en begon te klimmen, gevolgd door een tweede, een derde, tot het er even later uit-zag alsof een rij mieren tegen een boomstam op klom.

Eddy sprong van de Humvee af en beende naar Doke toe, die aan de rand van de afgrond stond. 'Mijn werk hier is gedaan. Ik ga naar be-neden. Ik ben degene die door God is uitverkoren voor de confronta-tie met de antichrist. Jij neemt hierboven het commando over.'

Doke omhelsde hem. 'God zegene u, pastor.'

'Laat me dan nu zien hoe ik het best omlaag kan.'

Doke pakte een stel nylon riemen uit een stapel aan zijn voeten en bond die rond Eddy's benen en bekken. Hij vergrendelde ze met een musketon en plaatste daar een rem overheen. Dit heet een Zwitsers zit-je,' zei hij. 'Dat tweelingtouw gaat door de rem heen – als je dat loslaat, remt hij tot je stilstaat. Eén hand hier, en een hand hier. Nou een beet-je achteroverleunen en met kleine sprongetjes het touw door de mus-keton laten glippen.' Met een grijns gaf hij Eddy een schouderklopje. 'Simpel!' Hij draaide zich om. 'Ruim baan,' riep hij. 'Ruim baan voor pastor Eddy! De pastor gaat abseilen!'

De menigte week uiteen en Doke bracht Eddy naar de rand van de afgrond. Eddy draaide zich om, greep het touw zoals Doke gezegd had, en liet zich over de rand zakken. Voorzichtig gaf hij een trapje tegen de rotswand zoals hij de anderen had zien doen. Zijn hart bonsde razend en zond een vurig gebed op.

64

'Er loopt daar een razende menigte rond,' zei Wardlaw, en hij wees naar de voorste monitor.

Eindelijk wist Hazelius zich los te maken van de Visualizer. De hoofd-camera liet zien dat het hele beveiligde gebied overspoeld was met mensen die messen, bijlen en geweren in handen hadden. Hun toortsen schoten als dansende lichtpuntjes door de lucht.

'Ze klimmen op de lift!'

'Grote god.' Met zijn mouw veegde Hazelius zijn gezicht af. 'Ken,' brulde hij, 'hoeveel tijd heeft Isabella nog?'

'De kapotte spiraal kan er ieder moment mee ophouden, en dan hebben we geen supergeleiding meer,' riep Dolby terug. 'Dan hebben we het gehad. Dan kunnen de bundels afbuigen of door de vacuümbuis heen snijden, zodat de zaak uit elkaar knalt.'

'Met een grote klap?'

'Dat kan maar zo – ik kan het niet zeggen, we hebben zoiets nog nooit bij de hand gehad.' Hij wierp een blik op zijn scherm. 'Harlan! Doe er nog wat stroom bij! Die magnetische flux moet gehandhaafd blijven.'

'Ik zit toch al op honderdtien procent,' antwoordde St. Vincent.

'Vooruit maar,' zei Dolby.

'Als het netwerk bezwijkt, hebben we geen stroom meer en zijn we dood.'

'Vooruit.'

Harlan St. Vincent toetste de opdracht in.

'En die meute dan?' brulde Wardlaw. 'Ze hebben de hangars bij de landingsbaan in brand gestoken!'

'Die kunnen hier niet naar binnen,' merkte Hazelius rustig op.

'Maar ze zijn massaal aan het abseilen.'

'Wij zitten hier veilig.'

Ford keek op het scherm en zag de meute het liftgebouwtje bestormen tot ze uiteindelijk op het dak stonden. De camera schudde, kwam scheef te staan, en daarna werd het scherm met een *plop*-geluidje donker.

'Gregory, we móéten Isabella afsluiten,' zei Dolby.

'Ken, geef me nou nog een paar minuten.'

Dolby stond naar het scherm te kijken. Zijn onderkaak beefde van de emotie.

'Nog vijf. Toe nou. We zijn hier misschien wel in gesprek met God, Ken. Met Gód.'

Het zweet gutste over Dolby's gezicht. Zijn kaak trilde. Hij knikte even, eenmaal, en draaide zich terug naar zijn toetsenbord.

'Die nieuwe religie die we dus zouden moeten prediken,' zei Hazelius. 'Wat moeten de mensen daarbij aanbidden? Waar liggen de schoonheid en het ontzag bij dit alles?'

Ford moest zijn uiterste best doen om het antwoord te kunnen lezen, half onzichtbaar door een sneeuwstorm van ruis op het scherm.

IK VRAAG JE OM STIL TE STAAN BIJ HET HEELAL WAARVAN JE HET BESTAAN NU KENT. IS DAT NIET VEEL INDRUKWEKKENDER DAN WAT VOOR GODSCONCEPT DE HISTORISCHE RELIGIES OOIT HEBBEN KUNNEN BIEDEN? HONDERD MILJARD MELKWEGSTELSELS, EENZAME EILANDEN VAN VUUR, ALS FONKELENDE MUNTEN IN DE UITGESTREKTHEID NEERGEWORPEN, TE MIDDEN VAN ZO'N IMMENSE RUIMTE DAT DE BIOLOGISCHE MENSELIJKE GEEST DEZE NIET BEVATTEN KAN. EN IK ZEG JULLIE DAT HET HEELAL DAT JULLIE ONTDEKT HEBBEN SLECHTS EEN FRACTIE IS VAN DE OMVANG EN PRACHT VAN DE SCHEPPING. JULLIE BEWONEN HET ALLERKLEINSTE BLAUWE SPIKKELTJE IN DE EINDELOZE GEWELVEN DER HEMELEN, MAAR DAT SPIKKELTJE IS ME DIERBAAR OMDAT HET EEN ESSENTIEEL DEEL VAN HET GEHEEL IS. DAAROM BEN IK NAAR JULLIE TOE GEKOMEN. AANBID MIJ EN MIJN GROTE WERKEN, NIET EEN OF ANDERE PRIMITIEVE GODHEID DIE HET VOORTBRENGSEL IS VAN STRIJDENDE GEESTELIJK LEIDERS VAN DUIZENDEN JAREN GELEDEN.

Met een gezicht dat glom van het zweet en met opeengeklemde kaken stond Dolby naar het scherm te kijken. Hazelius draaide zijn magere, gretige gezicht naar de Visualizer. 'Meer, vertel ons meer.'

'Ik krijg alarmmeldingen over het hele netwerk,' zei St. Vincent, en zijn normaal zo rustige stem begon te breken. 'De transformatoren zijn oververhit aan het raken op Lijn Een, halverwege de grens met Colorado.'

VOLG DE LIJNEN IN MIJN GEZICHT MET JULLIE WETENSCHAPPELIJKE INSTRUMENTEN. ZOEK ME IN DE KOSMOS EN IN HET ELEKTRON. WANT IK BEN DE GOD VAN DIEPE TIJD EN RUIMTE, DE GOD VAN SUPERCLUSTERS EN LEEGTES, DE GOD VAN DE OERKNAL EN DE UITDIJING, DE GOD VAN DONKERE MATERIE EN DONKERE ENERGIE.

De Brug begon te beven en de lucht werd vervuld van de geur van brandende elektronica.

Via de bewakingscamera's bij de landingsbaan was te zien dat beide hangars in lichtelaaie stonden. Rond een helikopter was een menigte te hoop gelopen. In de deuropening van de heli stond een soldaat met een M16 in zijn handen over hun hoofden heen te vuren in een poging de mensen op de vlucht te jagen. De heli was aan het opstarten.

'Waar komen al die mensen vandaan?' Innes stond gebiologeerd naar het scherm te kijken, zijn stem schel boven Isabella's gekrijs uit.

WETENSCHAP EN GELOOF KUNNEN NIET NAAST ELKAAR BESTAAN. DE EEN ZAL DE ANDER VERNIETIGEN. JULLIE MOETEN ERVOOR ZORGEN DAT DE WETENSCHAP OVERLEEFT, ANDERS GAAT JULLIE BLAUWE SPIKKEL VERLOREN...

Edelstein zei: 'Mijn P5's raken oververhit.'

'Nog één minuut!' brulde Hazelius. Hij wendde zich naar het scherm en schreeuwde boven het lawaai uit: 'Wat moeten we doen?'

MET MIJN WOORDEN ZULLEN JULLIE HET REDDEN. VERTEL DE WERELD WAT HIER GEBEURD IS. VERTEL DE WERELD DAT GOD TOT HET MENSENRAS HEEFT GESPROKEN: VOOR HET EERST. INDERDAAD, JA, VOOR HET EERST.

'O, shit,' zei Wardlaw, die naar de bewakingsschermen zat te kijken.

Ford richtte zijn aandacht weer op Wardlaws schermen. De menigte bestookte de heli met stenen en geweervuur, terwijl de soldaat die hem bewaakte nog over hun hoofden heen stond te richten. Iemand smeet een molotovcocktail in de richting van de helikopter. Die kwam niet ver genoeg, maar doordrenkte wel het asfalt waarop het toestel stond met vlammen. De soldaat liet zijn wapen zakken en vuurde op de massa. De heli begon te stijgen.

'O, god,' zei Wardlaw, met een blik alsof hij misselijk was.

Ondanks het bloedbad drong de razende menigte steeds verder op; hun schoten flitsten en ketsten af op de versterkte huid van de helikopter.

JULLIE ZIJN DE PROFETEN DIE JULLIE WERELD DE TOEKOMST IN LEIDEN. WAT VOOR TOEKOMST KIEZEN JULLIE? JULLIE HEBBEN DE SLEUTEL IN HANDEN...

Voor Fords ogen kwam er een handvol molotovcocktails vanuit de menigte vliegen, die stukbarstten tegen de flank van de helikopter. Het vuur raasde omhoog en omhulde de wieken. Een van de brandstofleidingen vatte vlam en met een enorme dreun spatte de helikopter uit elkaar, een kolkende bal van vuur die de nachthemel in rees. De brokstukken van de heli regenden op het asfalt neer, een waterval van vuur dat zich razendsnel verspreidde doordat de brandende kerosine alle kanten uit stroomde. Even later sprong er een brandende soldaat uit de vlammenzee, die slaand en schoppend op de baan stortte.

'O, jezus,' zei Wardlaw. 'Ze hebben de helikopter opgeblazen.'

Hazelius stond naar de Visualizer te kijken en lette niet op wat er gezegd werd.

'En moet je nou kijken!' riep Wardlaw uit, met zijn vinger naar een van de schermen priemend. 'Ze staan voor de Bunkerdeur! Het is ze om Isabella begonnen! Ze staan daar soldaten af te slachten!'

Dolby zei: 'Ik sluit Isabella af.'

'Nee!' Hazelius stortte zich boven op Dolby en even was er een worsteling, maar ditmaal was Dolby erop voorbereid geweest. Hij smeet de kleinere man op de grond en liep terug naar zijn toetsenbord.

'Ze hangt! Isabella hangt!' gilde hij. 'Ze accepteert geen afsluitcodes!'

'O, jezus, nu hebben we het gehad,' zei Innes. 'Nu hebben we het gehad.'

65

Bern Wolf deinsde achteruit, de schaduwen van de titaniumdeur in, achter de soldaten. De menigte was langs de touwen komen aanzetten als een stel bezetenen en drong hen nu allemaal met de rug tegen de rotsen. Wat voor soldaten hadden ooit voor een dergelijke situatie gestaan, een ziedende massa landgenoten, een burgermeute met vrouwen? Dit was krankzinnig. Wat waren dit voor mensen? Zevendedagsadventisten? De Ku-Klux-Klan? Aan de kleding viel niets te zien, en als wapens hadden ze van alles bij zich, van geweren tot ninjasterren. Velen van hen droegen geïmproviseerde kruisen mee. Ze drongen op naar de soldaten, die toch al met de rug tegen de muur stonden.

Uiteindelijk opende Doerfler zijn mond: 'Dit is grondgebied van de Amerikaanse overheid,' schreeuwde hij. 'Leg uw wapens op de grond. Nú!'

Een uitgemergelde gestalte met een enorme revolver in zijn hand stapte uit de menigte naar voren.

'Mijn naam is pastor Russell Eddy. Wij zijn hier als Gods leger om deze helse machine en de antichrist achter die deuren daar te vernietigen. U kunt nu opzijgaan om ons door te laten.'

De meute stond bezweet en met griezelig fonkelende ogen in het kunstlicht op hun benen te zwaaien van de opwinding. Sommigen huilden, met tranen die over hun wangen biggelden. En nog steeds kwamen er meer mensen via de touwen omlaag. Er leek een eindeloos aantal te zijn, en ze waren niet te stuiten.

Met een soort morbide fascinatie stond Wolf naar hen te kijken. Ze leken wel bezeten.

'Het maakt mij geen bal uit wie jullie zijn,' blafte Doerfler, 'of wat jullie hier te zoeken hebben. Ik zeg het nog één keer: leg die wapens neer.'

'En anders...?' vroeg Eddy, met luidere stem nu.

'Anders zullen mijn mannen zichzelf en deze Amerikaanse over-heidsinstallatie met alle ons ter beschikking staande middelen verdedigen. Voor het laatst: neer die wapens.'

'Nee,' zei de vogelverschrikker van een geestelijke. 'We leggen onze wapens níét neer. Jullie zijn agenten van de Nieuwe Wereldorde, soldaten van de antichrist!'

Met uitgestoken hand liep Doerfler op Eddy af. Luid zei hij: 'Geef mij dat pistool, maat.'

Eddy richtte het wapen op hem.

'Moet je jezelf eens zien,' zei Doerfler laatdunkend. 'Als je dat afvuurt, raakt er maar eentje gewond en dat ben jij zelf. Geef hier dat pistool. Nú.'

Er klonk een schot, en met een verbaasd gezicht viel Doerfler achteruit; hij viel, liet zich op zijn zij rollen en begon overeind te krabbelen terwijl hij zijn eigen wapen trok. Kennelijk had hij een kogelvrij vest aan.

Een tweede schot blies de bovenste helft van zijn hoofd weg.

Wolf smeet zich op de grond en krabbelde op handen en voeten naar de beschutting van een stuk ruwe rots. Rondom hem barstte een apocalyptisch gebrul uit: automatisch geweervuur, explosies, gegil. Hij rolde zich op tot een bal, begroef zijn hoofd in zijn handen en probeerde in de rots zelf weg te zinken, terwijl rondom hem het geweervuur beukte en knalde en de steenscherven en -splinters op hem neerregenden. De herrie leek een oneindigheid te duren, met vreselijk doodsgegil en de vochtige scheurgeluiden van kogels die mensen uiteenreten. Hij sloeg zijn handen voor zijn oren en probeerde alles uit te bannen.

Het rumoer verstomde en even later was alles stil, behalve zijn eigen tuitende oren.

Volslagen verstomd bleef hij opgerold liggen.

Er werd een hand op zijn schouder gelegd, en met een rukbeweging trok hij zich los.

'Rustig maar. Het is voorbij. Je kunt overeind komen.'

Hij hield zijn ogen stijf dichtgeknepen. Een hand greep zijn overhemd en hees hem ruw overeind, zodat de helft van zijn knopen wegsprong.

'Kijk me aan.'

Wolf hief zijn gezicht en opende zijn ogen. Het was donker – de lichten waren kapotgeschoten. Overal lagen lijken, het was een scène als uit de hel, erger dan de hel: doormidden geschoten mensen, de grond bezaaid met lichaamsdelen. Er waren vreselijk gewonde mensen; sommigen maakten vreemde geluiden: gorgelend, kuchend. Een paar gilden onafgebroken. De meute was al bezig de lijken naar de rand van de afgrond te slepen en het ravijn in te schuiven.

Hij herkende de man die hem vasthield: diezelfde pastor Eddy die het vuurgevecht was begonnen door Doerfler dood te schieten. Hij zat onder het bloed van anderen.

'Wie ben jij?' informeerde Eddy.

'Ik... ik ben gewoon de computerman.'

Eddy keek hem niet onvriendelijk aan. 'Ben jij een van ons?' vroeg hij kalm. 'Neem jij Jezus Christus aan als jouw persoonlijke verlosser?'

Wolf opende zijn mond, maar bracht alleen een schor gekras uit.

'Pastor,' zei een stem, 'we hebben niet veel tijd.'

'Maar altijd genoeg om een ziel te redden.' Eddy keek de man met donkere blik aan. 'Ik herhaal: neem jij Jezus Christus aan als jouw persoonlijke verlosser? De tijd is gekomen om partij te kiezen. De dag des oordeels is hier.'

Wolf zag kans ja te knikken.

'Op je knieën, broeder. Wij gaan bidden.'

Wolf wist amper wat hij deed. Het leek wel iets uit de middeleeuwen, een gedwongen bekering. Met knikkende knieën probeerde hij te knielen, maar hij was niet snel genoeg en iemand drukte hem tegen de grond. Hij verloor zijn evenwicht en rolde opzij, zodat zijn overhemd openviel.

'Laat ons bidden,' zei Eddy, die naast Wolf op zijn knieën ging en diens beide handen in de zijne vatte. Hij boog zijn voorhoofd tot het Wolfs handen raakte, die in de zijne waren gewikkeld. 'Hemelse Vader, neemt gij deze zondaar aan, nu in het uur van zijn nood? En jij, zondaar, neem je het Woord des Waarheids aan dat je wedergeboren zult worden?'

'Eh... wát?' Wolf probeerde zich te concentreren.

'Ik herhaal: neem jij Jezus aan als jouw persoonlijke verlosser?'

Wolf begon misselijk te worden. 'Ja,' zei hij haastig. 'Ja, ik, eh... já!'

'Loof de Heer! Laat ons bidden.'

Wolf boog zijn hoofd en kneep zijn ogen stijf dicht. *Waar ben ik in godsnaam mee bezig?*

Eddy's stem doorkruiste zijn gedachten. 'Laat ons hardop bidden,' zei hij. 'Vraag Jezus in je hart. Als je dat vrijuit en oprecht doet, zul je het hemelse koninkrijk aanschouwen. Zo simpel is dat.' Hij klemde zijn handen ineen en begon hardop te bidden.

Wolf mummelde even met hem mee, tot hij zijn keel voelde dichtknijpen.

'Je moet wel meebidden,' merkte Eddy op.

'Ik... nee,' zei Wolf.

'Maar om Jezus in je hart te ontvangen moet je bidden. Je moet vragen...'

'Nee. Dat doe ik niet.'

'Mijn vriend, mijn goede vriend, dit is je laatste kans. De dag des oordeels is gekomen. De wederkomst genaakt. Ik zit hier niet als jouw vijand, maar als iemand die je liefheeft.'

'We hebben je lief,' klonken stemmen uit de menigte. 'We hebben jou lief.'

'Ik neem aan dat jullie ook hielden van die soldaten die jullie vermoord hebben?' informeerde Wolf. Vol afgrijzen hoorde hij zijn eigen woorden. Waar kwam die plotselinge, waanzinnige dapperheid vandaan?

Hij voelde de loop van een pistool licht tegen zijn slaap drukken. 'Je laatste kans,' zei Eddy vriendelijk. Hij voelde hoe stil het pistool in de hand van de pastor lag.

Zwijgend sloot Wolf zijn ogen. Hij voelde een lichte trilling toen de spieren zich spanden en de vinger de trekker begon over te halen. Een daverende knal... en daarna niets.

66

Alle schermen in de Situation Room waren intussen voorzien van beelden van de deelnemers aan de videoconferentie. De hoge militairen, de hoofden van DHS, FBI, NSA, het DCI en DOE. De vicepresident had zich om drie uur bij hen gevoegd in de Situation Room. Het was intussen twintig over drie. De afgelopen twintig minuten was er heel wat gebeurd, sinds ze het nieuws over de brand op de landingsbaan op Red Mesa hadden gekregen.

Stanton Lockwood had het gevoel dat hij in het een of andere tv-programma terechtgekomen was. Hij kon maar moeilijk geloven dat dit echt in Amerika aan het gebeuren was. Het leek wel of hij wakker geworden was in een ander land.

'We hebben niets van het bevrijdingsteam vernomen sinds die lui de helikopter hebben opgeblazen,' zei de FBI-directeur. Zijn gezicht zag wit, en de zakdoek waarmee hij keer op keer zijn gezicht bette, bleef onopgemerkt en verfrommeld in zijn hand zitten. 'Ze hebben de aanval ingezet met overweldigende aantallen. Dit is niet zomaar een meute: ze zijn georganiseerd. Ze weten waar ze mee bezig zijn.'

'Zijn ze dan gegijzeld?' vroeg de president.

'Ik vrees dat de meesten van hen uitgeschakeld zijn, of dood.'

Iemand buiten beeld drukte hem een briefje in de hand. Hij las het snel door. 'Ik krijg zojuist het bericht...' Zijn hand beefde even. 'Ze hebben kans gezien een van de drie hoofdkabels naar Isabella neer te halen. Daardoor is een stroomstoring ontstaan. Grote delen van Noord-Arizona en delen van Colorado en New Mexico zitten zonder stroom.'

'Ik had om troepen van de Nationale Garde gevraagd,' zei de president tegen het scherm van de gezamenlijke chefs-staf. 'Waar zitten die in godsnaam?'

'Ze krijgen op ditzelfde moment hun instructies, excellentie. We zitten nog steeds op schema voor die operatie om kwart voor vijf.'

'Zitten ze nog op de grond?'

'Ja, excellentie.'

'Breng ze dan de lucht in! Geef die instructies onderweg!'

'Gezien de tekorten aan materieel en nu met die stroomstoring...'

'Vlieg met wat je hebt.'

'Excellentie, volgens onze laatste inlichtingen zijn er tussen de duizend en tweeduizend gewapende mensen aanwezig op Red Mesa. Ze denken dat dit het Armageddon is. De Wederkomst. En dus hebben ze geen enkel respect voor menselijk leven, hun eigen of dat van anderen. In zo'n situatie kunnen we niet zomaar een stel mannen zonder passend materieel of zonder de juiste instructies dumpen. Er zijn branden en een grote explosie gemeld op Red Mesa. Er zijn nog steeds honderden mensen op pad die onze wegversperringen omzeilen en dwars door de velden naar de mesa stromen, velen daarvan in terreinwagens. De landingsbaan is onklaar gemaakt voor normale vliegtuigen. Binnen... twintig minuten komt er een satelliet over die foto's kan maken. We moeten een strategische, goed georganiseerde overval plegen op die mesa; anders verspillen we nog meer levens.'

'Dat begrijp ik. Maar we hebben ook een machine van veertig miljard dollar, elf FBI-agenten en een tiental onderzoekers daar zitten...'

'Pardon, excellentie?' De directeur van het ministerie van Energie zei: 'Isabella draait nog op vol vermogen, maar begint instabiel te worden. Volgens ons bewakingssysteem zijn de proton-antiprotonbundels gedecollimeerd en...'

'In gewoon Engels, graag.'

'Als Isabella niet wordt afgesloten, kan de leiding springen, en dat kan leiden tot een explosie.'

'Hoe groot?'

Een aarzeling. 'Ik ben geen natuurkundige, maar ze zeggen dat als de bundels elkaar voortijdig kruisen, dat die convergentie een onmiddellijke singulariteit kan opleveren. En dan komt er een explosie met de kracht van een bescheiden kernbom, ergens in het bereik van een halve kiloton.'

'Wanneer?'

'Het kan ieder moment zover zijn.'

De chef-staf sprak: 'Ik stoor niet graag, maar we zitten hier met een tsunami aan belangstelling van de pers. Daar moeten we iets aan doen, nú.'

'Houd het luchtruim rond Red Mesa vrij, met een straal van honderdvijftig kilometer,' blafte de president. 'Roep de noodtoestand uit voor het reservaat. En krijgswet. Blokkeer alle pers. Alle pers.'

'Wordt voor gezorgd.'

'En naast die troepen van de Nationale Garde wil ik een overweldigende militaire back-upreactie. Ik wil dat het Amerikaanse leger de complete Red Mesa overneemt, plus de omringende gebieden. Bij zonsopgang. En kom me niet aanzetten met smoezen over tekorten aan manschappen of transport. En ik wil daar grondtroepen heen hebben. Ze gaan maar over land. Het is een open woestijn. Een overweldigende overmacht, is dat duidelijk?'

'Excellentie, ik heb alle manschappen en materieel in het zuidwesten al laten mobiliseren.'

'En het lukt onmogelijk vroeger dan kwart voor vijf?'

'Nee, excellentie, dat gaat niet lukken.'

'Er zijn gewapende terroristen bezig Amerikaans bezit te confisqueren en Amerikaanse soldaten te vermoorden. Die misdaden tegen de staat hebben niets te maken met religie. Dit zijn terroristen, niets meer en niets minder. Begrepen?'

'Jazeker, excellentie.'

'Om te beginnen wil ik die televangelist, Spates, openbaar gearresteerd zien op verdenking van terrorisme. Handboeien, voetboeien, alle toeters en bellen. En met zo veel mogelijk pers erbij. Zo stellen we een voorbeeld. Als er nog andere dominees, televangelisten en fundamentalisten bezig zijn dit volk op te juinen, dan wil ik die ook gearresteerd zien. Deze mensen zijn geen haar anders dan Al Qaida of de Taliban.'

67

Nelson Begay lag op zijn buik op een rotsblok boven Nakai Valley, met Willy Becenti aan zijn zijde. Dit was het hoogste punt van de mesa en van hieruit was een panoramisch uitzicht over de woestijn in de diepte mogelijk.

Waar de Dugway de Red Mesa opkwam, zat het verkeer volkomen vast in de langste file die daar ooit gezien was. Honderden, misschien wel duizenden auto's stonden schots en scheef geparkeerd op een enorm open terrein vlak naast de Dugway. Een groot aantal auto's was achtergelaten met de koplampen aan en de portieren open. Er waren mensen bezig te voet de Dugway op te klimmen nadat ze hun auto ergens onder aan de hoogvlakte hadden laten staan. Ze stroomden over de weg naar project Isabella, langs de afslag naar Nakai Valley, in de richting van de strijd aan de rand van de mesa.

Zijn verrekijker reisde de weg af. De hangars stonden in brand. Ook de resten van de helikopter waarin de soldaten waren gearriveerd stonden in brand, de vlammen dansten tientallen meters de lucht in. Overal in het rond lagen lijken van het bloedige vuurgevecht dat hij een paar minuten tevoren had zien plaatsvinden. Het grootste deel van de meute had de landingsbaan verlaten nadat ze de heli in de fik hadden gestoken, maar een paar waren er achtergebleven om een enorme kraan te helpen geulen dwars over de landingsbaan te graven.

Hij volgde de golvende massa verder tot zijn blik het afgezette gebied aan de rand van de mesa bereikte. Het krioelde er van de mensen; Begay schatte dat er minstens duizend rondliepen. Een groot aantal was bezig in een van de enorme hoogspanningsmasten te klimmen en zat al bijna bovenin. Anderen hadden boven op een hoog gebouw aan de rand van de mesa een ruw houten kruis opgetrokken en waren bezig een stel antennes en zenders op het dak om te hakken.

Langzaam liet Begay zijn verrekijker zakken.

'Heb jij enig idee wat daar in vredesnaam aan de hand is?' vroeg Becenti.

Begay schudde zijn hoofd.

'Een Klan-meeting of zo? Aryan Nations?'

'Nee, want er zitten zwarten en Puerto Ricanen bij. Zelfs een stel indianen.'

'Laat zien.'

Terwijl Becenti naar het oostelijke eind van de mesa keek, verwerkte Begay wat hij zojuist had gezien. Aanvankelijk had hij gedacht dat het een of ander soort krankjorume revival-meeting moest zijn, dat zag je wel vaker op de Rez, maar toen ze die heli opbliezen had hij beseft dat dit iets heel anders was. Misschien iets wat te maken had met die televisiedominee waarover hij had horen praten, diegene die een preek had gehouden tegen project Isabella.

Becenti zat nog steeds te kijken. Hij gromde even. 'Moet je kijken wat een boel doden bij de landingsbaan.'

'Ja,' zei Begay. 'En je mag wedden dat hier een reactie op komt. Dat laat de FBI niet over zijn kant gaan. We kunnen maar beter maken dat we hier weg zijn als het vuurwerk begint.'

'We kunnen nog een tijdje blijven zitten, kijken wat er gebeurt. Je krijgt niet dagelijks de kans om op de voorste rij te zitten terwijl de Bilagaana zichzelf opblazen. We hebben altijd geweten dat ze het op een dag zouden klaarspelen, nietwaar? Weet je nog van die voorspelling?'

'Willy, hou op. We moeten iedereen bijeenroepen en maken dat we hier wegkomen.'

Ze stonden op en liepen de vallei in.

Randy Doke stond op de motorkap van de Humvee, boven het gewemel verheven, met zijn gespierde armen over elkaar geslagen. Dit uitkijkpunt gaf hem een beter zicht op de mensen die in de hoogspanningsmast aan het klimmen waren. De eersten hadden net de bovenkant bereikt. De kabels gonsden en knetterden.

Doke voelde zich energieker dan ooit in zijn leven. Ooit was hij verdoold geweest in heroïne, cocaïne en drank. Op zijn absolute dieptepunt, terwijl hij volslagen lam en onder de stront ergens in een greppel buiten Belén in New Mexico lag, was er ongevraagd een gebed uit zijn kinderjaren bovengekomen, een gebed dat hij van zijn moeder had geleerd voordat die dronken hufter met wie ze samenleefde eerst haar, en toen zichzelf had doodgeschoten. De zangerige verzen weergalmden door zijn hoofd. *De heer is mijn herder, 'k heb al wat mij lust, hij leidt mij naar grazige weiden...* En op datzelfde moment, daar in die gore greppel in Belén, had Jezus zijn hand uitgestoken en Doke het vege lijf gered. En nu was hij Jezus wat schuldig; en niet zo'n beetje ook. Doke deed álles voor Jezus.

Hij bracht de verrekijker naar zijn ogen. Een van de klimmers had een punt net onder de isolatoren bereikt. Doke keek: de man zette zich schrap op de ladder en sloeg zijn benen om een steunbalk heen. Toen hij eenmaal goed in evenwicht was, pakte hij het geweer dat om zijn schouder bungelde, pompte een patroon in de kamer en zette het wapen tegen zijn schouder.

Dit wordt mooi!

Hij keek hoe de klimmer zorgvuldig richtte. De mensen die vanaf de grond aan het klimmen waren, bleven halverwege hangen om te kijken. Er was een lichtflits en even later hoorde Doke de dreun van het wapen. Er regende een wolk van vonken vanuit de kabel omlaag en de draden huiverden. De toeschouwers juichten.

De man zette zich nogmaals schrap en pompte een nieuwe patroon in het geweer. Er volgde een tweede flits-dreun. De kabel spatte in duizenden vonken uiteen en de draad kronkelde als een spuwende ratelslang die is getroffen door een schot hagel. Meer gebrul van waardering.

Een derde dreun. Ditmaal werd er een enorme golf vuur uitgebraakt in de duisternis. De kabel spleet met een diepe, gonzende zoemtoon die door de lucht leek te vibreren. Het losse einde viel als een zweepslag in slow motion omlaag, druipend van de vonken en vlammen, en slingerde zich door de menigte op de grond. Met een reeks daverende knallen en lichtflitsen en rook raakte de kabel de grond, smeet de omstanders ruw opzij en leidde tot een krijsende stampede.

Fan-tas-tisch!

Doke richtte zijn aandacht weer op de mast. De man zat weer te laden en te richten. Maar nu begonnen de mensen halverwege de mast te gillen – waarom? Wilden ze dat hij ophield? *Nee,* dacht Doke. *Doorgaan.*

Weer een explosie uit het geweer. Er kwam een stuk isolator omlaag zeilen, te midden van een explosie van vuurwerk, en de tweede kabel vloog doormidden en raakte de mast zelf. Het leek of een onzichtbare reus de mast heen en weer had geschud: de mensen werden bijna van de treden af gepeld, de vallende lichamen smakten op de lagere steunen, wentelden al stuiterend om hun as en raakten de grond met een reeks doffe ploffen.

De terugslingerende kabel kwam zijn kant uit, zingend als de feedback van een reusachtige elektrische gitaar. Doke sprong van de Humvee af toen de gonzende kabel daar langsranselde, omgeven door een fontein van vonken. Hij rende de menigte in en klauwde zich een baan over de slachtoffers op de grond heen. De massa was in paniek en ook Doke probeerde zo snel mogelijk weg te komen. De Humvee vloog in brand en even later voelde hij de hitte van de exploderende benzinetank, de schokgolf en de plotselinge gloed.

Hij krabbelde overeind en nam de schade op.

De kabel was tot halverwege het afgezette terrein gesleept en had een vurig spoor getrokken. De liftschacht stond in brand, samen met een handvol pijnbomen. Dode en vreselijk verbrande mensen lagen rond het brandende voertuig.

Meer zielen in de hemel, dacht Doke. Meer zielen aan de rechterhand van de Heer.

68

Op zijn flatpanel zag Ken Dolby de stroomstoot opbloeien, inzakken en wild aan het schokken slaan.

'Isabella!' Nogmaals toetste hij de afsluitcodes in. Het scherm spuwde hem de volgende woorden in het gezicht:

CODE BYPASS ERROR

'Shit!'

Er ging een sirene af, een onaards gehuil dat door de Brug heen snerpte, en aan het plafond begon een rood licht te knipperen.

'Overbelasting, noodtoestand!' schreeuwde St. Vincent.

Een doffe dreun schudde het hele vertrek door elkaar en het scherm van de Visualizer spatte in glazen scherven uiteen, die als hagel op de grond neerkletterden.

'Isabella!' riep Dolby, en met beide handen greep hij de computer beet. *Even volhouden, Isabella.*

St. Vincent streed met zijn computer en haalde een aantal hendels over. 'Geen stroom meer op nummer één. Hoe kan dat? Dat kan niet!'

'De bundel!' riep Kate, en ze greep een terminal beet. 'Hij is aan het decollimeren! Ik krijg... een kink!'

Hazelius slaakte een kreet. 'Chen! Dat laatste bericht! Dat heb ik niet helemaal kunnen lezen. Heb jij het?'

'Ik kan het niet vinden!' antwoordde Chen. 'Misschien ben ik het kwijt... misschien ben ik álles kwijt!'

'Zorg dat je de output naar de printer stuurt!' brulde Hazelius.

Met geweld zette Dolby de hem omringende chaos uit zijn hoofd. Isabella reageerde niet meer op zijn toetsaanslagen. Er was iets gebeurd; waarschijnlijk waren de P5's gecrasht. Hij wendde zich tot Edelstein. 'Start de hoofdcomputer op. Negeer de opstart- en testprocedures. Zet dat kreng gewoon aan.'

Er vloog een boog van vonken over de verbrijzelde resten van het scherm heen. Diep in de grot klonk een doffe, huiverende explosie, gevolgd door een tweede. Isabella's geluid ketste op en neer, wild gonzend en jankend. De hele ruimte stond blauw van de rook.

'We zijn een miniatuur zwart gat aan het maken,' zei Kate zacht.

'Ongelóóflijk!' krijste Wardlaw. 'Weet je waarom er geen stroom meer op nummer één staat? Die klootzakken hebben de kabel uit de lucht geschoten... En bij de ingang staat een meute... O jezus, daar gaan de bewakingscamera's... die beelden lopen via de lift...'

Het gesis van computersneeuw, en daarna werd één hele rij beeldschermen zwart.

'O, nee.'

Meer gesis, en wat plofgeluiden. De hele bewakingscomputer gaf de geest, de waarschuwingslichten doofden. Isabella kreunde en wankelde.

'Ben je aan het printen?' riep Hazelius tegen Chen.

'Ik heb het, maar nu moet ik een werkende printer zien te vinden!' Ze hamerde op het toetsenbord, het zweet gutste van haar gezicht.

'O god... niet kwijtraken, Rae.'

'Hebbes,' riep Chen. 'Hij print!' Ze sprong op en rende de kamer door naar een printer. Ze greep het papier zodra het de printer uit kwam en scheurde het los. Hazelius pakte het uit haar handen, vouwde het op en propte het in zijn achterzak. 'Laten we maken dat we hier wegkomen.'

De vloer trilde van een zoveelste gedempte explosie en Dolby viel op de grond. De lichten flikkerden, langs de schermen vlogen vonkenbogen. Isabella kreunde hartverscheurend, alsof ze in doodsnood verkeerde. Dolby hees zich overeind en liep terug naar zijn computer.

Ford greep zijn arm. 'Ken! We moeten hier weg!'

Dolby schudde hem af en probeerde nogmaals de code.

CODE BYPASS ERROR

De hoofdcomputer begon aan zijn opstartproces. Dolby schreeuwde: 'Alan! Ik zei toch dat je de P5's moest afsluiten!'

'Ken, hou op! We gaan weg!' herhaalde Ford.

Laat me niet in de steek, Isabella.

Hij werkte door. Hij moest zien door te dringen tot Isabella. Hoe dan ook. Hij moest haar veilig afsluiten. De kapotte magneet was uiteen aan het vallen. De twee bundels hobbelden in een onvaste baan door de leiding. Als ze de rand raakten, of even langs elkaar schuurden...

'Dolby!' Hazelius greep zijn schouder. 'Je kunt haar niet redden! We moeten hier weg!'

'Blijf van me af!' Dolby haalde uit naar Hazelius, maar miste. Hij keerde zich weer naar het scherm en werd razend over wat hij daar zag. 'Alan! Verdomme, de P5's draaien nog steeds! Ik zei toch dat je ze uit moest zetten!'

Er kwam geen antwoord. Hij keek om zich heen in de rokerige ruimte, op zoek naar Edelstein. Hij veegde zijn tranende ogen af en kuchte. Overal hing rook. De Brug was verlaten. Iedereen was weg.

Hij kon Isabella redden. Hij wist het. En als het hem niet lukte... wat was dan nog de zin van het leven?

Ik ben er, Isabella. Blijf nog heel even bij me.

Russell Eddy had het gedaan. Hij had iemand gedood. God had hem de kracht gegeven. De strijd was begonnen.

Het leek wel of de dood van de zondaar de menigte op het lichtnet had aangesloten. Ze gonsden van de opwinding. Vol energie beende Eddy naar de enorme titaniumdeur. Hij bleef ervoor staan en hief zijn pistool. '"En hetzelve werd macht gegeven om het beeld van het beest een geest te geven!" Wie staat er met mij tegenover de antichrist?'

Vanuit de menigte ging een instemmend geloei op.

'Wie staat er met mij tegenover het Beest?'

Een gebrul van enthousiasme. Eddy voelde een scheut van kracht door zich heen varen. 'Hij is de Wetteloze!'

Gebrul.

'De Boze!'

Een onbeheersbaar gedaver.

'In de naam van God en diens enig verwekte zoon Jezus Christus, we zullen hem vernietigen!'

En masse stormde de meute op de deur af, maar het titanium gaf niet mee.

'Achteruit!' schreeuwde Eddy. 'We gaan die deur door!' Hij richtte zijn wapen, maar zijn vuist werd van achteren vastgegrepen.

'Pastor, die revolver haalt hier niets uit.' Vlak achter hem stond een man in camouflagekleding met een AR-15-mitrailleur op zijn rug. 'Ziet u die opstelling daar?' Hij wees naar de drie bommen op hun statieven, alle drie op de deur gericht. 'Dat is speciale apparatuur, helemaal klaar om de deur op te blazen. De soldaten waren van plan er een gat in te maken. Zij wilden ook naar Isabella toe.'

'Hoe weet u dat?'

'Mike Frost, voormalig Vijfde Commando's.' Hij verpletterde Eddy's hand zowat.

'Zorg dat we daar binnenkomen, Mike.'

Frost liep behoedzaam om de explosieven heen en tuurde naar de metalen neuzen. 'Die jongens hier zitten tot de nok toe vol met C4. We hebben enorm geboft dat er geen kogel op ingeslagen is tijdens de vuurgevechten. Die kabels zijn de verbinding, en hier zijn de detonators.' Hij pakte een cilindertje met een draad eraan. Daarvan waren er drie, en voorzichtig duwde hij elk in een C4-pakket en drukte de springstof weer goed aan.

'Zeg tegen de mensen dat ze achteruit moeten. Zo ver mogelijk. Die kant uit, met hun rug naar de deur.'

Eddy leidde de krioelende menigte weg van de deur met de explosieven. Ford rolde de kabels tot hun volle lengte uit, klikte het dekseltje van de detonator open en legde zijn vinger op de schakelaar. 'Handen voor uw oren.'

69

Ford en het team liepen achter Wardlaw aan, de computerruimte achter de Brug in. Het was een lange, kale ruimte met grijze wanden en drie rijen zwijgende kasten van grijze kunststof. Hierin huisde de snelste, krachtigste supercomputer ter wereld. De processors stonden te gonzen, de afzonderlijke beeldschermen vertoonden knipperende lichtjes, de meeste geel of rood. Aan de andere kant van de ruimte zat één stalen deur.

Hazelius voegde zich bij hen. 'Dolby wil niet mee.'

'We hebben drie problemen,' zei Wardlaw. 'Eén: Isabella gaat de lucht in. Twee: er staat een gewapende meute voor de deur. Drie: we kunnen geen hulp inroepen.'

'Wat moeten we nu?' huilde Thibodeaux.

'Die stalen deur achterin geeft toegang tot de oude mijngangen. We moeten zien dat we hier wegkomen. We moeten een groot stuk berg tussen onszelf en Isabella zien te krijgen voordat ze ontploft.'

'Hoe komen we die mijngangen weer uit?' informeerde Ford.

'Aan het eind van de gangen,' zei Wardlaw, 'is een oude verticale schacht. Daar zit nog een oude lift in. Waarschijnlijk is die niet bruikbaar meer. We zullen iets moeten improviseren.'

'Een betere oplossing is er niet?'

'Ofwel de mijngang, ofwel de voordeur – die meute tegemoet.'

Stilte.

Bij de explosie, die de hele computerruimte door elkaar schudde, vielen Ford en de anderen op hun knieën, dooreengeschud als kiezeltjes in een blik. Het geluid bleef eindeloos weergalmen, de explosie als een reeks donderslagen door de hele berg heen hoorbaar. De lichten in het vertrek flikkerden, en over de schermen vlogen bogen van vonkenregens. Ford krabbelde omhoog en hielp Kate overeind.

'Was dat Isabella?' riep Hazelius.

'Als dat Isabella was geweest, waren wij nu dood,' antwoordde Wardlaw. 'De horde heeft zojuist de titaniumdeur opgeblazen.'

'Dat kan niet!'

'Dat kan wél, als ze die militaire explosieven hebben gebruikt.'

Plotseling klonk een gebeuk van vuisten op de deur van de Brug. Ford luisterde. Hij zag Dolby op de Brug als een geestverschijning in de rook aan het werk, over zijn computer gebogen.

'Hazelius!' klonk een gedempte, hoge stem door de deur heen. 'Hoor je me, antichrist? We komen je halen!'

Pastor Russell Eddy krijste tegen de stalen deur: 'Hazelius, je hebt de naam des Heren ijdel gebruikt, je hebt godslasterlijke taal gesproken jegens Zijn naam en die van hen in de hemel!'

De deur was van dik staal, en ze hadden geen explosieven meer. In zo'n afgesloten ruimte met zijn pistool het slot te lijf gaan was waanzin; en het zou ook niets uithalen.

De meute drong op tegen de deur, bonzend en krijsend.

'Christenbroeders!' Eddy's stem schalde door de enorme, spelonkachtige ruimte. 'Luister naar me, christenbroeders!' De menigte viel stil, hoewel het niet echt rustig werd. Op de achtergrond was het helse gejank van de machine in de tunnel een eind verderop te horen. 'Ga weg bij die deur! We moeten onze aanval coördineren!' Hij wees. 'Aan de andere kant van deze grot ligt een stapel stalen balken. De sterkste mannen, en alléén de mannen, halen een van die balken op om er de deur mee te rammen. Ook de anderen wacht een belangrijke taak. Splits je op in twee groepen. De eerste groep gaat de lange, ronde tunnel in, daar.' Hij wees naar de ovale opening, waar de wolken condens omheen krulden. 'Je ziet daar leidingen, kabels en buizen die de voeding aanvoeren voor de supercomputer, het Beest! Die hak en ram je kapot.' Hij zwaaide door de lucht met een papiertje waarop een tekst stond die hij van het internet had geprint. 'Hier is een plattegrond van het Beest.' Hij wees op een man die rustiger leek dan de rest, die zijn wapen ontspannen bij zich droeg en die leiderschap uitstraalde. 'Dit is voor jou. Jij hebt de leiding.'

'Ja, pastor.'

'Zodra we deze deur door zijn gaat de tweede groep met mij mee naar de regelkamer. Daar grijpen we de antichrist en vernietigen we de apparatuur.'

Een gebrul van instemming. Er was al een twintigtal mannen bezig een stalen balk van de stapel te pakken. De menigte week uiteen toen ze kwamen aanzwoegen, de loodzware balk op de deur gericht.

'Vooruit!' riep Eddy, die een stap opzij deed. 'Rammen maar!'

'Rammen!'

De menigte week nog verder uiteen en op een sukkeldrafje kwamen de mannen op de deur af. Met een enorme dreun raakte de balk het metaal, en er ontstond een deuk. De balk kreeg een klap achterwaarts en de mannen wankelden onder de impact van de terugslag.

'Nog een keer!' riep Eddy enthousiast.

70

De kamer beefde bij een gedempte dreun, en de metalen deur galmde van de enorme klap. Ford baande zich een weg door de rook heen, vond Dolby en greep zijn schouder. 'Ken, toe nou,' zei hij, 'kom in godsnaam mee.'

'Nee. Sorry, Wyman,' zei Dolby. 'Ik blijf hier. Ik kan... ik kan Isabella redden.'

Ford hoorde de kreten en het gebrul van de menigte aan de andere kant van de deur. Ze waren hem aan het rammen met iets zwaars. Een van de scharnierpennen was al aan het bezwijken.

'Dat red je niet. Daar is het te laat voor.'

Door de deur klonk het gebrul van de horde: *'Hazeliuuus! Antichriiist!'*

Dolby hervatte zijn koortsachtige werk.

Kate kwam achter Ford staan. 'We móéten nu echt weg.'

Ford draaide zich om en volgde Kate de achterste computerruimte in. De anderen dromden samen bij de nooduitgang, terwijl Wardlaw zijn best deed het beveiligingspaneel te activeren. Keer op keer typte hij de code in, met zijn hand op de handlezer naast de uitgang. De lezer deed niets.

Boem! De deur naar de Brug smakte op de grond. Het gebrul van de massa zwol aan: de mensen stroomden de rokerige Brug op.

Er volgde een salvo van schoten. Dolby schreeuwde toen hij werd neergemaaid achter zijn toetsenbord.

'Waar is de antichrist?' brulde iemand, een man. Ford rende naar de deur van de computerkamer en draaide de sleutel om.

Wardlaw haalde een normale sleutel tevoorschijn en rukte een paneel naast de deur open, waarachter een tweede toetsenblok zichtbaar werd. Hij toetste een code in. Niets.

'Ze zitten hierachter!'

'Rammen die deur!'

Bij Wardlaws tweede poging schoof de uitgangsdeur met een klik open. Haastig wrongen ze zich door de opening, de vochtige, naar schimmel ruikende duisternis van de kolenmijn in. Ford verliet de computerruimte als laatste, Kate voor zich uit duwend. Voor hen strekte zich een lange, brede tunnel uit, gestut met roestige stalen balken die een inzakkend, gebarsten dak omhooghielden. Het rook er klam en bedompt, naar het versteende moeras dat het ooit geweest was. Er drupte water uit de zoldering.

Wardlaw trok de deur met een klap dicht en probeerde hem op slot te doen. Maar de sloten waren elektronisch en zonder stroom stonden ze uit.

In de computerzaal klonk een daverende dreun en het gejoel van de menigte nam toe. De stormram had de deur gekraakt.

Wardlaw streed met de sloten: eerst gebruikte hij zijn magneetkaart, daarna toetste hij met priemende wijsvinger een code in het toetsenblok.

'Ford, hier!'

Wardlaw trok een tweede vuurwapen uit zijn tailleband en gaf dat aan Ford. Het was een SIG-Sauer P229. 'Ik probeer ze hier tegen te houden. De mijnen hierachter hebben een kamerconstructie. Alles loopt in elkaar door. Gewoon rechtdoor lopen en links aanhouden, niet de doodlopende zijgangen in, tot je bij de grote spelonk komt waar de ader eindigde. Dat is in totaal zo'n vijf kilometer. De mijnschacht ligt in de linkerachterhoek. Daardoor kun je ontsnappen. Wacht niet op mij; zorg dat iedereen hier wegkomt. En neem deze mee.'

Hij schoof een Maglite in Fords hand.

'Maar jij kunt ze niet in je eentje tegenhouden,' zei Ford. 'Dat is zelfmoord.'

'Ik kan jullie meer tijd bezorgen. Het is onze enige kans.'

'Tony...' begon Hazelius.

'Red jezelf!'

'Dood aan de antichrist!' klonk het gedempte gejoel van achter de deur. 'Dood aan de antichrist!'

'Rennen!' brulde Wardlaw.

Ze holden de donkere tunnel in, Ford met de Maglite als laatste, al spetterend door de waterplassen op de mijnbodem. Achter zich hoorde hij mensen op de deur beuken, het krijsen van de meute en het woord 'Antichriiist...' dat door de gangen echode. Even later klonk er een reeks schoten. Gegil, en meer schoten, met daarna de geluiden van chaos en paniek.

Het was een lange, rechte tunnel met om de twintig meter aan de rechterkant een zijtunnel die haaks op de hoofdgang stond en toegang gaf tot weer meer parallel lopende tunnels. De bitumennaad links werd steeds smaller en was verlaten voordat alles verwijderd was, zodat er een groot aantal doodlopende gangetjes en treden, en een spinnenweb van donkere naden achtergebleven waren.

Achter hen klonken nieuwe schoten, eindeloos galmend door de enge ruimtes. De lucht was doods en zwaar, de wanden glinsterden van het vocht en vertoonden witte korsten van mineraalzouten. De tunnel maakte een brede bocht. Ford haalde Julie Thibodeaux in. Ze was achterop aan het raken, dus hij sloeg zijn arm om haar heen en probeerde haar vooruit te helpen.

Meer schoten in de verte. Wardlaw verdedigde zijn positie, als Leonidas bij Thermopylae, dacht Ford bedroefd, verbaasd over Tony's moed en toewijding.

De mijn verbreedde zich tot een enorme ruimte met een laag plafond, de hoofdader zelf, die werd opgehouden door enorme zuilen ongedolven steenkool, die waren achtergelaten om het plafond te torsen. Het waren zuilen van zo'n zeven meter breed en lang, met zwart glinsterende, kleurig iriserende brokstukken erin; de hele mijn was een doolhof van onregelmatig geplaatste zuilen en open ruimtes. Ford bleef staan om het magazijn uit te werpen en zag dat het volledig geladen was met dertien 9mm-rondes. Hij schoof het terug.

'Bij elkaar blijven,' zei Hazelius, die even op de rest stond te wachten. 'George en Alan, jullie tweeën helpen Julie, zij kan niet zo snel. Wyman, jij blijft achter en je geeft ons dekking.'

Hazelius greep met beide handen Kates schouders en keek haar aan. 'Als er iets met mij gebeurt, heb jij de leiding, oké?'

Kate knikte.

De groep mannen bij Eddy werd tegengehouden door schoten van achter de eerste steenkoolzuil.

'Dekking!' schreeuwde Eddy, en hij richtte zijn Blackhawk naar waar hij de laatste lichtflits had gezien. Hij loste een schot om het inkomende vuur te stoppen. Van achter hem klonken meer schoten: de anderen kwamen eraan en concentreerden hun vuur op de plek waar de flitsen gezien waren. Licht uit een tiental lantaarns scheen flikkerend door de tunnel.

'Hij zit achter die steenkoolwand!' riep Eddy. 'Geef me dekking!'

Verspreid geweervuur sloeg in de muur in, zodat de scherven steenkool in het rond spatten.

'Staakt uw vuren!'

Eddy kwam overeind en rende naar de brede zuil toe, minstens zeven meter breed, en drukte zich plat tegen de verste zijde. Daar gebaarde hij dat een stel andere strijders om de pilaar heen moesten sluipen. Zelf kroop hij, met zijn pistool in de aanslag, langs de ruwe wand.

De schutter had deze zet zien aankomen en sprintte naar de volgende zuil.

Eddy hief zijn wapen, vuurde, miste. Vlak voordat de man dekking had bereikt, klonk er nog een schot. Hij viel, en kroop verder. Frost kwam met zijn vuurwapen in beide handen achter de zuil vandaan en vuurde een tweede en een derde schot op de kruipende man af, die zich oprolde tot een bal. Frost liep erheen, zette zijn wapen op het hoofd van de man en joeg er een laatste kogel doorheen.

'De kust is veilig,' zei hij, terwijl hij met zijn lantaarn door de tunnels scheen. 'Het was er maar één. De rest is op de vlucht geslagen.'

Russell Eddy liet zijn wapen zakken en liep naar het midden van de tunnel. Door de open deur kwam een horde gelovigen aanzetten. Ze vulden de ruimte en hun stemmen klonken luid in de lage gangen. Hij hief beide handen, en het werd stil.

'De grote dag van Zijn wrake is gekomen!' riep Eddy.

Hij voelde het enthousiasme van de menigte achter hem, hij voelde hun energie als een dynamo die zijn vastbeslotenheid aanwakkerde. Maar ze waren met te velen. Hij moest naar binnen met een kleinere, meer mobiele groep. Hij draaide zich om en riep boven het gonzen van de machinerie uit: 'Ik kan maar een klein groepje meenemen de gangen in, en alleen mannen met vuurwapens. Geen vrouwen, geen kinderen. Alle mannen met vuurwapens en ervaring, naar voren graag! De rest blijft hier!'

Een man of dertig kwam naar voren.

'Op een rij, en laat me je wapen zien. Hou het in de lucht!'

Juichend staken de mannen hun wapens omhoog: geweren, pistolen, revolvers. Eddy liep de lijn langs en inspecteerde de mannen een voor een. Een paar wees hij terug, die replica's van ouderwetse voorladers bij zich hadden, en een stel tieners met enkelschots-geweren, plus twee die zo te zien helemaal dolgedraaid waren. Er bleven ruim twintig man over.

'Jullie komen mee om de antichrist en zijn handlangers op te sporen. Kom hier staan.' Hij wendde zich tot de rest. 'De rest van jullie: jullie werk is daarginds, in die vertrekken waar we net doorgekomen zijn. God wil dat jullie Isabella vernietigen! Vernietig het Beest van de Bodemloze Put, wiens naam Abaddon is! Ga heen, soldaten des Geloofs!'

Brullend vertrok de menigte, hongerend naar actie, en stroomde terug door de open deur, zwaaiend met mokers, bijlen en baseballbats. Vanuit de ruimte daarachter klonk gedreun en gebeuk.

De computer leek te krijsen in doodsnood.

Eddy greep Frost vast. 'Mike, blijf bij me. Ik heb iemand met jouw ervaring nodig.'

'Ja, pastor.'

'Oké, mannen. Eropaf!'

71

Hazelius leidde zijn groepje door de brede tunnels die in de gigantische steenkoolader waren uitgehakt. Ford vormde de achterhoede en zorgde voor dekking. Hij bleef iets achter, tuurde de duisternis in en luisterde. De schotenwisseling tussen Wardlaw en de meute was voorbij, maar Ford hoorde de kreten van de menigte die hen achternazat door de mijngangen.

Ze hielden links aan, zoals Wardlaw had geadviseerd, maar raakten toch soms verzeild in doodlopende gangetjes en steegjes, zodat ze rechtsomkeert moesten maken. Het was een enorme mijn, de brede ader liep eindeloos door in drie richtingen. In de ader was een doolhof van bochtige, elkaar kruisende tunnels uitgehouwen, waarbij vierkante blokken kool waren blijven staan als zuilen, zodat er een eindeloze reeks kamertjes was ontstaan die op onvoorspelbare wijze in elkaar overliepen. De mijnbodem lag bezaaid met karretjes uit de jaren vijftig, toen er nog gedolven werd. Roestige wagens, half verrot touw, kapotte machines en hopen achtergelaten kolen lagen overal in het rond. Op de lagergelegen plekken moesten ze door poelen slijmerig water waden.

Het diepe, kelige krijsen van Isabella volgde hen onderweg door de tunnels als het gepijnigde balken van een dodelijk gewond dier. Telkens wanneer ze bleven staan om te luisteren hoorde Ford de herrie van de horde achtervolgers.

Na een kwartier rennen kondigde Hazelius een korte stop aan. Ze lieten zich op de vochtige grond zakken, zonder op de zwarte steenkooltroep te letten. Kate hurkte naast Ford; hij sloeg zijn arm om haar heen.

'Isabella kan ieder moment de lucht ingaan,' zei Hazelius. 'En dat kan alles worden, van een grote conventionele bom tot een kleine kernbom.'

'Jezus,' zei Innes.

'Een groter probleem,' zei Hazelius, 'is dat enkele detectoren gevuld zijn met vloeibare stikstof, en die is explosief. Eén neutrinodetector bevat tweehonderdduizend liter perchloorethyleen en de andere vierhonderdduizend liter alkanen, beide brandbaar. En kijk eens om je heen: in deze aders hier is heel wat brandbare steenkool achtergebleven. Als Isabella eenmaal de lucht in gaat, staat binnen de kortste keren de hele berg in lichtelaaie. Daar is niets aan te doen.'

Stilte.   \

'En verder kan de explosie voor instortingen zorgen.'

De kakofonie van de achtervolgende horde echode door de tunnels, af en toe onderbroken door een geweerschot dat boven de wankelende, zwoegende, bevende gonstoon van Isabella uitsteeg.

De meute was hen aan het inhalen, besefte Ford. 'Ik blijf een stukje achter en schiet een paar maal in hun richting,' zei hij. 'Om ons wat meer tijd te bezorgen.'

'Uitstekend idee,' zei Hazelius. 'Zolang er maar geen doden bij vallen.'

Ze gingen weer op pad. Ford bleef in een zijtunnel achter. Hij knipte zijn lantaarn uit en bleef ingespannen staan luisteren. De geluiden van de meute achtervolgers rolden vaag en vervormd door de spelonken.

Op de tast sloop Ford door de tunnel, zijn hand aan de wand en goed onthoudend welke route hij had afgelegd. Geleidelijk aan klonken de geluiden harder, en plotseling zag hij aan de rand van zijn blikveld de vage, deinende gloed van een handvol lantaarns. Hij greep zijn pistool, hurkte achter een steenkoolzuil, en richtte het wapen schuin op het plafond.

De achtervolgers kwamen dichterbij. Ford vuurde snel achter elkaar drie 9mm Parabellum-rondes af, die donderend door de kleine ruimte klonken. Eddy's horde deinsde achteruit en er werd in het donker wild in het rond geschoten.

Ford dook een donker gangetje in, legde een hand op de achterwand, gebruikte die als geleide en liep snel langs twee tunnelmondingen. Er kwam een tweede groep achtervolgers aanzetten; kennelijk hadden ze zich opgesplitst in kleinere teams, maar deze groep trok behoedzamer op, vanwege de schoten. Hij vuurde nog vijf kogels af, in de hoop hen op afstand te houden.

Zonder zijn hand van de wand te halen telde hij nog vijf zuilen af voordat het hem veilig leek om zijn lantaarn weer aan te knippen. Gebukt liep hij op een drafje in de richting waar hij de groep verwachtte. Maar al rennende hoorde hij achter zich een eigenaardig gekuch. Hij bleef even staan. Plotseling veranderde Isabella's grommen van toonaard. In rap tempo klonk het steeds hoger tot het een oorverdovend gekrijs werd, een monsterlijk brullen dat steeds harder klonk, een crescendo dat de hele berg deed beven. Ford voorvoelde wat er komen ging en liet zich op de grond vallen.

Het brullen veranderde in een aardbeving en de hele grond trok krampachtig samen. Er volgde een enorme dreun en er scheurde een golf overdruk door de mijn, die hem van de bodem plukte en als een dor blad tegen een steenkoolzuil kwakte. Terwijl de enorme donderslag verder rolde door de spelonken trok er een enorme windvlaag door de tunnels, die krijsend als een verdoolde ziel alles wat los- en vastzat met zich mee zoog. Ford dook ineen in de beschutting van de zuil en wachtte met zijn armen rond zijn hoofd geslagen af terwijl kolen en stenen voorbijvlogen.

Ford liet zich op zijn zij rollen en keek omhoog. De zoldering van de tunnel was aan het barsten en spleet open, zodat er stukken steenkool en omringend gesteente op hem neerregenden. Hij sprong overeind en rende uit alle macht, in een poging om voor te blijven op de instortende tunnel, die achter hem met daverend geraas omlaag kwam.

Eddy werd door de kracht van de explosies op de grond gesmeten. Hij lag met zijn gezicht in een modderpoel. Rondom hem vielen kiezels en grit neer, en de tunnels weergalmden van de dreunende knallen, dichtbij en veraf. Enorme stofwolken in de lucht benamen hem bijna de adem. Alles leek rond hem in te storten.

Er verstreken minuten, en de donderende lawines namen af tot af en toe een gerommel. Naarmate de geluiden wegstierven begon er een onbehaaglijke stilte te groeien: Isabella's stem was niet meer te horen. De computer was dood.

Ze hadden hem vermoord.

Kuchend ging Eddy rechtop zitten. Even tastte hij in de verstikkende stofwolken om zich heen tot hij zijn lantaarn vond; die deed het nog en verspreidde licht in de duisternis. Ook de anderen waren overeind aan het krabbelen, hun lichten als spookachtige glimwormen in de mist. Nog geen twintig meter achter hen was de tunnel ingestort, maar zij hadden de ramp overleefd.

'Loof de Heer!' zei Eddy, voordat hij weer een hoestbui kreeg.

'Loof de Heer!' echode een volgeling.

Eddy nam de situatie op. Sommigen van zijn strijders waren gewond geraakt door vallende stenen. Er stroomde bloed over hun voorhoofd, hun schouders vertoonden diepe wonden. Anderen waren ongedeerd. Er was niemand gedood.

Eddy leunde tegen de rotswand en probeerde lucht te krijgen. Hij zag kans zijn rug te rechten en zijn volgelingen toe te spreken: '"En ik zag een nieuwe hemel en een nieuwe aarde: want de eerste hemel en de eerste aarde waren voorbijgegaan."' Hij hief beide handen, het pistool in de ene en de lantaarn in de andere: 'Krijgers van God! Het Beest is dood! Maar laat ons de nog belangrijker taak die voor ons ligt niet vergeten!' Hij wees naar de ronddrijvende mistflarden. 'Daarbuiten, verscholen in het duister, is de antichrist. Met zijn discipelen. Die strijd is nog niet gestreden.' Hij keek om zich heen. 'Verhef u! Het Beest is dood! Loof de Heer!'

Langzaamaan wekten zijn woorden de geschokte groep tot nieuw leven.

'Zoek jullie wapens en lantaarns. Houd samen met mij stand.'

Diegenen die hun wapens hadden laten vallen, tastten om zich heen en een paar minuten later stond iedereen weer gewapend en wel klaar om verder te gaan. Er was een wonder geschied: de hele tunnel was ingestort, waar zij nog maar net tevoren gestaan hadden. Maar de Heer had hen gespaard.

Hij voelde zich onoverwinnelijk. Wie kon hem neerhalen, nu de Heer aan zijn zijde stond? 'Ze zaten voor ons uit,' zei hij. 'Ergens in die tunnel daar. Die is maar gedeeltelijk ingestort. We kunnen over dat puin heen klimmen. Kom op.'

'In de naam van Jezus Christus, kom op!'

'Loof Jezus!'

Eddy leidde hen voorwaarts. Hij voelde zijn kracht en vertrouwen terugkeren. Het tuiten in zijn oren begon af te nemen. Ze klommen over een berg rotsen heen die uit de zoldering waren komen vallen. Er ratelden nog steeds steentjes uit de opening in het plafond dat ingezakt en verpletterd was, maar het nog wel hield. De donkere stofwolken waren langzaam aan het neerslaan, en geleidelijk werd het zicht beter.

Ze kwamen bij een open spelonk die ontstaan was doordat één kant van een stuk zoldering was ingezakt. Door die opening stroomde frisse, schone lucht, die de stofwolken verjoeg. Recht tegenover hen gaapte een enorme tunnel.

Eddy bleef even staan om zich af te vragen welke kant de antichrist uit gegaan zou zijn. Hij gebaarde dat zijn volgelingen stil moesten zijn en hun lantaarns moesten uitzetten. In de stille duisternis viel niets te horen of te zien. Hij boog zijn hoofd. 'Heer, toon ons de weg.' Hij knipte zijn lantaarn aan zonder deze te richten, en keek welke tunnel door het licht werd geraakt.

'Die kant uit,' zei hij. De groep volgde, hun lantaarns door het stoffige donker priemend als gloeiende ogen.

72

Verdoofd door de klap lag Begay in het hoge alfalfa, terwijl nieuwe golven van overdruk door de vallei en over de rotsen sloegen. Het struikgewas werd geplet, pijnbomen werden ontworteld, zand en grind vlogen als schoten hagel door de lucht en de grond huiverde en schokte onder zijn voeten. Hij sloeg zijn handen voor zijn gezicht totdat de eerste golven voorbij waren en ging toen overeind zitten. Boven de rotspunt dreef een gigantische vuurbol, een vlammende bal met een steel van rook, zand en puin. Hij wendde zijn gezicht af van de verzengende hitte.

Vanuit het alfalfaveld hoorde hij een gedempt gevloek komen: Willy Becenti. Even later dook Becenti's hoofd op, zijn haar alle kanten uit piekend. 'Potverdómme!'

Aan de andere kant van het veld kwamen anderen langzaam overeind. De paarden, die ze net aan het bijeenbrengen waren geweest om te zadelen, stonden in paniek te trekken en te scheuren aan de touwen waarmee hun voorbenen aan elkaar waren gebonden, hinnikend van doodsangst. Sommigen hadden zich helemaal losgetrokken en waren op hol geslagen, dwars door de akker.

Begay stond op. De wigwam was omvergeblazen en de palen lagen gebroken op de grond, het canvas versnipperd als confetti. De oude Handelspost Nakai Rock was door de klap van zijn grondvesten geslagen. Hij tuurde de duisternis in en vroeg zich af waar zijn paard, Winter, naartoe gegaloppeerd kon zijn.

'Wat was dat in godsnaam?' vroeg Becenti, met een blik op de hemel.

De reusachtige vuurbal leek hoog boven de bomen te zweven, dreigend boven hun hoofd, en rolde verder, terwijl de kleur afnam tot een diep roodbruine tint.

Op de mesa boven Isabella had Begay honderden, misschien zelfs duizenden, mensen zien staan. Wat was er met hen gebeurd bij die enorme klap? Hij huiverde bij de gedachte. Van onder de grond klonk een diep gerommel en in de verte hoorde hij geweervuur.

Begay keek het veld rond en telde snel de koppen. Iedereen was er. 'We moeten zorgen dat we de mensen hier weg krijgen,' riep hij naar Maria Atcitty. 'Het doet er niet toe of we een tekort aan paarden hebben. Zet op ieder paard twee man en ga op weg naar het Midnight Trail.'

Ergens net ten zuiden van waar ze stonden, gromde en beefde de aarde. Aan de andere kant van de vallei kwam de alfalfa-akker even omhoog en zakte toen in; er verscheen een spinnenweb van scheurtjes in de aarde. Er werd een enorme stofwolk de lucht in geperst toen er een gapend gat ontstond, ter grootte van een voetbalveld, met randen die afkalfden in een bodemloze duisternis.

'De oude mijngangen zijn aan het instorten,' zei Becenti.

De grond schokte, en schokte nogmaals. Er spiraalden stofwolken omhoog, dichtbij en veraf. De roodbruine vuurbal dreef langzaam weg, werd steeds vager, loste geleidelijk op en brak uiteen van vermoeidheid.

Begay greep Maria Atcitty bij de schouders. 'Jij hebt de leiding. Grijp alle mensen en paarden die je vinden kunt en zorg dat ze richting Midnight Trail trekken.'

'En jij dan?'

'Ik ga achter de weggelopen paarden aan.'

'Ben jij nou helemaal...?'

Begay schudde zijn hoofd. 'Een van die paarden is Winter. Je mag niet van me verlangen dat ik hem achterlaat.'

Maria Atcitty wierp hem een lange blik toe, draaide zich toen om en gilde dat de mensen hun spullen moesten laten liggen en de paarden onder zich moesten verdelen, twee ruiters per paard.

'Dat lukt je niet in je eentje,' zei Becenti tegen Begay.

'Ga jij maar met de anderen mee.'

'Geen sprake van.'

Begay greep zijn schouders. 'Dank je.'

Weer klonk er een onderaards gerommel, ditmaal aan de zuid- en oostkant van de mesa: de kant die de paarden waren uit gegaan. Begay zag boven de mesa een tiental zandspiralen omhoogkrinkelen door het maanverlichte landschap.

De mijnen waren aan het instorten. Het was dus echt zo. In de richting van Isabella was het vuur zich aan het verbreiden, rollende rookwolken die in pluimen omhoogkolkten, rossig oranje gekleurd door de branden op de grond. De eerste explosie was nog maar het begin geweest: nu was de hele mesa vlam aan het vatten. De steenkooladers en de in methaansluiers gehulde mijngangen waren hun woede aan het luchten.

Maria Atcitty kwam met haar paard aanlopen. 'Het lijkt daar het einde van de wereld wel.'

Begay schudde zijn hoofd. 'Misschien is het dat ook.'

Met gedempte stem sprak hij de beginwoorden uit van de vrijwel onbekende Falling Star-zang: *'Aniné bichaha'oh koshdéé...'*

73

Ford kwam in het donker bij zijn positieven. De lucht was stoffig en stonk naar pas vrijgekomen steenkoolgas. Overdekt met een laag steenpoeder tuurde hij met tuitende oren en een barstende hoofdpijn om zich heen.

'Kate!' riep hij.

Stilte.

'Káte!'

Paniek maakte zich van hem meester. Hij schoof een berg losse stenen opzij zodat hij kon opstaan. Hij krabbelde op handen en voeten overeind en tastte met zijn handen door het puin tot hij een lichtpuntje zag. Daar lag zijn lantaarn, onder het gruis, maar nog steeds brandend. Toen hij ermee om zich heen scheen, viel het licht op een lichaam dat een paar meter verderop in de tunnel lag, deels begraven onder steen. Hij rende erheen.

Het was Hazelius. Er liep een dun straaltje bloed uit zijn neus. Hij voelde zijn pols: die klopte krachtig.

'Gregory!' fluisterde hij in zijn oor. 'Hoor je me?'

Het hoofd werd omgedraaid, de ogen vlogen open: die verbijsterend azuurblauwe ogen. Hazelius knipperde tegen het licht. 'Wat... wat is er gebeurd?' stamelde hij schor.

'Een explosie, en daarna is de mijngang ingestort.'

Al snel drong het tot hem door. 'De anderen?'

'Weet ik niet. Ik was jullie net aan het inhalen toen de zaak de lucht in vloog.'

'Toen het stenen begon te regenen, zijn ze alle kanten uit gerend.' Hij keek omlaag. 'Mijn been...'

Ford begon het puin weg te vegen van Hazelius' onderlichaam. Op zijn linkerbeen lag een grote steen. Hij greep de rand van de steen en tilde hem voorzichtig weg. Het been lag onder een eigenaardige hoek.

'Help me overeind, Wyman.'

'Ik vrees dat je been gebroken is,' merkte Ford op.

'Doet er niet toe. We moeten in beweging blijven.'

'Maar als het gebroken is...'

'Help me overeind, verdomme!'

Ford sloeg Hazelius' arm om zijn nek en hielp hem opstaan. Hazelius wankelde en klampte zich aan Ford vast.

'Als jij me steunt, kan ik wel lopen.'

Ford bleef even staan luisteren. In de rafelige stilte hoorde hij stemmen en kreten in de verte. Het was onvoorstelbaar, maar de meute zat nog steeds achter hen aan. Of misschien waren ook zij op zoek naar een uitweg uit deze doolhof.

Ford ondersteunde Hazelius, en samen begaven ze zich op weg door het puin, stap voor stap. Hij sleepte Hazelius over bergen rotsblokken heen, onder gapende gaten in de zoldering, door passages tussen tunnels die door de explosie waren opgeblazen, langs spelonken die door de klap waren ingestort. Van de anderen was geen spoor te bekennen.

'Kate?' riep Ford het donker in.

Geen antwoord.

Ford tastte naar zijn SIG. Acht kogels afgevuurd, vijf over.

'Ik ben een beetje duizelig,' zei Hazelius.

Langzaam vorderden ze, tot ze uit een smalle tunnel in een dwarsgang belandden. Ook hier herkende Ford niets. De stemmen begonnen luider te klinken en leken griezelig genoeg overal vandaan te komen.

'Dit had ik... gewoon... nooit verwacht,' zei Hazelius met zwakker wordende stem.

Ford wilde nogmaals Kates naam roepen, maar durfde niet. Er was zoveel stof, er waren zoveel tunnels, en als ze antwoordde zou de meute haar misschien vinden.

Hazelius struikelde weer en slaakte een kreet van pijn. Ford kon hem amper houden: hij begon loodzwaar ineen te zakken. Toen Ford hem niet verder slepen kon, hurkte hij en probeerde Hazelius over zijn schouder te nemen. Maar de tunnel was te krap en zijn pogingen deden Hazelius te veel pijn.

Ford legde Hazelius neer en voelde zijn pols – zwak en snel, en het klamme zweet stond op zijn voorhoofd. Hij was in shock aan het raken.

'Gregory, kun je me horen?'

De wetenschapper kreunde even en draaide zijn hoofd om. 'Sorry,' fluisterde hij. 'Het lukt me niet.'

'Ik kijk even naar je been.'

Met zijn zakmes sneed Ford de broekspijp open. Hazelius had een gecompliceerde beenbreuk en het versplinterde dijbeenbot stak door de huid heen. Als hij Hazelius verder droeg, konden de botsplinters de slagader beschadigen.

Ford nam het risico om met de Maglite even laag bij de grond om zich heen te schijnen. Van de anderen was geen spoor te bekennen, maar een tiental meters verderop zag hij een holte, uitgespaard in de tunnelvloer, deels aan het zicht onttrokken door een berg gevallen stenen, waar ze zich misschien schuil konden houden.

'Daar gaan we ons verstoppen.'

Hij pakte Hazelius onder diens armen en sleepte hem naar de holte toe. Hij verzamelde meer gevallen stenen en bouwde een laag muurtje waarachter ze zich konden verbergen. De stemmen kwamen dichterbij.

Alstublieft, God, laat Kate in veiligheid zijn.

Ford stapelde alle losse stenen die hij kon vinden op tot een muurtje van ruim een halve meter hoog, net genoeg om hen beiden aan het zicht te onttrekken als ze gingen liggen. Hij trok zijn jasje uit en rolde het op als kussen voor Hazelius' hoofd, en knipte het licht uit.

'Dank je, Wyman,' zei Hazelius.

Even bleef het stil, en toen zei Hazelius op nuchtere toon: 'Ze willen mij dood hebben.'

'Niet als ik daar iets aan doen kan.' Ford tastte naar zijn pistool.

Hazelius raakte even zijn hand aan. 'Nee. Geen moorden. Afgezien van het feit dat zij met een overweldigende meerderheid zijn, het zou verkeerd zijn.'

'Nee, dat is het niet. Niet als zij van plan zijn jou te vermoorden.'

'We zijn allen één,' zei Hazelius. 'Hen doden is hetzelfde als jezelf doden.'

'Kom alsjeblieft even niet met dat religieuze gezever aanzetten.'

Hazelius kreunde, slikte. 'Wyman, je stelt me teleur. Van het hele team ben jij de enige die de verbijsterende gebeurtenissen niet voor waar wil aannemen.'

'Mond houden en stilliggen.'

Ze doken ineen achter het geïmproviseerde muurtje. Het rook er naar stof en schimmel. De stemmen kwamen dichterbij, de voetstappen en het gerinkel van de meute echoden door de stenen gangen. Even later prikte de matte gloed van hun lantaarns door de stoffige lucht. Ford kreeg amper lucht, zo gespannen was hij. Het lawaai klonk steeds harder, kwam steeds dichterbij. En plotseling waren ze er. Een eeuwigheid lang, leek het, dromde Eddy's horde voorbij, hun lantaarns en toortsen als helse oranje gloed tegen het plafond, hun schaduwen vervormd op de wanden. De herrie nam af, verdween, het geflakker van het vuur stierf weg. De duisternis keerde weer. Ford hoorde Hazelius een lange, pijnlijke zucht slaken. 'Mijn god...'

Even vroeg hij zich af of Hazelius aan het bidden was.

'Ze denken... dat ik de antichrist...' Hij lachte even, op vreemde, zachte toon.

Ford stond op en tuurde het donker in. De geluiden van de meute verdwenen en het werd weer stil, met af en toe het geratel van vallende steentjes.

'Misschien bén ik de antichrist wel...' bracht Hazelius ademloos uit. Ford wist niet zeker of hij hijgde van het lachen of van de pijn. *Hij begint te ijlen*, dacht hij. Door de tunnel kwam een windvlaag aan, die de stank van brandende steenkool meevoerde en een onheilspellend laag trillen: het geluid van brand.

'We moeten hier weg.'

Geen reactie van Hazelius.

Hij greep Hazelius onder de schouders. 'Kom op, probeer in beweging te blijven. We kunnen hier niet blijven. We moeten op zoek naar de anderen, en naar de lift.'

Er galmde een gedempte explosie door de tunnels. De geur van rook werd sterker.

'En nou gaan ze me doodmaken...' Weer dat griezelige lachje.

Ford greep Hazelius bij beide armen en hees hem over zijn rug. Zo sleepte hij hem de tunnels door.

'Ironisch...' mompelde Hazelius. 'Sterven als martelaar... Mensen zijn zo dom... zo goedgelovig... Maar ik heb het niet goed doordacht... zelf even dom als de anderen...'

Ford scheen met zijn lantaarn voor zich uit. De tunnel verbreedde zich tot een grote spelonk.

'En nu moet ik daarvoor boeten... antichrist, zeiden ze... antichrist, zeg dat wel!' Meer krampachtig gelach. Ford zwoegde verder en kwam de holle ruimte binnen. Rechts zag hij ingestorte kolenbergen en steen, vermengd met verkruimelde aders pyriet dat in het licht van zijn lantaarn glansde als goud.

Hij ploeterde naar de overkant van de grot. Vanuit het duister dook plotseling de liftschacht op, een rond gat in de verste hoek, met een doorsnee van zo'n anderhalve meter. Er bungelde een touw in de opening.

Hij legde Hazelius op de rotsbodem neer en vlijde zijn hoofd op het jasje. De hele grot schudde van een explosie en overal rondom hoorde hij steentjes en puin uit de zoldering vallen. De rook stak in zijn ogen. Ieder moment kon het naderende vuur de zuurstof wegzuigen; en dat was dan het einde.

Hij greep het touw. Het viel uiteen in zijn handen, spleet, ontrafelde zich en viel op een hoop neer in de diepe schacht. Even later hoorde hij een plons.

Hij scheen met zijn lantaarn omhoog en zag een glad boorgat dat doorliep zo ver het oog reikte. Het verrotte uiteinde van het touw bungelde onbruikbaar omlaag. De lift was nergens te bekennen.

Hij liep terug naar Hazelius, die dieper aan het wegzakken was in een delirium. Meer gedempt gelach. Ford hurkte en dacht uit alle macht na. Hazelius gemompel leidde hem af, tot hij een naam hoorde: *Joe Blitz.*

Plotseling spitste hij zijn oren: 'Zei jij nou net Joe Blitz?'

'Joe Blitz... ' mompelde Hazelius. 'Luitenant Scott Morgan... Bernard Hubbell... Kurt von Rachen... kapitein Charles Gordon...'

'Wie is Joe Blitz?'

'Joe Blitz... kapitein B.A. Northrup... René Lafayette...'

'Wie zijn dat allemaal?' vroeg Ford.

'Niemand... Die bestaan... niet... Pseudoniem...'

'Pseudoniemen?' Ford boog zich over Hazelius heen. Diens gezicht, in het zwakke licht, was overdekt met een laag zweet. Zijn ogen waren glazig. Maar nog steeds had hij een eigenaardige, bijna bovennatuurlijke vitaliteit. 'Pseudoniemen voor wie?'

'Wat dacht jij? Voor de held L. Ron Hubbard... Slimme vent... Alleen hebben ze hem nooit de antichrist genoemd... Hij heeft meer geluk gehad dan ik, die stomme idioot...'

Ford was met stomheid geslagen. Joe Blitz? Pseudoniem van L. Ron Hubbard? Hubbard was de sciencefictionschrijver die zijn eigen religie had gestart, Scientology, en zichzelf had opgeworpen als profeet. Voordat Hubbard was begonnen met zijn Scientology, herinnerde Ford zich, had hij tegenover een stel collegaschrijvers de onsterfelijke woorden gesproken dat de grootste prestatie die een mens in deze wereld kon leveren het starten van een wereldomvattende religie was. En vervolgens had hij dat gedaan: een combinatie van pseudowetenschap en halfbakken mystiek, gebundeld in een krachtig en aantrekkelijk pakket.

Een wereldomvattende religie... Was het denkbaar? Was dat de vraag waarop Hazelius had gezinspeeld? Was dat de reden voor dat zorgvuldig geselecteerde team van hem? Hun tragische achtergronden? Isabella, het grootste wetenschappelijke experiment in de geschiedenis? Het isolement? De Mesa? De boodschappen? De geheimhouding? *De stem van God?*

Ford haalde diep adem en leunde over Hazelius heen. Hij fluisterde: 'Vlak voor zijn... dood... had Volkonsky een briefje geschreven. Dat heb ik gevonden. Er stond onder andere in: "Ik heb de waanzin doorzien. Als bewijs geef ik je een naam, meer niet: Joe Blitz."'

'Ja... ja...' antwoordde Hazelius. 'Peter was een slimme vent... Te slim voor zijn eigen bestwil... Met hem heb ik een fout gemaakt, ik had iemand anders moeten kiezen...' Een stilte, gevolgd door een diepe zucht. 'Ik kan me niet concentreren.' Zijn stem wankelde op het randje van de waanzin. 'Waar waren we gebleven?'

Hazelius dobberde terug naar de realiteit, maar bereikte die niet helemaal.

'Joe Blitz was L. Ron Hubbard. De man die zijn eigen religie had uitgevonden. Was het dáár allemaal om begonnen?'

'Ik lag te ijlen.'

'Maar dat was de bedoeling,' zei Ford. 'Ja, toch?'

'Ik weet niet waar je het over hebt.' Hazelius' stem klonk nu scherper.

'Dat weet je best. Je hebt de hele toestand georkestreerd: Isabella gebouwd, de problemen met de computer, de stem van God. Dat was jij, jij zat daarachter. Jíj bent de hacker.'

'Dat klinkt niet aannemelijk, Wyman.' Zo te horen was Hazelius teruggekeerd in de werkelijkheid; met een klap.

Ford schudde zijn hoofd. Het antwoord had bijna een week lang voor het oprapen gelegen, gewoon in zijn dossier.

'Het grootste deel van je leven,' zei Ford, 'ben je al bezig met utopische politieke plannen.'

'Geldt dat niet voor de meesten van ons?'

'Niet zozeer dat het een obsessie wordt. Maar voor jou was het wél een obsessie, en erger nog, niemand wilde luisteren, zelfs niet toen je de Nobelprijs had gewonnen. Het moet je tot waanzin gedreven hebben: de slimste man ter wereld en niemand die wilde luisteren. Toen ging je vrouw dood en zonderde jij je af. Twee jaar later kwam je boven water met het plan voor Isabella. Je had iets te zeggen. Je wilde dat de mensen zouden luisteren. Meer dan ooit tevoren wilde je de wereld veranderen. En hoe kon je dat beter doen dan door profeet te worden? Je eigen religie te starten?'

Ford hoorde Hazelius zwaar ademen in het donker.

'Die theorie van je is... krankzinnig,' zei Hazelius kreunend.

'Je bent met het idee voor project Isabella gekomen: een machine om de oerknal te onderzoeken, het moment van de schepping. Je hebt hem laten bouwen. Je hebt het team gekozen, stuk voor stuk mensen die psychologisch ontvankelijk waren. Je hebt de hele toestand in scène gezet. Je wilde de grootste wetenschappelijke ontdekking aller tijden doen. En wat kon dat zijn? De ontdekking van God, natuurlijk! Door die ontdekking zou jij zijn profeet worden. Dat zat erachter, nietwaar? Je wilde een tweede L. Ron Hubbard worden.'

'Je bent volkomen geschift.'

'Je vrouw was helemaal niet zwanger toen ze overleed. Dat heb je verzonnen. En wat voor namen de computer ook zou ophoesten, je had altijd op die manier gereageerd. Je hebt de getallen geraden waar Kate aan zou denken, omdat je Kate zo goed kent. Daar was helemaal niets bovennatuurlijks aan.'

Hazelius' gelijkmatige ademhaling was zijn enige reactie.

'Je hebt twaalf onderzoekers om je heen verzameld: zorgvuldig door jouzelf uitgekozen. Toen ik de dossiers las, viel me op dat elk van hen zo gekwetst was door het leven, dat ze stuk voor stuk op zoek waren naar betekenis in hun leven. Ik vroeg me af hoe dat kwam. En nu weet ik het. Je hebt ze uitgekozen omdat ze zo open stonden. Rijp voor bekering.'

'Maar jou kon ik niet bekeren, is het wel?'

'Je zat er niet ver vandaan.'

Ze zwegen. Door de tunnels weergalmde zwak het geluid van stemmen. De horde was op de terugweg.

Hazelius slaakte een diepe zucht. 'We gaan er allebei aan. Ik hoop dat je dat beseft, Wyman. We gaan beiden... als martelaars de dood tegemoet.'

'Dat staat te bezien.'

'Ja, het was inderdaad mijn bedoeling om een religie te starten. Maar ik heb geen idee wat daar allemaal gebeurd is. Het is volledig uit de hand gelopen. Ik had een plan... en het is uit de hand gelopen.' Hij slaakte opnieuw een zucht en kreunde. 'Eddy. Dat was de joker die mijn kaarten heeft verspeeld. Daar had ik stom genoeg nooit aan gedacht: een profeet wordt nu eenmaal vaak zelf het slachtoffer.'

'Hoe heb je het gedaan? De computer gehackt, bedoel ik?'

Hazelius haalde het oude konijnenpootje uit zijn zak. 'Ik heb de kurkvulling eruit gehaald en vervangen door een vierenzestig-gig flashdrive, met processor, microfoon en draadloos zendertje; spraakherkenning en data. Die kon ik aansluiten op een van de wel duizend snelle draadloze processors die overal door heel Isabella verspreid zitten, allemaal als slaaf gekoppeld aan de supercomputer. Er zit een schitterend kunstmatige-intelligentieprogrammaatje in dat ik in LISP heb geschreven, of liever heb helpen schrijven, aangezien een groot deel ervan automatisch gegenereerd wordt. Het mooiste computerprogramma ooit geschreven. Eenvoudig in het gebruik: het zit gewoon in mijn zak. Hoewel het programma zelf allesbehalve simpel was – ik weet niet eens zeker of ik het zélf wel begrijp. Maar vreemd genoeg heeft het een boel dingen gezegd die ik nooit zo bedoeld had: dingen waarvan ik niet eens gedroomd had. Je zou kunnen zeggen dat het boven verwachting gepresteerd heeft.'

'Wat een smerige manipulatie.'

Hazelius stak het konijnenpootje weer in zijn zak. 'Dat zie je verkeerd, Wyman. Ik ben helemaal niet slecht. Wat ik gedaan heb, deed ik om de nobelste, de meest altruïstische redenen.'

'Ja, ja. En al dat geweld dan, al die doden die gevallen zijn. Die heb jíj op je geweten.'

'Eddy en zijn mensen hebben de weg van het geweld gekozen, niet ik.' Hij grimaste even van de pijn.

'En je hebt Volkonsky vermoord, of dat heb je door Wardlaw laten doen.'

'Nee. Volkonsky was slim. Hij had geraden wat ik van plan was. Toen hij er goed bij stilstond, besefte hij dat hij me niet kon tegenhouden. Hij kon de gedachte niet verdragen dat hij voor gek gezet zou worden, dat zijn levenswerk op deze wijze gemanipuleerd en door het slijk gehaald zou worden. Dus heeft hij zelfmoord gepleegd, en wel op zo'n manier dat het op zelfmoord leek maar met een paar opvallende details, zodat uiteindelijk gedacht zou worden dat het moord was. Dubbel omgekeerde psychologie, echt iets voor Volkonsky. Die had een uniek geslepen geest.'

'Waarom moest het eruitzien als moord?'

'Hij hoopte dat het onderzoek zich uiteindelijk zou uitstrekken tot project Isabella, zodat dat zou worden stilgelegd voordat ik mijn coup kon plegen. Maar dat heeft niet gewerkt, het ging allemaal te snel. Ik neem de verantwoordelijkheid voor zijn dood op me. Maar ik heb hem niet vermoord.'

'Wat een zinloze verspilling.'

'Je denkt niet goed door, Wyman...' Even lag hij naar adem te snakken, toen sprak hij verder. 'Dit verhaal begint nog maar net. Het is niet te stuiten. *Les jeux sont faits*, zoals Sartre ooit zei. En het ironische is, zíj gaan ervoor zorgen.'

'Zíj?'

'Die fundamentalistische bende daar. Die gaat een veel krachtiger eind aan het verhaal breien dan ik zelf had verzonnen.'

'Dit leidt tot helemaal niets,' zei Ford.

'Wyman, ik zie dat je niet inziet hoe gróót dit allemaal is. Eddy's ongewassen meute...' Hij zweeg, en tot Fords ontzetting hoorde hij de vage geluiden van de massa weer dichterbij komen. '... Ze zullen me doden, ze zullen een martelaar van me maken. En van jou ook. En daarbij wordt mijn naam gezalfd... voorgoed.'

'Ik zalf jou tot idioot, ook voorgoed.'

'Ik geef toe: zo zouden de meeste normale mensen mij zien.'

De stemmen werden duidelijker.

'We moeten ons schuilhouden,' zei Ford.

'Waar? We kunnen geen kant uit en ik kan me niet bewegen.' Hazelius schudde zijn hoofd en citeerde op zachte, schorre toon uit de Bijbel: '"Tot de bergen en rotsen zullen zij roepen: 'Valt op ons, en verbergt ons...'"' Zoals ooit al bezongen is: vluchten kan niet meer.'

De stemmen klonken steeds dichterbij. Ford greep zijn pistool, maar Hazelius legde een klamme, trillende hand op zijn arm. 'Geef je met waardigheid over.'

Vanuit de duisternis flitsten deinende lichten op. De stemmen zwollen aan en een tiental smerige, zwaarbewapende mannen verscheen rond een bocht in de tunnel.

'Daar zijn ze! Twee man!'

De menigte kwam uit de schemering aanzetten, zwart en spookachtig als mijnwerkers, met hun wapens in de aanslag en witte zweetstrepen als tralies voor hun grimassende koppen.

'Hazelius! De antichrist!'

'De antichrist!'

'We hebben hem!'

De grot trilde bij een nieuwe explosie in de verte. De overhangende rotsblokken aan het plafond raakten los en lieten een regen van kiezels neerdalen, die op de grond neerkletterden als hagel uit de hel. Er zweefden rookslierten door de doodse lucht. De berg beefde nogmaals. Door een instorting een eind verderop gromde en rommelde het en werd er rook door de schachten gebraakt.

De menigte week uiteen en pastor Eddy liep op Hazelius toe. Hij bleef staan en boog zich over de gewonde wetenschapper heen met een grijns van triomf op zijn magere, benige gezicht. 'We treffen elkaar opnieuw.'

Hazelius schokschouderde en wendde zijn gezicht af.

'Maar ditmaal, antichrist,' zei Eddy, 'heb ík de overhand. God troont aan mijn rechterzijde, Jezus links, en de Heilige Geest staat achter me. En jij, waar is jouw beschermer? Hij is op de vlucht geslagen, Satan, die lafaard! Naar de rotsen gevlucht! "Verbergt ons van het aangezicht Desgenen, Die op den troon zit, en van den toorn des Lams!"'

Eddy boog zich over Hazelius heen tot zijn gezicht vlak bij dat van de onderzoeker was. En toen barstte hij in lachen uit.

'Loop naar de hel, ziektekiem,' zei Hazelius zachtjes.

Eddy ontstak in razernij. 'Fouilleer dat stel, kijk of ze wapens hebben!'

Een groep mannen liep op Ford af. Hij wachtte tot ze vlakbij waren, gaf toen de eerste een kaakslag en trapte de tweede in zijn maag, en zag kans de derde tegen de rotswand te rammen. De anderen drongen brullend van woede op en een leger van vuisten en voeten dreef hem uiteindelijk tegen de wand en vervolgens op de grond. Eddy trok de SIG-Sauer uit Fords broekband.

Tijdens de schermutseling schopte een enthousiaste gelovige Hazelius tegen diens gebroken been. Met een snik van pijn verloor hij het bewustzijn.

'Mooi werk, Eddy,' zei Ford, die tegen de grond gedrukt lag. 'Je Verlosser zou trots op je zijn.'

Met een rood aangelopen gezicht van woede keek Eddy Ford aan, alsof hij hem een klap wilde geven, maar hij leek zich te bedenken. 'Genoeg!' schreeuwde Eddy tegen de menigte. 'Genoeg! Geef ons de ruimte. We wassen dit varkentje op onze eigen manier, op de juiste manier. Hijs ze overeind!'

Ford werd overeind gezeuld en naar voren geduwd, en de groep kwam in beweging. Twee stevige mannen sleepten de bewusteloze Hazelius bij zijn oksels met zich mee. Uit zijn neus stroomde bloed, een oog zat dicht en zijn geknakte, gebroken been sleepte achter hem aan.

Ze bereikten een tweede, enorme spelonk. Vanuit een zijtunnel kwam licht aanzetten, hobbelend in het donker. Er volgde opgewonden gepraat.

'Frost? Ben jij dat?' riep Eddy.

Er kwam een gespierde man in camouflagekleding en gemillimeterd blond haar aanlopen, met een stierennek en dicht bijeenstaande ogen. 'Pastor Eddy? We hebben er nog een stel gevonden, die zaten een eind verderop.'

Ford zag een tiental gewapende mannen die Kate en de anderen met hun geweren voor zich uit dreven. 'Kate... Kate!' Hij worstelde zich los en probeerde naar haar toe te komen.

'Hou hem tegen!'

Ford kreeg zo'n verschrikkelijke slag tegen zijn rug dat hij op zijn knieën viel. Bij een tweede klap viel hij op zijn zij, en uiteindelijk rolde hij door de schoppen en slagen plat op zijn gezicht. Hij werd zo ruw overeind gehesen dat zijn schouders bijna uit de kom schoten. Een bezwete man, zijn gezicht onder het kolenstof, met rollende paardenogen te midden van het oogwit, sloeg hem in het gezicht. 'Op je plek blijven!'

Weer klonk er gerommel in de verte. De grond trilde onder hun voeten. Vanuit de bodem steeg stof op, dat in grote wolken door de mijngangen rolde. Langs het plafond verzamelde zich rook.

'Luister!' brulde Eddy. 'We moeten hier weg! De hele berg staat in brand! We moeten eruit!'

'Ik heb daarginds een weg naar boven gezien,' zei Frost. 'Door de explosie is er een schacht opengebroken. Aan het eind daarvan zag ik de maan.'

'Ga voor,' zei Eddy.

Gewapende mannen dreven en duwden het team met geweren voor zich uit door de donkere, stoffige tunnels. Twee van Eddy's volgelingen trokken de nog steeds bewusteloze Hazelius aan zijn armen met zich mee. In de donkere mist liepen ze door een enorme grot. Bij het licht van de lantaarns was te zien dat er een enorme berg stenen omlaag was komen zetten, met een berg puinbrokken die naar een langwerpige, donkere opening in de zoldering leidde. Ford hapte de frisse, koele lucht op die naar binnen stroomde.

'Deze kant uit!'

Ze klommen de puinberg op, wankelend over de losse, wegglijdende stenen, en rondom hen ratelden de rotsblokken de diepte in.

'Omhoog vanuit de Bodemloze Put van Abaddon!' riep Eddy triomfantelijk. 'Het Beest is onder het juk gebracht!'

Voor aan de meute sleepten de twee volgelingen Hazelius omhoog, door het rafelige gat in de zoldering, terwijl de rest werd voortgedreven door de gewapende massa. De opening leidde naar een hogergelegen spelonk en daarvandaan naar een zoveelste schacht, met aan het eind een glimpje van licht: de kortstondige flonkering van een enkele ster aan de nachthemel. Door een lange, diagonaal lopende spleet kwamen ze uiteindelijk op de donkere mesa uit. Het rook er naar brandende benzine en rook. De hele oostelijke horizon stond in vuur en vlam. Roodzwarte rookwolken rolden langs de hemel, zodat de maan niet meer te zien was. De grond trilde onophoudelijk en nu en dan sprong er een steekvlam tientallen meters de zwarte lucht in, als een bloedoranje banier.

'Daar!' riep Eddy. 'Dat open terrein op!'

Ze staken een droge greppel over en bleven staan in een brede zandkuil met één enorme, dode pijnboom in het midden. Eindelijk stond Ford zo dicht bij Kate dat hij haar kon vragen: 'Gaat het?'

'Ja, maar Julie en Alan zijn dood – onder het puin geraakt.'

'Stilte!' brulde Eddy. Hij stapte het open terrein op. Ford constateerde met verbijstering hoezeer de man veranderd was ten opzichte van de supernerveuze prediker die hij eerder geweest was. Hij was nu kalm en zelfverzekerd, zijn bewegingen weloverwogen. In zijn broekriem zat een .44 Super Blackhawk-revolver. Hij ijsbeerde voor de massa heen en weer en hief zijn hand. 'De Heer heeft ons bevrijd uit de slavernij in Egypte. Loof de Heer.'

Zijn gemeente, enkele tientallen gelovigen, donderde terug: 'Loof de Heer!'

Eddy bukte zich over de wetenschapper op de grond, die net bijkwam en zijn ogen opende.

'Zet hem overeind,' zei Eddy rustig. Hij wees naar Ford, Innes en Cecchini. 'Hou hem vast.'

Ze reikten omlaag en tilden Hazelius zo voorzichtig mogelijk op zijn goede been overeind. Ford was verbijsterd dat hij nog leefde en zelfs bij bewustzijn was.

Eddy wendde zich tot zijn meute. 'Kijk hem in het gelaat: het gezicht van de antichrist.' Hij liep in een kring en zijn stem galmde: '"En het beest werd gegrepen, en met hetzelve de valse profeet, die de tekenen in de tegenwoordigheid van hetzelve gedaan had, door welke hij verleid had, die het merkteken van het beest ontvangen hadden, en die deszelfs beeld aanbaden. Deze twee zijn levend geworpen in den poel des vuurs, die met sulfer brandt."'

Met een gedempte dreun werd in de verte een bal van vuur de lucht in geslingerd. Het tafereel baadde in een schelle lichtgloed. Even stond Eddy's magere gezicht afgetekend in het oranje licht dat zijn roetzwarte, holle wangen en zijn diepliggende ogen benadrukte. '"Verheugt u, want God heeft uw oordeel geoordeeld!"'

De menigte juichte, maar Eddy hief zijn handen op. 'Soldaten van Christus, dit is een plechtig moment. We hebben de antichrist en zijn discipelen gevangengenomen, en nu wacht ons allen het oordeel van God.'

Hazelius hief zijn hoofd. Tot Fords verbazing nam de wetenschapper Eddy met een laatdunkende blik op, half grijns en half grimas, en zei: 'Sorry voor de onderbreking, prediker, maar de antichrist heeft een paar anticlimactische woorden voor jouw illustere schare.'

Eddy hief zijn handen ten hemel. 'De antichrist spreekt.' Dapper deed hij een stap naar voren. 'Wat voor godslastering komt nu weer over uw lippen, antichrist?'

Hazelius richtte zijn hoofd op en zijn stem klonk sterker. 'Hou me overeind,' zei hij tegen Ford. 'Laat me niet wegzakken.'

'Ik weet niet of dit verstandig is,' mompelde Ford in Hazelius' oor.

'Waarom niet?' fluisterde Hazelius grimmig. 'We gaan er toch aan. Dus dan maar goed, ook.'

'Luister, soldaten van Christus, naar de woorden van de valse profeet,' zei Eddy, met een stem die droop van de ironie.

74

Van achter een berg zandsteenblokken speurde Begay met zijn verrekijker de duistere horizon af. Het was halfdrie in de ochtend.

'Daar zijn ze. Op een kluitje op dat weilandje daar, doodsbenauwd.' De paarden draafden onrustig rond, donkere silhouetten tegen een rode hemel.

'Kom, dan halen we ze op,' zei Becenti.

Maar Begay verroerde zich niet. Hij had zijn verrekijker in oostelijke richting gewend. De oostpunt van de mesa was verdwenen: opgeblazen. Onder de weggevaagde inham lag een puinhelling van brandende steenkool, verwrongen metaal en een stroom brandende vloeistof die zich uitspreidde en als lava uit een vulkaan door de greppels stroomde. De hele oostkant van de mesa stond in brand: rook en vlammen sprongen op uit gaten in de grond. Af en toe vatte een pijnboom of jeneverbesstruik boven op de mesa vlam en lichtte dan op als een eenzame kerstboom. Hoewel de wind de rook van hen wegblies, kwam het vuur snel hun kant uit. Hier en daar klonken explosies waarbij stof en vuur de lucht in spoten, de grond inzakte en met een wolk zwart roetstof en rook ineenzeeg. Nakai Valley zelf had vlam gevat, de handelspost en de huizen stonden in lichtelaaie, evenals het prachtige bosje populieren.

Voor de explosie waren er minstens duizend mensen samengedromd op die ene plek. Nu zag Begay, die met zijn verrekijker die helse mesa aftuurde, nog maar een handjevol zielen geschokt ronddolen tussen rook en vlammen. Ze liepen te roepen of strompelden zwijgend, zombieachtig, in het rond. De stroom auto's die de Dugway opgekomen was, was opgehouden en sommige van de geparkeerde wagens stonden in brand, zodat de benzinetanks explodeerden.

Willy schudde zijn hoofd. 'Jemig, ze hebben het voor elkaar gekregen. Eindelijk is het ze dan gelukt, die Bilagaana.'

Ze klommen de helling af en Begay liep op de paarden af. Hij floot naar Winter; het dier spitste zijn oren en draafde even later zijn kant uit, gevolgd door de andere.

'Braaf zo, Winter.' Begay streelde zijn nek en haakte een leidsel aan zijn halster vast. Enkele paarden waren al gezadeld geweest, klaar voor vertrek, en Begay zag tot zijn vreugde dat ze de zadels niet afgeworpen hadden. Hij nam zijn eigen zadel van het paard waarop hij momenteel reed en legde het op Winters rug, singelde aan en hees zich in het zadel. Willy reed zonder zadel, en samen begonnen ze de nerveuze paarden in de richting van het Midnight Trail te drijven, tegenover de brandende vallei. Langzaam trokken ze verder. Ze zorgden dat de paarden rustig en op het hogergelegen terrein bleven, waar het terrein mooi vlak was. Toen ze een heuveltje over kwamen, bleef Becenti, die vooropreed, staan.

'Wat is daar in godsnaam gaande?'

Begay kwam naast hem staan en hief zijn verrekijker. Een paar honderd meter verderop, in een zandkuil, stond een groepje mannen bijeen. Ze waren smerig, alsof ze net uit een ingestorte spelonk kwamen, en ze stonden om een stelletje haveloze, vuile gevangenen heen. Begay hoorde ze joelen.

'Een lynchpartij, zo te zien,' zei Becenti.

Begay nam de gevangenen goed op door zijn kijker. Tot zijn schrik herkende hij de onderzoeker die bij hem op bezoek was geweest, Kate Mercer. En iets verderop stond Wyman Ford, die voor zover hij kon zien een gewonde man overeind hield.

'Dit staat me niet aan,' zei Begay. Hij begon uit het zadel te klimmen.

'Wat doe jij nou? We moeten hier wegwezen.'

Begay bond zijn paard aan een boom. 'Misschien hebben ze hulp nodig, Willy.'

Met een grijns slingerde Willy Becenti zich van zijn paard af. 'Dat lijkt er meer op.'

Ze kropen naar de groep toe, in de beschutting van een rij grote rotsblokken. Nu lagen ze op enkele tientallen meters van de groep, on- zichtbaar in het duister. Begay telde vierentwintig man, met geweren. Stuk voor stuk zagen ze zwart van het steenkoolstof. Helse gezichten.

Fords gezicht zat onder het bloed; hij zag eruit alsof hij een pak ram- mel had gekregen. De andere gevangenen kende hij niet, maar hij nam aan dat dit de overige onderzoekers van project Isabella moesten zijn, gezien hun witte jassen. Ford hield een van hen overeind, met de arm van de man om zijn schouder geslagen. De gewonde had een ernstig ge- broken been. De menigte spuwde naar hen, joelend en spottend. Na een tijd kwam er een man naar voren die zijn handen hief om de meute tot bedaren te brengen.

Begay kon zijn ogen amper geloven: het was pastor Eddy, van de mis- sie in Blue Gap. Maar Eddy was onherkenbaar: de pastor die hij had gekend was een verwarde, halfgestoorde loser die oude kleren weggaf en hem zestig dollar schuldig was. Deze Eddy had een uitstraling van kil gezag, en de menigte reageerde daarop.

Begay drukte zich plat tegen de grond en bleef liggen kijken, Becen- ti aan zijn zijde.

Eddy hief zijn handen. '"En hetzelve werd een mond gegeven, om gro- te dingen en godslasteringen te spreken." Christenvrienden, de anti- christ zal tot u spreken. Wees samen met mij getuige van deze blasfe- mie.'

Hazelius probeerde de woorden over zijn lippen te krijgen. Op de achtergrond flakkerde de brandende Isabella, met grote vlakken en zui- len van vuur die de lucht in spoten en zich verspreidden, en zijn woor- den werden overstemd door een reeks scherpe knallen. Hij begon op- nieuw, met luidere stem.

'Pastor Eddy, ik heb maar één opmerking. Deze mensen zijn niet mijn discipelen. Doe wat je wilt met mij, maar laat hen ongedeerd.'

'Leugenaar!' riep iemand uit de menigte.

'Godslasteraar!'

Eddy hief een vermanende hand en de menigte viel stil. 'Niemand is onschuldig,' riep hij. 'Wij zijn allen zondaars in de handen van een ver- toornde God. Alleen door Gods genade worden wij gered.'

'Laat hen met rust, demente hufter.'

Weinig kans, dacht Ford, met een blik op Eddy's menigte, die joelde om Hazelius' bloed.

Hazelius werd zwakker, zijn goede been zakte onder hem weg.

'Hou hem overeind!' brulde Eddy.

Kate kwam naast Ford staan en hielp de wetenschapper rechtop te houden.

Eddy draaide zich om. 'De dag van Gods wrake is gekomen,' donderde hij. 'Grijp hem!'

De meute dook op Hazelius af, drong om hem heen, duwde hem alle kanten op alsof ze vochten om een ledenpop. Ze mepten hem, duwden hem, bespuwden hem, sloegen hem met stokken. Eén man haalde naar hem uit met een stuk stekelige cactus.

'Bind hem aan die boom daar.'

Ze sleepten hem mee naar een enorme, kale, dode pijnboom, worstelend als een honderdpotig monster. Ze bonden een pols vast, smeten het uiteinde van het touw over een dikke tak heen en trokken het aan. Datzelfde deden ze met zijn andere pols en toen bonden ze hem op, zodat Hazelius met gespreide armen half hing, half overeind stond. Zijn kleren hingen in flarden aan zijn smerige lijf.

Plotseling rukte Kate zich los, sprong naar voren en omhelsde Hazelius.

De menigte barstte uit in een boos geschreeuw en Kate werd vastgegrepen en achteruitgerukt, op de grond gesmeten. Een vogelverschrikker van een man met een vierkante baard dook op uit de menigte en schopte haar terwijl ze op de grond lag.

'Lul!' riep Ford. Hij gaf de man een enorme kaakslag, mepte een ander opzij en vocht zich een weg naar Kate toe, maar de meute zwermde om hem heen en werkte hem met vuisten en knuppels tegen de vlakte. Half bewusteloos besefte hij amper wat er daarna gebeurde.

Het gebrul van een terreinmotorfiets klonk aan de rand van de horde, en de motor kwam sputterend tot stilstand. Een diepe stem vol gezag baste: 'Gegroet, christenvrienden!'

'Doke!' brulde de massa. 'Daar is Doke!'

'Doke! Doke!'

De menigte week uiteen en een berg van een man liep de kring binnen, in een spijkerjack met afgescheurde mouwen waar een stel enorme, getatoeëerde armen uit staken. Aan een zilveren ketting rond zijn hals bungelde een groot ijzeren kruis, en op zijn rug hing een mitrailleur. Zijn lange, blonde haar wapperde in de wind van de vele vuren.

Hij keerde zich naar Eddy en omhelsde hem. 'Christus zij met u!' Hij liet Eddy los en draaide zich naar de menigte. Doke straalde een ontspannen charme uit, de perfecte aanvulling op Eddy's ascetische strengheid. Met een mysterieuze grijns stak hij zijn hand in een tas en haalde er een glazen fles met een kleurloze vloeistof uit, schroefde de dop eraf en wierp die weg, stak een lap stof in de opening en liet het uiteinde eruit bungelen. Toen hield hij de lap met twee vingers op zijn plek, schudde de fles en hield hem in de lucht. De menigte brulde. Ford rook benzine. Met zijn andere arm hief hij een wegwerpaansteker in de lucht tot beide armen boven zijn hoofd waren. Hij wuifde ze heen en weer en draaide langzaam om zijn as, als een rockster op het podium. 'Hout!' riep hij schor. 'Breng ons hout!'

Eddy zei: '"En zo iemand niet gevonden werd geschreven in het boek des levens, die werd geworpen in den poel des vuurs." De Bijbel laat er geen twijfel aan bestaan: wie Jezus Christus niet heeft aangenomen als persoonlijke verlosser, wordt in het eeuwigdurende vuur geworpen. Dit, medechristenen, is Gods wil.'

'Branden! Branden moet hij, de antichrist!' reageerde de meute.

'"En de duivel, die hen verleidde, werd geworpen in den poel des vuurs,"' vervolgde Eddy. '"Geworpen in den poel des vuurs en sulfers, alwaar het beest en de valse profeet zijn."'

'Hou op! In de naam van God, hou op!' riep Kate.

Boven hun hoofden gaven de mensen elkaar hopen dode pijnboomtakken, cactushulzen en dorre struiken door, die aan de voet van de boom werden neergesmeten. Er groeide een hoge stapel.

'Dit is Gods belofte aan de ongelovigen,' zei Eddy, die heen en weer beende voor de steeds hogere houtstapel. '"En zij zullen gepijnigd worden dag en nacht in alle eeuwigheid." Wat wij hier doen, is goed in de ogen van God en wordt herhaaldelijk in de Bijbel genoemd. Ik geef u het voorbeeld van Openbaring 14:11: "En de rook van hun pijniging gaat op in alle eeuwigheid, en zij hebben geen rust dag en nacht."'

De brandstapel groeide, langzaam en slordig. Een paar mannen begonnen het hout rond Hazelius op te hopen.

'Niet doen!' gilde Kate opnieuw.

De stapel kwam tot aan Hazelius' dijen.

'"En er kwam vuur neder van God uit den hemel, en heeft hen verslonden," ' citeerde Eddy.

Cactushulzen, dorre struiken en takken, explosief droog, werden steeds hoger opgestapeld tot Hazelius tot zijn middel in het hout stond.

'Wij zijn klaar om Gods wil ten uitvoer te brengen,' zei Eddy op eerbiedige toon.

Doke deed een stap naar voren, hief zijn armen nogmaals, met in de ene hand de aansteker, in de andere de molotovcocktail. De menigte deinsde achteruit en viel stil. De man beschreef nog eenmaal een halve cirkel, met geheven handen. Vol ontzag schuifelde de massa nog iets verder achteruit.

Doke knipte de aansteker aan en hield de vlam bij de cocktail. De bungelende lap vatte vlam. Hij draaide zich om en smeet de brandende fles in de brandstapel. Er klonk een matte dreun, en het vuur bloeide op in het hout, brak met een luid geknetter omhoog.

Vanuit de menigte ging een diepe zucht van bewondering op.

Ford zette zich schrap en sloeg zijn arm om Kate heen, die op haar benen stond te wankelen en bijna flauwviel. Zwijgend keken ze toe. Niemand wendde zijn blik af.

Terwijl de vlammen hoger rezen, klonk Hazelius' stem luid en duidelijk: 'Het universum vergeet niet.'

75

Nelson Begay lag met stijgende razernij naar de menselijke brandstapel te kijken. Daar werd iemand levend verbrand. Dat hadden de Spanjaarden met zijn voorouders gedaan als die weigerden zich te laten bekeren. En nu gebeurde het opnieuw.

Maar hij kon niets verzinnen om het tegen te houden.

De vlammen dansten omhoog en vingen de flarden van de witte laboratoriumjas van de man. Ze verduisterden zijn gezicht en verzengden met een sissende flits zijn haar.

Maar de man bleef staan.

Brullend klommen de vlammen steeds hoger, blakerden zijn kleding en brandden die in repen weg, als vurige confetti.

Maar de man vertrok geen spier.

Het brullende vuur verteerde zijn kleren en begon zijn huid te blakeren en weg te pellen: zijn ogen smolten en dropen uit de kassen. En nog steeds bleef hij roerloos rechtop staan, zonder zijn gezicht te vertrekken; en die bedroefde halve glimlach verdween geen moment van zijn gezicht, ook niet toen dat verzengd werd. Het vuur knaagde aan de touwen waarmee hij aan de boom gebonden stond en vrat die weg. En nog steeds bleef hij staan als een rots in de branding. Hoe kon dat? Waarom viel hij niet? Zelfs toen de dode pijnboom waaraan hij was vastgebonden in vlammen opging, een kronkelende zuil van vuur met vlammen die tien, twaalf meter de lucht in raasden, bleef hij staan, tot hij volledig was opgegaan in de vuurkolom. Op dertig meter afstand voelde Begay de hitte van het vuur op zijn gezicht, hoorde het brullen als een beest, de buitenste takken van de boom als even zovele brandende klauwen. En toen stortte de vlammende boom in, met een vonkenregen die de lucht in sprong, zo hoog dat die naar de sterren zelf leek te reiken.

Van Hazelius was niets over. Hij was volledig verdwenen.

De andere gevangenen, die door gewapende mannen in bedwang werden gehouden, keken in volslagen afgrijzen toe. Sommigen huilden, hielden elkaar bij de hand, sloegen de armen om elkaar heen.

Nu gaan zij eraan, dacht Begay. Het was een onverdraaglijke gedachte. Doke reikte al in zijn tas en haalde een volgende fles tevoorschijn. 'Fuck,' fluisterde Becenti. 'Hier moeten we iets aan doen.' Begay draaide zich naar hem om. 'Inderdaad, Willy. Dit mag niet gebeuren.'

Vol ongeloof en afgrijzen stond Ford naar het wegstervende vuur te kijken. Waar Hazelius zojuist nog had gestaan, was nu alleen nog een verpulverde hoop houtskool te zien, meer niet. Ford hield Kate stevig omklemd, zodat ze op de been bleef. Ook zij staarde naar de resten van het vuur, haar gezicht vol tranenstrepen, maar zonder een vin te verroeren. Niemand bewoog zich of zei iets.

Nu waren zij aan de beurt.

De menigte zweeg. Pastor Eddy stond een eindje verderop, met de bijbel in twee pezige handen tegen zijn borst geklemd. Zijn ogen stonden hol en onrustig.

Doke, de man met de tatoeages, stond ook in het vuur te kijken, met een stralend gezicht.

Eddy hief zijn hoofd en keek naar de menigte. Met een schuddende hand wees hij naar de kolenhoop. '"En gij zult de goddelozen vertreden; want zij zullen as worden onder de zolen uwer voeten."'

Zijn hoonkreet wekte de menigte weer tot leven. Met onbehaaglijke gezichten schuifelden ze heen en weer. 'Amen,' zei een stem, zwakjes herhaald door andere.

'"As onder de zolen uwer voeten,"' herhaalde Eddy.

Er kwamen nog enkele verspreide amen's uit de meute.

'En nu,' zei hij. 'Nu, vrienden, is het tijd voor de discipelen van de antichrist. Wij zijn christenen. Wij zijn vergevingsgezind. Ze moeten een kans krijgen om Jezus te aanvaarden. Ook de grootste zondaar moet een laatste kans krijgen. Op jullie knieën!'

Een volgeling sloeg Ford tegen het achterhoofd en onwillekeurig viel hij op zijn knieën. Kate knielde naast hem en trok hem dicht tegen zich aan.

'Bid tot onze Heer Christus Jezus voor de redding van hun zielen!'

Doke zeeg op één knie neer, gevolgd door Eddy, en even later knielde de hele menigte in het woestijnzand, in de rossige gloed van het stervende vuur. Er ging een geprevel van gebed op.

Een nieuwe explosie daverde over de mesa en de grond beefde.

'Jullie,' begon Eddy, 'discipelen van de antichrist, laten jullie je bekeren, aanvaarden jullie Jezus als jullie persoonlijke verlosser? Aanvaarden jullie Jezus met hart en ziel, zonder terughouding? Komen jullie bij ons, als krijgers in Gods grootse heerschare?'

Volslagen stilte. Ford kneep in Kates hand. Als zij nu maar iets zei, als ze nu maar instemde. Maar als hij het zelf niet opbracht, hoe kon hij dat dan van haar verwachten?

'Wil niet één van jullie die ketterij afzweren en Jezus aanvaarden? Wil niet één van jullie gered worden van het vuur van deze wereld en de eeuwigdurende vuren van de volgende wereld?'

Ford voelde een kolkende woede opkomen. Hij hief zijn hoofd. 'Ik bén christen, ik ben katholiek. Ik hoef geen ketterij af te zweren.'

Eddy haalde diep adem en sprak met bevende stem, zijn hand theatraal uitgestoken naar de luisterende menigte. 'Katholieken zijn geen christenen. De geest van het katholicisme is die van afgoderij, want zij aanbidden de Gezegende Maagd Maria.'

Er ging een instemmend gemompel op.

'Dat is de geest van het demonisme, zoals wel blijkt door de ijdele herhaling van de weesgegroetjes in de rozenkrans. Dit is de aanbidding van gesneden beelden, een pure schending van Gods geboden.'

Fords woede nam toe, maar hij probeerde zich te beheersen. Hij stond op. 'Hoe durf je,' zei hij zacht en dreigend. 'Hoe dúrf je.'

Eddy hief zijn pistool en richtte het op hem. 'Vijftienhonderd jaar lang hebben priesters de katholieken gehersenspoeld. Jullie lezen de Bijbel niet. Jullie doen wat de priester zegt. Jullie paus bidt tot gesneden beelden en kust de voeten van beelden. Het woord van God is duidelijk: wij knielen voor Jezus en voor niemand anders, niet voor Maria, niet voor die zogeheten heiligen. Geef die godslasterlijke religie op, of onderga de wrake Gods.'

'Jullie zijn de ware godslasteraars,' zei Ford, met een blik op de menigte.

Eddy hief het trillende wapen en richtte het op Fords rechteroog. 'Jullie kerk komt rechtstreeks uit de mond van de hel. Bekeer je!'

'Nooit van mijn leven.'

Het wapen verstilde toen Eddy van tien centimeter afstand richtte, en zijn vinger spande zich rond de trekker.

76

Dominee Don T. Spates ramde de hoorn op de haak. Dat ding deed het nog steeds niet. En zijn internetverbinding werkte ook al niet. Hij overwoog om naar het perskantoor van de Zilveren Kathedraal te gaan en daar de tv aan te zetten om te kijken of er nieuws was, maar hij kon zich er niet toe zetten. Hij was bang om weg te gaan, bang om van zijn bureau op te staan: bang voor wat hij misschien zou ontdekken.

Hij keek op zijn horloge. Halfvijf in de ochtend. Nog twee uur voor de dageraad aanbrak. Zodra de zon op was, ging hij linea recta naar Dobson. Hij zou zijn lot in de handen van zijn advocaat leggen. Dobson kon de hele toestand afhandelen. Dat zou natuurlijk geld kosten. Maar hierna zou het donaties regenen. Hij moest alleen deze storm doorstaan. Maar hij had wel meer stormen doorstaan, zoals die keer dat die twee hoeren de krant hadden ingelicht. Op dat moment had hij gedacht dat zijn hele wereld voorbij was. Maar een maand later was alles weer bij het oude, stond hij in zijn kathedraal te preken, en intussen was hij de populairste televangelist aller tijden.

Hij haalde zijn zakdoek tevoorschijn en veegde zijn gezicht af, bette rond zijn ogen, voorhoofd, neus en mond, zodat er een bruine vlek oude schmink achterbleef op het witte linnen. Hij keek er vol weerzin naar en mikte de zakdoek in de prullenbak. Hij schonk zich nog een kop koffie in, plensde er een scheut wodka bij en dronk de kop met trillende hand leeg.

Hij zette de kop zo hard terug op de schotel dat het porselein brak. Het kostbare Sèvres was precies doormidden gespleten, alsof er een bijl aan te pas was gekomen. Hij hield de stukken in zijn hand, keek er even naar en smeet ze toen, in plotselinge woede, de kamer door.

Abrupt veerde hij overeind, liep naar het raam, smeet het open en keek naar buiten. Daar was alles donker en stil. De wereld sliep. Maar niet in Arizona. Daar waren misschien wel vreselijke dingen aan het gebeuren. Maar zijn schuld was dat niet. Hij had zijn leven gewijd aan Christus' werk op aarde. *Ik geloof in eer, religie, plicht en vaderland.*

Kwam de zon nu maar op. Hij beeldde zich in hoe hij tussen de stille, met houten lambrisering gedecoreerde wanden van het kantoor van zijn advocaat aan 13th Street zou zitten, en uit die gedachte putte hij troost. Zodra het licht was, zou hij zijn chauffeur wakker bellen en gingen ze op weg naar Washington.

Terwijl hij zo naar de donkere, natgeregende straten stond te kijken, hoorde hij in de verte sirenes. Even later zag hij iets komen aanrijden over Laskin Road: patrouillewagens en een arrestantenwagen, met zwaailicht, gevolgd door een stel bestelwagens. Hij dook naar binnen en sloeg met bonzend hart het raam dicht. Die kwamen toch zeker niet voor hem? Nee, natuurlijk niet, wat was er mis met hem? Hij ging weer achter zijn bureau zitten, stak zijn hand uit voor een nieuwe kop koffie met wodka. Tot hij zich de gebroken kop herinnerde. Dan maar zonder kop. Met een zwaai bracht hij de fles naar zijn lippen en nam een ferme teug.

Hij zette de fles neer en ademde uit. Waarschijnlijk moesten ze een stel negers verwijderen uit de jachtclub een eind verderop.

In de Zilveren Kathedraal klonk zo'n harde dreun dat hij opveerde van de schrik. Plotseling klonk er lawaai, stemmen, kreten, het blaten van politieradio's.

Hij kon geen vin verroeren.

Even later dreunde zijn kantoordeur open en kwamen er mannen in kogelvrije FBI-vesten binnen, gehurkt en met getrokken wapens. In hun kielzog volgde een reus van een zwarte agent met een kaalgeschoren hoofd.

Spates bleef zitten; hij begreep er helemaal niets van.

'Don Spates?' vroeg de agent, terwijl hij zijn badge openvouwde. 'Federal Bureau of Investigation. Ik ben Special Agent in Charge Cooper Johnson.'

Spates kon geen woord uitbrengen en staarde de man sprakeloos aan.

'Bent u Don Spates?'

Hij knikte.

'Handen op het bureau, graag, meneer Spates.'

Hij stak zijn dikke handen vol levervlekken uit en legde ze op het bureau.

'Opstaan, en laat uw handen waar ik ze zien kan.'

Onbeholpen stommelde hij overeind; de stoel viel met een klap achter hem op de grond.

'Handboeien.'

Een tweede agent kwam aanlopen, greep zijn onderarm stevig beet, draaide die op zijn rug en trok de andere naar achteren. En tot zijn stomme verwondering voelde Spates het kille staal rond zijn polsen glijden.

Johnson liep naar Spates toe en bleef pal voor hem staan, met zijn armen over elkaar en zijn voeten een stuk uiteen.

'Meneer Spates?'

Spates staarde hem aan. Zijn hele hoofd voelde leeg aan.

Zacht en snel sprak de agent: 'U hebt het recht te blijven zwijgen. Alles wat u zegt, kan en zal tegen u gebruikt worden voor een rechtbank. U hebt het recht een advocaat te spreken en een advocaat aanwezig te hebben bij ondervraging. Als u geen advocaat kunt betalen, krijgt u er van overheidswege een toegewezen. Is dat duidelijk?'

Spates keek hem woordeloos aan. Dit kón niet waar zijn.

'Is dat duidelijk?'

'Wa...?'

'Hij is dronken, Cooper,' zei een ander. 'Maak je niet te sappel, we wijzen hem straks nog een keer op zijn rechten.'

'Prima.' Johnson greep Spates' bovenarm. 'Daar gaan we dan.'

Een tweede agent pakte zijn andere arm en ze gaven hem een zetje om naar de deur te lopen.

'Wacht!' riep Spates uit. 'Dit is een vergissing!'

Ze bleven hem voor zich uit duwen. Niemand besteedde maar de minste aandacht aan hem.

'Jullie moeten mij niet hebben! Jullie hebben de verkeerde voor je!'

Een agent opende de deur en ze liepen de donkere Zilveren Kathedraal in.

'Crawley moet je hebben, Booker Crawley van Crawley & Stratham! Die heeft het gedaan! Ik deed gewoon wat hij zei, ik ben niet verantwoordelijk! Ik had geen idee dat dit ervan zou komen! Het is zijn schuld!' Zijn hysterische stem echode eindeloos door de enorme ruimte.

Ze namen hem mee langs een zijpad, langs de verduisterde schermen met publieksaanwijzingen, langs de dure fluwelen stoelen van driehonderd dollar per stuk, langs de zuilen die waren belegd met echt bladzilver, door de weergalmende gang van Italiaans marmer, de voordeur uit.

Daar werd hij begroet door een ziedende massa persmuskieten, verblind door wel duizend cameraflitsen en bestookt met een gebrul van vragen. Van alle kanten kwamen de microfoons aan lange staken op hem af.

Hij knipperde met zijn ogen, met open mond en slappe kaken van de angst, als een koe in het slachthuis.

Voor de ingang van de kathedraal stond een arrestantenwagen van de FBI met stationair draaiende motor, aan het eind van een smal pad door de meute heen.

'*Dominee Spates! Dominee Spates! Is het waar dat...?*'

'*Dominee Spates!*'

'Nee!' brulde Spates, en hij probeerde zich los te rukken. 'Niet daarin! Ik ben onschuldig! Crawley moeten jullie hebben! Als ik nou even terug mag naar kantoor, hij staat in mijn Rolodex!'

Twee agenten openden de laaddeur. Hij stribbelde uit alle macht tegen.

Er flitsten wel honderd camera's per seconde. De op hem gerichte lenzen blonken als duizend vissenogen.

'Nee!'

Hij verzette zich en werd ruw naar binnen geduwd. Hij struikelde, draaide zich om, smeekte. 'Luister nou even, toe nou!' Hij brak in een luid, zuigend gesnik uit. 'Crawley moet je hebben!'

'Meneer Spates?' zei de agent die de leiding had. 'Spaar uw adem. U krijgt later nog zat tijd om uw verhaal te doen, oké?'

Twee agenten stapten samen met hem in, aan weerszijden een. Ze duwden hem neer op een bankje, klikten zijn handboeien vast aan een staaf en deden hem zijn veiligheidsgordel om.

De laaddeur sloeg dicht en het tumult nam af. Spates snikte luidruchtig, hapte naar adem, zuchtte diep. 'Dit is een vreselijke vergissing!' huilde hij, terwijl de wagen wegreed. 'Jullie moeten mij helemaal niet hebben, julllie moeten Cráwley hebben!'

77

Ford keek in de loop van de revolver en het glanzende stalen oog staarde terug. Ongevraagd welden de woorden van de geloofsbelijdenis in hem op. Hij sloeg een kruis en fluisterde: 'In de naam van de Vader en de Zoon en de Heilige Geest...'

'Loof de Heer!' dreunde een stem in de verwachtingsvolle stilte.

Iedereen draaide zich om. Er verscheen een Navajo te voet, vanuit het donker, gehuld in een hertenleren hemd met een doek rond zijn voorhoofd. Hij voerde een stel paarden aan de leidsels met zich mee en had een pistool in zijn hand, dat hij boven zijn hoofd door de lucht zwaaide. 'Lof aan God en aan Jezus!' Hij begon zich een weg te banen door de menigte, die uiteenweek om hem erdoor te laten.

Ford herkende Willy Becenti.

Eddy bleef met het wapen op Ford gericht staan.

'Loof de Heer, loof Jezus!' riep Becenti nogmaals, terwijl hij de paarden recht op hen af leidde en de geknielde menigte opzij dwong. 'Loof de goede Herder! Amen, broeder!'

'Loof de Heer!' klonk het reflexmatige antwoord. 'Loof Christus!'

'Vriend in Christus!' zei Doke, terwijl hij overeind kwam. 'Wie mag jij wel zijn?'

'Loof de Heer!' brulde Willy nogmaals. 'Wij zijn broeders in Christus! Ik kom met jullie meevechten!'

De paarden waren nerveus; ze stampten op de grond en rolden met hun ogen. Geschrokken deinsde de menigte achteruit. Achter de paarden doemde nog een ruiter op in het rossige licht, die de dieren van achteren opdreef. Ford zag dat het Nelson Begay was, de medicijnman.

Becenti liet de nerveuze paarden vlak voor de groep onderzoekers stilstaan. De dieren verdrongen elkaar, bewogen schrikachtig hun hoofden op en neer, rolden met hun ogen en waren amper te houden.

Geschrokken deinsde de menigte steeds verder achteruit. 'Wat moet dat met die paarden?' riep Eddy boos uit.

'We komen meevechten!' Becenti keek hem met verdwaasde blik aan en liet als per ongeluk een leidsel uit zijn handen vallen. Het voorste paard probeerde achterwaarts weg te komen en Becenti trapte op het touw om zijn manoeuvre te stoppen. 'Hooo, jongen!' schreeuwde hij. Hij bukte zich om het touw op te rapen. In die snelle beweging sprak hij, amper hoorbaar, tegen de groep: 'Zodra ik het zeg, springen jullie te paard en dan zijn we hier weg.'

Doke stapte het open terrein tussen Eddy en Ford op. 'Oké, maat, vertel eerst maar eens wie je bent en wat je zojuist tegen de gevangenen hebt gezegd.'

'Dat zeg ik toch net,' jankte Becenti met hoge stem. 'Ik ben een vriend in Christus! Ik dacht dat jullie misschien paarden nodig zouden hebben.'

'We waren hier bezig, idioot, en je stoort ons. Maak dat je wegkomt met die knollen van je.'

'Tuurlijk, ja, sorry hoor, ik wilde alleen maar helpen.' Becenti draaide zich om. 'Rustig, paarden!' riep hij, terwijl hij wild met zijn armen zwaaide. 'Rustig maar, hóóó! Kalm aan!'

De paarden leken alleen maar nog gespannener te worden van zijn geroep. Becenti greep de halsters en begon de dieren te keren om ze weg te leiden, maar hij leek niet bepaald handig in de omgang met paarden. Toen ze niet wilden gehoorzamen zwaaide hij met een opgerolde lasso naar ze, en plotseling weken ze onder een scherpe hoek uit, zodat Doke en Eddy achteruit gedwongen werden. De paarden stonden nu tussen hen en de gevangenen in. Eén paard begon te steigeren.

'Haal die beesten hier weg!' riep Doke, en hij probeerde de dieren opzij te duwen.

'Loof Jezus en alle heiligen!' Becenti schudde zijn pistool boven zijn hoofd en riep: 'Nú!'

Ford greep Kate en slingerde haar de rug van een ruin op, terwijl Becenti Chen op een gevlekte indiaanse pony smeet en Cecchini achter zich op een bruin paard hees. Corcoran en St. Vincent krabbelden in het zadel van een ander paard en Innes sprong op een roodbruine rug; binnen tien seconden zaten ze allemaal te paard.

Doke probeerde zich een weg te banen door de rondkrioelende menigte en riep: 'Hou ze tegen!' Hij greep naar zijn geweer en trok het uit de hoes op zijn rug.

Eddy had zijn pistool weer geheven en op Ford gericht.

'Loof de Heer!' riep Becenti, terwijl hij zijn paard wendde. Met malende hoeven ramde hij Eddy, die haastig achteruit stapte zodat het schot doel miste. Even later spoorde de indiaan zijn paard aan recht op Doke af te galopperen; die liet zijn geweer vallen en sprong uit de weg.

Becenti hief zijn opgerolde lasso, zwaaide ermee door de lucht en brulde: 'Hiiyaaah!'

De paarden, toch al gespannen als een veer, hadden geen verdere aanmoediging nodig. Ze daverden door de menigte heen, zodat die links en rechts wegdook. Toen ze eenmaal op de open vlakte waren, sloeg Becenti rechts af en leidde hen in gestrekte galop de dekking van een zandheuvel in. Achter hen klonken schoten in het donker, maar ze hadden de beschutting al bereikt en de kogels gonsden boven hun hoofd langs.

'Hiiyaaah!' gilde Becenti.

De paarden daverden door de zandgeul, bocht na bocht, tot het geluid van schoten nog maar een zwak geplop in de verte was, de kreten en het gebrul van de menigte bijna verstomd. Toen minderden ze vaart en reden in draf verder.

Achter hen, in de verte, hoorde Ford een motorfiets starten.

'Hoor je dat, Willy?' riep Begay vanuit de achterhoede. 'Er is er een met een motor.'

'Shit,' zei Becenti. 'Die moeten we zien af te schudden. Hou je vast!'

Hij reed de greppel uit, een rotshelling op. De hoeven van het paard kletterden over het zandsteen. Boven raceten ze een duinenveld over, in de richting van een diep ravijn aan de overkant.

Een gerommel, en de hele mesa schudde. Donkere stofwolken vlogen de nachtlucht in. Een paar honderd meter naar rechts braakte de grond vlammen uit. Knetterend vloog een pijnboom in brand, en nog een. Achter hen, aan het oostelijke uiteinde van de mesa, klonk een daverende explosie, en nog een.

Weer klonk het brullen van de motor, veel dichterbij ditmaal. Hij was snel op hen aan het inlopen.

'Hiiyaaa!' riep Becenti nogmaals, en hij reed in galop over de rand van de geul heen, de diepte in.

Ford volgde hem, met zijn benen rond de ruin geklemd en Kates armen om zijn rug geslagen.

78

Fords paard dook de zachte zandhelling af, leunde achterover en boorde zijn hoeven in het zand terwijl het half glijdend, half springend de eindeloze helling afdaalde, omringd door een stortvloed van los zand.

Op de rand boven hen klonk het brullen van de motorfiets. Er werden schoten afgevuurd en Ford hoorde een kogel inslaan in de rots links naast zich. Ze kwamen beneden aan en galoppeerden door de arroyo. Boven zijn hoofd hoorde Ford de motor, die over de rand voortraasde.

Becenti hield zijn paard in. 'Hij snijdt ons de pas af! Rechtsomkeert!' De motorfiets kwam aan de rand tot stilstand en wierp een fontein van zand op die de greppel in viel. Doke plantte zijn voeten aan weerszijden van de motor, haalde zijn geweer uit het foedraal en richtte.

Op het moment dat het eerste schot klonk en naast Ford een zandstraal de lucht in spoot, keerden ze hun paarden. Ze zochten tijdelijke dekking achter een stel rotsblokken. Er klonk een tweede schot, dat gonzend afketste op de rotsen. Ford besefte dat ze klem zaten in de arroyo. Ze konden niet voor- of achteruit: de man had aan beide zijden een open schootsveld. De helling boven hun hoofd was te steil om te beklimmen.

Een derde schot, en weer spoot er een zandstraal de lucht in. Van boven klonk een rauw gelach. 'Jullie kunnen op de vlucht slaan, stelletje goddeloze misbaksels, maar uiteindelijk krijg ik jullie toch wel!'

'Willy,' zei Begay. 'Dit is het moment om je pistool te trekken!'

'Dat is... dat is niet geladen.'

'Waarom in vredesnaam niet?'

Becenti keek hem schaapachtig aan. 'Ik wou niet dat er iemand gewond zou raken.'

Begay hief zijn handen ten hemel. 'Geweldig, Willy.'

Ford hoorde weer een schot, dat vlak boven hun hoofd langsscheerde en in de tegenoverliggende helling insloeg. 'Ik kom eraan!' brulde Doke triomfantelijk.

'O, shit, wat nu?' kermde Becenti. Zijn paard danste en snoof in de enge ruimte.

Ford hoorde Doke glijdend en springend de helling af komen. Zo dadelijk bereikte hij de bodem van de greppel, van waar hij ongehinderd zicht had op de complete arroyo. Misschien zou hij hen niet allemaal uitschakelen, maar hij zou beslist meer dan genoeg slachtoffers maken voordat ze dekking konden zoeken achter de volgende bocht.

'Kate, spring op Begays paard.'

'Wat doe je?' vroeg ze.

'Snel.'

'Wyman, je kunt helemaal niet rijden...'

'Verdomme, Kate, vertrouw me nou eens een keer!'

Meteen slingerde Kate zich van de paardenrug af en sprong achter Begay op diens paard.

'Geef mij het pistool.'

Becenti gooide het wapen naar hem over. 'Succes, man.'

Ford greep de manen van het paard in zijn linkerhand en draaide ze een slag om zijn vuist. Hij keerde het paard in de richting waaruit Doke zou verschijnen.

'Klem je vast met je knieën,' zei Kate, 'en hou je gewicht laag en gecentreerd.'

Op dat moment verscheen Doke, grommend en slippend op de zandheuvel. Toen hij beneden aankwam, brak er een brede grijns van triomf op zijn gezicht door.

Ford gaf het paard een trap in de flanken.

Het paard sprong naar voren en rende de arroyo in, recht op Doke af. Ford richtte het pistool op hem en brulde: '*Aiyaaah!*'

Doke, geschrokken en onzeker door het plotseling opgedoken pistool, rukte zijn geweer van zijn schouder, liet zich op één knie vallen en richtte. Maar hij was te laat. Het paard stampte al bijna boven op hem en hij moest zich opzij gooien om te voorkomen dat hij platgetrapt werd. Ford gaf hem in het voorbijgalopperen een klap met het pistool, keerde razendsnel rechtsom en galoppeerde de steile heuvel op.

'Vuile klootzak!' schreeuwde Doke. Hij knielde nogmaals en vuurde, net op het moment dat Fords paard de rand over krabbelde. Voor hem lag een open gebied met een paar lage rotsen en, daarachter, een door de wind gegeselde zandvlakte waar een vaag spoor doorheen liep. Ford herkende de plek van zijn eerste dag, toen Hazelius hem had meegenomen naar het uitkijkpunt.

Er vloog een kogel langs zijn oor, gonzend als een hoornaar.

De volgende ronde trof het paard. Het dier sprong met een rauwe kreet opzij en danste op de rand van de arroyo, maar hield zich overeind. Ford drukte zich plat op de rug van de ruin en liet hem over de zandvlakte galopperen, in de richting van het spoor dat naar de rand van de mesa leidde. Even later was hij de vlakte over, tussen de lage rotsen. In een zigzaglijn dook hij weg, en hij probeerde dekking te blijven zoeken terwijl hij naar de rand van de mesa kwam. Hij hoorde zijn paard grommen en buiten adem raken: waarschijnlijk in de flank getroffen. Het dier had een onvoorstelbare moed.

Voor hem lag het langgerekte open gebied.

Doke zou de diepe arroyo door moeten om de achtervolging in te zetten en daardoor had hij de tijd om over het open terrein te komen – als het paard het haalde. Met zijn hand in de manen gewikkeld en zo diep mogelijk over de paardenhals gebogen galoppeerde Ford in volle vaart over het zand.

Halverwege hoorde hij het brullen van de motorfiets al, een heel stuk dichterbij. Doke was de arroyo overgestoken. Aan het motorlawaai hoorde Ford dat Doke snel op hem aan het inlopen was, maar hij wist dat Doke niet kon schieten tijdens het rijden.

Ford reed de heuvel op, ditmaal op weg naar het spoor, waar Doke hem kon zien. Hij hoorde hem schakelen, de tweetaktmotor krijsend in protest.

Net boven aangekomen, afgeschermd door rotsblokken en jeneverbesstruiken, viel de rand van de mesa zonder enig zichtbaar teken plotseling weg: een steile afgrond. Ford trok aan de leidsels tot het paard stilstond en sprong in het zand. Hij smeet zich achter een stel rotsblokken, net op het moment dat Doke hem voorbijdaverde. De dikke, getatoeëerde armen grepen het stuur, het gouden haar stroomde achter hem aan als vurige manen, en zo blies Doke hem met negentig kilometer per uur voorbij, het ravijn in.

Even hing hij in de lucht, terwijl de motor op volle toeren krijsend draaide en de wielen rondtolden met een hoog, gierend geluid als de kreet van een adelaar. Ford draaide zich om en keek hoe motor en berijder in een grote boog door de donkere ruimte vlogen, het gejank van de motor omlaag dopplerend terwijl hij het zwarte landschap onder in de afgrond tegemoet dook. Het laatste wat Ford zag was de flikkering van Dokes lichte haar, als Lucifer die de hemel uit was gekatapulteerd. Hij luisterde en luisterde, en uiteindelijk bloeide er honderden meters lager heel even een vuurbloempje op, een paar seconden later gevolgd door het verre gedaver van de inslag.

Ford kroop vanachter het rotsblok vandaan en stond op. De ruin lag languit in het zand: dood. Hij knielde en raakte het dier zachtjes aan.

'Dank je, vriend. Het spijt me.'

Hij kwam overeind, zich plotseling bewust van de pijn in zijn hele lichaam: gebroken ribben, kneuzingen en open wonden, een dicht, gezwollen, oog. Hij draaide zich om, leunde tegen het rotsblok en keek uit over Red Mesa.

Het enige wat hem te binnen wilde schieten was de gedachte aan Hiëronymus Bosch' *Laatste oordeel*. De oostrand van de mesa, waar Isabella had gewoond, was een enorme zuil witheet vuur die de lucht in priemde als om de sterren zelf te schroeien, omringd door honderden kleinere inferno's en brandjes. Vanuit de grond, kilometers in het rond, werd uit spleten en gaten rook opgebraakt. De grond huiverde en beefde doorlopend van de explosies, een onzichtbaar geweld dat zelfs de lucht deed daveren. Rechts, een kilometer verderop, zag hij een onwerkelijk tafereel: duizend geparkeerde auto's die in felle brand stonden, de tanks exploderend, complete chassis in de lucht getild door miniatuurvuurbollen, springend en knappend als vuurwerk. Door het helse landschap doolden mensen in het rond en renden radeloos huilend van hot naar her.

Ford liep de heuvel af en trof daar de anderen, die te paard de zandvlakte aan het oversteken waren.

'Hij is er niet meer,' zei Ford. 'De afgrond in.'

'Man,' zei Becenti, 'zoals jij rijdt, dat ziet er niet uit, maar je hebt het hem wel geflikt. Je hebt die klootzak voorgoed uitgeschakeld.'

'Als een vurige wagen,' zei Kate.

'Het paard?' vroeg Begay.

'Dood.'

De indiaan zweeg. Zijn gezicht stond grimmig.

Tien minuten later hadden ze de opening naar het Midnight Trail bereikt.

Even stonden ze samen aan de rand van de mesa, aan het begin van het pad, om te kijken. De grond daverde van een zware explosie en er rolde een donderend gerommel over Red Mesa, doorboord door het geknetter van secundaire explosies in de verte. Een nieuwe bal van vuur rees boven Isabella de lucht in. Nu stroomde er rook uit de spleten in de bodem van de mesa achter hen, van onderaf belicht door rossige vlammen.

'Kijk eens naar Navajo Mountain,' zei Kate, en ze wees de lucht in.

Ze draaiden zich naar het westen. In de hemel boven de berg in de verte was een reeks lichtjes verschenen die snel dichterbij kwamen, vergezeld van een laag dreunend geluid.

'Daar heb je de cavalerie,' zei Begay.

Weer een gerommel, en meer vlammen. Terwijl Ford achter Kate aan door de uitsparing ging, keek hij nog een laatste keer om.

'Ongelooflijk,' zei Kate zachtjes. 'De complete mesa staat in brand.'

Voor hun ogen schoot een enorme slurf van zand de lucht in, die over de mesa scheurde terwijl een zoveelste mijngang instortte en de grond deed huiveren. Ditmaal was de explosie angstaanjagend dichtbij.

Kate draaide zich naar de groep en zei met krachtige stem: 'Ik heb iets belangrijks te zeggen.'

De uitgeputte wetenschappers keken haar aan.

'Als wij in handen van de politie vallen,' zei ze, 'worden we afzonderlijk gedebrieft en wordt alles wat we zeggen als geheim bestempeld. Dan wordt ons verhaal nooit gehoord.'

Ze zweeg even en keek hen uitdagend aan.

'Ik stel voor dat we de politie ontlopen en individueel naar Flagstaff reizen. Daar, in Flagstaff, maken we ons nieuws bekend – op ónze voorwaarden. Dan vertellen we de hele wereld wat hier gebeurd is.'

De rij helikopters kwam steeds dichterbij, de wieken dreunden.

Zonder op antwoord van de groep te wachten reed Kate het pad op. De anderen volgden.

79

Waar was hij?

Wat was dit hier voor plek?

Hoe lang had hij rondgedwaald?

De details ontgingen hem. Er was iets gebeurd, de aarde was geëxplodeerd en stond in brand. De antichrist had dit op zijn geweten, en Eddy had hem levend verbrand. Dus waar was... de Messias? Waarom was Christus niet wedergekomen om Zijn Uitverkorenen te verlossen en hen in de hemel op te nemen?

Zijn kleren waren geschroeid, zijn haar was verzengd, zijn oren tuitten en zijn longen deden pijn, en het was zo donker... Vanuit de spleten kronkelde scherp ruikende rook omhoog, waar hij ook liep. Over het landschap lag een donkere nevel, als mist, en hij zag maar een paar meter.

Aan de rand van zijn blikveld doemde een gestalte op, rond en deinend en vaag menselijk.

'Jij!' brulde hij, en hij holde in de richting van de gestalte, over de stenen bodem heen. Hij struikelde over de nasmeulende stomp van een dode pijnboom, waarvan weinig meer restte dan een kring van as.

De vorm kwam dichterbij.

'Doke!' riep hij, zijn stem gedempt in de rook. 'Doke! Ben jij dat?'

Geen antwoord.

'Doke! Ik ben het, pastor Eddy!'

Hij rende, struikelde en viel, en ademde even de koelere, frissere lucht zo dicht bij de aarde in. Hij krabbelde overeind, trok zijn zakdoek uit zijn zak en probeerde daardoorheen te ademen. Nog een paar stappen. En nog een paar. Het donkere voorwerp werd groter. Het was Doke niet. Het was geen mens. Hij stak zijn hand uit om het aan te raken. Het was droge steen, heet onder zijn vingers, in evenwicht op een zuil van zandsteen.

Eddy probeerde zich te concentreren, maar er kwamen niet meer dan flarden van gedachten bij hem boven. Zijn missie... de trailer... kledingdag... Hij herinnerde zich dat hij zijn gezicht had staan wassen bij de oude pomp, dat hij had staan preken voor een handjevol mensen terwijl de zandstorm om hen heen blies, dat hij op de computer had zitten chatten met zijn christenvrienden.

Hoe was hij hier beland?

Hij duwde zich weg van de rots en keek met niets ziende ogen door de steeds dichtere mist. Rechts van hem gloeide iets en hoorde hij een zacht geknisper. Brand?

Hij liep naar links.

Op de grond lag een half verkoold konijn. Hij stootte er met zijn laars tegen; het geval trok even krampachtig met zijn poten en plofte met zwoegende flanken en angstig opengesperde ogen op zijn rug.

'Doke!' riep hij en meteen vroeg hij zich af: *Wie is Doke?*

'Jezus, help me,' kreunde hij. Trillend knielde hij en hief zijn gevouwen handen ten hemel. De rook wervelde om hem heen. Hij kuchte, en het water stroomde uit zijn ogen. 'Help me, Jezus.'

Niets. In de verte klonk gerommel. Rechts sprong de flakkerende gloed steeds hoger op, een oranje klauw die uithaalde naar de hemel. De grond begon te trillen.

'Jezus! Help!!'

Ondanks zijn vurige gebed kwam er geen stem ten antwoord, geen woorden, niets in zijn hoofd.

'Red me, Here Jezus!' riep hij uit.

En toen stolde plotseling een mistflard in de duisternis en voegde zich samen tot een nieuwe vorm. Eddy krabbelde overmand door opluchting overeind. 'Jezus, hier ben ik! Help!'

Een stem sprak: 'Ik zie je.'

'Dank u, o, dank u! In de naam van onze Heer en Verlosser Jezus Christus!'

'Ja,' zei de stem.

'Waar ben ik, wat is dit hier voor plek?'

'Prachtig...' zei de opdoemende figuur.

Eddy snikte van opluchting. Hij kuchte nogmaals, hard, in zijn rafelige zakdoek, en liet een vlek zwart sputum achter.

'Prachtig... ik breng je naar een plek waar het prachtig is.'

'Ja, haal me hier alstublieft weg!' Eddy strekte zijn handen uit.

'Het is hier zo prachtig...'

De rossige gloed van het vuur rechts van hem flitste plotseling op en wierp een afgrijselijke gloed in de dichte nevel. De gestalte, matrood beschenen, kwam dichterbij, en nu zag Eddy zijn gezicht, de hoofddoek rond zijn voorhoofd, de lange vlechten over zijn schouders, waarvan een aan het losraken was, de donkere, gesluierde ogen, het hoge voorhoofd...

Lorenzo!

'Jij...' Eddy deinsde achteruit. 'Maar... jij bent... dood. Dat heb ik zelf gezien.'

'Dood? De doden sterven niet. Dat weet je. De doden leven voort, verbrand en gepijnigd door de God die hen geschapen heeft. De God die liefde is. Verbrand omdat ze aan Hem getwijfeld hebben, omdat ze verward waren, of aarzelden, of in opstand kwamen; gepijnigd door hun Vader en Schepper omdat ze niet in Hem geloofden... Kom... dan laat ik het je zien...' De gestalte stak met een afzichtelijke glimlach zijn hand uit, en nu zag Eddy het bloed: zijn kleren waren vanaf de hals omlaag doordrenkt van het bloed, alsof hij erin was ondergedompeld.

'Nee... ga weg...' Eddy deinsde achteruit. 'Jezus, help me...'

'Ik zal je helpen... ík ben jouw gids naar die mooie, fijne plek...'

De grond trilde en opende zich voor Eddy's voeten, gaapte open in een plotselinge, helverlichte, oranje hoogoven. Eddy viel, en viel, de vreselijke hitte tegemoet, de onmogelijke hitte in...

Hij opende zijn mond om te schreeuwen, maar hij bracht geen geluid voort.

Nog geen gefluister kwam over zijn lippen.

80

Lockwood wierp een blik op de grote klok aan de wand achter de president. Acht uur. De zon was opgekomen, de wereld was op weg naar het werk, het verkeer op de Beltway was aan het vertragen tot de gebruikelijke slakkengang.

Daar had hij gisteren gezeten: in zijn auto, vast in het verkeer op de Beltway, de airco op volle toeren en Steve Inskeep op National Public Radio.

Vandaag was de wereld een andere plek.

De Nationale Garde was op Red Mesa geland, volgens schema om kwart voor vijf, een kilometer of vijf van de voormalige locatie van Isabella. De missie was echter veranderd. De aanval was een reddingsoperatie geworden: redding en evacuatie van de gewonden en het ophalen van de doden van Red Mesa. De brand was onbeheersbaar geworden en de mesa, dooraderd met steenkool, zou waarschijnlijk nog minstens honderd jaar branden, tot de hele berg op was.

Isabella was niet meer. De machine, veertig miljard dollar, was een verwrongen, uitgebrand wrak dat over de mesa verspreid lag, vanuit de rotswand naar de woestijnbodem daaronder geblazen.

De president kwam de Situation Room binnen; de aanwezigen gingen staan.

'Ga zitten,' gromde hij, terwijl hij een stel papieren op tafel neersmakte en zelf plaatsnam. Hij had twee uur geslapen, maar die korte rust had zijn humeur er beslist niet beter op gemaakt.

'Zijn we zover?' vroeg de president. Hij drukte op een knop bij zijn stoel, en het strakke gezicht van de FBI-directeur, zijn peper-en-zoutkleurige haar nog keurig op zijn plek en zonder ook maar een kreukel in zijn pak, verscheen op het beeldscherm.

'Jack, een update, graag.'

'Ja, excellentie. De situatie is onder controle.'

De president trok een sceptisch gezicht.

'We hebben de mesa geëvacueerd. De gewonden worden per helikopter naar plaatselijke ziekenhuizen gebracht. Tot mijn spijt moet ik zeggen dat het volledige bevrijdingsteam voor gijzelaars het leven gelaten schijnt te hebben bij het conflict.'

'En de onderzoekers?' vroeg de president.

'Het wetenschappelijk team lijkt verdwenen te zijn.'

De president liet zijn hoofd in zijn handen zakken. 'Níéts bekend over de onderzoekers?'

'Taal noch teken. Sommigen zijn misschien tijdens de aanval de oude mijnen in verdwenen, en de kans is groot dat ze daar overrompeld zijn door de explosie, de brand en het instorten van de mijngangen. Algemene consensus is dat ze het niet overleefd hebben.'

De president bleef met gebogen hoofd zitten.

'We hebben nog steeds geen informatie over wat er gebeurd is, waarom Isabella geen communicatie meer had. Misschien had het iets te maken met de aanval, we weten het gewoonweg niet. We hebben honderden lijken en brokstukken van lijken weggehaald, vele onherkenbaar verbrand. We zijn nog op zoek naar het lijk van Russell Eddy, de gestoorde geestelijke die al die mensen via het internet had opgeroepen. Het kan weken duren, maanden misschien wel, voor we alle doden hebben gevonden en geïdentificeerd. Sommigen zullen we nooit vinden.'

'En Spates?' informeerde de president.

'Die hebben we opgepakt; momenteel wordt hij verhoord. Hij schijnt goed mee te werken. En ook Booker Crawley, van Crawley & Stratham aan K Street, is opgepakt.'

'De lobbyist?' De president keek op. 'Wat was zijn rol in het geheel?'

'Hij heeft Spates in het geheim betaald om tégen Isabella te preken, zodat hij zijn cliënt, de Navajo Nation, meer geld kon aftroggelen.'

Vol verbijsterd ongeloof schudde de president zijn hoofd.

Galdone, de campagneleider, ging verzitten. Het blauwe pak dat rond zijn enorme lijf spande, zag eruit alsof hij erin geslapen had; zijn das zag eruit alsof hij zijn Buick ermee in de was had gezet. Hij moest zich hoognodig scheren. *Een afgrijselijke vent*, dacht Lockwood. Hij hoefde maar aanstalten te maken voor een toespraak of iedereen keek hem aan alsof ze een orakel verwachtten.

'Excellentie,' zei Galdone, 'we moeten het verhaal vormgeven. Op ditzelfde moment rijst er een rookzuil op boven de woestijn, en die is te zien op ieder televisietoestel in de Verenigde Staten. Het land wacht op antwoord. Gelukkig hebben we de pers op afstand weten te houden, dankzij de afgelegen ligging van Red Mesa en de snelle actie om het luchtruim en de toegangswegen af te sluiten voor alle verkeer. De meest gruwelijke details zijn niet uitgezonden. We kunnen dit debacle nog omzetten in een stemmersvriendelijk verhaal dat ons openbare bijval zal opleveren.'

'Hoe dan?' vroeg de president.

'Er moet iemand op zijn zwaard vallen,' zei Lockwood zonder meer.

Galdone glimlachte toegeeflijk. 'Inderdaad, zo'n verhaal heeft een slechterik nodig. Maar we hebben er al twee: Spates en Crawley. Mooier hadden we het niet kunnen treffen: de een een hoeren lopende hypocriete televangelist, de ander een glibberige, sluwe lobbyist. Om nog maar te zwijgen van die doorgedraaide Eddy. Nee, wat we voor dit verhaal nodig hebben, is een héld.'

'En wie wordt die held?' wilde de president weten.

'U kunt dat niet zijn, excellentie. Daar trapt het publiek niet in. En de FBI-directeur ook niet: die is zijn team kwijtgeraakt. Het kan niemand van het ministerie van Energie zijn, want dat zijn degenen die Isabella in eerste instantie in de soep hebben laten lopen. En ook geen van de onderzoekers, want die zijn kennelijk allemaal dood. Geen politieke ambtenaar zoals ikzelf of Roger Morton hier. Dat gelooft geen mens.'

Galdones blik bleef rusten op Lockwood.

'Eén man heeft het probleem in een vroeg stadium ingezien. Jij, Lockwood. Iemand met grote wijsheid en inzicht, die meteen handelend heeft opgetreden ter bestrijding van een probleem dat alleen hij en de president zagen aankomen. Iedereen zat achter het stuur te slapen: het Congres, de FBI, het ministerie, ikzelf, Roger, iedereen. En bij de hele afloop van de geschiedenis heb jij een cruciale rol gespeeld. Wijs, op de hoogte, een vertrouweling van de geslachtofferde onderzoekers: je bent van essentieel belang geweest voor het oplossen van deze situatie.'

'Gordon,' zei de president ongelovig, 'we hebben een bérg opgeblazen!'

'Maar de afloop hebt u briljant aangepakt!' antwoordde Galdone. 'Heren, het Isabelladebacle was geen tweede Katrina, die wekenlang voortsleepte. Excellentie, Lockwood en uzelf hebben de slechteriken achter slot en grendel gebracht en de ramp opgeruimd: en dat alles binnen één nacht. De mesa is door de Nationale Garde veiliggesteld...'

'Veiliggesteld?' vroeg de president. 'De mesa ziet eruit als de achterkant van de maan...'

'... veiliggesteld.' Galdones stem klonk boven die van de president uit. 'Dankzij uw gedecideerde leiderschap, excellentie, en de waardevolle, cruciale steun van uw zo zorgvuldig uitgekozen, vertrouwde wetenschappelijk adviseur, dr. Stanton Lockwood.'

Galdones blik bleef op Lockwood rusten. 'Dat, heren, wordt ons verhaal. Dat mogen we niet vergeten.' Hij hield zijn hoofd schuin, waarbij zijn vette nek uitpuilde van de nieuwe plooien, en keek Lockwood strak aan. 'Stan, ga je dat klaarspelen?'

Lockwood besefte dat hij eindelijk gearriveerd was. Hij was een van hen.

'Geen enkel probleem,' zei hij met een glimlach.

81

Om twaalf uur reden Ford en de groep de jeneverbesbosjes uit en staken de buitenste weilanden van een klein Navajoboerenbedrijf over. Na tien uur te paard voelde Fords lijf gekneusd en geranseld aan. Zijn gebroken ribben bonsden en in zijn hoofd beukte de hoofdpijn. Eén oog was zo gezwollen dat het dichtzat en zijn voortanden waren afgebroken.

De boerderij van Begays zuster was de vleesgeworden rust en vrede. Een pittoreske blokhut met rode gordijntjes naast een bosje zware populieren aan de oever van Laguna Creek. Achter de hut stond een oude Airstream trailer, met een aluminium huid die kaal geschuurd was door wind, zon en zand. In een kooi verdrong zich een kudde blatende schapen en een eenzaam paard stond te stampen en te snuiven in zijn stal. Twee geïrrigeerde maïsvelden waren afgezet met vierdubbel prikkeldraad en knersend in de stevige bries pompte een windmolen water in een vergaarbak. Een stel wankele houten treden leidde naar de zijkant van de waterbak, met een verweerde duikplank. In de schaduw stonden twee pick-ups geparkeerd. Vanuit het raam van de blokhut dreef het geluid van een radio met countrymuziek naar buiten.

Uitgeput en zwijgend stegen ze af, namen de zadels van de paarden en roskamden de dieren.

Er kwam een vrouw in spijkerbroek uit de trailer, slank en met lang, zwart haar. Ze omhelsde Begay.

'Dit is mijn zus, Regina,' zei hij tegen de groep.

Ze hielp hen met de paarden.

'Eerst gaan jullie je wassen,' zei ze. 'Daar gebruiken we de voorraadbak voor. Dames eerst, dan de heren. Na Nelsons telefoontje heb ik wat schone kleren voor jullie gezocht; die liggen in de trailer klaar. Als ze niet passen, hoef je niet bij mij te komen klagen. Ik heb gehoord dat de wegversperringen bij Cow Springs weggehaald zijn, dus zodra de zon ondergaat kunnen we jullie allemaal naar Flagstaff brengen, Nelson en ik.'

Ze keek streng om zich heen, alsof dit het minst belovende clubje was dat ze ooit gezien had. En misschien was dat ook zo. 'Over een uur gaan we aan tafel.'

De hele dag hadden er militaire helikopters af- en aangevlogen, op weg van en naar de brandende mesa. Net op dat moment passeerde er een, en Regina keek met samengeknepen ogen omhoog. 'Waar zitten die lui als je ze nodig hebt?'

Na de maaltijd zaten Ford en Kate in de schaduw van een populier achter de stallen te kijken naar de paarden die in de achterste weide stonden te grazen. Het beekje kabbelde loom over de stenen bedding. De zon hing laag in de lucht. Naar het zuiden zag Ford de rookpluim opstijgen van Red Mesa, een schuine, zwarte zuil die uitwaaierde tot een bruine nevel in de atmosfeer, zich uitstrekkend tot aan de horizon.

Een hele tijd bleven ze zwijgend zitten. Het was hun eerste moment alleen.

Ford sloeg zijn arm om haar schouder. 'Hoe gaat het?'

Woordeloos schudde ze haar hoofd en veegde met een hoofddoek haar ogen af. Weer duurde de stilte een tijd voort. Gonzend vlogen de bijen voorbij, op weg naar de kasten aan de rand van de akker. De andere onderzoekers zaten in de hut naar de radio te luisteren, die nonstop nieuws gaf over de ramp. De zwakke, blikkerige stem van de presentator dreef door de vredige lucht.

'Wij zijn de meest besproken doden van heel Amerika,' zei Ford. 'Misschien hadden we ons bij de Nationale Garde moeten melden.'

'Je weet dat die niet te vertrouwen zijn,' zei Kate. 'Ze komen er snel genoeg achter, samen met de rest van Amerika, als wij eenmaal in Flagstaff komen.' Ze hief haar hoofd, wiste haar tranen en stak haar hand in haar zak. Ze haalde er een vodje papier uit. 'Als we dít aan de wereld laten zien.'

Verbaasd keek Ford haar aan. 'Hoe kom je daaraan?'

'Van Gregory, toen ik hem omhelsde.' Ze vouwde het open en streek het op haar knie glad. 'De print-out van Gods woorden.'

Ford wist niet hoe hij moest beginnen met de toespraak waarop hij in zijn hoofd al urenlang zat te oefenen. In plaats daarvan stelde hij een vraag. 'Wat ga je daarmee doen?'

'We moeten dit naar buiten brengen. Ons verhaal vertellen. Dit moet de wereld weten. Wyman, als we in Flagstaff zijn, moeten we een persconferentie beleggen. Een officiële verklaring. Volgens de radioberichten denken ze allemaal dat we dood zijn. Momenteel is de aandacht van de hele wereld gericht op wat er op Red Mesa is gebeurd. Denk eens aan de impact die wij kunnen hebben.' Nog nooit had haar mooie gezicht, nu murw geslagen en uitgeput, zó levendig gestaan.

'Een bekendmaking... waarover?'

Ze staarde hem aan alsof hij gek was. 'Over wat er gebeurd is. Over de wetenschappelijke ontdekking van...' Ze aarzelde maar heel even voordat ze het woord uitsprak, maar toen zei ze het dan ook met volledige overtuiging: 'God.'

Ford slikte. 'Kate?'

'Wat?'

'Ik moet je iets vertellen. Voordat je... die stap zet.'

'En dat is...?'

'Het was...' Hij zweeg. Hoe moest hij dit aanpakken?

'Wát was het?'

Hij aarzelde.

'Je staat toch wel aan onze kant, hoop ik?' vroeg Kate.

Hij vroeg zich af of hij zich er ooit toe kon brengen haar de waarheid te vertellen. Maar hij moest het proberen. Anders kon hij niet met zichzelf leven. Of...? Hij keek naar haar gezicht, zo stralend van overtuiging en geloof. Ze was verdwaald geweest en nu was ze gevonden. En toch kon hij niet weglopen zonder haar te vertellen wat hij wist.

'Het was niet echt,' zei hij snel.

Ze kneep haar ogen samen. 'Pardon?'

'Hazelius had de hele toestand in scène gezet. Het was een truc om een nieuwe religie te starten, een soort Scientology.'

Ze schudde haar hoofd. 'Wyman... jij zult ook nooit veranderen, is het wel?'

Hij probeerde haar hand te pakken, maar die trok ze met een vinnig gebaar los.

'Niet te geloven waar je nu weer mee komt aanzetten,' zei ze, plotseling boos. 'Echt niet te geloven.'

'Kate, Hazelius heeft het me zelf verteld. Hij heeft het toegegeven. In de mijn. Het is puur bedrog.'

Ze schudde haar hoofd. 'Je hebt alles in het werk gesteld om dit tegen te houden, om in diskrediet te brengen wat hier gebeurde. Maar ik had nooit gedacht dat je je tot dit niveau zou verlagen, dat je regelrecht zou liegen.'

'Kate...'

Ze stond op. 'Wyman, dit wordt niets. Ik weet dat jij niet kunt accepteren wat hier gebeurd is. Je kunt je christelijk geloof niet afleggen. Maar logisch is het niet. Als Gregory de hele toestand had verzonnen, zou hij dat dan hebben toegegeven? En dan nog wel tegenover jou?'

'Hij dacht dat we er beiden aan gingen.'

'Nee, Wyman, wat jij zegt, dat slaat nergens op.'

Ford keek haar aan. Haar ogen fonkelden van de geloofsovertuiging. Hij zou haar nooit op andere gedachten kunnen brengen.

Ze vervolgde: 'Heb je gezien hoe hij stierf? Weet je nog wat hij zei, zijn laatste woorden? Die zijn in mijn geheugen gegrift. *Het universum vergeet niet.* Denk je dat dat bij de oplichterij hoorde? Nee, Wyman: hij is als gelovige gestorven. Zoiets kun je niet simuleren. Hij stond in dat vuur. Hij stond in brand, hij stond op één verbrijzeld been, maar hij stónd. Hij zakte niet door de knieën, hij wankelde niet, hij bleef glimlachen, hij deed niet eens zijn ogen dicht. Zo krachtig was zijn geloof. En dan ga jij me vertellen dat dat nep was?'

Hij zei niets. Hij kon haar niet op andere gedachten brengen, en al had hij dat wel gekund, hij wist niet of hij het wel wilde. Ze had zo'n zwaar leven achter de rug, zoveel verliezen geleden. Als hij haar nu overtuigde dat Hazelius een oplichter was, zou ze daaraan kapotgaan. En misschien hadden de meeste religies een zekere mate van oplichting nodig om succesvol te zijn. Tenslotte was religie niet gestoeld op feiten maar op geloof. Het was een spirituele gok.

Hij keek haar met bijna ontroostbaar verdriet aan. Hazelius had gelijk gehad: er was niets wat Ford, Volkonsky of wie dan ook kon doen om dit tij nog te keren. Niets. *Les jeux sont faits.* De teerling is geworpen. En nu begreep hij waarom Hazelius zijn bedrog zo ruiterlijk had toegegeven: hij wist dat Ford, ook als hij het overleefde, niets kon doen om de zaken terug te draaien. En daarom was hij de dood tegemoet getreden met zo'n verbijsterende waardigheid en vastberadenheid. Het was de laatste akte van zijn blijspel, en hij wilde zijn rol goed spelen.

Hij was als ware gelovige gestorven.

'Wyman,' zei Kate, 'als je ooit van me gehouden hebt, geloof dan, en doe met ons mee. Het christendom is een gepasseerd station.' Ze hield hem het pakket computerpapier voor. 'Hoe kun je dit níét geloven, na alles wat we meegemaakt hebben?'

Hij schudde zijn hoofd, niet in staat om te antwoorden. Haar passie vervulde hem met afgunst. Wat moest het heerlijk zijn om zo zeker te zijn van de waarheid.

Ze liet het papier op de grond vallen en greep zijn handen. 'We kunnen dit samen doen. Breek met je verleden. Kies voor een nieuw leven, met mij.'

Ford boog zijn hoofd. 'Nee,' zei hij zacht.

'Je kunt toch probéren om te geloven. Na een tijdje ga je het licht zien. Loop hier niet voor weg. Laat mij niet in de steek.'

'Het zou een tijdlang fantastisch zijn. Gewoon samen met jou. Maar we zouden het niet lang volhouden.'

'Wat we daar in die berg hebben gezien, was de hand van God. Dat wéét ik.'

'Ik kan het niet... Ik kan niet doen alsof ik het geloof als dat niet zo is.'

'Geloof dan in míj. Je zei dat je van me hield en dat je bij me zou blijven. Dat heb je beloofd.'

'Soms is liefde niet genoeg. Niet voor wat jij van plan bent. Ik ga nu weg. Doe de anderen de groeten.'

'Nee, blijf alsjeblieft hier.' De tranen stroomden over haar gezicht.

Hij bukte zich en kuste haar even, heel licht, op het voorhoofd. 'Vaarwel, Kate,' zei hij. 'En... God zij met je.'

EEN MAAND LATER

Wyman Ford zat in Manny's Buckhorn Bar & Grill in San Antonio, New Mexico, een cheeseburger met groene peper te eten, zijn blik gevestigd op de televisie achter de bar. Er was een maand verstreken sinds de persconferentie in Flagstaff; de persconferentie die de hele wereld op haar grondvesten had doen trillen.

Na een debriefing in Washington door Lockwood, waarbij hij zijn verhaal schaamteloos had aangepast aan de nieuwe mythologie, was hij in zijn Jeep naar New Mexico gereden. Daar was hij een paar weken te voet door de cañons van Abiquiú getrokken, in zijn eentje, om na te denken over wat er gebeurd was.

Isabella was met de grond gelijkgemaakt, Red Mesa was veranderd in een kaal, smeulend landschap. Er waren honderden mensen omgekomen of verdwenen bij de enorme branden. De FBI had uiteindelijk Russell Eddy's lichaam geïdentificeerd aan de hand van DNA en tandartsdossiers en had de doemprediker aangewezen als dader.

De hele toestand was toch al een mediaspektakel geweest, maar na Flagstaff was het Red Mesaverhaal uitgegroeid tot een sage van reusachtige afmetingen. Het was het grootste verhaal van de afgelopen tweeduizend jaar, zo verkondigden sommige wijze mannen.

Het christendom had er vier eeuwen over gedaan om het oude Romeinse Rijk te veroveren, maar de nieuwe religie, door de aanhangers de Zoektocht genaamd, nam de Verenigde Staten stormenderhand in: binnen vier dagen. Het world wide web bleek het ideale medium te zijn om het nieuwe geloof te verspreiden: alsof het internet was gemáákt om het woord voort te zeggen.

Ford keek op zijn horloge. Het was kwart voor twaalf en over een kwartier zou de hele wereld, waaronder de bezoekers van Manny's Buckhorn, getuige zijn van De gebeurtenis, live uitgezonden vanuit een ranch in Colorado, eigendom van een internetmiljardair.

Het volume van de tv stond op zacht en Ford moest zijn best doen om te horen wat er gezegd werd. Op het scherm achter de presentator waren beelden vanuit de lucht te zien: een enorme menigte, volgens de nieuwszender zo'n drie miljoen mensen. De massa vulde de prairie zo ver het oog reikte en de besneeuwde toppen van het San Juangebergte vormden een schilderachtige achtergrond.

De afgelopen maand had Ford eindeloos nagedacht. Hij was Hazelius' genialiteit gaan inzien. Het debacle van Red Mesa had de religie een steviger fundering gegeven en had van hemzelf de voornaamste profeet en martelaar gemaakt. Red Mesa, Hazelius die in vlammen was opgegaan en zijn tragische transcendentie waren stof voor mythe en legende; een verhaal dat op één lijn stond met dat van de boeddha, Krishna, Medina en Mohammed, de Geboorte, het Laatste Avondmaal en de Kruisiging en Wederopstanding. Hazelius en het verhaal van Isabella waren niet anders dan die andere verhalen, een relaas dat de gelovigen konden delen, een ontstaansgeschiedenis die hun geloof leven inblies en hun vertelde wie ze waren en waarom ze hier stonden.

Het was een van de grootste verhalen aller tijden geworden.

Hazelius had het gered, op briljante wijze. Hij had zelfs gelijk gehad over zijn eigen martelaarschap, zijn vurige transfiguratie, die het publieke bewustzijn had getroffen als niets anders. In de dood was hij een morele kracht geworden, een formidabel profeet, een geestelijk leider.

Het was bijna middag, en de barkeeper zette het volume van de tv hoger. De bezoekers van de bar op dat middaguur, vrachtwagenchauffeurs, boeren en een stel toeristen, keken geboeid naar het toestel.

Het nieuwsprogramma schakelde over naar een correspondent op de ranch in Colorado. Daar stond hij, te midden van de uitgestrekte menigte, met een microfoon in zijn hand. Zijn gezicht, zwetend en wel, drukte dezelfde geloofsovertuiging uit die ook de massa in haar macht had. De stemming was aanstekelijk. De mensen rondom hem stonden te zingen en te juichen, scandeerden teksten en zwaaiden met spandoeken waarop een knoestige, vlammende pijnboom te zien was.

De tv-correspondent deed zijn verslag, schreeuwend boven het rumoer van de massa uit, en noemde het evenement een 'religieus Woodstock' en een 'bijeenkomst vol bezinning, liefde en tederheid'.

Tja, dacht Ford, *alleen regent het niet en zijn er geen drugs.*

Achter het houten podium stond een enorme schuur, rood-met-witte kozijnen. De camera zoomde in op de deuren. De menigte viel stil. Exact om twaalf uur zwaaiden de deuren open en kwamen er zes mensen, in het wit gekleed, naar buiten.

De menigte brulde als de zee zelf: schitterend, monumentaal, typisch voor de nieuwe tijd.

Fords hart sloeg even over toen hij Kate naar het podium zag lopen, met een smal, in leer gebonden bundeltje tegen haar borst geklemd. Ze was beeldschoon in een eenvoudige witte jurk met zwarte handschoenen, die een prachtig contrast vormde met haar gitzwarte haar en haar fonkelende ebbenhoutzwarte ogen. Met Corcoran naast zich, die ook in simpel albastwit was gehuld, liep ze het podium op: de voormalige rivale was haar vriendin en bondgenote geworden.

Vier anderen voegden zich bij hen en zo stonden ze samen op het podium, de zes overlevenden van de aanval op Isabella... Chen, St. Vincent, Innes en Cecchini. Ze zagen er anders uit, meer dan levensgroot, hun kleingeestige schermutselingen veranderd in een roeping en een doel. Met stralende gezichten glimlachten en wuifden ze naar de menigte. Elk droegen ze een enkele zilveren speld, aan hun witte kleding bevestigd, met een afbeelding van een brandende pijnboom.

De donderende ovatie hield vijf minuten aan. Toen ze in haar eentje het spreekgestoelte beklom, liet Kate haar blik over de menigte glijden. Haar glanzende haar, zwart als een ravenvleugel, blonk in het zonlicht en haar ogen straalden van levensvreugde. Ze hief haar handen, en het gebrul nam af.

Ze had een verbazend charisma, vond Ford. Uiteindelijk had ze Hazelius niet nodig gehad. Ze was volledig in staat om zijn beweging in haar eentje op te bouwen en te leiden, en al zeker in samenwerking met de buitengewone Corcoran. De twee waren intussen mediagodinnen geworden, en werkten nauw samen: de een licht, de ander donker. Een klassieke combinatie.

Toen het volledig stil was, keek Kate uit over de mensenzee, haar blik vol mededogen en vrede. Ze legde het boek neer, schoof het recht, haar bewegingen ontspannen en ongehaast. Ze gelóófde, vol serene overtuiging van de waarheid, zonder ook maar een spoortje verwarring of onzekerheid.

De camera zoomde in op haar gezicht. Ze hief het boek boven haar hoofd, sloeg het open en hield de menigte de tekst voor.

'Het woord van God,' riep ze op zangerige toon, en haar stem klonk helder en klaar.

Weer ging er een gebrul op onder de gelovigen. Toen de camera inzoomde op het boek, zag Ford dat het dezelfde oude computerprintout was die ze hem onder die populier had laten zien: gestreken, schoongemaakt en ingebonden.

Ze legde het boek op het spreekgestoelte en hief haar handen. Het werd weer stil. In Fords restaurant waren de gasten van hun tafeltjes weggelopen en samengedromd in de bar, waar ze vol ontzag stonden te kijken.

'Om te beginnen zal ik u de laatste woorden voorlezen die God gesproken heeft, voordat Isabella werd vernield en Gods stem het zwijgen werd opgelegd.'

Een lange, lange stilte.

'Ik zeg je dit is julllie lot: de waarheid te zoeken. Daarom
bestaan jullie. Dat is jullie doel. De wetenschap is de manier
waarop, meer niet. Dit moeten jullie aanbidden: de zoektocht
naar de waarheid zelf. Als je dat doet met heel je hart, zul je op
een dag in de toekomst voor Mij staan. Dit is mijn convenant
met het mensenras.
Jullie zullen de waarheid kennen. En de waarheid zal jullie vrij
maken.'

Fords nekharen stonden rechtovereind. Hij had deze woorden evenals
de rest van Gods zogeheten teksten wel honderd maal gelezen. Ze waren overal, het hele web stond er vol mee, er werd over gedebatteerd
op radio en tv, ze kwamen in ieder blog voor, er werd over geruzied
op straathoeken en in boekwinkels. Ze stonden zelfs al op reclame-
borden. Er was geen ontkomen aan.

En telkens wanneer hij die woorden las, werd hij gegrepen door een
eigenaardige gedachte. In die brandende mijngang had Hazelius hem
gezegd: 'Het programma zelf was allesbehalve simpel – ik weet niet eens
zeker of ik het zélf wel begrijp. Maar vreemd genoeg heeft het een boel
dingen gezegd die ik nooit zo bedoeld had: dingen waarvan ik niet eens
gedroomd had. Je zou kunnen zeggen dat het boven verwachting gepresteerd heeft.'

Boven verwachting, zeg dat wel. Telkens wanneer hij de zogeheten
woorden van God las, raakte hij des te meer overtuigd dat er een grote waarheid, misschien wel dé grote waarheid, in verborgen lag.

De waarheid zal jullie vrij maken. Dat waren Jezus' woorden, opge-
tekend door Johannes. En die maakten in zijn hoofd de weg vrij voor
een andere Bijbelse frase: Gods wegen zijn ondoorgrondelijk.

Misschien, dacht Ford, is deze nieuwe religie wel zijn meest ondoorgrondelijke weg ooit.

BIJLAGE

Gods woord

Eerste sessie

gegroet
JIJ OOK GEGROET.
leuk om met je te praten.
HELEMAAL MEE EENS. WIE BEN JIJ?
bij gebrek aan een betere term: ik ben god.
ALS JE ECHT GOD BENT, BEWIJS DAT DAN.
we hebben niet veel tijd voor bewijzen.
IK DENK AAN EEN GETAL TUSSEN EEN EN TIEN. WAT IS HET?
je denkt aan het transcendente getal e.
NU DENK IK AAN EEN GETAL TUSSEN NUL EN EEN.
de constante van chaitin: omega.
ALS JIJ GOD BENT, DAN... KUN JE ME ZEKER DE ZIN VAN HET BESTAAN
WEL VERKLAREN?
de uiteindelijke zin ken ik niet.
DAAR ZIJN WE MOOI KLAAR MEE, EEN GOD DIE DE ZIN VAN HET BE-
STAAN NIET KENT.
als ik dat wist, was het bestaan doelloos.
HOEZO?
*als het eind van het heelal aanwezig was in zijn begin, als wij slechts in
het midden zitten van de deterministische ontplooiing van een reeks begincondities... dan was het heelal een doelloze exercitie.*
VERKLAAR JE NADER.
*als het doel al bereikt is, waarom zou je dan nog op reis gaan? als je
het antwoord al kent, waarom zou je de vraag dan nog stellen? daarom is en blijft de toekomst diep verborgen, ook voor god. anders heeft
het bestaan geen betekenis.*
DAT IS EEN METAFYSISCH ARGUMENT, GEEN FYSISCH.
het fysische argument luidt dat geen deel van het heelal zaken sneller

*kan uitrekenen dan het heelal zelf. het heelal 'voorspelt de toekomst'
zo snel het kan.*

WAT IS HET HEELAL? WIE ZIJN WIJ? WAT DOEN WE HIER OP AARDE?

*het heelal is één enorme, onherleidbare, eindeloos durende berekening
die naar een staat toewerkt die ik niet ken en nooit zál kennen. de zin
van het bestaan is om die eindstaat te bereiken. maar die eindstaat is
voor mij een raadsel; en dat hoort ook zo, want als ik het antwoord al
kende, wat had het dan allemaal voor zin?*

WAT BEDOEL JE MET BEREKENING? ZITTEN WE ALLEMAAL IN EEN COM-
PUTER?

*met berekeningen bedoel ik denken. het hele bestaan, alles wat gebeurt
– een blad dat valt, een golf op het strand, een ster die implodeert – dat
ben ik allemaal: mijn gedachten.*

WAAR DENK JE OP DIT MOMENT AAN?

Tweede sessie

daar zijn we weer.

VERTEL ME WAT MEER OVER JEZELF?

*ik kan niet aan jou uitleggen wie ik ben, evenmin als jij aan een insect
kunt uitleggen wie jij bent.*

PROBEER HET EENS.

nee, maar ik zal wel uitleggen waarom jij mij niet kunt begrijpen.

GA JE GANG.

*jullie wonen in een wereld die qua grootte halverwege de Planck-leng-
te en de doorsnee van het heelal ligt. jullie brein is schitterend afgestemd
om jullie wereld te manipuleren, maar niet om de fundamentele werkelijkheid te doorgronden. jullie zijn ontwikkeld tot het stadium van
smijten met stenen, niet met quarks.*

*als gevolg van jullie evolutie zien jullie de wereld op een fundamenteel
foute manier. jullie geloven bijvoorbeeld dat jullie een driedimensionale ruimte innemen, waarin afzonderlijke objecten voorspelbare bogen
beschrijven, gemarkeerd door iets wat jullie tijd noemen. en dat noemen jullie de realiteit.*

WOU JIJ ZEGGEN DAT ONZE REALITEIT EEN ILLUSIE IS?

*ja. dankzij de natuurlijke selectie hebben jullie de illusie gekregen dat
jullie de fundamentele werkelijkheid begrijpen. maar dat is niet zo. hoe
zou dat ook kunnen? begrijpt een insect de fundamentele realiteit? of
een chimpansee? jullie zijn beesten, net als een insect, net als een chimpansee. jullie zijn net zo ontstaan, jullie planten je net zo voort, jullie
hebben in wezen dezelfde neurale structuur. wat jullie van de chim-
pansees onderscheidt, dat zijn tweehonderd genen, meer niet. hoe kan*

zo'n minuscuul verschil jullie in staat stellen om het heelal te door-
gronden als een aap nog niet eens een korrel zand kan doorgronden?
wil ons gesprek ergens toe leiden, dan moet je alle hoop opgeven om
mij ooit te begrijpen.
WAT ZIJN ONZE ILLUSIES?
jullie zijn ontwikkeld om de wereld te zien als iets wat uit afzonderlij-
ke objecten bestaat. dat is niet zo. al vanaf het eerste moment van de
schepping is alles met elkaar verstrengeld. wat jullie ruimte en tijd noe-
men is niets meer dan de zichtbare eigenschappen van een diepere on-
derliggende realiteit. in die realiteit zijn er geen afzonderlijkheden. tijd
bestaat niet. ruimte bestaat niet. alles is een.
KUN JE DAT UITLEGGEN?
jullie eigen theorie van de kwantummechanica, al klopt die niet, raakt
aan de diepe waarheid dat het universum een geheel is.
ALLES GOED EN WEL, MAAR WAT DOET DAT ERTOE IN HET DAGELIJKS
LEVEN?
dat doet er een heleboel toe. jullie denken aan jezelf als 'individuen',
met een unieke en afgescheiden geest. jullie denken dat jullie geboren
worden en jullie denken dat jullie doodgaan. je leven lang voel je je af-
gezonderd en alleen. soms zelfs wanhopig alleen. jullie zijn bang voor
de dood omdat jullie bang zijn voor het verlies van je individualiteit.
maar dat is allemaal illusie. jij, hij, zij, die dingen om je heen, of ze nu
leven of niet, de sterren en melkwegstelsels, de lege ruimte daartussen
– dat zijn geen afzonderlijke objecten. alles is fundamenteel met elkaar
verstrengeld. geboorte en dood, lijden en smart, liefde en haat, goed en
kwaad, alles is een illusie. de atavismen van het evolutieproces. die be-
staan niet in de werkelijkheid.
dus het is zoiets als de boeddhisten geloven, dat alles illusie is?
beslist niet. er bestaat een absolute waarheid, een realiteit. maar de ge-
ringste glimp van die waarheid zou de menselijke geest breken.
Als jij God bent, laten we dan ophouden met dat typen. Dan kun je mij
gewoon horen.
LUID EN DUIDELIJK.
Alles is een, zeg jij? Wij hebben een getalsysteem: een, twee, drie – en
op die manier vecht ik jouw bewering aan.
EEN, TWEE, DRIE... ALWEER EEN ILLUSIE. TELBAARHEID BESTAAT NIET.
Dit is wiskundig gemuggenzift. Telbaarheid bestaat niet? Dat heb ik an-
ders zojuist bewezen, gewoon door te tellen. [Hij heft zijn hand op.] En
nog een bewijs: hier heb je het getal vijf!
WAT IK ZIE, IS EEN HAND MET VIJF VINGERS, NIET HET GETAL VIJF. JUL-
LIE GETALSTELSEL HEEFT GEEN ONAFHANKELIJK BESTAAN IN DE ECHTE
WERELD. HET IS NIETS MEER DAN EEN VERFIJNDE METAFOOR.

Wat een belachelijke stelling. Daar heb je zeker ook bewijs voor?

KIES EEN WILLEKEURIG GETAL OP DE REËLE GETALLENLIJN: MET WAAR-
SCHIJNLIJKHEID ÉÉN HEB JE EEN GETAL GEKOZEN DAT GEEN NAAM
HEEFT, GEEN DEFINITIE, EN DAT NIET BEREKEND OF GENOTEERD KAN
WORDEN, AL ZETTE HET COMPLETE HEELAL ZICH AAN DE TAAK. DIT PRO-
BLEEM IS UITBREIDBAAR NAAR VERMEEND DEFINIEERBARE GETALLEN,
ZOALS PI OF DE VIERKANTSWORTEL VAN TWEE. MET EEN COMPUTER ZO
GROOT ALS HET HEELAL DIE JE ONEINDIG LAAT DRAAIEN KUN JE GEEN
VAN DIE TWEE GETALLEN OOIT BEREKENEN. ÉÉN VRAAG, EDELSTEIN: HOE
KUN JE VAN ZULKE GETALLEN DAN ZEGGEN DAT ZE BESTAAN? HOE KAN
DE CIRKEL BESTAAN, OF HET VIERKANT, WAARVAN DEZE TWEE GETAL-
LEN ZIJN AFGELEID? HOE KAN DIMENSIONALE RUIMTE BESTAAN, ALS DIE
NIET GEMETEN KAN WORDEN? JIJ, EDELSTEIN, LIJKT NET EEN AAP DIE
MET HELDHAFTIGE MENTALE INSPANNING HEEFT ONTDEKT HOE JE TOT
DRIE KUNT TELLEN. JE VINDT EEN KIEZEL EN JE DENKT DAT JE DE ON-
EINDIGHEID HEBT ONTDEKT.

O ja? Je praat alsof je per woord betaald wordt, je pocht dat zelfs het
woord 'God' niet afdoende is om jouw grootheid te beschrijven. Oké,
kom dan maar eens met bewijzen. Bewijs maar eens dat je God bent.
Hoor je me? Bewijs dat je God bent!

JIJ CONSTRUEERT HET BEWIJS, HAZELIUS. MAAR IK WAARSCHUW JE, DIT
IS DE LAATSTE TEST WAARAAN IK ME ONDERWERP. WE HEBBEN BE-
LANGRIJK WERK TE DOEN EN NIET VEEL TIJD.

Je vraagt er zelf om. Mijn vrouw, Astrid, was zwanger toen ze doodg-
ging. We wisten het nog maar net. Niemand anders wist dat ze zwanger was. Niemand. Hier komt de test: hoe zouden we de baby noemen?

ALBERT LEIBNIZ GUND HAZELIUS ALS HET EEN JONGEN WERD.

Stel dat het een meisje was geworden? Hoe had zij dan geheten?

ROSALIND CURIE GUND HAZELIUS.

Oké, even opnieuw. Wat ben jij, en nu dan serieus?

OM REDENEN DIE IK AL HEB UITGELEGD, KUN JIJ NIET WETEN WAT IK
BEN. HET WOORD GOD KOMT IN DE BUURT, MAAR BLIJFT EEN BIJZON-
DER ARMZALIGE OMSCHRIJVING.

Maak je deel uit van het heelal, of sta je daar los van?

NIETS STAAT LOS VAN DE REST. WE ZIJN ALLEN EEN.

Waarom bestaat het heelal?

HET HEELAL BESTAAT OMDAT HET EENVOUDIGER IS DAN NIETS. DAAR-
OM BESTA IK OOK. HET HEELAL KAN NIET EENVOUDIGER ZIJN DAN HET
IS. DIT IS DE ENE NATUURKUNDIGE WET WAARUIT ALLE ANDERE VOORT-
VLOEIEN.

Wat kan er eenvoudiger zijn dan niets?

'NIETS' KAN NIET BESTAAN. DAT IS EEN ONMIDDELLIJKE PARADOX. HET HEELAL IS DE STAAT DIE 'NIETS' HET DICHTST BENADERT.

Als alles zo eenvoudig is, waarom is het heelal dan zo complex?

HET INGEWIKKELDE HEELAL DAT JULLIE ZIEN IS EEN VAN DE ZICHTBARE EIGENSCHAPPEN VAN ZIJN EENVOUD.

Dus wat is die diepe eenvoud die in het hart van alles ligt?

DAT IS DE REALITEIT DIE JULLIE GEEST ZOU BREKEN.

Dit begint vermoeiend te worden! Als jij zo slim bent, dan moet je dat toch kunnen uitleggen aan ons als kleingeestige wezens! Wou je soms zeggen dat wij de werkelijkheid zo slecht kennen dat onze natuurkundige wetten boerenbedrog zijn?

BIJ HET OPSTELLEN VAN JULLIE NATUURKUNDIGE WETTEN ZIJN JULLIE UITGEGAAN VAN DE BEGRIPPEN TIJD EN RUIMTE. AL JULLIE WETTEN ZIJN GEBASEERD OP REFERENTIEKADERS. DIE GELDEN NIET. BINNENKORT ZULLEN JULLIE GELIEFKOOSDE AANNAMES OVER DE ECHTE WERELD INEENSTORTEN EN OPBRANDEN. UIT DE AS ZULLEN JULLIE EEN NIEUW SOORT WETENSCHAP OPBOUWEN.

Als onze natuurkundige wetten niet deugen, hoe komt het dan dat onze wetenschap zulke enorme successen boekt?

DE WETTEN VAN NEWTON ZIJN WELISWAAR FOUT, MAAR WAREN GOED GENOEG OM MENSEN NAAR DE MAAN TE STUREN. EN ZO IS HET OOK MET JULLIE WETTEN: HET ZIJN WERKBARE BENADERINGEN DIE FUNDAMENTEEL ONJUIST ZIJN.

Hoe construeer je dan natuurkundige wetten zonder tijd en ruimte?

WE VERDOEN ONZE TIJD MET DIT GEFILOSOFEER OVER METAFYSISCHE BEGRIPPEN.

Waar moeten we het dan over hebben?

DE REDEN WAAROM IK NAAR JULLIE TOE GEKOMEN BEN.

Wat is die reden?

IK HEB EEN TAAK VOOR JULLIE.

Nou, vooruit dan maar. Vertel dan eens wat die taak is.

DE GROTE MONOTHEÏSTISCHE RELIGIES WAREN EEN NOODZAKELIJKE STAP IN DE ONTWIKKELING VAN DE MENSELIJKE CULTUUR. JULLIE TAAK IS HET OM DE MENSHEID NAAR HET VOLGENDE GELOOFSYSTEEM TE LEIDEN.

En dat is?

WETENSCHAP.

Belachelijk; wetenschap kan geen religie zijn!

JULLIE ZIJN AL MET EEN NIEUWE RELIGIE BEGONNEN; JE WILT HET ALLEEN NIET ZIEN. RELIGIE WAS OOIT EEN MANIER OM DE WERELD TE DUIDEN. NU HEEFT DE WETENSCHAP DIE ROL OVERGENOMEN.

Wetenschap en religie zijn twee volkomen verschillende zaken. Ze stellen verschillende vragen en vergen verschillende soorten bewijs.

WETENSCHAP EN RELIGIE ZIJN BEIDE OP ZOEK NAAR HETZELFDE: WAARHEID. ER KAN GEEN VERZOENING BESTAAN TUSSEN DIE TWEE. DE BOTSING TUSSEN DE WERELDAANSCHOUWINGEN IS AL GAANDE EN WORDT STEEDS ERGER. DE WETENSCHAP HEEFT AL DE MEESTE KERNOPVATTINGEN UIT DE HISTORISCHE RELIGIES ONTZENUWD EN BRENGT DIE RELIGIES DAARMEE IN OPPERSTE VERWARRING. JULLIE TAAK IS HET DE MENSHEID TE HELPEN ZICH EEN PAD DOOR DEZE CRISIS HEEN TE BANEN.

O, hou nou toch op! Dacht jij nou echt dat die fanaten in het Midden-Oosten, of in onze eigen Biblebelt, zich zomaar gewonnen zullen geven en wetenschap zullen aanvaarden als de nieuwe religie? Pure waanzin.

JULLIE ZULLEN DE WERELD MIJN WOORDEN GEVEN EN HET VERHAAL OVER WAT HIER GEBEURD IS. ONDERSCHAT MIJN MACHT NIET: DE MACHT VAN DE WAARHEID.

En waar moeten we met die nieuwe religie heen? Wat is er de zin van? Wie heeft er behoefte aan?

HET ONMIDDELLIJKE DOEL VAN DE MENSHEID IS OM TE ONTSNAPPEN AAN HAAR BIOCHEMISCHE BEPERKINGEN. JULLIE MOETEN JE GEEST BEVRIJDEN VAN HET VLEES VAN JULLIE LICHAMEN.

Het vlees? Dat begrijp ik niet.

VLEES. ZENUWEN. CELLEN. BIOCHEMIE. HET MEDIUM WAARMEE JULLIE DENKEN. JE MOET JE GEEST BEVRIJDEN VAN HET VLEES VAN JE LICHAAM.

Hoe dan?

JULLIE ZIJN AL BEGONNEN OM MET COMPUTERS INFORMATIE TE VERWERKEN DIE VERDER GAAT DAN JULLIE VLESELIJK BESTAAN. BINNENKORT VINDEN JULLIE EEN MANIER OM INFORMATIE TE VERWERKEN MIDDELS KWANTUMCOMPUTERS, WAARMEE JULLIE UITEINDELIJK HET NATUURLIJKE KWANTUMPROCES IN DE WERELD RONDOM JULLIE ZULLEN BETEUGELEN ALS REKENMETHODE. DAN HOEVEN JULLIE GEEN MACHINES MEER TE BOUWEN VOOR INFORMATIEVERWERKING. DAN DIJEN JULLIE UIT IN HET HEELAL, ZOWEL LETTERLIJK ALS FIGUURLIJK, NET ZOALS ANDERE INTELLIGENTE WEZENS DAT VÓÓR JULLIE GEDAAN HEBBEN. DAN ONTSNAPPEN JULLIE AAN DE GEVANGENIS VAN DE BIOLOGISCHE INTELLIGENTIE.

En wat dan?

DAN MAAK JE IN DE LOOP DER TIJD VERBINDING MET ANDERE UITGEDIJDE INTELLIGENTIES. AL DIE GEKOPPELDE INTELLIGENTIES ZULLEN EEN MANIER VINDEN OM ZICH SAMEN TE VOEGEN TOT EEN DERDE STADIUM VAN DE GEEST, WAARIN JE DE SIMPELE REALITEIT ZULT KUNNEN BEVATTEN DIE DE KERN VORMT VAN HET BESTAAN.

En dat is het dan? Daar is het allemaal om begonnen?

NEE. DAT IS SLECHTS DE VOORBEREIDING OP EEN GROTERE TAAK.

Wat is die grotere taak?

DE WARMTEDOOD VAN HET HEELAL EEN HALT TOEROEPEN.

WANNEER HET HEELAL EEN STAAT VAN MAXIMALE ENTROPIE BEREIKT, DAT WIL ZEGGEN DE WARMTEDOOD VAN HET HEELAL, DÁN KOMT DE UNIVERSELE BEREKENING TOT STILSTAND. DAN GA IK DOOD.

Is dat onvermijdelijk, of kunnen we dat op een of andere manier voorkomen?

DAT IS DE VRAAG WAAROP JULLIE HET ANTWOORD MOETEN VINDEN.

Dus dat is de ultieme zin van het bestaan? Om een of andere mysterieuze warmtedood te verhinderen? Het klinkt mij in de oren als iets uit een sciencefictionboek.

VOORKOMEN VAN DE WARMTEDOOD IS SLECHTS EEN STAP OP WEG.

Op weg naar wát?

OP DIE MANIER KRIJGT HET HEELAL ALLE TIJD DIE HET NODIG HEEFT OM TE DENKEN AAN DE EINDSTAAT.

Wat is die eindstaat?

DAT WEET IK NIET. DIE LIJKT IN NIETS OP WAT JIJ OF ZELFS IK OOK MAAR KUNNEN BEVROEDEN.

Je had het over 'alle tijd'. Hoe lang is dat precies?

HET ZAL EEN AANTAL JAREN ZIJN DAT GELIJK IS AAN TIEN TOT DE TIENDE TOT DE TIENDE MACHT VERHEVEN, EN DAT GETAL TOT DE TIENDE MACHT, EN DIE BEWERKING 10^{83} MAAL HERHAALD, EN HET DAARUIT VOORTKOMENDE GETAL ZELF VERHEVEN TOT DE ZEVENENVEERTIGSTE MACHT, ALS HIERBOVEN. IN JULLIE WISKUNDIGE NOTATIE WORDT DAT GETAL, HET EERSTE GODGETAL:

$$(10! \uparrow\uparrow 10^{83})^{[(10! \uparrow\uparrow 10^{83})! \uparrow\uparrow 10^{47}]}$$

DIT IS DE LENGTE VAN DE TIJD IN JAREN. ZO LANG HEEFT HET HEELAL NODIG OM ZICH IN DE EINDSTAAT TE DENKEN, OM OP HET ULTIEME ANTWOORD TE KOMEN.

Dat is een absurd groot getal!

HET IS NIETS DAN EEN DRUPPEL IN DE UITGESTREKTE OCEAAN VAN DE ONEINDIGHEID.

Waar is de rol van de moraliteit, van de ethiek, in dit heerlijke nieuwe heelal van jou? Of van verlossing en vergiffenis der zonden?

IK HERHAAL HET NOGMAALS: AFZONDERLIJKHEID IS SLECHTS EEN ILLUSIE. MENSEN ZIJN ALS CELLEN IN EEN LICHAAM. CELLEN GAAN DOOD, MAAR HET LICHAAM LEEFT VERDER. HAAT, WREEDHEID, OORLOG EN GENOCIDE ZIJN EERDER EEN SOORT AUTO-IMMUUNZIEKTEN DAN HET RESULTAAT VAN WAT JULLIE 'HET KWADE' NOEMEN. DEZE VISIE VAN VERBONDENHEID DIE IK JULLIE BIED, GEEFT EEN BREED MOREEL ACTIEVELD,

WAARIN ALTRUÏSME, MEDEDOGEN EN VERANTWOORDELIJKHEID JEGENS DE MEDEMENS EEN CENTRALE ROL SPELEN. JULLIE LOT IS ÉÉN LOT. MENSEN ZULLEN SAMEN OVERWINNEN OF SAMEN TEN ONDER GAAN. NIEMAND WORDT VERLOST, WANT NIEMAND GAAT VERLOREN. NIEMAND WORDT VERGEVEN, WANT NIEMAND IS BESCHULDIGD.

En Gods belofte van een betere wereld, dan?

JULLIE UITEENLOPENDE OPVATTINGEN OVER DE HEMEL ZIJN OPVALLEND KORTZICHTIG.

Pardon, maar verlossing is allesbehalve kortzichtig!

DE VISIE VAN SPIRITUELE VERVULLING DIE IK JULLIE BIED IS ONMETELIJK VEEL GROOTSER DAN ALLES WAT JULLIE OP AARDE OOIT OVER EEN HEMEL HEBBEN GEDROOMD.

Maar de ziel dan? Ontken je het bestaan van de onsterfelijke ziel?

INFORMATIE GAAT NOOIT VERLOREN. MET DE DOOD VAN HET LICHAAM VERANDERT DE INFORMATIE DIE DOOR DAT LEVEN IS GECREËERD VAN VORM EN STRUCTUUR, MAAR ZE GAAT NOOIT VERLOREN. DE DOOD IS EEN INFORMATIONELE OVERGANG. DAAR HOEF JE NIET BANG VOOR TE ZIJN.

Raken we onze individualiteit kwijt bij de dood?

OM DAT VERLIES MOET JE NIET ROUWEN. VANUIT DAT STERKE GEVOEL VAN INDIVIDUALITEIT DAT ZO ONMISBAAR IS VOOR DE EVOLUTIE STROMEN EEN GROOT AANTAL EIGENSCHAPPEN VOORT DIE HET MENSELIJK BESTAAN KENMERKEN, GOED EN SLECHT: ANGST, PIJN, VERDRIET EN EENZAAMHEID, MAAR OOK LIEFDE, GELUK EN MEDEDOGEN. DAAROM MOETEN JULLIE AAN JULLIE BIOCHEMISCHE BESTAAN ONTSNAPPEN. WANNEER JULLIE JE BEVRIJDEN VAN DE TIRANNIE VAN HET VLEES, DAN NEMEN JULLIE HET GOEDE MEE: LIEFDE, GELUK, MEDEDOGEN EN ALTRUÏSME. HET SLECHTE LAAT JE ACHTER.

Ik vind het geen verheffende gedachte dat de geringe kwantumschommelingen die mijn bestaan heeft gegenereerd, op de een of andere manier tot onsterfelijkheid zullen leiden.

JE ZOU GROTE TROOST MOETEN PUTTEN UIT DEZE LEVENSVISIE. IN HET HEELAL KAN INFORMATIE NIET STERVEN. NIET EEN STAP, NIET EEN HERINNERING, NIET EEN ZORG UIT JOUW LEVEN WORDT OOIT VERGETEN. JIJ ALS INDIVIDU ZULT VERLOREN GAAN IN DE STORM VAN DE TIJD, JE MOLECULEN VERSPREID. MAAR WIE JE GEWEEST BENT, WAT JE GEDAAN HEBT, HOE JE HEBT GELEEFD, DAT BLIJFT VOORGOED INGEBED IN DE UNIVERSELE BEREKENING.

Sorry, maar dat klinkt allemaal veel te mechanistisch, te ontzield, al dat gepraat over het bestaan als een 'berekening'.

NOEM HET DROMEN, ALS JE DAT LIEVER HEBT, OF VERLANGEN, WENSEN, DENKEN. ALLES WAT JE ZIET MAAKT DEEL UIT VAN EEN ONVOORSTEL-

BAAR UITGESTREKTE EN SCHITTERENDE BEREKENING, VAN EEN BABY DIE DE EERSTE WOORDJES SPREEKT TOT EEN STER DIE IMPLODEERT IN EEN ZWART GAT. ONS HEELAL IS EEN BEELDSCHONE BEREKENING DIE, VANUIT ÉÉN ENKEL AXIOMA VAN GROTE EENVOUD, NU AL DERTIEN MILJARD JAAR LANG WORDT UITGEVOERD. WE ZIJN NOG MAAR NET AAN HET AVONTUUR BEGONNEN! WANNEER JE EEN MANIER VINDT OM JE EIGEN VLEESBEPERKTE DENKPROCES OVER TE ZETTEN NAAR ANDERE NATUURLIJKE KWANTUMSYSTEMEN, DAN KUN JE EEN BEGIN MAKEN MET HET BETEUGELEN VAN DE BEREKENING. DAN BEGIN JE DE SCHOONHEID EN PERFECTIE ERVAN TE DOORGRONDEN.

Als alles een berekening is, wat is dan het doel van intelligentie? Of van de geest?

INTELLIGENTIE BESTAAT OVERAL OM JE HEEN, ZELFS IN LEVENLOZE PROCESSEN. ONWEER, MET DONDER EN BLIKSEM, IS ALS BEREKENING ONVOORSTELBAAR INGEWIKKELDER DAN DE MENSELIJKE GEEST. ONWEER IS, OP ZIJN EIGEN MANIER, INTELLIGENT.

Onweer heeft geen bewustzijn. Een menselijke geest is zich van zichzelf bewust. Dat is het verschil, en dat is geen klein verschil.

HEB IK JE NIET VERTELD DAT HET PURE BESEF VAN ZELF EEN ILLUSIE IS, EEN BIJVERSCHIJNSEL VAN DE EVOLUTIE? HET VERSCHIL IS NIET EENS KLEIN, HET BESTAAT AMPER.

Een weersysteem is niet creatief. Het maakt geen keuzes. Het kan niet denken. Het is niets meer dan de mechanistische ontplooiing van krachten.

WIE ZEGT DAT JIJZELF GEEN MECHANISTISCHE ONTPLOOIING VAN KRACHTEN BENT? NET ALS DE GEEST BEVAT EEN WEERSYSTEEM COMPLEXE CHEMISCHE, ELEKTRISCHE EN MECHANISCHE EIGENSCHAPPEN. HET DENKT. HET IS CREATIEF. ZIJN GEDACHTEN ZIJN ANDERS DAN DE JOUWE. EEN MENSELIJK WEZEN CREËERT COMPLEXITEIT DOOR EEN ROMAN OP HET OPPERVLAK VAN PAPIER TE SCHRIJVEN; EEN WEERSYSTEEM CREËERT COMPLEXITEIT DOOR GOLVEN OP HET OPPERVLAK VAN DE OCEAAN TE SCHRIJVEN. WAT IS HET VERSCHIL TUSSEN DE INFORMATIE IN DE WOORDEN VAN EEN ROMAN EN DE INFORMATIE OP DE GOLVEN VAN DE ZEE? LUISTER, DAN HOOR JE DE GOLVEN SPREKEN. EN OP EEN DAG, ZEG IK JE, SCHRIJF JIJ JE GEDACHTEN OP HET OPPERVLAK VAN DE ZEE.

En wat is het heelal dan aan het berekenen? Wat is die enorme som die het wil oplossen?

DAT IS HET ALLERDIEPSTE EN ALLERWONDERBAARLIJKSTE MYSTERIE. WE HEBBEN NIET VEEL TIJD. WAT IK JULLIE NU TE ZEGGEN HEB IS VAN HET GROOTSTE BELANG.

Ga door, graag. Je hebt onze onverdeelde aandacht.

RELIGIE IS ONTSTAAN IN EEN POGING OM HET ONVERKLAARBARE TE VER-
KLAREN, HET ONBEHEERSBARE TE BEHEERSEN, HET ONDRAAGLIJKE
DRAAGLIJK TE MAKEN. GELOOF IN EEN HOGERE MACHT WERD DE KRACH-
TIGSTE INNOVATIE IN HET LATERE DEEL VAN DE MENSELIJKE EVOLUTIE.
STAMMEN MÉT RELIGIE HADDEN EEN VOORSPRONG OP STAMMEN ZON-
DER. ZIJ HADDEN EEN DOEL IN HET LEVEN, MOTIVATIE EN EEN MISSIE.
DE OVERLEVINGSWAARDE VAN RELIGIE WAS ZO SPECTACULAIR HOOG
DAT DE DORST NAAR GELOOF INGEBED RAAKTE IN HET MENSELIJK GE-
NOOM. WAT RELIGIE HEEFT GEPROBEERD, HEEFT DE WETENSCHAP UIT-
EINDELIJK BEREIKT. NU HEBBEN JULLIE EEN MANIER OM HET ONVER-
KLAARBARE TE VERKLAREN EN HET ONBEHEERSBARE TE BEHEERSEN.
JULLIE HEBBEN GEEN 'ONTHULDE' RELIGIE MEER NODIG. HET MENSE-
LIJK RAS IS EINDELIJK VOLWASSEN GEWORDEN. RELIGIE IS VAN EVEN ES-
SENTIEEL BELANG VOOR HET OVERLEVEN VAN DE MENS ALS VOEDSEL EN
WATER. ALS JE PROBEERT RELIGIE TE VERVANGEN DOOR WETENSCHAP,
ZUL JE FALEN. JE MOET WETENSCHAP AANBIEDEN ALS RELIGIE. WANT IK
ZEG JULLIE, WETENSCHAP IS RELIGIE. DE ENIGE, WARE RELIGIE. IN
PLAATS VAN EEN BOEK MET DE WAARHEID BIEDT DE WETENSCHAP EEN
METHODE VOOR WAARHEID. WETENSCHAP IS HET ZOEKEN NAAR WAAR-
HEID, NIET DE ONTHULLING DAARVAN. HET IS EEN MANIER, GEEN DOG-
MA. HET IS EEN REIS, NIET HET EINDDOEL.

Ja, maar het menselijk lijden dan? Hoe kan de wetenschap 'het ondraaglijke draagbaar maken' zoals jij het stelt?

DE AFGELOPEN EEUW HEBBEN GENEESKUNDE EN TECHNOLOGIE MEER
MENSELIJK LIJDEN VERLICHT DAN ALLE PRIESTERS VAN HET AFGELOPEN
MILLENNIUM.

Ja, als je het over fysiek lijden hebt. Maar hoe zit het dan met het lijden van de ziel? Met geestelijk leed?

HAD IK DAN NIET GEZEGD DAT ALLES ÉÉN IS? IS HET DAN GEEN TROOST
OM TE WETEN DAT DE KOSMOS HUIVERT BIJ JOUW PIJN? NIEMAND LIJDT
IN EENZAAMHEID EN AL HET LEED DIENT EEN DOEL: ZELFS DE VAL VAN
DE MUS IS ESSENTIEEL VOOR HET GEHEEL. HET UNIVERSUM VERGEET
NIET. VERLAAG JE NIET TOT MISPLAATSTE BESCHEIDENHEID! JULLIE ZIJN
MIJN DISCIPELEN. JULLIE HEBBEN DE KRACHT OM EEN WERELDREVO-
LUTIE TE BEGINNEN. OP ÉÉN DAG VERZAMELT DE WETENSCHAP MEER BE-
WIJZEN VAN HAAR WAARHEDEN DAN DE RELIGIE IN HAAR HELE BESTAAN
OOIT GEDAAN HEEFT. DE MENSHEID KLAMPT ZICH VAST AAN HET GE-
LOOF OMDAT MENSEN NU EENMAAL GELOOF MOETEN HEBBEN. DAAR
HONGEREN ZE NAAR. JULLIE ONTHOUDEN DE MENSHEID HET GELOOF
NIET: JULLIE BIEDEN EEN NIEUW GELOOF. IK BEN NIET GEKOMEN OM DE
JOODS-CHRISTELIJKE GOD TE VERVANGEN, MAAR OM HEM AAN TE VUL-
LEN.

Die nieuwe religie die we dus zouden moeten prediken. Wat moeten de mensen daarbij aanbidden? Waar liggen de schoonheid en het ontzag bij dit alles?

IK VRAAG JE OM STIL TE STAAN BIJ HET HEELAL WAARVAN JE HET BE-STAAN NU KENT. IS DAT NIET VEEL INDRUKWEKKENDER DAN WAT VOOR GODSCONCEPT DE HISTORISCHE RELIGIES OOIT HEBBEN KUNNEN BIE-DEN? HONDERD MILJARD MELKWEGSTELSELS, EENZAME EILANDEN VAN VUUR, ALS FONKELENDE MUNTEN IN DE UITGESTREKTHEID NEERGE-WORPEN, TE MIDDEN VAN ZO'N IMMENSE RUIMTE DAT DE BIOLOGISCHE MENSELIJKE GEEST DEZE NIET BEVATTEN KAN. EN IK ZEG JULLIE DAT HET HEELAL DAT JULLIE ONTDEKT HEBBEN SLECHTS EEN FRACTIE IS VAN DE OMVANG EN PRACHT VAN DE SCHEPPING. JULLIE BEWONEN HET ALLER-KLEINSTE BLAUWE SPIKKELTJE IN DE EINDELOZE GEWELVEN DER HEME-LEN, MAAR DAT SPIKKELTJE IS ME DIERBAAR OMDAT HET EEN ESSEN-TIEEL DEEL VAN HET GEHEEL IS. DAAROM BEN IK NAAR JULLIE TOE GEKOMEN. AANBID MIJ EN MIJN GROTE WERKEN, NIET EEN OF ANDERE PRIMITIEVE GODHEID DIE HET VOORTBRENGSEL IS VAN STRIJDENDE GEESTELIJK LEIDERS VAN DUIZENDEN JAREN GELEDEN.

Meer, vertel ons meer.

VOLG DE LIJNEN IN MIJN GEZICHT MET JULLIE WETENSCHAPPELIJKE IN-STRUMENTEN. ZOEK ME IN DE KOSMOS EN IN HET ELEKTRON. WANT IK BEN DE GOD VAN DIEPE TIJD EN RUIMTE, DE GOD VAN SUPERCLUSTERS EN LEEGTES, DE GOD VAN DE OERKNAL EN DE UITDIJING, DE GOD VAN DONKERE MATERIE EN DONKERE ENERGIE. WETENSCHAP EN GELOOF KUNNEN NIET NAAST ELKAAR BESTAAN. DE EEN ZAL DE ANDER VERNIE-TIGEN. JULLIE MOETEN ERVOOR ZORGEN DAT DE WETENSCHAP OVER-LEEFT, ANDERS GAAT JULLIE BLAUWE SPIKKEL VERLOREN...

Wat moeten we doen?

MET MIJN WOORDEN ZULLEN JULLIE HET REDDEN. VERTEL DE WERELD WAT HIER GEBEURD IS. VERTEL DE WERELD DAT GOD TOT HET MEN-SENRAS HEEFT GESPROKEN: VOOR HET EERST. INDERDAAD, JA, VOOR HET EERST.

Maar hoe kunnen we jou verklaren als je ons niet eens kunt vertellen wat je bent?

VERVAL NIET IN DE FOUT VAN DE HISTORISCHE RELIGIES DOOR TE VER-ZANDEN IN DISCUSSIES OVER WIE IK BEN OF WAT IK DENK. IK OVERTREF ALLE BEGRIP. IK BEN DE GOD VAN EEN HEELAL DAT ZO IMMENS IS DAT ALLEEN DE GODSGETALLEN HET KUNNEN UITDRUKKEN, EN DAARVAN HEB IK JULLIE HET EERSTE GEGEVEN... JULLIE ZIJN DE PROFETEN DIE JUL-LIE WERELD DE TOEKOMST IN LEIDEN. WAT VOOR TOEKOMST KIEZEN JULLIE? JULLIE HEBBEN DE SLEUTEL IN HANDEN...

IK ZEG JE DIT IS JULLLIE LOT: DE WAARHEID TE ZOEKEN. DAAROM BE-